풀잎관

1

풀잎관

The Grass Crown

COLLEEN McCULLOUGH

1

콜린
매컬로
지음

강선재 · 신봉아
이은주 · 홍정인
옮김

교유서가

프랭크 에스포지토에게,
사랑과 감사와 흠모와 존경을 담아

MASTERS OF ROME
THE GRASS CROWN
1

CONTENTS

주요
등장
인물

소괄호 안은 전기적 정보이고
대괄호 안은 이 책에서 사용된
해당 인물의 별칭이나 약칭이다.
모든 연도는 기원전이다.

마리우스

가이우스 마리우스

율리아, 아내(가이우스 율리우스 카이사르의 누이동생)

가이우스 마리우스 2세[젊은 마리우스], 아들

술라

루키우스 코르넬리우스 술라

율릴라, 전처(가이우스 율리우스 카이사르의 누이동생)

아일리아, 후처

루키우스 코르넬리우스 술라 2세[어린 술라], 아들(율릴라 소생)

코르넬리아 술라, 딸(율릴라 소생)

폰토스

미트리다테스 6세 에우파토르, 폰토스 국왕

라오디케, 누이 겸 아내, 첫번째 폰토스 왕비(99년 사망)

니사, 아내, 두번째 폰토스 왕비(카파도키아의 고르디오스의 딸)

아리아라테스 7세 필로메토르, 조카, 카파도키아 국왕

아리아라테스 8세 에우세베스 필로파토르, 아들, 카파도키아 국왕

아리아라테스 10세, 아들, 카파도키아 국왕

카이사르

가이우스 율리우스 카이사르

아우렐리아, 아내(루틸리아의 딸, 푸블리우스 루틸리우스 루푸스의 조카딸)

가이우스 율리우스 카이사르 2세〔어린 카이사르〕, 아들

큰 율리아〔리아〕, 큰딸

작은 율리아〔유유〕, 작은딸

가이우스 율리우스 카이사르〔조부 카이사르〕, 아버지

율리아, 누이동생

율릴라, 누이동생

섹스투스 율리우스 카이사르, 형

클라우디아, 섹스투스의 아내

비티니아

니코메데스 2세, 비티니아 국왕

니코메데스 3세, 큰아들, 비티니아 국왕

소크라테스, 작은아들

드루수스

마르쿠스 리비우스 드루수스

세르빌리아 카이피오니스, 아내(카이피오의 누이동생)

마르쿠스 리비우스 드루수스 네로 클라우디아누스, 양자

코르넬리아 스키피오니스, 어머니

리비아 드루사, 누이동생(카이피오의 아내)

마메르쿠스 아이밀리우스 레피두스 리비아누스, 다른 가문에 양자로
　간 친동생

카이피오

퀸투스 세르빌리우스 카이피오

리비아 드루사, 아내(마르쿠스 리비우스 드루수스의 누이동생)

퀸투스 세르빌리우스 카이피오 2세〔어린 카이피오〕, 아들

큰 세르빌리아〔세르빌리아〕, 큰딸

작은 세르빌리아〔릴라〕, 작은딸

퀸투스 세르빌리우스 카이피오(106년 집정관), 아버지, 톨로사의 황금
　으로 유명

세르빌리아 카이피오니스, 누이동생

메텔루스

퀸투스 카이킬리우스 메텔루스 피우스〔새끼 똥돼지〕

퀸투스 카이킬리우스 메텔루스 누미디쿠스〔똥돼지〕 (109년 집정관, 102
년 감찰관), 아버지

폼페이우스

나이우스 폼페이우스 스트라보

나이우스 폼페이우스〔젊은 폼페이우스〕, 아들

퀸투스 폼페이우스 루푸스, 먼 친척

루틸리우스 루푸스

푸블리우스 루틸리우스 루푸스(105년 집정관)

스카우루스

마르쿠스 아이밀리우스 스카우루스, 원로원 최고참 의원(115년 집정관,
109년 감찰관)

카이킬리아 메텔라 달마티카, 후처

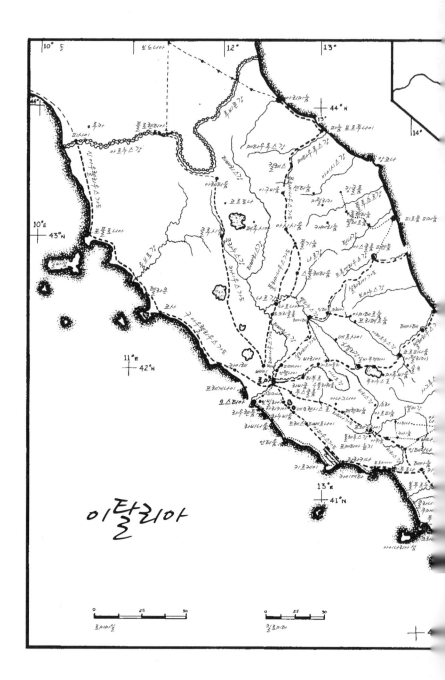

이탈리아

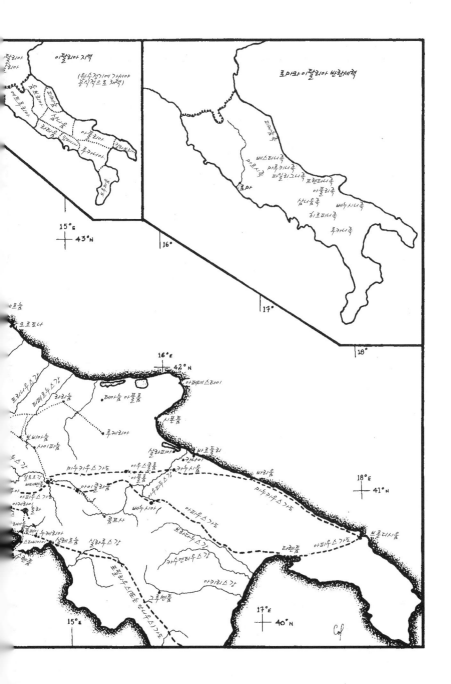

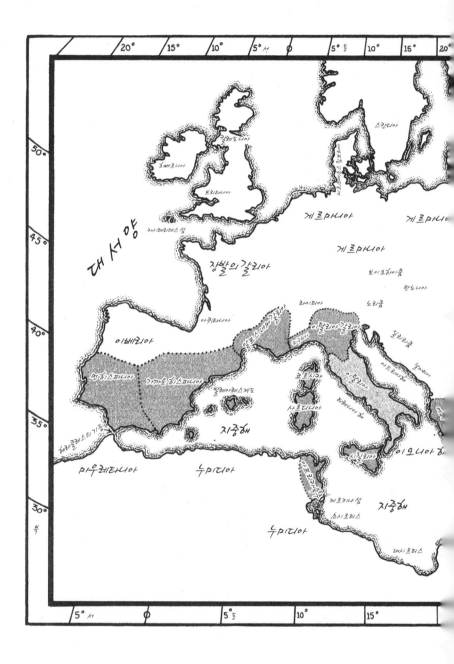

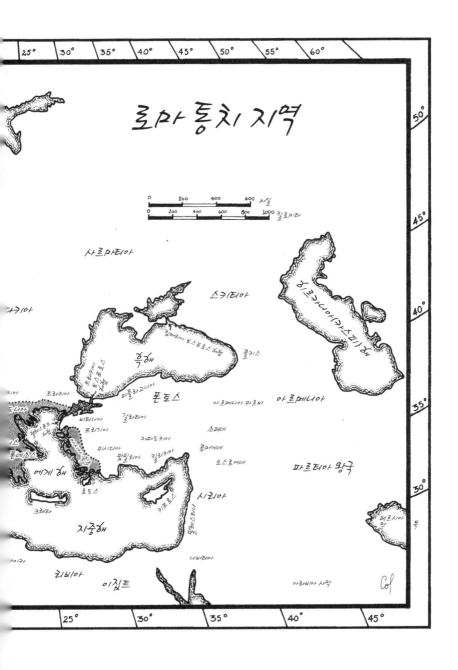

기원전 99년(로마 건국 655년)

마르쿠스 안토니우스 오라토르(기원전 97년 감찰관 취임)

아울루스 포스투미우스 알비누스

기원전 98년(로마 건국 656년)

퀸투스 카이킬리우스 메텔루스 네포스

티투스 디디우스

기원전 97년(로마 건국 657년)

나이우스 코르넬리우스 렌툴루스

푸블리우스 리키니우스 크라수스(기원전 89년 감찰관 취임)

기원전 96년(로마 건국 658년)

나이우스 도미티우스 아헤노바르부스(최고신관, 기원전 92년 감찰관 취임)

가이우스 카시우스 롱기누스

기원전 95년(로마 건국 659년)

루키우스 리키니우스 크라수스 오라토르(기원전 92년 감찰관 취임)

퀸투스 무키우스 스카이볼라(기원전 89년 최고신관 취임)

기원전 94년(로마 건국 660년)

가이우스 코일리우스 칼두스

루키우스 도미티우스 아헤노바르부스

기원전 93년(로마 건국 661년)

가이우스 발레리우스 플라쿠스

마르쿠스 헤렌니우스

기원전 92년(로마 건국 662년)

가이우스 클라우디우스 풀케르

마르쿠스 페르페르나(기원전 86년 감찰관 취임)

기원전 91년(로마 건국 663년)

섹스투스 율리우스 카이사르

루키우스 마르키우스 필리푸스(기원전 86년 감찰관 취임)

기원전 90년(로마 건국 664년)

루키우스 율리우스 카이사르(기원전 89년 감찰관 취임)

푸블리우스 루틸리우스 루푸스

기원전 89년(로마 건국 665년)

나이우스 폼페이우스 스트라보

루키우스 포르키우스 카토 리키니아누스

기원전 88년(로마 건국 666년)

루키우스 코르넬리우스 술라

퀸투스 폼페이우스 루푸스

기원전 87년(로마 건국 667년)

나이우스 옥타비우스 루소

루키우스 코르넬리우스 킨나

루키우스 코르넬리우스 메룰라(유피테르 대제관, 보결 집정관)

기원전 86년(로마 건국 668년)

루키우스 코르넬리우스 킨나(재선)

가이우스 마리우스(7선)

루키우스 발레리우스 플라쿠스(보결 집정관)

The
Grass
Crown

제1장

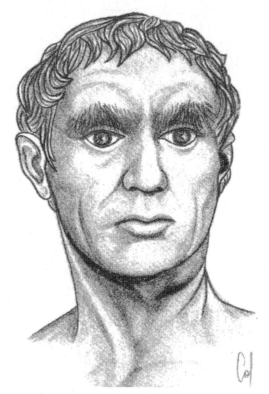

가이우스 마리우스

"지난 열다섯 달 동안 일어난 일 중에 가장 재미난 건 가이우스 클라우디우스가 로마 경기대회에서 선보인 코끼리였지." 가이우스 마리우스가 말했다.

아일리아의 얼굴이 밝아졌다. "참으로 멋지지 않았나요?" 그녀는 의자에서 몸을 앞으로 기울여 히스파니아에서 들여온 커다란 녹색 올리브가 담긴 접시로 손을 뻗으며 이렇게 맞장구쳤다. "뒷발로 서서 걸을 수 있다니! 네 발로 춤도 추고요! 의자에 앉아서 코로 음식도 집어먹었잖아요!"

루키우스 코르넬리우스 술라는 경멸 어린 표정으로 아내를 돌아보며 쌀쌀맞게 내뱉었다. "사람들은 왜 짐승이 사람 흉내내는 걸 보고 그리도 좋아하는지 모르겠군. 코끼리는 세상에서 가장 고귀한 생명체요. 가이우스 클라우디우스 풀케르가 데려온 짐승은 사람과 코끼리 양쪽 모두를 우스꽝스럽게 만든 거지."

곧바로 이어진 침묵은 극히 짧았지만, 식당에 자리한 사람들 모두가 불편할 정도로 그것을 의식하고 있었다. 그러던 중 율리아의 쾌활한 웃음소리가 마음이 무척 상한 아일리아에게 쏠려 있던 시선을 모두 거둬

갔다. "뭘 그래요, 루키우스 코르넬리우스, 그게 관중들에게 가장 인기 있었는데요! 나도 감탄해마지않았답니다. 어찌나 영리하고 바쁘게 움직이던지! 코를 들어올리더니 북소리에 딱 맞춰 나팔 불듯 울었을 땐 정말이지 놀라웠어요!" 그러고서 율리아는 한마디를 덧붙였다. "게다가 누가 매질을 한 것도 아닌데 말이에요."

"그리고 색깔도 멋지더군요." 자기도 조금이나마 거드는 게 좋겠다고 생각한 아우렐리아가 말을 보탰다. "분홍색이라니!"

술라는 여자들의 말은 아예 못 들은 척 팔꿈치를 짚고 몸을 돌려 푸블리우스 루틸리우스 루푸스에게 말을 건네고 있었다.

안타까운 눈빛으로 율리아가 한숨을 쉬며 남편에게 말했다. "가이우스 마리우스, 이제 우리 여자들은 물러날 때가 된 것 같군요. 우린 가볼 테니 남자분들끼리 포도주 드시면서 얘기 나누세요."

마리우스가 자신이 앉은 긴 의자와 율리아의 의자 사이에 놓인 좁은 식탁 너머로 손을 뻗었다. 율리아도 손을 내밀어 마리우스의 손을 따스하게 꼭 잡고는, 그의 뒤틀린 미소에 더 슬퍼지려는 마음을 애써 눌렀다. 벌써 이렇게 시간이 흘렀는데! 하지만 마리우스의 얼굴에는 저 흉악한 뇌졸중의 흔적이 여전히 남아 있었다. 그러나 성실하고 다정한 아내가 그녀 자신에게조차 인정할 수 없었던 것은, 그 뇌졸중이 마리우스의 정신을 아주 조금이나마 망가뜨렸다는 사실이었다. 요즘 들어 남편은 너무 쉽게 분통을 터뜨렸고, 남들이 자신을 무시한다고 부풀려 상상하고 집착했으며, 정적들에 대한 태도도 더욱 완고해졌다.

율리아는 자리에서 일어났다. 마리우스에게 더없이 친근한 미소를 보이며, 그에게서 손을 빼내어 아일리아의 어깨에 얹었다. "이리 와요. 육아실에 같이 가봐요."

아일리아가 일어나고 아우렐리아도 따라 일어섰다. 여자들이 식당에서 나갈 때까지 대화는 끊겼지만 세 남자는 자리에서 일어나지 않았다. 마리우스가 손짓을 하자 하인들이 잽싸게 달려와 여자들이 앉아 있던 의자를 치우고는 곧바로 사라졌다. 이제 식당에는 긴 의자 세 개만 U자 모양으로 남았다. 원래 마리우스의 옆자리에 기대앉아 있던 술라는 대화하기에 좀더 수월하도록 루푸스 맞은편의 빈 의자로 자리를 옮겼다. 그렇게 하니 두 사람 다 서로의 얼굴도, 마리우스의 얼굴도 쳐다볼 수 있게 되었다.

"드디어 똥돼지가 돌아온다지요." 꼴 보기 싫은 두번째 아내가 자신의 말을 들을 수 없을 만큼 멀리 갔는지 확인한 후에야 술라가 입을 열었다.

마리우스는 가운데 의자에서 자꾸만 뒤척이며 얼굴을 찌푸렸다. 하지만 예전만큼 무서워 보이지는 않았다. 여전히 남아 있는 마비로 인해 찡그러진 왼쪽 얼굴이 구슬픈 기운을 풍겼기 때문이다.

"내게서 무슨 대답을 듣고 싶은 건가, 루키우스 코르넬리우스?" 마침내 마리우스가 물었다.

술라는 짧게 소리내어 웃었다. "솔직한 대답 외에 무엇을 바라겠습니까? 물론 제 말이 질문은 아니었지만 말입니다, 가이우스 마리우스."

"알고 있네. 하지만 어쨌거나 답변을 필요로 하는 말이었지."

"맞습니다." 술라가 대답했다. "좋아요, 그럼 다시 말해보지요. 추방된 똥돼지를 다시 불러들인다는 걸 어떻게 생각하십니까?"

"환희의 찬가가 나오지는 않는군." 대답한 후 마리우스는 술라를 뚫어져라 쳐다보며 물었다. "자네는 좋은가?"

둘 사이가 미묘하게 멀어졌군, 그다음 의자에 비스듬히 기대앉은 채 루푸스는 생각했다. 3년 전, 아니 2년 전만 해도 저 둘이 이토록 서로 팽팽히 경계하며 대화하는 일은 있을 수 없었을 텐데. 도대체 어찌된 일일까? 누구의 잘못이란 말인가?

"그렇기도 하고 아니기도 합니다, 가이우스 마리우스." 술라는 자기 술잔을 가만히 내려다보았다. 그러다 이를 앙다문 채 내뱉었다. "지루해서 말이죠! 적어도 똥돼지가 원로원에 복귀하면 재밌는 상황으로 바뀔지도 모르니까요. 당신이 똥돼지와 격렬히 싸우시던 시절이 그립군요."

"그렇다면 루키우스 코르넬리우스, 자네로선 실망스럽겠군. 똥돼지가 로마에 당도할 즈음이면 나는 여기 없을 테니까 말이야."

술라와 루푸스 모두 벌떡 일어나 앉았다.

"로마에 없을 거라고?" 루푸스가 흥분한 소리로 물었다.

"로마에 없을 걸세." 마리우스가 다시 한번 말하며 짓궂게 씩 웃었다. "게르만족을 무찌르기 전에 위대한 여신께 드렸던 맹세가 얼마 전에 생각났네. 내가 이기면 페시노스에 있는 여신의 성소를 참배하겠다고 했거든."

"가이우스 마리우스, 그럴 순 없네!"

"푸블리우스 루틸리우스, 그럴 수 있네! 그리할 걸세!"

술라는 등받이에 털썩 기대며 웃음을 터뜨렸다. "루키우스 가비우스 스티쿠스가 생각나는군요!"

"그게 누군가?" 루푸스가 물었다. 그는 남 얘기가 나올 것 같으면 언제든 기꺼이 곁길로 새려 했다.

"고인이 된 제 의붓어머니의 죽은 조카지요." 술라가 여전히 싱글거리며 대답했다. "스티쿠스는 수년 전에 저의 집으로 들어왔어요. 그때는 의붓어머니의 집이었지만. 그자의 목적은 클리툼나가 저를 싫어하게 만들어서 저를 쫓아내는 것이었지요. 클리툼나의 집에 둘이 함께 살면서 제 결점을 드러내 보이겠다고 생각한 겁니다. 그래서 저는 떠났어요. 곧장 로마를 벗어나버렸죠. 결점을 폭로할 상대가 사라져버리니 결과적으로 그자는 본인의 결점만 적나라하게 드러내게 되었습니다. 얼마 안 가 클리툼나는 조카에게 진저리가 나고 말았죠." 술라는 몸을 돌려 배를 깔고 엎드렸다. "스티쿠스는 그러고 나서 얼마 지나지 않아 죽어버렸어요." 그는 생각에 잠긴 듯 덧붙이고, 미소를 띠는가 싶더니, 짐짓 과장된 한숨을 내쉬었다. "제가 그자의 계획을 모두 망쳐버린 거죠!"

"똥돼지 퀸투스 카이킬리우스 메텔루스 누미디쿠스의 귀환도 그처럼 헛된 승리가 되었으면 좋겠군." 마리우스가 말했다.

"동감입니다." 술라가 이렇게 대꾸하며 건배했다.

침묵이 내려앉았다. 예전의 일체감이 사라지고 없었기에 침묵을 깨기는 쉽지 않았다. 술라의 대답도 그 일체감을 되돌리지 못했다. 아마도 예전의 일체감은 깊이 뿌리내린 진정한 우정이 아니라 전장에서의 편의에 의해 생겨난 것이리라고 루푸스는 생각했다. 그렇다 해도 둘이 함께 로마의 외적에 맞서 싸우던 긴 시간을 어떻게 잊을 수 있단 말인가? 로마의 상황으로 불만이 생겼다고 해서 어떻게 이전에 있었던 일을 깡그리 지워버릴 수 있단 말인가? 사투르니누스가 호민관 직에 오르면서 옛 시절은 끝나버렸다. 로마의 왕이 되고 싶어했던 사투르니누스 때문에, 그리고 마리우스에게 저 불운한 뇌졸중이 찾아오는 바람에. 루푸스는 이런 생각 끝에 문득 마음속으로 자신을 나무랐다. 허튼소리마, 푸블리우스 루틸리우스 루푸스! 이 둘은 왕성히 중요한 일을 해야 하는 사람들이야. 국내에 가만히 들어앉아 있는 것도, 국내에 머물면서 공직을 떠나 있는 것도 즐길 수 없는 부류인 거야. 함께 싸울 수 있는 또다른 전쟁이 일어나거나, 사투르니누스같이 혁명을 선동하는 인물이 등장하면 돼. 그러면 저 둘은 서로 얼굴을 핥아주는 고양이 한 쌍처럼 기분좋게 가르랑거릴 테지.

물론, 그사이 세월이 훌쩍 지났다. 루푸스와 마리우스는 예순이 되었고 술라는 마흔두 살이었다. 울퉁불퉁한 거울을 노상 들여다보는 취미는 없었던지라, 루푸스는 세월의 풍화로 자신의 외모가 얼마만큼 변했는지 잘 몰랐다. 그러나 한 발짝 떨어져서 요즘의 마리우스와 술라를 바라보는 눈만큼은 정확했다.

마리우스는 최근에 부쩍 몸이 불어나 토가를 새로 지어 입어야 할 정도가 됐다. 그는 원래 체구가 컸지만 언제나 몸이 탄탄하고 균형이 잘 잡혀 있었다. 그런데 이제 체중이 늘면서 근육질로 보이던 배에는 물론이고 어깨, 등, 엉덩이, 허벅지에도 군살이 붙었다. 마리우스의 얼굴은 예전보다 크고 둥그레지고 머리털이 빠지면서 이마가 넓어졌지만, 이렇게 체중이 늘면서 얼마간 팽팽해지기도 했다. 루푸스는 마비가 온 마리우스의 왼쪽 얼굴을 일부러 지나쳐 경이로운 눈썹에 시선을 고정시켰다. 언제나처럼 그 눈썹은 굵고 무성했다. 오, 가이우스 마리우스의 눈썹이 얼마나 많은 조각가의 가슴에 폭풍 같은 예술적 충격을 주었던가! 마을이나 조합, 그 밖에 어디든 조각상이 필요한 공터에 세울 마리우스의 석상 제작을 의뢰받을 때, 로마나 이탈리아에 사는 조각가들은 마리우스를 직접 보기 전부터 이미 자신들이 어떤 모델과 씨름해야 하는지 잘 알고 있었다. 그러나 그리스에서 온 화가들은 사정이 달랐다. 스키피오 아프리카누스 이래 가장 많은 조각상의 모델이 된 인물의 초상화를 그리도록 아테네나 알렉산드리아에서 야심 차게 파견한 그리스인 화가들이 마리우스의 눈썹을 보았을 때, 그들의 얼굴에 떠오른 공포 어린 표정이란! 화가들은 저마다 나름대로 최선을 다했다. 하지만 심지어 나무판자나 아마포에 그리더라도, 마리우스의 얼굴은 그의 눈썹을 위한 배경이 되어버리곤 했다.

루푸스가 본 오랜 친구의 초상 중에 가장 잘 그려진 것은 바로 루푸스 본인 집 외벽에 정체 모를 검은 물질로 누군가 대충 그려놓은 그림이었다. 그 그림은 선 몇 개가 전부였다. 두툼한 아랫입술을 나타낸 한 줄의 풍만한 곡선, 반짝이는 듯한 두 눈. 누군지 몰라도 어떻게 검정색으로 이처럼 반짝이듯이 그릴 수 있었을까? 양쪽 눈썹은 각각 열 개 남짓한 선으로만 표현되어 있었다. 그런데도 그 그림에는 마리우스가 생생하게 살아 있었다. 그의 자부심과 지성, 불굴의 기상, 순전한 개성이 고스란히 담겨 있었다. 다만 이 그림, 이 형태의 예술을 무엇이라 표현할 수 있을까? Vultum in peius fingere(악의로 만들어낸 얼굴)……. 그러나 너무나 잘 만든 나머지 악의는 진실로 변해 있었다. 아아, 아쉽도다! 루푸스가 그림이 그려진 부분의 회반죽 조각을 산산조각으로 바스러뜨리지 않고 떼어낼 묘안을 강구해내기도 전에 큰비가 쏟아졌다. 그리하여 가이우스 마리우스의 가장 훌륭한 초상화는 사라져버렸다.

반면, 어느 뒷골목의 담벼락 낙서장이라도 루키우스 코르넬리우스 술라를 그런 식으로 그릴 수는 없을 것이다. 색채의 마법이 없었다면 술라는 그저 꽤나 잘생긴 수많은 사내 중 하나였을 것이다. 반듯한 얼굴과 이목구비, 그리고 마리우스에게선 절대 기대할 수 없는 진정 로마인다운 용모에 그쳤을 것이다. 그러나 여기에 색깔을 더하면 술라는 특별해졌다. 마흔두 살이 되었어도 그의 머리숱은 줄어들 조짐이 보이지 않았다. 그 머리칼이란! 붉은색도 황금색도 아닌 머리는 숱이 많고 곱

슬곱슬했으며 조금 긴 듯도 했다. 빙하 속 얼음 같은 두 눈은 옅디옅은 푸른색 눈동자 주위로 먹장구름처럼 어두운 청색 테두리가 둘러져 있었다. 오늘밤 술라의 길고 풍성한 속눈썹과 가는 곡선 형태로 올라간 눈썹은 또렷한 갈색이었다. 그러나 루푸스는 긴급 상황일 때 술라의 모습을 본 적이 있었으므로, 그가 오늘밤도 평소 습관대로 스티비움을 바르고 왔다는 것을 알았다. 사실 술라의 눈썹과 속눈썹은 워낙 색이 옅어서, 만약 그의 피부가 전혀 색소가 들어 있지 않은 것처럼 그토록 희고 창백하지 않았더라면 아예 눈에 보이지도 않을 정도였던 것이다.

술라 앞에서 여자들은 냉정과 정숙함과 분별력을 상실했다. 앞뒤 가리지 않는 행동으로 남편과 아버지와 오빠를 격분시켰고, 술라가 무심결에 흘깃 쳐다만 봐도 흥분하여 지껄이고 키득거렸다. 이토록 능력 있고 머리 좋은 사내가 또 있을까! 술라는 최고의 군인이자 유능한 행정관이고 더할 나위 없이 용감한 사내이며, 자신이나 타인을 조직적으로 이끄는 능력도 완벽에 가까웠다. 그렇지만 여자가 그의 화근 덩어리였다. 어쨌든 루푸스의 생각은 그랬다. 루푸스 자신은 인상 좋지만 못생긴 얼굴과 평범한 회갈색 머리카락 덕에 수많은 다른 사내들 사이에서 튄 적이라곤 없었다. 그렇다고 술라가 바람둥이라거나 이따금씩이라도 여자를 후리고 다닌 것도 아니었다. 루푸스가 아는 한 술라는 감탄스러울 만큼 처신이 올발랐다. 그러나 로마에서 관직의 사다리 꼭대기에 오르기를 갈망하는 사내라면, 아폴로 신처럼 잘생긴 얼굴이 아닌 편이 그 목표를 달성하기에 훨씬 유리하다는 건 두말할 필요도 없었다. 여자들에게 엄청난 매력을 발산하는 미남자는 대개 동년배들의 신뢰를 얻지 못했고, 경박하다거나 사내답지 못하다거나 언제든 유부녀와 바람을 피울 가능성이 농후하다고 치부되기 일쑤였다.

두서없이 이어진 회상 끝에 루푸스는 지난해 술라가 법무관 선거에 출마했던 때를 떠올렸다. 모든 것이 술라에게 유리해 보였다. 그의 전적은 더없이 화려했고, 선전도 잘되어 있었다. 술라가 재무관으로, 군관으로, 최종적으로는 보좌관으로 자신의 수하에서 얼마나 귀중한 활약을 했는지 마리우스가 유권자들에게 확실히 알려두었기 때문이다. 심지어 카툴루스 카이사르까지 나서서 게르만의 킴브리족 일파를 무찔렀던 해에 이탈리아 갈리아에서 그가 세운 공적을 칭찬했다. 술라는 이탈리아 갈리아에서 반란을 선동하여 자칫 전멸할 뻔한 군대를 구함으로써 카툴루스 카이사르를 난처하게 만든 장본인이었으니, 그가 술라를 좋아할 하등의 이유가 없었는데도 말이다. 게다가 사투르니누스가 짧게나마 국가를 위협했던 며칠 동안, 마리우스가 그 사태에 종지부를 찍을 수 있도록 지칠 줄 모르는 정력과 유능함을 발휘한 사람도 술라였다. 마리우스가 내린 명령을 실행에 옮긴 사람이 술라였기 때문이다. 마리우스와 술라와 루푸스가 똥돼지라 부르는 퀸투스 카이킬리우스 메텔루스 누미디쿠스는 추방지로 떠나기 전에 아는 사람마다 붙잡고서, 자신이 보기에 아프리카에서 유구르타 왕과의 전쟁이 성공적으로 끝난 것은 순전히 술라의 공이었으며 마리우스가 그 공적을 부당하게 가로챘다고 말하는 데 열을 올렸다. 유구르타의 생포는 술라의 단독 활약으로 성사되었으며, 유구르타가 잡히지 않았다면 아프리카에서의 전쟁이 한참 길어졌으리라는 것은 누구나 아는 사실이라는 얘기였다. 카툴루스 카이사르를 비롯해 원로원의 극보수파 지도부 몇 명이 유구르타와의 전쟁을 승리로 이끈 공적은 마땅히 술라에게 돌아가야 한다는 똥돼지의 의견에 동조함에 따라, 술라의 행운의 별이 높이 떠오르고 그가 법무관 여섯 명 중 하나로 당선되는 것은 기정사실처럼 보였다.

이 모든 조건에 더해, 감탄스럽도록 겸손하고 자기를 낮추고 공정한 술라 본인의 행실까지 더할 나위 없었다. 자신은 마리우스의 명령에 따라 움직였을 뿐이므로 유구르타 생포의 공은 마리우스에게 돌아가야 한다는 입장을 선거운동이 끝날 때까지 시종일관 고수했던 것이다. 이런 식의 행실은 대개 유권자들에게 인정을 받았다. 전장이나 포룸 로마눔에서 자신의 상관에게 보인 충성은 높은 점수를 받곤 했다.

그러나 백인조회 선거인단이 마르스 평원의 가설투표소에 모여 한 사람씩 투표를 마쳤을 때, 그 자체만으로도 너무나 귀족적이고 호감을 주는 루키우스 코르넬리우스 술라의 이름은 당선자 6인의 명단에 들어 있지 않았다. 엎친 데 덮친 격으로, 낙선된 몇몇은 그다지 내세울 만한 조상도 없고 공적 면에서도 별 볼 일 없는 자들이었다.

왜 이렇게 됐을까? 투표일이 지나자마자 술라의 주변 사람들은 하나같이 이 질문을 던졌다. 정작 당사자인 술라는 아무 말도 하지 않았다. 하지만 그는 이유를 알고 있었다. 얼마 후 루푸스와 마리우스도 술라가 이미 알고 있던 그 이유를 알게 되었다. 술라가 실패한 원인은 하나의 이름이었고, 그리 대단한 이름도 아니었다. 그 이름은 카이킬리아 메텔라 달마티카. 이제 겨우 열아홉 살 난 소녀로, 원로원 최고참 의원 마르쿠스 아이밀리우스 스카우루스의 아내였다. 스카우루스는 게르만족이 처음 등장한 해에 집정관을 지냈고 똥돼지가 유구르타와 싸우러 아프리카로 간 해에는 감찰관을 지냈으며, 집정관 직을 마친 후로 지금까지 장장 17년 동안 원로원의 수장으로 군림해온 인물이었다. 원래 달마티카의 약혼자는 스카우루스의 아들이었으나, 그는 카툴루스 카이사르가 트리덴툼에서 퇴각한 후 자신이 겁쟁이임을 인정하며 자살하고 말았다. 그러자 열일곱 살 된 달마티카의 보호자였던 똥돼지는 마흔 살의 나이차에도 불구하고 지체 없이 조카딸을 스카우루스에게 시집보냈다.

물론 아무도 이 결혼에 대해 어떻게 생각하는지 달마티카에게 묻지 않았다. 처음에는 달마티카 본인도 자기 마음을 잘 몰랐다. 남편 될 사람이 지닌 대단한 권위와 존엄에 살짝 압도된 한편, 메텔루스 누미디쿠스 숙부의 바람 잘 날 없던 집에서 벗어나는 것이 그저 기뻤다. 그 무렵 누미디쿠스의 집에는 그의 여동생이 함께 지내고 있었는데, 이 여인은 분방한 성적 기질과 신경증적인 행동을 보인 탓에 함께 살기가 여간 고역스럽지 않았다. 달마티카는 결혼하자마자 바로 임신하여(이 사실로 스카우루스의 권위와 존엄은 한층 더 높아졌다) 스카우루스에게 딸을 낳아주었다. 그러나 그 와중에 남편이 베푼 만찬회에서 술라를 만나게 되었고, 두 사람은 서로를 향한 강렬한 이끌림으로 번민에 빠졌다.

달마티카의 존재가 얼마나 위험할 수 있는지 잘 알았던 술라는 스카우루스의 어린 아내와 가까워지려는 시도조차 하지 않았다. 그러나 달마티카는 생각이 달랐다. 사투르니누스와 그 동료들의 참혹한 시신이 로마인 신분에 걸맞도록 명예롭게 화장된 후 술라가 포룸 로마눔과 시내 곳곳을 다니며 법무관 선거유세를 시작하자, 달마티카 역시 포룸 로마눔과 시내를 쏘다니기 시작했다. 술라가 가는 곳마다 어김없이 달마티카가 있었다. 아무도 알아보지 못하게 온몸을 옷으로 가리고 조각상 좌대나 기둥 뒤에 숨어 있곤 했다.

얼마 안 가 술라는 마르가리타리아 주랑건물 같은 장소를 피해야 한다는 것을 깨달았다. 그런 곳들은 귀족 가문 여자가 보석 가게를 찾아 자주 드나들어도 자연스러워 보이므로 우연한 만남을 가장할 수 있었기 때문이다. 그 덕에 달마티카가 술라에게 직접 말을 건넬 기회는 줄어들었지만, 술라에게 달마티카의 행동은 오래전의 끔찍한 악몽이 되살아난 것과도 같았다. 율릴라가 틈만 나면 직접 혹은 몸종을 시켜 그의 토가 주름 속으로 슬쩍 찔러넣은 연애편지 더미에 파묻혔던 날들, 더구나 그들의 행동에 남들의 이목이 쏠리게 할 엄두도 낼 수 없는 상황이었다. 그 일은 결국 결혼으로 이어졌다. 사실상 이혼이 불가능한 콘파레아티오 의식으로 맺어진 그 결혼은 쓰라리고 성가시고 굴욕적인 상태로 지속되다가 율릴라의 자살로 끝이 났다. 술라를 길들이고자 갈망하는 여자들의 끝없는 행렬 속에 벌어진 또하나의 끔찍한 사건이었다.

그리하여 술라는 초라하고 악취로 가득하고 군중으로 붐비는 수부라 지구의 골목으로 갔다. 지금 이 순간 그에게 너무나 절실히 필요한, 유일하게 초연한 관계에 있는 친구에게 속마음을 털어놓기 위해서였다. 그 친구는 죽은 아내 율릴라의 올케 아우렐리아였다.

"어쩌면 좋단 말이오?" 술라가 울부짖듯이 말했다. "나는 덫에 걸렸소, 아우렐리아. 또다시 율릴라 때와 같은 상황이라니! 도저히 벗어날 수가 없소!"

"문제는 그 여자들에게 시간이 너무 남아돈다는 거예요." 아우렐리아가 정색하며 말했다. "아이들은 보모가 봐주고, 친구들과 모여앉아서 노상 남의 얘기나 해대고, 베틀은 쓸 생각조차 없고, 머릿속이 텅텅 비었으니 책에서 위안을 찾을 수도 없죠. 그들 대부분은 정략결혼을 했기 때문에 남편에게 아무런 감정도 느끼지 못해요. 아버지에게 정치권력이 더 필요하거나 남편에게 지참금이나 귀족 가문 배경이 필요해서 맺어지는 식이니까요. 그렇게 1년쯤 살다보면 불륜을 저지르기 딱 좋은 상태가 되는 거죠." 아우렐리아는 한숨을 내쉬었다. "어찌됐건 연애에 있어서만큼은 자유롭게 선택할 수 있으니까요, 루키우스 코르넬리우스. 그것 말고 여자들이 마음대로 할 수 있는 일이 얼마나 되겠어요? 개중 현명한 여자들은 노예로 만족하지만, 가장 어리석은 여자가 사랑에 빠지는 치들이에요. 불행히도 이번이 바로 그런 경우죠. 가엾고 어리석은 달마티카는 아주 정신이 나간 거예요! 당신이 바로 그 원인이 된 거구요."

술라는 입술을 깨물었고, 속마음을 감추기 위해 자기 손을 내려다보았다. "내가 원한 바는 아니오."

"저야 알지요! 하지만 마르쿠스 아이밀리우스 스카우루스도 그 사실을 알까요?"

"맙소사, 그 사람은 아무것도 몰라야 할 텐데!"

아우렐리아가 코웃음을 쳤다. "이미 알 만큼 다 알 걸요."

"그렇다면 왜 나를 찾아오지 않는 거지? 내가 찾아가야 하는 거요?"

"저도 지금 그 생각을 하고 있었어요." 인술라 건물의 주인이자 많은 사람들이 속내를 털어놓는 절친한 친구이고, 세 아이의 어머니이자 외로운 아내이며, 결코 남 일에 쓸데없이 참견하지 않지만 언제나 바쁜 여인이 대답했다.

아우렐리아는 자신의 작업대 옆쪽에 앉아 있었다. 널따란 작업대 주변에는 각종 두루마리와 낱장 서류, 장부 더미가 빈틈없이 들어차 있었지만, 사업상의 문제와 할 일이 많다는 증거가 될 뿐 어수선한 느낌은 전혀 없었다.

아우렐리아가 도와줄 수 없다면 자신을 도울 수 있는 사람은 아무도 없을 거라고 술라는 생각했다. 아우렐리아 외에 그가 찾아갈 수 있는 유일한 사람은 이런 상황에서는 믿을 수 없는 인물이었기 때문이다. 아우렐리아는 순수한 친구였지만 메트로비오스는 연인이기도 했다. 연인이라는 역할에서 비롯되는 온갖 복잡한 감정은 물론이고, 그가 남자라는 사실로 인해 상황이 더욱 꼬일 게 뻔했다. 바로 전날 술라가 메트로비오스를 찾았을 때 이 젊은 그리스인 배우는 달마티카에 대해 신랄한 말을 내뱉었다. 순간 크게 놀란 술라는 그제야 로마 사람 모두가 자신과 달마티카에 대해 수군거리고 있으리란 것을 깨달았다. 메트로비오스가 사는 세계는 현재 술라가 속한 세계와는 완전히 동떨어진 곳이기 때문이다.

"내가 스카우루스를 찾아가야 할 것 같소?" 술라가 재차 물었다.

"달마티카를 만나보는 게 나을 듯하지만, 도저히 방법이 없는 것 같네요." 아우렐리아가 입술을 오므리며 말했다.

술라의 얼굴에 간절한 표정이 떠올랐다. "당신이 여기로 달마티카를 초대하면 어떻소?"

"당치않아요!" 아우렐리아가 펄쩍 뛰었다. "루키우스 코르넬리우스, 누구보다 빈틈없는 분치고는 가끔 보면 마땅히 가지고 있을 법한 분별도 없는 듯할 때가 있군요! 모르시겠어요? 스카우루스는 틀림없이 자기 아내를 감시하고 있을 거예요. 지금껏 당신이 화를 면할 수 있었던 건 순전히 스카우루스의 의혹을 뒷받침할 증거가 없었기 때문인 거죠."

술라의 긴 송곳니가 드러났다. 그러나 미소를 지어서 그런 건 아니었다. 방심한 한순간 술라의 가면이 벗겨졌고, 아우렐리아는 전혀 모르는 사람의 얼굴을 일별했다. 아니, 정말로 그럴까? 그보다도, 그의 내면에 살고 있으리라 짐작은 했지만 이전에는 한 번도 보지 못한 존재라고 말하는 편이 옳을 것이다. 도저히 인간이라고는 느껴지지 않는, 달을 보며 괴성을 지를 것만 같은, 벌거벗은 채 발톱을 드러낸 괴물의 존재였다. 아우렐리아는 난생처음으로 지독한 공포를 느꼈다.

아우렐리아가 눈에 띄게 몸을 떨어서인지 괴물은 사라졌다. 술라는 다시 가면을 쓰고 낮은 신음 소리를 냈다.

"그러면 어떻게 할까요? 내가 뭘 할 수 있겠소?"

"이전에 당신이 달마티카에 관한 얘기를 꺼냈을 때, 아마 2년 전이었 죠, 딱 한 번 봤을 뿐인데도 달마티카와 사랑에 빠졌다고 했어요. 이것 부터 율릴라 때와 정말 비슷하죠. 바로 그 점 때문에 이 상황이 더 참기 어려운 거구요. 물론 달마티카가 율릴라에 대해 아는 거라곤 과거 당신 에게 자살한 부인이 있었다는 사실 말고는 아무것도 없죠. 그 사실은 당신의 매력을 크게 키우는 요소가 되고요. 여자들에게 당신은 알아서 도 사랑해서도 안 될 위험한 남자가 되는 셈이니, 그야말로 승부욕을 자극하는 거죠! 유감스럽게도 가엾은 달마티카는 당신이 던진 매력의 덫에 속수무책으로 빠져버린 거예요. 당신이 의도적으로 던진 올가미 는 아니지만."

아우렐리아는 잠시 말없이 생각에 잠겼다가 술라의 눈을 쳐다보았 다. "아무 말도 하지 말고 아무것도 하지 마세요, 루키우스 코르넬리우 스. 스카우루스가 당신을 찾을 때까지 가만히 기다리세요. 그렇게 하면 당신은 완전히 결백해 보일 수 있어요. 하지만 절대 스카우루스가 불륜 의 증거를 찾을 수 없게 조심하셔야 해요. 제아무리 모호한 정황증거라 하더라도 말이에요. 달마티카가 당신 하인을 매수해서 집안으로 들어 갈지도 모르니, 집에 계실 때는 부인이 외출하지 못하게 하세요. 문제 는 당신이 여자를 잘 모르고 그리 좋아하지도 않는다는 거예요. 그래서 여자가 도를 넘어 최악의 행동을 할 때 어떻게 대처해야 할지 모르고, 그들의 그런 행동은 당신으로 하여금 최악의 모습을 보이게 만드는 거죠. 달마티카의 남편은 반드시 당신을 찾아올 거예요. 그때는 부디 친절하게 대하세요! 젊은 아내를 둔 늙은 사내로서 스카우루스는 당신을 찾아올 때 분통이 치밀 거예요. 아내가 부정을 저질러서가 아니라 당신이 무심해서 말이에요. 그러니 그의 자존심이 다치지 않도록 최선을 다하셔야만 해요. 어쨌든 스카우루스의 영향력은 가이우스 마리우스만큼이나 막강하니까요." 아우렐리아는 미소를 지었다. "스카우루스는 마리우스와의 비교에 결코 동의하지 않겠지만 사실이 그렇죠. 당신이 법무관이 되려 한다면 그의 신경을 거슬러서는 안 돼요."

술라는 아우렐리아의 충고를 받아들였다. 하지만 전부 다 받아들이지는 않았다. 친절하게 행동하지도, 도움이 되려 하지도, 스카우루스의 자존심이 다치지 않도록 애쓰지도 않은 탓에 무서운 적을 만들고 말았다.

아우렐리아와 만나고 온 후 열엿새 동안 아무 일도 일어나지 않았다. 다만 이제 술라는 스카우루스가 심어둔 감시자들을 살피고 다녔고, 스카우루스에게 불륜의 증거를 주지 않기 위해 만반의 주의를 기울였다. 스카우루스의 측근들 사이에는 은밀한 눈짓과 비밀스런 웃음이 오갔다. 술라 본인의 측근들도 마찬가지였다. 그들은 전에도 늘 그렇게 지켜보고 있었음이 분명했다. 지금까진 그가 굳이 보려 하지 않던 것뿐.

무엇보다 견디기 힘들었던 것은 그가 여전히 달마티카를 원한다는 사실이었다. 아니, 사랑하는 것일지도, 집착하는 것일지도. 어쩌면 셋 다인지도 모른다. 율릴라 때와 똑같았다. 자기 앞을 가로막는 자는 누구건 닥치는 대로 후려갈기고픈 고통과 미움과 갈망. 술라는 달마티카와 사랑을 나누는 꿈을 꾸다가도, 바로 다음 순간 달마티카의 목을 꺾어 그녀가 키르케이의 달빛 어린 풀밭에서 발광한 듯 춤추는 모습을 보는 망상에 빠졌다. 아니, 아니, 이건 의붓어머니를 죽인 방법이었지! 술라는 유피테르 대제관을 지낸 조상 푸블리우스 코르넬리우스 술라 루피누스의 이마고가 보관된 장식장 속의 비밀 서랍을 부쩍 자주 열고서 작은 독약병들과 흰 가루가 담긴 상자를 꺼내보곤 했다. 바로 이것으로 그는 루키우스 가비우스 스티쿠스와 장사 헤르쿨레스 아틀라스를 죽였다. 버섯? 버섯으로는 정부를 죽였지. 이거나 먹어라, 달마티카!

그러나 율릴라가 죽은 후로 시간이 흐르고 경험도 쌓이면서 술라는 이제 자신을 더 잘 알게 되었다. 율릴라를 죽이지 못했던 것처럼 그는 달마티카도 죽일 수 없었다. 유서 깊은 귀족 가문 여자들과의 관계는 마침내 쓰디쓴 명멸의 순간에 이를 때까지 그저 지켜보는 수밖에 달리 방도가 없었다. 카이킬리아 메텔라 달마티카와도 훗날 언젠가는, 지금 이 순간 그가 감히 시작조차 못하는 관계를 끝내게 될 것이다.

이윽고 스카우루스가 찾아와 술라의 집 문을 두드렸다. 많은 유령의 손길이 닿았던 문, 그 목질에서 악의의 기운을 뿜어내는 문이었다. 술라의 문에 손을 댐으로써 스카우루스도 더럽혀졌다. 그의 머릿속에는 이 만남이 상상했던 것보다도 더 힘들어지겠다는 생각뿐이었지만.

이 대담한 노인은 술라의 피호민용 의자에 앉아 맑은 초록빛 눈으로 집주인의 말쑥한 얼굴을 불쾌한 듯 노려보았다. 노인의 눈동자만 보면 얼굴에 잡힌 주름과 대머리는 마치 가장인 것처럼 느껴졌다. 노인은 이 자리에서 벗어날 수 있다면, 자존심을 거덜내가며 터무니없이 우스꽝스러운 이 상황을 해결하지 않아도 된다면 얼마나 좋을까 간절히 바라고 또 바랐다.

"내가 무슨 일로 찾아왔는지 알고 있겠지요, 루키우스 코르넬리우스." 턱을 치켜들고 상대의 눈을 똑바로 바라보며 스카우루스가 입을 열었다.

"그런 것 같습니다." 술라는 이렇게만 대답하고 입을 다물었다.

"내 아내의 행동에 대해 사과하고, 오늘 얘기를 끝내고 나면 더는 내 아내가 당신을 곤란하게 하는 일이 없도록 하겠다고 확약하러 왔소." 자! 결국 말했다. 나는 여전히 살아 있고 수치심으로 죽지 않았구나. 그러나 그 순간 스카우루스는 술라의 차분하고 냉철한 눈길 너머로 희미한 경멸의 빛을 본 것 같았다. 어쩌면 그의 착각이었겠지만, 이로 인해 스카우루스는 술라의 적으로 돌아섰다.

"참으로 죄송합니다, 마르쿠스 아이밀리우스." 뭐라고 말 좀 해, 술라! 저 멍청한 늙은이를 좀 편하게 해주라고! 저 늙은이가 저기 앉은 채 자존심이 갈가리 찢기게 내버려두지 말란 말이야! 아우렐리아가 한 말을 기억해! 그러나 좀처럼 말이 나오지 않았다. 말은 떠오를 듯 말 듯 머릿속에서만 맴돌 뿐, 술라의 혀는 돌처럼 굳어진 채 침묵했다.

"당신이 로마를 떠나는 편이 모두를 위해 나을 것 같소. 히스파니아로 떠나시오." 마침내 스카우루스가 말했다. "루키우스 코르넬리우스 돌라벨라가 유능한 사람의 도움을 필요로 한다고 들었소."

술라는 과장되게 놀란 척하며 눈을 깜박였다. "그런가요? 상황이 그리 심각한 줄 몰랐습니다! 하지만 마르쿠스 아이밀리우스, 저는 여길 떠나 먼 히스파니아로 갈 수 없습니다. 원로원에 들어간 지도 이제 9년이니 법무관 선거에 나갈 때가 되었거든요."

스카우루스는 마른침을 삼켰다. 그러나 겉으로는 온화한 태도를 유지하려고 안간힘을 썼다. "올해는 안 되오, 루키우스 코르넬리우스." 스카우루스가 부드러운 목소리로 말했다. "내년이나 내후년에 도전하시오. 올해는 로마를 떠나 있어야 하오."

"마르쿠스 아이밀리우스, 저는 잘못한 게 없습니다!" 아니, 잘못이 있지, 술라! 지금 네가 하고 있는 행동이 잘못됐잖아. 넌 지금 저 늙은이를 마구 밟아 뭉개고 있다고! "저는 법무관 적령이 3년이나 지나서 한시가 급합니다. 올해 선거에는 필히 출마해야 합니다. 그러려면 로마에 있어야 하고요."

"부디 다시 생각하시오." 스카우루스가 자리에서 일어나며 말했다.

"그럴 수 없습니다, 마르쿠스 아이밀리우스."

"기어코 선거에 출마한다면, 내 장담하건대 당신은 절대 당선되지 못할 거요, 루키우스 코르넬리우스. 내년에도 그럴 것이고, 내후년에도, 또 그 다음해가 되어도 마찬가지일 거요." 스카우루스의 어조는 차분했다. "확실히 장담하지. 내 말을 귀담아들으시오! 로마를 떠나시오."

"거듭 말씀드리지만, 마르쿠스 아이밀리우스, 정말 죄송합니다. 하지만 저는 로마에 남아 법무관에 출마해야 합니다."

이리하여 일은 완전히 틀어지고 말았다. 권위와 존엄에 모두 상처를 입긴 했어도, 원로원 최고참 의원 마르쿠스 아이밀리우스 스카우루스는 충분하고도 남을 영향력을 결집시켜 술라의 법무관 당선을 거뜬히 막아냈다. 결국 술라보다 못한 다른 인물들의 이름이 당선자 명단에 올라갔다. 별 볼 일 없고 평범하고 멍청한 자들이었다. 그렇다 해도, 법무관이 된 건 그들이었다.

푸블리우스 루틸리우스 루푸스는 조카딸 아우렐리아로부터 사건의 내막을 전해 듣고서, 그 이야기를 다시 가이우스 마리우스에게 전해주었다. 스카우루스 원로원 최고참 의원이 술라의 법무관 선출에 강력히 반대했음은 누구나 빤히 아는 사실이었다. 다만 그 이유는 확실히 알수 없었다. 누군가는 달마티카가 술라에게 애처로운 연정을 품었기 때문이라고 주장했다. 그러나 많은 이야기가 오간 끝에, 그것은 이유가 되기에 너무 약하다는 쪽으로 대다수의 의견이 모였다. 스카우루스는 달마티카에게 스스로 잘못을 반성할 시간을 충분히 준 다음에(본인이 그렇게 말했다) 아내와 마주앉아 얘기를 했고(다정하지만 단호하게 말했다고 했다), 이 사실을 친구들에게나 포룸 로마눔에서 군이 숨기지 않았다.

"가여운 어린것, 언제고 이런 일이 터질 줄 알았지." 스카우루스는 따스한 어소로 원로원 의원 몇 명에게 이렇게 말했다. 물론 자신의 말이 잘 들릴 만한 거리에 그들 외에도 여럿이 있는 걸 확인한 뒤였다. "한낱 가이우스 마리우스의 수하가 아닌 다른 사람을 골랐으면 좋았겠지만…… 그자가 잘생기긴 했지."

스카우루스의 뒷수습은 참으로 훌륭했다. 어쩌나 수습을 잘해놓았던지, 포룸 로마눔의 전문가들과 원로원 의원들은 스카우루스가 술라의 입후보를 반대한 진짜 이유는 익히 알려진 술라와 마리우스의 유대 관계 때문이라고 생각하게 되었다. 사상 유례없이 여섯 차례나 집정관을 지냈던 마리우스는 이제 내리막길을 걷고 있었다. 과거의 전성기는 끝이 났고, 이제는 감찰관 선거에 출마하는 데 필요한 지지조차 모으지 못했다. 이는 곧 소위 로마 제3의 건국자라는 마리우스가, 하나같이 감찰관 직을 지냈던 가장 고귀한 전직 집정관들의 반열에는 결코 오를 수 없으리라는 뜻이었다. 이제 마리우스는 로마의 정계에서 한물간 인물이요, 위협적이라기보다는 호기심의 대상이었으며, 3계급보다 높은 계급 사람들은 아무도 그에게 환호하지 않았다.

루푸스는 자기 잔에 포도주를 더 따랐다. "정말로 페시노스에 갈 작정인가?" 그가 마리우스에게 물었다.

"안 될 게 뭔가?"

"왜 간다는 건가? 내 말은…… 델포이나 올림피아, 하다못해 도도나만 돼도 이해할 수 있겠네. 하지만 페시노스라니! 아나톨리아 한복판에 처박힌 곳이지 않나, 프리기아에 말이야! 이 세상에서 가장 낙후되고 미신이 난무하는 불쾌한 곳 아닌가! 괜찮은 포도주가 있기를 해, 수백 킬로미터가 지나도록 말이 다니는 길 말고는 제대로 된 도로가 있기를 해! 좌우로는 상스러운 양치기들에, 국경에서는 갈라티아의 야만인들이 설치고 다니지! 정말이지, 가이우스 마리우스! 자네가 보고 싶어 안달하는 것이 수염에 보석을 매달고 금실로 짠 옷을 입은 바타케스인가? 그럼 그자를 다시 로마로 불러들이게! 분명 그자는 이곳의 신식 부인네들과 다시 만날 생각에 더없이 기뻐할 터이니. 저 부인네들은 바타케스가 떠난 후로 내내 울고 있던 참이니까."

마리우스와 술라는 루푸스가 이 열변을 끝내기 한참 전부터 웃음을 터뜨렸다. 그러는 사이 저녁 자리에 맴돌던 서걱거리는 긴장이 어느새 사라졌다. 두 사람 사이는 편안해졌고 완벽히 한마음이 되었다.

"미트리다테스 왕을 만나시려는 거군요." 술라가 말했다. 그의 말은 질문이 아니었다.

마리우스의 눈썹이 꿈틀거렸다. 그가 씨익 웃었다. "무슨 엉뚱한 소린가! 왜 그런 생각을 했나, 루키우스 코르넬리우스?"

"당신을 잘 아니까요, 가이우스 마리우스. 신앙심 따위는 없는 노친네지요! 이제껏 당신이 뭔가를 맹세한 적은, 군단 병사들이나 건방진 군무관들에게 단단히 본때를 보일 때가 전부였습니다. 그러니 당신이 살찌고 늙은 몸을 이끌고 저 황량한 아나톨리아로 가려는 이유는 하나밖에 없습니다. 직접 가서 카파도키아의 정세를 살피고 미트리다테스왕이 그쪽 일에 얼마나 깊이 관여하고 있는지 확인해볼 심산인 거죠." 이렇게 말하며 술라는 미소를 지었다. 근래 들어 가장 기분좋아 보이는 미소였다.

마리우스는 흠칫 놀라며 루푸스 쪽을 돌아보았다. "다른 사람들도 루키우스 코르넬리우스처럼 내 속을 이리 훤히 들여다보진 못해야 할 텐데!"

이번에는 루푸스가 미소를 지었다. "다른 사람들은 짐작조차 못할 거라고 보네. 나부터도 자네 말을 믿었으니까. 신앙심 따위는 없는 이 노친네야!"

무의식적으로(적어도 루푸스에게는 그렇게 보였다) 마리우스의 고개가 술라 쪽으로 향했고, 어느새 두 사람은 예전처럼 새롭고 원대한 전략을 논의하기 시작했다. "문제는 우리가 가진 정보 출처를 전혀 믿을 수 없다는 것이네." 마리우스가 열성적으로 말했다. "내 말은, 지난 수년간 어디 자격을 갖춘 유능한 인물이 저쪽 지역에 파견된 적이 있었나? 신진 세력들이 간신히 법무관 자리까지 올라가긴 했지. 하지만 정확한 보고를 해줄 수 있는, 내가 믿을 수 있을 만한 인물은 하나도 없네. 우리에게 확실한 정보가 뭐가 있나?"

"거의 없지요." 대화에 완전히 빠져든 술라가 대답했다. "서쪽에서는 비티니아의 니코메데스 왕이, 동쪽에서는 미트리다테스 왕이 갈라티아를 침략하려 시도했습니다. 또 몇 년 전에는 니코메데스가 카파도키아의 어린 왕의 모후와 결혼했습니다. 아마 당시에는 그 모후가 왕국을 섭정하고 있었겠지요. 그때부터 니코메데스는 스스로 카파도키아의 왕이라 칭하기 시작했습니다."

"그랬지. 미트리다테스가 사주하여 섭정 모후를 살해하고 어린 왕을 다시 보위에 올려놓았을 때 니코메데스는 대단히 유감스러워했을 거야." 이 말 끝에 마리우스는 나직하게 웃었다. "이제 더는 카파도키아의 니코메데스 왕이 아니게 됐지! 어떻게 자기가 왕위를 차지하도록 미트리다테스가 가만 내버려둘 거라 생각했는지부터 이해가 안 돼. 죽은 모후는 미트리다테스의 누이였는데 말이야!"

"지금도 그 아들이 왕국을 다스리고 있지요. 이름이 뭐더라……. 그쪽 이름은 다들 어찌나 희한한지! 아리아라테스였나요?"

"정확히는 아리아라테스 7세지."

"지금 상황이 어떻다고 보십니까?" 술라가 물었다. 복잡하게 꼬인 동방국들 간의 관계를 마리우스가 훤히 꿰뚫고 있다는 데 호기심이 동한 것이다.

"나도 잘 모르겠네. 아마 비티니아의 니코메데스와 폰토스의 미트리다테스 간에 늘 있는 다툼 외에는 아무 일도 없겠지. 하나 그자는 대단히 흥미로운 인물 같단 말이지, 폰토스의 젊은 왕 미트리다테스 말이야. 그래서 한번 직접 만나보고 싶네. 따지고 보면 이제 겨우 서른 살일 뿐인데, 폰토스 왕국 단 한 곳에서 출발해 어느덧 흑해 주변지역 대부분까지 영토를 넓힌 인물일세. 생각하면 소름이 끼쳐오네. 미트리다테스가 로마에 골칫거리를 안기리라는 예감이 들어."

지금이 두 사람의 대화에 끼어들기 딱 좋은 때라고 생각한 루푸스는, 앉아 있던 의자 앞 탁자에 빈 술잔을 큰 소리가 나게 탁 내려놓으며 말할 기회를 잡았다. "자네 말은 미트리다테스가 우리 로마의 아시아 속주에 눈독들이고 있다는 뜻이겠군." 루푸스는 다 알겠다는 듯이 고개를 끄덕였다. "왜 안 그러겠는가? 그토록 비옥한 땅이니 당연하지! 게다가 세상에서 문명이 가장 발달한 곳이기도 하니까. 그곳은 그리스인들이 지금의 그리스인이 되기 전부터도 이미 그리스 같은 곳이었지! 호메로스가 우리 아시아 속주에 살며 일했다니, 상상이 가나?"

"직접 리라를 뜯으며 노래를 하신다면 상상이 더 잘될 것 같은데요." 술라가 웃으며 말했다.

"농담은 그만두게, 루키우스 코르넬리우스! 미트리다테스 왕이 로마의 아시아 속주를 그저 장난으로 생각하지는 않을 테니. 우리 역시 농담으로라도 그렇게 생각해선 안 될 거야." 장난과 농담이라……. 루푸스는 자신의 말재간에 감탄하느라 잠시 말을 멈췄다. 그 바람에 대화의 주도권을 잡을 기회를 놓치고 말았다.

"미트리다테스가 우리 아시아 속주를 꿀꺽할 생각에 군침을 흘리고 있으리라는 건 분명해." 마리우스가 말했다.

"하지만 그자는 동방 사람입니다." 술라가 단호히 말했다. "동방의 왕들은 모두 로마를 두려워하지요. 동방의 그 어떤 왕보다 로마를 많이 접했던 유구르타조차도 로마를 두려워했으니까요. 우리와 전쟁을 일으키기 전에 유구르타가 얼마나 많은 모욕과 수모를 참아냈습니까. 말 그대로 우리가 그에게 전쟁을 강요한 겁니다."

"내 생각엔 유구르타는 늘 우리와 전쟁을 일으킬 작정이었던 것 같은데." 루푸스가 말했다.

"저는 생각이 다릅니다." 술라는 눈살을 찌푸렸다. "유구르타는 우리에 맞서 전쟁을 하는 걸 꿈꾸긴 했지만, 그게 꿈에 그치리라는 걸 잘 알고 있었어요. 아울루스 알비누스가 노획물을 노리고 누미디아로 쳐들어감으로써 그를 전쟁으로 몰아넣은 겁니다. 사실 우리가 벌이는 다른 전쟁들도 주로 그렇게 시작되죠! 어린애들 행진의 지휘도 맡겨서는 안 될 황금에 눈먼 사령관에게 로마 군단의 지휘를 맡기면, 그는 노획물을 노리면서 전쟁에 나서는 겁니다. 로마를 위해서가 아니라 자기 돈주머니를 불리기 위해서 말이에요. 카르보와 게르만족의 전쟁, 카이피오와 게르만족의 전쟁, 실라누스와 게르만족의 전쟁 등등, 열거하자면 끝이 없지요."

"자네 지금 옆길로 새고 있네, 루키우스 코르넬리우스." 마리우스가 부드럽게 지적했다.

"죄송합니다, 옳은 말씀이에요!" 술라는 전혀 당황하는 기색 없이 자신의 옛 사령관을 향해 애정 어린 미소를 지었다. "어쨌든 저는 요즘 동방의 상황이 유구르타가 우리와 전쟁을 벌이기 전의 아프리카 상황과 흡사하다고 생각합니다. 비티니아와 폰토스가 예로부터 적대 관계라는 건 우리 모두가 잘 아는 사실이고, 니코메데스 왕과 미트리다테스 왕 모두 영토를 확장하고 싶어한다는 것도 주지의 사실입니다. 적어도 아나톨리아 내에서라도요. 아나톨리아에는 두 왕이 군침을 흘릴 만한 대단히 비옥한 땅 두 곳이 있지요. 바로 카파도키아와, 우리 로마의 아시아 속주입니다. 카파도키아를 차지하면 킬리키아로 이어지는 빠른 길과 더없이 기름진 땅을 얻을 수 있어요. 로마의 아시아 속주를 차지할 경우에는 지중해와 맞닿은 독보적인 해안 접근로 외에 50여 곳에 달하는 훌륭한 항구와 놀랍도록 비옥한 배후지까지 얻게 됩니다. 이 두 지역을 욕심내지 않는 왕이 있다면 인간이 아니겠지요."

"음, 나는 비티니아의 니코메데스는 걱정이 안 되네." 마리우스가 말을 자르고 들어왔다. "그는 로마에 손발이 묶여 있는 처지이고 자신도 그걸 알고 있으니까. 적어도 지금으로서는 로마의 아시아 속주가 위험하다고도 생각하지 않네. 문제는 카파도키아야."

술라가 고개를 끄덕였다. "맞는 말씀입니다. 아시아 속주는 로마 소
유지요. 미트리다테스 왕이라 해도 동방의 여타 왕들과 크게 다르지는
않을 겁니다. 아시아 속주의 통치 상태가 아무리 엉망일지라도 그곳을
침공하려 들 만큼 로마에 대한 두려움을 떨치지는 못했을 거예요. 그러
나 카파도키아는 로마의 영토가 아닙니다. 그곳도 우리의 세력권에 들
기는 하지만, 니코메데스나 젊은 미트리다테스 둘 다 카파도키아에 대
해 로마가 그곳 때문에 전쟁을 벌이기에는 너무 멀리 있고 중요도도
크게 떨어지는 지역이라고 판단한 것 같습니다. 그러면서 한편으로 그
땅을 훔쳐가려고 도둑처럼 은밀하게 움직이고 있어요. 자기들의 저의
는 꼭두각시와 친척들 뒤로 감춘 채 말이지요."

마리우스에게서 투덜대는 소리가 나왔다. "늙은 니코메데스 왕이 카
파도키아의 섭정 모후와 결혼한 것을 은밀한 행동이라 할 수는 없지!"

"그렇긴 합니다만, 그 상황이 오래가진 못했지 않습니까? 미트리다
테스 왕이 격분하여 자기 누이를 살해해버렸으니까요! 그러고는 잽싸
게 모후의 아들을 카파도키아의 왕좌에 도로 앉혔죠."

"불행히도 우리의 우호동맹은 미트리다테스가 아니라 니코메데스란
말이지. 그 모든 일이 일어날 때 내가 로마에 없었던 게 유감이야."

"그건 아니지, 이 사람아!" 루푸스가 분개하여 맞받아쳤다. "비티니아
왕국은 공식적인 로마 우호동맹이 된 지 50년도 넘었네! 우리가 카르
타고와 마지막으로 전쟁을 치를 당시에는 폰토스의 왕도 공식적인 우
호동맹이었고 말이야. 그런데 미트리다테스의 아버지가 마니우스 아
퀼리우스의 아버지로부터 프리기아를 사들임으로써 로마와의 우호관
계 가능성을 짓밟아버렸네. 그뒤로 로마는 폰토스와의 관계를 모두 끊

은 거지. 게다가 서로 못 잡아먹어 안달인 두 왕에게 똑같이 우호동맹국의 지위를 부여하는 건 도저히 안 될 일이지 않은가. 로마 동맹국의 지위를 줘서 그 두 나라 간에 전쟁이 일어나지 않는다는 보장이 있으면 또 모르지만. 비티니아와 폰토스의 경우를 두고 원로원에서는 두 왕국 모두에 우호동맹국 지위를 부여하면 둘 사이가 더욱 악화되기만 할 거라고 판단한 걸세. 그 결과 폰토스에 비해 전적이 나았던 비티니아의 니코메데스에게 동맹국 지위를 준 거지."

"니코메데스는 어리석은 늙은 닭이야!" 마리우스가 참지 못하고 말했다. "그가 통치한 지가 50년도 넘었는데, 자기 아비를 왕좌에서 몰아냈을 때도 이미 어린애가 아니었지. 지금은 여든 살도 넘었을 걸. 그런 영감탱이 때문에 아나톨리아 상황이 악화되고 있다고!"

"자네 말뜻은, 어리석은 늙은 닭처럼 행동하고 있다는 거겠지." 루푸스는 이렇게 대꾸하면서 자줏빛에 가까운 눈동자로 마리우스를 쳐다보았다. 조카딸 아우렐리아와 많이 닮은, 조금은 더 부드러운 듯하나 똑같이 단호하고 거침없는 눈빛이었다. "가이우스 마리우스, 자네나 나나 어리석은 늙은 닭이라 불릴 나이가 머지않았다는 생각은 안 하는가?"

"자, 자, 흥분 마시고, 이제 그만들 하세요!" 술라가 싱긋 웃으며 말했다. "무슨 말씀인지 압니다, 가이우스 마리우스. 통치 능력이 있건 없건 니코메데스가 고령인 건 사실이지요. 실제로 통치 능력은 있다고 봐야 할 겁니다. 비티니아가 동방의 왕실 중에서 가장 그리스화된 곳이라고는 하지만 그래도 동방 국가는 동방 국가예요. 이 말인즉슨 니코메데스가 조금이라도 노망 기미를 보이는 순간 아들에 의해 바로 왕위에서 쫓겨난다는 뜻입니다. 그러니까 아직까지는 경계심과 수완을 잃지 않은 상태인 거죠. 그러나 니코메데스는 성마르고 인색합니다. 그에 비해 국경 너머 폰토스에는 이제 갓 서른이 된, 강건하고 영리하고 저돌적이고 자신만만한 사내가 버티고 있지요. 그래요, 니코메데스가 미트리다테스를 제대로 평가하리라 보기는 어렵겠지요."

"그렇지." 마리우스가 맞장구쳤다. "실제로 그 둘이 맞붙는다면 일방적인 싸움으로 끝날 거라 봐도 무방할 거야. 니코메데스는 왕위에 오를 때부터 가지고 있던 땅을 간신히 지키는 데 그친 반면 미트리다테스는 정복자거든. 그래, 루키우스 코르넬리우스, 나는 이 미트리다테스라는 자를 반드시 만나봐야겠네!" 마리우스는 왼쪽 팔꿈치에 몸을 기댄 채 들뜬 눈빛으로 술라를 응시했다. "나와 같이 가세, 루키우스 코르넬리우스! 딱히 나은 일도 없지 않나? 로마에서는 역시나 따분한 한 해가 되겠지. 더욱이 똥돼지는 원로원에서 씨부렁거리고 새끼 똥돼지는 제 아비를 집으로 데려온 공을 혼자 독차지하는 꼴이나 보게 될 테니."

그러나 술라는 고개를 가로저었다. "아닙니다, 가이우스 마리우스."

"듣기로는," 손톱 한 귀퉁이를 느긋이 물어뜯으며 루푸스가 말을 꺼냈다. "똥돼지 퀸투스 카이킬리우스 메텔루스 누미디쿠스를 추방지 로도스 섬에서 다시 로마로 불러들이는 공문에 서명한 사람이 수석 집정관 메텔루스 네포스와 다른 사람도 아닌 바로 새끼 똥돼지였다는군, 참나! 소환 명령을 받아낸 호민관 퀸투스 칼리디우스에 대해서는 한마디 언급도 없었다네! 게다가 아무 관직도 없는 하급 의원이 서명을 했고 말이지!"

마리우스가 웃음을 터뜨렸다. "불쌍한 퀸투스 칼리디우스! 열심히 수고한 대가로 새끼 똥돼지가 돈이라도 두둑이 치렀으면 좋겠군." 마리우스는 루푸스를 쳐다보며 말을 이었다. "카이킬리우스 메텔루스 족속들은 세월이 지나도 별로 변하는 게 없지 않나? 내가 호민관이던 시절에도 그자들은 날 쓰레기 취급했지."

"그럴 만도 했지." 루푸스가 대꾸했다. "그 당시 자네가 한 일이라곤 정계에 나온 카이킬리우스 메텔루스 가문 사람들을 하나같이 골탕 먹이는 것밖에 더 있었나! 그것도 자네가 자기네 올가미에 걸려들었다고 믿고 있던 차에 말이야! 허, 달마티쿠스가 어찌나 분개했던지!"

그 이름을 듣는 순간 술라는 움찔했고, 양볼이 화끈 달아오르는 것을 느꼈다. 달마티카의 아버지, 똥돼지의 죽은 형이 아닌가. 달마티카는 어떻게 지내고 있을까? 스카우루스는 어떤 처분을 내렸을까? 스카우루스가 집으로 찾아온 날 이후 술라는 달마티카를 한 번도 보지 못했다. 들리는 소문에는 이후 집밖에 나가는 것이 아예 금지되었다고 했다. "딴 이야기지만," 술라가 큰 소리로 말했다. "확실한 소식통에 의하면 새끼 똥돼지가 아주 대단한 정략결혼을 한다는군요."

추억담이 뚝 하고 멈췄다.

"나는 아직 못 들었는데!" 루푸스는 조금 기분이 상한 듯 말했다. 자신이 로마에서 가장 소식에 밝은 사람이라고 생각했기 때문이다.

"그렇지만 사실이랍니다, 푸블리우스 루틸리우스."

"어서 말해보게!"

술라는 아몬드 한 알을 입안에 던져넣고 잠시 와작와작 씹다가 입을 열었다. "포도주 맛이 좋습니다, 가이우스 마리우스." 그러고선 하인들이 물러나면서 가까이 놓아둔 술병을 집어 자기 잔을 채웠다. 술라는 느긋하게 포도주에 물을 탔다.

"어허, 저 친구 속 편하게 좀 알려주게, 루키우스 코르넬리우스!" 마리우스는 한숨을 쉬었다. "푸블리우스 루틸리우스는 남 얘기로는 원로원에서 첫째가는 늙은이야."

"저도 그렇게 생각합니다. 사실 그러신 덕에 우리가 아프리카와 갈리아에 가 있는 동안 대단히 재미난 편지들을 받아볼 수 있었지요." 술라가 미소를 지으며 말했다.

"누군가?" 루푸스가 다른 얘기에는 꿈쩍도 않고 소리쳐 물었다.

"작은 리키니아입니다. 바로 수도 담당 법무관 루키우스 리키니우스 크라수스 오라토르의 작은딸이지요."

"농담이겠지!" 루푸스가 숨을 헐떡이며 말했다.

"아니요, 사실입니다."

"하지만 아직 나이도 안 찼을 텐데!"

"결혼식 바로 전날에 열여섯이 된다더군요."

"심히 끔찍스럽군!" 마리우스가 양쪽 눈썹을 모으며 성난 소리로 내뱉었다.

"정말이지, 갈수록 말이 안 되는 상황이 벌어지고 있어!" 루푸스는 진심으로 걱정스러운 목소리였다. "혼인 적령은 열여덟이네. 그보다 하루라도 앞서서는 안 될 일이야! 우리는 로마인이지, 젖먹이를 날치기하는 동방인이 아니잖나!"

"그나마 새끼 똥돼지는 삼십대 초반에 불과하니까요." 술라가 대수롭지 않게 말했다. "스카우루스의 부인은 어떻습니까?"

"그쪽에 대해서는 입을 대지 않는 편이 낫네!" 루푸스가 쏘아붙였다. 그의 흥분은 잦아들었다. "아무튼 크라수스 오라토르는 존경스러울 지경이군. 그 집안은 지참금이 모자랄 일이 없는데도 딸들로 크게 남는 장사를 했네. 큰딸은 스키피오 나시카에게 시집보내더니 이제 작은딸도 외동아들에 유일한 상속자인 새끼 똥돼지에게 보내는구먼, 역시나.

큰딸 리키니아를 열일곱에 스키피오 나시카 같은 짐승놈과 혼인시킨 것만으로도 최악이라고 생각했는데 말이야. 지금은 임신중이라네."

마리우스가 손뼉을 쳐서 시종을 불렀다. "집으로 가게, 자네 둘 다! 대화 내용이 늙은 여편네들의 수다 수준으로 떨어지면 이미 할 얘기는 다 끝난 거야. 임신이라니! 자네는 애들 방에서 여자들하고나 있어야겠군, 푸블리우스 루틸리우스!"

이날 저녁식사 때문에 아이들도 모두 마리우스의 집에 와 있었는데, 만찬 자리가 파할 무렵에는 다들 잠이 들어 있었다. 마리우스 2세만 그대로 남고 다른 아이들은 부모가 집으로 데려가야 했다. 집밖에는 커다란 가마 두 대가 기다리고 있었다. 하나는 술라의 아이들인 코르넬리아 술라와 술라 2세를 태울 가마였고, 다른 하나는 아우렐리아의 세 아이, 즉 리아로 불리는 큰딸 율리아, 유유로 불리는 작은딸 율리아, 카이사르 2세를 태울 가마였다. 남녀 어른들이 아트리움에 서서 낮은 목소리로 얘기를 나누는 동안 하인들은 잠든 아이들을 안고 나가 조심스레 가마에 태웠다.

무심코 아이들 수를 세던 율리아의 눈에 낯선 사내가 어린 카이사르를 안고 가는 모습이 보였다. 순간 율리아는 몸이 굳어져서 아우렐리아의 팔을 힘껏 움켜잡았다.

"저 사람은 루키우스 데쿠미우스군요!" 율리아가 숨가쁜 소리로 말했다.

"물론이지요." 깜짝 놀라서 아우렐리아가 대답했다.

"아우렐리아, 정말 어쩌려고 그래요!"

"무슨 소리예요, 율리아. 루키우스 데쿠미우스는 내가 의지할 수 있는 든든한 사람이에요. 아시다시피 우리집 근처가 점잖고 안전한 동네는 아니잖아요. 도둑과 노상강도가 판치는 길 한가운데를 지나가야 해요. 그것 말고도 뭐가 더 있을지, 7년을 다녔어도 아직도 모를 정도지요! 집밖에 나오는 일은 별로 없지만 어쩌다 그럴 때면 루키우스 데쿠미우스와 그의 형제 몇 명이 항상 저를 집에 데려다줘요. 게다가 어린 카이사르는 걸핏하면 잘 깨는데도 루키우스 데쿠미우스가 안으면 절대 뒤척이는 법이 없답니다."

"그의 형제들이라니요!" 겁에 질린 율리아가 속삭이듯 말했다. "그럼 집에 루키우스 데쿠미우스 같은 자들이 더 있다는 말이에요?"

"아뇨!" 아우렐리아가 어이없다는 듯이 말했다. "교차로 클럽의 형제들이죠. 그의 부하들 말이에요, 율리아." 아우렐리아의 얼굴에 짜증이 어렸다. "아, 어쩌다 오는 거지만 매번 대체 내가 왜 이런 가족 모임에 오는지 모르겠어요! 내가 알아서 생활을 잘 꾸려간다는 걸 왜 이리도 이해 못해주는 거죠? 이렇게 호들갑 떨고 잔소리할 필요가 없다는 걸 말이에요."

율리아는 마리우스와 함께 잠자리에 들 때까지 더는 아무 말도 하지 않았다. 침실로 가기에 앞서 율리아는 집안을 정돈하고, 노예들을 자기 거처로 내보내고, 바깥문을 닫아걸고, 로마의 모든 가정을 보살펴주는 세 신에게 제를 올렸다. 화로의 수호신 베스타, 식품 저장실의 수호신 페나테스, 가족의 수호신 라르 파밀리아리스였다.

"오늘 아우렐리아를 대하기가 상당히 힘들었어요." 그제야 율리아가 입을 열었다.

마리우스는 피곤했다. 그는 요즘 들어 예전에 비해 훨씬 자주 피곤해졌고 그 점을 수치스럽게 여겼다. 지금도 당장 왼쪽으로 돌아누워 자고 싶은 생각이 간절했지만, 마리우스는 그러지 않았다. 그 대신 등을 대고 똑바로 누워 왼팔로 아내를 감싸안고, 여자들이나 집안문제에 관한 담소에 어쩔 수 없이 동참했다. "그랬소?"

"가이우스 오빠를 로마로 불러들일 수 없나요? 아우렐리아가 갈수록 늙어서 은퇴한 베스타 신녀처럼 변하고 있어요. 뭐랄까, 너무나 뚱하고 괴팍해요. 뻣뻣하구요! 맞아요, 뻣뻣하다, 이 말이 딱 맞아요." 율리아가 말했다. "게다가 그애 때문에 기진맥진한 상태구요."

"어떤 애 말이오?" 마리우스가 웅얼거리듯 물었다.

"22개월 된 카이사르 말이에요. 오, 가이우스 마리우스, 그애는 정말 놀라워요! 어쩌다 그런 애들이 있다는 건 알았지만, 실제로 본 적도 없고 친구들 사이에서 그런 얘기를 들어본 적조차 없어요. 우리 엄마들이야 아들이 일곱 살에 아버지를 따라 처음으로 포룸 로마눔에 다녀오고 나서 '존엄'과 '권위'가 뭔지 깨치면 그걸로 만족하잖아요! 그런데 이 어린 꼬맹이는 벌써부터 그 뜻을 알아요. 제 아버지를 본 적도 없는데도 말이에요! 정말이지, 여보, 어린 카이사르는 참으로 놀라운 아이에요."

율리아는 점점 더 활기를 띠었다. 또다른 생각이 머릿속에 떠오른 율리아는 중요한 얘기라고 느꼈는지 꼼지락거리며 들썩였다. "아 참! 어제 크라수스 오라토르의 아내 무키아를 만났는데, 그 친구 남편이 자기한테 어린 카이사르 같은 아들을 둔 피호민이 있다며 자랑하고 다닌대요." 율리아는 마리우스의 갈비뼈를 쿡 찔렀다. "당신도 그 가문을 알 거예요, 가이우스 마리우스. 그 집도 아르피눔 출신이거든요."

마리우스는 율리아가 하는 얘기를 거의 듣고 있지 않았다. 그러나 아내가 꼼지락거리고 들썩이는 것으로 시작해 팔꿈치로 찌르기까지

한 덕에 정신을 차리고 이렇게 물었다. "아르피눔? 누구?" 아르피눔은 그의 고향이고 선조들의 땅이 있는 곳이었다.

"마르쿠스 툴리우스 키케로래요. 크라수스 오라토르의 피호민과 그 아들은 이름이 같대요."

"유감스럽게도 정말 내가 아는 집안이로군. 먼 친척쯤 되는 집이오. 퍽이나 소송을 좋아하는 족속이지! 백 년쯤 전에 우리 땅을 조금 훔쳤는데 소송에서 이겼소. 그 일 이후로 그들과는 말을 안 섞고 지냈지." 마리우스의 눈꺼풀이 스르르 감겼다.

"그렇군요." 율리아가 몸을 더 바싹 붙여왔다. "어쨌든 그애는 지금 여덟 살인데 워낙에 영특해서 포룸 로마눔에서 공부하게 될 거래요. 크라수스 오라토르는 그애가 세상을 떠들썩하게 할 거라고 했대요. 어린 카이사르도 여덟 살이 되면 세상을 떠들썩하게 하겠지요."

"허!" 마리우스가 크게 하품을 했다.

율리아는 또다시 팔꿈치로 남편을 쿡 찔렀다. "가이우스 마리우스, 당신 잠들려고 하는군요! 정신 차려요!"

눈이 번쩍 뜨인 마리우스는 목구멍으로부터 그르렁거리는 소리를 냈다. "나를 카피톨리누스 언덕에서 뜀박질이라도 시키려는 게요?"

율리아는 피식 웃으며 다시 한번 자리를 잡고 누웠다. "음, 나는 그 키케로라는 아이는 아직 못 봤지만 내 어린 조카 가이우스 율리우스 카이사르는 봤잖아요. 확실히 말하는데, 그애는…… 정상이 아니에요. 이 말은 보통 정신에 결함이 있는 사람들에게만 쓰인다는 걸 알지만, 그 반대의 경우에도 못 쓸 이유가 없다고 생각해요."

"율리아, 당신은 나이가 들수록 말이 점점 많아지는 것 같소." 피곤에 지친 남편이 불평을 늘어놨다.

율리아는 못 들은 척했다. "어린 카이사르는 아직 두 살도 안 됐지만 마치 백 살은 먹은 것 같아요! 어려운 단어며 제대로 된 문장도 척척 쓰는데다 그 단어들의 뜻까지 안다니까요!"

그 순간 마리우스는 갑자기 정신이 번쩍 들었다. 더이상 피곤하지도 않았다. 마리우스는 몸을 일으켜 아내를 바라보았다. 아내의 차분한 얼굴에 침실 등불의 작은 불꽃이 부드러운 윤곽을 그리고 있었다. 율리아의 조카! 가이우스라는 이름을 가진 아내의 조카! 카르타고의 가우다 왕자의 궁에서 시리아인 점술가 마르타를 처음 만났을 때 그 노파가 했던 말이 떠올랐다. 마르타는 마리우스가 로마의 일인자가 될 것이며 일곱 차례 집정관 직에 오를 것이라 예언했다. 그러나 마리우스가 역사상 가장 위대한 로마인이 되지는 못한다고도 했다. 그 자리의 주인공은 가이우스라는 이름을 가진 아내의 조카라고 했다! 그 당시 마리우스는 마음속으로 되뇌었다. 내 눈에 흙이 들어가기 전에는 어림도 없어, 그 누구도 나의 빛을 가릴 수는 없지. 그런데 지금 그 아이가 등장한 것이다. 살아 있는 현실로서.

마리우스는 다시 자리에 누웠다. 피로감으로 이제 팔다리까지 쑤셨다. 너무 많은 시간, 너무 많은 정력, 너무 많은 열정을 로마의 일인자가 되기 위한 싸움에 쏟아부었다. 그래서 남은 게 뭔가. 장차 화려한 명성을 얻게 될 조숙한 귀족 아이로 인해 나의 빛나는 이름이 희미해져가는 꼴을 가만히 앉아 지켜봐야만 하는 것이다. 나, 가이우스 마리우스는 그때쯤엔 너무나 늙고 기진맥진하여 그에게 맞설 수도 없으리라. 마리우스는 아내를 지극히 사랑했고, 맨 처음 집정관에 선출될 수 있었던 것은 아내 가문의 배경 덕택이었음을 겸허히 인정했다. 하지만 그렇다 해도 아내 가문의 혈통을 고스란히 이어받은 그 조카가 자신보다 더 높은 자리에 오르는 것을 기꺼이 지켜볼 수는 없었다.

마리우스는 여섯 번 집정관을 지냈으므로, 아직 일곱번째가 남은 셈이었다. 로마 공직자들 중에 마리우스가 과거의 영광을 되찾으리라고 진지하게 믿는 사람은 아무도 없었다. 그 번영의 시절, 백인조회는 가이우스 마리우스야말로 게르만족으로부터 로마를 구할 수 있는 유일한 인물이라는 확고한 신념의 표시로 세 번의 부재중 투표를 포함해 여러 차례 그를 집정관으로 선출했다. 그렇다, 나는 그들을 구했다. 그런데 그에 대한 보답이 무엇이었나? 빗발치는 반대와 불만과 파괴. 카툴루스 카이사르, 똥돼지 메텔루스 누미디쿠스를 비롯해 오로지 마리우스를 끌어내리기 위해 똘똘 뭉친 원로원의 거대하고 강력한 파벌이 끊임없이 표출해온 적의뿐이지 않았던가. 이름만 거창한 소인배들은 경멸스러운 신진 세력(수년 전 똥돼지가 썼던 표현으로는 '그리스어도 모르는 이탈리아 촌놈')이 자기네가 사랑해마지않는 로마를 구했다는 생각만으로도 끔찍했던 것이다.

아니, 아직 끝나지 않았다. 뇌졸중이 왔건 아니건 나, 가이우스 마리우스는 일곱번째로 집정관에 오를 것이다. 그리하여 로마 공화정 사상 가장 위대한 인물로 역사에 기록될 것이다. 금발에 아름다운 용모를 지닌 베누스 여신의 후손이 나보다 앞서 역사에 기록되게 내버려두지 않을 것이다. 파트리키 귀족도 아니고 로마 출신도 아닌 이 가이우스 마리우스가.

"혼쭐을 내주마, 이놈!" 마리우스는 소리내어 이렇게 말하고서 율리아를 꽉 껴안았다.

"왜 그래요?" 율리아가 물었다.

"며칠 뒤에 페시노스로 떠납시다. 당신과 나, 우리 아들 다 같이."

율리아가 일어나 앉았다. "오, 가이우스 마리우스! 정말이에요? 너무 좋아요! 정말 우리도 데려가는 건가요?"

"정말이오, 여보. 나는 관습 따위 전혀 신경쓰지 않소. 이삼년은 나가 있을 텐데, 지금 내 나이에 아내와 아들을 못 본 채 보내기에는 너무 긴 시간이오. 내가 좀더 젊었다면 아마도 혼자 갔겠지만. 그리고 관직 없이 개인 자격으로 떠나는 것이니 가족을 데려가도 아무 문제될 게 없소." 마리우스는 싱긋 웃었다. "내 돈 내고 가는 거니까."

"오, 가이우스 마리우스!" 율리아는 더이상 말을 잇지 못했다.

"아테네, 스미르나, 페르가몬, 니코메디아와 그 밖에 수많은 지역을 돌아볼 거요."

"타르소스는요?" 잔뜩 들뜬 율리아가 물었다. "아아, 언제나 세계 일주를 해보고 싶었어요!"

마리우스는 여전히 몸이 쑤셨지만 다시 졸음이 심하게 몰려왔다. 눈꺼풀이 스르르 감기고 아래턱이 축 늘어졌다.

율리아의 재잘거림은 잠시 더 계속되었다. 그러다 갖다붙일 최상급의 단어가 마침내 바닥나자 행복한 기분으로 무릎을 껴안은 채 앉아 있었다. 율리아는 다정하게 미소 지으며 가이우스 마리우스 쪽으로 고개를 돌려 조심스레 물었다. "여보, 혹시……?"

남편이 코를 골기 시작하는 소리가 대답으로 돌아왔다. 12년간 좋은 아내로 살아온 율리아는 가만히 고개를 저었고, 여전히 미소를 머금은 채 남편을 오른쪽으로 돌려 눕혔다.

마니우스 아퀼리우스는 시칠리아의 노예 반란군을 마지막 남은 불씨까지 모조리 진압한 뒤 로마로 돌아왔다. 개선식은 아니어도 원로원으로부터 약식 개선식은 얻어낸 당당한 귀환이었다. 개선식을 요구하지 못한 이유는 그가 맞붙은 적이 노예가 된 민간인으로, 적국의 병사라 할 수 없었기 때문이다. 시민과 노예를 상대로 한 전쟁은 로마 군법에서 특수한 위치를 차지하고 있다. 원로원으로부터 시민 봉기 진압을 위임받는 것은 외국 군대와 적을 상대하는 일 못지않게 영예롭고 중요한 임무였지만, 해당 총사령관에게 개선식을 요구할 수 있는 권리는 주어지지 않았다. 개선식은 로마 인민들에게 전쟁에서 얻은 구체적인 보상, 즉 포로와 노획한 돈, 한때 왕궁의 문에 박혀 있던 황금못부터 계피와 유향 상자에 이르는 온갖 종류의 약탈품을 확인시켜주는 방법이었다. 적에게서 빼앗아온 모든 노획물은 로마의 금고를 채워주었고, 인민들은 전쟁이 얼마나 수익성 좋은 사업인지 직접 눈으로 확인할 수 있었기 때문이다. 다시 말해 로마인이라면, 그리고 로마인인 것 자체로, 모두가 승리한 셈이었다. 그에 비해 시민 봉기와 노예 반란에서는 수익이 날 곳은 없고 감내해야 할 손실이 있을

뿌이었다. 적에게 약탈당했다가 되찾은 재산은 원래 주인에게 돌려줘
야 했으며 국가는 그 일부조차도 요구할 수 없었다.

바로 그래서 약식 개선식이 생겨났다. 일반 개선식과 행진 노선은
같았으나 해당 장군은 전통적인 개선 전차를 타지 않았고 얼굴에 칠을
하지도 않았으며 개선 의상도 입지 않았다. 나팔 소리는 없었고 그보다
덜 인상적인 피리 소리만 있었다. 위대한 신에게는 황소 대신 양을 제
물로 바침으로써, 신도 장군과 마찬가지로 상대적으로 낮은 수준의 제
례를 받았다.

아퀼리우스는 약식 개선식에 충분히 만족했다. 식이 거행된 후에 그
는 다시 한번 원로원에 자리를 얻었고, 같은 전직 집정관 지위라 해도
개선식이나 약식 개선식을 치르지 못한 사람들보다 먼저 발언할 수 있
는 기회가 주어졌다. 그와 같은 이름의 부친이 남긴 오명이 오래도록
지속되었던지라, 아퀼리우스는 애초에 집정관 직에 오르는 것을 체념
한 터였다. 그저 그런 귀족 가문 출신에게는 만회하기 힘든 사실들이
있는 법이다. 아퀼리우스에게 그 사실이란, 부친이 페르가몬의 아탈로
스 3세가 죽은 뒤 일어난 전쟁 와중에 현재 폰토스의 왕인 미트리다테
스의 선왕에게 프리기아 영토를 절반 넘게 넘기고 보상으로 받은 황금
을 착복한 것이었다. 아탈로스 왕은 죽기 전 자신의 왕국을 로마에 유
증했기 때문에, 원래 그 땅은 아탈로스 왕의 다른 재산과 함께 로마의
아시아 속주로 들어가야 마땅했다. 낙후된 지역인데다 주민들 또한 노
예로 부리기도 마땅찮을 정도로 무지한 프리기아는 로마에 없어도 그
만인 곳이라는 게 아퀼리우스 부친의 생각이었다. 그러나 원로원과 포
룸 로마눔에서 실질적인 영향력을 가진 인사들은 그의 부친을 용서하
지 않았고, 아들인 마니우스 아퀼리우스가 정계에 뛰어들 무렵까지도

그때 일을 잊지 않고 있었다.

법무관 직에 오르는 일은 힘겨웠으며, 폰토스 왕국에서 받았던 황금에서 그때껏 남아 있던 대부분이 들어갔다. 부친은 검소하지도 신중하지도 않았던 것이다. 그랬기에 아퀼리우스는 황금 같은 기회가 찾아왔을 때 주저 없이 그것을 붙잡았다. 게르만족이 알프스 너머 갈리아에서 저 형편없던 조합인 카이피오와 말리우스 막시무스에게 패배를 안기고 로다누스 강 유역을 따라 내려와 이탈리아까지 쳐들어갈 태세였을 때, 부재중 투표로 마리우스를 집정관 직에 선출하여 이러한 적의 위협에 대처하는 데 필요한 임페리움을 줘야 한다고 제안한 사람이 바로 법무관 아퀼리우스였다. 이러한 행동으로 마리우스는 아퀼리우스에게 신세를 지게 되었고, 곧이어 무척이나 기쁜 마음으로 그 신세를 갚았다.

그 결과 아퀼리우스는 마리우스의 보좌관이 되었으며 아콰이 섹스티아이에서 테우토네스족을 무찌르는 데 중요한 역할을 했다. 로마에서 간절히 기다리던 승전 소식을 직접 가져왔던 그는 마리우스가 다섯 번째 집정관에 오르던 해에 나란히 차석 집정관으로 선출되었다. 1년간의 집정관 임기가 끝난 후에는 자신의 총사령관이었던 마리우스의 퇴역병 군단 중 2개 군단을 이끌고 시칠리아로 갔다. 몇 년 동안 계속되며 로마의 곡물 공급에 커다란 위협이 되어온, 노예 반란이라는 곪을 대로 곪은 염증을 제거하기 위해서였다.

마침내 로마로 귀환했고 약식 개선식까지 받아낸 참이었으니, 아퀼리우스는 새로운 감찰관들을 선출할 때에 맞춰 입후보할 생각에 부풀었다. 그러나 실질적인 영향력을 지닌 원로원과 포룸 로마눔의 지도급 인사들은 호시탐탐 기회만 엿보던 참이었다. 사투르니누스의 로마 전

복 시도가 있은 후 마리우스도 권력에서 밀려나버린 터에, 아퀼리우스에게는 아무런 비호세력도 남아 있지 않았다. 결국 그는 한 호민관에 의해 부당취득죄 법정까지 끌려나오게 되었다. 주요 법정의 배심원이자 재판장으로 활동하는 기사들 사이에서 폭넓은 영향력을 행사하며 그들 중 힘있는 친구가 많은 그 호민관은 바로 푸블리우스 세르빌리우스 바티아였다. 파트리키 귀족인 세르빌리우스 가문은 아니었어도, 바티아는 중요한 평민 귀족 가문 출신이었으며 출세를 꾀하고 있었다.

포룸 로마눔의 분위기가 뒤숭숭한 가운데 재판이 열렸다. 사투르니누스 일부터 시작해 몇 가지 사건이 그런 분위기를 만드는 데 일조했다. 사투르니누스가 죽은 후 더이상 포룸 로마눔에서 폭력사태가 일어나고 정무관이 살해되는 일이 없기를 모두가 바랐음에도 불구하고, 결국엔 폭력이 일어나고 살인이 자행되었다. 그 사건들은 대부분 메텔루스 누미디쿠스의 아들인 새끼 똥돼지가 이제 불명예를 씻은 부친의 적들에게 책임을 물려 한 결과로 일어났다. 아버지를 다시 로마로 모셔오기 위해 맹렬히 싸운 덕에 그 아들은 새끼 똥돼지보다 좀더 그럴싸한 코그노멘을 얻었다. 이제 그의 이름은 '효자'라는 뜻의 피우스가 붙어 퀸투스 카이킬리우스 메텔루스 피우스가 된 것이다. 그리고 그 싸움이 성공적으로 마무리되자 새끼 똥돼지 메텔루스 피우스는 똥돼지의 적들에게 뜨거운 맛을 보여주리라 결심했다. 그 대상에는 마리우스의 사람임이 너무나 명백한 아퀼리우스도 포함되었다.

평민회의 출석률은 저조했다. 그래서 평민회의 지시로 포룸 로마눔 낮은 구역에 설치된 부당취득죄 법정 재판소 주위에 모인 청중은 얼마 되지 않았다.

"이 모든 상황이 우스꽝스럽기 짝이 없네." 루푸스가 마리우스에게 말했다. 두 사람은 마니우스 아퀼리우스 재판 마지막날의 진행을 보러 막 도착한 참이었다. "노예전쟁이었잖은가! 릴리바이움에서 시라쿠사 이까지 쭉 가외 소득이라고 할 만한 건 아무것도 없었을 거야. 게다가 그 욕심 많은 시칠리아 농부들이 마니우스 아퀼리우스를 오죽 철저히 감시했겠나! 구리 동전 한 닢 슬쩍할 기회도 없었을 걸세!"

"이게 다 새끼 똥돼지가 나를 잡으려고 벌이는 짓이야." 마리우스가 어깨를 으쓱하며 말했다. "마니우스 아퀼리우스도 그걸 아네. 나를 지지한 대가를 치르고 있는 거지."

"그 사람 부친이 프리기아를 서의 다 팔아버린 대가이기도 하지." 루푸스가 덧붙였다.

"맞는 말이네."

이번 재판은 죽은 가이우스 세르빌리우스 글라우키아가 정해놓은 새로운 방식에 따라 진행되었다. 글라우키아의 개정법은 재판권을 기사들에게 되돌려줌으로써 피고가 아니고서는 원로원 의원들이 재판에 참여하지 못하도록 했다. 재판 전 며칠에 걸쳐 로마에서 가장 저명한 상인들을 추천받아 자격 여부를 따진 뒤 배심원 쉰한 명을 선출했으며, 원고측과 피고측의 예비 연설에 이어 증인의 증언까지 마무리된 상태였다. 재판 마지막날인 이날은 원고측은 두 시간, 피고측은 세 시간 동안 각각 발언한 뒤에 바로 배심원단이 평결을 내리게 되어 있었다.

바티아는 원고측으로서 맡은 역할을 잘해냈다. 그 자신도 만만찮은 변호인이었고 그를 돕는 사람들도 실력이 좋았다. 그러나 다른 날보다 마지막인 이날 가장 많이 모인 청중은 보나마나 마니우스 아퀼리우스 측 변호인단의 대대적인 포격세례를 구경하러 온 것이었다.

사팔뜨기 카이사르 스트라보가 변론을 개시했다. 젊고 발칙스러운 그는 수사어구 구사력을 훌륭히 갈고닦은데다 천부적인 재능도 있었다. 그다음으로는 워낙 능력이 출중하여 '웅변가'라는 뜻의 오라토르라는 코그노멘까지 얻은 루키우스 리키니우스 크라수스 오라토르가 나섰다. 크라수스 오라토르 다음은 오라토르라는 코그노멘을 얻은 또 한 사람, 마르쿠스 안토니우스 오라토르의 차례였다. 오라토르라는 코그노멘은 단순히 화술이 뛰어나다고 해서 주어지는 것이 아니었다. 수사법에 대한 독보적인 지식, 즉 고유의 정해진 단계를 지키며 연설하는 법을 제대로 아는 것도 필수적이었다. 크라수스 오라토르는 법에 대한 조예가 더 깊은 반면 안토니우스 오라토르는 웅변술이 더 뛰어났다.

"차이라 봐야 종이 한 장 차이군." 크라수스 오라토르의 차례가 끝나고 안토니우스 오라토르의 연설이 시작된 후 루푸스가 말했다.

돌아온 대답은 끙하는 소리뿐이었다. 마리우스는 돈을 지불한 값어치가 있는지 확인하고 싶어 안토니우스 오라토르의 연설에 정신을 집중하고 있었다. 이만큼 뛰어난 변호인들을 아퀼리우스가 사지 않은 것은 당연했고, 누구나 그 사실을 알았다. 변호인단 비용은 마리우스가 대고 있었다. 법과 관습에 의하면 변호인은 수수료를 청구할 수 없었다. 그러나 훌륭한 변론에 대한 감사의 표시로 주는 선물은 받을 수 있었다. 그리고 공화정이 중기에서 원숙기로 넘어감에 따라 변호인들이 선물을 받는 것이 점차 널리 용인되었다. 처음에는 미술품이나 가구 등이 선물로 쓰였다. 그런데 생활이 궁핍한 변호인일 경우에는 그렇게 받은 미술품이나 가구를 처분해야 했다. 그래서 마침내는 대놓고 돈을 선물로 주게 되었다. 물론 아무도 그에 관해 말하지 않았고, 모두가 그런 일이 없는 척 행동했다.

"우리의 기억력은 얼마나 짧습니까, 배심원 여러분!" 안토니우스 오라토르가 크게 외쳤다. "자, 불과 몇 년 전으로 기억을 되돌려보십시오. 저 빈곤한 최하층민들이 그들의 곡물 저장소만큼이나 뱃속이 텅 빈 채로 우리가 사랑하는 포룸 로마눔에 모여들었던 때를 생각해보십시오. 여러분 중 몇 분도(아니나 다를까 배심원단에는 곡물지주 대여섯 명이 끼어 있었다) 개인 곡창에 있는 얼마 안 되는 밀 1모디우스당 자그마치 50세스테르티우스라는 높은 가격을 매길 수 있었던 것이 기억나지 않으십니까? 당시 최하층민들은 날마다 몰려와서 우리를 쳐다보며 성난 목소리로 불만을 토해냈습니다. 우리의 곡창지대인 시칠리아가 황폐진 때문이었지요. 바로 불행의 서사시가……."

루푸스가 마리우스의 팔을 와락 움켜잡더니 격분하여 불만을 마구 쏟아냈다. "저 친구 좀 보게! 남의 말을 훔쳐 쓰는 저런 도둑놈들은 죄다 옴이나 걸려버려라! 저건 내가 만든 경구라고! 불행의 서사시 말이야! 가이우스 마리우스, 수년 전 자네가 갈리아에 있을 때 내가 저와 똑같은 말을 써 보낸 일 기억 안 나나? 그때 스카우루스가 그 말을 날름 훔쳐갔지! 그래서 이젠 어떻게 됐나? 아무나 거저 써먹는 말이 돼버렸네. 그것도 스카우루스가 지어낸 것으로서 말이야!"

"쉿!" 안토니우스 오라토르의 말을 놓칠세라 마리우스가 말을 막았다.

"……터무니없는 실정으로 인해 더욱 불행한 사태로 치달았습니다! 그 터무니없는 실정의 주범이 누구였는지는 우리 모두 다 아는 사실이지요!" 빨갛게 핏발이 선 날카로운 눈이, 배심원석 둘째 줄에 자리한 멍한 얼굴에 머물렀다. "모르신다고요? 아, 그렇다면 제가 기억을 상기시켜 드리겠습니다! 루쿨루스 형제가 그에게 책임을 물어 그는 시민권을 박탈당하고 추방되었지요. 당연히 조점관 가이우스 세르빌리우스 애

기입니다. 충직한 집정관 마니우스 아퀼리우스가 시칠리아에 도착할 당시, 그곳에서는 무려 4년간 낟알 한 톨 수확하지 못하고 있던 형편이 었습니다. 그런데 여기서 기억해야 할 것은, 시칠리아는 우리가 먹는 곡물의 절반 이상을 생산하는 곡창지대라는 사실입니다."

이때 술라가 조용히 나타나 마리우스에게 고갯짓으로 인사한 뒤, 아직까지도 부글부글 화를 끓이고 있던 루푸스 쪽으로 눈길을 돌렸다. "재판은 어찌되고 있습니까?"

루푸스가 콧방귀를 뀌었다. "마니우스 아퀼리우스 얘기라면, 누가 알겠나? 배심원단은 무슨 핑곗거리라도 찾아서 유죄를 선고하고 싶어하니까, 아마도 그렇게 되겠지. 가이우스 마리우스를 지지할 생각을 품는 경솔한 친구들에게 보여줄 좋은 본보기로 만들 거야."

"쉿!" 마리우스가 또다시 성난 소리를 냈다.

루푸스는 마리우스에게 소리가 들리지 않는 곳으로 자리를 옮기며 술라를 잡아끌었다. "자네 요즘 예전처럼 가이우스 마리우스를 선뜻 지지하지 않는 것 같던데. 그렇지, 루키우스 코르넬리우스?"

"저도 출세를 해야 합니다, 푸블리우스 루틸리우스. 가이우스 마리우스의 편을 들면서는 그렇게 되기 어렵고요."

루푸스는 그 말에 수긍한다는 뜻으로 고개를 끄덕였다. "그래, 이해하네. 하나 이 친구야, 마리우스에게 그래서는 안 되네! 그 친구의 진면목을 잘 아는 우리 같은 사람들이 곁을 지켜줘야지."

따끔한 말이었다. 술라는 어깨를 웅크리며 아픔을 뱉어냈다. "당신은 얼마든지 그렇게 말씀하시겠죠! 집정관도 지냈고, 성공할 만큼 성공해봤으니까요! 하지만 저는 아닙니다! 저를 배신자라 욕하셔도 좋지만 맹세하건대 푸블리우스 루틸리우스, 저는 기필코 성공할 겁니다! 제

앞을 가로막는 자들은 각오하는 게 좋을 겁니다."

"가이우스 마리우스라도 말인가?"

"그렇습니다."

루푸스는 더이상 아무 말도 하지 않았다. 체념한 듯 고개만 가로저을 뿐이었다.

술라도 한동안 말이 없었다. 이윽고 그가 말을 꺼냈다. "가까운 히스파니아에서 켈트이베리아족이 현 총독이 감당하기 힘들 정도로 활개를 친다는군요. 먼 히스파니아의 돌라벨라는 루시타니족 때문에 꼼짝없이 묶여 있어 지원이 불가능하고요. 아무래도 티투스 디디우스가 집정관 임기중에 가까운 히스파니아로 가야 할 모양새입니다."

"그것 참 안됐군." 루푸스가 말했다. "신진 세력이기는 해도 티투스 디디우스의 방식이 마음에 드는데 말이야. 모처럼 말이 되는 법이 나왔지. 그것도 집정관 자리에 있는 사람한테서."

술라가 싱긋 웃었다. "아니, 그 법들을 고안해낸 게 우리의 경애하는 수석 집정관 메텔루스 네포스가 아니라고 생각하시는 겁니까?"

"자네도 마찬가지 아닌가, 루키우스 코르넬리우스. 카이킬리우스 메텔루스 분가 출신 중에 자신의 위상보다 정부 조직을 개선하는 데 더 신경쓴 사람이 어디 하나라도 있었나? 티투스 디디우스가 만든 저 두 가지 법은 유익한 동시에 상당히 중요하니. 이제 법안 공포에서 비준까지는 꼬박 세 번의 장날이 지나야 하니까, 더이상 법안이 민회에서 졸속으로 날치기 통과되는 일은 없겠지. 서로 관련도 없는 사안을 한데 묶어서 거추장스럽고 혼란스러운 법을 만들 일도 없어질 테고. 금년에 원로원이나 민회에서 달리 잘한 일이 하나도 없었다 해도, 최소한 티투스 디디우스가 만든 법은 내세울 만하지." 루푸스가 흡족한 듯이 말했다.

그러나 술라는 디디우스법에는 흥미가 없었다. "다 좋습니다만, 푸블리우스 루틸리우스, 제 말의 요점은 그게 아닙니다! 티투스 디디우스가 켈트이베리아족을 진압하러 가까운 히스파니아로 가게 되면 저도 선임 보좌관 자격으로 그와 같이 갈 겁니다. 이미 티투스 디디우스와 얘기해봤는데 상당히 반기는 눈치였습니다. 길고도 험악한 전쟁이 될 테니 나눠 가질 노획물도 많을 것이고 명성도 얻을 수 있겠지요. 혹시 압니까? 어쩌면 제가 군대를 지휘하게 될지도 모르죠."

"군인으로서의 명성이야 이미 얻었지 않나, 루키우스 코르넬리우스."

"하지만 그때부터 지금까지 있었던 온갖 더러운 꼴을 보세요!" 술라는 성난 소리로 외쳤다. "저들은 다 잊어버렸습니다. 돈만 있고 지각은 없는 멍청한 유권자들 말입니다! 그래서 어떻게 됐습니까? 카툴루스 카이사르는 혹시나 반란에 대해 입을 열까봐 제가 죽어 없어지길 바랄 테고, 스카우루스는 제가 하지도 않은 일로 저를 벌하고 있습니다." 술라는 이를 드러냈다. "그 둘은 불안에 떨어야 할 겁니다! 저들이 나를 영원히 상아 대좌에 앉지 못하게 하려는 게 확실해지면, 태어난 걸 후회하게 만들어주고 말 테니까요!"

그러고도 남을 거야! 뼛속이 서늘해지는 것을 느끼며 루푸스는 생각했다. 아, 이 사람은 위험한 인물이야! 그가 떠나 있는 편이 낫겠어. "그러면 디디우스와 히스파니아로 가게." 루푸스가 말했다. "자네 말이 옳아, 그게 법무관이 될 수 있는 최선의 길이겠군. 새롭게 시작해서 새로운 명성을 쌓는 거지. 하지만 고등 조영관 선거에 나가지 못하는 건 참으로 유감이네. 자네는 워낙 사람들을 끄는 수완이 대단하니 멋들어진 한판이 될 터인데! 그러고 나면 압도적인 득표로 법무관에도 당선될 테고 말이야."

"저는 고등 조영관에 출마할 돈이 없습니다."

"가이우스 마리우스가 돈을 대줄 걸세."

"부탁할 생각은 없습니다. 제가 가진 게 뭐가 됐든, 적어도 그건 제 스스로 얻어낸 겁니다. 누구에게 거저 받은 것이 아니라 제가 차지한 겁니다."

이 말을 듣자 루푸스는 술라의 법무관 선거유세 때 스카우루스가 퍼뜨린 소문이 생각났다. 술라가 기사가 되는 데 필요한 돈을 얻기 위해 자신의 정부를 살해했고 이어서 원로원에 들어갈 자격을 얻기 위해 계모를 살해했다는 것이 소문의 내용이었다. 루푸스는 이 소문은 물론이고, 술라가 남의 어머니와 누이와 딸들과 성관계를 가진다거나 소년들을 성적으로 농락하고 배설물을 먹는다거나 하는 흔한 헛소리도 모두 무시해버리는 쪽이었다. 그러나 가끔씩 술라는 이런 요상한 말을 하는 게 아닌가! 이럴 때 보면 혹시나 하는 생각이 들 수밖에……

법정 안에 동요가 일었다. 안토니우스 오라토르의 연설이 끝을 향하고 있었다.

"여기 있는 이 사람은 예사 사람이 아닙니다!" 그가 외쳤다. "여러분 앞에 있는 이 사람은 로마인 중의 로마인이요, 용감한 군인이자 애국자이며 로마의 위대함을 믿는 사람입니다! 이런 사람이 뭣하러 소작농의 백랍 접시를 좀도둑질하고, 하인에게서 풀죽을 훔치고, 빵장수에게서 상한 빵을 훔치겠습니까? 배심원단 여러분께 묻겠습니다! 여러분은 엄청난 공금 횡령, 살인과 강간, 배임이 있었다는 얘기를 단 하나라도 들어보셨습니까? 아닐 겁니다! 여러분은 비열하고 미심쩍은 소인배가 구리 동전 열 닢이나, 책 한 권이나, 잡아온 물고기를 잃어버렸다며 칭얼거리는 소리를 듣고 있어야 했던 겁니다!"

안토니우스 오라토르는 숨을 고르고선 가뜩이나 큰 체구가 더 커 보이게 몸을 쫙 폈다. 안토니우스 가문의 내력대로 멋진 체격을 타고난 그는 적갈색 고수머리였으며 보는 사람이 안심할 정도로 우직한 인상이었다. 배심원단은 누구 할 것 없이 모조리 그에게 매료되었다.

"다들 넘어왔군." 루푸스가 차분히 말했다.

"이제 저 사람들로 뭘 할 건지가 더 궁금하군요." 술라가 주의를 집중하며 말했다.

사람들 사이에서 헉하고 놀라움의 탄성이 터져나왔다. 안토니우스 오라토르가 마니우스 아퀼리우스 쪽으로 성큼성큼 걸어가서 그를 공격한 것이다! 안토니우스는 아퀼리우스의 토가를 확 벗긴 다음 두 손으로 튜닉의 목 부분을 잡더니, 마치 그 천이 대충 이어붙여져 있던 것인 양 손쉽게 찢어버렸다. 그렇게 아퀼리우스는 아랫도리에 샅바 하나만 걸친 채 법정에 서 있게 되었다.

"보십시오!" 안토니우스가 천둥 같은 소리로 외쳤다. "이것이 백합처럼 희고 털 없이 매끈한 남창의 피부입니까? 아니면 집에서만 뒹구는 식충이의 군살과 똥배가 보이십니까? 아니지요! 여러분이 보시는 것은 흉터입니다. 수십 개나 되는 전쟁의 상흔입니다. 이것은 바로 군인의 몸입니다. 용감하고 대담무쌍한 군인이자 로마인 중의 로마인이며, 가이우스 마리우스가 신뢰해마지않아 적진의 뒤로 가서 후방을 치는 임무를 부여받은 지휘관의 몸입니다! 이것은 칼에 베이고, 창에 허벅지가 벗겨지고, 돌멩이에 맞아 숨이 턱 막혀도 결코 움찔하거나 비명을 지르며 전장에서 달아나지 않은 사람의 몸입니다! 중상을 입어도 그저 귀찮은 일에 불과하다는 듯 상처를 질끈 동여매고 계속해서 적군을 무찌른 사람의 몸이란 말입니다!" 변호인은 두 손을 공중에서 흔들어대다가 아래로 툭 떨어뜨렸다. "이쯤에서 그만하죠. 이 정도면 넘치게 말했습니다. 이제 여러분의 평결을 내려주십시오." 안토니우스가 짤막하게 말했다.

배심원단의 평결이 나왔다. 압솔보(무죄)였다.

"허세가 대단하군!" 루푸스가 콧방귀를 뀌었다. "배심원들은 어떻게 저런 수에 넘어가지? 튜닉이 종잇장처럼 찢어지고 샅바만 걸치고 서 있는 저 꼴에 말이야, 세상에! 저게 무슨 의미인 것 같나?"

"아퀼리우스와 안토니우스가 사전에 짰다는 뜻이지." 만면에 웃음을 지으며 마리우스가 대답했다.

"제 생각엔 아퀼리우스가 과감히 샅바까지 벗고 저기 서 있을 배짱은 없다는 뜻 같은데요." 술라가 말했다.

그 말에 다들 한바탕 웃음을 터뜨린 후 루푸스가 마리우스에게 말을 건넸다. "루키우스 코르넬리우스가 티투스 디디우스와 같이 가까운 히스파니아로 갈 거라는데, 자네 생각은 어떤가?"

"루키우스 코르넬리우스가 할 수 있는 최선의 선택인 것 같네." 마리우스가 차분하게 답했다. "퀸투스 세르토리우스가 군무관 선거에 나설 예정이니, 아마 그 친구도 히스파니아로 갈 거야."

"별로 놀라지 않으시는군요." 술라가 말했다.

"그러네. 히스파니아에 관한 소식은 어차피 내일이면 누구나 아는 사실이 될 테니까. 벨로나 신전에서의 원로원 회의가 소집되어 있네. 거기서 티투스 디디우스에게 켈트이베리아족과의 전쟁을 맡기게 될 거야." 마리우스가 말했다. "디디우스는 좋은 사람이야. 괜찮은 군인이고, 총사령관을 할 만한 재주도 웬만큼 있다고 보네. 특히나 이런저런 갈리아인을 상대로 싸운다면 더 실력 발휘를 할 거야. 그래, 루키우스 코르넬리우스, 아무 관직도 없는 일개 시민과 아나톨리아에 대해 떠들고 있는 것보다는 보좌관이 되어 히스파니아에 가는 편이 선거에 득이 될 걸세."

그 '일개 시민'은 바로 다음주에 타렌툼으로 가서 파트라이로 가는 배를 탔다. 아내와 아들을 같이 데리고 떠난 그는 처음에는 다소 어리둥절하고 당혹스러웠다. 이런 식의 여행은 전에 한 번도 경험한 적이 없었던 것이다. 군인은 수하의 비전투원들에게 소리쳐 명령을 내리며, 짐은 최소한으로 줄이고 최대한 빠르게 이동한다. 그런데 부인들의 생각은 다르다는 것을 마리우스는 이번에 깨달았다. 율리아는 집안 식구의 절반을 함께 데려가는 쪽을 택했다. 그리하여 아이들의 음식을 전문으로 하는 요리사, 마리우스 2세의 가정교사, 자신의 머리 모양에 기적을 행하는 계집아이까지도 일행에 포함시켰다. 마리우스 2세의 장난감도 빠짐없이 챙겼고, 아이의 교과서와 가정교사의 개인 장서, 상황별로 필요한 각종 의복, 그리고 로마 밖에서는 구하기 힘들 것 같은 물건들도 모두 챙겼다.

"여름 휴양차 티그리스 강변의 셀레우케이아에서 엑바타나로 떠나는 파르티아 왕의 행차보다 우리 세 식구에 딸린 짐과 하인이 더 많을 거요." 라티나 가도를 따라 사흘을 가고서도 아나그니아를 못 벗어나자 마리우스가 성난 소리로 말했다.

마리우스는 그 상황을 약 3주 동안 더 참았다. 그러나 아피우스 가도에 위치한 베누시아에 도착했을 무렵, 더위에 지친데다 하인과 짐을 다 들일 만큼 큰 여관을 찾지 못하자 드디어 폭발하고 말았다.

"더이상은 안 되오!" 당장 필요하지 않은 하인과 짐을 다른 여인숙으로 보내놓고, 아피우스 가도에 있는 번잡한 역참 숙소에서 그나마 조용히 둘만 있게 되자 마리우스가 버럭 고함을 쳤다. "율리아, 하인과 짐을 줄이든지, 그게 싫으면 아이와 함께 쿠마이로 돌아가 거기서 여름을 보내시오. 앞으로 수개월 동안 미개한 지역으로 갈 일은 없으니 이 잡다한 물건의 반도 필요가 없소! 이렇게 많은 사람을 끌고 갈 필요도 없고! 아이의 전용 요리사라니! 제발 좀 그만하시오!"

율리아는 덥고 지쳐 금방이라도 울 것 같은 표정이었다. 멋진 휴가는 어느덧 깨어날 수 없는 악몽이 되어 있었다. 남편의 최후통첩을 듣자마자 본능적으로 든 생각은 이 기회를 잡아 쿠마이로 돌아가자는 것이었다. 그러나 이내, 몇 년이나 마리우스와 떨어져 있어야 하고 마리우스가 아들을 못 볼 거라는 데 생각이 미쳤다. 그리고 어딘가 위험하고 낯선 곳에서 남편이 또다시 뇌졸중으로 쓰러질 수도 있다는 생각이 떠올랐다.

"가이우스 마리우스, 지금껏 난 쿠마이와 아르피눔에 있는 우리 별장에 간 것 말고는 여행이라고는 해본 적이 없어요. 우리 아들과 내가 쿠마이나 아르피눔으로 갈 때는 지금과 같은 상태로 가지요. 당신 말뜻은 알겠어요. 나도 당신이 원하는 대로 할 수 있었으면 좋겠어요." 율리아는 머리에 손을 갖다대고 슬그머니 눈물을 훔쳤다. "하지만 나는 어디서부터 어떻게 해야 할지 도저히 모르겠어요."

이런 말을 들으리라고는 생각지도 못했다. 아내가 자기 힘에 벅차다고 인정하다니! 얼마나 힘들게 한 말일지 이해한 마리우스는 아내를 끌어당겨 품에 안고 정수리에 입을 맞추었다. "걱정 말아요, 내가 알아서 하겠소. 하지만 그렇게 되면 당신이 반드시 따라줘야 할 조건이 있소."

"무엇이든 좋아요, 가이우스 마리우스. 무엇이든요!"

"당신이 필요하다 생각되는 물건을 내다버려도, 당신이 필요하다 생각되는 하인을 집으로 돌려보내도 아무 소리 마시오, 율리아! 한마디도 안 되오. 알겠소?"

기분좋은 한숨을 내쉬고 남편을 꼭 껴안으며 율리아는 눈을 감았다. "알겠어요."

그뒤로 모든 일이 빠르고 순조롭게 진행되었다. 율리아로서는 놀랍게도 아무런 불편도 없었다. 로마의 귀족들은 여행을 다닐 때 가능하면 친구 소유이거나 소개장을 보내서 빌린 개인 별장에서 묵었다. 그것은 확실한 보답이 전제된 친절이었으므로 폐를 끼친다는 생각은 들지 않았다. 그러나 베네벤툼을 지나면서 마리우스 일행은 거의 여관을 이용해야 했다. 이전 상태였다면 그 여관들 중 어디서도 묵을 수 없었으리라는 것을 율리아는 그제야 깨달았다.

더위는 무자비하게 지속되었다. 반도 남단은 기후가 건조했고 큰길 주변에는 그늘이 잘 없었다. 그래도 일행의 이동 속도가 빨라졌기에 최소한 지루하지는 않았고 물로 더위를 달랠 기회도 더 많았다. 가령 수영을 할 수 있는 강 웅덩이를 만나거나, 평지붕과 진흙 벽돌로 지은 집이 즐비한 도시들 중에 대중목욕탕을 운영할 만큼 사업 감각이 있는 곳에 다다를 경우였다.

날씨가 이랬기에 그리스 식민지였던 타렌툼 주변의 비옥한 해안병

야는 참으로 반가웠고, 타렌툼은 한층 더 반가웠다. 타렌툼은 아직까지도 로마보다 그리스의 영향이 짙게 남은 도시로, 아피우스 가도의 종점 도시였던 예전에 비하면 중요성이 떨어진 터였다. 이제는 이탈리아와 마케도니아 사이의 주요 출발지점인 브룬디시움으로 대부분의 교통이 집중되었다. 회반죽을 바른 소박한 건물들의 색채가 푸른 바다와 하늘, 초록빛 들판과 숲, 적갈색이나 회색 바위산과 눈부신 대조를 이룬 타렌툼의 풍경은 위대한 가이우스 마리우스를 기쁘게 반기고 있는 듯했다. 마리우스 가족은 안락하고 서늘한 그 지역 최고 에트나르케스의 집에서 지냈다. 물론 이제 로마 시민인 그 행정장관은 그리스식 명칭인 에트나르케스보다 두움비르(고대 로마에서 같은 공무를 공동으로 수행한 두 행정관 중 한쪽을 가리키는 라틴어 표현―옮긴이)로 불리는 쪽이 더 마음 편한 것처럼 굴기는 했다.

아피우스 가도 주변의 다른 곳에서도 여러 차례 그랬듯이, 마리우스는 도시의 주요 인사들과 한자리에 모여 로마와 이탈리아에 대해, 현재 로마와 이탈리아 동맹시들 간의 불편한 관계에 대해 이야기를 나눴다. 타렌툼은 라티움 시민권이 부여된 식민지로, '두움비리'라고 불리는 두 명의 고위 정무관에게는 본인과 자손에게까지 완전한 로마 시민권이 주어졌다. 그러나 이곳은 그리스에 뿌리를 두었으며 로마만큼이나, 혹은 그보다 더 역사가 깊었다. 원래 스파르타의 전초지였던 만큼 문화와 풍습에 여전히 옛 스파르타의 흔적이 짙게 남아 있었다.

마리우스는 이곳 사람들이 새로 생긴 브룬디시움에 크게 분개하고 있다는 사실을 알게 되었다. 그 분노는 자연스레 도시의 하층계급에 속하는 이탈리아 동맹시민들에 적극적으로 동조하는 분위기로 이어졌다.

"너무나 많은 이탈리아 동맹시 병사들이, 멍청한 지휘관들이 이끈 로마군에서 싸우다 죽었습니다." 행정장관이 열을 올리며 마리우스에게 말했다. "그들의 농토는 내팽개쳐지고 집안의 대도 끊겼어요. 게다가 루카니아, 삼니움, 아풀리아에는 돈이 바닥나버렸습니다! 이탈리아 동맹시들은 자체 보조군의 군장비를 마련해야 하는 것은 물론이고 로마를 위해 전장에서 싸우는 데 드는 자금까지 계속 조달해야 합니다! 도대체 무엇을 위해서입니까, 가이우스 마리우스? 로마가 이탈리아 갈리아와 히스파니아를 잇는 길을 계속해서 확보하기 위해서요? 그게 아풀리아나 루카니아 사람들에게 무슨 소용이 있습니까? 그 사람들이 그 길을 이용할 일이 있을 것 같습니까? 순전히 로마가 로마인들 입으로 들어갈 밀을 아프리카와 시칠리아에서 들여오기 위한 길이 아닙니까? 기근이 들었을 때 삼니움 사람들의 입에 들어간 곡식이 얼마나 됩니까? 이탈리아에 사는 로마인은 로마에 아무런 직접세도 내지 않은 지가 이미 수년째입니다. 그런데 우리 아풀리아와 칼라브리아, 루카니아와 브루티움 사람들은 끊임없이 로마에 세금을 내고 있어요! 아피우스 가도를 만들어준 점은 우리가 로마에 감사해야겠죠. 적어도 브룬디시움은 그래야겠지요. 하지만 로마에서는 담당 감독관을 임명해서 아피우스 가도의 상태를 웬만큼이라도 유지할 생각조차 없지 않습니까? 아마 오는 길에 보셨겠지만 한 군데는 갑작스런 홍수로 아예 노반이 쓸려 없어진 곳도 있어요. 그것도 20년 전에 말입니다! 그런데 거기 보수 공사를 한 줄 아십니까? 천만에요! 그럼 앞으로는 할 것 같습니까? 아닙니다! 그런데도 로마는 십분의일세니 뭐니 해서 우리 돈을 뜯어가고, 우리 젊은이들을 데려가서 자기네가 외국에서 벌이는 전쟁에서 싸우다 죽게 만들죠. 그러고선 어느 틈엔가 어느 로마인 지주가 발을 들여놓는가 싶으면 순식간에 우리 땅을 꿀꺽해버리는 겁니다. 그런 지주들은 자신의 거대한 가축떼를 돌볼 노예들을 데려와서 쇠사슬로 묶어 일을 시키고, 판잣집에 가둬놓고 잠을 재우고, 죽어나가는 노예가 있으면 새로 더 사들입니다. 우리를 상대로 한푼이라도 돈을 쓰거나 투자하는 법이 없죠. 우리는 그들이 긁어모으는 돈 중에 단돈 1세스테르티우스도 구경 못합니다. 우리 지역 사람들을 고용하지도 않고요. 그들은 우리 땅을 번영시키는 게 아니라 더 퇴락시킵니다. 이제는 때가 됐습니다, 가이우스 마리우스. 로마는 우리에게 좀더 아량을 베풀든지, 아니면 우리를 놓아줘야 합니다!"

마리우스는 이 길고 격렬한 말을 무덤덤하게 들었다. 그것은 아피우스 가도를 지나오면서 가는 곳마다 똑같이 들었던 내용이 좀더 조리 있게 정리된 이야기였다.

"내 힘껏 애써보겠소, 마르쿠스 포르키우스 클레오니무스." 마리우스가 진지하게 말했다. "사실 나도 수년간 이런저런 시도를 해왔소. 그런데도 거의 아무런 성과도 얻지 못한 이유는 무엇보다 대다수 원로원 의원들, 고위 관직에 있는 이들이 나처럼 곳곳에 다니지 않는 것은 물론이거니와 현지인들의 얘기를 듣지도 않고, 참으로 딱하게도 눈이 있어도 보려 하지 않기 때문이오. 우리 로마군에서 용서할 수 없을 만큼 인명을 낭비하는 상황에 대해 내가 누차 의견을 피력했음을 잘 아실 것이오. 그리고 멍청한 지휘관들이 우리 군대를 이끌던 시대는 이제 거의 끝났다고 볼 수 있을 것 같소. 다른 사람은 몰라도 나는 분명 로마 원로원에 그 사실을 일깨워주었소. 신진 세력인 가이우스 마리우스가 어설픈 로마 귀족들에게 전투는 어떻게 지휘해야 하는지 보여주었으니, 원로원도 최근에는 군인으로서의 능력이 입증된 신진 세력에게 로마 군대를 맡기고 싶어하는 경향이 커진 것 같소."

"그거야 다 좋습니다, 가이우스 마리우스." 클레오니무스가 점잖게 말했다. "하지만 그런다고 해서 죽은 사람들이 다시 살아날 수도 없고, 버려진 농토를 돌볼 자손이 생길 수도 없지요."

"맞는 말이오."

일행이 탄 배가 출항하며 커다란 가로돛을 펼칠 때, 마리우스는 난간에 기댄 채 타렌툼과 해안의 작은 만이 푸른 얼룩처럼 작아지다가 아예 사라지는 광경을 지켜보았다. 머릿속에는 이탈리아 동맹시들이 처한 곤경에 대한 생각이 또다시 떠올랐다. 자신이 이탈리아인이지 로마인이 아니라는 말을 수도 없이 들어서였을까? 아니면 많은 단점과 결함에도 불구하고 그에게 정의감이 있었기 때문일까? 아니면 단순히 이 모든 사태의 원인이 된 졸렬하고 무능한 정치현실을 참을 수 없어서일까? 어쨌든 한 가지는 너무나 분명했다. 로마의 이탈리아 동맹시들이 대가를 요구하는 날이 올 거라는 사실이다. 전 이탈리아 반도의 마지막 한 사람까지, 그리고 어쩌면 이탈리아 갈리아 지역까지도 완전한 로마 시민권을 요구하게 될 것이다.

한바탕 웃음소리가 그의 상념을 깨고 들려왔다. 마리우스는 난간에서 일어나 소리 나는 쪽으로 고개를 돌렸다. 아들이 뱃멀미를 하지 않는다는 것을 온몸으로 보여주는 참이었다. 배가 강한 바람을 안고 달리는 중이라, 뱃멀미를 많이 하는 체질이었으면 지금쯤 구역질을 하느라 정신이 없었을 터였다. 율리아도 별문제 없이 여유로워 보였다.

"우리 집안사람들은 거의가 바다에서 편안해하죠." 마리우스가 다가가자 율리아가 말했다. "섹스투스 오빠만 멀미를 해요. 아무래도 천식 때문에 숨이 가빠서 그런가 봐요."

파트라이로 가는 배는 같은 항로를 정기적으로 왕복했고, 화물 수송

못지않게 승객 수송으로도 돈을 벌었다. 그 덕에 마리우스는 갑판에 마련된 선실 비슷한 공간을 얻을 수 있었다. 그러나 파트라이에 도착해 배에서 내리자 율리아는 그 상황에 더없이 기뻐하는 것 같았다. 마리우스는 남쪽의 코린토스 만으로도 배를 타고 갈 생각이었다. 그러자 율리아는 뭍으로 올라가 올림피아를 순례하기 전에는 파트라이에서 꼼짝도 하지 않겠다고 나섰다.

"참 이상도 해요." 당나귀를 타고 가던 율리아가 말했다. "세상에서 제일 큰 제우스 신전이 펠로폰네소스의 후미진 구석에 박혀 있다니 말이에요. 어째선지 예전에 나는 늘 올림피아가 올림포스 산기슭에 있다고 생각했어요."

"그리스인들이 다 그렇잖소." 마리우스가 대꾸했다. 그는 한시바삐 아시아 속주로 가고 싶어 조바심이 났지만 율리아가 이토록 원하는 것을 차마 안 들어줄 수가 없었다. 여자와 여행을 다니는 건 역시 즐길 만한 일이 못 되었다.

그러나 코린토스에 들어서자 마리우스는 다시 활기를 띠었다. 50년 전 뭄미우스가 이곳을 약탈하면서 보물을 죄다 로마로 가져가버렸다. 그뒤로 이 도시는 본모습을 회복하지 못했다. 아크로코린토스라 불리는 장대한 바위언덕 아래에 옹기종기 모여선 집들은 거의가 버려진 채 허물어지고 있었다. 덜커덩대는 문짝들이 으스스한 분위기를 풍겼다.

"여기에 내 퇴역병사들을 정착시키려고 했었지." 마리우스는 코린토스의 황량한 거리를 식구들과 걸으며 조금은 침울한 어조로 말했다. "여길 좀 보아라! 어서 와서 살아달라고 외치고 있지 않느냐! 농사지을 땅도 넉넉하고 에게 해와 이오니아 해 양쪽으로 다 항구가 있어서 상업 중심지로 번창할 수 있는 조건을 모두 갖추고 있지. 그런데 저들이 내게 어찌했는지 아니? 내 토지 법안을 무효화시켜버렸단다."

"사투르니누스가 통과시킨 법안이라는 이유로요." 어린 아들이 말했다.

"그렇지. 그리고 원로원의 저 멍청한 작자들이 제대하는 최하층민 병사들에게 땅뙈기를 나눠주는 일이 얼마나 중요한지 깨닫지 못해서야. 마리우스, 최하층민은 아무런 돈도 재산도 없다는 걸 절대 잊지 말거라! 나는 최하층민에게 우리 군에 입대할 수 있는 길을 열어주었다. 그럼으로써 이전에는 아무런 쓸모도 없었던 시민 계급이라는 새로운 피를 로마에 수혈해주었어. 그렇게 모인 최하층민 병사들은 누미디아에서, 아콰이 섹스티아이에서, 베르켈라이에서 자신들의 가치를 입증해 보였단다. 재산을 가진 기존 군인들보다 더 잘 싸우면 잘 싸웠지 결코 못하지 않았어. 그런데도 이들이 제대하고서 다시 로마의 빈민굴로 돌아가게 할 수는 없는 일이지! 땅을 갖고 정착하게 해주어야 해. 이탈리아 내 로마 공유지에 최하층민 병사들을 정착시키겠다고 하면 1계급과 2계급이 절대 가만히 있지 않으리라는 걸 알았기 때문에, 새로 시민이 들어오기만을 기다리는 이런 곳에다 그들을 정착시킬 법을 제정한 거란다. 그들이 여기에 정착했다면 우리 속주들이 로마화되고, 그렇게 때가 무르익으면 우리 로마의 동조세력이 늘었을 텐데. 불행히도 원로원과 기사계급의 지도층 인사들은 로마가 무엇과도 섞일 수 없는 특별한 곳이라 생각하고 로마의 관습과 생활양식이 전 세계로 전파되는 것을 원치 않는단 말이지."

"퀸투스 카이킬리우스 메텔루스 누미디쿠스가 그렇지요." 마리우스 2세가 혐오감이 실린 어조로 말했다. 이 아이가 자라온 집에서는 누구 하나 단 한 번도 애정이나 호감을 가지고 그 이름을 거론한 적이 없는 건 물론이고 대개는 똥돼지라는 별명까지 붙여 불렀던 것이다. 그러나 아이는 웬만치 철이 들어서 어머니가 있는 자리에서는 그 별명을 붙여 말하지 않았다. 똥돼지는 어린애들 사이에서 여자아이의 성기를 뜻하는 속어라서, 아들이 그런 말을 쓰는 걸 들으면 어머니는 기겁을 할 터였다.

"또 누가 있지?" 마리우스가 물었다.

"마르쿠스 아이밀리우스 스카우루스 최고참 의원, 나이우스 도미티우스 아헤노바르부스 최고신관, 퀸투스 루타티우스 카툴루스 카이사르, 푸블리우스 코르넬리우스 스키피오 나시카……"

"잘했다, 그만하면 됐어. 그자들은 피호민들을 결집시켜 나조차도 감당하기 힘들 만큼 강력한 파벌을 형성했단다. 그러더니 작년에는 사투르니누스가 만든 법을 거의 다 없애버렸지."

"사투르니누스의 곡물법과 토지 법안 말씀이지요." 마리우스 2세가 말했다. 로마에서 벗어난 요즈음, 어린 아들은 아버지와 스스럼없이 잘 지내게 되었고 칭찬받는 데 재미를 붙였다.

"첫번째 토지 법안만 그대로 뒀지. 내 최하층민 병사들을 아프리카의 섬에 정착시킨다는 법안 말이다."

"그 말이 나왔으니까 말인데요, 여보. 당신에게 말하고 싶은 게 있어요." 율리아가 끼어들었다.

마리우스는 의미심장한 시선으로 아들의 정수리를 내려다보았지만 율리아는 물러서지 않았다.

"가이우스 오빠를 얼마나 더 그 섬에 있게 할 작정이세요? 아직 집으로 올 수 없는 건가요? 아우렐리아와 아이들 때문에라도 이제는 돌아와야 해요."

"케르키나에는 그가 있어야 하오." 마리우스가 퉁명스레 대꾸했다. "그는 지도자감은 아니지만, 여태 가이우스 율리우스만큼 토지사업을 열심히 잘해낸 판무관은 없었소. 그가 케르키나에 있는 한 모든 일이 척척 진행될 거요. 불평도 극히 적고 결과도 훌륭할 테고."

"하지만 너무 오래 있었잖아요!" 율리아가 항변했다. "3년이나 되었다구요!"

"앞으로 3년은 더 있어야 할 거요." 마리우스는 물러설 기색이 없었다. "알다시피 토지사업이라는 게 빨리 되는 일이 아니잖소. 토지 측량이며, 각종 면담이며, 보상이며, 끝없이 이어지는 문제 처리며, 거기다 저항하는 현지인늘도 달래야 하오. 그런데 가이우스 율리우스는 이런 일들을 아주 능숙하게 잘해낸단 말이지. 안 되오, 율리아! 더는 거론하지 말아요! 그는 맡은 일이 끝날 때까지 거기 있어야 하오."

"아우렐리아와 아이들이 딱하게 됐네요."

하지만 율리아의 동정은 불필요했다. 아우렐리아는 자기 처지에 아주 만족했고 결코 남편을 그리워하지도 않았다. 사랑이 모자라거나 아내로서의 의무를 저버려서가 아니었다. 그보다는 남편이 떠나 있는 동안은 그가 반대하거나 비난하지 않을까, 혹은―그런 일은 없어야겠지만!―자신이 하던 일을 그만두게 하지 않을까 하는 걱정 없이 마음껏 일할 수 있기 때문이었다.

결혼 후 부부는 아우렐리아의 지참금으로 장만한 인술라 1층의 아파트 둘 중 큰 쪽에 입주했다. 그와 동시에 아우렐리아는 남편이 자신에게 기대한 것은 그들이 팔라티누스 언덕의 단독주택에 살았을 경우 꾸렸음직한 생활방식임을 깨달았다. 우아하고 상류층다운, 어찌 보면 무의미한 생활. 루키우스 코르넬리우스 술라와 얘기하던 중에 아우렐리아가 그토록 강하게 비판했던 바로 그런 생활. 너무나 지루하고 도전거리라곤 없어서 불륜이나 저지를 수밖에 없는 그런 생활 말이다. 아우렐리아는 자신의 9층 건물에 들어와 사는 세입자들과 자신이 어떤 식으로든 엮이는 것을 카이사르가 탐탁지 않아 한다는 사실을 알고 경악하며 좌절감을 느꼈다. 남편은 대행인을 통해 집세를 수금하는 쪽을 선호했고, 아내가 갑갑한 집안에만 갇혀 지내기를 기대했던 것이다.

그러나 가이우스 율리우스 카이사르는 유서 깊은 전통 귀족 가문 출신으로서 지켜야 할 의무가 있었다. 결혼을 하면서 돈이 없어 마리우스에게 신세를 진 그는 마리우스 밑에서 공직을 시작했다. 처음에는 군무관으로 시작하여 마리우스의 군대에서 참모군관으로 복무하다가 마침내 재무관을 거쳐 원로원에 입성했다. 그후에 마리우스의 아프리카 일대 최하층민 퇴역병사들을 아프리카의 소(小)시르티스 만에 위치한 케르키나 섬에 정착시킬 임무를 위임받아 토지 판무관이 된 것이다. 이러한 직무들 맡을 때마다 카이사르는 로마를 떠나 있어야 했다. 맨 처음 떠난 것은 아우렐리아와 결혼하고 얼마 지나지 않았을 때였다. 두 사람은 사랑으로 맺어진 결혼을 했고 딸 둘과 아들 하나를 얻었다. 아버지는 이 아이들이 태어나는 모습도, 유아기를 거치며 자라나는 모습도 지켜보지 못했다. 잠시 집에 들른 사이 아우렐리아는 임신을 했고, 그러고 나면 그는 또다시 수개월씩, 때로는 몇 년씩 떠나 있었다.

위대한 가이우스 마리우스가 카이사르의 누이 율리아와 결혼할 무렵, 율리우스 카이사르 가문은 돈이 거의 바닥나 있었다. 큰집은 천우신조로 장남을 양자로 보낸 덕에 나머지 두 아들이 집정관 직까지 오를 수 있는 자금이 마련되었다. 양자로 간 그 장남은 퀸투스 루타티우스 카툴루스 카이사르라는 새로운 이름을 얻었다. 반면에 카이사르의 부친(세상을 떠난 지 오래 지난 요즘은 조부 카이사르로 불렸다)에게는 부양해야 할 아들 둘과 딸 둘이 있었는데 수중에 있는 돈은 아들 하나를 뒷받침해줄 정도밖에 되지 않았다. 그러던 중 그는 묘안을 떠올려 어마어마한 부자지만 출신 가문은 훌륭하지 못한 마리우스에게 두 딸

중 한 명을 골라 아내로 맞이할 것을 제안했다. 두 딸의 지참금을 댄 것도, 차남 카이사르에게 보빌라이 부근의 땅 600유게룸을 사준 것도 마리우스의 돈 덕택이었다. 이 땅에서 나오는 수입은 원로원에 들어갈 자격이 되고도 남을 정도였다. 결국 조부 카이사르 분가 자식들의 앞날에 놓여 있던 장애물을 모두 없애준 것은 마리우스의 돈이었다.

카이사르의 형 섹스투스는 이 사실에 상당히 괴로워하다가 결혼 후로는 나머지 가족과 서서히 멀어졌다. 하지만 카이사르 본인은 품위 있고 온당한 마음을 발휘하여 마리우스에게 진심으로 고마워했다. 마리우스의 돈이 없었다면 자신이 원로원에 들어갈 자격을 얻지 못했을 것은 물론이고 장차 태어날 아이들에게도 아무런 희망이 없었으리라는 것을 그는 잘 알고 있었다. 사실 마리우스의 돈이 없었다면, 부유한 귀족 가문의 딸로 수많은 사내들이 탐내던 아름다운 아우렐리아와의 결혼은 그에게 절대 불가능했을 것이다.

마리우스에게 부탁하기만 했다면 카이사르와 그의 아내는 팔라티누스 언덕이나 카리나이 지구에 단독주택을 마련할 수 있었을 것이다. 아닌 게 아니라 아우렐리아의 숙부이자 계부인 마르쿠스 아우렐리우스 코타도 제발 거액의 지참금 일부로 단독주택을 구입하라고 타일렀다. 그러나 이 젊은 부부는 선친의 조언을 따라, 한적한 단독주택 생활이라는 호사를 버리는 쪽을 택했다. 대신 아우렐리아의 지참금은 인술라를 사는 데 투자되었다. 카이사르가 출세하여 더 좋은 동네에 단독주택을 마련할 형편이 될 때까지 부부가 살게 될 아파트 건물이었다. 이곳보다 더 좋은 동네를 찾는 일은 어려울 리 없었다. 아우렐리아의 인술라는 로마에서 가장 분잡하고 가난한 수부라 지구 한복판에 자리잡고 있었기 때문이다. 에스퀼리누스 언덕과 비미날리스 언덕 사이의 비탈에 낀

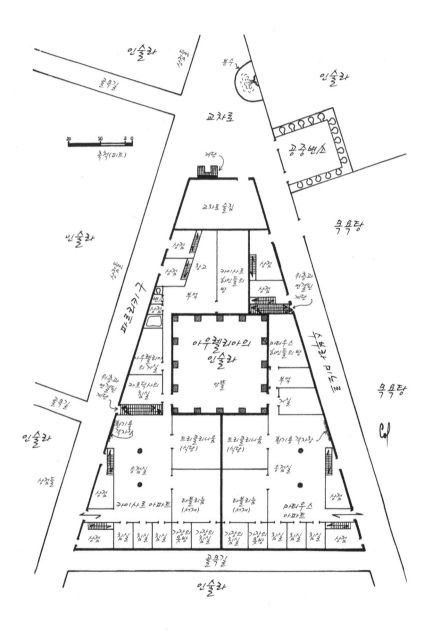

인슐라

골목길

교차로

분수

인슐라

공중변소

20   10   2 0
축척(피트)

제단

교차로 술집

인슐라

목욕탕

파르리가구

상점
창고
상점

카이사르 하인들의 방

상점
상점

위충과 연결된 계단

부엌

상점

목욕탕

위충과
연결된
계단

아우렐리아의 인슐라

아우렐리아의 거실

마티우스 하인들의 방

북쪽 마드로

골목길

카르딕사의 침실

안뜰

부엌

거실

목욕탕

인슐라

용기용 격자창

음접실

트리클리니움
(식당)

트리클리니움
(식당)

용기용 격자창

음접실

상점들

상점

카이사르 아파트

타블리눔
(서재)

타블리눔
(서재)

마티우스 아파트

상점

상점
침실
침실
침실
가작의 옷방
가작의 침실
가작의 침실
가작의 옷방
침실
침실
침실
상점

골목길

인슐라

86 풀잎관

수부라 지구에는 로마의 4계급, 5계급과 최하층민을 비롯해 인종과 신앙이 제각각인 온갖 사람들이 뒤섞여 있었다.

하지만 아우렐리아는 바로 이 수부라의 인술라에서 자신에게 꼭 맞는 일을 발견했다. 카이사르가 집을 떠나고 첫아이가 태어나자마자 아우렐리아는 일심전력으로 집주인 역할에 뛰어들었다. 대행인들은 바로 손을 떼게 하고 직접 장부를 관리하는 한편 순식간에 세입자들을 고객이자 친구로 만들었다. 그녀는 살인부터 기물 파손에 이르는 모든 일을 능숙하고 합리적으로 대담하게 처리해냈으며, 자신의 건물에 입주해 있던 교차로 클럽 사람들이 얌전히 처신하도록 길들여놓기까지 했다. 지역 사내들로 구성된 이 클럽은 수도 담당 법무관의 공식 인가를 받은 곳으로, 아우렐리아의 삼각형 건물 꼭짓점에 위치한 큰 교차로의 종교 관련 문제와 시설을 돌볼 의무가 있었다. 교차로의 분수, 노상, 보도, 교차로의 라레스를 모신 성소 등이 그들의 관리 대상이었다. 이 클럽의 관리인이자 그곳에 모이는 자들의 우두머리 루키우스 데쿠미우스는 4계급 신분에 불과했지만 로마인 중의 로마인이라 할 만한 인물이었다. 인술라 관리를 직접 맡으면서 아우렐리아는 데쿠미우스와 그 수하들이 은밀하게 보호세 사업을 운영하면서 인근 2킬로미터 반경에 사는 가게 주인과 관리인 들을 겁주고 있다는 사실을 알게 되었다. 아우렐리아는 그들이 하던 짓을 중단시켰고, 그 과정에서 데쿠미우스와 친구가 되었다.

젖이 잘 나오지 않았던 아우렐리아는 자기 아이들을 인술라에 사는 여자들에게 맡김으로써 새로운 세상을 향한 문을 열어주었다. 평범한 환경에서 살았다면 이 흠잡을 데 없이 고귀한 귀족 가문의 자손들로서는 꿈에도 몰랐을 세상이었다. 그 결과 아우렐리아의 세 자녀는 정식

교육을 시작할 나이가 되기 한참 전부터 그리스어, 히브리어, 시리아어와 몇 가지 갈리아 방언을 다양한 수준으로 구사했다. 라틴어 또한 자신들의 귀족 조상이 쓰던 라틴어, 하층민들의 라틴어, 수부라 지구에서만 통용되는 은어 등 세 종류를 익혔다. 아이들은 로마 빈민굴 사람들이 사는 모습을 직접 보았고, 외국인들이 맛있게 여기는 온갖 신기한 음식을 맛보았으며, 선술집이자 당국의 공식 허가를 받은 종교 협회인 데쿠미우스의 교차로 클럽에 드나드는 못된 무리들과도 친밀하게 지냈다.

아우렐리아는 이 모든 상황이 아이들에게 그리 해될 것이 없다고 확신했다. 그렇다고 인습 타파주의자나 개혁가는 아니어서 자신의 출신에 따른 신조를 엄격히 고수했다. 하지만 이 모든 신념과 함께 아우렐리아의 마음속에는 자기 일을 하면서 느끼는 참된 기쁨과 인간에 대한 지속적인 호기심과 관심이 자리하고 있었다. 온실 속 화초처럼 자라난 어린 시절에는 영웅적이고도 불운한 삶을 산 그라쿠스 형제의 어머니 코르넬리아를 로마에서 가장 위대한 여성이라 여기며 본보기로 삼았지만 나이가 들어 성숙해짐에 따라 좀더 실질적이고 유용한 것, 즉 스스로 축적해온 건전한 상식을 중시하게 되었다. 그랬기에 완벽한 파트리키 귀족의 핏줄을 타고난 자신의 세 아이가 온갖 나라 말을 재잘거려도 전혀 문제될 게 없다고 여겼다. 아이들과 함께 어울려 지내는 사람들이, 그들이 타고난 고귀한 특권을 결코 알 수 없고 알기를 바랄 수도 없다는 사실을 이해하고 감당할 줄 아는 것도 아이들에게 훌륭한 교육이 된다고 생각했다.

아우렐리아가 무엇보다 걱정한 일은 남편이자 아이들의 아버지인 가이우스 율리우스 카이사르의 귀향이었다. 사실상 그는 한 번도 남편이나 아버지 노릇을 한 적이 없었다. 익숙해졌다면 이 두 가지 역할에 어느 정도 이골이 났겠지만 카이사르는 익숙해지는 건 고사하고 결코 편안해지지 못했다. 로마의 귀족 여성으로서 아우렐리아는 남편이 기본적인 욕구를 해소하기 위해 이따금씩 만났음이 분명한 여자들에 대해 알지도 못했거니와 그다지 신경쓰지도 않았다. 물론 인술라 세입자들의 삶을 접하면서 다른 계층 여자들이 남자를 향한 사랑이나 질투 때문에 미친듯이 울부짖거나 심지어 살인까지 저지르기도 한다는 것은 알고 있었다. 아우렐리아로서는 참으로 불가해한 일이었지만 엄연한 사실이었다. 아우렐리아는 그저 자신이 그처럼 어리석지 않고 자기감정을 다스릴 줄 아는 사람으로 자란 것을 신들에게 감사했다. 자신과 같은 귀족 여자들 중에도 질투나 욕구불만으로 끔찍한 고통을 겪는 사람이 많다는 사실은 생각지 못했다.

아니, 카이사르가 완전히 집으로 돌아오면 문제가 생길 터였다. 아우렐리아는 그리되리라 확신했다. 하지만 그 일은 그때 가서 걱정하기로 접어두고 현재를 마음껏 즐기며 보냈다. 완벽한 파트리키 혈통을 타고 난 자신의 세 아이에 대해서도, 그 아이들이 그날그날 어느 나라 말을 쓰든 걱정하지 않았다. 따지고 보면 팔라티누스 언덕이나 카리나이 지구에 사는 여자들도 세계 각지에서 온 유모들에게 아이들을 맡기면 마찬가지 상황이 되지 않는가? 다만 그들은 그로 인한 결과를 못 본 척 외면하고 보이지 않는 구석으로 은폐해버리는 것뿐이다. 아이들조차도 그런 일에 함께 가담하여 어머니보다 훨씬 익숙한 소녀들과 여인들에 대해 느끼는 감정을 감추는 것이다.

그러나 어린 가이우스 율리우스는 특별하고도 매우 까다로운 경우였다. 수완 있는 아우렐리아조차도 자신의 외동아들에 대해, 이 아이의

자질과 미래에 대해 곰곰이 생각에 잠길 때면 목덜미에 왠지 알 수 없는 위태로운 기운이 스치는 듯했다. 율리아가 마련한 저녁식사 자리에서 아우렐리아는 이 아이 때문에 미쳐버리기 직전이라고 율리아와 아일리아에게 털어놓았다. 지금은 그렇게 약한 모습을 보이기 잘했다는 생각이 들었다. 대화중에 아일리아가 어린 카이사르를 가정교사에게 맡겨보라고 말해주었기 때문이다.

아우렐리아도 대단히 영특한 아이들에 대해 들어본 적은 있었지만, 이전에는 그런 아이들이 원로원 의원 집안보다는 가난하고 미천한 환경에서 나는 거라고 생각했다. 그런 아이를 둔 가난한 부모들이 아우렐리아의 숙부이자 계부인 코타를 찾아오는 것을 보았던 까닭이다. 그들은 대단히 영특한 자식에게 인생을 유리하게 시작할 기회를 주기 위해 코타에게 자금을 부탁했고, 그 대가로 자신과 자식이 남은 평생 그의 피호민으로 봉사하겠다고 약속했다. 코타는 언제나 그들에게 기꺼이 도움을 베풀었다. 그 아이가 자라면 자신과 아들들이 최고의 재능을 지닌 사람의 봉사를 받을 수 있으리라는 생각에 흡족해서였다. 그러나 코타는 현실적이고 합리적인 사람이기도 했다. 언젠가 아우렐리아는 새 아버지가 아내 루틸리아에게 이렇게 말하는 것을 들었다.

"불행히도 이런 아이들이 항상 그 가능성에 부응하지는 못한단 말이지. 재능의 불꽃이 어릴 때 너무 밝게 타오르다가 나이가 들면 점점 시들어 꺼져버리거나, 지나친 확신과 자만심에 빠져 있다가 순식간에 추락해버리는 경우가 대부분이오. 하지만 어쩌다 한 명씩은 대단히 유용한 인물이 되지. 이렇게 유용한 이들은 커다란 보물이라오. 그렇기 때문에 내가 늘 그 부모들을 도와주는 것이오."

코타와 어머니 루틸리아가 대단한 재능을 타고난 외손자에 대해 어찌 생각하는지 아우렐리아는 알지 못했다. 되도록 아들을 부모에게 보여주지 않음으로써 그 아이의 조숙함을 최대한 숨겨왔던 탓이다. 사실 아우렐리아는 어린 카이사르를 주변 모든 사람으로부터 감춰두려고 애썼다. 한편으로 아들의 영특함은 아우렐리아를 설레게 했고 그 아이의 장래에 대해 온갖 꿈을 꾸게 했다. 그러나 대부분의 경우 이 아이는 그녀에게 깊은 시름을 안겼다. 아들의 약점과 결함을 알았다면 아들을 감당하기가 좀더 수월했을 것이다. 하지만 제아무리 엄마라 한들 아직 두 살도 안 된 아이의 천성적인 약점과 결함을 무슨 수로 알 수 있단 말인가? 아들을 안고 나가 세상 사람들의 호기심을 충족시켜주기에 앞서, 아우렐리아는 아들에 대해 제대로 파악하고 아들을 잘 다룰 수 있다는 확신을 얻고 싶었다. 게다가 언제나 마음 한구석에는 아들이 이상한 조화로 자기에게 주어진 재능을 잘 다룰 힘과 객관성을 기르지 못하면 어쩌나 하는 두려움이 불쑥불쑥 찾아들었다.

아들이 예민하다는 건 아우렐리아도 알고 있었다. 아들의 기를 꺾기는 쉬웠다. 그러나 아이는 다시 일어났다. 아우렐리아로서는 전혀 경험해보지 못한, 정말로 기이하고 알 수 없는 넘치는 기쁨을 지닌 듯했다. 아이의 열정은 끝이 없었고, 아이의 정신작용은 어쩌나 정보에 목말라하는지 마치 거대한 물고기가 바닷속 내용물을 게걸스레 먹어치우듯 지식을 빨아들였다. 무엇보다 걱정스러웠던 것은 아이가 사람을 쉽게 믿고 모든 사람과 친해지려 안달한다는 사실이었다. 세상 사람들 모두가 당연히 내 마음과 같으리라 믿어서는 안 되고 해로운 사람도 많음을 알아야 한다며 엄마가 주의를 주는 걸 아이는 못 견뎌했다.

하지만 고작 어린아이를 두고 이렇게 의중을 떠보려 하다니 얼마나 터무니없는 일인가! 정신작용이 엄청나게 왕성하다고 해서 경험도 그만큼 풍부한 것은 아니었다. 현재로서 어린 카이사르는 무엇이든 빨아들일 물기가 있으면 무조건 빨아들이는 스펀지 같았고, 물기가 없으면 쥐어짜고 두드려서라도 빨아들일 거리를 만들어냈다. 이 아이에게 약점과 결함이 있는 건 분명했으나, 엄마로서는 그것이 영구적인지 아니면 어마어마한 학습과정에서 나타나는 일시적 현상에 불과한지 알 수 없었다. 예를 들어서 이 아이는 말도 못하게 사랑스러웠으며, 본인도 그렇다는 걸 잘 알고 그 점을 이용해 사람들을 자기 뜻대로 움직였다. 예컨대 이 아이의 꾀에 유독 잘 넘어가는 율리아 고모가 그러했다.

아우렐리아는 애교라는 앙큼한 술수에 기대도록 아들을 키우고 싶지 않았다. 아우렐리아 자신은 애교 같은 게 없었고 애교스러운 사람들을 경멸했다. 그런 사람들이 얼마나 쉽게 원하는 것을 얻어내는지, 막상 얻고 나면 얼마나 그것을 하찮게 여기는지 익히 보아왔기 때문이었다. 애교는 경박한 사람이나 지니는 것이지 지도자가 될 인물의 특징은 아니다. 어린 카이사르는 그런 성격을 버려야 할 것이다. 진중함과 로마인의 참된 덕목이 가장 중요한 영역에서 그런 가치를 중시하는 사람들을 상대할 때는 매력을 발산하는 것이 하등 도움이 되지 않을 터이므로. 카이사르는 아주 잘생기기까지 했는데 이 또한 반갑잖은 일이었다. 그러나 얼굴에서 아름다움을 지울 도리가 어디 있으랴! 특히나 양쪽 부모부터가 아름다움이 철철 넘쳐나는 판에.

시간만이 대답해줄 이 모든 걱정으로 속을 끓이다보니, 아우렐리아는 어린 아들에게 엄하게 구는 버릇이 생겼다. 딸들의 잘못보다 아들의 실수에 훨씬 더 엄격했고, 아들이 상처가 나면 향유를 발라주는 대신 소금을 문질렀으며, 조그만 일에도 트집을 잡거나 야단을 쳤다. 주변의 다른 사람들은 하나같이 아이를 떠받드는데다 누나와 사촌들도 아이의 응석을 다 받아주는 터라, 누군가는 못된 이복누나 역할을 해야만 한다고 생각했다. 그 역할을 엄마인 자신이 해야 한대도 어쩔 수 없는 일이었다. 그라쿠스 형제의 어머니 코르넬리아라면 주저 없이 그리했을 터이니.

평소대로라면, 앞으로 수년간 여자들 손에 자라야 할 아이를 책임지고 맡을 가정교사를 구하는 일은 아우렐리아에게 두려운 과제가 아니었다. 오히려 그녀가 즐기는 종류의 일이었다. 술라의 아내 아일리아가 노예 교사를 사는 건 절대 피하라고 당부했던 터라 부담이 좀더 커지기는 했다. 섹스투스 카이사르의 아내인 클라우디아는 그닥 좋아하지 않았으므로 그 집에 조언을 구하러 갈 생각은 하지 않았다. 율리아의 아들이 가정교사의 지도를 받았다면 당연히 그녀를 찾아갔겠지만, 외아들인 마리우스는 또래 사내아이들과 사귈 수 있도록 통학을 시키고 있었다. 사실 아우렐리아도 원래 때가 되면 카이사르를 학교에 보낼 생각이었다. 하지만 이제 학교에 보내는 것은 당찮은 생각임을 깨달았다. 학교에서 그녀의 아들은 아이들의 놀림감이 되었다가 우상이 되었다가를 반복할 것이고, 둘 중 어느 쪽도 아들에게 좋지 않을 것이니 말이다.

그래서 아우렐리아는 어머니 루틸리아와 하나뿐인 외삼촌 푸블리우스 루틸리우스 루푸스를 찾아갔다. 외삼촌은 그녀의 결혼문제까지 포함해 여러 차례 도움을 준 바 있었다. 구혼자 명단이 감당하기 벅찰 정도로 길고 어마어마해졌을 때, 누가 됐든 아우렐리아 본인이 원하는 상대와 결혼하게 하라고 제안한 사람이 바로 외삼촌이었다. 그렇게 하면 남편감을 잘못 골라도 오로지 아우렐리아의 책임이 될 테니, 혹여 선택

받지 못한 이들이 훗날 아우렐리아의 남자 형제들에게 원한을 품는 상황도 피할 수 있으리라는 말이었다.

아우렐리아는 유대인들이 자기들끼리 시끌벅적하게 모여 사는 위층에 아이들 셋을 데려다준 뒤, 갈리아 아르베르니족 출신의 하녀 카르딕사와 함께 가마를 타고 새아버지 집으로 향했다. 물론 팔라티누스 언덕에 있는 코타의 집에서 나올 때쯤에 맞춰 루키우스 데쿠미우스와 그의 수하 몇 명이 기다리고 있을 것이다. 그때쯤이면 날이 저물 시간이라 수부라의 불량배들이 슬슬 거리를 배회할 것이기 때문이다.

아우렐리아가 아들의 비범한 재능을 워낙 잘 감추었던 탓에, 아직 생후 2년도 채 안 된 아들에게 가정교사가 급히 필요하다고 코타와 루틸리아와 루푸스에게 납득시키기란 결코 쉽지 않았다. 그러나 미심쩍어하며 던진 수많은 질문에 아우렐리아가 참을성 있게 대답하자 가족들도 그녀가 처한 곤경을 믿기 시작했다.

"적당한 사람이 안 떠오르는구나." 성겨가는 머리칼을 헝클어뜨리며 코타가 말했다. "네 이부동생 가이우스와 마르쿠스는 수사학자들이 봐주고 있고 어린 루키우스는 학교에 다니니까. 나는 노예 교사를 대주는 아주 좋은 상인들을 찾아가는 게 최선이다 싶었다마는, 그러니까 마밀리우스 말쿠스나 두로니우스 포스투무스 같은 자들 말이다. 한데 네가 자유인이 아니면 안 된다고 하니 뭐라 해줄 말이 없구나."

"푸블리우스 외삼촌, 아까부터 줄곧 아무 말씀도 없으시네요." 아우렐리아가 말했다.

"흠, 그랬지!" 이 범상치 않은 사람이 명랑하게 외쳤다.

"누구 아는 사람이라도 있으세요?"

"아마도. 하지만 먼저 내가 직접 아이를 봤으면 싶구나. 그래야 내 나름의 의견을 정할 수 있을 테니까. 아이를 그렇게도 꽁꽁 감춰두다니, 왜 그랬는지 짐작도 안 가는구나."

"얼마나 귀여운지 몰라요." 루틸리아가 정감 넘치게 말했다.

"골칫거리죠." 아이의 엄마는 아무 감정 없는 목소리로 말했다.

"음, 우리 다 같이 어린 카이사르를 보러 가는 게 좋겠구나." 코타가 말했다. 그는 요즘 들어 다소 몸이 불어서 숨을 거칠게 씨근거렸다.

그러나 아우렐리아는 낭패스러워하며 양손을 맞잡았다. 잔뜩 관심을 담고 자기를 보고 있는 이들을 하나하나 쳐다보는 그녀의 얼굴이 어찌나 곤란하고 괴로워 보였는지, 세 사람은 깜짝 놀라 동작을 멈췄다. 갓난아기 때부터 봐왔지만, 아우렐리아가 이토록 어쩔 줄 몰라 하는 모습은 처음이었던 것이다.

"오, 제발요!" 아우렐리아가 외쳤다. "그건 안 돼요! 모르시겠어요? 말씀하시는 그런 일이야말로 제가 반드시 피하려는 상황이에요! 제 아들은 자신이 평범하다고 생각해야만 한다고요! 그런데 세 사람씩이나 갑자기 몰려가서 질문을 해대고 그애의 답변에 감탄사를 쏟아내면 어떻게 되겠어요! 자기가 아주 잘났다는 잘못된 생각만 심어줄 거 아니에요!"

루틸리아의 두 뺨이 붉게 달아올랐다. 그녀는 입술을 꽉 깨물고 낮게 내뱉었다. "얘야, 그애는 내 손자잖니!"

"알아요, 엄마. 당연히 그애를 만나서 무엇이든 물어보실 수 있죠. 하지만 아직은 안 돼요, 이렇게 여럿이 한꺼번에 가시는 건 안 돼요! 그애는 너무나 영리해요. 또래의 다른 아이들 같으면 물어볼 생각조차 못하는 질문을 그애는 답까지 알고 있다고요! 우선은 푸블리우스 외삼촌 혼자서 오시게 해주세요, 제발요!"

코타가 아내를 쿡 찔렀다. "좋은 생각이다, 아우렐리아." 그의 말투는 아주 사근사근했다. "어차피 곧 있으면 그애의 두번째 생일이지. 7월 중순께였지 아마? 아우렐리아가 생일잔치에 우리를 초대하면 되지 않겠소, 루틸리아. 그러면 특별한 이유가 있어서 왔다는 의심을 살 걱정 없이 자연스럽게 아이를 볼 수 있잖소."

루틸리아는 화를 간신히 삼키며 고개를 끄덕였다. "당신 좋을 대로 해요, 마르쿠스 아우렐리우스. 그렇게 하는 건 괜찮겠니?"

"네." 아우렐리아가 퉁명스럽게 대답했다.

당연하게도 루푸스는 나날이 더해가는 어린 카이사르의 매력에 굴복하고 말았다. 게다가 이 아이가 굉장하다고 생각했고, 아이 엄마에게 당장 자신의 생각을 전했다.

"네가 부모가 골라준 하녀들을 모조리 마다하고 직접 카르딕사를 골라온 이후로, 내가 누구에게 이렇게 반한 적은 처음인 것 같구나." 흐뭇한 미소를 지으며 루푸스가 말했다. "그때 나는 네가 값을 매길 수 없는 진주같이 귀한 아이라고 생각했지! 그런데 이제 보니 나의 진주가 달빛이 아니라 태양 한 조각을 낳았구나."

"그렇게 열렬한 찬사는 그만두세요, 푸블리우스 외삼촌! 그런 말씀을 듣자고 그애를 보시게 한 게 아니에요." 아이 엄마가 뾰족하게 말했다.

그러나 루푸스는 아우렐리아를 이해시키는 일이 시급하다고 판단했다. 그는 인술라의 한가운데로 뚫린 채광정 맨 아래에 자리한 안뜰 벤치에 조카딸과 나란히 앉았다. 그곳은 기분좋은 공간이었다. 1층에 같이 세 들어 사는 기사 가이우스 마티우스가 정원 가꾸기에 거의 완벽한 재주를 가진 덕분이었다. 층층의 발코니마다 식물이 뻗어나오고 안뜰에 심은 덩굴나무가 몇 년 사이에 쭉쭉 자라나 꼭대기까지 닿아 있는 광경 때문에, 아우렐리아는 이 채광정을 바빌론의 공중정원이라고 불렀다. 여름이라 정원에는 장미와 꽃무와 제비꽃 향기가 가득했고, 고개를 숙이거나 치켜든 꽃들은 온갖 색조의 파랑, 분홍, 연보라색으로 피어나 올해의 색채배합을 완성하고 있었다.

"사랑하는 조카야." 루푸스가 매우 진지한 어조로 말을 꺼냈다. 그는 아우렐리아의 두 손을 감싸쥐고선 그녀가 고개를 돌려 자신을 마주보게 했다. "내가 아는 상황을 너도 한번 생각해보려무나. 로마는 더이상 젊지가 않아. 그렇다고 로마가 노망난 상태라는 뜻은 아니지만. 다만 생각해보렴. 244년간의 왕정 이후 공화정이 411년째 지속되고 있다. 건국된 지 655년이 지난 지금, 로마는 그 어느 때보다도 강성해지고 있지. 그러나 유서 깊은 가문 중에 근래에도 집정관을 배출하는 가문이 몇이나 되느냐? 코르넬리우스, 세르빌리우스, 발레리우스, 포스투미우스, 클라우디우스, 아이밀리우스, 술피키우스 가문 정도가 다지. 율리우스 가문은 근 400년 동안 집정관을 한 명도 배출하지 못했다. 물론 이번 세대에는 율리우스라는 이름의 고관이 몇 사람 나오기는 할 것 같다만. 세르기우스 가문은 너무도 가난해서 이제는 굴 양식으로 돈을 버는 처지로 전락했고, 피나리우스 가문 역시 너무도 가난해서 재산을 모을 수만 있다면 말 그대로 무슨 짓이든 할 태세란다. 평민 출신의 신귀족들은 그나마 파트리키 귀족보다는 상황이 좀 낫지. 하나 내 보기에 우리가 조심하지 않으면 종국에는 신진 세력이 로마를 차지하게 될 거야. 그들은 조상도 없고 로마의 시초와는 아무런 연관도 없으니 로마가 어떻게 되든 전혀 신경쓰지 않을 게다."

조카딸을 잡은 손에 더욱 힘이 들어갔다. "아우렐리아, 네 아들은 가장 유서 깊고 빛나는 혈통을 이어받았다. 아직까지 남아 있는 파트리키 귀족 가문 중에 율리우스 가문에 필적할 만한 가문은 파비우스 가문뿐이지. 한데 파비우스 가문은 후손을 고관 의자에 앉히기 위해 3대에 걸쳐 양자를 들여야 했어. 그중 진짜 파비우스 혈통을 물려받은 자들은 천성이 워낙 별나서 은둔한 채 나타나지도 않고 말이지. 그에 비해 이 어린 카이사르는 유서 깊은 파트리키 귀족의 일원이면서 신진 세력의 활기와 지력까지 갖추고 있어. 이 아이는 내가 전혀 기대하지 못했던 로마의 희망이란다. 로마가 지금보다도 더 위대해지려면 고귀한 혈통을 물려받은 이가 통치자의 자리에 올라야 한다는 것이 내 생각이기 때문이다. 이건 가이우스 마리우스에게는 절대 할 수 없는 말이지. 나는 그 친구를 사랑하지만 그의 존재가 개탄스럽기도 하거든. 경이로운 공직 경력을 쌓는 동안 가이우스 마리우스는 쉰 차례에 달하는 게르만족의 침입보다도 로마에 더 큰 해를 끼쳤어. 그가 뒤집어엎은 법이며, 파괴한 전통이며, 만들어놓은 전례며……. 그라쿠스 형제는 그래도 오랜 귀족 가문 출신이었고, 자신들이 본 로마의 문제점을 타파해나갈 때도 우리 조상들이 세운 불문율인 모스 마이오룸에 대해 일말의 존중이라도 보였지. 그에 반해 가이우스 마리우스는 모스 마이오룸을 손상시킴으로써 온갖 종류의 늑대들에게 로마를 먹잇감으로 던져주었어. 그들은 로물루스와 레무스에게 젖을 물려준 친절한 어미 늑대와는 하등의 관계도 없는 짐승들이지."

너무나 흥미진진하고 예사롭지 않은 이야기에, 아우렐리아의 크고 반짝이는 두 눈은 루푸스의 얼굴에 괴로우리만치 그대로 못박혔다. 루푸스가 자신의 손을 얼마나 꽉 움켜쥐고 있는지도 느끼지 못했다. 그녀는 이제 마침내 붙잡을 수 있는 무언가를, 자신이 어린 카이사르와 함께 발을 디딘 어두컴컴한 영역에서 의지할 수 있는 길잡이를 만났기 때문이었다.

"너는 어린 카이사르가 갖는 중요한 의미를 제대로 인식하고 반드시 이 아이가 걸출한 인물로 성장할 수 있도록 온 힘을 다해야 한다. 이 아이가 아니면 다른 누구도 이룩할 수 없는 목적의식을 불어넣어주거라. 모스 마이오룸을 보존하고 옛 전통과 오랜 혈통의 기세를 되살리도록 말이다."

"잘 알겠어요, 푸블리우스 외삼촌." 아우렐리아가 진지하게 대답했다.

"그럼 됐다!" 루푸스는 자리에서 일어나면서 아우렐리아를 함께 일으켜주었다.

"내일 낮의 세번째 시각에 사람을 데려오마. 아이를 준비시켜두거라."

그리하여 어린 카이사르는 마르쿠스 안토니우스 니포라는 사람에게 맡겨졌다. 네마우수스 출신의 갈리아인이었던 그의 할아버지는 살루비 부족의 일원으로서 알프스 너머 갈리아 연안 지역의 그리스화된 정착민들을 끊임없이 습격하며 사람 사냥을 마구 즐기던 중, 결연히 뭉친 마실리아인들에게 어린 아들과 함께 붙잡혔다. 노예로 팔려간 후 할아버지는 얼마 안 가 사망했지만, 어린 아들은 살아남아 사람을 사냥하던 야만인에서 그리스인 가정의 하인으로 바뀐 생활을 잘 견뎌냈다. 알고 보니 그는 똑똑한 사람이었고, 힘들게 돈을 모아 자유를 샀을 무렵에도 여전히 젊은 나이라서 결혼을 하고 가정을 일굴 수 있었다. 신붓감으로는 대단찮은 집안의 마실리아계 그리스인 아가씨를 골랐는데, 이방인임을 절로 알 수 있는 그의 커다란 체격과 진홍빛 머리카락에도 불구하고 신부 아버지의 허락을 얻어냈다. 이렇게 해서 그의 아들 니포는 자유인의 환경에서 성장할 수 있었고 어릴 적부터 아버지에게서 물려받은 학구적인 소질을 드러냈다.

나이우스 도미티우스 아헤노바르부스가 지중해와 접한 알프스 너머 갈리아의 해안지역을 로마 속주로 개척할 당시, 그의 수하 중에는 선임 보좌관으로 동행한 마르쿠스 안토니우스 가문의 사내가 한 사람 있었다. 그런데 이 마르쿠스 안토니우스가 니포의 아버지를 통역사 겸 필경사로 고용해서 도움을 받았다. 그후 아르베르니족을 상대로 승리를 거두며 전쟁이 끝났을 때, 마르쿠스 안토니우스는 결코 인색하지 않은 감사의 표시로 니포의 아버지에게 로마 시민권을 주었다. 인도니우스 가문은 늘 이처럼 인심이 후했다. 마르쿠스 안토니우스에게 고용될 당시 해방노예였던 니포의 아버지는 이렇게 해서 안토니우스의 지방 트리부스로 흡수될 수 있었다.

소년 니포는 일찍부터 지리학, 철학, 수학, 천문학, 공학에 흥미를 보이는 한편 남을 가르치고 싶은 바람을 피력했다. 그리하여 성인용 토가를 입을 나이가 되자 아버지는 그를 배에 태워 세계 학문의 중심지 알렉산드리아로 보냈다. 니포는 그곳 박물관 도서관의 회랑에 틀어박혀 도서관 사서로 봉직하던 디오클레스 밑에서 수학했다.

그러나 도서관의 전성기는 끝이 났고, 그곳의 사서들도 더는 에라토스테네스에 견줄 만한 수준이 아니었다. 그래서 스물여섯 살이 되던 해에 니포는 로마에 정착해서 교사로 일하기로 결심했다. 처음에는 수사학 교사가 되어 청년들에게 수사법을 가르쳤다. 그러다 로마 귀족 자제들의 가식적인 태도에 조금 싫증이 나서 그보다 어린 소년들을 위한 학교를 열었다. 개교하자마자 성공적으로 자리를 잡은 덕에 얼마 안 가 그는 아무 거리낌없이 최고 수준의 수업료를 요구할 수 있었다. 복잡하고 지저분한 수부라에서 멀찌감치 떨어진 팔라티누스 언덕의 조용한 인술라 7층에 자리한 커다란 방 두 개짜리 아파트의 집세를 전혀 걱정할 필요가 없었다. 뿐만 아니라 개인적인 거주공간으로 같은 인술라의 한 층 위에 있는 방 네 개짜리 아파트까지 얻을 여유가 되었다. 이곳에는 니포 본인 외에 값비싼 노예 네 명도 함께 살았는데, 두 명은 개인 시중을 들고 다른 두 명은 교실 두 곳에서 수업을 보조했다.

루푸스가 찾아갔을 때 니포는 크게 웃으며, 어린아이의 비위를 맞춰주자고 잘나가는 사업을 포기할 의사는 전혀 없노라 확언했다. 그 말에 루푸스는 팔라티누스 언덕에 위치한 더 고급스러운 인술라 아파트와 지금 학교에서 벌어들이는 수입보다 더 큰 액수를 약속하는 정식 계약서를 제시했다. 그래도 니포는 웃으며 거절했다.

"같이 가서 아이를 보기라도 하시오." 루푸스가 말했다. "이만큼 큰 미끼를 코밑에 들이미는데 한번 보는 것조차 거절한다면 바보가 아니겠소."

어린 카이사르를 만나본 선생은 마음을 바꾸었다.

"아이의 배경 때문도 아니고, 아이가 놀랍도록 총명해서도 아닙니다." 루푸스에게 니포는 말했다. "내가 어린 카이사르의 가정교사가 되려는 이유는 아이가 너무나 마음에 들어서입니다. 또한 이 아이의 장래가 염려되어서고요."

"저 말썽꾸러기 같으니!" 9월 말에 집으로 찾아온 술라에게 아우렐리아는 이렇게 말했다. "온 집안이 돈을 모아 훌륭한 가정교사를 구해놓았더니, 나 참 어떻게 됐는지 아세요? 가정교사가 저 녀석에게 홀딱 빠져버렸지 뭐예요!"

"허." 술라가 짧게 대답했다. 그는 아우렐리아의 자식에 대한 장황한 이야기, 그것도 줄줄이 늘어놓는 넋두리를 듣자고 찾아온 것이 아니었다. 제아무리 영리하고 사랑스럽다 해도 아이들은 그에게 지겨운 존재일 뿐이었다. 그나마 자기 자식들은 지겨워하지 않는다는 게 수수께끼일 정도였다. 오늘 술라는 멀리 떠난다는 얘기를 아우렐리아에게 전하러 온 것이었다.

"당신도 저를 두고 떠나는군요." 안뜰 정원에서 따온 포도를 권하며 아우렐리아가 말했다.

"곧 그렇게 될 것 같소. 티투스 디디우스는 배편을 통해 병사들을 히스파니아로 보내고 싶어하고, 뱃길 이동에는 연중 초겨울이 가장 적기지요. 하지만 나는 육로로 먼저 가서 병사들이 도착하기 전에 준비를 해두려 하오."

"로마에 진저리가 난 건가요?"

"당신은 안 그랬겠소, 내 처지라면?"

"물론 그렇겠죠."

술라는 초조한 듯 움직거리며 좌절감에 주먹을 움켜쥐었다. "나는 결코 해내지 못할 거요, 아우렐리아!"

그러나 이 말에 아우렐리아는 소리내어 웃었다. "하! 당신은 시월의 말이 될 인물이라고 온몸에 쓰여 있는 걸요, 루키우스 코르넬리우스. 그날이 반드시 올 거예요, 두고보세요."

"완전히 같은 운명은 아니었으면 좋겠군요." 술라도 따라 웃으며 말했다. "내 머리가 어깨 위에 온전히 붙어 있었으면 하는데, 저 불쌍한 시월의 말은 그러지를 못하니 말이오! 대체 왜 그러는지 모르겠단 말이지. 우리가 행하는 온갖 의식의 문제점은, 워낙 오래전부터 내려온 것들이라 기도문을 줄줄 외면서도 그게 무슨 뜻인지도 모른다는 거요. 왜 군마를 둘씩 짝지어서 전차에 매어 경주를 시키고 이긴 쪽 전차의 오른편 말을 제물로 바치는지는 말할 것도 없고, 게다가 누가 말 머리를 드느냐를 두고 벌이는 싸움까지……!" 너무나 밝은 햇빛에 동공이 바늘 끝처럼 수축된 술라는 마치 눈먼 예언자의 모습 같았다. 아우렐리아를 향한 그의 두 눈에는 예언자의 고통이 가득했다. 과거나 현재의 고통이 아닌, 미래를 아는 자의 피할 수 없는 고통이었다. 문득 술라가 절규했다. "아우렐리아, 아우렐리아! 왜 나는 단 한순간도 행복하지 못한 거요?"

심장이 꽉 죄어오는 느낌에, 아우렐리아는 손톱이 손바닥에 박힐 만치 손을 움켜쥐었다. "모르겠어요, 루키우스 코르넬리우스."

"나도 모르겠소."

그에게 분별 있는 말이나 건네다니, 참으로 끔찍한 노릇이다. 하지만 달리 내가 뭘 어쩌겠는가. "당신은 바빠질 필요가 있는 것 같아요."

"아, 그렇고말고요. 바쁘면 생각할 시간이 없으니까." 술라가 냉랭하게 대꾸했다.

"나도 그렇더군요." 아우렐리아는 쉰 목소리로 이렇게 말한 뒤 곧바로 덧붙였다. "인생은 그게 다가 아닐 텐데."

두 사람은 안뜰 정원의 야트막한 담장 쪽으로 접한 응접실 자리에 앉아 있었다. 둘 사이에 놓인 탁자 위 접시에는 통통하게 살이 오른 보랏빛 포도가 담겨 있었다. 술라는 이미 딴 데로 시선을 돌린 상태였지만, 아우렐리아는 말을 마치고 나서도 계속 그를 바라보았다. 참으로 매력적이지 않은가! 아우렐리아는 생각했다. 평소에는 완벽하게 의식

아래 봉인해두었던 은밀한 고통의 감정이 불현듯 날카롭게 찌르는 듯한 느낌이었다. 저이의 입술은 내 남편의 것과 닮았구나. 아름답다. 아름다워…….

술라의 눈길이 다가와 아우렐리아의 눈을 곧장 파고들었다. 아우렐리아는 얼굴을 새빨갛게 붉혔다. 술라의 얼굴 표정이 변했다. 정확히 어떻게 변했는지 꼬집어 말할 수는 없지만, 뭐랄까, 좀더 자기 본연의 모습이 된 것 같았다. 그의 손이 그녀 쪽으로 다가왔다. 돌연 매혹적인 미소가 그의 얼굴을 환하게 밝혔다.

"아우렐리아……."

아우렐리아는 술라의 손에 자기 손을 내려놓고 숨을 가다듬었다. 정신이 아뜩했다. "왜요, 루키우스 코르넬리우스?" 가까스로 물었다.

"나와 사랑을 나눕시다!"

아우렐리아는 입이 바짝 말랐다. 침을 삼키지 않으면 금방이라도 기절할 것 같았지만 침을 삼킬 수가 없었다. 자신의 손을 감싼 그의 손가락들은 마치 스르르 빠져나가는 생명의 마지막 가닥과도 같아서, 그것을 놓으면 살아남을 수 없을 것만 같았다.

술라가 어떻게 탁자를 돌아서 왔는지, 나중에 생각해봐도 도무지 알수 없었다. 그저 자신의 얼굴에 바짝 다가온 그의 얼굴을 올려다보았다는 것만 기억날 뿐이었다. 그의 입술에 흐르는 윤기, 잘 닦아놓은 대리석처럼 그의 눈 속에 겹겹이 아른거리는 온갖 색채. 마음을 빼앗긴 채 아우렐리아는 그의 오른팔 근육이 살갗 아래서 움직이는 모습을 가만히 지켜보았다. 그리고 깨달았다. 자신이 두려움이 아닌 설렘으로 떨고 있다는 것을. 나약하게, 어쩔 줄 모르고…….

아우렐리아는 눈을 감고 기다렸다. 마침내 그의 입술이 자신에게 닿는 순간, 그녀는 마치 영겁의 시간 동안 사랑에 굶주려온 것처럼 그와 입을 맞추었다. 그때껏 존재하는지조차 몰랐던 넘치는 감정에 휩싸인 채, 놀람과 두려움과 더없는 기쁨으로 새까맣게 재가 되도록 활활 타올랐다.

한순간이 더 흐른 후, 두 사람 사이에는 방 전체가 가로놓여 있었다. 아우렐리아는 마치 사라져버리기라도 하려는 듯이 밝은색으로 칠한 벽에 바싹 붙어서 있었고, 술라는 탁자 옆에 서서 거친 숨을 들이쉬고 있었다. 햇살이 그의 머리카락 사이로 비쳐들어와 불꽃의 씨를 뿌렸다.

"난…… 그럴 수 없어요!" 조용한 비명같이, 아우렐리아가 말했다.

"그렇다면 당신에겐 두 번 다시 마음의 평화가 찾아오지 않을 것이오!"

이 걷잡을 수 없는 분노의 와중에도 아우렐리아에게 우스꽝스럽거나 바보스러운 모습은 절대 보이지 않겠노라 다짐하면서, 술라는 바닥에 떨어져 있던 토가를 당당한 태도로 집어들었다. 뒤돌아선 걸음걸음마다 두 번 다시 찾아오지 않겠다는 의지를 전하며, 그는 마치 전장의 승자처럼 그곳에서 나갔다.

그러나 전장의 승자가 된 만족감은 느낄 수 없었다. 그는 자신의 패배에 미칠 듯이 격분했다. 집으로 향하는 술라를 휘감은 폭풍 같은 분노의 기운에 지나가던 행인들도 화들짝 놀라 길을 비켰다. 제년이 어찌 감히! 두 눈에 갈망을 고스란히 드러낸 채 내가 입맞추도록 유혹하더니—얼마나 뜨거운 입맞춤이었던가!—그러고선 안 된다니. 나보다 더 원했으면서 전혀 안 그랬다는 듯이. 죽여버리겠어. 그 가느다란 목을 꺾어버리고, 독으로 부풀어오르는 얼굴을 봐야지. 이 손가락들로 목을 조일 때 저 자줏빛 눈이 튀어나오는 모습을 지켜보겠어. 죽여, 죽여, 죽여, 죽여, 이렇게 말하는 심장의 고동소리가 귓가에 들려왔다. 이마와 머리 가죽의 혈관을 팽창시키는 피도 이렇게 말했다. 죽여, 죽여, 죽여! 이 거대한 분노는 그가 율릴라를, 아일리아를, 달마티카를 죽일 수 없었던 것과 마찬가지로 아우렐리아도 죽일 수 없다는 사실을 잘 알고 있기에 비롯된 것이기도 했다. 어째서? 대체 이 여자들이 클리툼나나 니코폴리스 같은 여자들에게는 없는 무엇을 가지고 있기에?

술라가 폭발할 듯한 기세로 아트리움으로 들어오자 하인들은 황급히 흩어졌고 아내는 아무 말 없이 안방으로 물러갔다. 그의 집은 절로 오그라들고 어마어마한 침묵만이 감돌았다. 서재로 들어간 술라는 곧장 유피테르 대제관을 지낸 조상의 이마고를 보관해둔 신전 모양의 작은 목조 장식장 쪽으로 가서 신전의 계단 안쪽에 감춰진 서랍을 확 잡아당겼다. 더듬거리던 그의 손가락에 가장 먼저 잡힌 물건은 아주 작은 병이었다. 손바닥에 병을 올려놓았다. 속에 든 투명한 액체가 푸르스름한 유리병 벽을 타고 느릿하게 움직였다. 술라는 그것을 가만히 보고, 또 보았다.

손에 든 물건을 얼마나 오랫동안 내려다보고 있었는지 몰랐다. 이제는 머릿속에 단 한 가지 생각도 떠올릴 수 없었다. 그가 가진 건 분노뿐이었다. 아니면, 그건 고통이었을까? 큰 슬픔이었을까? 그것도 아니라면 그저 크나큰 외로움이었을까? 그는 활활 타는 불길에서 따뜻함을 지나 서늘하게 식었고 마침내 얼음처럼 차가워졌다. 그제야 이 끔찍한 불능을, 필연적이자 위안을 주는 살인에 그토록 매혹되어 있는 자신이 같은 귀족 신분의 여자들에게는 도저히 그 행위를 할 수 없다는 사실을 직시할 수 있었다. 율릴라나 아일리아의 경우에는 적어도 그들이 자기로 인해 고통스러워하는 모습을 지켜보면서 위안을 얻을 수 있었다. 게다가 율릴라의 죽음은 자신이 초래했다는 만족감이 있었다. 자신과 메트로비오스가 재회한 현장을 목격하지 않았더라면, 율릴라는 여전히 포도주를 퍼마시며 커다랗고 텅 빈 노란 눈으로 그를 슬프게 바라보며 끝없는 침묵의 원망을 쏟아냈을 게 뻔하니까. 그러나 아우렐리아는 다르다. 그녀는 술라가 그 집에 머무는 순간 이후에는 어떤 반응을 보일지 예상할 수 없는 사람이었다. 그가 현관을 나서자마자 그녀는 한순간 일탈했던 마음을 바로 추스르고 일에 파묻혔을 테지. 내일이면 그의 존재는 깡그리 잊어버릴 테고. 아우렐리아는 그런 사람이었다. 썩어 문드러져버려라! 벌레들에게 뜯어먹혀버려! 이 못된 암퇘지 같으니!

술라는 이런 쓸데없고 케케묵은 악담을 한창 퍼붓다 말고 즐거움을 가장한 비뚤어진 웃음을 지었다. 이래봤자 아무런 위안도 없다. 웃기고 터무니없는 노릇이다. 신들은 인간의 좌절이나 바람 같은 건 전혀 신경 쓰지 않는데다, 술라 자신은 자신의 파괴적인 생각을 어떤 무시무시하고 불가사의한 방법으로 실제 죽음의 결실로 바꿔놓을 수 있는 능력 같은 걸 가지지 못했다. 아우렐리아는 여전히 그의 마음속에 있었다. 모든 정력을 오직 출세를 위해서만 쏟아부으려면 히스파니아로 가기 전에 그녀를 향한 마음을 몰아내야만 했다. 아우렐리아의 굳건한 성벽을 무너뜨렸다면 맛보게 되었을 황홀한 희열을 대신할 만한 무언가가 필요했다. 아우렐리아의 그 표정을 뜻밖에 마주하기 전까지 그녀를 유혹할 생각을 품은 적이 없다는 사실은 중요하지 않았다. 그 순간의 충동은 너무나 강력하게 온몸을 휘감았기에 도저히 떨쳐버릴 수 없었다.

로마라야 해, 당연히. 히스파니아에 당도하면 모두 사라져버릴 테니까. 지금 당장 어떤 만족을 찾을 수 있다면 좋으련만. 전장에서는 이처럼 지독한 좌절감을 느낀 적이 한 번도 없었다. 너무 바빠서였거나, 사방에 죽음이 널려 있어서였거나, 출세를 향해가고 있다고 자족해서였으리라. 그러나 로마에 돌아온 지 3년이 다 된 지금 그는 마침내 뒤틀어진 권태의 단계에까지 이르렀다. 과거에 이런 감정은 문자 그대로 혹은 은유적 의미의 살인을 저지른 후에야 해소되었다.

얼음같이 차가운 마음으로 술라는 몽상에 잠겼다. 이런저런 얼굴들이 떠올랐다 사라졌다. 이미 죽였거나 죽이고 싶은 이들의 얼굴이었다. 율릴라, 아일리아, 달마티카, 루키우스 가비우스 스티쿠스, 클리툼나, 니코폴리스. 카툴루스 카이사르……. 그 거만한 낙타 같은 얼굴을 영원히 지워 없애버리면 얼마나 좋을까! 스카우루스, 똥돼지 메텔루스 누미디쿠스. 똥돼지……. 술라는 천천히 일어나 천천히 비밀 서랍을 닫았다. 작은 병은 그대로 손에 쥔 채.

물시계가 낮의 중간 시각을 알렸다. 여섯 시간은 지나갔고 여섯 시간이 남아 있다. 똑똑, 똑똑. 똥돼지 퀸투스 카이킬리우스 메텔루스 누미디쿠스를 찾아가기에 충분하고도 남는 시간이었다.

추방지에서 돌아오자마자 누미디쿠스는 자신이 전설적인 인물이 되어 있음을 깨달았다. 죽을 나이도 아직 한참 멀었는데 벌써부터 나는 포룸 로마눔에 전해내려오는 전설이 되었어, 그는 승리감에 도취되어 이렇게 혼잣말을 했다. 사람들은 감찰관을 지낼 당시 호메로스의 영웅처럼 당당했던 그의 업적을 이야기했다. 그가 아무런 두려움 없이 루키우스 에퀴티우스를 상대했으며, 그 과정에서 두드려 맞고도 또다시 맞서는 용기를 보였다는 이야기였다. 그의 추방에 관한 일화도 입에서 입으로 전해졌다. 그의 말더듬이 아들이 끝도 없이 많은 은화를 한 푼 두

푼 더듬더듬 세는 동안 원로원 의사당 위로 해가 저물었고 마리우스는 사투르니누스의 두번째 토지 법안에 대한 서약을 집행하려고 기다리고만 있었다는 이야기도 같이 덧붙여졌다.

그래, 나는 위대한 가문에서 나온 최고로 위대한 인물로, 카이킬리우스 메텔루스 가문을 대표하는 퀸투스로 역사에 길이 남을 거야. 그날의 마지막 피호민이 돌아간 뒤에 누미디쿠스는 생각했다. 그의 가슴은 자부심으로 부풀었다. 집으로 돌아와서 행복했고, 사람들의 환영이 흐뭇했으며, 커다란 만족감으로 마음이 충만했다. 그래, 마리우스와의 전쟁은 참으로 길었다! 그러나 이제 그 전쟁은 완전히 끝났다. 내가 이겼고 마리우스가 졌다. 로마가 마리우스로 인해 치욕을 겪는 일은 두 번 다시 없을 것이다.

집사가 서재 문을 두드렸다.

"뭔가?"

"루키우스 코르넬리우스 술라께서 뵙기를 청합니다, 주인어른."

술라가 방으로 들어설 때 누미디쿠스는 벌써 일어나 방을 반쯤 가로질러 와서 환영의 뜻으로 손을 내밀었다.

"친애하는 루키우스 코르넬리우스, 이리 찾아와주니 참으로 반갑소." 그의 말투에는 친근함이 넘쳐흘렀다.

"진즉 따로 찾아뵈었어야 하는데 인사가 늦었습니다." 술라는 이렇게 답한 뒤 피호민용 의자에 앉으며 매력적인 겸손의 표정을 지어보였다.

"포도주 들겠소?"

"감사합니다."

술병 두 개와 알렉산드리아산 고급 유리로 만든 포도주잔들이 놓여 있는 벽붙이 탁자 옆에 서서 누미디쿠스는 술라 쪽을 돌아보며 물었다. 한쪽 눈썹을 치켜올린 얼굴에는 살짝 미심쩍어하는 듯한 표정이 담겨 있었다. "키오스산 포도주에 물을 타지 않아도 될 자리가 맞소?"

술라는 이 자리가 좀더 편해지기 시작했음을 보여주려는 듯이 미소를 지었다. "키오스산 포도주에 물을 타는 것은 어리석은 짓이지요."

집주인은 꿈쩍하지 않았다. "그건 정치꾼의 대답이오, 루키우스 코르넬리우스. 당신은 그런 부류가 아닌 줄 알았는데."

"퀸투스 카이킬리우스, 포도주에 물을 넣지 마십시오!" 술라가 크게 외쳤다. "저는 우리가 좋은 친구가 되길 바라며 여기 왔습니다." 진심 어린 목소리로 그가 말했다.

"그렇다면, 루키우스 코르넬리우스, 물을 타지 않은 포도주로 마십시다."

누미디쿠스가 술잔 두 개를 들고 돌아왔다. 한 잔은 책상 위 술라가 앉은 쪽에 놓고 다른 한 잔은 자기 쪽에 놓은 뒤 자리에 앉아 잔을 들었다. "우정을 위해 건배."

"우정을 위해." 술라는 포도주를 조금 마시고 얼굴을 찡그리고선 누미디쿠스를 똑바로 쳐다보았다. "퀸투스 카이킬리우스, 저는 티투스 디디우스의 선임 보좌관으로 가까운 히스파니아로 떠날 예정입니다. 얼마나 떠나 있을지 모르겠지만 지금으로서는 수년이 걸릴 수도 있을 듯합니다. 로마에 돌아오면 가능한 한 빨리 법무관 선거에 출마할 작정입니다." 술라는 목청을 가다듬고 포도주를 조금 더 들이켰다. "작년에 제가 왜 법무관으로 당선되지 못했는지 진짜 이유를 아십니까?"

누미디쿠스의 입가에 슬며시 미소가 떠올랐다. 너무나 희미한 미소였기에 술라로서는 비꼬는 건지, 악의가 담긴 건지, 단순히 재미있어서 웃는 건지 판단할 수가 없었다.

"그렇소, 루키우스 코르넬리우스, 알고 있소."

"그렇다면 그 이유가 뭐라고 생각하십니까?"

"당신이 내 친애하는 벗 마르쿠스 아이밀리우스 스카우루스를 그의 아내 일로 대단히 언짢게 한 것 같더군."

"아! 저와 가이우스 마리우스와의 관계 때문이 아니고요?"

"루키우스 코르넬리우스, 마르쿠스 아이밀리우스같이 양식 있는 사람이 가이우스 마리우스와 군사적인 관계가 있다는 이유로 당신의 정치 생명을 끊어놓을 리 없소. 로마에서 직접 지켜보지는 못했지만, 나도 당신과 가이우스 마리우스가 소원해진 지 꽤 되었다는 소식은 익히 들어 알고 있소." 누미디쿠스는 막힘없이 말을 이었다. "이제는 두 사람이 동서지간도 아니니 충분히 그럴만하지." 그는 잠시 한숨을 내쉬었다. "그러나 가이우스 마리우스와의 관계를 잘 끊어내자마자 마르쿠스 아이밀리우스 스카우루스 집안에 이혼을 초래할 뻔했다는 것은 참으로 유감이오."

"저는 불명예스러운 행동을 하지 않았습니다, 퀸투스 카이킬리우스." 술라가 완고하게 대꾸했다. 아랫사람 대하듯 깔보는 태도에 화가 치미는 것을 티내지 않으려 조심하긴 했지만, 잘나지도 않으면서 젠체하는 이 인간을 죽여야겠다는 결심은 시시각각 굳건해졌다.

"불명예스러운 행동을 안 했다는 건 나도 아오." 누미디쿠스는 남은 포도주를 쭉 들이켰다. "여자들, 특히나 아내 문제가 되면 누구보다 노회하고 현명한 이들조차 머리가 확 돌아버리니 참으로 슬픈 일이오."

집주인이 몸을 일으키려고 하자 술라가 재빨리 자리에서 일어났다. 술라는 술잔 두 개를 탁자에서 낚아채듯 집어들고 벽붙이 탁자로 잔을 채우러 갔다.

"그 부인이 질녀 되시지요, 퀸투스 카이킬리우스." 술라가 등을 돌린 자세로 말했다. 그의 넓은 토가 자락이 탁자를 다 가리고 있었다.

"바로 그래서 내가 그 일을 속속들이 아는 것이라오."

누미디쿠스에게 술잔 하나를 건네주고 술라는 다시 자리에 앉았다. "그 부인의 숙부이자 마르쿠스 아이밀리우스의 절친한 친구의 입장에서, 제가 당한 처사가 공정했다고 생각하십니까?"

누미디쿠스는 어깨를 으쓱하고 포도주를 한 모금 마시더니 얼굴을 찌푸렸다. "루키우스 코르넬리우스, 당신이 그저 벼락출세한 인물이었다면 지금 이 자리에 앉아 있지도 않을 거요. 하나 당신은 유서 깊은 명문가의 사람이오. 파트리키 귀족 코르넬리우스의 일원이고 탁월한 수완가이기도 하지." 그는 또 한번 얼굴을 찌푸리고는 포도주를 좀더 마셨다. "조카딸이 당신에게 연심을 품었을 때 내가 로마에 있었다면, 마르쿠스 아이밀리우스가 그 상황을 바로잡기 위해 어떤 선택을 했더라도 나는 당연히 그 친구를 지지했을 거요. 내가 알기로는 마르쿠스 아이밀리우스가 로마를 떠나라고 권했지만 당신이 거절했다던데. 그건 신중하지 못한 행동이었소!"

술라는 즐거운 기색 하나 없이 웃었다. "제가 결백한 만큼, 마르쿠스 아이밀리우스가 명예롭지 못한 행동을 할 거라고는 생각 못했던 거지요."

"아, 당신이 어릴 적에 포룸 로마눔에서 몇 년쯤 경험을 쌓았다면 얼마나 좋았겠소!" 누미디쿠스가 크게 탄식했다. "당신은 요령이 없소, 루키우스 코르넬리우스."

"옳은 말씀인 것 같습니다." 술라가 말했다. 지금 하고 있는 이 짓은 자신이 여태껏 살면서 해온 연기 중에서도 가장 어려운 역할이었다. "그러나 지난 일을 되돌릴 수는 없는 노릇이니 저는 앞으로 나아가야 합니다."

"티투스 디디우스와 함께 가까운 히스파니아로 가는 것은 분명 일보 전진이지."

술라는 다시 한번 일어나 포도주 두 잔을 따라왔다. "떠나기 전에 로마에 좋은 친구를 최소한 한 명은 만들어두었으면 합니다. 그리고 진심으로 말하는데, 그 친구가 당신이기를 바랍니다. 조카따님의 일이나, 마르쿠스 아이밀리우스 스카우루스 최고참 의원과의 각별한 친분을 차치하고 말입니다. 저는 코르넬리우스 가문의 일원입니다. 그러니 당신의 피호민이 되겠다고 할 수는 없습니다. 친구만 될 수 있지요. 어떻게 생각하십니까?"

"그렇다면…… 저녁을 들고 가시오, 루키우스 코르넬리우스."

그리하여 술라는 저녁식사 때까지 머물렀다. 유쾌하고 친밀한 식사 자리였다. 누미디쿠스가 포룸 로마눔의 전설이라는 새로운 위상에 부응하며 사느라 조금은 피곤했던 차라 원래 그날은 혼자 저녁을 들 생각이었기 때문이다. 두 사람은 누미디쿠스의 아들이 아버지의 로도스 섬 추방생활을 끝내게 하고자 지칠 줄 모르고 싸운 얘기를 나누었다.

"나만큼 아들 복이 있는 사람도 없지." 돌아온 추방자가 얼큰한 취기를 느끼며 말했다. 저녁식사 한참 전부터 시작해서 마신 양이 상당했던 것이다.

술라의 미소는 매력 그 자체였다. "그 점에 대해서는 반박의 여지가 없습니다, 퀸투스 카이킬리우스. 사실 아드님은 저와 좋은 친구 사이지요. 제 아들은 아직 어린아이입니다만, 아비로서 맹목적인 편견에는 제

아들이 최고가 될 거라 생각하게 됩니다."

"아들 이름도 당신처럼 루키우스요?"

술라는 놀란 표정으로 눈을 깜박였다. "물론이지요."

"그거, 이상하군." 누미디쿠스는 이 두 마디를 상당히 주의깊게 발음했다. "당신 쪽 코르넬리우스 분가에서는 장남의 첫 이름을 푸블리우스로 짓는 게 아니었소?"

"제 아버지가 돌아가신지라 여쭤볼 수가 없습니다, 퀸투스 카이킬리우스. 실은 살아생전에도 늘 술에 취해 계셔서 가문의 법도에 관해 얘기해본 기억이 없고요."

"아 뭐, 중요한 건 아니니까." 누미디쿠스는 잠시 생각에 잠겼다가 다시 말을 꺼냈다. "이름 얘기가 나왔으니 말인데, 당신도 알겠지만 그 이탈리아인이 항상 나를 똥돼지라 부르지 않소?"

"가이우스 마리우스가 그렇게 부르는 걸 들은 적이 있습니다, 퀸투스 카이킬리우스." 술라가 침착하게 대답했다. 이어서 그는 몸을 구부려서 멋들어진 유리 술병을 들고 똑같이 멋들어진 유리 술잔 두 개에 술을 따랐다. 똥돼지가 유리를 좋아해서 얼마나 다행인지!

"역겹기 짝이 없어!" 누미디쿠스가 혀 꼬부라진 소리로 말했다.

"정말 역겹지요." 술라가 맞장구쳤다. 엄청난 행복감이 온몸으로 번지는 기분이었다. 똥돼지, 똥돼지.

"그 더러운 별명을 지워버리기까지 오랜 시간이 걸렸소."

"무리도 아니지요, 퀸투스 카이킬리우스." 술라가 천진스레 말했다.

"어린애들 속어라니! 하다못해 성인 여자의 성기를 가리키는 말도 아니고, 그…… 그 이탈리아 놈."

갑자기 누미디쿠스가 일어나 앉으려고 애를 썼다. 한 손으로 이마를 짚고서 귀에 들릴 정도로 거칠게 숨을 몰아쉬었다. "아, 너무 어지러워! 숨이…… 안…… 쉬어져!"

"크게 심호흡을 해보십시오, 퀸투스 카이킬리우스."

누미디쿠스는 시키는 대로 해보려고 애를 썼지만 이내 숨을 헐떡였다. "속이…… 안 좋아!"

술라는 신발을 벗어놓았던 긴 의자의 뒤편으로 미끄러지듯이 다가갔다. "대야를 갖다드리겠습니다."

"하인! 하인들을…… 불러주게!" 누미디쿠스는 양손으로 가슴을 움켜쥐며 뒤로 넘어졌다. "내…… 폐가!"

이제 술라는 긴 의자 앞쪽으로 돌아와 앞에 놓인 탁자 너머로 몸을 기울였다. "폐가 아픈 게 맞으십니까, 퀸투스 카이킬리우스?"

누미디쿠스는 반쯤 뒤로 누운 채 온몸을 비틀었다. 한 손은 여전히 가슴을 움켜쥐고 있었고, 다른 손은 손가락이 갈고리처럼 굽은 상태로 의자 반대편의 술라 쪽을 향해 뻗었다. "너무…… 어지러워! 숨이…… 안 쉬어져! 폐가!"

술라가 고함을 질렀다. "도와주게! 어서 빨리!"

방은 곧 노예들로 가득찼다. 술라는 침착한 능률성을 발휘하여 노예 몇 명은 의사를 부르러 보내고, 나머지는 누우려 들지 않는 누미디쿠스의 몸에 베개를 대어 받쳐주게 했다.

"오래 걸리진 않을 겁니다, 퀸투스 카이킬리우스." 신을 신은 발로 탁자를 옆으로 차내고 긴 의자의 앞쪽 가장자리에 걸터앉으면서 술라가 부드럽게 말했다. 그 바람에 두 술잔은 포도주병, 물병과 함께 바닥으로 떨어져 산산조각이 났다. "자아," 안간힘을 쓰느라 얼굴이 하얗게 질린 채 겁을 먹고 있는 누미디쿠스에게 술라가 말했다. "제 손을 잡으십시오." 아연실색해서 어쩔 줄 모르고 옆에 서 있던 노예에게는 이렇게 지시했다. "저것 좀 치워주게. 누가 다치기라도 하면 안 되니까."

노예가 바닥에 흩어진 유리 조각과 파편을 치우고 거의 물이 대부분인 액체를 걸레질로 닦아내는 동안 술라는 계속 누미디쿠스의 손을 잡고 있었다. 의사들과 그 조수들을 비롯해 더 많은 사람들로 방이 가득 찰 때까지도 그는 내내 누미디쿠스의 손을 잡고 있었다. 급기야 새끼 똥돼지 메텔루스 피우스가 도착했는데도 누미디쿠스는 지칠 줄 모르는 효성을 보인, 그토록 사랑하는 아들에게 손을 내밀려고도 하지 않고 술라의 손만 꼭 붙잡고 있었다.

그리하여 술라는 누미디쿠스의 손을 잡고 있고 새끼 똥돼지는 슬픔을 가누지 못해 흐느껴 우는 가운데 의사들이 진료에 들어갔다.

"히솝풀과 다진 풍접초 뿌리를 섞은 꿀물약을 처방하겠습니다." 여전히 팔라티누스 언덕의 대부분 지역을 꽉 잡고 있던 시칠리아 출신의 의사 아폴로도로스가 말했다. "피도 뽑아야겠군요. 프락시스, 세모날을 줘보게."

그러나 누미디쿠스는 숨쉬기만으로도 벅차서 꿀물약을 삼키지 못했다. 정맥을 절개하자 선홍색 피가 콸콸 흘러나왔다.

"정맥이야, 정맥이 잘못된 게 분명해!" 아폴로도로스 시켈로스는 이렇게 혼잣말을 하더니 다른 의사들에게 말했다. "피가 너무나 새빨갛지 않소!"

"이렇게나 버둥거리니 피가 새빨간 것도 당연하겠지요, 아폴로도로스." 아테네 출신의 그리스인 의사 푸블리우스 술피키우스 솔론이 말했다. "음, 가슴에 고약을 붙여보는 게 어떨까요?"

"그래, 가슴에 고약을 붙이는 게 맞겠소." 시칠리아 출신의 아폴로도로스가 말했다. 그는 엄숙한 얼굴로 수석 조수를 향해 거만하게 손가락을 딱 튕겨 신호를 보냈다. "프락시스, 바르바툼 고약을 준비하게!"

누미디쿠스는 여전히 숨을 쉬려 안간힘을 쓰며 자유로운 한 손으로 가슴을 쳤다. 흐릿해지는 눈으로는 아들을 바라보았고, 눕기를 거부하며 술라의 손을 꼭 붙잡고 있었다.

"안색이 검푸르지가 않습니다." 아폴로도로스 시켈로스가 지나치게 격식을 차린 그리스어로 메텔루스 피우스와 술라에게 말했다. "그 점이 이해가 안 갑니다! 그것만 빼면 전부 급성 폐질환 증상인데 말이에요." 그는 네모난 모직 천조각에 끈적거리는 검은 물질을 두껍게 바르고 있는 조수 쪽을 향해 고개를 끄덕여 보였다. "최고의 습포제입니다. 이게 몸에서 유독 물질을 빼내줄 겁니다. 구리에서 긁어낸 녹청, 납에서 제대로 분리해낸 밀타승, 백반, 말린 역청, 말린 송진에 식초와 기름을 딱 맞는 농도로 넣고 모두 섞어서 만들지요. 보십시오, 이제 준비가 다 됐습니다!"

과연 그 말대로 습포제가 완성되었다. 시칠리아 출신의 아폴로도로스는 몸소 환자의 맨가슴에 습포를 반듯하게 펴 붙이고는, 훌륭하리만치 침착하게 서서 바르바툼 고약이 효과를 보이기를 기다렸다.

그러나 피 뽑기나 물약과 마찬가지로 고약도 아무 효험이 없었다. 서서히 누미디쿠스는 붙잡고 있던 생명줄도, 루키우스 코르넬리우스 술라의 손도 놓았다. 얼굴은 새빨갛고 눈은 더이상 아무것도 보지 못한 채로 마비에서 혼수상태에 빠져들더니, 그렇게 죽었다.

방을 나서는 술라의 귀에, 몸집 작은 시칠리아인 의사가 메텔루스 피우스에게 쭈뼛거리며 말하는 소리가 들렸다. "주인 나리, 시신을 검안해봐야 합니다." 망연자실한 새끼 똥돼지가 말하는 소리도 들렸다.

"뭐라고, 그래서 무능한 너희 그리스 놈들이 내 아버지를 죽인 것도 모자라 토막까지 내는 걸 보라고? 안 돼! 아버지는 온전한 몸 그대로 장작더미에 오르셔야 해!"

술라의 등에 눈길이 박힌 새끼 똥돼지는 의사들 무리를 밀치고 술라를 따라 아트리움으로 나왔다.

"루키우스 코르넬리우스!"

술라는 천천히 돌아섰다. 피우스에게 보이는 순간 그의 얼굴은 슬픔 그 자체였다. 두 눈에 눈물이 고이더니 그대로 뺨을 타고 흘러내렸다. "친애하는 퀸투스 피우스!" 술라가 말했다.

충격으로 멍해진 새끼 똥돼지는 그대로 서 있기만 했다. 그사이 눈물은 다소 잦아들어 있었다. "믿을 수가 없어요! 아버지가 돌아가시다니!"

"그리 갑작스럽게." 술라가 머리를 가로저으며 말했다. 왈칵 흐느낌이 터져나왔다. "그리도 갑작스럽게! 정말로 멀쩡하셨단 말이네, 퀸투스 피우스! 아버님께 인사를 드리러 찾아왔더니 저녁식사에 초대하셨지. 더없이 유쾌한 시간을 보냈는데! 그런데 식사가 끝난 후에…… 이렇게 된 거라네!"

"오, 어째서, 어째서, 어째서 이런 일이 생겼을까요?" 새끼 똥돼지의 눈에 또다시 눈물이 고이기 시작했다. "이제 막 집에 돌아오셨는데, 아직 연세도 많지 않으신데!"

술라는 아주 다정하게 피우스를 자기 쪽으로 끌어당겼다. 피우스의 흔들리는 머리를 자신의 왼쪽 어깨에 기대게 한 다음 오른손으로 쓰다듬어주었다. 그러나 고이 안은 머리 너머를 바라보는 두 눈에는 강렬하고 난폭한 감정을 쏟아내고 난 후의 나른한 만족감이 어려 있었다. 이

경이로운 경험에 맞먹을 일이 장차 또 일어날 수 있을까? 그는 난생처음으로 죽음의 과정에 온전히 참여해본 것이다. 단순한 가해자를 훨씬 넘어서서, 죽음의 집행자까지 되어본 것이다.

식당에서 나오던 집사는 죽은 주인어른의 아들이 아폴로처럼 빛나는 사내에게 안겨 위로를 받는 모습을 보았다. 그는 눈을 껌벅이고 고개를 흔들었다. 착각이었다.

"나는 가보겠네." 술라가 집사에게 말했다. "자, 주인을 모셔가게. 그리고 사람을 보내 다른 가족들을 부르게."

밖으로 나와 빅토리아 언덕길에 선 술라는 어둠에 눈이 익을 때까지 한참을 그대로 있었다. 은근히 혼자 웃음을 지으며 그는 마그나 마테르 신전 쪽으로 걸음을 옮겼다. 빗장이 쳐진 하수구멍이 보이자 가지고 있던 작은 빈 병을 그 검은 구멍 속으로 떨어뜨렸다.

"잘 가시오, 똥돼지, 똥돼지!" 큰 소리로 이렇게 외치고 난 술라는 음침한 하늘을 와락 움켜잡을 듯이 두 손을 높이 뻗었다. "아, 기분이 훨씬 나아졌어!"

"유피테르 신이여!" 술라의 편지를 내려놓고 아내를 빤히 보며 마리우스가 말했다.

"무슨 일이에요?"

"똥돼지가 죽었소."

아들의 생각엔 '맙소사'보다 조금만 더 심한 말을 들어도 뒤로 넘어갈 줄 알았던 이 고상한 로마 부인은, 남편의 말에 눈썹 하나 까딱하지 않았다. 이미 결혼 첫날부터 메텔루스 누미디쿠스를 똥돼지라 부르는 소리에 익숙해져 있었던 것이다. "오, 그것 참 안됐군요." 남편이 어떤 말을 기대할지 몰랐던 율리아가 말했다.

"참 안됐다고? 너무 잘된 거지, 믿기지 않을 정도로 잘된 거요!" 마리우스는 다시 두루마리를 집어 펼쳐놓고 먼저 한번 중얼거리며 읽어나갔다. 그렇게 장황하게 휘갈겨 써진 두루마리의 글을 파악하고 나서, 그는 더 큰 소리로 조리 있게 율리아에게 읽어주었다. 크게 기뻐하는 감정이 목소리에서 고스란히 드러났다.

온 로마 사람들이 그 장례식에 모습을 드러냈습니다. 제가 기억하는 한 가장 성대한 장례식이었지요. 하긴 스키피오 아이밀리아누스가 화장될 당시 저는 장례식에 그다지 관심이 없었으니 알 수는 없겠군요.

새끼 똥돼지는 슬픔에 빠져 제정신이 아닙니다. 로마 시내를 지나는 내내 어찌나 울고불고 난리를 치던지, 효자 '피우스'라는 별칭을 영원히 각인시킨 것만은 확실합니다. 이마고를 보아하니 카이킬리우스 메텔루스 가문의 조상들은 못생긴 부류더군요. 그 이마고들을 쓴 배우 몇몇이 개구리와 귀뚜라미, 사슴이 섞인 괴상한 잡종처럼 깡충거리고 팔짝거리고 뛰어다니는 걸 보다보니, 문득 카이킬리우스 메텔루스 가문이 어떻게 생겨났을까 궁금해지기까지 했습니다. 뭔지는 몰라도 이상한 결합이었을 거예요.

요즘 새끼 똥돼지는 저에게 꼭 붙어다닙니다. 아마도 똥돼지가 죽을 때 제가 그 자리에 있었기 때문일 겁니다. 게다가 자기의 사랑하는 아빠가 제 손을 놓지 않으려 했기 때문에, 저와 똥돼지 사이의 갈등이 완전히 해소되었다고 확신하고 있지요. 그날 제가 저녁식사에 초대된 건 즉흥적인 일이었다는 얘기는 하지 않았거든요. 한 가지 흥미로운 점은, 자기 아빠가 죽어가는 동안이나 그후에도 새끼 똥돼지가 단 한 번도 말을 더듬지 않았다는 겁니다. 사실 그에게 언어 장애가 생긴 것은 아라우시오 전투가 있고 나서였으니, 선천적인 결함이 아니라 혀에 신경성 경련 증상이 일어난 걸로 봐야 할 듯합니다. 새끼 똥돼지의 말로, 요즘에는 스스로 그 증상을 의식할 때나 공식적인 자리에서 말을 해야 할 때 가장 힘들다고 하더군요. 저는 그가 종교행사를 진행하는 모습을 자꾸 그려보게 됩니다! 새끼 똥돼지가 혀가 꼬여버려 다시 처음부터 시작해야 하는 와중에 지켜보던 사람들이 발을 동동거리며 조바심치는 모습을 보면 정말이지 배꼽을 잡게 되겠지요.

편지를 쓰고 있는 지금은 가까운 히스파니아로 떠나기 전날 밤입니다. 그곳 전장에서 마음껏 활약할 수 있기를 바라고 있습니다. 보고된 바에 의하면 켈트이베리아족이 미친듯이 들끓고 있고, 먼 히스파니아에서는 루시타니족이 큰 분란을 일으키고 있다고 합니다. 그쪽에서는 저와 같은 코르넬리우스 씨족의 먼 친척뻘인 돌라벨라가 한두 차례 소소한 승리만 거둔 채 반란을 완전히 뿌리 뽑지는 못한 상황입니다.

이번에 군무관들이 선출되어 퀸투스 세르토리우스도 티투스 디디우스의 군에 합류하게 되었습니다. 거의 옛날로 돌아간 것 같습니다. 지휘관이 달라진 것만 빼면요. 같은 신진 세력이기는 하지만 가이우스 마리우스보다는 덜 뛰어난 지휘관이죠. 그때그때 소식이 생기는 대로 편지 드리겠습니다. 대신 미트리다테스 왕이 과연 어떤 인물인지 편지로 알려주시길 기대하고 있겠습니다.

"루키우스 코르넬리우스는 뭘 한 거예요, 퀸투스 카이킬리우스와 식사를 다하고?" 율리아가 궁금하다는 듯 물었다.

"비위를 맞췄겠지." 마리우스가 퉁명스레 대답했다.

"오, 가이우스 마리우스, 설마요!"

"그러지 말란 법도 없지, 율리아. 난 그를 탓하지 않소. 똥돼지는 기세등등하고—아니, 했고—요즘은 그자의 영향력이 나보다 확실히 컸잖소. 사정이 사정이니만큼 루키우스 코르넬리우스는 스카우루스 쪽에 붙을 수가 없소. 왜 카툴루스 카이사르에게 붙어보려고 하지 않았는지도 이해가 가고." 마리우스는 한숨을 쉬며 고개를 저었다. "그러나 율리아, 루키우스 코르넬리우스는 언젠가는 모든 기반을 다져서 저쪽 무리와 돈독한 관계를 구축할 거요."

"그렇다면 당신 편이 아닌 거잖아요!"

"그렇겠지."

"이해가 안 가요! 당신과 그토록 가깝게 지냈는데."

"그랬지." 마리우스는 신중하게 말을 골랐다. "하나 여보, 우리 둘은 생각과 마음이 잘 맞아서 자연스레 가까워진 사이가 아니었소. 돌아가신 장인어른도 그에 대해 나와 거의 같은 생각이셨지. 궁지에 몰렸을 때나 해내야 할 일이 있을 때 곁에 두기에는 그보다 더 나은 사람도 없고, 그런 사람과 좋은 관계를 유지하기는 쉽소. 그러나 루키우스 코르넬리우스가 가령 나와 푸블리우스 루틸리우스가 누리는 것 같은 우정을 누리기는 쉽지 않을 것이오. 상대의 훌륭한 장점과 마찬가지로 결점이나 기벽까지도 똑같은 애정으로 좋아해줄 줄 아는 우정 말이오. 루키우스 코르넬리우스는 친구와 말없이 벤치에 앉아서 그저 함께 있는 것만으로도 좋은 그런 기분을 느낄 수 없는 사람이라오. 그런 행동은 그의 천성과는 안 맞는 거지."

"그의 천성이 어떤 건데요, 가이우스 마리우스? 나는 모르겠더라고요."

마리우스는 고개를 내젓더니 소리내어 웃었다. "아무도 모르지. 수년을 알고 지냈는데도 짐작조차 못하겠으니까."

"아니, 당신은 알 거라 생각해요." 율리아가 예리하게 말했다. "다만 말하고 싶지가 않은 거죠. 어쨌든 나한테는요." 율리아는 자리를 옮겨 남편 곁에 앉았다. "술라에게 친구가 있다면, 그건 아우렐리아예요."

"그런 것 같더군." 마리우스가 무미건조하게 대답했다.

"그렇다고 그 둘 사이에 뭔가가 있다고 지레짐작하진 말구요, 그런 건 없으니까! 그저 루키우스 코르넬리우스가 누군가에게 깊은 속내를 털어놓는다면 아마 아우렐리아에게 그럴 것 같다는 거예요."

"흐음." 마리우스는 이렇게 내뱉으면서 대화를 끝냈다.

마리우스 가족은 할리카르나소스에서 겨울을 지내고 있었다. 소아시아에 도착했을 때는 에게 해 연안에서 페시노스까지 육로로 이동하기에 너무 늦은 시기였던 것이다. 아테네에서는 그곳이 너무나 마음에 들어 한참을 지체했다. 이후 아테네를 떠나 델포이로 가서 아폴론 신전을 찾았다. 그런데 마리우스는 아폴론 신전 무녀를 만나보려 하지 않았다.

율리아는 놀라서 이유를 물었다.

"신들을 자꾸 졸라댈 수는 없는 노릇이오. 내 몫의 예언은 이미 들었소. 여기서 미래에 대해 더 알려달라고 하면 신들이 내게서 등을 돌릴 거요."

"우리 아들을 위해 물어보는 것도 안 돼요?"

"안 되오." 마리우스는 말했다.

마리우스 가족은 펠로폰네소스 반도의 에피다우로스에도 갔다. 그곳에서 여러 건물과 파로스 섬 출신의 트라시메데스가 만든 아름다운 조각품들을 착실히 감상한 후, 마리우스는 의술의 신 아스클레피오스의 신관들에게 수면 치료를 받았다. 주는 대로 물약을 받아 마신 후에 그는 거대한 신전 근처에 있는 휴식소로 가서 밤새 잠을 잤다. 그러나 유감스럽게도 아무 꿈도 기억나지 않았기 때문에, 신관들이 할 수 있는 일이라곤 기껏해야 마리우스에게 체중을 줄이고 운동을 늘리고 스트레스가 많은 정신노동을 하지 말라고 말해주는 것뿐이었다.

"내 보기엔 돌팔이들이야." 아스클레피오스 신에게 감사의 뜻으로 보석이 장식된 값비싼 황금 술잔을 바치고 온 마리우스는 조소하듯 말했다.

"내가 보기엔 분별 있는 사람들이에요." 남편의 늘어나는 허리둘레에 시선을 고정한 채 율리아가 맞받아쳤다.

그리하여 마리우스 일행은 10월이 되어서야 그리스와 에페소스 사이의 정기 노선을 운항하는 큰 배를 타고 피레아스에서 출항했다. 그러나 구릉이 많은 에페소스는 마리우스의 마음에 들지 않았다. 자갈길을 헉헉거리며 다니던 그는 재빨리 남쪽의 할리카르나소스로 가는 배에 가족용 선실을 구해 그곳을 떠났다.

로마의 에게 해 연안 아시아 속주에 있는 항구도시 중에서도 가장 아름답다고 할 수 있는 이곳 할리카르나소스에서 마리우스는 빌라를 빌려 겨울 동안 눌러앉았다. 빌라에는 일꾼도 충분했고 바닷물을 데워주는 목욕시설도 갖춰져 있었다. 해가 나는 시간이 많기는 했지만 해수욕을 하기에는 너무 추웠던 까닭이다. 거대한 성벽이며 탑과 요새, 화려한 공공건물로 인해 도시는 안전해 보이면서 어쩐지 로마를 연상시켰다. 물론 마우솔로스 왕이 죽은 후 그의 누이이자 과부인 아르테미시아가 깊은 슬픔에 빠져 세운 영묘인 마우솔레움 같은 멋진 건축물은 로마에는 없는 것이었다.

이듬해 늦봄에 페시노스로의 순례여행이 시작되었다. 여름 동안 바닷가에 머무르고 싶었던 율리아와 마리우스 2세는 당연히 반대했지만, 두 사람이 지는 건 피할 수 없는 결과였다. 침략자부터 순례자에 이르기까지 이쪽 여정에 나서는 사람들은 누구나 소아시아 연안과 아나톨리아 중부 사이의 마이안드로스 강 유역을 따라 난 길을 택했다. 마리우스 가족이 그랬듯이 이 길을 지나는 사람들은 다양한 지역의 번성하고 세련된 모습에 감탄하기 마련이었다. 히에라폴리스에서는 검은 양모가 가공 처리되었는데 바닷물의 염분을 이용해 그 탐스러운 색을 고착시켰다. 그곳에서 매혹적인 모양으로 형성된 수정과 광천을 구경한 뒤에 일행은 계속 마이안드로스 강을 따라 엄청나게 높고 험한 산을 가로질러 프리기아의 숲과 황야로 들어섰다.

그러나 페시노스는 잠식해 들어온 수풀이 없는 고지대 평원 뒤쪽에 위치해 있었으며, 가까이 다가가니 밀밭이 푸르게 펼쳐져 있었다. 함께 간 길잡이의 말에 의하면, 페시노스에 있는 대모신 신선은 아나볼리아 중심지의 대규모 종교 성소들이 대개 그러하듯 넓은 토지와 수많은 노예를 보유한 한편 하나의 국가처럼 기능할 수 있을 정도로 재력과 필요시설이 모두 갖추어져 있었다. 유일한 차이라면 신관들이 여신의 이름으로 이곳을 다스리며 여신의 권한을 공고히 하기 위해 성소의 재산을 유지한다는 점이었다.

멋들어진 산중턱에 자리한 델포이 같은 곳이리라 예상하고 있던 마리우스 일행은 페시노스가 평원 높이보다도 낮게, 양 측면이 깎아지른 듯한 눈부시게 새하얀 백악질 협곡 아래에 있는 것을 보고 무척이나 놀랐다. 성소는 남쪽으로 구불구불 이어지는 수 킬로미터에 걸친 지역에 비해 땅이 좁고 덜 비옥한 북쪽 끄트머리에 위치해 있었으며, 샘에서 시작되어 넓은 상가리오스 강으로 흘러들어가는 개울을 가로질러 세워져 있었다. 현재의 건축물들은 양식이나 시기상 그리스풍이었지만, 도시와 신전과 성전 건물들은 예스러운 분위기를 물씬 풍겼다. 골짜기 바닥의 높게 솟은 지대에 자리잡은 대신전은 정면이 갑작스레 뚝 떨어져 원의 4분의 3 형태인 계단으로 이어져 있었는데, 순례자들은 여기에 앉아 신관들과 대화를 나누었다.

"우리의 신성한 배꼽돌은 로마에 가 있습니다, 가이우스 마리우스." 대신관 바타케스가 말했다. "로마가 어려울 때 기꺼이 내어준 것이지요. 바로 그 때문에 한니발이 소아시아로 달아났을 때 페시노스 근처에도 오지 않은 겁니다."

게르만족이 침략할 당시 바타케스와 그의 수하들이 로마를 찾았더라는 루푸스의 편지를 떠올리며, 마리우스는 재미있어하는 표정으로 이 사내를 찬찬히 쳐다보았다. 그런 그의 태도를 바타케스는 재빨리 눈치챘다.

"내가 거세된 것 때문에 웃는 겁니까?" 바타케스가 물었다.

마리우스는 눈을 깜박였다. "나는 그런 줄도 몰랐소, 대신관."

"쿠바바 키벨레를 모시면서 온전한 몸일 수는 없습니다, 가이우스 마리우스. 여신의 남편인 아티스조차도 그처럼 큰 희생을 치러야 했지요."

"아티스가 거세당한 건 다른 여자에게 한눈을 팔아서인 줄 알았소만." 마리우스가 대꾸했다. 무슨 말이든 하긴 해야 할 것 같고, 생식기 절단에 관한 얘기에 말려들고 싶지는 않아서였다. 하지만 신관은 자신의 상태에 대해 얘기를 나누고 싶어하는 게 분명했다.

"아니에요!" 바타케스가 외쳤다. "그건 그리스인들이 꾸며낸 얘깁니다. 오로지 여기 프리기아에서만 여신을 향한 숭배와 여신에 대한 이해가 순수하게 지켜지고 있어요. 우리는 여신의 참된 추종자들이고, 여신은 영겁의 시간 전에 카르케미시로부터 우리에게 오셨습니다." 바타케스는 햇빛 비치는 바깥쪽에서 대신전의 주랑현관으로 걸어들어갔다.

그의 금실로 짠 옷과 수많은 보석의 번쩍거림이 희미해졌다.

두 사람은 여신의 상이 안치되어 있는 방에 들어섰다. 마리우스가 여신상을 보고 감탄하게 하려는 모양이었다.

"순금이지요." 바타케스가 흐뭇해하며 말했다.

"확실하오?" 올림피아에서 길잡이로부터 들은 제우스 상 제작 기술을 떠올리며 마리우스가 되물었다.

"물론입니다."

실물 크기의 여신상은 높다란 대리석 대좌 위에 있었으며 낮은 의자에 앉은 자세를 취하고 있었다. 여신의 양옆에는 갈기 없는 사자가 웅크리고 있었고 사자들의 머리에 여신의 손이 얹혀 있었다. 여신은 왕관처럼 생긴 높은 모자를 쓰고 아름다운 가슴 모양이 드러나는 얇은 로브에 허리띠를 맨 모습이었다. 왼쪽의 사자 뒤로 어린 목동 두 명이 서 있었는데, 하나는 관 두 개짜리 피리를 불고 다른 하나는 커다란 리라를 뜯고 있었다. 다른 사자의 오른쪽에는 쿠바바 키벨레의 남편인 아티스가 양치기 지팡이를 짚고 서 있었다. 그의 머리를 감싼 프리기아풍 모자는 부드러운 원뿔형으로, 둥그렇게 솟은 끝부분이 한쪽으로 구부러진 모양이었다. 입고 있는 긴팔 셔츠는 목 부분이 여며졌으나 그 아래는 벌어져 단단한 근육질 배가 드러나 보였으며, 긴 바지는 양쪽 다리 앞부분이 트여 있고 허벅지 밑으로는 사이사이 달린 단추가 트인 양쪽을 여며주고 있었다.

"흥미롭군요." 마리우스가 말했다. 순금이건 말건 그의 눈에는 조금도 아름다워 보이지 않았다.

"감탄하지 않으시는군요."

"아무래도 내가 프리기아인이 아니고 로마인이라서 그럴 거요, 대신관." 마리우스는 돌아서서 신상 안치실의 커다란 청동문 쪽으로 걸음을 옮겼다. "이 아시아의 여신은 왜 그리 로마에 관심이 많은 거요?"

"여신께서는 오래전부터 그러셨습니다, 가이우스 마리우스. 그렇지 않았다면 당신의 배꼽돌을 로마에 내주는 것을 결코 허락하지 않으셨을 겁니다."

"그래요, 그래, 그건 잘 알겠소! 하나 그 말은 내 질문에 대한 답은 아니잖소." 마리우스의 목소리에 짜증이 묻어났다.

"쿠바바 키벨레께서는 이유를 밝히지 않습니다. 당신의 신관들에게조차도요." 바타케스가 대답했다. 아까부터 4분의 3 원형 계단으로 내려와 햇빛을 받고 있던 그의 모습은 또다시 눈이 아프도록 부셨다. 바타케스는 계단에 앉더니 대리석 바닥을 톡톡 쳐서 마리우스에게도 앉으라고 권했다. "그러나 어쩐지 여신께서는 전 세계적으로 로마의 중요성이 앞으로도 계속 커질 것이고 언젠가 페시노스도 지배하게 될 거라 생각하시는 듯합니다. 로마에서 마그나 마테르라는 이름으로 여신을 모신 지도 백 년이 넘었습니다. 외국에 있는 여신의 모든 신전 중에서 로마의 신전이 여신께서 가장 좋아하는 곳이지요. 아테네 피레아스에 있는 대신전이나 페르가몬에 있는 신전에 대해서는 여신의 관심이 그 절반도 못 되는 것 같아요. 제 생각에 여신은 로마를 좋아하십니다."

"거참, 잘됐구려!" 마리우스가 진심으로 반기며 말했다.

바타케스는 얼굴을 움찔하고는 눈을 감았다. 한숨을 내쉬고 어깨를 한번 으쓱하더니, 계단 너머 담과 갓돌로 에워싸인 둥근 우물이 있는 쪽을 가리키며 말했다. "여신께 직접 물어보고 싶은 건 뭐 없습니까?"

마리우스는 고개를 저었다. "뭐요, 저 아래로 소리쳐서 정체 모를 목소리가 대답해 오기를 기다리는 것 말이오? 됐소이다."

"여신은 모든 질문에 그렇게 답하십니다."

"쿠바바 키벨레에게 무례하게 굴 생각이 아니라, 예언에 관한 한 신들은 내게 관대했소. 그러니 더이상 물어보는 것은 현명치 않으리라 생각되오."

"그러시다면 잠시 여기 앉아 햇볕을 쐬면서 바람 소리나 들으시지요, 가이우스 마리우스." 크나큰 실망감을 감추며 바타케스가 말했다. 몇 가지 중요한 신탁의 답변을 미리 준비해둔 까닭이었다.

"혹시," 잠시 뒤 마리우스가 불쑥 말을 꺼냈다. "폰토스의 왕을 만나볼 수 있는 좋은 방법을 알고 계시오? 그러니까 내 말은, 그가 어디 있는지 아시오? 아마세이아에서 왕에게 편지를 보냈으나 답신이라곤 없었소. 그게 벌써 여덟 달 전이오. 내가 두번째로 보낸 편지도 왕에게 전해지지 못했고."

"늘 여기저기 옮겨다니니까요, 가이우스 마리우스." 신관은 느긋하게 대답했다. "금년에는 아마세이아에 없었을 수도 있고요."

"아니, 편지를 전해 받지도 못한단 말이오?"

"아나톨리아는 로마나 로마 영토가 아닙니다. 미트리다테스 왕의 신하들조차도 왕이 알리지 않는 이상 행방을 알 수 없지요. 왕이 본인이 있는 곳을 알리는 경우는 거의 없고요."

"설마!" 마리우스가 멍한 표정으로 말했다. "그렇게 해서 어떻게 나라를 다스릴 수 있소?"

"왕이 없을 땐 왕의 신하들이 통치합니다. 폰토스의 도시 대부분이 그리스인의 자치 도시국가이니, 힘든 일도 아니지요. 신하들은 그저 미트리다테스가 요구하는 대로 대가를 지불하면 되는 겁니다. 시골 지역의 경우는 원시적이고 고립되어 있어요. 폰토스는 하나같이 흑해와 나란히 늘어선 높은 산들로 이루어진 땅이라서 지역 간의 교류가 원활하지 않습니다. 그 산맥 곳곳에 왕의 수많은 요새가 흩어져 있고, 내가 마지막으로 들은 것만 해도 아마세이아, 시노페, 다스테이라, 트라페주스 네 곳에 왕궁이 있습니다. 아까도 말했듯이 왕은 항상 이동하는 데다 대개 화려한 행차도 갖추지 않습니다. 또한 왕은 갈라티아, 소페네, 카파도키아, 콤마게네에 가기도 합니다. 친척들이 그곳들을 다스리고 있거든요."

"알겠소." 마리우스는 앞으로 몸을 구부리며 무릎 사이로 두 손을 깍지 꼈다. "그러니까 당신 말은 내가 왕을 만나기 어려울 거라는 뜻이군요."

"소아시아에 얼마나 계실 생각이냐에 달려 있죠." 바타케스가 무심한 어조로 말했다.

"폰토스의 왕을 만날 때까지 머물러야 할 것 같군요, 대신관. 그동안 니코메데스 왕에게 가보겠소. 적어도 그는 한곳에 가만히 있으니까! 그런 뒤에는 다시 할리카르나소스로 가서 겨울을 보내고 봄이 되면 타르소스로 갈 작정이오. 거기서 내륙을 통해 카파도키아의 아리아라테스 왕을 만나러 갈 거요." 마리우스는 이 모든 얘기를 대수롭지 않게 줄줄 늘어놓은 다음, 신전의 예금으로 화제를 돌리며 이 문제에 관심이 많다고 밝혔다.

"여신의 돈을 금고에 넣어두고 썩혀봤자 좋을 게 전혀 없습니다, 가이우스 마리우스." 바타케스가 부드럽게 말했다. "우리는 좋은 이자를 받고 그 돈을 빌려줌으로써 여신의 재산을 불리고 있지요. 그러나 이곳 페시노스에서는 다른 몇몇 신전에서 그러듯이 예금자를 찾아다니지는 않습니다."

"로마에서는 못 보던 일이오. 아마도 로마의 신전들은 로마 인민의 재산이고 국가에서 관리하기 때문인 것 같소."

"로마 정부도 돈을 벌 수 있지 않습니까?"

"그렇기는 하지요. 하나 그리되면 관료체제가 더해질 수밖에 없는데, 로마는 관료를 그리 좋아하지 않는다오. 관료들은 무능하거나 지나치게 탐욕을 부리거나 둘 중 하나니까. 우리 로마의 은행 업무는 민간에서, 전문적인 은행가들이 맡고 있소."

"장담하건대, 가이우스 마리우스, 우리 신전 은행가들도 대단히 전문적입니다."

"코스 섬은 어떻소?" 마리우스가 물었다.

"아스클레피오스 신전 말입니까?"

"그렇소."

"아, 아주 전문적으로 운영되고 있지요!" 바타케스가 다소 부러워하는 어조로 말했다. "지금 그곳의 재정은 전쟁 자금을 통째로 댈 수도 있을 정도랍니다! 당연히 예금자도 많고요."

마리우스가 자리에서 일어났다. "고맙소, 대신관."

바타케스는 마리우스가 샘에서 흘러나온 개울 너머에 세워진 아름다운 주랑 쪽으로 난 비탈길을 성큼성큼 걸어 내려가는 모습을 지켜보았다. 이윽고 마리우스가 되돌아오지 않을 거라는 확신이 들자, 신관은 나무숲 안에 자리한 작지만 아름다운 자신의 관저로 서둘러 들어갔다.

서재에 편안히 자리를 잡고 앉은 그는 곧바로 필기구를 끌어당겨 미트리다테스 왕에게 편지를 쓰기 시작했다.

대왕 전하, 로마의 집정관 가이우스 마리우스가 전하를 만나 뵐 작정을 단단히 한 것 같습니다. 전하가 계신 곳을 알아내려고 제게 도움을 청했으나 제가 아무런 도움을 주지 않자, 그는 전하를 뵐 때 까지 계속 소아시아에 머물 생각이라고 말했습니다.

조만간 그는 니코메데스와 아리아라테스 왕을 찾아갈 계획이라고 합니다. 나이도 젊지 않고 분명 건강상태도 좋지 않은 듯한데 왜 굳이 카파도키아까지 고된 여정을 감수하려 하는지 모르겠습니다. 그러나 그는 봄이 되면 타르소스로 가서 거기서 카파도키아로 갈 거라고 분명히 말했습니다.

그는 만만찮은 인물입니다, 대왕 전하. 그처럼 무뚝뚝하고 투박하기까지 한 사람이 로마의 집정관 자리에 여섯 차례나 올랐다면 결코 과소평가할 수 없는 인물일 것입니다. 앞서 제가 만나본 로마 귀족들은 그에 비해 훨씬 사근사근하고 세련된 사람들이었습니다. 로마에서 가이우스 마리우스를 만나볼 기회가 없었던 것이 유감스럽습니다. 그때 다른 로마 귀족들과 그를 직접 비교해보았다면 여기 페시노스에서보다 좀더 잘 파악할 수 있었을지도 모르니 말입니다.

전하의 충직하고 더없이 충성스러운 신하로서 저 바타케스, 이 모든 말씀을 아뢰옵니다.

편지를 봉하고 가장 부드러운 가죽으로 감싸 가방에 넣은 후, 바타케스는 하급 신관 하나에게 그것을 건네고 미트리다테스 왕이 있는 시노페로 급히 보냈다.

편지의 내용은 왕의 마음에 들지 않았다. 왕이 두툼한 입술을 깨물며 어찌나 인상을 쓰고 앉아 있는지, 신하늘 중에서 왕 앞에 대령은 하되 입은 열지 말라는 명을 받은 자들은 그것이 다행스럽기도 하고 아르켈라오스가 안됐기도 했다. 아르켈라오스는 왕 옆에 앉아 왕이 말을 걸면 대답하라는 명을 받았던 것이다. 그렇다고 그가 걱정하는 것처럼 보이지는 않았다. 왕의 사촌이자 최고 귀족인 아르켈라오스는 왕에게 신하이자 친구였고, 사촌이자 형제였다.

그러나 태연해 보이는 겉모습 아래로는 아르켈라오스 역시 왕 앞에 앉은 다른 이들과 마찬가지로 신변의 안전에 대해 불안을 품고 있었다. 누구든 자신이 왕의 총애를 듬뿍 받는다고 생각할 수는 있겠지만, 그런 사람은 최고 귀족 디오판토스의 운명을 기억하는 편이 좋을 터였다. 디오판토스 또한 신하이자 친구였고, 실제 숙부이자 아버지와 같은 존재이기도 했다.

그러나 겨우 한 발짝 떨어진 자리에서 왕의 강인하면서도 강퍅한 얼굴을 주시하며 곰곰이 생각한 끝에, 아르켈라오스는 이 문제에 선택의 여지가 없다는 결론을 내렸다. 왕은 왕이었고, 나머지는 모두 왕이 명령을 내리며 기분 내키면 죽일 수도 있는 존재였다. 넘치는 정력에 더없이 변덕스럽고 어린아이처럼 유치하며 뛰어난 재기와 힘을 가진 한편 한없이 소심한 왕을 바로 곁에서 접하며 살아가는 사람들로서는 날카로운 기지가 생길 수밖에 없는 환경이었다. 수많은 위험 상황을 모면하기 위해 가진 수단이라고는 자신의 기지밖에 없었다. 그러한 위험 상황들은 흑해에 휘몰아치는 폭풍처럼 터질 수도 있고, 왕의 마음 한구석에서 빨갛게 단 석탄 위에 올려놓은 주전자처럼 부글부글 끓을 수도 있고, 까맣게 잊고 있던 10년 지난 죄에서 불쑥 튀어나올 수도 있었다. 왕은 실제로 있었던 일이건 상상한 일이건 자신이 받은 상처를 결코 잊는 법이 없었다. 훗날 써먹기 위해 마음에 담아둘 뿐이었다.

"아무래도 그를 만나야 할 것 같군." 미트리다테스가 말했다. 그러고는 한마디를 덧붙였다. "그렇지?"

덫이었다. 뭐라고 대답할 것인가?

"원치 않으시면 아무도 만나실 필요가 없사옵죠, 대왕 전하." 아르켈라오스가 여유 있게 대답했다. "그러나 가이우스 마리우스는 만나보시기에 흥미로운 인물일 것 같습니다."

"그렇다면 카파도키아로 가야겠군. 봄에 말이야. 먼저 니코메데스의 사람됨을 간파하게 둬보자고. 이 가이우스 마리우스라는 자가 그렇게 대단하다면 비티니아의 니코메데스를 좋아하게 되지는 않을 거야. 그리고 아리아라테스도 먼저 만나게 해주지. 그 조그만 버러지에게 전령을 보내서, 다가오는 봄에 타르소스에서 가이우스 마리우스를 만나 직접 그 로마인을 카파도키아까지 호위해 오라는 내 명령을 전하도록."

"군대는 예정대로 동원하올까요, 전하?"

"물론이지. 고르디오스는 오는 거요?"

"눈으로 산길이 막히기 전에 시노페에 당도할 것이옵니다, 전하."

"좋아!" 미트리다테스는 여전히 미간을 찌그린 채 다시 바타케스가 보낸 편지로 주의를 집중하더니, 또다시 입술을 깨물기 시작했다. 이 로마인들이란! 이자들은 실상 자기네와 상관도 없는 일에 왜 쓸데없이 코를 들이미는 거지? 왜 가이우스 마리우스 같은 유명인사가 동쪽 아나톨리아 사람들의 일에 관여하려는 건가? 아리아라테스가 이미 로마인들과 한통속이 되어, 나 미트리다테스 에우파토르를 왕좌에서 끌어내리고 폰토스를 카파도키아 태수령으로 만들기로 합의한 것일까?

"이 자리까지 너무나 길고 험난한 여정을 거쳐왔어." 사촌 아르켈라오스에게 왕이 말했다. "절대 로마인늘에게 굴복하지 않을 테다!"

확실히 그의 여정은 거의 태어난 순간부터 줄곧 길고도 험난했다. 미트리다테스는 선왕 미트리다테스 5세와 왕의 누이이자 아내였던 라오디케 사이에서 둘째 아들로 태어났다. 스키피오 아이밀리아누스가 의문의 죽음을 맞이한 바로 그해에 태어난 미트리다테스 에우파토르에게는 두 살 터울이 채 안 뜨는 형이 있었다. 이름부터 이미 왕으로 성별(聖別)된, '선택받은 자'라는 뜻의 미트리다테스 크레스토스였다. 그들의 부왕은 무엇이든 제물로 삼아 폰토스의 영토를 넓힐 꿈을 꾸었는데, 이왕이면 가장 오래된 숙적이자 가장 껄끄러운 상대인 비티니아가 그 제물이 되기를 바랐다.

처음에는 폰토스가 로마 우호동맹국의 지위를 계속 유지할 것처럼 보였다. 이 지위는 미트리다테스 4세가 비티니아의 프루시아스 왕과 전쟁중이던 페르가몬의 아탈로스 2세를 지원한 대가로 얻어낸 것이었다. 미트리다테스 5세도 한동안은 로마와의 동맹관계를 지속했다. 제3

차 포에니 전쟁 때 지원군을 보내 카르타고와 맞서 싸웠고, 자신의 왕국 전체를 로마에 양도한다는 내용이 담긴 아탈로스 3세의 유언장이 공개된 후 그의 후계자들과 로마가 싸울 때도 로마를 지원했다. 그러던 중 미트리다테스 5세는 소아시아의 집정관급 총독이었던 로마인 마니우스 아퀼리우스로부터 프리기아를 사들였고, 아퀼리우스는 그렇게 받은 황금을 자기 주머니에 챙겨넣었다. 이 일로 우호동맹국 자격이 취소되어버렸고, 그때부터 비티니아의 니코메데스 왕과 로마의 아퀼리우스 반대파 원로원 의원들의 교묘한 사주로 로마와 폰토스 간의 반목이 끈질기게 계속되었다.

로마나 비티니아와 반목하건 말건 미트리다테스 5세는 팽창주의 정책을 밀어붙여 먼저 갈라티아를 올가미에 끌어들이고, 이어서 스스로 파플라고니아 대다수 지역의 계승자가 되는 데 성공했다. 그러나 그의 누이이자 아내는 남편이 마음에 들지 않았다. 그리하여 자신이 직접 폰토스를 지배하리라는 욕망을 품었다. 미트리다테스 에우파토르가 아홉 살이었을 때(당시 궁정은 아마세이아에 있었다) 라오디케 왕비는 남편이자 오빠이기도 한 왕을 살해하고 열한 살 된 미트리다테스 크레스토스를 왕위에 앉혔다. 물론 본인이 섭정을 했다. 여왕은 비티니아로부터 폰토스 국경을 침범하지 않겠다는 확약을 받고, 그 대가로 파플라고니아에 대한 폰토스의 권리를 포기하고 갈라티아를 해방시켰다.

아직 열 살도 되지 않았던 미트리다테스 에우파토르는 어머니가 모반을 일으킨 지 몇 주 지나지 않아 아마세이아에서 도망쳤다. 분명 자신도 살해될 거라 확신해서였다. 둔하고 유순한 형 크레스토스와 달리 그는 어머니에게 자기 남편을 상기시키는 아들이었고, 어머니가 그렇게 말하는 빈도도 점점 늘고 있었던 것이다. 완전히 혼자가 된 소년은 로마나 가까운 어느 왕궁이 아니라 폰토스 동쪽의 산속으로 달아났다. 그는 그곳 주민들에게 자신의 신분을 숨김없이 밝히는 대신 비밀을 지켜달라고 간청했다. 황공하기도 하고 기분이 우쭐해지기도 한 주민들은 왕실의 일원이 자기들이 사는 곳을 도피처로 선택했다는 사실이 마냥 좋아서 미트리다테스를 극성스럽게 보호했다. 이 마을에서 저 마을로 떠돌아다니는 사이 어린 왕자는 왕실의 그 어떤 후손보다도 자신의 나라를 잘 알게 되었으며, 문명의 발전이 더뎌졌거나 멈추었거나 아예 시작되지도 않은 나라 곳곳으로 깊숙이 뚫고 들어갔다. 여름이면 그는 그야말로 자유롭게 쏘다니면서 곰과 사자를 사냥하여 자신의 무지한 백성들 사이에서 대담함으로 명성을 얻었다. 그 계절에는 버찌와 개암이며 살구와 즙 많은 채소에 사슴과 토끼까지, 폰토스의 숲이 먹을거리를 아낌없이 내준다는 사실을 알고 있었던 것이다.

어떤 면에서는, 폰토스 동부의 산속에 숨어 살았던 그 7년만큼 미트리다테스가 삶에서 그토록 완전한 만족감을 맛본 적은 없었으며 그토록 절대적으로 그를 숭배하는 백성을 만난 적도 없었다. 분홍과 연보랏빛 진달래나 대롱대롱 매달린 크림색 아카시아꽃이 선명하게 도드라지는 숲의 처마 밑을 소리 없이 미끄러져 다니는 사이 하얗게 부서지며 콸콸 흐르는 급류 소리가 귓가를 떠난 적이 없는 듯했고, 그렇게 그는 소년에서 청년으로 성장했다. 그의 첫 여자는 작고 미개한 마을의 소녀들이었다. 첫 사자는 그가 헤라클레스의 화신이 되어 곤봉으로 잡은 거대한 몸집에 갈기가 달린 짐승이었고, 처음으로 잡은 곰은 그보다도 훨씬 몸집이 컸다.

미트리다테스 왕가 사람들은 체구가 컸다. 그들은 원래 트라키아에서 온 게르만계 켈트족 혈통이었으나, 정확히 다리우스 왕인지는 몰라도 어쨌든 그 왕실에서 나온 페르시아인의 피가 조금 섞여 들어갔다. 폰토스를 통치한 250년 동안 미트리다테스 왕조는 이따금씩 시리아의 셀레우코스 왕조와 혼인을 맺었다. 이 왕조는 알렉산드로스 대왕의 심복이었던 마케도니아의 장군 셀레우코스의 후손들로 이루어진 또다른 게르만계 트라키아인 왕실이었다. 미트리다테스 왕가에서 간혹 페르시아 쪽 조상의 격세유전이 나타나면 호리호리하면서 살결이 매끄럽고 크림빛의 갈색 피부를 가진 사람이 나오기도 했지만, 미트리다테스 에우파토르는 천생 게르만계 켈트족이었다. 그래서 장성한 그는 키가 아주 컸고, 어깨는 다 자란 수사슴 사체를 너끈히 짊어질 만큼 넓었으며, 넓적다리와 장딴지는 폰토스의 험준한 바위 산봉우리를 가뿐히 오를 만큼 튼튼했다.

열일곱 살이 되자 미트리다테스는 자신이 이제 행동에 돌입해도 될 만큼 어엿한 사내가 되었다고 생각했다. 그러고는 바로 아르켈라오스 숙부에게 밀서를 보냈다. 숙부는 군주이자 이복누이이기도 한 라오디케 여왕에게 호의를 가질 사람이 아니라는 것을 알았기 때문이다. 그즈음 여왕이 상주하던 시노페 뒤편의 구릉지에서 수차례 비밀 회동을 가지며 점차 계획이 구체화되었다. 미트리다테스는 아르켈라오스가 믿을 만하다고 추천한 귀족들을 한 명씩 차례차례 만나 충성의 서약을 받아냈다.

모든 일이 계획대로 착착 진행되었다. 시노페는 외부로부터 아무런 위협도 받지 않았지만 내부에서 일어난 권력 다툼 때문에 무너졌다. 손에 피 한 방울 묻히지 않고 여왕과 크레스토스, 그리고 그들에게 충성하던 귀족들을 포로로 잡았다. 망나니의 칼날 아래서 피가 솟구쳤다. 몇몇 숙부와 숙모, 사촌이 한꺼번에 죽어나갔다. 크레스토스는 얼마 후에 죽었고, 라오디케 여왕이 제일 마지막에 죽었다. 효성스러운 아들 미트리다테스는 어머니를 죽이지 않고 시노페의 흉벽 아래에 있는 지하 감옥에 던져넣었다. 그런데 어찌 그런 일이 일어났을까? 누군가 먹을 것을 가져다주는 걸 깜박하는 바람에 여왕이 굶어죽은 것이다. 모친 살해와는 하등 무관한 미트리다테스 6세는 홀로 통치를 맡았다. 그의 나이 열여덟이 채 되지 않았을 때의 일이다.

미트리다테스는 득의양양해졌고 자신의 이름을 떨치고 싶어 몸이 근질거렸다. 그는 폰토스가 이웃나라들보다 훨씬 강대해지는 것을 보고 싶은 열망에 타올랐으며, 전 세계를 지배하기를 갈망했다. 커다란 은거울을 들여다볼 때마다 거기 비친 모습이 자신이 예사 왕이 아님을 말해주었기 때문이다. 미트리다테스는 디아데마나 왕관보다 사자 가죽을 뒤집어쓰는 것을 좋아했다. 커다란 송곳니가 박힌 사자의 입이 이마를 다 덮도록 눌러써서 그 머리와 귀가 자신의 머리를 감싸게 하고, 앞발은 가슴팍에서 잡아매었다. 그의 머리카락은 알렉산드로스 대왕과 똑같이 황금색에 숱이 많고 살짝 구불거렸으므로, 그는 대왕과 같은 머리 모양으로 단장했다. 여기에 남성다움을 과시하기 위해 턱수염이나 콧수염이 아니라(이 둘은 그리스적 취향의 경계를 넘어서는 것이었다) 양쪽 귀 앞에 풍성한 구레나룻을 길게 길렀다. 비티니아의 니코메데스와는 얼마나 대조적인가! 남성미 넘치고 여자만 찾는 진짜 사내. 덩치 크고 건강하고 무시무시하고 막강한 힘을 가진 남자. 이것이 은거울에 비친 그의 면모였고, 그는 무척이나 만족스러웠다.

미트리다테스는 역시나 이름이 라오디케인 큰누이와 결혼했다. 그 후에도 마음에 드는 여자를 보는 족족 결혼을 했다. 그래서 그에게는 부인 10여 명과 그 몇 배만큼의 첩이 있었다. 라오디케를 정비로 삼기는 했지만, 그녀에게도 종종 말해두었듯이 자신에게 충성을 바쳐야만 그 자리에 계속 둘 생각이었다. 이러한 경고를 더욱 강조할 목적으로 왕은 시리아로 사람을 보내 셀레우코스 왕가에 신붓감을 청했다. 마침 그곳에 공주가 넘쳐나던 때여서 그의 뜻대로 안티오키스라는 이름의 시리아인 아내를 얻었다. 여기에 더해 왕은 카파도키아 왕자 고르디오스의 딸 니사도 아내로 맞아들였고, 자신의 누이 중 하나(그녀 역시 이름이 라오디케였다!)를 카파도키아의 아리아라테스 6세에게 주었다.

결혼으로 맺는 동맹이 대단히 유용하다는 것을 미트리다테스는 이내 알 수 있었다. 그의 장인 고르디오스는 그의 누이 라오디케와 공모하여 그녀의 남편인 카파도키아의 왕을 살해했다. 의기양양해진 라오디케 여왕은 15년쯤 섭정을 할 생각으로 자신의 어린 아들을 왕위에 앉혀 아리아라테스 7세로 만들고, 카파도키아의 지배권을 오빠 미트리다테스에게 넘겼다. 그러나 미트리다테스와 그가 카파도키아에 심어둔 감시인 고르디오스의 간섭 없이 독자적으로 통치하고 싶었던 라오디케는 얼마 뒤 비티니아의 늙은 왕 니코메데스의 감언이설에 넘어가고 말았다. 결국 고르디오스는 폰토스로 달아났고 니코메데스는 카파도키아 왕의 칭호를 얻었다. 하지만 그는 그대로 비티니아에 머물면서, 자신의 새 아내가 된 라오디케에게 폰토스와 우호 관계를 맺지 않는 한 카파도키아 내에서 그녀가 원하는 대로 마음껏 행동할 수 있게 해주었다. 라오디케로서는 아주 마음에 드는 약정이었다. 하지만 라오디케의 어린 아들도 이제 열 살이 다 되었고, 동방의 왕족이 으레 그러하듯 이 아이도 벌써부터 독재적인 성향을 드러냈다. 즉 본인이 직접 통치하기를 원한 것이다. 어머니와 충돌한 결과 그의 주장은 박살났지만 그의 신념까지 사라지지는 않았다. 한 달이 지나지 않아 그는 아마세이아에 있는 미트리다테스 외숙의 궁정을 찾아갔고, 그로부터 또 한 달이 지나기 전에 미트리다테스 외숙은 마자카에서 그를 단독 왕위에 올려놓았다. 폰토스의 군대는 상시 대기상태였으나 카파도키아의 군대는 그렇지 않았던 탓이다. 라오디케는 오빠가 무표정하게 지켜보는 가운데 처형당했다. 비티니아의 카파도키아 영토 보유는 순식간에 끝나버렸다. 단 하나 미트리다테스를 성가시게 한 문제는, 카파도키아의 열 살짜리 왕 아리아라테스 7세가 아버지를 죽인 자를 받아들일 수 없다고 주장하며 절대로 고르디오스의 귀국을 허락하지 않는 것이었다.

카파도키아에 대한 내정간섭은 젊은 폰토스 왕의 시간을 뺏는 것들 중 일부분에 불과했다. 집권 초기에 그는 폰토스 군대의 인력과 전력을 보강하고 국고를 채우는 데에 온 힘을 쏟았다. 사자처럼 꾸민 겉모습과 과장된 언동, 젊은 나이에도 불구하고 미트리다테스는 머리를 쓸 줄 아는 사람이었다.

숙부 아르켈라오스와 디오판토스, 사촌 아르켈라오스와 네오프톨레모스 등 가까운 친척이기도 한 신하 몇 명을 대동하고 미트리다테스는 아미소스에서 배를 타고 흑해의 동쪽 해안지역으로 항해를 떠났다. 일행은 교역 협력자를 찾아 나선 그리스 상인으로 가장했는데, 마주친 사람들이 학식도 없고 약지도 못했기에 가는 곳마다 무사히 통과할 수 있었다. 트라페주스와 리주스는 오랫동안 폰토스에 조공을 바쳐왔고 명목상으로는 폰토스의 영토였다. 그러나 풍부한 내륙 은광의 출구로서 번창한 이 두 지역 너머는 개척되지 않은 미지의 땅이었다.

미트리다테스 일행은 전설적인 콜키스 지역을 답사했다. 그곳에서 바다로 흘러들어가는 파시스 강가에 사는 주민들은 카우카소스 산에 서부터 강을 따라 떠내려오는 무수한 사금을 얻으려고 물속에 양털 천을 걸어놓았다. 일행은 폰토스와 아르메니아의 산보다도 더 높고 옆구리가 만년설로 뒤덮인 산들을 넋을 놓고 올려다보았다. 그러면서도 테르모돈 강 유역의 충적평야가 바다로 이어져 있는 폰토스에 한때 살았던 아마존의 후예들이 오지는 않나 경계하며 살폈다.

서서히 카우카소스 산의 높이가 낮아지더니 스키타이인과 사르마티아인이 거주하는 끝없는 평원이 시작되었다. 그곳을 가득 채운 부족들은 해안가에 거류지를 세운 그리스인들에 의해 얼마간 길들여져(군사적으로 다스려진 것이 아니라 그리스 관습과 문화에 물들어) 거의 정착민의 습성이 배어 있었다. 그들은 더없이 매혹적이고 이국적이고 눈길을 사로잡았다.

바르다네스 강 삼각주가 해안선을 가르는 곳에서 미트리다테스 왕을 태운 배는 사방이 거의 육지로 둘러싸인 거대한 마이오티스 호수로 들어섰다. 호수의 삼각형 모양을 따라 앞으로 나아가다가 그 꼭짓점에 이르자 세상에서 가장 크다는 전설적인 타나이스 강이 나타났다. 일행이 들은 전설에는 라, 우돈, 보리스테네스, 히파니스 같은 다른 강 이름들도 있었고 히르카누스 또는 카스피움이라 불리는 동쪽의 거대한 바다에 관한 얘기도 있었다.

그리스인들이 자기네 교역도시를 세워둔 곳에서는 어디에나 밀이 자라고 있었다.

"시장만 있다면 더 재배할 수도 있소." 신데의 행정장관이 말했다. "처음 먹어본 빵맛에 반한 스키타이인들이 땅을 갈아 밀을 기르는 법을 배웠지요."

"백 년 전 당신들은 누미디아의 마시니사 왕에게 곡물을 팔았습니다. 아직도 시장은 있어요. 바로 얼마 전에도 로마인들이 얼마든 상관없이 곡물을 사려고 했지요. 왜 적극적으로 시장을 찾아 나서지 않습니까?" 미트리다테스가 물었다.

"아마도 우리가 지중해 세계에서 너무 고립되어버린 탓이겠지요. 비티니아가 헬레스폰트 해협 통행세로 부과하는 세금도 너무 과중하고요."

"제 생각에는," 미트리다테스가 숙부들에게 말했다. "이 훌륭한 사람들을 돕기 위해 우리가 할 수 있는 일을 해야 할 것 같군요."

그리스인들은 케르소네소스 타우리카라고 부르고 스키타이인들은 킴메리아라 부르는, 섬에 가깝고 놀랍도록 비옥한 이 지역을 살펴봄으로써 미트리다테스가 필요로 하던 모든 증거가 갖추어졌다. 이 땅들은 정복하기에 좋은 조건을 두루 갖추고 있었고, 반드시 폰토스의 것이 되어야만 했다.

그러나 미트리다테스는 훌륭한 장군이 못 되었고 스스로도 그 사실을 알 만큼은 현명했다. 그는 단기적으로는 군인 노릇을 즐겼고 겁쟁이도 아니었다. 아니, 겁쟁이와는 거리가 멀었다. 하지만 어째선지 병사 수천 명을 다루는 법에 관한 지식은 그의 능력 밖이었으며 그래서 실제로 시도조차 해보지 않았다. 반면에 전투를 조직하고 군대를 모집하는 일은 즐거웠다. 군의 지휘는 자신보다 더 자격을 갖춘 다른 이들에게 맡기면 될 일이었다.

당연히 폰토스는 군대를 배출했다. 그러나 폰토스의 왕은 그 군대에 미흡한 점이 많다는 것을 잘 알고 있었다. 우선 해안 도시에 사는 그리스인들은 전쟁을 몹시 싫어했다. 한때 히르카니아 해 남쪽과 서쪽 일대에 살았던 페르시아계 종족의 후손으로 이루어진 원주민들은 너무나 낙후되어 있어 훈련을 시키는 것조차 거의 불가능했다. 상황이 이랬기에 미트리다테스는 동방의 여느 통치자들처럼 용병에 의존할 수밖에 없었다. 용병들은 주로 시리아인, 킬리키아인, 키프로스인, 그리고 팔레스티나 사해 주변에 있는 호전적인 셈족 나라들의 다혈질 시민이었다. 그들은 아주 충성스럽게 잘 싸웠으나, 돈을 줬을 때에 한해서 그러했다. 돈 지급이 하루라도 늦어지면 그들은 바로 짐을 싸서 고향으로 돌아가버렸다.

그러나 이제 스키타이인과 사르마티아인을 본 폰토스의 왕은 장차 이들 중에서 병사를 구하리라 마음먹었다. 이들을 보병으로 훈련시켜 로마인들처럼 무장시키리라. 그래서 그들을 데리고 아나톨리아 정벌에 나서리라. 하지만 그러려면 먼저 이들을 복종시켜야 했다. 이 일을 맡길 사람으로 그는 자기 아버지의 누이와 아스클레피오도로스라는 귀족 사이의 아들인 디오판토스를 선택했다.

왕이 내세운 구실은, 신데와 케르소네소스 지역의 그리스인들이 스킬루로스 왕의 아들들이 불시에 습격해오는 데 대해 불평했다는 것이었다. 스킬루로스 왕은 킴메리아에 스키타이 국가를 세운 사람으로, 그가 죽은 후에도 그 나라는 완전히 몰락하지 않았다. 서쪽 오비아에 전초기지를 세운 그리스인들의 노력 덕분에 스키타이인들은 농사를 짓고 살게 되긴 했지만 여전히 호전적인 민족이었다.

"폰토스의 미트리다테스 왕에게 도움을 청하십시오." 무역상으로 가장한 손님이 케르소네소스 타우리카를 떠나기 전에 말했다. "원하신다면 제가 편지를 전해드리지요."

미트리다테스 5세 치하 때부터 유능한 장군으로 이름났던 디오판토스는 자신이 맡은 과업을 열정적으로 신봉했으며, 미트리다테스가 다녀온 이듬해 봄에 잘 훈련된 대규모 군대를 이끌고 케르소네소스 타우리카로 갔다. 결과는 폰토스의 대승이었다. 스킬루로스의 아들들은 내륙의 킴메리아 왕국과 함께 완전히 몰락했다. 첫해 안에 폰토스는 케르소네소스 타우리카 전체와 서쪽의 거대한 록솔라니 영토, 그리고 사르마티아인과 록솔라니인의 끊임없는 침공으로 영토가 많이 줄어든 그리스 도시 올비아를 손에 넣었다. 다음해에 스키타이인들이 반격해 왔다. 하지만 그해가 끝날 무렵 디오판토스는 마이오티스 호수 동쪽 지역과 사우마코스 왕이 다스리는 내륙의 신디계 마이오타이인들을 토벌하고, 킴메리아 보스포로스 해협을 가로질러 서로 마주보는 튼튼한 요새도시 두 곳을 건설했다.

디오판토스는 배를 타고 고향으로 돌아갔다. 아들 네오프톨레모스에게 올비아와 서쪽 지역의 뒷일을 정리하게 하고, 다른 아들 아르켈라오스에게는 흑해 북부의 새로운 폰토스 왕국을 관리할 책임을 맡겼다. 맡은 임무는 훌륭히 완수되었고 전리품도 상당했다. 폰토스 군대에 투입할 인력이 무한정 확보되었고 향후 교역 전망은 더없이 밝았다. 이모든 업적을 디오판토스는 젊은 왕에게 자랑스럽게 보고했다. 그러나왕은 시기와 두려움에 휩싸여 디오판토스를 처형해버렸다.

그로 인한 충격파는 폰토스 조정 전체를 휩쓸고 마침내 흑해 북부에까지 이르렀다. 소식을 들은 디오판토스의 아들들은 극심한 공포와 크나큰 슬픔에 눈물을 흘렸으나 곧바로 마음을 추스르고 아버지가 시작한 일을 마무리짓는 데 더욱 힘을 쏟았다. 네오프톨레모스와 아르켈라오스는 흑해 동부 연안을 따라 배로 진격해 내려가며 카우카소스 산맥주변의 작은 왕국들을 차례차례 항복시켰다. 금이 풍부하게 나는 콜키스, 파시스와 폰토스 쪽 리주스 사이에 있는 땅도 모두 폰토스의 영토가 되었다.

로마인들이 아르메니아 파르바라고 부르는 소아르메니아는 실제 아르메니아 땅은 아니었다. 그곳은 아락세스 강과 에우프라테스 강 사이의 광대한 산맥에서 폰토스에 면한 서쪽에 위치했다. 이곳 왕이 아르메니아가 아니라 폰토스를 종주국으로 여긴다는 이유만으로도 미트리다테스는 이 지역이 마땅히 자기 것이라고 보았다. 흑해 동부와 북부 지역이 명실공히 자기 땅이 되자마자 미트리다테스는 몸소 군대를 이끌고 소아르메니아로 쳐들어갔다. 무엇보다 자신이 직접 모습을 보일 필요가 있다는 확신에서였다. 그의 판단은 옳았다. 미트리다테스가 자칭 그곳 수도라는 소도시 지마라에 입성하자 전 시민이 두 팔 벌려 환호하며 그를 맞이했고, 소아르메니아의 안티파트로스 왕은 탄원자의 복장을 하고 그의 앞에 나아갔다. 미트리다테스는 난생처음으로 장군이 된 기분을 느꼈다. 그러니 그가 소아르메니아에 매료된 것도 당연했다. 그는 층층이 눈 덮인 산봉우리와 샘에서 분출해 나오는 급류, 외지고 접근하기 힘든 그 지형을 찬찬히 살펴본 후, 급속히 늘어나고 있는 자신의 보물을 바로 이곳에 보관하리라 결심했다. 명령은 즉각 하달되었다. 사람이 오를 수 없는 암벽, 거대한 고산 절벽 꼭대기, 살인적으로 물살이 센 강의 건너편 둑에 요새 저장고를 지으라는 명령이었다. 여름 내내 미트리다테스는 말을 타고 돌아다니며 이런저런 협곡을 고르는 재미를 만끽했다. 이 계획이 마무리될 즈음에는 일흔 개가 넘는 요새가 생겨났고 왕의 어마어마한 재물에 관한 소문이 로마까지 퍼져 있었다.

　일은 그렇게 된 것이었다. 서른 살도 되기 전에 벌써 광대한 제국의 주인이자 엄청난 재물의 관리인인 동시에 스키타이인, 사르마티아인, 켈트인, 마이오타이인으로 이루어진 10여 개 군의 총사령관이자 수많은 아들을 둔 아버지가 된 폰토스 국왕 미트리다테스 6세는 로마로 사절단을 보내 우호동맹국의 칭호를 달라고 요청했다. 그때가 마리우스와 카툴루스 카이사르가 베르켈라이에서 마지막 남은 게르만족 연합체를 무찌른 해였으므로, 마리우스는 일어난 일을 주로 루푸스의 편지를 통해 간접적으로 전해 듣기만 했다. 비티니아의 니코메데스 왕은 즉시 원로원에 항의했다. 로마가 영원한 앙숙 관계에 있는 두 왕에게 동시에 우호동맹 칭호를 줄 수는 없다는 것이었다. 그는 또한 50년도 전에 비티니아의 왕좌에 앉은 이래 자신이 단 한 번도 로마를 배반하지 않았음을 강조했다. 두번째로 호민관 직을 맡고 있던 루키우스 아폴레이우스 사투르니누스는 비티니아 편을 들었고, 결국 미트리다테스의 사절단이 논이 낭한 원로원 의원들에게 쥐여준 뇌물은 모조리 허사가 되어버렸다. 폰토스의 사절단은 거절당한 채 본국으로 돌려보내졌다.

미트리다테스는 이 소식을 쉽게 받아들이지 못했다. 처음에는 발작적인 분노를 터뜨렸다. 온 궁중 사람들이 두려움에 떨며 황급히 흩어지는 동안, 그는 접견실을 미친듯이 휘젓고 다니며 로마나 로마와 관련된 모든 것에 끔찍한 저주와 욕설을 퍼부었다. 그러고 나서는 보는 사람을 더 오싹하게 만드는 무서운 침묵에 빠져들어, 몇 시간이고 혼자 사자왕좌에 앉아 골똘히 생각에 잠겼다. 마지막으로 그는 라오디케 왕비에게 자신이 없는 동안 왕국을 통치하라고 짧게 명한 뒤 시노페를 떠났고, 1년이 넘도록 모습을 보이지 않았다.

먼저 미트리다테스는 조상 때부터 본디 폰토스의 수도였던 아마세이아로 갔다. 그곳에는 초기 왕들이 아마세이아를 빙 둘러싼 산에서 가져온 단단한 바위를 깎아 만든 무덤에 묻혀 있었다. 미트리다테스는 겁을 먹고 설설 기는 종복들의 존재도 잊고, 그곳 궁에 붙박이로 데려다놓은 두 아내와 여넓 첩이 유혹하며 매달리는 것도 의식하지 못한 채,

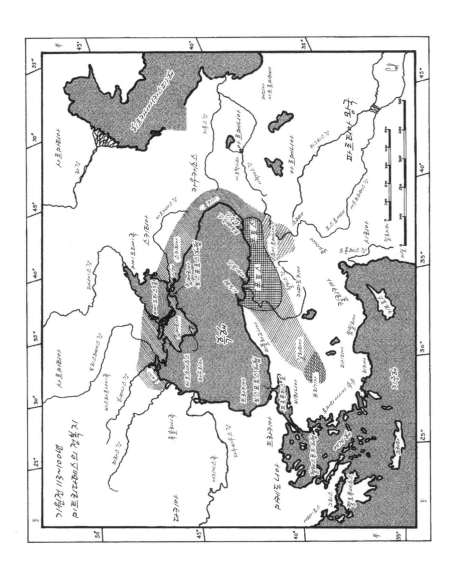

기원전 113~100년
미트리다테스의 점령지

며칠 동안 궁궐 복도만 왔다갔다 거닐었다. 그러던 어느 날, 산을 뒤덮고 있던 폭풍이 걷히듯이 갑작스럽고도 완벽하게 광적인 분노에서 빠져나온 미트리다테스 왕은 차분히 계획을 세우기 시작했다. 그는 시노페에서 조신들을 더 불러들이지도 않았고 그를 가장 따르는 군이 주둔해 있는 젤라에 가지도 않았다. 그러는 대신 아마세이아에 사는 귀족들을 소환하여 정예 병사 1천 명으로 구성된 파견대를 선발해오라고 명했다. 그의 명령은 세심히 계획된 것이었고, 이의 제기나 불복종은 결코 용납하지 않는 어조로 하달되었다. 왕 본인은 갈라티아에서 제일 큰 도시 앙키라로 가되, 병사들은 한참 떨어져서 따라오게 하고 호위병 한 명만 데려간다고 했다. 미리 파견된 귀족들은 앙키라에서 열릴 대회합에 갈라티아의 모든 부족장을 데려오라는 명을 받았다. 그 자리에서 폰토스 국왕이 흥미로운 제안을 할 것이라는 전언도 함께였다.

갈라티아는 별난 곳이었다. 페르시아계, 시리아계, 게르만계, 히타이트계 켈트족이 거주하는 아대륙의 전초기지로, 시리아계를 제외한 나머지 사람들은 갈리아의 브렌누스 왕 혈통을 이어받은 켈트족 이주민처럼 금발은 아니었지만 어쨌든 피부는 흰 편이었다. 그들은 근 200년 동안 아나톨리아 중심부의 비옥하고 널찍한 땅덩이를 차지하고는 주변의 다른 문화는 무시하고 갈리아인으로서의 삶을 살았다. 심지어 자기네 부족들 간의 접촉도 보잘것없었다. 전체 부족을 다스리는 왕도 없었고, 함께 뭉쳐 또다른 영토를 정복하는 데도 관심이 없었다. 그들은 한동안 폰토스의 미트리다테스 5세를 자신들의 종주로 인정했으나 이는 사실 그들에게나 미트리다테스 5세에게나 아무 이득이 없고 무의미한 일이었다. 그들은 폰토스가 요구한 십분의일세와 공세를 한 번도 내지 않았고, 폰토스 왕은 그에 대해 응징하기 전에 죽어버렸기 때문이다. 아무도 그들을 건드리지 않았다. 그들은 프리기아인, 카파도키아인, 폰토스인, 비티니아인, 이오니아계나 도리스계 그리스인보다 훨씬 난폭한 갈리아인이었으므로.

갈라티아의 세 부족과 그 아래 여러 소부족 지도자들은 미트리다테스의 소환에 응하여 앙키라로 모였다. 그들은 분명히 미트리다테스 6세가 제안할 것으로 예상되는, 파괴하고 노획물을 얻는 전투보다 왕이 약속한 대연회를 더 고대하고 온 참이었다. 마을 하나 크기밖에 되지 않는 앙키라에 가보니 과연 미트리다테스가 그들을 기다리고 있었다. 왕은 아마세이아에서부터 시골 지역을 샅샅이 뒤져 돈으로 살 수 있는 온갖 맛난 음식과 포도주를 구해와 갈라티아 부족장들 앞에 성찬을 차려놓았다. 부족장들이 상상했던 것보다도 더 성대하고 기막히게 맛있어 보이는 연회상이었다. 음식에 달려들기 전부터 이미 기분이 흡족해진 그들은 행복감에 젖은 채 배가 부르고 머리가 빙빙 도는 이중 덫에 걸려들었다.

어느새 난장판이 된 연회장에서 부족장들이 인사불성으로 취해 코를 골고 얼굴을 실룩거리며 자고 있는 사이, 미트리다테스 왕의 정예 병사 1천 명이 조용히 흩어져 들어와 그들을 죽여버렸다. 마지막 남은 갈라티아 족장이 죽을 때까지 미트리다테스 왕은 상석에 마련된 왕의 의자에서 일어나지 않았다. 의자 팔걸이에 한쪽 다리를 걸치고 앉아 발을 까딱거리고 있었고, 매끈하고 온화한 얼굴에는 학살 장면을 흥미로 워하는 표정이 역력했다.

"태워라." 일이 끝나자 그가 말했다. "타고 남은 재는 저자들의 피 위에 뿌려라. 내년에는 여기서 최고의 밀이 날 거야. 땅을 기름지게 하는 데는 피와 뼈만한 게 없거든."

이어서 그는 자신을 갈라티아의 왕으로 선포했다. 그에게 반대할 자는 아무도 남지 않았다. 지도자 없이 뿔뿔이 흩어진 갈리아인들 외에는.

그 일이 있은 후 미트리다테스는 돌연 종적을 감췄다. 최고 대신조차도 그가 어디로 갔는지, 무슨 속셈인지 알지 못했다. 왕은 신하들에게 갈라티아의 상황을 정리한 후 아마세이아로 돌아가고, 시노페에 있는 왕비에게 갈라티아의 새로운 폰토스 영토를 다스릴 태수를 임명하도록 전하라는 명이 담긴 편지 하나만 남겨놓았다.

상인 같은 옷차림에 평범한 갈색 말을 탄 미트리다테스는 여벌 옷가지와 자기 주인이 누군지도 모르는 우둔한 갈라티아인 청년 노예를 당나귀에 싣고 페시노스 쪽으로 향했다. 대모신 쿠바바 키벨레의 성역에 당도하자 그는 바타케스에게 자신의 정체를 밝히고 시중을 받았으며, 바타케스로부터 필요한 정보를 잔뜩 얻었다. 페시노스를 떠나서는 마이안드로스 강의 기다란 계곡을 따라 로마의 아시아 속주로 들어섰다.

미트리다테스는 카리아의 도시들을 거의 하나도 빼놓지 않고 꼼꼼히 살폈다. 거구에 호기심이 많고 무슨 용무로 왔는지 살짝 애매해 보이는 이 동방의 상인은, 간간이 자신의 멍청한 노예를 두들겨 패가면서 말을 타고 이리저리 옮겨다녔다. 눈으로는 사방을 주시하고 머리로는 모든 정보를 차곡차곡 챙겨넣었다. 그는 여인숙 탁자에서 다른 상인 여행객들과 같이 밥을 먹었고, 장날이면 장터 광장을 서성거리면서 뭔가 흥미로운 정보가 있어 보이는 사람이면 아무나 붙잡고 얘기를 나눴다. 에게 해 부둣가를 어슬렁대면서 짐꾸러미를 손가락으로 쿡쿡 찔러보거나 밀봉된 암포라에 코를 대고 냄새를 맡았으며, 마을 처녀들과 시시덕대다가 그들이 자신의 육욕을 채워주면 더없이 후한 보상을 내렸다.

그는 또한 코스 섬에 있는 아스클레피오스 신전, 에페소스의 아르테미스 신전, 페르가몬의 아스클레피오스 신전에 쌓여 있는 재물 이야기와 로도스 섬의 엄청난 보물에 관한 이야기를 들었다.

에페소스를 떠나서는 북쪽으로 방향을 틀어 스미르나와 사르데이스로 갔다가, 마침내 로마 총독이 머무르는 수도 페르가몬에 당도했다. 그 도시는 마치 보석 박힌 상자처럼 산꼭대기에서 번쩍번쩍 빛이 났다. 이곳에서 그는 처음으로 로마군을 보았는데, 총독의 소규모 호위대였다. 아시아 속주는 군사적 위험 지역으로 여겨지지 않았으므로 이곳의 병사들은 현지 보조군과 민병대로 이루어져 있었다. 미트리다테스는 여든 명의 진짜 로마 병사를 오래도록 유심히 살펴보았다. 그들이 입은 두꺼운 쇠사슬 갑옷이며 단검과 아주 작은 촉이 달린 창, 쉬운 임무에 파견되었음에도 병사들이 보여주는 잘 훈련된 움직임이 눈길을 끌었다. 이곳에서 그는 총독이 입고 있는 모습을 통해 자주색 단을 댄 토가도 처음 보았다. 총독을 호위하는 릭토르들은 진홍색 튜닉을 입고 왼쪽 어깨에 막대기 다발을 메었는데, 총독에게 사형을 집행할 권한이 있기에 막대기에는 도끼머리가 끼워져 있었다. 그런데 미트리다테스가 지켜보고 있노라니, 이렇게 권위 있는 총독이 평범한 흰색 토가를 입은 몇몇 사람들에게 너무나 겸손한 자세로 경의를 표하는 것이었다. 알고 보니 그자들은 속주의 세금징수 사업을 운영하는 푸블리카누스(징세 청부업자)였다. 정교하게 설계된 페르가몬 거리를 거들먹거리며 활보하는 그들의 태도를 보고 있자면, 로마가 아니라 자기들이 이 속주의 주인이라 생각하는 것 같았다.

물론 미트리다테스가 이 위엄 넘치는 자들 중 한 사람에게라도 감히 말을 붙여본 것은 아니었다. 딱 봐도 그들은 혼자 다니는 동방의 상인

따위를 거들떠보기에는 너무나 바쁘고 중요한 인물들이었다. 미트리다테스는 그저 그들이 서기와 필경사 무리를 대동하고 지나가는 모습을 보았을 뿐이고, 정작 징세청부업자들의 눈에는 띄지도 않을 작은 선술집에서 화기애애하게 탁자에 마주앉은 페르가몬 사람들과 그들에 관해 얘기를 나누었다.

"저들은 우리 피를 다 쥐어짜간다오." 이런 말을 워낙 많이 들었기에 미트리다테스는 그 말이 사실이라고 판단했다. 부유한 농장주나 전매 사업을 운영하는 이들이 으레 그러듯이 그저 자신의 부유함을 감추기 위해 일부러 늘어놓는 넋두리가 아닌 듯했다.

"무슨 말이오?" 맨 처음 그가 이렇게 물었더니, 30년 전 아탈로스 왕이 죽은 후로 대체 어디에 있었던 거냐는 질문이 돌아왔다. 그래서 그는 오랫동안 흑해 북부 쪽을 떠돌아다녔다는 이야기를 꾸며댔다. 혹여 누가 올비아나 킴메리아에 대해 물어본다 해도 실제로 거기 가본 사람으로서 얘기할 수 있다고 확신했던 것이다.

그와 마주앉은 상대가 말했다. "로마에는 말이오, 감찰관이라고 하는 아주 높은 관리가 둘 있소. 그 사람들은 선거로 뽑히는데—그것참 이상하지 않소?—반드시 전에 집정관을 지낸 사람이라야 한다오. 그 자리가 그만큼 중요하다는 거지. 요즘 어지간한 그리스 사회라면 어디서나 국가의 사무는 제대로 된 공무원이 맡지, 바로 전해까지 군대를 통솔하던 사람이 맡지 않는단 말이지요! 그런데 로마는 그렇지가 않아서, 이 감찰관들은 사업에는 생판 초보인 거요. 그런데도 그들이 국가의 온갖 사무를 꽉 잡고 있고, 5년마다 국가를 대신해 청부계약을 체결하는 것도 그들의 업무라오."

"청부계약이요?" 동방의 전제군주가 미간을 찡그리며 물었다.

"그렇소, 청부계약. 다른 계약과 똑같은데 한 가지 다른 점은 사업을 하는 회사와 로마 정부 간의 계약이라는 거지요." 미트리다테스가 한턱 낸 술을 마시며 페르가몬 상인이 대답했다.

"아무래도 내가 왕들이 다스리는 곳에 너무 오래 있었나보오. 로마 에는 국가의 사업이 제대로 운영되게끔 해주는 관리가 없는 거요?"

"집정관, 법무관, 조영관, 재무관 같은 정무관들뿐이오. 그리고 그들 의 관심사는 단 한 가지, 로마의 국고를 채우는 것이지요." 페르가몬 상 인이 키득거리며 웃었다. "물론 자기네 돈주머니를 채우는 게 최대 관 심사인 경우도 허다하다오, 친구!"

"계속해보시오. 거참 흥미진진하구려."

"우리 처지가 이리 어려워진 건 죄다 가이우스 그라쿠스 탓이라오."

"셈프로니우스 형제 중 하나 말이오?"

"맞소. 그 형제 중 동생 말이오. 가이우스 그라쿠스가 아시아의 세금 징수를 전문 업체에 맡기는 법을 제정했소. 그렇게 하면 로마 정부가 세금징수원을 따로 고용하지 않고도 자체 몫을 챙길 수 있다고 계산한 거지. 그 법에 따라 이곳 아시아 속주에서 세금을 걷는 징세청부업자들 이 생겨난 거요. 로마의 감찰관들은 정부가 요구하는 조건을 청부사업 입찰자들에게 발표하는 일을 맡소. 아시아 속주의 경우에는, 국고위원 회가 향후 5년 동안 해마다 확보하기를 원하는 세금 액수를 발표하게 된다오. 아시아 속주에서 실제로 걷히는 액수가 아니고 말이오. 징세청 부업체는 계약한 만큼의 금액을 국고위원회에 넘기기 전에 자기네도 수익을 내야 하니까, 실제 징세액은 그들 업체가 정하기 나름이라오. 그래서 회계사 한 무더기가 주판을 놓고 앉아 향후 5년간 매년 아시아 속주에서 얼마나 쥐어짜낼 수 있을지 계산한 다음 청부계약에 응찰하는 거요."

"미안하지만, 내가 멍청한지 이해가 안 되오. 로마 정부가 원하는 액수를 입찰자들에게 미리 알려준다면서, 얼마로 입찰하는지가 왜 중요한 거요?"

"아! 그 액수는 말이오, 국고위원회가 받아들일 수 있는 최저 금액일 뿐이오! 그러니 각 징세청부업체는 국고위원회를 크게 만족시킬 정도로 최저 금액보다 충분히 높으면서 그 안에 짭짤한 수익까지 포함시킨 액수를 계산해내려고 애쓰는 거지요!"

"아, 알겠소." 미트리다테스가 콧숨을 내뿜으며 말했다. "최고 액수를 제시한 업체가 낙찰을 받겠군요."

"바로 그렇소."

"그런데 입찰액은 국고위원회에 지불할 금액이오, 아니면 짭짤한 수익까지 포함한 전체 금액이오?"

상인이 웃음을 터뜨렸다. "정부에 낼 금액만이라오, 친구! 업체가 이윤을 얼마나 남기려 하는지는 순전히 그 업체만 알고 있고, 감찰관들은 아무것도 묻지 않소. 내 장담하오. 그들은 개찰을 해서 국고위원회에 가장 큰 액수를 제시하는 업체에 사업계약을 내주는 거지."

"감찰관들이 최고액보다 낮은 액수로 입찰한 업체에 계약을 주는 경우는 없소?"

"내 기억으로는 없다오, 친구."

"그러면 결과는 어떻게 되오? 가령 업체가 낸 추정치라는 게 달성 가능한 수준인 거요, 아니면 지나치게 낙관적인 수치요?" 이미 답을 알면서도 미트리다테스가 물었다.

"흠, 어떨 것 같소? 우리가 아는 한, 징세청부업자들이 내는 추정치는 아탈로스의 소아시아가 아니라 헤스페리데스의 황금사과 정원에서 조사한 수치를 기준으로 삼은 것 같소! 그러니 어느 코딱지만한 지역의 소소한 활동에서 생산량이 줄기만 해도 난데없이 징세청부업자들이 난리를 치는 거지요. 국고위원회에 갖다주기로 한 액수보다 거둬들이는 액수가 모자랄 판이니까! 그자들이 현실적인 입찰가만 책정했어도 모두들 형편이 필 거요! 그런데 상황이 이러니 우리가 대풍년이 들고, 양의 털을 깎거나 분만시키는 중에 한 마리도 잃지 않고, 쇠사슬 고리 하나, 밧줄 한 가닥, 천이나 소가죽 한 조각, 포도주 한 병, 올리브 1메딤노스(고대 그리스의 건량 단위. 1메딤노스는 약 40리터─옮긴이)도 남김없이 모조리 팔지 않는 한, 징세청부업자들의 쥐어짜기가 시작되는 거고 그렇게 다들 괴로움에 시달리는 거라오." 상인이 씁쓸하게 말했다.

"어떤 식으로 쥐어짭니까?" 미트리다테스는 이렇게 물으면서 속으로 병사들이 어디에 주둔해 있을까 궁금해했다. 여기까지 오면서 병사 한 명도 보지 못했기 때문이었다.

"야생 양조차 굶어죽는 외딴 지역의 킬리키아인 용병을 고용해서 그놈들 멋대로 하도록 풀어놓는 거요. 늙든 어리든 상관없이, 여자나 아이 하나도 남김없이 마을 주민 전체가 노예로 팔려가는 것을 보았소. 돈을 찾느라 온통 밭을 파헤치고 집을 허무는 것도 봤다오. 아, 징세청부업자들이 한 방울이라도 더 짜내려고 일삼던 짓들을 다 말해주면 당신은 눈물깨나 쏟을 거요! 수확한 작물은 농부와 가족이 간신히 연명하고 다음해에 심을 만큼만 남겨두고는 모조리 몰수해 가는데다, 가축도 절반을 가져가고 가게와 좌판의 물건도 마음대로 쓸어 가버리니까요. 무엇보다도 나쁜 건, 그로 인해 사람들이 거짓말하고 속이게 된다는 거요. 그렇게 하지 않으면 땅을 다 뺏기게 되니까."

"그 징세청부업자들은 죄다 로마인이오?"

"로마인도 있고 이탈리아인도 있소." 상인이 대답했다.

"이탈리아인이라." 미트리다테스가 생각에 잠기며 말했다. 어린 시절의 7년간을 폰토스의 숲속에서 보내지 않았더라면 좋았을 텐데 하는 아쉬움이 들었다. 답사 여정에 나서고부터 느낀 것이지만, 그에게는 지리와 경제에 관한 교육이 형편없이 부족했던 것이다.

"음, 사실은 로마인이죠." 상인이 다시 설명했다. 그 역시도 둘의 차이를 확실히 몰랐다. "그들은 이탈리아라고 부르는 로마의 특수한 변두리 시역 출신이시요. 하나 내가 아는 한 그것 말고는 아무 차이가 없소. 하나같이 한데 모였다 하면 체면을 지켜서 점잖은 그리스어로 말하는 대신 라틴어로 혀를 굴려대기 시작하는데다, 다들 지독하게 투박스럽고 몸에 맞지도 않는 튜닉을 입고 다니지요. 몸에 맞춰서 다트나 주름 하나 넣지 않은, 양치기조차도 입고 다니기 부끄러울 그런 걸 말이오." 상인은 입고 있던 그리스풍 튜닉의 부드러운 천을 만족스러운 표정으로 슬쩍 잡아당겼다. 확실히 그 옷은 다소 왜소한 그의 몸이 실제보다 돋보일 수 있도록 완벽하게 재단되어 있었다.

"그들은 토가를 입소?" 미트리다테스가 물었다.

"가끔씩 입죠. 명절이나 총독의 부름을 받았을 때."

"이탈리아인들도요?"

"모르겠소." 상인이 말한 후 어깨를 들썩했다. "아마 그럴 거요."

이런 대화를 통해 미트리다테스는 정보를 수집했다. 대부분 징세청부업자와 그들이 고용한 앞잡이들을 향한 길고 긴 증오의 말이었다. 그것 말고도 아시아 속주에는 로마인들이 운영하는 또다른 사업이 번성하고 있었으니, 빌리는 사람이나 빌려주는 사람이나 자존심이 있다면 결코 동의하거나 제시하지 않을 금리로 돈을 빌려주는 고리대금업이 었다. 미트리다테스가 알게 된바, 이 대부업자들은 주로 징세청부업체 가 고용한 자들이었다. 물론 그 업체들이 대금업에 직접 관여한 것은 아니었다. 로마의 아시아 속주는 로마인들이 잡아먹으려고 털을 뽑는 살찐 닭일 뿐, 그 외에는 그들에게 아무 관심도 얻지 못하는 곳이라고 미트리다테스는 생각했다. 그들은 로마와 이탈리아라고 불리는 변두 리 지역에서 여기로 와서는 우려내고 쥐어짜고 갈취한 끝에 주머니가 불룩해져서 자기네 집으로 돌아가는 것이다. 뒤에 남겨진 아시아의 도 리스인, 아이올리스인, 이오니아인들의 참담한 처지는 아랑곳하지 않 고서. 그리하여 로마인들은 미움을 받고 있는 것이다!

페르가몬을 떠난 미트리다테스는 중요하지 않은 트로아스라는 삼각 지를 건너뛰고 내륙으로 이동하여 키지코스 근방에 있는 프로폰티스 호수의 남쪽 연안에 나타났다. 여기서부터는 호수를 따라 말을 달려 비 티니아의 프루사로 갔다. 부유하고 성장중인 이 도시는 미시아의 올림 포스로 불리는 눈 덮인 거대한 산의 골짜기에 자리잡고 있었다. 미트리 다테스는 여기서 잠깐 머무는 사이 이곳 주민들은 자기네의 팔순 왕이 꾸미는 술수에는 아무 관심이 없다는 사실만 확인하고는 다시 그 팔순 왕이 궁궐을 둔 수도 니코메디아로 이동했다. 그곳 역시 부유하고 꽤 큰 도시였다. 작은 아크로폴리스 꼭대기에 세워진 신전과 왕궁이 가장 높이 솟은 그 도시는 넓고 고요한 내해와 나란히 꿈을 꾸는 듯했다.

물론 이곳은 미트리다테스 왕가 사람에게는 위험한 나라였다. 가령 여기저기 흩어져서 마 또는 티케 여신을 모시는 단체의 신관이나 시노 페에서 온 사람같이 그를 알아볼 만한 누군가와 니코메디아의 거리에서 마주칠 수도 있었다. 그래서 미트리다테스는 도시 중심가에서 한참 떨어진 퀴퀴한 여인숙에 묵었으며, 외출을 감행할 때면 언제나 외투 자락으로 온몸을 꽁꽁 싸맸다. 그가 원한 것은 오로지 이곳 사람들의 분위기를 파악하는 것이었다. 니코메데스 왕에 대한 그들의 충성도를 분석하여, 물론 현실과는 먼 추정에 불과하긴 하지만 만약 폰토스의 왕과 전쟁을 벌인다면 그들이 얼마나 진심으로 자기네 왕을 지지할 것인지 가늠해보고 싶었던 것이다.

나머지 겨울과 이듬해 봄 내내 미트리다테스는 비티니아쪽 흑해 연안의 헤라클레이아에서 프리기아와 파플라고니아의 산간벽지에 이르기까지 곳곳을 떠돌아다니면서 도로 상태부터(사실 사람들이 밟고 다녀서 생긴 오솔길에 가까웠다) 시골 지역이 얼마나 경작지로 개척되어 있는지, 사람들의 교육 수준은 어떤지 등을 낱낱이 관찰했다.

그리하여 초여름에 그는 자신이 전능하고 당당하고 훌륭하다는 기분을 느끼며 시노페로 돌아왔다. 누이이자 아내인 라오디케는 몹시 흥분하여 새된 목소리로 재잘거리는 한편, 신하들은 지나치게 말이 없었다. 그 사이 두 숙부 아르켈라오스와 디오판토스는 죽고 사촌 네오프톨레모스와 아르켈라오스는 킴메리아에 가 있었다. 왕으로 하여금 자신이 얼마나 취약한지 깨닫게 하는 상황이었다. 승리감도 싹 사라져버렸다. 왕은 왕좌에 앉아 모든 신하와 왕실 사람들에게 서쪽으로의 긴 방랑여행중에 겪은 일을 낱낱이 들려주고픈 충동을 억눌렀다. 대신 그는 모두를 향해 쾌활한 미소를 지어보이고, 라오디케가 제발 살려달라고 비명을 지를 때까지 그녀와 잠자리를 했으며, 자신의 아들딸과 그들의 어미까지 다 찾아본 뒤에 가만히 물러나 앉아 무슨 일이 일어날지 기다렸다. 분명 뭔가가 있었다. 그는 그것이 무엇인지 확실히 알아내기 전까지는, 자신이 베일에 싸인 긴 부재 기간에 어디에 있었으며 장차 무슨 일을 계획하고 있는지 한마디도 하지 않기로 굳게 마음먹었다.

그러던 어느 날 카파도키아에 있던 장인 고르디오스가 야간 행군중에 왕을 찾아왔다. 그는 손가락을 입에 대고서 다른 한 손으로 궁전 위쪽의 흉벽을 가리키며 최대한 급히 만나자는 신호를 보냈다. 커다란 보름달에 대기는 은빛으로 잠겨 있었고 바람 한줄기가 해수면을 경쾌하게 지나며 반짝이는 파문을 남겼다. 그림자는 가장 깊은 동굴보다도 더 어두웠고, 하늘에 가만히 뜬 구체 아래로 비친 빛은 색깔 없이 어설프게 흉내낸 태양의 모조품 같았다. 궁전이 서 있는 둥그런 곶과 본토를 연결하는 좁다란 지협에 제멋대로 펼쳐진 작은 도시는 꿈도 꾸지 않고 편안히 잠에 빠졌다. 주거지에 빠짐없이 둘러쳐진 짙은 어둠의 성벽이 은은히 빛나며, 낮게 드리워진 구름 둑을 배경으로 어렴풋이 뭉툭하게 솟아 보였다.

왕과 고르디오스는 두 개의 망루 중간 지점에서 만났다. 두 사람은 성벽 난간 아래로 몸을 숙이고 잠든 새도 듣지 못하게 나지막이 속삭였다.

"라오디케는 이번에 전하께서 돌아오시지 않으리라 확신하고 있었사옵니다, 대왕 전하." 고르디오스가 말했다.

"그래?" 왕이 돌처럼 차가운 목소리로 되물었다.

"석 달 전 왕비에게 애인이 생겼습니다."

"누구요?"

"전하의 사촌 파르나케스입니다."

아! 라오디케는 영리해! 보잘것없는 놈이 아니라, 훗날 왕의 나이 어린 아들들 중 하나에 의해 쫓겨날 걱정 없이 폰토스의 왕위를 넘볼 수 있을 몇 안 되는 왕실 사내들 중에서 애인을 고르다니. 파르나케스는 미트리다테스 5세의 남동생과 누이 사이에서 난 아들이었다. 양쪽 부모 다 순수한 혈통이었다. 그는 완벽했다.

"왕비는 내가 못 알아낼 거라 생각하는 거군." 미트리다테스가 말했다.

"이 사실을 아는 몇몇 자들이 두려움에 입을 못 열 것이라 생각하옵지요." 고르디오스가 말했다.

"그렇다면 그대는 왜 말하는 거요?"

고르디오스는 미소를 지었다. 달빛에 이가 반짝였다. "전하, 전하를 능가할 자는 어디에도 없사옵니다! 처음 전하를 뵌 순간부터 저는 확신했습니다."

"이 일에 대해선 꼭 보답하겠소, 고르디오스. 내 맹세하지." 왕은 성벽에 기대서 생각에 잠겼다. 마침내 그가 입을 열었다. "조만간 나를 죽이려고 하겠군."

"그럴 것이옵니다, 대왕 전하."

"시노페에 내게 충성하는 자가 얼마나 있소?"

"왕비에게 충성하는 자보다는 훨씬 많은 줄로 아옵니다. 왕비는 여자입니다, 전하. 그러니 어떤 남자보다도 훨씬 잔인하고 배반하기 쉽지요. 누가 왕비를 믿을 수 있겠사옵니까? 왕비를 따르는 자들은 높은 벼슬자리가 탐이 나 그러는 것이지만, 정작 그 자리를 내려줄 사람으로는 파르나케스를 믿고 있습니다. 제 생각에 그들은 또한 파르나케스가 왕좌를 확실히 차지하게 되면 바로 왕비를 처치하리라 믿고 있을 것입니다. 그러나 왕실 신하들 대부분은 그들의 감언에 넘어가지 않았사옵니다."

"좋아! 내게 충성하는 자들에게 현상황을 알리는 일은 그대에게 맡기겠소, 고르디오스. 그들에게 밤낮을 가리지 말고 언제든 준비하고 있으라고 이르시오."

"어찌하실 생각이옵니까?"

"어디 나를 죽이려고 해보라지, 암퇘지년! 나는 왕비를 잘 알아. 그녀는 내 누이오. 칼이나 활과 화살을 쓰지는 않을 것이오. 독약을 선택하겠지. 나를 고통스럽게 죽일 수 있는 아주 고약한 수를 쓸 거요."

"대왕 전하, 소신이 지금 당장 왕비와 파르나케스를 잡아들이겠사옵니다. 허락해주십시오!" 고르디오스가 광분하여 속삭였다. "독은 간파하기가 너무 어렵습니다! 만전을 기했음에도 불구하고, 왕비가 간계를 써서 전하로 하여금 독미나리를 삼키게 하거나 전하의 침대에 살모사를 넣어둔다면 어찌하옵니까? 부디 소신이 당장 그들을 잡아들이게 해주십시오! 그편이 더 쉽습니다."

그러나 왕은 고개를 저었다. "나는 증거가 필요하오, 고르디오스. 그러니 나를 독살케 하도록 내버려둘 거요. 어떤 독초든 독버섯이든 독사든 제 목적에 제일 적합하다고 생각되는 것을 구해서 내게 써보라지."

"전하, 전하!" 기겁한 고르디오스가 떨리는 목소리로 부르짖었다.

"걱정할 필요 없소, 고르디오스." 미트리다테스는 전혀 차분함을 잃지 않고 말했다. 그의 목소리에선 티끌만한 두려움도 찾아볼 수 없었다. "사람들에게 거의 알려지지 않은, 라오디케도 모르는 사실이 있소. 어머니의 보복을 피해 숨어 지내던 일곱 해 동안 내가 인간에게 알려진 모든 종류의 독에 면역을 길렀다는 것이지. 개중에는 아직 아무도 발견하지 못했고 나만 아는 독도 있소. 독에 관한 한 나야말로 이 세상 최고의 권위자고, 이 말은 분명한 사실이오. 내 몸에 있는 이 흉터들이 무기 때문에 생긴 거라고 생각하오? 천만에! 이건 내 스스로 만든 흉터요, 고르디오스. 내 친인척 중 누구도, 우리가 아는 한 가장 손쉽고 의심받을 가능성이 가장 적은 방법으로, 다시 말해 독을 써서 나를 제거할 수 없도록 하기 위해서였지."

"그렇게 어리신 나이에!" 고르디오스는 경탄했다.

"살아남아야 나이를 먹을 수도 있으니까! 그 누구도 내게서 왕좌를 빼앗지 못할 거요."

"그런데 어떻게 면역을 기르셨사옵니까, 전하?"

"가령 이집트 코브라 같은 경우에는," 왕은 이 화제에 점점 열의를 띠었다. "어떻게 생긴 건지는 알 거요. 늑골이 크고 넓게 퍼졌고 목의 양쪽 날개 사이에서 작은 대가리를 흔들어대는 놈 말이야. 나는 그놈들을 크기별로 한 상자 가득 가져다가 작은 놈들부터 나를 물게 했소. 그런 식으로 차츰 크기를 늘려 결국은 제일 큰 놈까지 갔는데, 길이가 2미터가 넘고 몸통은 내 팔뚝만한 괴물이었지. 그 과정을 다 마칠 즈음에는 코브라에게 물려도 몸이 아픈 일조차 없었소! 살모사와 비단뱀, 전갈과 독거미를 가지고도 똑같이 했소. 그다음에는 독미나리, 투구꽃, 흰독말풀, 으깬 버찌씨, 산딸기 열매와 덤불과 뿌리를 함께 우린 것, 알광대버섯과 흰점박이 붉은 버섯 등 온갖 독을 한 방울씩 먹었지. 그렇소, 고르디오스, 그걸 다 먹었어! 한 번에 한 방울씩 양을 늘리다보니 나중에는 어떤 독이든 한 잔을 마셔도 아무 효과도 없게 되었소. 나는 계속 독을 섭취하고 독 있는 짐승에게 물리는 식으로 지금까지도 면역성을 유지하고 있소. 그리고 해독제도 먹고 있고." 미트리다테스는 조용히 웃었다. "라오디케가 최악의 짓을 하게 내버려두시오! 그래봤자 날 못 죽일 테니."

라오디케는 기어이 시도했다. 왕의 무사 귀환을 축하하기 위해 그녀가 연 공식 연회에서였다. 왕실 사람 전원을 초대했으므로 커다란 알현실을 말끔히 치우고 긴 의자를 수십 개 들여놓았다. 알현실의 벽과 기둥은 화환으로 장식하고 바닥에는 향기로운 꽃잎을 뿌렸다. 시노페 최고의 음악가들이 불려왔고, 그리스인 배우들로 이루어진 유랑극단은 에우리피데스의 〈엘렉트라〉를 공연해달라는 의뢰를 받았으며, 니시비스의 유명한 무용가 아나이스는 아미소스의 흑해 해변에서 여름휴가를 보내던 중 이곳으로 불려왔다.

과거에 폰토스의 왕들은 그들의 조상인 트라키아인처럼 탁자에 앉아서 식사를 했다. 하지만 이들은 오래전부터 긴 의자에 기대 누워서 먹는 그리스식 습관을 신봉했으며, 그렇게 함으로써 자신들이 완성된 그리스 문화의 산물이자 진정으로 그리스화한 군주라는 기분을 즐겼다.

그러나 이곳의 그리스 문화라는 것이 얼마나 얄팍한지는, 조신들이 차례차례 알현실로 들어와 왕 앞에서 바닥에 납작 엎드리는 순간 자명해졌다. 여기서 증거가 더 필요하다면, 그것은 라오디케 왕비가 유혹적인 미소와 함께 스키티아산 황금 술잔을 왕에게 권하며 술잔 가장자리를 분홍색 혀로 핥은 후에 이어진 괴로운 시간 중에 드러났다.

"내 잔으로 드세요, 전하." 왕비가 명령하듯, 그러나 부드럽게 말했다.

미트리다테스는 주저 없이 술잔을 받아 마셨다. 한번 벌컥 들이키고 나니 잔에 담긴 술이 반으로 줄었다. 그는 라오디케 왕비와 나란히 앉은 긴 의자 앞쪽 탁자에 술잔을 내려놓았다. 그런데 마지막 한 모금은 삼키지 않고 그대로 머금은 채, 갈색이 도는 청포도빛 눈으로 누이를 빤히 쳐다보면서 입안에서 빙글빙글 돌렸다. 곧이어 그는 얼굴을 찌푸렸다. 무섭게 일그러뜨린 것이 아니라 생각에 잠긴 듯, 기억을 더듬는 듯 찌푸렸던 얼굴은 순식간에 환한 미소로 바뀌었다.

"도리크니온이군!" 왕이 아주 기쁜 듯이 말했다.

왕비의 얼굴이 새하얗게 질렸다. 신하들은 입을 다물었다. 왕이 큰 소리로 말한데다, 그때껏 이 환영 연회는 조용히 진행되고 있었던 까닭이다.

왕은 왼쪽으로 고개를 돌렸다. "고르디오스."

"네, 전하?" 긴 의자에서 재빨리 미끄러지듯 일어나며 그가 대답했다.

"이리 와서 나를 도와주시오."

미트리다테스보다 네 살 위인 라오디케는 남동생과 많이 닮은 외모였다. 수세대에 걸쳐 남매간의 혼인이 심심찮게 이루어져 가족들이 점점 더 닮아가는 왕가에서는 놀랄 일도 아니었다. 덩치는 크지만 균형 잡힌 몸매를 가진 왕비는 외모에 각별히 공을 들였다. 금발머리는 그리스풍으로 손질했고 초록빛 도는 갈색 눈 가장자리에는 스티비움을 칠했다. 뺨에는 붉은 연지를 바르고 입술은 진홍색으로 칠했으며 손발은 헤나 염료로 물들여 짙은 갈색이었다. 디아데마의 흰 리본이 이마 한가운데에 자리했고 술 달린 리본 끝은 어깨에 늘어뜨려져 있었다. 어느 모로 보나 완벽한 왕비의 모습이었고, 그렇게 보이는 것이 그녀의 목적이었다.

라오디케는 동생의 얼굴에서 자신의 운명을 읽고는 긴 의자에서 벗어나려고 몸을 비틀었다. 그러나 이미 한발 늦었다. 왕은 왕비가 뒤로 빠지려고 짚었던 손을 움켜잡고 그녀가 기대었던 등받침 너머로 홱 잡아당겼다. 이제 그녀는 왕의 품안에서 반쯤 눕고 반쯤 앉은 자세가 되었다. 다른 한쪽에는 고르디오스가 무릎을 꿇고 앉아 있었다. 그의 추한 얼굴은 승리감에 잔뜩 들떠 있었다. 왕에게 보상으로 무엇을 청할지 벌써 생각해둔 게 있어서였다. 그는 왕의 작은 부인인 자신의 딸 니사를 왕비로 승격시킴으로써 니사의 아들 파르나케스가 라오디케의 아들 마카레스보다 계승 서열에서 우위를 점하게 할 작정이었다.

라오디케는 속수무책으로 머리를 돌려, 대신들 네 명이 자신의 애인 파르나케스를 왕 앞으로 끌고 나오는 것을 보았다. 왕은 무표정한 얼굴로 그를 쳐다보다가 이내 다시 왕비에게로 주의를 돌렸다.

"나는 죽지 않소, 라오디케. 사실 이 정도 양으로는 병조차 나지 않지." 그는 진정 재미있다는 듯이 미소를 지었다. "그러나 아직 그대를 죽이고도 남을 양이 남아 있군."

왕은 왼손 엄지와 검지로 라오디케의 코를 잡고 그녀의 머리를 뒤로 젖혔다. 숨이 막히는 듯 헉 소리와 함께 그녀의 입이 벌어졌다. 공포로 숨이 멎기 직전이었기에 입을 다물고 있을 수 없었던 것이다. 조금씩 조금씩, 왕은 아름다운 스키티아산 황금 술잔에 담긴 내용물을 그녀의 목구멍에 부어넣었다. 술을 붓는 사이사이 고르디오스에게 왕비의 입을 꽉 닫고 있도록 시키고, 자신은 술이 잘 넘어가도록 그녀의 목을 육감적으로 쓰다듬었다. 라오디케는 버둥거리지 않았다. 그리하는 것은 자신의 위엄에 어울리지 않는 행동이었다. 미트리다테스 왕가 사람은 죽음을 겁내지 않는 법이었다. 더구나 왕좌를 잡아챌 기회가 있었다면 더더욱.

일을 다 끝내고 술잔이 비자, 미트리다테스는 공포에 휩싸인 애인의 눈앞에서 누이를 긴 의자에 길게 눕혔다.

"토해내려고 하진 마시오, 라오디케." 왕이 쾌활하게 말했다. "그랬다간 또 한번 마시게 해줄 테니까."

알현실 안의 사람들은 말없이, 꼼짝 않고, 겁에 질린 채 기다렸다. 그 기다림이 얼마나 길었는지 훗날 아무도 알지 못했다. 그 대답은 (그들이 그러지는 않았지만, 만약 물어보았다면) 왕만이 할 수 있었다.

왕은 남녀 신하들 쪽으로 돌아서서, 철학 선생이 새로운 학생들에게 자신의 전공 지식을 전수할 때 쓸 법한 어조로 연설하기 시작했다. 그 자리에 있던 모두에게 독약에 관한 왕의 지식은 전혀 뜻밖의 사실이었다. 왕의 이러한 면모는 이후 소문보다 더 빠르게 폰토스의 한쪽 끝에서 다른 쪽 끝으로, 더 나아가 바깥세상으로까지 퍼져나갔다. 고르디오스가 아는 다른 이야기까지 거기에 더해져, 미트리다테스와 독약은 전설 속에 영원히 붙어다니는 말이 되었다.

"왕비가 고른 도리크니온은 더할 나위 없는 선택이었소. 이집트인들은 이걸 트리크노스라고 부르지. 알렉산드로스 대왕 휘하의 장군이었다가 훗날 이집트의 왕이 된 프톨레마이오스가 인도에서 이 풀을 다시 들여왔소. 인도에서는 나무 높이만큼 자란다고 하지만 이집트에서는 덤불 정도 높이로만 자라고, 이파리는 우리나라에서 나는 샐비어와 흡사하지. 아코니톤 다음으로 모든 독 중에 으뜸이야, 그렇고말고! 왕비가 죽는 모습을 보면 알게 되겠지만 마지막 숨을 쉴 때까지도 의식이 살아 있소. 내가 직접 겪어봐서 장담할 수 있는데, 모든 감각이 강렬하게 고조되어 정상 상태에서 느끼는 것과는 비교할 수 없을 정도로 세상이 중대하고 환상적으로 보이게 되지. 파르나케스, 고통스럽게 뛰는 그대의 심장박동, 파르르 떨리는 그대 눈꺼풀의 미세한 움직임, 라오디케의 고통을 느끼는 그대의 괴로운 헐떡거림, 이 모든 것 하나하나를 그녀는 그 어느 때보다도 또렷이 자기 안에 받아들이게 될 거요. 라오디케가 그대를 더이상 자기 안에 받아들이지 못하게 되다니 참 유감이야, 안 그런가?" 왕은 누이를 흘끗 보더니 고개를 끄덕였다. "잘 보시오.

이제 시작되려는 참이야."

라오디케의 시선은 감시인들 사이에 서서 뚫어져라 바닥만 쳐다보고 있는 파르나케스에게 못박혀 있었다. 그 방에 있던 사람들 대다수는 이후로 그녀의 눈빛을 잊어보려 애썼지만 끝내 아무도 잊지 못했다. 고통과 공포, 광희와 슬픔, 풍부하고 변화무쌍한 오만가지 감정이 거기 담겨 있었다. 그녀는 아무 말도 하지 않았다. 말을 할 수 없는 것이 명백했다. 서서히 그녀의 입술이 크고 누런 치아 위로 말려올라갔고, 목이 곡선을 그리면서 등뼈가 뒤로 휘어 뒤통수가 무릎 뒤쪽과 맞닿을 정도가 되었던 것이다. 이윽고 온몸이 미세하고 규칙적으로 떨리기 시작했다. 점점 떨리는 빈도가 줄면서 강도가 커지더니 마침내 머리와 몸통과 사지 전체가 엄청난 경련을 일으켰다.

"발작을 하고 있습니다!" 고르디오스가 째지는 소리로 외쳤다.

"당연하지." 미트리다테스는 살짝 비웃는 투로 대꾸했다. "저 발작으로 죽을 테니, 한번 기다려보시오." 그는 그야말로 임상적인 관심을 가지고 왕비의 모습을 관찰했다. 자신도 약하게 이 증상을 경험해보기는 했으나 커다란 은거울 앞에서 해본 적은 없었던 것이다. "내게는 포부가 있소." 라오디케의 발작이 아무런 방해 없이 계속되는 와중에 미트리다테스가 알현실 안 사람들에게 말했다. "보편적인 해독제, 그러니까 식물의 독이든, 짐승이나 물고기의 독이든, 무생물 독이든 상관없이 모든 독의 효력을 없애주는 마법의 묘약을 만드는 거요. 그래서 나는 매일같이 무려 백 가지 독을 섞어놓은 약을 한 모금씩 마시고 있소. 안 그러면 독에 대한 면역이 없어지니까. 그렇게 독을 마신 다음에는 또 백 가지 해독제를 섞어놓은 약을 마시는 거요." 이어서 그는 고르디오스에게만 들리게 한마디 덧붙였다. "해독제를 마시지 않으면 사실 몸 상태가 약간 나빠지거든."

"당연한 일이옵니다, 전하." 고르디오스가 쉰 목소리로 대답했다. 몸이 어찌나 떨리는지 왕이 눈치챌까 두려울 정도였다.

"이제 얼마 안 남았군." 미트리다테스가 말했다.

과연 그랬다. 라오디케의 몸이 말 그대로 스스로 소진해버리는 통에 그녀의 발작은 점점 더 둔하고 엉성해져갔다. 그래도 여전히 그녀의 눈은 감정과 의식을 담고 있었으며, 죽는 순간에 이르러서야 지친 듯 감겼다. 라오디케는 한 번도 동생을 보지 않았다. 하긴 파르나케스를 보고 있던 상태에서 처음 경직이 시작되었고, 그후에는 시선의 방향을 조절하는 근육마저도 엉망으로 망가진 주인의 뜻대로 움직여주지 않았기 때문인지도 모르지만.

"좋았어!" 왕은 열정적으로 소리친 후 파르나케스를 턱으로 가리켰다. "저자를 죽여라."

아무도 어떻게 죽일지 물어볼 용기를 내지 못했다. 결국 파르나케스는 불쌍한 라오디케보다는 재미없는 방식으로, 칼날 아래 죽음을 맞이했다. 왕비가 죽는 광경을 지켜본 모든 사람은 그 교훈을 가슴 깊이 새겼다. 앞으로 오랫동안, 미트리다테스 6세의 목숨을 노리는 사람은 더이상 없을 것이었다.

페시노스에서 니코메디아까지 육로로 이동하는 동안 마리우스는 비티니아가 대단히 부유한 나라임을 깨달았다. 소아시아 지역이 어디나 그러하듯 이곳에도 산이 많았지만, 프루사에 있는 미시아의 올림포스 산괴를 제외하면 비티니아의 산맥은 타우로스 산맥에 비해 조금은 낮고 둥그스름하여 덜 험악해 보였다. 오래전에 개간하여 사람들이 정착해 사는 전원지대에는 수많은 강줄기가 물을 대어주었다. 들판에 자라는 밀은 백성들과 군대를 모두 먹이고도 로마에 공세를 바치기에 충분할 만큼 넉넉했다. 콩도 잘되고 양떼도 잘 자랐다. 채소와 과일도 풍부했다. 마리우스의 눈에 비친 백성들은 잘 먹고 건강하며 만족스러워 보였다. 마리우스 가족이 지나온 마을들은 하나같이 사람이 많고 번성을 누리고 있었다.

그러나 니코메디아에 도착하여 왕의 귀빈으로 궁전에 들어갔을 때 니코메데스 2세에게 들은 얘기는 전혀 달랐다. 궁전만 놓고 봐서는 왕궁치고 작은 편이었지만, 율리아가 남편에게 잽싸게 귀띔해준 말에 의하면 소장된 미술품들은 엄청나게 값진 것이었고 건물에 쓰인 자재도 최고급인데다 건축 기술도 대단히 훌륭했다.

"니코메데스 왕은 절대 가난하지 않아요." 율리아가 말했다.

"아아!" 니코메데스 왕은 한숨을 내쉬었다. "나는 매우 가난한 사람입니다, 가이우스 마리우스! 내가 다스리는 나라가 가난하니 당연한 일이겠지요. 하나 로마가 우릴 힘겹게 하는 것도 사실이에요."

그들은 작은 만에 면한, 도시가 내려다보이는 발코니에 앉아 있었다. 바닷물이 어찌나 잔잔한지 산이며 바닷가 건물들이며 모든 것이 거울에 비친 듯 고스란히 물에 비쳤다. 넋을 잃고 그 풍경을 바라보던 마리우스는 이런 지형 덕에 니코메디아가 공중에 떠 있는 것처럼 보인다는 생각을 했다. 거꾸로 뒤집혀 걸어가는 당나귀 행렬부터 푸른 하늘빛 만의 한가운데에 떠가는 구름에 이르기까지, 마치 바다 위처럼 바다 아래에도 또하나의 세상이 돌아가고 있는 것 같았다.

"무슨 뜻으로 하는 말씀입니까, 대왕?" 마리우스가 물었다.

"음, 불과 5년 전 루키우스 리키니우스 루쿨루스와 있었던 불미스러운 일만 해도 그래요. 초봄에 찾아와서는 시칠리아 노예들과의 전쟁에 필요하다면서 보조군 2개 군단을 요구했지요." 왕의 목소리에 언짢은 기색이 더해졌다. "나는 로마의 징세청부업자들이 부지런히 우리 백성을 노예로 데려가는 통에 내줄 병사가 없다고 설명했어요. 이어서 그에게 '로마의 모든 영토에 있는 동맹국 출신 노예들을 전부 해방시킨다는 원로원 결의에 따라 노예가 된 내 백성들을 해방시키시오! 그래야 다시 군대가 확보되고 내 나라도 번성할 수 있을 테니'라고 했지요. 그런데 루쿨루스가 뭐라고 답한 줄 압니까? 원로원의 결의는 이탈리아 동맹의 노예들에게 해당된다고 하지 뭡니까!"

"루쿨루스의 말이 맞습니다." 마리우스가 두 다리를 뻗으며 말했다. "결의 내용에 로마 우호동맹국 노예들이 포함되었다면 원로원에서 그 사실을 공식적으로 통보했을 겁니다." 마리우스는 눈썹 아래서 왕을 향해 날카로운 시선을 던졌다. "내 기억으로는 결국 루키우스 리키니우스에게 내줄 병사를 모으셨던 것 같습니다만."

"그가 원한 수만큼은 아니었지만, 그래요, 병사들을 모아주었지요. 아니, 그가 직접 병사들을 모았다고 해야겠군요." 니코메데스가 말했다. "내가 징집할 사람이 없다고 하자 루쿨루스는 말을 타고 니코메디아를 벗어나 시골 지역으로 갔고, 며칠 뒤에 돌아오더니 사람이 충분히 많더라고 하는 겁니다. 그가 본 사람들은 병사가 아니라 농부라고 말해줬지만, 돌아온 대답은 농부도 훌륭한 병사가 될 수 있다며 그들이면 충분하다는 말뿐이었어요. 그래서 나는 더 심각한 문제를 떠안게 되었지요. 내 왕국의 살림을 꾸려가는 데 필요한 인력을 7천 명이나 데려가버렸으니 말이에요!"

"일 년 후에 돌려주었잖습니까." 마리우스가 말했다. "그것도 병사들의 지갑을 두둑이 불려서."

"그 한 해 동안 농사를 제대로 짓지 못했지요." 왕은 고집스레 맞섰다. "가이우스 마리우스, 로마가 부과하는 공세가 있는 상황에서 한 해 수확이 저조하면 우리는 십 년 전으로 퇴보하고 맙니다."

"내가 궁금한 건, 애당초 비티니아에 징세청부업자가 왜 있냐는 겁니다." 마리우스가 말했다. 그는 왕이 자신의 주장을 입증하는 것을 갈수록 버거워하고 있음을 눈치챘다. "비티니아는 로마의 아시아 속주도 아닌데 말이죠."

니코메데스가 꼼지락거렸다. "그 문제는 말이죠, 가이우스 마리우스, 내 신하 몇 명이 아시아 속주 내 로마 징세청부업자에게 돈을 빌렸기 때문이에요. 살기가 힘든 때니까요."

"왜 살기가 힘든 겁니까?" 마리우스는 집요하게 물고 늘어졌다. "시칠리아 노예전쟁이 터진 후로 분명 귀국은 더한 번성을 누리리라 생각했는데요. 이곳은 곡물이 풍부하게 자라고, 원하면 더 재배할 수도 있지요. 로마의 곡물 대행인들은 벌써 수년째 높은 가격에 곡물을 사들이고 있습니다. 특히 이 지역에서 말이죠. 사실 귀국이나 아시아 속주나, 우리 대행인들이 본국에서 주문받은 곡물 양의 절반도 제공하지 못하고 있습니다. 구입량의 대부분은 폰토스의 미트리다테스 왕이 통치하는 지역에서 나오는 걸로 알고 있어요."

아, 바로 이거였군! 마리우스의 가차 없는 캐물음이 마침내 비티니아의 곪은 상처에 앉은 딱지를 떼어냈다. 그와 동시에 안에 고여 있던 모든 독(毒)이 와르르 쏟아져나왔다.

"미트리다테스!" 왕은 몸을 뒤로 홱 젖히며 내뱉듯이 말했다. "그래요, 가이우스 마리우스, 그자가 바로 내 뒤뜰에 사는 독삽니다! 비티니아의 형편이 기우는 원인이 바로 거기에 있어요! 그자가 로마의 우호동맹국 지위를 요청하는 바람에 나는 로마의 지지를 얻으려고 감당하기도 벅찬 금 100탈렌툼을 지불해야 했단 말입니다! 게다가 그자가 호시탐탐 침략 기회를 노리는 통에 내 나라 변방을 지키기 위해 해마다 그 몇 배나 되는 돈이 들어갔어요! 미트리다테스 때문에 나는 상비군을 둘 수밖에 없는데, 어느 나라인들 그런 비용을 감당할 수 있겠습니까! 불과 3년 전에 그자가 갈라티아에서 한 짓을 보세요! 연회장에서 집단학살을 벌이다니! 앙키라에서 열린 회합에서 전사 400명이 생죽음을 당하더니, 이제 그자가 프리기아, 갈라티아, 파플라고니아 해안지구 등 내 주변에 있는 나라를 모조리 통치하고 있어요. 단도직입적으로 말하건대, 가이우스 마리우스, 지금 당장 미트리다테스를 막지 않으면 로마조차도 두 손 놓고 있던 이날을 후회하게 될 겁니다!"

"나도 그리 생각합니다." 마리우스가 말했다. "그러나 아나톨리아가 로마에서 위낙 떨어져 있으니, 이곳 동향을 온전히 파악하는 사람이 로마에 있을 것 같지가 않군요. 마르쿠스 아이밀리우스 스카우루스 원로원 최고참 의원만은 알고 있을 수도 있겠으나, 그도 늙어가고 있으니까요. 나는 그 미트리다테스라는 왕을 만나 경고할 생각입니다. 로마에 돌아가면 폰토스 문제를 심각하게 고려하도록 원로원을 설득해볼 수도 있겠지요."

"식사하러 가시지요." 니코메데스가 일어서면서 말했다. "이야기는 나중에 계속하기로 하고요. 아, 관심을 가져주는 사람과 얘기를 나누니 참 좋습니다!"

율리아에게 이러한 동방 왕국에서의 체류는 그야말로 새로운 경험이었다. 우리 로마 여자들은 더 많이 여행하게 해달라고 요구할 필요가 있겠어, 율리아는 생각했다. 이제야 우리 시야가 얼마나 좁은지, 바깥 세상에 대해 얼마나 무지한지 알겠어. 그런 점이 우리 아이들을 키우는 방식에 분명 영향을 끼치겠지. 특히 아들일 경우는 더할 테고.

율리아가 난생처음으로 만나본 일국의 군주인 니코메데스 2세는 너무나 뜻밖의 인물이었다. 왕이라면 모두 로마의 집정관급 파트리키 귀족처럼 거만하고 박식하며 위엄과 격조가 넘칠 거라고 자연스레 생각했던 까닭이다. 외국인판 카툴루스 카이사르나, 하다못해 스카우루스 최고참 의원 같은 사람을 상상했던 것이다. 몸집이 작고 정수리가 반들반들한 대머리이긴 해도, 스카우루스가 마치 군왕처럼 훌륭히 처신한다는 점은 부인할 수 없었다.

그런데 이 니코메데스 2세라는 인물은 어찌나 뜻밖이었던지! 키가 아주 큰 것으로 보아 한때는 분명 듬직한 체구였겠으나 엄청난 고령으로 인해 키와 몸무게가 줄었으리라 짐작되었다. 여든을 훌쩍 넘긴 지금 그는 비쩍 마른데다 등이 굽고 다리를 절뚝거렸으며 턱밑에 처진 살이 덜렁거리고 양쪽 볼도 축 늘어져 있었다. 이는 몽땅 빠져서 없고 머리카락도 거의 남아 있지 않았다. 그래도 이런 것들은 순전히 육체적인 상태일 뿐이니, 팔순 노인이 된 로마의 전직 집정관이라도 마찬가지일수 있었다. 가령 조점관 스카이볼라도 그렇지 않은가. 그보다 진짜 차이점은 태도와 내면의 지략에 있다고 율리아는 생각했다. 우선 니코메데스 왕은 차림새가 어찌나 여자 같은지 소리내어 웃고 싶어질 지경이었다. 왕은 정말로 고운 색상의 얇은 모직 옷자락을 길게 늘어뜨리고 다녔다. 식사 때는 소시지처럼 동그랗게 말린 금발 가발을 썼고, 보석이 박힌 커다란 귀고리를 항상 달고 있었다. 얼굴에는 싸구려 매춘부처럼 분칠을 했으며 목소리는 언제나 꾸며낸 가성 같았다. 왕다운 위엄이라고는 전혀 없는데도 그는 50년 넘게 비티니아를 다스려왔다. 그것도 나라를 엄격하게 손아귀에 움켜쥐고서, 자신을 권좌에서 몰아내려는 아들들의 계략을 매번 완벽히 피해온 것이다. 사춘기 때부터 평생을 이렇게 새된 목소리에 여자 같은 거동과 모습으로 살았으리라 생각하며 니코메데스를 바라보노라면 율리아는 도무지 믿기지가 않았다. 어떻게 이런 사람이 능수능란하게 자기 아버지를 몰아내고 왕좌에 앉았으며 백성들의 충성과 애정을 줄곧 유지할 수 있었을까.

니코메데스의 두 아들도 궁정에 함께 자리했다. 그의 아내들은 아무도 남아 있지 않았다. 왕비는 아버지와 이름이 같은 장남의 친모로 벌써 수년 전에 죽었다. 작은아들 소크라테스를 낳은 소실 역시 죽고 없었다. 아들 니코메데스나 소크라테스도 젊다고는 할 수 없는 나이였다. 니코메데스는 예순두 살이었고 소크라테스는 쉰네 살이었다. 두 아들 다 결혼을 했지만 아버지와 똑같이 여성스러웠다. 소크라테스의 아내는 조그마한 여자로, 구석에 숨어 있다가 나다닐 때는 종종걸음을 치는 것이 꼭 생쥐 같았다. 반면에 키가 크고 건장하며 원기 왕성한 니코메데스의 아내는 걸핏하면 짓궂은 장난을 하고 큰 소리로 웃음을 터뜨렸다. 그녀는 니사라는 딸을 하나 낳았는데, 니사는 결혼하기에는 너무 많은 나이에 바짝 다가섰지만 여태 한 번도 결혼한 적이 없었다. 소크라테스와 그 아내에게는 자식이 없었다.

"어쩌면 당연한 일이지요." 율리아 전용으로 제공된 거실을 청소하던 젊은 남자 노예가 말했다. "소크라테스가 여자 몸에 제대로 물건을 넣어봤을 리가 없거든요! 니사의 경우에는 그 반대쪽이라서 암망아지를 좋아하는 경향이 있어요. 뭐, 놀랄 것도 없지요. 얼굴이 말처럼 생겼으니까요."

"무례하구나." 율리아는 차디찬 어조로 내뱉은 후 넌더리를 내며 손짓으로 젊은이를 내보냈다.

궁전에는 잘생긴 젊은 사내들이 넘쳐났다. 대개 노예들이었고 더러 왕이나 왕의 아들들을 모시는 자유인으로 보이는 이도 있었다. 어린 사환도 수십 명은 되었는데 이 아이들은 젊은 사내들보다도 더 예쁘장했다. 율리아는 이들의 주된 임무가 무엇일지에 대한 생각을 떨쳐버리려 애썼다. 너무나 매력적이고 다정다감하고 사교적이며 곧 사춘기의 첫 단계로 들어서게 될 아들 마리우스를 생각할 때면 더욱 그랬다.

"가이우스 마리우스, 우리 아들을 잘 지켜볼 거죠?" 율리아가 남편에게 조심스레 물었다.

"아니, 온갖 꽃들이 이리 뽐내며 활보하고 다니는데 말이오?" 마리우스가 껄껄 웃었다. "그 아이는 걱정하지 않아도 되오, 부인. 보는 눈이 있으니 동성애자와 돼지 옆구리살은 구분할 줄 알 거요."

"안심시켜줘서 고맙군요. 그 은유법도요." 율리아가 웃으며 말했다. "세월이 지나도 당신 그 말투는 도무지 점잖아지지가 않는군요, 가이우스 마리우스!"

"오히려 그 반대지." 마리우스는 꿈쩍도 하지 않았다.

"내가 하려던 말이 그거예요."

"그랬소? 오호."

"여긴 볼 만큼 본 건가요?" 율리아가 불쑥 물었다.

"여기 머문 지 채 여드레도 안 됐소." 마리우스가 놀란 듯이 말했다. "지내기가 힘든 거요? 이 떠들썩한 분위기 때문에?"

"네, 그런가봐요. 왕들이 사는 모습이 늘 보고 싶었지만, 그게 비티니아 같은 식이라면 로마에 있는 편이 훨씬 낫겠어요. 동성애 때문이 아니라, 뒷소문과 가식 떨고 으스대는 태도가 싫어요. 하인들도 망신스럽고요. 게다가 왕실 여자들은 나와 통하는 부분이 하나도 없는 사람들이에요. 오라달티스는 어쩌나 시끄러운지 귀를 막고 싶을 지경이고, 무사는…… 라틴어로 여신인 '무사'가 아니라 쥐를 뜻하는 '무스'에서 따온 이름이라고 생각하면 꼭 들어맞을 사람이에요! 그래요, 가이우스 마리우스, 당신이 떠나도 되겠다 싶을 때 바로 뜰 수 있으면 고맙겠어요." 근엄한 로마인 부인다운 율리아의 말이었다.

"그렇다면 지체 없이 떠납시다." 마리우스는 쾌활하게 대답하며 토가의 주름 속에서 두루마리를 꺼냈다. "할리카르나소스에서부터 줄곧 우리를 따라온 이 편지가 드디어 내 손에 당도했소. 푸블리우스 루틸리우스 루푸스가 보낸 편지인데, 지금 그 친구가 어디 있는지 아오?"

"아시아 속주인가요?"

"정확히는 페르가몬이오. 퀸투스 무키우스 스카이볼라가 올해 그곳 총독으로 임명되었고 푸블리우스 루틸리우스는 그의 보좌관으로 가 있지." 마리우스는 신이 나서 편지를 흔들어댔다. "총독과 보좌관 모두 우리를 보면 대단히 기뻐할 거요. 원래 봄에 받았어야 할 편지이니 벌써 수개월 전에 보낸 거거든. 지금쯤이면 말동무에 굶주려 있겠지."

"난 변호인으로 명성이 높다는 것 말고는 퀸투스 무키우스에 대해 전혀 몰라요." 율리아가 말했다.

"나도 그 사람은 잘 모르오. 사촌 크라수스 오라토르와 떨어지고는 못 사는 사이라는 것 외에는 거의 아는 게 없소. 사실 내가 모르는 것도 무리가 아니지. 스카이볼라는 이제 겨우 마흔 살이니까."

손님들이 적어도 한 달은 머무르리라 믿고 있던 니코메데스 왕은 마리우스 가족을 보내려 하지 않았다. 그러나 마리우스는 자기를 붙잡고 싶어 안달하는 살짝 모자란 퇴물 늙은이 니코메데스 2세보다 한 수 위였다. 귀를 찢어놓을 듯한 왕의 탄식 소리를 뒤로하며 궁을 떠난 일행은 순풍과 해류를 타고 좁은 헬레스폰트 해협을 지나 에게 해로 남하했다.

일행이 탄 배는 카이코스 강어귀로 들어섰다. 그들은 높은 산들로 둘러싸여 아크로폴리스 위로 솟은 도시의 경관이 가장 잘 보이는 길을 따라 내륙으로 몇 킬로미터 들어가서 마침내 페르가몬에 도착했다.

스카이볼라와 루푸스 둘 다 그곳 거처에 있었다. 그러나 마리우스와 율리아는 스카이볼라와 좀더 가까워질 수 없는 운명인 모양이었다. 그는 막 로마로 떠나려던 참이었던 것이다.

"아, 얼마 전 여름에 오셨더라면 더할 나위 없는 말동무가 되어주셨을 텐데요, 가이우스 마리우스!" 스카이볼라가 한숨을 쉬며 말했다. "지금 제 사정이, 배 여행이 너무 위험해지기 전에 로마에 당도해야 해서 말입니다." 그는 미소를 지어 보였다. "푸블리우스 루틸리우스가 전부 말씀드릴 겁니다."

마리우스와 루푸스는 스카이볼라를 배웅하러 나가고 율리아는 뒤에 남아 총독 관저에 짐을 풀었다. 말벗이 될 여자가 거의 없는 건 마찬가지였지만 니코메디아 왕실보다는 이곳이 훨씬 마음에 들었다.

물론 마리우스는 율리아에게 여자 말벗이 없다는 데엔 생각이 미치지 못했다. 율리아는 혼자 알아서 하게 내버려두고, 그는 절친한 오랜 벗으로부터 이런저런 소식을 들으려고 자리에 앉았다. "로마 얘기부터 해보게." 잔뜩 들뜬 목소리였다.

"먼저 아주 끝내주는 소식부터 말해주지." 미소를 짓는 루푸스의 얼굴에는 기쁜 빛이 역력했다. 고향에서 이리 먼 곳에서 마리우스를 만나다니, 이 얼마나 좋은가! "조점관 가이우스 세르빌리우스가 작년 말 추방중에 죽었네. 당연히 조점관단에서 그의 빈자리를 채우기 위한 선거가 있었지. 그런데 자네가 선출됐다네."

마리우스의 입이 딱 벌어졌다. "내가?"

"그래, 바로 자네가."

"생각도 못해봤는데……. 어쩌다 내가?"

"카툴루스 카이사르 무리가 제아무리 흠집을 내보았자, 여전히 로마 유권자들 상당수는 자네를 지지한다네. 내 보기에는 자네가 이 정도 영예는 받아야 마땅하다고 유권자들이 생각한 것 같으이. 기사단이 자네를 후보로 내놓았는데, 부재중 선거가 안 된다는 규정도 없고 해서 자네가 선출되었지. 새끼 똥돼지 무리가 자네의 승리를 좋게 받아들였다고는 할 수 없지만, 로마 내 여론은 대체로 상당히 좋았다네."

마리우스는 지극히 만족스러운 한숨을 내쉬었다. "그것참 희소식이로군! 조점관이라니! 내가! 그렇다면 내 아들도 때가 되면 신관이나 조점관이 될 것이고, 그 아이의 아들도 그 뒤를 잇게 되는 게 아닌가. 이건 곧 내가 해냈다는 뜻이네, 푸블리우스 루틸리우스! 내가 기어이 로마의 심장부로 들어간 거야, 그리스어도 못하는 이탈리아 촌놈인 내가."

"아, 이제 자네를 두고 그런 말을 하는 사람은 아무도 없다네. 똥돼지가 죽은 게 일종의 전환점이 됐지. 그자가 아직 살아 있었다면 자네가 어느 선거에서든 이기기는 힘들었을 걸세." 루푸스가 신중하게 말했다. "그자는 다른 사람보다 권위가 특출하거나 추종자가 대단히 많은 건 아니었네. 하나 감찰관 재직시 포룸 로마눔에서의 다툼이 있은 후 그자의 존엄은 엄청나게 높아졌지. 그를 좋아하든 싫어하든 다들 그의 용기가 대단했다는 것만은 인정하니까. 하지만 내 생각에 그의 가장 중요한 역할은 수많은 사람이 모여들 수 있는 중심축을 형성한 것이었네. 그런데다 로도스 섬에서 돌아온 후로는 자네를 끌어내리는 데 모든 정력을 쏟아부었지. 달리 무슨 할 일이 남아 있었겠나? 자신이 가진 모든 권한과 영향력을 자네를 몰락시키는 일에 쏟은 거야. 그자의 죽음은 엄청나게 충격적인 사건이었다네. 귀국할 당시만 해도 너무나 건강해 보였거든! 나만 해도 앞으로 한참을 더 살 거라고 생각했으니까. 그러던 차에…… 죽어버린 거지."

"루키우스 코르넬리우스는 어쩐 일로 함께 있었던 건가?"

"그건 아무도 모르는 것 같더군. 둘이 전부터 친밀한 사이가 아니었던 것만은 분명해. 루키우스 코르넬리우스는 자기가 그 자리에 있었던 건 우연이고 똥돼지와 저녁식사를 같이 할 계획은 전혀 없었다고만 말했네. 사실 아주 이상한 일이기는 해. 무엇보다 신경쓰이는 점은, 루키우스 코르넬리우스가 그 자리에 있었던 데 대해 새끼 똥돼지가 전혀 이상하게 생각하지 않는다는 사실이네. 이 말인즉슨 그가 똥돼지 편에 가담하기 위해 움직이고 있었다는 뜻으로 보이거든.” 루푸스는 얼굴을 찌푸렸다. “그와 아우렐리아 간에 사이가 크게 틀어질 일이 있었다네.”

“루키우스 코르넬리우스와 아우렐리아 말인가?”

“그래.”

“그 얘기는 어디서 들었는가?”

“아우렐리아가 그러더군.”

“이유는 말하지 않던가?”

“그래. 루키우스 코르넬리우스를 다시는 자기 집에 들이지 않겠다고만 하더군. 아무튼 그는 똥돼지가 죽고 얼마 지나지 않아 가까운 히스파니아로 떠났는데, 그가 떠난 후에야 아우렐리아에게 그 말을 들었네. 아직 로마에 있을 때 말하면 내가 그를 책망할까봐 걱정이 됐던 게지. 어쨌든 간에 석연찮은 일이야, 가이우스 마리우스.”

남들의 사적인 불화에는 그리 흥미가 없던 마리우스는 얼굴을 찡그리며 어깨를 으쓱했다. “뭐, 석연찮든 말든 그건 두 사람 일이니까. 그것 말고는 무슨 일이 있었나?”

루푸스가 소리내어 웃었다. “우리 집정관들께서 인신제물을 금하는 새로운 법을 통과시켰네.”

“그들이 어쨌다고?”

“인신제물을 금하는 법을 통과시켰다니까.”

"말도 안 돼! 공적으로나 사적으로나 인신제물이 로마인의 삶에서 사라진 지가 언젠데!" 마리우스는 진저리를 냈다. "그런 헛짓거리를 하다니!"

"음, 한니발이 이탈리아를 휘젓고 다닐 때 그리스인 두 명과 갈리아인 두 명을 제물로 바쳤지 아마. 그러나 그 일이 새로 제정된 코르넬리우스 · 리키니우스법과 무슨 관계가 있는 것 같지는 않네."

"그럼 대체 무엇과 관계가 있는 건가?"

"가이우스 마리우스, 자네도 알다시피 때로 우리 로마인들은 다소 괴상한 방법으로 공직생활의 새로운 측면을 부각시키려 하지 않는가. 내 생각에는 이 법이 바로 그런 범주에 들어가는 것 같네. 앞으로 더는 폭력이나 살인, 정무관들의 투옥, 그 어떤 불법행위도 없어야 한다는 뜻을 포룸 로마눔 사람들에게 전하려는 의도인 거지."

"나이우스 코르넬리우스 렌툴루스와 푸블리우스 리키니우스 크라수스가 설명을 하지 않았나?" 마리우스가 물었다.

"아니, 그들은 그 법을 공포하기만 했고 이어서 트리부스회가 통과시켰지."

"쳇!" 못마땅한 소리를 낸 후 마리우스는 다음 얘기로 넘어갔다. "또 다른 일은 없나?"

"올해 법무관으로 당선된 우리 최고신관의 동생이 시칠리아 총독으로 부임해 갔네. 또 노예 반란이 일어났다는 소문이 있었거든, 거 원 참."

"시칠리아 노예들에 대한 처우가 그렇게 심한가?"

"그렇기도 하고 아니기도 해." 루푸스가 깊이 생각하며 말을 이었다. "우선 거기는 그리스인 노예가 너무 많네. 그들은 독립심이 매우 강하기 때문에 주인이 학대하지 않더라도 문제를 일으키기 십상이지. 게다가 마르쿠스 안토니우스 오라토르가 포로로 잡은 해적들도 모두 시칠리아에서 곡물 농사 노예로 부리는 것으로 아네. 그들이 좋아할 만한 일은 아니지. 그나저나 마르쿠스 안토니우스가 말일세," 루푸스가 큰 소리로 알렸다. "해적 소탕전에서 격침시킨 가장 큰 배의 충각으로 로스트라 연단을 장식했다네. 대단히 웅장한 모양새더군."

"더 장식할 자리가 남아 있지 않을 줄 알았는데. 로스트라 연단은 이미 이 해전, 저 해전에서 가져온 충각들로 꽉 차 있잖은가." 마리우스가 말했다. "어쨌든 하던 말이나 계속해보게, 푸블리우스 루틸리우스! 또 무슨 일이 있었나?"

"음, 우리의 법무관 루키우스 도미티우스 아헤노바르부스가 시칠리아에 일대 혼란을 일으켰다는 소식이 아시아 속주에 있는 우리 귀에까지 들려오더군. 그곳 전역을 강풍처럼 휩쓸어버린 거지. 듣자 하니 그는 시칠리아에 도착해서 다리가 채 풀리기도 전에, 전국적으로 병사들과 무장 민병대를 제외하고는 어느 누구도 검이나 여타 무기류를 소지할 수 없다는 포고를 내렸다네. 물론 조금이라도 귀담아들은 사람은 아무도 없었지."

마리우스가 싱긋 웃었다. "도미티우스 아헤노바르부스 가문을 좀 아는 입장에서 볼 때, 그 사람들이 실수한 거야."

"과연 그랬네. 자기가 내린 포고가 무시되자 루키우스 도미티우스는 무자비한 철퇴를 가했다네. 시칠리아 전역이 얼얼해하고 있지. 노예든 자유인이든 아무도 반란을 일으킬 생각을 못 할 거야."

"도미티우스 아헤노바르부스 가문은 거칠고 막된 자들이야. 하지만 결과는 확실하게 내지." 마리우스가 말했다. "소식은 이게 다인가?"

"거의 다 됐고 딱 하나 남았네. 새 감찰관들이 취임했는데, 그들은 로마 시민 전원을 대상으로 지난 수십 년간 유례가 없었던 가장 철저한 인구조사를 실시하겠다고 공표했다네."

"그럴 때도 됐지. 누가 선출됐는가?"

"마르쿠스 안토니우스 오라토르, 그리고 자네와 같이 집정관을 지냈던 루키우스 발레리우스 플라쿠스일세." 루푸스가 자리에서 일어섰다. "산책하러 나가지 않겠나, 친구?"

페르가몬은 아마도 세계에서 가장 치밀하게 계획되고 건설된 도시일 터였다. 전에 말로만 들었던 이 사실을 마리우스는 직접 눈으로 확인했다. 아크로폴리스 기슭 주위로 뻗어나간 도시 하부에도 좁은 골목길이나 허물어져가는 아파트 건물 같은 건 없었다. 모든 구조물이 엄격한 측량과 건축규정에 따라 지어진 것이 분명했다. 모든 거주지에 거대한 배수관과 하수구 시설이 깔려 있고 어디에나 수도관이 연결되어 있었다. 주로 사용된 자재는 대리석인 듯했다. 주랑은 수가 많고 대단히 아름다웠으며, 넓은 아고라에는 멋진 조각상들이 잔뜩 들어차 있었다. 암벽 비탈 아래로는 커다란 극장이 서 있었다.

그럼에도 도시와 성채에는 어딘가 황폐한 분위기가 물씬 풍겼다. 수도 페르가몬을 창건하고 정성스레 가꾸었던 아탈로스 왕조 시기의 모습은 지속되지 못하고 있었다. 사람들 역시 만족스러워 보이지 않았다. 더러 굶주린 모습의 사람도 마리우스의 눈에 들어왔는데, 이토록 풍요로운 지역에서는 놀라운 일이었다.

"지금 자네가 보는 광경은 우리 로마의 징세청부업자들 탓이라네." 루푸스가 무겁게 말했다. "가이우스 마리우스, 퀸투스 무키우스와 내가 처음 도착했을 때 이곳이 어땠는지 자네는 상상도 못할 걸세! 멍청한 징세청부업자들의 탐욕 때문에 아시아 속주 전체가 수년간 착취당하고 억압받아온 거야! 일단 로마가 국고위원회에 보내기 위해 요구하는 액수가 너무 크네. 게다가 징세청부업자들도 입찰에서 너무나 높은 액수를 부르지. 그리되니 수익을 내려면 아시아 속주를 행주보다도 바짝 쥐어짤 수밖에! 그야말로 돈만 밝히는 사업의 전형이야. 가이우스 그라쿠스는 로마의 빈민층을 공유지에 정착시키고 아시아 속주에서 거둬들인 세금으로 공유지 구입 자금을 대는 데 집중할 것이 아니라, 먼저 조사단을 아시아 속주로 보내서 세금을 얼마나 책정할지 정확히 산정했어야 했네. 그러나 가이우스 그라쿠스는 그러지 않았어. 그후에 그리한 사람도 없었고. 로마가 가진 주정치라고는 아탈로스 왕이 죽은 직후 이곳에 파견된 위원단이 날조해낸 수치뿐이네. 무려 35년 전의 일이지!"

"내가 집정관으로 있을 때 이런 상황을 전혀 몰랐던 것이 참으로 유감이네." 마리우스가 애석해하며 말했다.

"가이우스 마리우스, 자네는 게르만족에 대한 걱정으로 바빴지 않은가! 그 당시 로마에서 아시아 속주는 가장 관심을 덜 받는 지역이었네. 하나 자네 말이 맞네. 마리우스 집정기에 파견된 위원단이라면 현실적인 수치를 신속히 뽑아냈을 거야. 징세청부업자들도 엄중히 징계했을 테고! 그러나 어느새 도저히 참아줄 수 없을 만큼 징세청부업자들이 오만해져버렸다는 것이 지금의 실상이네. 아시아 속주의 통치자는 로마 총독이 아니라 그자들이야!"

마리우스가 껄껄 웃었다. "그자들도 금년에는 간이 철렁했겠군. 퀸투스 무키우스와 푸블리우스 루틸리우스가 페르가몬에 왔으니 말이야."

"확실히 그랬지." 루푸스는 지난 일을 떠올리며 빙그레 웃었다. "그자들이 꽥꽥 질러대는 비명이 알렉산드리아까지 들릴 정도였네. 로마에서는 틀림없이 들은 듯하고. 우리끼리 얘기지만, 퀸투스 무키우스가 일찍 귀국한 것도 그 때문이라네."

"자네들 둘이 한 일이 정확히 뭔가?"

"아, 그저 이곳 속주와 세금을 정비했을 뿐이네." 루푸스는 담담하게 말했다.

"국고위원회와 징세청부업자들에게 타격을 준 게로군."

"맞았네." 루푸스는 어깨를 으쓱하고는 널찍한 아고라로 들어섰다. 그는 아무것도 놓이지 않은 빈 대좌 하나를 손짓으로 가리켰다. "우린 맨 먼저 이런 짓부터 중단시켰네. 원래 저 위에는 알렉산드로스 대왕의 기마상이 서 있었어. 무려 리시포스의 작품으로, 그가 만든 알렉산드로스 상 중에서도 가장 빼어나다고 일컬어졌지. 그 조각상이 지금 어디 있는지 아나? 다름아닌 섹스투스 페르퀴티에누스, 로마에서 가장 돈 많고 천박한 그 기사놈의 주랑정원에 가 있다네! 카피톨리누스 언덕에 자네와 가까이 사는 이웃이기도 하지. 그자가 조각상을 가져간 건 체납 세금 대신이었네. 가당키나 한 말인가? 해당 체납액의 천 배는 값나가는 예술품을 말이야. 하지만 주민들이 뭘 어쩔 수 있었겠나? 돈이 없는 걸. 그래서 섹스투스 페르퀴티에누스가 지팡이로 조각상을 척 가리키니 그걸 끌어내려서 내어준 거지."

"그건 돌려줘야지." 마리우스가 말했다.

"별로 그리될 것 같지 않네." 루푸스는 냉소적으로 콧방귀를 뀌었다.

"퀸투스 무키우스가 그 반환 건으로 로마에 간 건가?"

"그랬다면 오죽 좋겠나! 아닐세, 징세청부업자들이 로마에서 우리 둘을 기소하려고 벌이는 공작을 막으러 간 거라네."

마리우스가 걸음을 멈췄다. "농담이겠지!"

"아니, 가이우스 마리우스, 농담이 아닐세! 아시아의 징세청부업자들은 로마에서 막강한 권력을 휘두른다네. 특히나 원로원 내 영향력이 대단하지. 그런데 퀸투스 무키우스와 내가 아시아 속주의 상황을 바로잡아버렸으니 그들의 심기를 극도로 거스른 거야." 루푸스는 얼굴을 찌푸렸다. "징세청부업자들뿐 아니라 국고위원회의 심기도 엄청 거슬러놓았지. 원로원 의원 중에 징세청부업자들이 꽥꽥대는 소리 정도는 무시해버리려는 이들도 더러 있겠지만, 로마 국고위원회를 무시할 이는 아무도 없네. 그들의 관점에서 보면 국고 수입을 줄이는 총독은 무조건 반역자니까. 실은 말일세, 가이우스 마리우스, 퀸투스 무키우스는 그의 사촌 크라수스 오라토르가 가장 최근에 보낸 편지를 읽고선 얼굴이 입고 있던 토가처럼 자줏빛으로 변했다네! 그에게서 집정관급 임페리움을 박탈하고 직무상 부당취득 및 반역죄로 기소하려는 움직임이 일고 있다는 내용이었거든. 그래서 다음해 지명자가 올 때까지 총독 업무는 내게 맡기고 급히 귀국한 거야."

총독 관저로 돌아가는 길에 마리우스는 지나가던 모든 사람이 루푸스에게 인사하는 태도를 눈여겨보았다. 애정이 듬뿍 담긴 따뜻한 인사였다.

"여기 사람들이 자네를 좋아하는군." 별로 놀랍지 않다는 듯이 그가 말했다.

"퀸투스 무키우스는 더 좋아한다네. 우리가 저들의 삶을 크게 바꿔놓았거든. 가이우스 마리우스, 저 사람들은 제대로 일하는 진정한 로마인을 처음으로 본 걸세. 나부터도 저들이 로마와 로마인에 대해 증오를 품고 있다고 탓할 마음이 들지 않아. 저들은 우리의 희생양이었고 우리는 지독하게 저들을 악용했네. 퀸투스 무키우스가 타당하다고 추산된 수준으로 세금을 낮추고 징세청부업자의 일부 대행인들이 이곳에서 행하던 악덕 고리대금업을 전면 중단시켜 놓으니, 글쎄 사람들이 문자 그대로 길거리에서 덩실덩실 춤을 추더라니까! 페르가몬에서는 투표를 실시해 매년 퀸투스 무키우스를 기리는 축제를 열기로 했다네. 스미르나와 에페소스도 같은 결정을 내린 것 같더군. 처음에는 사람들이 우리에게 계속 선물을 보내왔다네. 그것도 대단히 값나가는 미술품, 보석, 태피스트리 같은 물건을 말이야. 고맙다는 인사와 함께 돌려보냈더니 또 되돌아오더군. 결국은 관저 안으로 못 들이게 할 수밖에 없었다네."

"퀸투스 무키우스가 징세청부업자들이 아니라 본인이 옳다는 것을 원로원에 납득시킬 수 있겠나?" 마리우스가 물었다.

"자네 생각은 어떤가?"

마리우스는 곰곰 생각에 잠겼다. 공직에 있을 때 전쟁터보다 로마에서 좀더 많은 시간을 보냈다면 좋았을 것을 하는 생각이 들었다. "해낼 수 있을 것 같네." 마침내 그가 입을 열었다. "퀸투스 무키우스는 평판이 비할 데 없이 훌륭하네. 그 힘으로 자칫 징세청부업자나 국고위원회를 지지할지 모르는 평의원들을 자기편으로 많이 끌어올 수 있을 걸세. 또 원로원 의사당에서 멋진 연설을 하겠지. 크라수스 오라토르도 지지 연설을 할 테고, 심지어 더 훌륭히 해내겠지."

"내 생각도 그래. 하나 아시아 속주를 떠나야 하는 건 무척이나 아쉬워했다네. 퀸투스 무키우스가 이번처럼 즐겁게 할 수 있는 일을 또 만나기는 힘들 듯해. 그는 더없이 꼼꼼하고 정확한 판단력을 가진데다 조직력도 따라올 사람이 없네. 내가 속주 내 모든 지역에서 정보를 수집해오면 그는 내가 준 사실정보를 토대로 빈틈없는 판단을 내렸지. 그 결과 아시아 속주는 35년 만에 드디어 현실에 맞는 세금 추정치를 얻게 되었고 국고위원회는 그 이상 요구할 명분이 없어졌네."

"물론 집정관이 오지 않는 한, 속주 안에서는 총독의 임페리움이 로마에서 내려오는 어떤 명령보다도 우선하니까." 마리우스가 맞장구쳤다. "그러나 자네들은 국고위원회와 더불어 감찰관까지 무시한 셈이네. 또한 국고위원회나 징세청부업자 쪽에서 합법적인 계약에 따랐다고 주장할 수가 있어. 새 감찰관들이 취임했으니 계약 내용도 새로 바뀔 텐데……. 새 계약서에 들어갈 세금액수에 영향을 줄 수 있도록 자네들이 소사한 결과를 제때 로마에 보냈는가?"

"유감스럽게도 그러지 못했네." 루푸스가 대답했다. "그 또한 퀸투스 무키우스가 당장 귀국해야 했던 이유라네. 그는 두 감찰관을 움직여 아시아 속주에 대한 이전 계약을 취소하고 새 계약을 발행하게 만들 수 있을 거라 생각하고 있지."

"음, 국고위원회가 세입 삭감에 동의하기만 한다면……. 그걸로 징세청부업자들이 성을 낼 것 같지는 않네. 퀸투스 무키우스가 갈등을 빚게 될 상대는 징세청부업자보다 국고위원회가 될 거야. 따지고 보면 징세청부업자들은 비현실적으로 높은 금액을 국고위원회에 지불하지 않아도 된다면 큰 수익을 내기가 더 수월해질 테니까, 안 그런가?"

"맞는 말이네." 루푸스가 고개를 끄덕였다. "우리도 바로 그 점에 기대를 걸고 있다네. 로마가 아시아 속주로부터 기대하는 수준을 낮춰야만 한다는 점을 퀸투스 무키우스가 우둔한 원로원 의원과 국고 담당관들에게 이해시킬 수 있기를 바라는 거지."

"가장 크게 반대하고 나설 이가 누구일 것 같은가?"

"우선 섹스투스 페르퀴티에누스겠지. 수익이야 계속 짭짤하겠지만, 현지 주민들이 세금을 낼 수 있게 되면 진귀한 미술품을 체납세 대신 뺏어가지 못하게 될 테니까. 기사들의 로비활동에 깊숙이 연루된 원로원 지도급 인사 몇 명도 그렇겠고. 개중에는 간간이 진귀한 미술품을 받아 챙긴 사람도 있을 거야. 나이우스 도미티우스 아헤노바르부스 최고신관 같은 인물이 대표적이지. 카툴루스 카이사르, 새끼 똥돼지, 스키피오 나시카도 들어가겠고. 리키니우스 크라수스 가문 사람들도 몇 있을 테지만, 크라수스 오라토르는 아니네."

"우리의 원로원 최고참 의원께선 어떻게 나오겠나?"

"스카우루스는 퀸투스 무키우스를 지지하리라 보네. 아니, 정확히는 우리 둘 다 그러기를 바라고 있다네, 가이우스 마리우스. 솔직히 인정할 건 인정하자면, 스카우루스는 강직한 구식 로마인이지." 루푸스는 피식 웃었다. "게다가 그의 피호민들은 모두 이탈리아 갈리아에 있으니 아시아 속주와는 개인적인 이해관계가 없네. 스카우루스는 누구를 권좌에 올리거나 그 비슷한 일에 잠깐씩 관여하길 즐기는 사람이야. 하지만 세금징수 같은 건 그 사람에게 졸렬한 일이지! 그렇다고 진귀한 미술품 수집에 취미가 있는 것도 아니고."

무척이나 기분이 좋아진 루푸스를 휑한 관저에 혼자 남겨두고(임지를 비울 수 없다고 해서였다) 마리우스는 가족을 데리고 남쪽의 할리카르나소스에 있는 가족 빌라로 갔다. 그곳에서 아주 기분좋게 겨울을 보냈고 로도스 섬으로 여행을 떠나 무료함도 달랬다.

마리우스 가족이 할리카르나소스에서 타르소스까지 뱃길 여행을 할 수 있었던 건 순전히 마르쿠스 안토니우스 오라토르 덕분이었다. 그가

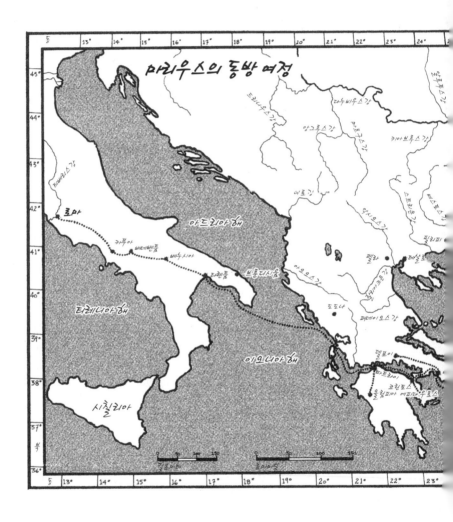

팜필리아와 킬리키아 일대에서 활개치던 해적들의 기세를—적어도 당분간은—꺾어놓았던 것이다. 안토니우스 오라토르가 해적을 소탕하기 전이었다면 뱃길로 간다는 생각 자체가 무모하기 짝이 없었을 것이다. 해적들에게 로마 원로원 의원을, 그것도 가이우스 마리우스처럼 중요한 인물을 사로잡는 것은 그 어떤 좋은 노획물에도 비할 바가 아니었다. 마리우스를 잡는다면 몸값으로 은 이삼십 탈렌툼도 요구할 수 있을 테니 말이다.

배는 해안선을 따라 달렸고 여정은 한 달 넘게 걸렸다. 리키아의 여러 도시가 마리우스와 그의 가족을 기쁘게 맞이했으며 팜필리아에 있는 대도시 아탈레이아 역시 그랬다. 그처럼 바다와 가까이 붙어 있는 산을 본 것은 생전 처음이었다. 마리우스는 해안을 따라 먼 갈리아 쪽으로 진군할 때도 이런 건 못 보았다고 말했다. 눈 덮인 산꼭대기는 하늘을 스쳤고 산기슭에는 바닷물이 찰랑거렸다.

한 번도 벌채된 적 없는 이 지역의 솔숲은 장관이었다. 여기서 얼마 멀지 않은 키프로스에서 이집트를 포함한 전 지역의 수요를 감당하기에 충분하고도 남을 목재가 생산되었다. 그러나 수일이 지나는 동안 킬리키아 해안이 펼쳐지는 모습을 지켜본 마리우스는 해적들이 이곳에서 활개를 쳤던 것도 당연하다는 생각을 했다. 거대한 산 굽이굽이마다 거의 완벽하게 감춰진 작은 만과 항구가 자리하고 있었던 것이다. 해적들의 중심지였던 코라케시온은 돌출된 산등성이에 요새가 우뚝 솟아 있고 사방이 거의 다 바다로 둘러싸여 어찌나 그 역할에 딱 들어맞았던지, 신들이 내려준 선물이라 해도 좋을 정도였다. 이곳이 안토니우스의 손에 함락된 이유는 내부 반란 때문이었다. 황량한 산 옆구리를 올려다보던 마리우스는 저 위를 함락시킬 방법을 구상해보며 머리를 굴렸다.

이어서 마침내 타르소스가 나타났다. 잔잔한 키드노스 강줄기를 따라 몇 킬로미터 올라간 지점에 위치해 있어 난바다를 피해 들어와 있으면서도 항구로서의 기능도 가능한 곳이었다. 타르소스는 성벽이 둘러쳐진 강력한 도시였고, 당연히 이곳 관저도 이 존귀한 방문객들에게 문을 열어주었다. 소아시아의 이쪽 지역에는 봄이 빨리 찾아와서 타르소스는 벌써부터 더웠다. 율리아는 마리우스가 카파도키아로 육로 여행을 떠날 때 혼자 이런 찜통에 남아 있기 싫다는 암시를 넌지시 비치기 시작했다.

앞서 늦은 겨울에 카파도키아 왕 아리아라테스 7세가 할리카르나소스로 편지를 보내왔다. 편지에서 왕은 3월 말경 자신이 타르소스에 갈 예정이며, 타르소스에서 에우세베이아 마자카까지 가이우스 마리우스를 직접 안내할 수 있다면 더없이 기쁘겠노라고 했다. 어린 왕이 기다릴 거라는 생각에 마리우스는 항해가 너무 길어지는 동안 속으로 애가 탔지만, 율리아는 황홀하게 아름다운 작은 만에서 배를 내려 다리도 펴고 수영도 하는 것을 워낙 좋아했다. 아내의 즐거움을 망쳐버릴 순 없는 노릇이었다. 그러나 막상 4월 중순이 되어 타르소스에 도착해보니 어린 왕은 거기 없었고 따로 소식이 와 있지도 않았다.

심부름꾼 편에 마자카로 서너 차례 편지를 보내도 아무런 회답이 없었다. 심부름꾼 역시 한 명도 돌아오지 않았다. 마리우스는 슬슬 걱정이 되기 시작했다. 율리아와 어린 마리우스에게는 이런 속내를 감추었는데, 그 때문에 율리아가 카파도키아에 같이 가겠다고 조르기 시작하자 그의 입장이 더욱 난처해졌다. 율리아를 데려갈 수 없다는 건 분명했지만 그렇다고 이곳에 남겨 더위에 널브러지게 둘 수도 없었다. 게다가 킬리키아가 이쪽 세계에서 어정쩡하고 불안정한 위치에 있다는 사실이 그녀의 곤경을 가중시켰다. 킬리키아는 한때 이집트의 소유였다가 시리아에 넘어갔고 이후 한동안 방치되었다. 이때를 틈타 해적 연합체들이 서서히 세력을 확장하여 타르소스 동쪽에 자리한 페디아라는 비옥한 평지까지 차지해버렸다.

시리아의 셀레우코스 왕조는 형제들 간의, 그리고 왕과 참칭왕들 간의 연이은 내란으로 나라를 갉아먹고 있었다. 최근에도 북부 시리아에서는 안티오코스 그리포스와 안티오코스 키지케노스 두 왕이 안티오케이아와 다마스쿠스를 차지하기 위한 싸움에 매달리느라 왕국의 나머지 지역을 수년째 내팽개친 형편이었다. 그 결과 남부에서 유대인, 이두메아인, 나바테아인이 제각기 왕국을 세웠고 킬리키아는 아예 잊혀버렸다.

이런 상황에서 마르쿠스 안토니우스 오라토르는 전투 기지로 사용하기 위해 타르소스에 왔다가 킬리키아가 거저먹을 수 있는 상태임을 알게 되었다. 완전한 임페리움을 부여받은 그는 곧바로 킬리키아를 로마의 속주로 선포했다. 하지만 안토니우스 오라토르가 떠날 때까지도 그 자리를 대신할 총독이 파견되지 않는 바람에 킬리키아는 또다시 방치상태에 놓이게 되었다. 경제 중심지로 자립할 수 있을 만큼 규모도 크고 안정적이었던 그리스 도시들은 이 와중에도 잘 살아남았는데 타르소스도 그중 하나였다. 그러나 이러한 중심지들 사이에는 어느 통치자의 이름으로든 다스리는 사람이 전혀 없거나, 현지 폭군들이 마음대로 쥐고 흔들거나, 단순히 주민들 스스로 자기네들은 이제 로마령이라고 말하는 지역이 널려 있었다. 마리우스는 몇 년 안 가 해적들이 다시 몰려오리라는 결론에 바로 도달했다. 한편 지방 정무관들은 그를 신임 로마 총독이라고 생각하며 반갑게 맞이했다.

어린 아리아라테스 왕에게서 소식이 오기를 기다리면 기다릴수록, 왕이 카파도키아에서 일어난 심각한 사태나 긴 시간을 요하는 일에 묶여 있을지 모른다는 생각이 점점 커졌다. 아내와 아들은 마리우스에게 최대의 걱정거리가 되었다. 왜 처자식을 안전하게 집에 두고 다니는지 이제야 알겠어! 마리우스는 이를 갈며 생각했다. 여름철 질병의 먹잇감이 되도록 타르소스에 남겨두고 가는 것은 말도 안 되는 일이었다. 카파도키아로 같이 데려가는 것도 마찬가지였다. 배에 태워 할리카르나소스로 되돌려 보내야겠다는 생각도 해보았지만, 그럴 때마다 굳건히 서 있던 코라케시온 요새의 광경이 불쑥 떠올랐고 그 안에 새로운 해적왕의 추종자들이 득실대는 상상이 마구 펼쳐졌다. 어째야 하지, 어째야 한단 말인가? 마리우스는 생각했다. 이쪽 세계에 대해 우리는 아무것도 모르고 있어. 지금부터라도 배워야 하는 건 확실해. 지중해 동쪽 끝 지역은 키잡이도 없이 표류중이니 언젠가 거센 폭풍이 오면 난파되고 말겠지.

5월이 절반 가까이 지나고도 아리아라테스 왕에게서 아무런 소식이 없자 마리우스는 드디어 마음을 정했다.

"짐을 싸시오." 마리우스는 평소보다 다소 퉁명스럽게 말했다. "당신과 마리우스를 함께 데리고 가겠소. 하지만 마자카까지는 아니오. 북쪽으로 가다가 날씨가 좀 선선하고 건강을 해치지 않을 만한 곳에 다다르면 누구든 사람을 구해 둘을 맡겨놓고 나 혼자 카파도키아로 갈 생각이오."

율리아는 뭐라 반박하고 싶었으나 그러지 않았다. 그녀는 남편이 전장에 있을 때의 모습을 한 번도 본 적이 없었지만, 그에게서 독재적인 무관의 면모를 상기시키는 분위기를 종종 알아채곤 했다. 지금도 그런 경우였다. 어떤 문제가 남편을 괴롭히고 있다는 게 희미하게 느껴졌다. 무언가 카파도키아와 관련된 문제이리라.

이틀 후 마리우스 가족은 숙소를 떠났다. 그들을 호위해준 현지 민병대의 지휘관은 마리우스의 눈에 제대로 든 타르소스 출신의 젊은 그리스인이었다. 율리아도 그가 무척 마음에 들었다. 나중에 가보니 이건 썩 다행스러운 일이었다. 이번 여행길에는 아무도 걷지 않았다. '킬리키아 관문'이라 불리는 산길을 따라가는 여정이 가파르고 험했기 때문이다. 당나귀 등에 옆으로 걸터앉아 산길을 오르던 율리아는 불편을 감수해도 좋을 성도로 풍광이 아름답다고 생각했다. 일행은 광대한 산들 사이로 난 좁다란 길을 따라 천천히 이동했는데, 높이 올라갈수록 발밑에 쌓인 눈도 수북해졌다. 사흘 전까지만 해도 해안지방의 더위에 헐떡댔는데 지금은 따뜻한 겉옷을 찾아 짐 상자를 뒤지고 있다는 사실이 믿기지 않을 지경이었다. 바람이 잔잔하고 화창한 날씨가 계속됐으나, 무성한 솔숲을 통과할 때면 뼛속까지 한기가 들었다. 그럴 때면 어서 솔숲이 끝나고 깎아지른 절벽이 펼쳐지는 곳이 나오기를 고대했다. 절벽 아래로는 거센 물줄기가 노호하는 강으로 흘러들어 바위와 벼랑에 부딪치며 거대한 파도를 일으키고 있었다.

타르소스를 떠난 지 나흘째에 오르막길은 대충 끝이 났다. 어느 좁은 계곡에 이르러 마리우스는 여름 동안 양떼에게 풀을 먹이기 위해 평지에서 올라온 현지인들의 야영지를 발견하고 율리아와 아들을 민병 호위대와 함께 그곳에 남겨두었다. 타르소스 출신의 젊은 그리스인 모르시모스에게는 두 사람을 잘 돌보고 보호하라고 지시해두었다. 돈을 두둑이 쥐여주자 유목민들은 크나큰 친절을 베풀었고, 율리아는 그들이 세워둔 커다란 갈색 가죽 천막 하나를 차지하게 되었다.

"저 냄새에만 익숙해지면 지낼 만하겠어요." 율리아는 출발을 앞둔 마리우스에게 이렇게 말했다. "천막 안은 따뜻해요. 유목민 몇몇은 추가로 곡식과 식량을 사러 어딘가 간 것 같고요. 어서 가요. 내 걱정은 하지 말아요. 마리우스도 걱정할 것 없어요. 양치기가 되려는지 아주 신이 나 있으니까. 모르시모스가 우리를 아주 잘 돌봐줄 거예요. 우리가 당신에게 짐이 된 것 같아 미안할 따름이에요, 여보."

그리하여 마리우스는 말을 타고 길을 나섰다. 자신의 노예 두 명과 모르시모스가 구해준 길잡이만 데려갔는데, 모르시모스는 뒤에 남기보다 마리우스와 같이 떠나고 싶은 눈치였다. 마리우스가 짐작하기로 그가 건너가는 이 내륙의 골짜기 바닥과 이따금씩 나오는 넓은 고지대는 고도가 1천500미터쯤 되는 것 같았다. 어지럼증이나 두통이 올 정도는 아니었지만 말 등에 붙어 있기는 상당히 힘든 높이였다. 에우세베이아 마자카까지는 아직 갈 길이 멀었다. 길잡이 말로는 카파도키아에서 도시 비슷한 곳은 거기뿐이라고 했다.

킬리키아 페디아 쪽으로 흘러드는 강줄기들과 어마어마하게 길고 넓은 할리스 강을 이루는 강줄기들 사이의 분수령에 올랐을 때는 막 해가 진 후였다. 진눈깨비가 쏟아지고, 자욱한 안개 속에 간간이 비까지 뿌렸다. 춥고 안장에 쓸리고 피곤으로 온몸이 욱신거리는 와중에 마리우스는 늘어뜨려진 다리가 부질없이 흔들리는 상태로 오랜 시간을 견뎠다. 넓적다리 안쪽이 끊임없이 안장에 쓸리는데도 살갗이 튼튼해서 떨어져나가지 않는 것을 그나마 다행으로 여겨야 했다.

사흘째에 다시 해가 나왔다. 갈수록 넓게 펼쳐진 평원은 풀로 뒤덮여 있고 비교적 숲이 없어 양과 소를 치기에 완벽한 장소로 보였다. 길잡이의 말로는, 카파도키아의 토양이나 기후는 대규모 삼림지대가 형성되기에는 적합하지 않지만 땅을 갈면 질 좋은 밀이 자란다고 했다.

"그렇다면 왜 땅을 갈지 않는 건가?" 마리우스가 물었다.

길잡이는 어깨를 으쓱했다. "사람이 모자라서죠. 여기 사람들은 자기네가 먹을 양에다 할리스 강가에서 내다팔 것 조금만 기르지요. 바지선 몇 대가 밀을 사러 오거든요. 하지만 길 상태가 너무 나빠서 킬리키아에서는 작물을 팔 수가 없어요. 하긴 왜 굳이 애를 쓰겠어요? 배불리 잘 먹는데요. 지금 상태로도 만족하고 사는 거죠."

마리우스와 실삽이가 말을 타고 가면서 나눈 대화는 이게 거의 다였다. 밤이 되어 양치기 유목민들의 갈색 가죽 천막이나 작은 마을의 흙벽돌집에 잠자리를 찾아 들어갈 때도 두 사람은 별말을 나누지 않았다. 산들은 가까이 다가왔다가는 저만치 멀어지곤 했으나, 가도 가도 산이 작아지거나 초목이나 쌓인 눈이 적어지지는 않는 듯했다.

그러다가 길잡이가 앞으로 400스타디온(고대 그리스의 길이 단위. 1스타디온은 약 180미터로 고대 올림픽 경기대회의 도보경주 코스 길이와 같다—옮긴이), 그러니까 70킬로미터 정도만 더 가면 마자카라고 알려올 즈음 이들은 특이한 지역으로 들어섰다. 그 풍경이 어찌나 기묘했던지, 마리우스는 율리아도 봤으면 좋을 텐데 하고 아쉬워졌다. 완만하게 경사진 평원이 계속 펼쳐지기는 마찬가지였지만 그 중간을 갈라놓은 구불구불한 협곡에는 원뿔형 탑이 잔뜩 들어서 있었다. 색색의 점토로 신중하게 빚어놓은 듯한 탑들이 모여, 마치 실성한 거인 아이가 세워놓은 거대한 장난감 나라 같았다. 개중 어떤 곳에는 탑 꼭대기에 커다랗고 납작한 돌이 얹혀 있었는데, 둥근 탑의 가느다란 목 부분에 너무나 아슬아슬하게 얹혀 있어서 마치 흔들리고 있는 것 같은 착각을 불러일으켰다. 그런데 이 얼마나 놀라운 일인가! 이 부자연스러운 자연적 구조물들 몇몇에 창과 문이 달려 있는 것이 마리우스의 눈에 들어오기 시작했다.

"바로 저것 때문에 마을이 더이상 안 보이는 거랍니다." 길잡이가 설명했다. "이 위쪽은 춥고 계절도 짧지요. 그래서 이 지역 사람들은 저 돌탑 속에 들어가 사는 거예요. 여름에는 시원하고 겨울에는 따뜻하거든요. 위대한 여신이 이미 집을 만들어주셨는데 뭣하러 또 집을 짓겠습니까?"

"저 사람들은 언제부터 저 돌 속에 들어가 산 건가?" 흥미가 동한 마리우스가 물었다.

하지만 거기까진 길잡이도 알지 못했다. "사람이 생길 때부터요." 그가 모호하게 대답했다. "어쨌든 그만큼 오래됐어요. 킬리키아 사람들 사이에선, 최초의 인간이 카파도키아에서 나왔고 그때도 똑같이 이런 방식으로 살았다는 말이 있지요."

점토 탑들이 가득한 이 협곡 주변을 계속해서 지나던 도중에 산의 모습이 마리우스의 눈에 들어왔다. 그 산은 거의 단독으로 우뚝 솟아 있었는데, 그때껏 마리우스가 본 산 중 가장 큰 산이었다. 그리스의 올림포스 산보다 높고 심지어 이탈리아 갈리아를 둘러싼 대산괴보다도 높았다. 산의 주요 몸체는 원뿔형을 형성하고 있었지만 옆구리 쪽에도 작은 원뿔들이 솟아 있었고, 산 전체가 하얗게 눈으로 뒤덮여 구름 한 점 없는 하늘과 선명한 대비를 이루었다. 마리우스는 물론 이 산의 정체를 대번에 알 수 있었다. 그리스인들이 말하기를 서방에서는 본 사람이 손에 꼽는다는 아르가이오스 산이었다. 그리고 바로 이 산의 발치에 에우세베이아 마자카가 자리한다는 사실도 알았다. 카파도키아 유일의 도시, 왕궁이 있는 곳이었다.

유감스럽게도 킬리키아 쪽에서 왔기 때문에 잘못된 방향에서 산에 접근하게 된 셈이었다. 마자카는 산의 북쪽에 자리하여, 아나톨리아 중부를 흐르는 거대한 붉은 강인 할리스 강과 인접해 있었다. 할리스 강은 마자카를 바깥세상과 연결하는 최상의 통로였다.

마리우스가 아르가이오스 산 아래에 다닥다닥 붙어 있는 수많은 건물들의 윤곽을 본 것은 한낮이 막 지날 무렵이었다. 안도의 한숨을 내쉬던 그는 돌연 자신이 들어서고 있는 곳이 전쟁터라는 사실을 깨달았다. 이 얼마나 이상야릇한 기분인가! 불과 며칠 전에 수천 명이 싸우다 죽어간 곳을 지나고 있지만 무슨 전투였는지도 모르고 아무런 이해관계도 없다니. 가이우스 마리우스가, 누미디아와 게르만족을 정복한 그가 난생처음 여행자 신분으로 전쟁터에 서 있는 것이었다.

몸이 근질거리고 따갑고 욱신거렸다. 그러나 마리우스는 꼭 필요한 경우 외에는 주변을 둘러보지 않고 계속 목적지를 향해 갔다. 전장에는 잔해를 치우려 한 흔적이 전혀 보이지 않았다. 갑옷과 옷이 벗겨진 시체들이 부풀어오른 채 사방에서 썩어가고 있었다. 그나마 차가운 공기 덕분에 전염병이 돌 정도로 파리가 생기지는 않았고, 살이 썩는 악취도 견딜 수 있을 정도는 되었다. 길잡이는 흐느꼈고 노예 둘은 구역질을 하고 있었다. 하지만 마리우스는 이 흉한 광경은 전혀 보이지도 않는다는 듯이, 두 눈으로 이보다 훨씬 불길한 무언가를 바삐 찾으며 계속 발길을 재촉했다. 그가 찾는 것은 살아 있는 승전군의 진지였다. 그리고 진지는 거기 있었다. 북동쪽으로 3킬로미터쯤 떨어진 곳에, 모닥불 여러 개에서 피어오른 푸르스름한 옅은 연기 아래 갈색 가죽 천막들이 거대한 군집을 이루고 있었다.

미트리다테스였다. 다른 사람일 수가 없었다. 물론 마리우스는 죽은 병사들이 미트리다테스의 부하들이라고 생각하는 오류는 범하지 않았다. 천만에, 그의 군대는 이겨서 살아남은 쪽이었다. 마리우스가 지나온 전장을 뒤덮고 있던 시체는 카파도키아인들이었던 것이다. 돌 속에서 살던 가난한 자들, 양치기 유목민들……. 아마 시리아와 그리스인 용병들의 시체도 많이 섞여 있었겠군. 현실적인 기질이 되살아난 마리우스가 혼잣말을 했다. 그럼 카파도키아의 어린 왕은 어디에 있을까? 굳이 물어볼 필요도 없었다. 어린 왕이 타르소스에 오지도 않고 수차례 심부름꾼 편에 보낸 서신에도 아무런 답이 없었던 까닭은, 그가 죽었기 때문이었다. 심부름꾼들도 이미 죽은 것이 분명했다.

아마도 다른 사람이었다면 자신이 가까이 접근했다는 사실을 들키지 않았기를 바라면서 말을 돌려 달아나는 쪽을 택했을 것이다. 그러나 마리우스는 그러지 않았다. 비록 자신의 영역은 아니었으나 오랜 수고 끝에 드디어 미트리다테스 에우파토르 왕을 찾아낸 순간이었다. 피하기는커녕, 마리우스는 지친 말의 떨리는 옆구리에 박차를 가해 왕과의 만남을 재촉했다.

망을 보는 보초병이 없어 자신이 다가가고 있음을 아무도 알리지 않았으며 정문을 통과해 도시 안으로 들어설 때까지도 아무도 자신의 존재를 눈치채지 못하고 있다는 사실을 깨달았을 때 마리우스는 놀라지 않을 수 없었다. 폰토스의 왕은 얼마나 확신이 넘치기에 이럴 수 있단 말인가! 마리우스는 진땀을 흘리는 말을 멈춰 세운 뒤 층층이 오르막이 진 거리를 살피며 아크로폴리스나 요새 비슷한 것을 찾았다. 도시 뒤쪽의 산 옆구리에 궁전일 법한 건물이 서 있는 게 눈에 들어왔다. 외벽에 회반죽이 발린 것으로 보아 이 지역의 겨울바람을 막아내기에는 적합하지 않은 무르거나 가벼운 돌로 지어진 것이 분명했다. 회벽은 짙푸른색으로 덧칠되어 있었으며, 기둥은 불타는 듯이 붉은색이었고, 그보다 더 짙은 붉은색의 이오니아식 기둥머리는 반짝이는 황금색이 더해져 더욱 도드라져 보였다.

저기로군! 그자는 저기에 있을 거야! 마리우스는 말 머리를 돌려 좁은 비탈길로 들어선 뒤 궁전 쪽으로 길을 찾아갔다. 궁은 푸른색 칠을 한 담으로 빙 에워싸였고 담 안쪽에는 풀 하나 없이 스산하고 휑한 정원이 있었다. 카파도키아에는 봄이 늦구나, 마리우스는 이런 생각을 하다가 어린 아리아라테스 왕에게는 봄이 영영 오지 않으리라는 사실을 애석해했다. 거리가 아예 텅 비어 있는 걸로 보아 마자카 사람들은 다들 숨은 듯했다. 궁 안으로 통하는 입구까지 왔는데도 아무도 보초를 서고 있지 않았다. 참으로 대단한 배짱이군, 미트리다테스 왕!

마리우스는 말과 수행원들을 아래에 남겨두고 정문으로 이어지는 계단을 혼자 올라갔다. 청동 재질의 이중문은 하데스가 페르세포네를 겁탈하는 장면을 기가 질릴 만큼 세세하게 묘사한 돋을새김으로 장식되어 있었다. 천둥이 치듯이 문을 세게 두드린 후 누군가 나오기를 기다리는 동안, 그는 이 기분 나쁜 괴상한 조각을 한참이나 들여다보고 있었다. 마침내 문이 삐걱삐걱 소리를 내더니 한쪽 문이 머무적거리며 열렸다.

"알았어요, 알았어, 귀 안 먹었다고! 뭔 일이오?" 꼬부랑 늙은이가 그리스어로 물었다.

마리우스의 마음속 어딘가에서 웃고 싶은 충동이 미칠 듯이 솟아올랐다. 참기 힘든 웃음을 억누르려다보니 말을 하는 그의 목소리는 불안하게 뻑뻑거렸고 위엄이라곤 없었다. "나는 로마의 집정관을 지낸 가이우스 마리우스다. 미트리다테스 왕 계신가?"

"아니요." 꼬부랑 늙은이가 대답했다.

"곧 돌아오는가?"

"네, 해 지기 전에요."

"좋아!" 마리우스는 수행원 셋에게 따라오라고 손짓을 하고선 문을 밀어 열고 알현실이나 중앙 접견실쯤 되어 보이는 넓은 공간으로 들어섰다. "나와 여기 세 사람이 지낼 거처가 필요하네. 우리가 타고 온 말이 밖에 있으니 마구간에 넣도록 하게. 나는 더운물로 목욕을 해야겠네. 당장 준비해주게."

왕이 오고 있다는 기별이 당도하자, 마리우스는 토가를 차려입고 혼자 궁정의 주랑현관으로 나와 계단의 맨 윗단에 섰다. 시내의 거리 저쪽에서부터 기병대 하나가 전원 훌륭한 말을 타고 완전 무장을 한 채 보통 속도로 다가오는 모습이 보였다. 그들이 든 둥근 방패는 붉은색으로, 꼭짓점이 여덟 개인 하얀 별을 하얀 초승달이 감싼 형태의 문양이 선명히 새겨져 있었다. 병사들은 민무늬 은색 판갑 위에 붉은 망토를 걸치고 원뿔형 투구를 썼는데, 투구 꼭대기에는 깃털이나 말총이 아니라 황금별을 감싼 황금 초승달 장식이 꽂혀 있었다.

왕은 부대의 선두에 있지 않아서 수백 명이나 되는 병사들 중에 그를 구별해내기란 불가능했다. 자기가 없는 동안 궁이 무방비로 있는 건 개의치 않아도 자신의 신변에는 대단히 신경을 쓰는 사람인 것만은 분명하다고 마리우스는 생각했다. 기병대는 성문으로 들어와 계단 있는 곳까지 다가왔다. 편자를 박지 않은 수많은 발굽이 내는 특이한 소리를 들은 마리우스는, 폰토스에는 말굽에 편자를 박을 대장장이가 많이 없나보다고 생각했다. 물론 마리우스는 기병들보다 몇 미터 위에서 자주색 단을 댄 토가를 입고 위풍당당하게 서 있었기에 누가 봐도 쉽게 눈에 띄었다.

기병들이 양쪽으로 갈라졌다. 그 한가운데에서 커다란 구렁말을 탄 미트리다테스 에우파토르 왕이 앞으로 나왔다. 그가 입은 망토는 자주색이었고, 그의 종자가 든 방패도 자주색이었다. 다만 방패에 새겨진 문양은 다른 병사들 것과 똑같이 초승달과 별 문양이었다. 왕은 투구를 쓰지 않았다. 투구 대신 그의 머리에는 사자 가죽이 씌워져 있었다. 사자의 기다란 앞니 누 개는 그의 이마를 누르고 있었고, 두 귀는 빳빳이 곤추서 있었으며, 원래 눈이 있던 빈 구멍은 이제 어두컴컴한 웅덩이처럼 보였다. 화려하게 장식된 황금색 판갑과 날개 모양의 킬트 밑으로는 금을 입힌 쇠사슬 갑옷의 치마와 소매가 보였다. 발부분은 사자 가죽에 금실을 섞어 짰고 발등을 덮는 부분은 황금 갈기가 달린 사자 머리 모양으로 마무리한 멋들어진 그리스식 장화를 신고 있었다.

미트리다테스는 미끄러지듯 말에서 내려 계단 발치에 서서 마리우스를 올려다보았다. 마리우스보다 낮은 위치에 있게 되어 기분이 좋지 않은 게 분명했다. 하지만 그는 참으로 영리하게도 곧장 계단을 올라오지는 않았다. 예전의 나만한 체격에 키도 그만하군, 마리우스는 생각했다. 잘생긴 인물은 아니었으나 그럭저럭 호감 가는 얼굴이었다. 약간각이 진 큰 얼굴에, 턱은 둥글게 툭 불거져 있고 코는 길고 크면서 살짝 울퉁불퉁했다. 피부는 하얬고, 사자 머리 밑으로 보이는 금발머리와 구레나룻은 빛을 받아 반짝였으며, 눈동자는 녹갈색이었다. 작은 입과 두툼하고 유난히 빨간 입술로 보아 왕의 성미가 급하고 변덕스러울 것으로 짐작할 수 있었다.

한데 이자는 대체 어디서 토가 프라이텍스타를 입은 사람을 보았던 건가? 마리우스는 무언의 질문을 던졌다. 자신이 아는 왕의 전력을 머릿속으로 더듬어보았지만, 토가 프라이텍스타는커녕 토가 알바도 볼 기회가 없었을 것 같았다. 그런데 왕은 주저하는 기색도 없이 로마의 전직 집정관을 알아보았다. 마리우스가 보기에 그건 틀림없었다. 또한 이제까지의 경험으로 미루어볼 때, 이 의복을 처음으로 보는 사람은 설령 그에 관해 이미 자세히 들어보았다 해도 언제나 감탄해마지않았던 것이다. 너는 어디서 우리 같은 사람을 보았단 말이냐?

미트리다테스 에우파토르 왕은 유유히 계단을 올라와 맨 꼭대기에 이르자 보편적인 평화의 의사 표시로 오른손을 내밀었다. 그들은 악수를 나눴다. 이 의례적 행위를 힘싸움으로 바꿔놓기에는 두 사람 다 너무 현명했다.

"가이우스 마리우스." 왕이 먼저 입을 열었다. 그의 그리스어 억양은 마리우스의 것과 똑같았다. "생각지도 못했는데 참으로 반갑습니다."

"미트리다테스 왕, 나도 그렇게 말할 수 있는 입장이었다면 좋겠군요."

"들어오십시오, 들어오세요!" 왕이 쾌활한 목소리로 말하면서 마리우스의 어깨에 한쪽 팔을 얹고 어느새 활짝 열린 문 쪽으로 그를 이끌었다. "이곳 시종들이 편히 모시던가요?"

"그렇소, 고맙소이다."

왕의 호위병 여남은 명이 마리우스와 왕보다 먼저 우르르 알현실로 들어갔고 또다른 여남은 명은 뒤따라 들어왔다. 방안 구석구석을 샅샅이 살피고 나서, 그중 절반은 궁의 나머지 장소들을 살피러 나가고 나머지 절반은 왕을 지키기 위해 남았다. 미트리다테스 왕은 자주색 방석이 놓인 대리석 왕좌로 곧장 걸어가 앉고서 손가락으로 딱 소리를 내어 왕좌 옆에 마리우스가 앉을 의자를 가져다놓도록 명했다.

"다과라도 좀 드셨습니까?" 왕이 물었다.

"대신 목욕을 했습니다." 마리우스가 대답했다.

"그러면 식사를 할까요?"

"원하면 그리하시지요. 하나 합석할 사람이 더 있는 게 아니라면 굳이 자리를 옮길 필요가 있겠습니까? 나는 앉아서 먹어도 상관없습니다만."

그리하여 둘 사이에 탁자가 놓이고 포도주가 놓였다. 곧이어 채소 샐러드, 마늘과 오이를 섞은 요구르트, 다진 양고기를 동그랗게 빚어 향신료를 넣고 구운 요리로 이루어진 간단한 식사가 나왔다. 왕은 상차림이 조촐한 데 대해 아무 언급도 없이 그저 게걸스럽게 먹기 시작했다. 여행으로 배가 고팠던 마리우스도 마찬가지였다.

식사가 끝나고 접시가 치워지고 나서야 두 거물은 제대로 대화를 시작했다. 밖은 쪽빛 박명이 꿈꾸듯 머물러 있었으나 알현실 안은 완전히 캄캄해졌다. 시종들이 겁에 질린 채 이 등잔에서 저 등잔으로 그림자처럼 슬금슬금 움직였다. 그들이 다 잦아든 빛의 웅덩이에 손을 대자 등잔마다 작은 불꽃이 연기를 내며 혓바닥처럼 날름거렸다. 기름의 질이 나쁜 탓이었다.

"아리아라테스 7세는 어디 있습니까?" 마리우스가 물었다.

"죽었습니다." 황금실로 이를 쑤시며 미트리다테스가 말했다. "두 달 전에 죽었어요."

"어쩌다가?"

계단 저편보다 더 가까운 거리에서 보게 되니, 왕의 눈은 초록색 바탕에 갈색이 작은 점 형태로 박혀 있음을 알 수 있었다. 놀랍다고 할 수 있을 만큼 흔치 않은 색이었다. 왕의 두 눈이 게슴츠레해지면서 슬며시 시선이 떠나갔다. 잠시 후 다시 마리우스를 마주본 그의 눈은 활짝 열려 있고 거짓 없어 보였다. 내게 거짓말을 하겠군, 마리우스는 단박에 생각했다.

"불치병이었죠." 이렇게 대답한 왕은 슬프게 한숨을 내쉬었다. "이 궁에서 죽은 것으로 압니다. 나는 그때 여기 없었어요."

"시 외곽에서 전투를 벌인 것 같더군요." 마리우스가 말했다.

"어쩔 수 없었습니다." 미트리다테스가 짤막이 대답했다.

"무슨 이유 때문이었습니까?"

"셀레우코스 왕가의 친인척이라는 시리아인 하나가 왕권을 주장하고 나서서였습니다. 카파도키아 왕가에는 셀레우코스 혈족이 많지요." 왕이 막힘없이 설명했다.

"그 일이 귀 왕과 무슨 관계가 있습니까?"

"음, 내 장인이, 그러니까 장인들 중 하나가 카파도키아 사람인 고르디오스 왕자입니다. 그리고 내 누이가 죽은 아리아라테스 7세와 그 남동생의 어미였지요. 아, 그 동생은 아직 생생하게 살아 있습니다. 지금은 당연히 이 작은아들이 적법한 왕이고, 나는 적법한 왕이 카파도키아를 통치하게끔 하겠노라 다짐한 겁니다."

"아리아라테스 7세에게 남동생이 있는 줄은 몰랐군요, 대왕." 마리우스가 부드럽게 말했다.

"아, 있습니다. 확실히 있어요."

"정확히 일이 어찌된 건지 말해주십시오."

"보이드로미온 달(헬레니즘 시대의 달력인 아티케력의 세번째 달로 9~10월에 해당한다—옮긴이)에 다스테이라에 있는 내게 구원 요청이 왔습니다. 당연히 나는 군대를 동원해서 에우세베이아 마자카로 행군해 들어왔지요. 와보니 아무도 없고 왕은 죽었더군요. 왕의 어린 동생은 혈거인들이 사는 지역으로 도주한 상태였고요. 나는 이 도시를 점령했습니다. 그러고 나서 왕위를 노린 시리아인이 군대를 이끌고 나타난 거지요."

"그 시리아인의 이름은 뭐였습니까?"

"셀레우코스입니다." 미트리다테스가 즉시 대답했다.

"하, 왕권을 주장하는 시리아인에게 참으로 딱 맞는 이름이군요!" 마리우스가 한마디 툭 던졌다.

그러나 노골적으로 비꼬는 이 말을 미트리다테스는 알아듣지 못했다. 그는 언어를 놓고 로마인이나 그리스인처럼 사고할 줄 모르는 게 분명했고, 거의 웃을 줄도 모르는 듯했다. 이자는 누미디아의 유구르타보다 훨씬 낯선 이방인이군, 마리우스는 생각했다. 유구르타만큼 영리하지는 않지만 훨씬 더 위험한 인물이야. 유구르타는 가까운 혈족들을 무수히 죽이기는 했지만, 신들이 자신에게 그 행동에 대한 책임을 물을지도 모른다는 생각을 늘 품고 있었어. 반면 미트리다테스는 자기 자신을 신으로 여기는데다 부끄러움도 죄의식도 없구나. 아, 이자에 대해, 그리고 폰토스 왕국에 대해 정보가 더 있으면 좋을 텐데. 니코메데스가 들려준 소소한 얘기는 전혀 실속이 없어. 그는 이자를 안다고 믿고 싶겠지만 실은 아무것도 모르고 있어.

"그러니까 귀 왕이 일전을 벌여 셀레우코스 왕가의 시리아인 참주를 무찔렀다는 말씀이군요." 마리우스가 말했다.

"그렇지요." 왕이 코웃음을 쳤다. "같잖은 것들! 거의 한 놈도 남김없이 다 죽여버렸으니까."

"그런 것 같더군요." 마리우스는 건조하게 대꾸한 뒤 의자에서 몸을 앞으로 기울였다. "그런데 미트리다테스 왕, 폰토스에서는 원래 전장을 치우지 않습니까?"

왕은 마리우스가 칭찬으로 하는 말이 아님을 알고 눈을 껌벅거렸다. "이 계절에 말이오?" 그가 되물었다. "뭣 때문에요? 여름이면 다 녹아 없어질 것을."

"그렇군요." 로마인이 의자에 앉을 때 으레 그리하듯 등을 꼿꼿이 세운 자세인데다 토가를 입고는 크게 움직일 수가 없었으므로, 마리우스는 의자 팔걸이에 손을 얹었다. "칭호가 이게 맞는지 모르겠지만, 아리아라테스 8세를 만나봤으면 합니다. 가능하겠습니까, 대왕?"

"물론입니다, 물론이에요!" 왕은 흔쾌히 대답하더니 손뼉을 쳤다. "왕과 고르디오스 왕자를 모셔오라 일러라." 아까의 꼬부랑 늙은이가 다가오자 왕이 명을 내렸다. 이어서 마리우스에게는 이렇게 덧붙였다. "조카와 고르디오스 왕자가 혈거인들 사이에서 안전하게 있는 것을 열흘 전에 발견했지요."

"참으로 다행이군요." 마리우스가 말했다.

고르디오스 왕자는 열 살쯤 되어 보이는 아이의 손을 잡고 들어왔다. 본인은 쉰 줄의 사내였다. 두 사람은 똑같이 그리스풍 복장을 하고서 마리우스와 미트리다테스가 앉아 있는 높은 단 아래쪽에 공손한 자세로 섰다.

"그래, 안녕하십니까?" 마리우스가 물었다.

"네, 고맙습니다, 가이우스 마리우스." 아이가 대답했다. 아이는 미트리다테스 왕과 어찌나 닮았는지 그 또래 시절 미트리다테스의 초상화 모델도 될 수 있을 것 같았다.

"형님이 돌아가셨다지요?"

"네, 가이우스 마리우스. 두 달 전 이곳 궁에서 불치병으로 죽었습니다." 아이는 작은 앵무새처럼 대답했다.

"그래서 지금은 당신이 카파도키아의 왕이시고요."

"네, 가이우스 마리우스."

"왕이 되니 좋습니까?"

"네, 가이우스 마리우스."

"나라를 다스릴 만한 나이이십니까?"

"고르디오스 할아버지가 도와주실 겁니다."

"할아버지?"

고르디오스가 미소를 지었다. 보기 좋은 모습은 아니었다. "온 세상 사람들이 나를 할아버지라 부른답니다, 가이우스 마리우스." 그는 이렇게 말하고는 한숨을 쉬었다.

"그렇군요. 이리 알현하게 해주어 고맙습니다, 아리아라테스 왕."

소년과 노인은 우아하게 고개 숙여 인사한 후 퇴장했다.

"착한 아이예요, 내 아리아라테스는." 미트리다테스가 대단히 흡족해하는 어조로 말했다.

"귀 왕의 아리아라테스라고요?"

"그저 은유적으로 한 말이지요, 가이우스 마리우스."

"보기에 귀왕과 무척 닮았더군요."

"저 아이 어머니가 내 누이였습니다."

"귀 왕의 가계에는 근친결혼이 많다지요, 알고 있습니다." 마리우스의 눈썹이 꿈틀했다. 그러나 루키우스 코르넬리우스 술라라면 명백히 알아차렸을 의도를 미트리다테스 왕은 전혀 눈치채지 못했다. "그건 그렇고, 카파도키아의 일은 이제 잘 해결된 것 같군요." 마리우스가 쾌활하게 말했다. "그렇다는 건 당연히 귀 왕께서 군대를 끌고 다시 본국 폰토스로 돌아가신다는 뜻이겠지요."

왕은 흠칫 놀랐다. "그렇지 않습니다, 가이우스 마리우스. 카파도키아는 여전히 삐걱대고 있고 저 아이는 이 왕가의 마지막 혈통이에요. 그러니 내 군대를 여기에 두는 편이 좋을 겁니다."

"귀 왕의 군대를 본국으로 데리고 가는 편이 좋을 겁니다!"

"그럴 수 없습니다."

"아니, 그럴 수 있습니다."

왕의 가슴이 부풀기 시작했다. 그의 판갑에서 삐걱하는 소리가 났다. "당신이 내게 이래라저래라 할 수는 없소, 가이우스 마리우스!"

"아니, 그럴 수 있소." 마리우스는 침착함을 그대로 유지한 채 강경하게 말했다. "현재로서 로마는 이쪽 지역에 그다지 관심이 없지요. 그러나 귀 왕이 본인 땅도 아닌 곳에 군을 주둔시키기 시작한다면, 틀림없이 이쪽 지역에 대한 로마의 관심이 급격히 커질 것이오. 로마 군단은 카파도키아 소작농이나 시리아 용병이 아닌 로마인들로 이루어져 있소. 물론 이쪽 땅에서 로마 군단을 보고 싶은 건 아니겠지요! 하지만 미트리다테스 왕, 귀 왕이 군대를 데리고 본국으로 돌아가지 않는다면 결국 로마 군단을 보게 될 것이오. 내 장담하지요."

"당신은 그런 말을 할 권한이 없소. 공직에 있지도 않잖소!"

"나는 로마의 집정관을 역임했던 사람이오. 그리 말할 자격이 되니 말을 하는 거요."

왕의 분노가 커지고 있었다. 그런데 동시에 그의 두려움도 점점 커지는 모습을 마리우스는 흥미롭게 지켜보았다. 우린 언제든 이자들을 이렇게 만들 수 있지! 마리우스는 속으로 쾌재를 불렀다. 이자들은 공격성을 잔뜩 드러내는 겁먹은 짐승들과 똑같다니까. 막상 진짜로 덤벼보라고 하면 가랑이 사이에 꼬랑지를 말아넣고 깨갱거리며 줄행랑을 치지.

"이곳에는 내가 필요하오. 내 군대도 마찬가지고!"

"그렇지 않소. 고향으로 돌아가시오, 미트리다테스 왕!"

왕이 자리에서 벌떡 일어나며 손을 검으로 가져갔다. 알현실에 남아 있던 호위병 10여 명이 명령이 떨어지기를 기다리며 다가왔다. "여기서 당장 당신을 죽일 수도 있소, 가이우스 마리우스! 아니, 진짜로 그럴 생각이오! 내가 당신을 죽여도 당신에게 무슨 일이 일어났는지 아무도 모를 거요. 커다란 황금단지에 당신 재를 넣고 당신이 이곳 마자카 왕궁에서 불치병으로 죽었다는 내용을 적은 사과의 편지와 함께 로마로 보내면 그만이오."

"아리아라테스 7세처럼 말이오?" 마리우스가 은근한 목소리로 물었다. 의자에 꼿꼿이 앉은 그는 두려운 기색 하나 없이 침착했다. 곧이어 그가 몸을 앞으로 기울였다. "진정하시오, 대왕! 앉아서 냉정히 생각해보시오. 가이우스 마리우스를 죽일 수 없다는 건 귀 왕도 너무나 잘 알고 있잖소! 그랬다가는 바로 로마 군단이 배를 타고 폰토스와 카파도키아로 들어올 테니까 말이오." 마리우스는 잠깐 헛기침을 한 뒤 얘기를 계속했다. "75만 게르만 야만족을 무찌른 이후로 우리 로마는 완전히 몰두할 만큼 전쟁다운 전쟁을 해보지 못했소. 그들도 제대로 된 적이었소! 하나 부유함으로 따지자면 폰토스에 훨씬 못 미치는 적이었소. 이쪽 지역에서 우리가 챙겨갈 수 있는 노획물을 생각하면 대단히 구미가 당기는 전쟁이지요. 그런데 왜 굳이 도발하려 하시오, 미트리다테스 왕? 본국으로 돌아가시오!"

순식간에 마리우스는 혼자가 되었다. 왕은 나가버렸고, 호위병들도 그를 따라가고 없었다. 마리우스는 생각에 잠긴 채 일어나서 알현실을 나와 자신의 숙소로 향했다. 뱃속은 그가 평소 좋아하던 소박하고 맛있는 음식으로 든든했고, 머릿속은 흥미로운 질문들로 가득했다. 미트리다테스가 군대를 끌고 자기 나라로 돌아가리라는 데는 의심의 여지가 없었다. 그러나 그가 어디서 토가 입은 로마인을 본 것일까? 게다가 자주색 단을 댄 토가를 입은 로마인을 어디서 봤단 말인가? 왕이 그가 마리우스임을 짐작한 건 그 꼬부랑 늙은이가 미리 보고를 했기 때문일 수도 있었다. 하지만 마리우스는 그건 아닐 거라고 생각했다. 아니야, 왕은 내가 아마세이아로 보낸 편지를 둘 다 받아봤던 거야. 그러고는 이렇게 나와 대면하는 상황을 줄곧 피해온 거였어. 이건 곧 페시노스의 대신관 바타케스가 미트리다테스의 첩자라는 뜻이로군.

마리우스는 가능한 한 빨리 킬리키아로 돌아가고 싶은 마음에 다음날 아침 일찍 일어났으나 폰토스의 왕을 이미 놓친 뒤였다. 왕은 군대를 데리고 자기 나라로 떠났다고 꼬부랑 늙은이가 일러주었다.

"그러면 아리아라테스 에우세베스 필로파토르는? 그도 미트리다테스 왕과 같이 갔나, 아니면 아직 여기 있는가?"

"그분은 여기 계십니다, 가이우스 마리우스. 아버지께서 카파도키아의 왕위에 올려놓았으니 그분은 여기 계셔야지요."

"아버지라니?" 마리우스가 날카롭게 물었다.

"미트리다테스 왕 말입니다." 꼬부랑 늙은이가 순진하게 대답했다.

바로 이거였군! 아리아라테스 6세의 아들이 아니라 미트리다테스의 아들이란 말이지. 영리하군. 하나 충분히 영리하진 못했어.

고르디오스가 궁을 떠나는 마리우스를 배웅하러 왔다. 그는 연신 미소를 지으며 절을 해댔다. 소년 왕은 보이지 않았다.

"그래, 당신이 섭정을 하겠군요." 새로 구한 말 옆에 서서 마리우스가 말했다. 새 말은 타르소스에서부터 줄곧 그를 태워온 짐승보다 훨씬 근사한 놈이었다. 그의 시종들도 좀더 좋은 말로 바꿔 타고 있었다.

"아리아라테스 에우세베스 필로파토르 왕이 혼자서 나라를 다스릴 수 있을 정도로 클 때까지만 그리하는 겁니다, 가이우스 마리우스."

"필로파토르라." 마리우스가 골똘히 생각에 잠긴 어조로 말했다. "아버지를 사랑한다는 뜻이로군. 어떻소, 어린 왕이 자기 아버지를 그리워할 것 같소?"

고르디오스는 눈이 휘둥그레졌다. "아버지를 그리워하다니요? 그분의 가엾은 부친은 그분이 아기일 때 돌아가셨는데요."

"아니, 아리아라테스 6세는 이 소년을 낳았다고 하기엔 너무 오래전에 죽었소." 마리우스가 말했다. "나는 바보가 아니오, 고르디오스 왕자. 이 말을 당신의 주군 미트리다테스에게도 전하시오. 카파도키아의 새 왕이 누구 자식인지 내가 알고 있다고 전하시오. 내가 지켜볼 거라는 말도 함께." 마리우스는 도움을 받아 말에 올라탔다. "당신은 그저 누구에게나 할아버지로 불리는 것이 아니라 실제 그 아이의 조부겠지요. 내가 이 문제를 그냥 두기로 한 유일한 이유는 적어도 그 아이의 어머니는 카파도키아인이기 때문이오. 아마 당신 딸이겠지요."

그야말로 미트리다테스에게 속해 있는 이 사람조차도 더이상 시치미 떼봤자 의미가 없음을 알았다. 그는 순순히 고개를 끄덕였다. "내 딸은 폰토스의 왕비이고, 그애의 큰아들이 미트리다테스 왕의 뒤를 이을 겁니다. 그래서 나는 이 아이가 내 나라를 다스리게 되어 무척 기쁩니다. 아리아라테스는 우리 왕가의 마지막 혈통이니까. 아니, 실은 그애 어미가 그렇지만요."

"당신은 왕가의 후손이 아니잖소, 고르디오스." 마리우스가 비꼬듯 말했다. "카파도키아인인지는 몰라도 왕자라는 칭호는 당신 스스로 붙인 거겠지. 그러니 당신 딸도 이쪽 왕가의 마지막 혈통이 아닐 테고. 내 말을 미트리다테스 왕에게 전하시오."

"그러지요, 가이우스 마리우스." 고르디오스는 기분 나쁜 티를 내지 않고 대답했다.

마리우스는 말 머리를 돌리다가 우뚝 멈추고 뒤를 돌아봤다. "아, 마지막으로 하나 더! 전장을 치우시오, 고르디오스! 당신네 동방인들이 문명인들로부터 존중을 받고 싶다면 먼저 문명인답게 처신하시오. 비록 적이고 경멸의 대상일지라도, 싸우고 나서 수천 구에 이르는 시신을 그대로 썩게 내버려두지는 않는 법이오. 그건 유용한 군사적 기술이 아니라 야만인이라는 표시요. 그리고 내가 보기에는 당신의 주군 미트리다테스가 바로 그렇소. 야만인이란 말이지. 안녕히 계시오." 이 말을 남긴 후 마리우스는 시종들을 거느리고 말의 발걸음을 재촉하며 떠났다.

고르디오스는 천성 자체가 마리우스의 배짱에 감탄할 인물이 못 되었으나 그렇다고 미트리다테스를 진정으로 존경하지도 않았다. 그랬기에 자기 말을 내오도록 명한 뒤 왕이 마자카를 떠나기 전에 따라잡으려고 길을 떠나는 내내 그는 꽤나 신이 나 있었다. 한마디도 빠뜨리지 않고 낱낱이 전하리라! 그리고 그 말들의 가시가 왕에게 들어가 박히는 모습을 지켜봐야지. 그의 딸은 실제로 폰토스의 새 왕비였고 외손자 파르나케스는 폰토스의 왕위 계승자였다. 그랬다, 마리우스가 예리하게 간파한 대로 옛 카파도키아 왕실의 왕자가 아닌 고르디오스에게 좋은 날이 찾아왔다. 미트리다테스의 아들인 소년 왕이 언젠가 아버지의 지지를 등에 업고 단독으로 통치할 권리를 주장하는 때가 오면, 그는 사로스 강 상류와 피라모스 강 상류 사이의 카파도키아 계곡 내 코마나에 있는 마 여신의 신전 왕국을 받아낼 작정이었다. 그곳의 신관이자 왕이 되면 그는 안전하고 부유하며 대단한 권력을 쥐게 될 터였다.

다음날 고르디오스는 마자카에서 그리 멀지 않은 할리스 강기슭에서 야영중인 미트리다테스를 발견했다. 그는 마리우스가 한 말을 전했다. 하지만 모든 말을 그대로 전하지는 않고, 전장을 치우라는 얘기만 전달했다. 나머지 얘기까지 언급했다가는 자기 목숨이 위험해지리라는 판단에서였다. 왕은 크게 화가 났지만 뭐라 대꾸하지는 않았다. 그저 살짝 붉거져나온 눈을 부릅뜬 채로 손을 꽉 쥐었다 폈다 할 뿐이었다.

"그래서 전장을 치웠소?" 왕이 따지듯 물었다.

고르디오스는 왕이 어떤 대답을 듣고 싶어하는지 몰라 마른침을 삼켰다. 결국 그는 헛다리를 짚었다. "물론 아니옵니다, 대왕 전하."

"그럼 여기서 뭐하고 있는 거요? 어서 치우지 않고!"

"대왕 전하, 그자가 전하를 야만인이라 불렀습니다!"

"그자의 관점에서 보면 그럴 테지." 왕이 군은 목소리로 말했다. "그자가 또다시 그리 부를 기회는 없을 거야. 계절상 꼭 필요하지 않은데도 그따위 일에 정력을 낭비하는 것이 문명인의 표시라면, 좋아, 그리해주지. 우리 또한 정력을 낭비하는 게지. 스스로 문명인으로 여기는 그 누구든, 내 행동에서 야만인이라고 부를 만한 한 치의 꼬투리도 찾을 수 없을 거요!"

전하의 성질이 폭발하기 전까지는 그렇겠지요, 고르디오스는 생각했다. 하지만 입 밖으로 꺼내지는 않았다. 가이우스 마리우스의 말이 맞습니다, 대왕 전하. 당신은 야만인입니다.

그리하여 에우세베이아 마자카 외곽의 전장에 대한 처리가 이루어졌다. 시쳇더미가 불태워지고 남은 재는 거대한 고분 아래 묻혔는데, 그 큰 무덤도 뒤쪽에 배경을 이루는 아르가이오스 산에 비하면 볼품없이 작아 보였다. 미트리다테스 왕은 자신이 내린 명이 이행되는 것을 지켜보지 않았다. 군대를 본국 폰토스로 돌려보낸 그는 아르메니아를 향해 떠났다. 이번에는 평소와 달리 호화로운 여행이었다. 아내 열 명과 첩 서른 명, 장성한 자식 여섯 명 등 왕실 사람 거의 전부가 그를 따라왔고, 수행단이 탄 말과 소달구지, 가마, 마차, 짐을 실은 노새 행렬이 2킬로미터 가까이 이어졌다. 그는 비교적 느린 속도로 움직여 하루에 15~25킬로미터 정도만 이동했다. 대신 하루이틀 쉬었다 가자는 몇몇 허약한 부인네의 간청은 들은 척도 않고 끊임없이 이동했다. 선발된 기병 1천 명이 왕을 호위했다. 왕이 이끄는 사절단에 꼭 어울리는 숫자였다.

실제로 이것은 사절단 행렬이었다. 아르메니아에 새 왕이 즉위했던 것이다. 그 소식이 전해진 때는 미트리다테스가 카파도키아에서 전투를 막 시작할 무렵이었다. 소식을 들은 그는 신속히 대응하여, 함께 데려가기로 정한 여자와 자식들, 대신들, 선물, 의복과 짐을 준비시키도록 다스테이라로 사람을 보냈다. 이 대규모 행렬이 마자카 인근의 할리스 강에 이르는 데만 거의 두 달이 걸렸으며, 이들은 마리우스와 거의 같은 때에 도착했다. 마리우스가 왔을 때 왕이 부재중이었던 것도, 마침 왕이 모든 준비가 자신이 원한 대로 잘 이루어졌는지 확인하기 위해 할리스 강가에 머물던 왕실 행렬을 방문하던 중이었기 때문이었다.

지금으로서 미트리다테스는 아르메니아의 새 국왕에 대해 그가 젊고 선왕 아르타바스데스의 적자이며, 이름은 티그라네스이고, 아주 어릴 적부터 파르티아의 왕에게 볼모로 잡혀 있었다는 것 외에는 아는 바가 없었다. 내 나이 또래의 통치자라! 미트리다테스는 내심 떨 듯이 기뻐했다. 로마에 어떤 식으로도 매여 있지 않은 강력한 동방 왕국의 통치자이자, 어쩌면 폰토스와 합세해 로마에 대항할 수도 있는 통치자가 아닌가!

아르메니아는 아라라트 주변의 광활한 산맥으로 둘러싸인 나라로서 동으로는 카스피 해, 즉 히르카니아 해까지 뻗어 있었다. 이곳은 전통과 지형 면에서 파르티아 왕국과 긴밀하게 얽혀 있었는데, 파르티아의 통치자들은 에우프라테스 강 서쪽 지역에는 한 번도 관심을 보이지 않았다.

가장 쉬운 경로는 할리스 강을 거슬러 수원(水源)까지 간 후 강의 분수계를 건너 소아르메니아라고 불리는 미트리다테스의 작은 영토와 에우프라테스 강 상류까지 간 다음, 또다른 분수계를 건너 아락세스 강 수원으로 가서 아락세스 강변에 위치한 아르메니아의 수도 아르탁사타로 내려가는 것이었다. 가장 낮은 지대도 워낙에 고도가 높았으므로 겨울철이었다면 이 여행은 불가능했을 것이다. 그러나 초여름의 이곳 여행은 더없이 좋았다. 미트리다테스의 행렬은 파란 치커리, 노란 앵초와 미나리아재비, 기가 막힌 진홍색 양귀비 같은 온갖 야생화가 가득 피어 있는 계곡을 터덜터덜 지나갔다. 숲은 없었고, 땔감과 바람막이 용도로 정성들여 가꾼 조림지뿐이었다. 나무의 생장철이 워낙 짧아, 6

월인데도 사시나무와 자작나무에 잎이 하나도 없었다.

도시라고는 카라나 하나뿐이었고 촌락도 극히 드물었다. 심지어 유목민들이 사는 갈색 천막조차도 얼마 없었다. 이는 곧 사절단이 자기네가 먹을 곡식을 가지고 다녀야 하고, 과일과 채소를 찾아다녀야 하며, 고기를 구하려면 양치기들과 마주치기를 기다릴 수밖에 없음을 뜻했다. 그러나 미트리다테스는 현명했다. 그는 야생에서 따 모을 수 없는 것을 사들임으로써, 지나는 길에 마주친 평범한 사람들에게는 꿈에도 생각지 못했던 후한 사례금을 뿌려준 신과 같은 존재로 눈부신 추억을 남겼다.

7월에 일행은 아락세스 강에 이르러서 가파른 강 계곡을 천천히 통과했다. 미트리다테스는 그의 행렬이 끼친 모든 손해에 대해 농부들에게 양심적으로 보상을 해주었다. 이런 거래는 전부 손짓으로 이루어졌다. 그리스어를 조금이라도 아는 사람은 에우프라테스 강 유역에 사는 이들뿐이었던 것이다. 미트리다테스는 자신이 간다는 것을 알릴 선발대를 아르탁사타로 보내놓고, 얼굴 가득 웃음을 머금은 채 그 도시로 들어섰다. 이 길고 고달픈 순례가 헛되이 끝나지는 않으리라고 내심 확신하고 있었기 때문이다.

아르메니아의 티그라네스는 호위병들을 대동하고 폰토스의 미트리다테스를 직접 마중하러 성벽 바깥 길까지 나왔다. 호위병들은 다들 머리끝부터 발끝까지 쇠사슬 갑옷을 입었고 앞쪽으로는 긴 창을 들었으며 등에는 방패를 메고 있었다. 미트리다테스 왕은 역시나 온몸에 쇠사슬 갑옷을 입혀놓은 호위병들의 커다란 말을 넋을 잃고 찬찬히 살펴보았다. 게다가 작은 바퀴가 달린 황금전차에 선 채로 탄 그 왕의 모습은 어찌나 장관인지! 흰황소 여섯 쌍이 끄는 전차 위로는 술 장식이 달린 커다란 양산이 그늘을 만들어주고 있었다. 왕은 술이 층층이 달리고 타는 듯한 빨강과 짙은 황색으로 수놓은 치마에 소매가 짧은 외투를 입고 있었으며, 머리에 탑 모양 왕관을 쓰고 리본 형태의 흰색 디아데마로 왕관을 둘러 묶어놓은 모습이었다.

미트리다테스는 황금갑옷을 입고 머리에는 사자 가죽을 쓰고 있었다. 발에는 그리스식 장화를 신고 있었으며, 보석 박힌 수대에 찬 보석 박힌 장검이 햇빛을 받아 번쩍였다. 그는 커다란 구렁말에서 미끄러지듯 내려 티그라네스 쪽으로 걸어가면서 두 손을 내밀었다. 티그라네스도 사륜전차에서 내려와 두 손을 내밀었다. 그렇게 두 사람의 손이 맞닿았다. 검은 눈이 조록색 눈을 들여다보았고, 그 순간 순전히 호감에서만 비롯된 것은 아닌 우의가 맺어졌다. 각자 서로에게서 자기편이 될 소지를 간파했으며, 곧바로 자신이 상대와 관계를 맺어야 할 필요성을 가늠해보기 시작했다. 두 사람은 나란히 돌아서서 시내를 향해 먼지 이는 길을 걸어갔다.

티그라네스는 피부가 하얬지만 머리카락과 눈은 검었다. 길게 기른 머리카락과 턱수염은 꼬불꼬불 말아서 금실과 함께 땋아놓았다. 미트리다테스는 티그라네스가 그리스화한 군주의 모습일 것으로 예상했지만 티그라네스는 전혀 그리스화되어 있지 않았다. 머리며 턱수염 모양, 긴 의복은 모두 그가 파르티아 풍습을 따르고 있다는 증거였다. 그러나 다행히도 그는 그리스어를 유창하게 구사했고 그의 최고 고관 중 두세 명도 그러했다. 궁중의 나머지 사람들은 일반 백성들과 마찬가지로 메디아 방언을 썼다.

"엑바타나와 수시아처럼 파르티아풍을 철저히 따르는 지역에서도, 그리스어를 쓰는 것은 제대로 교육받은 사람이라는 징표지요." 아르메니아의 황금왕좌 한쪽 편에 놓인, 왕에 걸맞은 훌륭한 의자 두 개에 미트리다테스와 나란히 앉으면서 티그라네스 왕이 말했다. 그는 앞서 이렇게 말한 터였다. "귀 왕보다 윗자리에 앉는 무례는 범하지 않으려 합니다."

"나는 아르메니아와 우호동맹조약을 맺고자 왔습니다." 미트리다테스가 찾아온 이유를 설명했다.

이토록 오만하고 독재적인 두 남자가 마주한 것치고 대화는 조심스럽게 진행되었다. 두 사람 다 편안한 의견 일치의 필요성을 얼마나 크게 느끼고 있는지 알 수 있는 부분이었다. 물론 둘 중에서 미트리다테스가 더 강력한 군주였다. 그에게는 받드는 종주국도 없고 통치 영역도 훨씬 넓을 뿐 아니라 훨씬 부유하기까지 했다.

"내 선친께서는 여러 면에서 파르티아의 왕과 아주 비슷했습니다." 티그라네스가 말했다. "아르메니아에 데리고 있던 아들들을 하나씩 차례차례 죽이셨지요. 내가 죽음을 피할 수 있었던 것은 여덟 살 때 파르티아 왕에게 볼모로 보내졌기 때문입니다. 그래서 선친이 병이 들었을 때 남은 아들은 나 하나뿐이었습니다. 아르메니아 평의회가 파르티아의 미트리다테스 왕과 교섭한 끝에 내가 풀려날 수 있었지요. 하지만 그 대가는 막대했습니다. 아르메니아와 메디아 아트로파테네의 경계선상에 있는 계곡 일흔 곳을 모두 양도해야 했으니까요. 그러니 내 나라는 가장 비옥한 땅의 일부를 잃은 겁니다. 게다가 그 계곡 일대에는 금이 나는 하천이 흘렀고 청금석이며 터키옥, 검은 줄마노가 산출되었어요. 이제 나는 아르메니아 땅이었던 그 일흔 계곡을 되찾고 이 좁고 초라한 아르탁사타보다 나은 곳을 찾아 더 훌륭한 수도를 건설하리라 다짐했습니다."

"아르탁사타의 설계를 도운 이가 한니발 아니었습니까?" 미트리다테스가 물었다.

"그렇다고들 하지요." 티그라네스는 짧게 대답한 뒤 다시 제국 건설에 대한 자신의 꿈 이야기로 돌아갔다. "아르메니아를 남으로는 이집트의 북쪽까지, 서로는 킬리키아의 동쪽까지 확장하는 것이 내 포부입니다. 나는 지중해 진입로와 교역로, 곡물을 재배할 더 따뜻한 땅을 원하고, 내 왕국의 모든 시민이 그리스어로 말하는 것을 듣고 싶습니다." 그는 말을 멈추고 입술을 축였다. "이 조건들을 어떻게 생각하시는지요, 미트리다테스 왕?"

"잘 수긍이 됩니다, 티그라네스 왕." 폰토스의 왕이 흔쾌히 대답했다. "뜻하시는 목표를 이룰 수 있도록 지원과 병사를 제공할 것을 약속하지요. 귀 왕께서 내가 서쪽으로 나가 로마의 소아시아 속주를 로마인들에게서 빼앗는 것을 도와주기만 한다면 말입니다. 시리아, 콤마게네, 오스로에네, 소페네, 고르디에네, 팔레스티나, 나바테아는 귀 왕께서 가지십시오. 나는 킬리키아를 포함한 아나톨리아 전체를 갖겠습니다."

티그라네스는 망설이지 않았다. "언제가 되겠습니까?" 그가 열의를 띠며 물었다.

미트리다테스는 미소를 지으며 의자 등에 기댔다. "로마가 너무 바빠서 우리에게 크게 주의를 기울이지 못할 때지요. 우리는 젊으니 충분히 기다릴 수 있습니다, 티그라네스. 나는 로마를 알아요. 조만간 로마는 서방이나 아프리카에서의 전쟁에 휘말리게 될 겁니다. 우리는 그때 가서 움직이는 거지요."

둘 간의 협정을 확고히 하기 위해, 미트리다테스는 죽은 왕비 라오디케가 낳은 열다섯 살 된 큰딸 클레오파트라를 티그라네스에게 선보이며 아내감으로 어떠냐고 제안했다. 아르메니아에는 아직 왕비가 없었으므로 티그라네스는 이 혼인에 열성적으로 달려들었다. 클레오파트라가 아르메니아의 왕비가 된다는 것은 대단히 의미심장한 약속이었다. 그건 곧 미트리다테스의 손자가 아르메니아의 왕위를 계승한다는 의미였기 때문이다. 금발에 금빛 눈을 가진 소녀는 예비 남편을 처음 보는 순간 너무도 낯선 그의 외모에 깜짝 놀라 눈물을 흘렸다. 티그라네스는 대부분의 남자들이 (진짜이든 가짜든 간에) 턱수염과 고수머리를 지닌 폐쇄적인 동방의 궁에서 자라난 사람으로서는 엄청나게 양보를 해서 턱수염을 밀고 긴 머리카락을 잘랐다. 그제야 신부는 사실 그가 잘생긴 사내라는 것을 알게 되어 그에게 손을 맡기며 미소를 지었다. 너무나 아름다운 신부의 모습에 황홀해진 티그라네스는 스스로 대단한 행운아라고 생각했다. 아마도 이것이 그의 평생 마지막으로 겸손 비슷한 감정을 느낀 때가 될 터였다.

마리우스는 아내와 아들, 그리고 그들의 호위를 맡긴 작은 타르소스인 민병대가 별 탈 없이 무사할 뿐 아니라 양치기 유목민들의 생활을 즐겁게 받아들인 것을 보고 더없이 기뻤다. 그사이 그의 아들은 이상하게 들리는 유목민들의 말도 적잖이 배웠고 양떼에 대해서는 전문가가 다 되어 있었다.

"잘 보세요, 아빠!" 자신의 작은 양떼 무리가 풀을 뜯고 있는 곳으로 아버지를 데려간 마리우스 2세가 외쳤다. 몸에 꼭 맞게 입힌 새끼염소 가죽이 비바람과 꺼끌꺼끌한 씨앗으로부터 양털을 보호해주고 있었다. 소년은 작은 돌멩이를 집어 맨 앞에 선 양의 한쪽 옆구리를 정확하게 맞혔다. 그러자 양떼 전체가 즉시 풀 뜯기를 멈추고 순순히 풀밭에 앉았다. "보셨죠? 이게 앉으라는 신호인 줄 아는 거예요. 참으로 똑똑하지 않아요?"

"정말 그렇구나." 마리우스는 대답한 뒤 아들을 내려다보았다. 아이는 갈색의 너무나 튼튼하고 매력적인 모습이었다. "떠날 준비는 되었니, 아들아?"

커다란 잿빛 눈에 실망한 빛이 가득 차올랐다. "떠난다고요?"

"당장 타르소스로 가야 한단다."

마리우스 2세는 눈물을 참으려고 눈을 깜박이고서, 사랑스러운 눈길로 자기 양들을 가만히 바라보다가, 한숨을 내쉬었다. "준비됐어요, 아빠."

여정에 오른 후 율리아는 기회가 생기자마자 자신이 탄 당나귀를 마리우스의 키 큰 카파도키아산 말 옆으로 나란히 붙였다. "무엇 때문에 그토록 걱정했는지 아직도 말해줄 수 없어요?" 그녀가 물었다. "또 모르시모스는 왜 그리 급하게 우리보다 먼저 보낸 건가요?"

"카파도키아에서 모반이 일어났소." 마리우스가 대답했다. "미트리다테스 왕이 어린 자기 아들을 그곳 왕위에 앉히고 장인에게 섭정을 맡겼다오. 원래 왕이었던 카파도키아인 소년은 죽었는데, 아무래도 미트리다테스가 죽인 것 같소. 그러나 불행히도 나나 로마나 이 상황에 대해 할 수 있는 게 별로 없구려."

"그 적통 왕을 죽기 전에 만나봤어요?"

"아니. 미트리다테스를 만났소."

율리아는 떨면서 남편의 굳은 얼굴을 흘낏 보았다. "그가 마자카에 있었어요? 어떻게 빠져나온 거예요?"

마리우스의 얼굴이 놀란 표정으로 바뀌었다. "빠져나오다니? 빠져나올 필요는 없었소, 율리아. 미트리다테스가 흑해 동부 전체를 장악한 왕일지는 몰라도 감히 가이우스 마리우스를 해칠 수는 없지!"

"그럼 우리는 왜 이리 급히 떠나는 건가요?" 율리아가 예리하게 물었다.

"그자가 가이우스 마리우스를 해칠 생각이라도 품을 기회를 아예 차단하려는 거요." 남편이 씩 웃으며 대답했다.

"그러면 모르시모스는요?"

"아주 따분한 얘기라오, 부인. 지금쯤 타르소스는 더 더워졌을 테니, 우리가 타고 갈 배를 찾아보라고 미리 보낸 거요. 타르소스에 도착하자마자 바로 배를 탈 거니까. 하지만 배에 오르면 한가롭게 유람을 할 거요. 여름 동안 킬리키아와 팜필리아 해변을 다니면서 즐기다가 산지로 넘어가서 올바에 들르는 거요. 타르소스로 오는 길에는 내가 재촉하는 바람에 셀레우케이아 트라케이아를 그냥 지나쳤지만 이젠 서두를 필요가 없소. 당신은 아이네아스의 후손이니 테우크로스의 후손들에게 인사하는 것도 그럴싸하지 않겠소. 또 아탈레이아 위쪽으로 타우로스 고지대에 멋들어진 호수가 몇 개 있다니 거기도 가봅시다. 어때요, 마음에 드오?"

"아, 그럼요!"

이 계획을 충실히 실행하여 아름답고 한적하기로 소문난 해안지역 유람을 한가로이 즐기다보니, 마리우스와 그의 가족은 1월이 되어서야 할리카르나소스에 도착했다. 해적은 한 번도 마주치지 않았다. 해적들의 중심지였던 코라케시온에서도 마찬가지였다. 그곳에서 마리우스는 오래된 해적 요새가 서 있는 산등성이 절벽에 올라가보고 마침내 그 요새를 점령할 수 있는 방법을 찾아냈다.

할리카르나소스는 이제 율리아와 마리우스 2세에게 마치 고향과도 같았다. 두 사람은 배에서 내리자마자 시내를 돌아다니며 이 도시의 재미를 다시 한번 만끽했다. 마리우스는 자리를 잡고 앉아 편지 두 통을 찬찬히 읽었다. 하나는 가까운 히스파니아에 가 있는 술라가 보낸 것이었고 다른 하나는 로마에서 루푸스가 보낸 편지였다.

율리아가 서재에 들어갔을 때 마리우스는 아주 심각하게 얼굴을 찌푸리고 있었다.

"나쁜 소식인가요?" 율리아가 물었다.

찌푸린 얼굴이 살짝 짓궂은 표정으로 바뀌는가 싶더니, 마리우스는 이내 온화하고 순진한 표정을 지어 보였다. "나쁜 소식이라고 하기는 그렇고."

"무슨 좋은 소식은 없어요?"

"루키우스 코르넬리우스가 아주 멋진 소식을 전해왔소! 우리 퀸투스 세르토리우스가 풀잎관을 받았다는군."

율리아는 깜짝 놀라 숨을 멈췄다. "오, 가이우스 마리우스, 참으로 잘됐어요!"

"이제 스물여덟 살인데……. 역시 마리우스 가문 사람이야."

"어떻게 받은 거래요?" 율리아가 활짝 웃으며 물었다.

"당연히 전멸 위기의 군대를 구해서지. 풀잎관을 받는 길은 그것뿐이잖소."

"그렇게 넘어가기예요, 가이우스 마리우스! 좀더 자세히 말해달라고요."

마리우스가 못 이기는 척 설명했다. "지난겨울에 퀸투스 세르토리우스와 그가 지휘하는 군단이 먼 히스파니아의 푸블리우스 리키니우스 크라수스가 보내준 1개 군단과 함께 카스톨로를 수비하기 위해 파견되었소. 그런데 크라수스의 병사들이 통제를 벗어나는 바람에 켈트이베리아족 군대가 도시의 수비를 뚫고 들어온 거요. 이 상황에서 우리 퀸투스 세르토리우스가 영광스러운 활약을 펼친 거지! 도시를 수호하고 두 군단을 모두 구해서 풀잎관을 받은 거요."

"축하 편지를 보내야겠어요. 그의 어머니는 이 소식을 알고 계시려나요? 퀸투스 세르토리우스가 어머니께 알렸을까요?"

"아마 아닐 거요. 그 아이는 너무 겸손하니까. 당신이 리아에게 편지를 하구려."

"그럴게요. 그 외에 또 루키우스 코르넬리우스가 전한 말은 없어요?"

"별다른 건 없소." 마리우스는 낮게 으르렁거리듯 대답했다. "기분이 별로 안 좋은 것 같더군. 하긴 그 사람이 언제 기분좋은 적이 있어야 말이지! 퀸투스 세르토리우스에 대한 칭찬은 아끼지 않았소만, 내 보기엔 본인이 풀잎관을 받았으면 하는 것 같소. 티투스 디디우스가 전장에서 지휘하게 해주지 않는 모양이오."

"아, 루키우스 코르넬리우스가 딱하네요! 왜 못하게 하는 거예요?"

"혹시라도 잃기엔 아까운 인재니까." 마리우스가 짤막하게 답했다. "술라는 전략가거든."

"퀸투스 세르토리우스의 게르만족 아내에 대한 얘긴 없었어요?"

"아, 있었소. 그 아내와 아이가 오스카라는 켈트이베리아족의 요새 도시에서 살고 있다는구려."

"술라 본인의 게르만족 아내와 쌍둥이 아들은요?"

마리우스는 어깨를 으쓱했다. "누가 알겠소? 그 사람들 얘기는 전혀 하질 않는데."

잠시 침묵이 흘렀다. 율리아는 창밖을 물끄러미 바라보다가 다시 입을 열었다. "술라가 그 얘기를 했으면 좋겠어요. 왠지 자연스럽지가 않잖아요. 그들이 로마인이 아니고, 그래서 로마에 데려올 수 없다는 건 잘 알아요. 그래도……. 그들에 대해 분명 어떤 감정이 있을 것 아녜요!"

마리우스는 아무 대꾸도 하지 않았다. "푸블리우스 루틸리우스가 보낸 편지는 아주 길고 소식도 많이 들었더군." 그가 아내의 호기심을 자극했다.

"내가 들어도 되는 얘기인가요?"

마리우스는 빙그레 웃었다. "그렇고말고! 특히나 끝부분은 꼭 들어야 하오."

"그럼 읽어봐요, 가이우스 마리우스. 어서요!"

로마에서 인사 전하네, 가이우스 마리우스. 지금 새해를 맞아 이 편지를 쓰고 있다네. 다름아닌 푸테올리의 퀸투스 그라니우스가 내 편지를 가지러 잠깐 들른다고 약속했거든. 자네가 할리카르나소스에 있을 때 전해졌으면 좋겠네만, 혹시 그렇게 안 되더라도 머잖아 받아보길 바라네.

퀸투스 무키우스가 기소당할 위기를 면했다는 기쁜 소식을 전하네. 원로원에서 그가 보여준 웅변과, 그의 사촌 크라수스 오라토르와 다름아닌 스카우루스 원로원 최고참 의원의 지원 연설 덕이 컸어. 스카우루스는 퀸투스 무키우스와 내가 아시아 속주에서 한 모든 일에 찬성하고 있더군. 우리가 예상한 대로 징세청부업자보다 국고위원회를 상대하기가 더 힘들었다네. 로마의 사업가들은 그들이 응당 받아야 할 만큼을 치러주면 언제나 상업적 판단력을 보이기 마련이고, 우리가 아시아 속주에 대해 새로 마련한 조치는 상업적으로 타당성이 있거든. 누구보다 크게 불평한 치들은 미술품 수집가들이었네. 특히 섹스투스 페르퀴티에누스가 그랬지. 그자가 페르가몬에서 가져간 알렉산드로스 대왕 동상이 그의 주랑정원에서 불가사의하게 사라져버렸다네. 아마 스카우루스 최고참 의원이 원로원 연설에서 그자가 그 동상을 좀도둑질한 것을 가장 대표적인 문제로 강조했기 때문일 게야. 어쨌든 국고위원회의 목소리가 드디어 잦아들어서 감찰관들이 아시아의 징세 계약을 철회했네. 앞으로 아시아 속주의 징세액은 퀸투스 무키우스와 내가 산출한 수치를 기준으로 정해지게 될 거야. 하지만 그렇다고 모든 걸 다 용서받은 건 아니라네. 징세청 부업자들로부터도 말이야. 규제가 잘되고 있는 속주에서는 수익을 뽑아먹기가 어려운 법이지. 그런데 징세청부업자들 중에는 여전히 아시아 속주를 쥐어짜내고 싶어하는 무리가 넘쳐나니 말이야. 원로원에서 더 걸출한 인물들을 그쪽에 보내서 통치를 맡기기로 합의했으니, 징세청부업자들을 단속하는 데 도움이 되겠지.

새로운 집정관들이 선출되었네. 다름아닌 루키우스 리키니우스 크라수스 오라토르와 내 친애하는 동료였던 퀸투스 무키우스 스카이볼라라네. 수도 담당 법무관으로는 루키우스 율리우스 카이사르가 선출돼서 저 대단한 신진 세력 마르쿠스 헤렌니우스를 대신하게 됐지. 헤렌니우스처럼 유권자들의 관심을 크게 끄는 사람은 본 적이 없네. 왜인지는 통 모르겠지만 말이야. 사람들은 그저 헤렌니우스를 보기만 하면 그에게 표를 던지자고 외쳐대기 시작하는 거지. 호민관 시절 자네 밑에서 일했던 그 아첨쟁이 놈, 루키우스 마르키우스 필리푸스한테는 이런 사실이 대단히 못마땅했겠지만. 지난해 법무관 선거 득표수에서 헤렌니우스가 가장 높게 나오고 필리푸스는 꼴찌를 했거든. 그러니까 당선된 여섯 명 중에 말이네. 하아, 그 투덜거리고 징징대고 훌쩍거리던 소리란! 올해 나온 후보들은 훨씬 재미가 덜하다네. 작년에 외인 담당 법무관을 지냈던 가이우스 플라쿠스가 벨리아에 사는 칼리파나라는 이름의 케레스 여신관에게 완전한 로마 시민권을 주는 바람에 관심이 온통 그에게 쏠렸지. 온 로마가 아직도 그 이유를 알고 싶어 미칠 지경이라네. 다들 짐작하는 건 있지만서도!

우리의 감찰관 안토니우스 오라토르와 루키우스 플라쿠스는 징세 계약을 마무리하고 나서(아시아 속주에서 두 사람이 설쳐대는 통에 일이 복잡해져서 꽤나 지연이 되었지!) 원로원 명부를 훑었으나 문책할 만한 사람을 찾지 못했네. 그다음에는 기사들을 조사했는데도 같은 결과가 나왔지. 이제 그들은 전 세계 모든 곳의 로마인들에 대해 전면적인 인구조사를 실시하겠다고 하는군. 로마 시민 누구도 자기네 그물망을 빠져나가지 못할 거라면서 말이야.

이 감탄스러운 목적을 염두에 두고, 그들은 마르스 평원에 로마에서의 인구조사를 위한 본부를 설치했네. 이탈리아에서의 인구조사를 위해서는 놀라운 조직력을 갖춘 서기들을 모았는데, 이들의 임무는 이탈리아 반도의 모든 도시를 다니면서 제대로 인구조사를 하는 것이라네. 감찰관들의 이런 방식에 반대하는 사람이 많긴 하지만, 나는 찬성이네. 시골 지역 시민들은 자기가 사는 자치체의 행정장관에게 확인을 받고 속주 시민들은 총독의 확인을 받는 옛날 방식도 나름 괜찮다고 할 수 있지. 그러나 안토니우스와 플라쿠스는 자기들 방식이 낫다고 주장하니, 그럼 그들 방식으로 가야지. 그런데 속주의 시민들은 여전히 다양한 총독들을 거쳐야 하지 않을까 싶네. 물론 완고한 구식 사람들은 결과는 늘 그랬듯 매한가지일 거라고 예상하고들 있다네.

이번엔 속주 소식을 들려주지. 자네가 그쪽 세상에 나가 있기도 하니까. 한데 아직 듣지는 못했을 거야. 매부리코 그리포스라는 별명을 가진 시리아의 안티오코스 8세가 사촌에게 암살당했네. 아니 숙부라던가, 이복형제라던가? 아무튼 별명이 키지케노스라는 자인데 이제 안티오코스 9세가 되었지. 이 일이 있은 후에 그리포스의 아내였던 이집트의 클레오파트라 셀레네는 남편을 살해한 키지케노스와 곧바로 결혼을 했다네! 과부가 되고 나서 재혼하기까지 울 시간이나 있었을지 궁금해지더군. 그래도, 최소한 지금 당장은 시리아 북부가 왕 한 명의 통치하에 있게 되었다는 뜻이긴 하지.

로마에서 이보다 좀더 관심을 가질 만한 일로는 프톨레마이오스의 사망 소식이 있네. 이집트의 저 끔찍스러운 배불뚝이 프톨레마이오스의 서자인 프톨레마이오스 아피온이 최근 키레네에서 죽었거든. 아마 기억날 테지만 그는 키레나이카의 왕이었지. 한데 후계자 없이 죽은 거야. 그래서 어찌됐는지 자넨 짐작조차 못할 걸세! 그가 키레나이카 왕국을 로마에 유증했지 뭔가! 페르가몬의 아탈로스 왕이 유행을 만들어낸 거야. 세상을 통치하다가 마무리짓는 방법으로 참으로 멋지지 않은가, 가이우스 마리우스. 유언장에 모든 걸 남기는 거지.

올해는 자네가 꼭 귀국하기를 바라네! 자네가 없는 로마는 무척이나 쓸쓸해. 불평거리를 제공해줄 똥돼지조차도 없으니 참. 그건 그렇고 참으로 해괴한 소문이 나돌고 있다네. 똥돼지가 독살을 당했다는 거야! 이 소문의 진원지는 다름아닌 팔라티누스 언덕의 부유층들에게 인기 있는 의사 아폴로도로스 시켈로스라네. 똥돼지가 병이 났을 때 불려간 의사가 아폴로도로스였거든. 듣자 하니 그는 똥돼지의 죽음에 뭔가 걸리는 점이 있어 시신 부검을 청했다더군. 하나 새끼 똥돼지는 그 청을 거절하고 자기 아빠를 화장해서 그 재를 흉측할 정도로 요란스레 장식한 무덤에 안치했지. 이게 다 벌써 한참 전 일이고. 그런데 시칠리아 출신의 이 조그만 그리스인이 그동안 연구를 좀 하고서는, 똥돼지가 빻은 복숭아씨를 달여 만든 아주 위험한 약물을 마셨다고 주장하고 있다네! 당연히 새끼 똥돼지는 아무도 그런 짓을 할 동기가 없었다며, 아폴로도로스가 똥돼지의 독살 얘기를 퍼뜨리고 다니는 걸 그만두지 않으면 법정으로 끌고 가겠다고 위협했다네. 아무도—심지어 나조차도!—새끼 똥돼지가 제 아비를 살해했을 거라고는 전혀 생각지 않네. 그렇다면 달리 누가 있을 것 같나?

마지막으로 아주 재미난 소식 하나만 전하고 끝내겠네. 우리 집안 얘기네만, 요사이 온 로마의 화제로 떠올랐지. 내 조카딸의 남편이 외국에 나갔다 돌아와서 자기 갓난 아들의 머리칼이 새빨간 것을 보고는 아내가 간통했다며 이혼을 했다네! 이 일에 대한 자세한 얘기는 로마에서 만나서 해주겠네. 라레스 페르마리니 신께 제물을 바쳐 자네의 무사 귀환을 빌겠네.

마치 불이 붙기라도 한 듯 편지를 재빨리 내려놓으며 마리우스는 아내를 쳐다보았다. "흐음, 이 소식에 대해 어찌 생각하오?" 그가 물었다. "당신 오빠 가이우스가 아우렐리아의 간통으로 이혼을 했다니! 아들을 또하나 낳은 모양인데, 새빨간 머리칼을 가진 아들을! 거참, 허허허! 애 아버지가 누군지 세 번 안에 맞혀보겠소?"

율리아는 입을 딱 벌린 채 도무지 할말을 찾지 못했다. 목덜미와 머리로 시뻘겋게 피가 몰렸고 입술은 꾹 다문 채였다. 그러다 고개를 젓기 시작하더니, 계속해서 저어대다가 마침내 할말을 찾았다. "사실이 아니에요! 사실일 리가 없어요! 난 믿을 수 없어요!"

"글쎄 외삼촌이 한 말이잖소. 자, 보시오." 마리우스는 이렇게 말한 뒤 루푸스의 편지 마지막 부분을 율리아에게 들이밀었다.

율리아는 남편에게서 두루마리를 받아 끝없이 줄줄이 이어진 글자들을 낱말로 분리해내려고 애쓰기 시작했다. 그녀의 목소리는 공허하고 부자연스럽게 들렸다. 그녀는 그 짧은 내용을 몇 번이고 되풀이해서 읽다가 마침내 편지를 내려놓았다.

"아우렐리아가 아니에요." 율리아가 단호히 말했다. "아우렐리아라는 말은 절대 믿지 않을 거예요!"

"달리 누가 더 있소? 새빨간 머리칼이라잖소, 율리아! 그건 가이우스 율리우스 카이사르가 아니라 루키우스 코르넬리우스 술라의 두드러진 특징이 아니오!"

"푸블리우스 루틸리우스에겐 다른 조카딸들도 있잖아요." 율리아는 완강히 버텼다.

"루키우스 코르넬리우스와 절친한 조카딸이 또 있소? 로마 최악의 빈민가에서 혼자 사는 조카딸이 또 있다고?"

"우리가 어떻게 알아요? 그럴 수도 있죠."

"피시디아 사람들이 돼지가 날 수 있다고 하는 것처럼 말이지." 마리우스가 대꾸했다.

"대체 로마 최악의 빈민가에서 혼자 사는 게 이 일과 무슨 상관이라고 그러는 거예요?" 율리아가 따지고 들었다.

"들키지 않고 정사를 계속 이어가기 쉬우니까." 마리우스가 아주 재미있어하며 말했다. "적어도 자기 집 둥지에다 빨강머리 뻐꾸기 새끼를 낳아놓기 전까지는 말이오!"

"아아, 그만 좀 해요!" 율리아가 넌더리를 내며 소리쳤다. "난 못 믿어요, 안 믿을 거예요." 문득 또다른 생각이 떠올랐다. "게다가 이건 가이우스 오빠일 수가 없어요. 오빠는 아직 귀국할 때가 되지도 않았고, 혹시라도 귀국했다면 당신이 못 들었을 리가 없어요. 가이우스는 당신이 맡긴 일을 하고 있잖아요." 그녀는 위협적인 눈으로 마리우스를 쳐다보았다. "어때요? 이 말이 맞지요?"

"내게 쓴 편지를 로마로 보냈나보지." 마리우스가 자신 없는 소리로 말했다.

"우리가 3년간 떠나 있을 거라고 내가 편지로 다 전했는데요? 대략 어디쯤 있을지도 알려줬는데요? 자요, 가이우스 마리우스. 이제 그만 아우렐리아일 리가 없다는 걸 인정하세요!"

"당신이 인정하라고 하면 무엇이든 인정하리다." 대답한 후 마리우스는 웃기 시작했다. "아무리 그래도 내 답은 같소, 율리아. 이건 아우렐리아요!"

"집에 가겠어요." 율리아가 벌떡 일어나며 말했다.

"이집트에 가고 싶다고 했잖소?"

"난 집에 가겠어요." 율리아는 한번 더 말했다. "당신은 어디로 가든 상관 안 해요, 가이우스 마리우스. 이왕에 히페르보레오이의 땅(북쪽 끝에 있다는 신화 속의 땅―옮긴이)으로 가버리면 더 좋겠지만. 나는 집으로 가겠어요."

The
Grass
Crown

제2장

리비아 드루사

"스미르나로 가서 내 재산을 가져올 생각이네." 포룸 로마눔에서 집으로 가는 길에 퀸투스 세르빌리우스 카이피오가 처남 마르쿠스 리비우스 드루수스에게 말했다.

드루수스는 걸음을 우뚝 멈췄다. 뾰족한 검은 눈썹 한쪽이 치켜올라갔다. "아! 그게 현명한 생각일까?" 이렇게 물어놓고 그는 실언을 후회했다.

"현명하냐니, 그게 무슨 말인가?" 싸우기라도 할 기세로 카이피오가 물었다.

드루수스의 손이 뻗어나가 카이피오의 오른팔을 꽉 붙잡았다. "그저 그 말 그대로네, 퀸투스. 스미르나에 있는 자네 재산이 톨로사의 황금이라는 뜻으로 한 말이 아니야. 자네 아버님이 톨로사의 황금을 훔쳤다는 뜻도 아니고! 하지만 로마 사람들 대다수가 자네 아버님이 유죄라 생각하고 스미르나에 자네 이름으로 되어 있는 재산이 실은 톨로사의 황금이라 믿는 것도 사실이 아닌가. 예전에야 그걸 가져온다 해도 사람들의 험악한 눈길과 악평으로 공직생활에 다소 걸림돌이 되는 정도에 그쳤겠지. 하나 지금은 부당취득에 관한 세르빌리우스 글라우키아법이 있다는 것을 잊지 말게. 총독이 공금을 횡령하거나 갈취하고도 다른 사람 명의로 돌려 안전하게 챙길 수 있는 시절은 이제 지나갔어. 글라우키아법에는 불법으로 취득한 재산을 범행 당사자뿐 아니라 최종 수령인에게서도 환수한다는 조항이 구체적으로 명시되어 있네. 아무개 숙부의 명의를 빌리는 방법이 더는 통하지 않는 거지."

"글라우키아법은 소급 적용이 되지 않네." 카이피오가 뻣뻣하게 말했다.

"그런 법적 허점은 복수심이 발동한 호민관 한 명만 있어도 순식간에 평민회에 탄원을 넣어 무효화할 수 있네. 그러면 세르빌리우스 글라우키아법은 소급력을 갖게 되는 거지." 드루수스의 어조는 단호했다. "이보게 퀸투스, 제발 생각 좀 해보게! 내 누이와 조카들이 가장과 재산을 모두 잃는 건 원치 않네. 또한 자네가 스미르나에서 수년간 추방생활을 하는 것도 보고 싶지 않아."

"왜 다들 내 아버지를 물고 늘어지는 건가?" 카이피오가 성을 내며 따져물었다. "메텔루스 누미디쿠스를 보게! 그분은 영예를 가득 안고 돌아왔는데, 가엾은 내 아버지만 영영 추방당한 채 돌아가셨단 말일세!"

"우리 둘 다 그 이유는 알잖은가." 드루수스가 참을성 있게 대답했다. 카이피오가 좀더 똑똑한 사람이면 얼마나 좋았을까 하는 생각만 적어도 천번째인 것 같았다. "평민회를 이끄는 사람들은 신분 높은 귀족이라면 무슨 죄든 봐주는 법이네. 시간이 좀 지나고 나면 특히나 그렇지. 하지만 톨로사의 황금은 특별한 경우였네. 게다가 자네 아버님이 관리하고 있던 중에 사라졌지. 로마 국고에 들어 있는 것보다도 더 많은 황금이 말이야! 자네 아버님이 그것을 횡령했다는 심증을 굳힌 순간, 이곳 사람들은 정의나 공정성, 애국심과는 전혀 상관없이 그분에 대한 반감을 품게 된 거야." 드루수스는 다시 걷기 시작했다. 카이피오도 뒤따라갔다. "제발 잘 좀 생각해보게, 퀸투스! 자네가 집으로 가져오는 재물의 가치가 톨로사의 황금 10분의 1만 되어도, 자네 아버님이 그것을 횡령한 게 틀림없고 자네가 물려받은 거라고 온 로마 사람들이 떠들게 될 걸세."

카이피오가 웃음을 터뜨렸다. "그렇지 않을 걸세." 확신에 찬 어조였다. "나는 이미 모든 가능성을 생각해두었다네, 마르쿠스. 그 문제를 해결하는 데 몇 년이나 걸렸지만, 결국 답을 찾아냈지. 정말이네!"

"어떻게 말인가?" 드루수스가 의심 섞인 말투로 물었다.

"우선, 실제로 내가 어디에 뭘 하러 갔는지 자네 외에는 아무도 모를 걸세. 리비아 드루사와 세르빌리아도 포함해서, 다른 로마 사람들에게는 내가 파두스 강 너머 이탈리아 갈리아에 땅을 보러 간 것으로 해둘 테니까. 지난 수개월간 그럴 계획이라고 말하고 다녔으니 뜻밖으로 여기거나 굳이 캐물으려 하는 사람은 아무도 없을 거야. 뭣하러 그러겠나? 쟁기날부터 쇠사슬 갑옷까지 무엇이든 만들 수 있는 주물공장이 잔뜩 들어선 도시를 건설할 계획이라고 일부러 사람들에게 열변을 토해댔는데. 게다가 그 사업에서 내가 관심을 갖는 건 부동산 쪽이니까 아무도 내 원로원 의원 자격을 비난할 수 없네. 주물공장 운영이야 다른 사람들이 하라고 하고, 나는 도시를 소유하는 것으로 만족해!"

카이피오의 말에 어찌나 의욕이 넘치는지, 드루수스는(그는 처남의 말을 거의 귀담아듣지 않았기 때문에 이 문제에 관한 얘기도 거의 들어보지 못했다) 깜짝 놀라 그를 빤히 쳐다보았다.

"마치 실제로 할 것처럼 말하는군." 드루수스가 말했다.

"아, 할 거야. 주물공장촌은 스미르나에 있는 돈으로 투자하려는 여러 사업 중 하나일 뿐이라네. 로마가 아니라 로마 속령에만 투자할 생각이라서 로마 시내의 금융기관에 새로 예치하는 돈은 없을 걸세. 뭐어차피 국고위원회가 로마 시와 한참 떨어진 곳에서 내가 누구에게 무엇을 얼마나 투자하는지 조사할 만큼 머리가 돌아가거나 시간이 남아나지도 않을 테고."

드루수스의 얼굴 표정은 놀라움으로 바뀌었다. "퀸투스 세르빌리우스, 깜짝 놀랐네! 자네가 그렇게 꾀가 많은 줄 몰랐어."

"깜짝 놀랄 줄 알았네." 카이피오가 우쭐해하며 말했다. 그러고는 바로 다음 말을 덧붙여서 그 놀라움을 망쳐버렸다. "실은 아버지가 돌아가시기 얼마 전에 내게 어떻게 할지 일러주는 편지를 보내주시긴 했네. 스미르나에 엄청난 액수의 돈이 있다고 말이야."

"그래, 그렇겠지." 드루수스가 냉랭하게 대꾸했다.

"아니, 톨로사의 황금은 아니야!" 카이피오가 양손을 내저으며 외쳤다. "아버지 재산뿐 아니라 어머니 재산도 있다네! 아버지는 현명하게도 기소되기 전에 미리 돈을 옮겨놓으셨지. 그 건방지고 비열한 노르바누스 놈이 재판 시작부터 추방당하기 전까지 아버지를 감옥에 가둬놓는 식의 수작으로 방해했음에도 불구하고 말이야. 그 돈 일부는 그간 조금씩 로마로 들어왔지만 액수가 많지 않아 전혀 이목을 끌지 않았네. 바로 그 때문에, 자네가 누구보다 잘 알듯이 아직까지도 내가 검소하게 살고 있는 거야."

"확실히 내가 잘 알긴 하지." 드루수스가 말했다. 그는 카이피오의 아버지가 유죄 선고를 받은 후로 카이피오와 그의 가족을 집에 들여 함께 살고 있었다. "하지만 한 가지 이해할 수 없는 게 있네. 재산을 스미르나에 그냥 둬도 되지 않나?"

"그건 안 되네." 카이피오가 냉큼 대답했다. "아버지께서 스미르나가 영원히 안전하지는 않다고 하셨거든. 코스 섬처럼 은행 시설이 제대로 갖춰진 아시아 속주의 다른 도시들이나, 심지어 로도스 섬도 마찬가지라고 하셨어. 아버지 말씀으로는 아시아 속주가 로마에 대항해 반란을 일으킬 거라더군. 그곳 징세청부업자들 때문에 모두가 로마를 미워하게 되었다고 말이야. 조만간 속주 전체가 들고일어날 거라고 하셨네."

"설령 반란이 일어나더라도 얼마 안 가 진압될 걸세."

"그래, 나도 알아! 하지만 그사이에 아시아 속주에 보관해둔 금은이나 주화와 보물 들이 그대로 있어줄 것 같나? 반란군은 가장 먼저 신전과 은행부터 약탈할 거라고 아버지께서 말씀하셨네."

드루수스는 고개를 끄덕였다. "그 말씀은 아마 맞을 거야. 그래서 자네 돈을 옮기겠다는 거군. 그런데 이탈리아 갈리아로 옮긴단 말인가?"

"일부만, 일부만일세. 일부는 캄파니아로 옮길 거야. 움브리아에도 좀 옮겨놓고, 에트루리아에도 좀 옮겨놓고. 마실리아, 우티카, 가데스 같은 곳으로도 조금씩 옮길 걸세. 다들 지중해 서쪽 끝이지."

"사실을 인정하는 게 어떤가, 퀸투스. 처남이자 매부이기도 한 내게만은 털어놔도 되지 않는가?" 조금은 지친 기색으로 드루수스가 말했다. "자네 누이는 내 아내고, 내 누이는 자네 아내네. 우리는 너무나 끈끈하게 묶여 있어서 절대 서로에게서 벗어날 수 없는 관계야. 그러니 인정하게, 적어도 나한테는! 톨로사의 황금이 맞지 않나."

"톨로사의 황금은 아니네." 카이피오는 완강히 부인했다.

갑갑해. 로마에서 가장 훌륭한 저택이라는 자기 집의 주랑정원 쪽으로 앞서 들어가며 드루수스는 생각했다. 너무 오래 끓인 귀리죽처럼 아둔하고 갑갑한 친구야. 그럼에도…… 그는 8년 전에 자기 아버지가 톨로사에서 나르보로 가는 도중에 도둑맞은 척하고는 히스파니아에서 스미르나로 몰래 들여놓은 만 5천 탈렌툼의 황금을 깔고 앉아 있는 것이다. 훌륭한 로마 보병 1개 대대가 그 황금 수레 행렬을 지키다가 목숨을 잃었다. 하지만 카이피오가 신경이나 쓰는가? 로마 병사들의 대학살을 계획했음이 분명한 그의 아버지는 신경이나 썼던가? 당연히 아니다! 그들이 신경쓰는 것이라고는 자기들의 소중한 황금뿐이다. 세르빌리우스 카이피오 집안은 로마판 미다스 왕들이군. 누군가 "황금이다!"라고 속삭이는 소리를 들어야 평소 빈사상태에 빠져 있던 뇌가 번쩍 깨어나는 족속들.

때는 나이우스 코르넬리우스 렌툴루스와 푸블리우스 리키니우스 크라수스가 집정관으로 재임하던 해의 1월이었다. 드루수스 집 정원의 로투스 나무는 잎이 다 지고 벌거숭이가 되었다. 그래도 멋들어진 연못이나 미론이 만든 연못 주변의 조각상과 분수들은 온수관을 연결해놓은 덕에 여전히 물을 뿜어내고 있었다. 아펠레스, 제욱시스, 티만테스를 비롯한 여러 화가들의 명화는 얼마 전에 주랑 뒷벽에서 떼어내어 따로 보관중이었다. 카이피오의 두 딸이 당시 아트리움의 프레스코화 복원작업을 하고 있던 두 화가의 물감을 가져다가 그 그림들에 마구 처바르다가 들킨 일이 있어서였다. 두 아이 모두 호되게 매를 맞고 넘어갔지만, 드루수스는 유혹의 소지를 아예 없애는 편이 현명하리라 판단했다. 덧칠된 물감은 아직 마르기 전이라 지워 없앨 수 있었다. 하지만 자신의 어린 아들이 조금 더 자라 말썽을 부릴 때가 되면 똑같은 일이 되풀이되지 않는다고 어찌 장담할 수 있겠는가? 어린아이가 있는 집에서는 귀한 예술품을 밖에 내놓지 않는 것이 상책이다. 어린 세르빌리아와 세르빌릴라가 그런 짓을 또 할 거라 생각되지는 않았지만, 아무래도 아이는 또 생길 테니까.

비록 바라던 방식으로는 아니었지만, 드루수스도 마침내 자기 가정을 이루었다. 어째서인지 그와 세르빌리아 카이피오니스 사이에는 아이가 생기지 않았다. 2년 전 이 부부는 티베리우스 클라우디우스 네로의 막내아들을 양자로 들였다. 클라우디우스 씨족의 분가들이 대개 그렇듯이 가난을 면치 못하고 있던 티베리우스는 갓 태어난 자식을 드루수스의 부를 물려받을 상속자로 넘겨주게 되어 대단히 기뻐했다. 양자를 들일 때는 그 집안의 장남을 데려오는 경우가 많았다. 입양하는 집 쪽에서 아이가 정신은 온전한지, 몸은 건강한지, 심성도 좋고 웬만치 총명한지 확인할 수 있기 때문이었다. 그러나 아기를 간절히 원했던 세르빌리아가 어린 아기를 입양할 것을 고집했고 드루수스는 그녀 뜻대로 하게 해주었다. 결혼할 당시에는 전혀 사랑하지 않았으나 어느덧 아내를 끔찍이 사랑하게 되어서였다. 대신 마테르 마투타 여신에게 푸짐한 제물을 바치며, 아기가 마음에 흡족하게 자라날 수 있도록 도와달라고 청함으로써 그 자신의 불안감을 달랬다.

여자들은 육아실 바로 옆에 있는 세르빌리아의 거실에 같이 있다가 만면에 기쁜 기색을 띠고 남편들을 맞으러 나왔다. 그들은 시누이올케 사이일 뿐이었지만, 둘 다 키가 작고 머리카락과 눈 색깔이 검으며 이목구비가 오목조목 반듯한 것이 오히려 친자매에 가까워 보였다. 둘 중에 카이피오의 아내인 리비아 드루사가 좀더 예뻤다. 그녀는 친정 내력인 짧고 굵은 다리를 물려받지 않았고 몸매도 더 좋았다. 눈도 매우 크고 알맞은 위치에 시원하게 자리잡고 있는데다 입은 꽃봉오리처럼 조그맣게 오므라져 있어 미인의 기준에 들어맞았다. 중간에 낀 코는 감정가들의 마음에 들기에는 너무 작은 감이 있었지만 그래도 끝부분이 동그랗게 살짝 솟아 있어서 일자로 쭉 뻗은 코라는 또다른 불리한 조건은 피해 갔다. 피부는 도톰하고 뽀앴으며 허리는 날씬하고 가슴과 엉덩이는 풍만한 곡선을 이루고 있었다. 드루수스의 아내 세르빌리아도 좀 더 말랐을 뿐 거의 비슷한 생김새였다. 그러나 그녀는 턱과 코 주변 피부에 뽀루지가 잘 나는 편이었으며 몸통에 비해 다리가 짧고 목 또한 너무 짧았다.

그러나 둘 중 덜 예쁜 아내를 사랑한 쪽은 드루수스였고, 카이피오는 아름다운 자기 아내를 사랑하지 않았다. 8년 전 합동결혼식을 치를 때만 해도 상황은 그 반대였다. 두 남자 모두 깨닫지 못한 사실이었으나 그 차이는 두 여자에게서 비롯된 것이었다. 리비아는 카이피오가 끔찍이 싫었지만 강제로 결혼한 것인 데 반해, 세르빌리아는 어릴 적부터 드루수스를 사랑했다. 로마 최고 귀족 가문의 일원으로서 두 여인 모두 얌전하고 순종적이며 온화하고 한결같이 남편을 섬기는 전통적 아내상의 전형이었다. 그러다가 몇 해가 지나면서 부부가 서로에 대해 어느 정도 알게 되고 익숙해짐에 따라, 드루수스의 냉담하던 태도는 아내의 변함없는 애정과 잠자리에서 나날이 더 뜨겁게 불태운 열정, 아이가 없어서 부부가 함께 나눈 슬픔으로 인해 차츰 녹아 사라졌다. 반면에 카이피오의 서투른 흠모는 아내가 보인 무언의 혐오와 잠자리에서 나날이 더해간 냉랭함, 딸만 둘이고 더이상 아이가 생기지 않는 데서 오는 원망으로 인해 질식되어버렸다.

육아실에 들르는 것은 당연한 의무였다. 드루수스는 통통하고 가무잡잡한 어린 아들을 애지중지했다. 드루수스 네로라는 이름으로 불리는 그 아이는 이제 거의 만 두 살이 되었다. 카이피오는 딸들에게 그저 고개만 끄덕여 보일 뿐이었고, 아이들은 아버지가 두려워서 벽에 납작 붙어 선 채 입도 벙긋하지 않았다. 이 아이들은 검은 머리카락이며 커다란 눈이며 꽃봉오리 같은 입까지 엄마를 그대로 빼다 박은 축소판이었다. 아버지가 제대로 보려고만 했어도, 자기 딸들이 그 또래 여자아이다운 온갖 매력을 지니고 있음을 알 수 있었을 것이다. 거의 일곱 살이 된 세르빌리아는 아펠레스의 말 그림과 제욱시스의 포도송이 그림을 더 멋지게 만들어보려다가 매를 맞은 일로 많은 것을 배웠다. 아이는 이전에 한 번도 맞아본 적이 없었으며, 매 맞는 경험은 아프기보다 창피함이 더 크고 유익하기보다 짜증나는 일이라는 걸 알게 되었다. 그에 비해 릴라는 그야말로 단순한 사고뭉치로, 감당이 안 될 정도로 고집이 세고 적극적이고 솔직했다. 이 아이는 매를 맞고도 금세 잊어버렸다. 다만 그 일로 아버지에 대해 건전한 존경심을 품게 되었다.

네 명의 어른은 식사를 하러 식당으로 모였다.

"퀸투스 포파이디우스는 안 오신다던가, 크라티포스?" 드루수스가 집사에게 물었다.

"안 오신다는 말씀은 못 들었습니다, 주인어른."

"그렇다면 기다리기로 하지." 카이피오의 질색하는 눈빛을 일부러 무시하며 드루수스가 말했다.

그러나 카이피오는 가만히 무시당하고 있지 않았다. "자네는 왜 자꾸 그 불쾌한 자를 상대하는 건가, 마르쿠스 리비우스?"

처남을 향한 드루수스의 시선은 돌처럼 차가웠다. "퀸투스 세르빌리우스, 자네에 대해서도 내게 같은 질문을 하는 사람들이 있다네." 드루수스가 차분히 내뱉었다.

리비아는 헉하고 숨을 들이쉬며 킥킥 터져나오려는 웃음을 억눌렀다. 그러나 드루수스의 예상대로, 카이피오의 머리는 그의 비난을 알아듣지 못했다.

"글쎄, 내 말이 그 말 아닌가? 왜 그자를 상대해주는가?" 카이피오가 물었다.

"내 친구니까."

"그보단 자네의 거머리겠지!" 카이피오가 코웃음을 쳤다. "정말이지 마르쿠스 리비우스, 그자는 자네한테 빌붙어먹는 걸세. 툭하면 예고도 없이 찾아오고, 항상 뭔가 부탁할 거리를 가져오고, 시도 때도 없이 우리 로마인들에 대해 툴툴거리기나 하고 말이야. 도대체 자기가 뭐라고 생각하는 거야!"

"이탈리아의 마르시족이라고 생각하지요." 쾌활한 목소리가 대답했다. "늦어서 미안하네, 마르쿠스 리비우스. 전에도 말했지만 나 빼고 먼저 식사를 하지 그랬나. 그래도 늦은 이유는 확실히 있다네. 카툴루스 카이사르가 나를 붙잡고 이탈리아인들의 배신행위에 대해 긴 설교를 늘어놓는 걸 꼼짝 않고 서서 들었거든."

실로는 드루수스가 비스듬히 기대앉은 긴 의자의 등받이 쪽 가장자리에 앉아 노예 하나가 신발을 벗기고 발을 씻긴 후 양말을 신겨주는 대로 가만히 있었다. 이어서 가볍게 몸을 틀어 유연한 동작으로 의자에 올라앉았는데, 그가 차지한 자리는 드루수스 왼편의 상석이었다. 카이피오는 드루수스의 의자와 직각으로 놓인 의자에 비스듬히 기대앉아 있었다. 그는 드루수스의 손님이 아니라 가족의 일원이었기 때문에 실로보다 아랫자리였다.

"또 나에 대해 불평하는 거요, 퀸투스 세르빌리우스?" 실로가 대수롭지 않은 듯이 물었다. 동시에 드루수스를 향해 가느다란 눈썹 한쪽을 치켜올리며 눈을 찡긋해 보였다.

드루수스는 활짝 웃었다. 실로를 바라보는 그의 눈빛에는 카이피오를 볼 때보다 훨씬 큰 애정이 담겨 있었다. "내 처남은 늘 뭔가에 대해 불평을 쏟아낸다네, 퀸투스 포파이디우스. 신경쓰지 말게."

"신경 안 쓰네." 이렇게 대답하며 실로는 각기 남편의 맞은편 의자에 앉아 있는 두 여인에게 고개를 살짝 숙여 인사를 건넸다.

드루수스와 실로는 아라우시오 전장에서 처음 만났다. 카이피오의 아버지가 결정적인 원인을 제공하여, 전투가 끝난 뒤 로마군과 이탈리아 동맹군 병사 8만 명이 죽어 쓰러진 곳이었다. 잊지 못할 상황에서 맺어진 둘의 우정은 해가 갈수록 깊어졌다. 두 사람이 맹세한 대의였던 이탈리아 동맹의 운명에 대한 공통된 우려도 둘을 끈끈히 이어주었다. 실로와 드루수스 두 사람은 사회적으로 지극히 어울리지 않는 조합이었다. 그러나 아무리 카이피오가 불평을 하고 원로원의 고위 의원 몇몇이 잔소리를 해댔어도 둘 사이를 갈라놓지는 못했다.

외모로는 이탈리아인 실로가 로마인처럼 보이고 로마인 드루수스는 이탈리아인처럼 보였다. 실로는 코의 생김새도, 중간 정도의 피부색도, 태도도 그야말로 로마인스러웠다. 키가 크고 체격도 좋아 눈만 제외하면 용모가 준수한 사내였다. 그의 눈은 노란빛이 도는 초록색이어서 보기 흉했고, 거의 깜박이지 않는 탓에 약간은 뱀의 눈처럼 보였다. 그러나 이는 마르시족 사이에서 결코 특이한 일이 아니었다. 마르시족은 뱀을 숭배하는 부족으로, 꼭 필요한 때가 아니면 눈을 깜박이지 않도록 스스로 단련하기 때문이었다. 실로의 아버지는 마르시족의 지도자였으며, 아버지가 죽은 뒤 실로는 어린 나이에도 불구하고 그 자리를 이

어받았다. 부유하고 교육도 많이 받았던 터라, 실로는 크게 존중받아야 마땅했다. 그런데 로마인들은 그를 대놓고 무시하지 않으면 얕잡아보며 윗사람인 양 가르치려 들었다. 그는 로마인이 아니고 라티움 시민권자도 아니었기 때문이다. 퀸투스 포파이디우스 실로는 이탈리아인이었고, 그래서 열등한 존재였다.

실로는 로마에서 그리 멀지 않은 이탈리아 반도 중부의 비옥한 고지대 출신이었다. 거대한 푸키누스 호수 수위가 강이나 강수량과는 하등 상관없이 불가사의한 주기로 높아졌다 낮아졌다 하고, 아펜니누스 산줄기가 갈라지며 마르시 땅을 울타리처럼 두른 곳이었다. 마르시족은 이탈리아 부족들 중에서 가장 번영했고 인구도 많았다. 수세기 동안 그들은 로마의 가장 충성스러운 동맹이었다. 어느 로마 장군도 마르시족 부대 없이 승리를 거둔 적이 없고 마르시족을 상대로 이긴 적도 없다는 사실은 마르시족의 가장 큰 자랑거리였다. 그러나 그렇게 수세기가 지났는데도 마르시족은 여타 이탈리아 부족들과 마찬가지로 완전한 로마 시민권을 받을 자격이 없는 것으로 여겨졌다. 그 결과 그들은 로마 정부 사업에 입찰하거나 로마 시민과 결혼할 수 없었고, 기소되어 사형 판결을 받더라도 로마 법원에 항소할 수 없었다. 초주검이 되도록 채찍질을 당하기도 했고, 작물이나 물건이나 마누라를 도둑질 당해도 그 도둑이 로마인이면 법적 보상도 받지 못했다.

로마가 마르시족을 그들의 땅인 비옥한 고지대에서 마음대로 살게 내버려두기라도 했다면 이 모든 부당한 처사가 조금은 덜 거슬리게 느껴졌을지도 모른다. 그러나 완전한 로마 소유가 아닌 이탈리아 반도 내 모든 지역이 그랬듯이, 마르시족의 영토에는 로마가 라티움 시민 거류지를 가장하여 한가운데에 떡하니 세워놓은 알바 푸켄티아라는 지역이 있었다. 당연하게도 알바 푸켄티아는 도시가 되었고 그 일대 최대의 정착지로 성장했다. 로마를 상대로 자유롭게 사업할 수 있는 완전한 로마 시민권자들이 도시의 중심을 이룬데다 나머지 주민들은 일종의 2등 로마 시민권인 라티움 시민권을 보유하고 있었기 때문이다. 라티움 시민권자는 로마 선거에 투표권이 없는 것만 제외하면 로마 시민권자에게 주어지는 대부분의 특권을 누릴 수 있었다. 이 도시의 정무관들은 물론, 그들의 직계 자손도 모두 공직에 오르는 동시에 완전한 시민권을 자동적으로 물려받았다. 그리하여 알바 푸켄티아는 마르시의 오랜 수도 마루비움을 희생시켜가며 크게 성장했고, 로마인과 이탈리아인의 차이를 끊임없이 상기시키는 존재로 자리잡았다.

옛날에는 이탈리아인 모두가 언젠가 라티움 시민권을 얻고 이어서 로마 시민권을 얻게 되기를 열망했다. 아피우스 클라우디우스 카이쿠스 같은 용맹하고 뛰어난 지도자들이 이끌던 시대의 로마는 변화의 필요성을 의식했고, 종국에는 전 이탈리아인이 온전한 로마인이 될 것이라고 내다보는 분별이 있었다. 그러나 한니발이 이탈리아 반도를 휘젓고 다니던 시기에 일부 이탈리아 부족이 그의 편을 든 후 로마는 완고한 태도로 돌아서버렸고, 로마 시민권은커녕 라티움 시민권 부여마저 중단되고 말았다.

한 가지 이유는 이탈리아인들이 로마 및 라티움 시민권을 받은 도시들은 물론이고 로마 본토로까지 이주하는 사례가 늘어난다는 것이었다. 이들 지역에서 장기간 거주하게 되면 라티움 시민권이나 심지어 완전한 로마 시민권까지 얻을 수 있었다. 파일리그니족은 라티움 시민권 도시인 프레겔라이에 부족 4천 명을 빼앗겼다고 호소했으며, 로마의 징병 요구가 있었을 때 이를 구실로 병사를 내주지 않았다.

이따금 로마는 대규모 이주문제를 해결해보려는 시도를 했다. 이러한 노력의 정점을 이룬 것이 프레겔라이 반란이 일어나기 전해에 호민관 마르쿠스 유니우스 펜누스가 제안한 법이었다. 펜누스는 로마 시와 로마의 거류지에서 비시민권자를 모조리 추방했는데, 그 과정에서 로마 귀족사회를 뿌리까지 뒤흔든 충격적인 사실이 드러났다. 4년 전 집정관을 지낸 마르쿠스 페르페르나가 로마 시민권이 없는 이탈리아인이었음이 밝혀진 것이다!

로마의 지배층 내부에서 즉각적인 반향이 일었다. 이탈리아인들의 신분 상승을 앞장서서 반대한 인물 중에는 드루수스의 아버지인 감찰관 마르쿠스 리비우스 드루수스도 있었다. 그는 가이우스 그라쿠스를 실각시키고 가이우스 그라쿠스가 제정한 법을 무너뜨리는 일에 가담했다.

바로 그 감찰관의 아들로, 아버지가 감찰관 재직중에 사망하면서 일찌감치 가장 역할을 물려받은 드루수스가 아버지의 사고방식과 행동수칙을 저버리리라고는 아무도 예상하지 못했다. 그는 흠잡을 데 없는 평민 귀족 혈통에 대신관단의 일원이자 어마어마한 재산가였고, 세르빌리우스 카이피오 가문과 코르넬리우스 스키피오 가문, 아이밀리우스 레피두스 가문 같은 파트리키 가문과 혈연이나 결혼으로 맺어져 있었다. 이런 배경을 가졌으니 드루수스는 마땅히 원로원을 좌지우지하며 나아가 로마를 움직이던 극보수파 세력의 중추적인 인물이 되었어야 했다. 그리되지 않은 것은 순전히 우연이었다. 드루수스가 아라우시오 전투에 군무관으로 참전한 일이 계기였다. 그 전투에서 파트리키인 전직 집정관 퀸투스 세르빌리우스 카이피오가 신진 세력이던 가이우스 말리우스 막시무스에게 협조하기를 거부한 결과, 로마 군단과 이탈리아 동맹군이 알프스 너머 갈리아에서 게르만족에게 전멸당한 것이다.

알프스 너머 갈리아에서 돌아온 후 드루수스는 삶에서 새로운 두 가지를 마음 깊이 품게 되었다. 하나는 마르시족 귀족인 실로와의 우정이었고, 다른 하나는 자신과 같은 계급과 배경을 가진 사람들, 그중에서도 특히 자신의 장인 카이피오가 로마 귀족이나 이탈리아 보조군, 로마 최하층민을 막론하고 아라우시오에서 죽어간 병사들의 노고에 대해 고마워하거나 존중하는 마음이 전혀 없다는 깨달음이었다.

그렇다고 해서 청년 드루수스가 곧바로 진정한 개혁가로서의 목표와 포부를 품게 되었다는 뜻은 아니다. 그러기엔 그에게는 타고난 계층의 성향이 너무나 짙게 배어 있었다. 그러나 앞서 다른 로마 귀족들이 그랬듯이, 드루수스도 일련의 사건을 겪고 새삼 생각에 잠기게 된 것이다. 가령 그라쿠스 형제의 운명은 로마 최고 귀족 가문의 자손이었던 형 티베리우스 셈프로니우스 그라쿠스가 젊은 시절 에트루리아 일대를 여행하던 순간에 정해졌다는 얘기가 있다. 그곳에서는 몇 안 되는 부유한 로마인들이 로마의 공유지를 장악하고 있었다. 그들은 그 땅에서 쇠사슬로 한데 묶인 노예들을 부려 가축을 방목했고, 밤마다 에르가스툴룸이라 알려진 악명 높은 수용소에 노예들을 가둬놓았다. 그 모습을 본 티베리우스 그라쿠스는 자문했다. 이 땅을 소유해야 할, 그리하여 알찬 생활을 꾸리고 아들을 키워 군대에도 보낼 로마의 소규모 자작농들은 어디 있는가? 귀족 계급의 일원이었음에도 티베리우스 그라쿠스는 이 문제에 대해 생각하기 시작했다. 또한 귀족 계급의 일원이었기에 그는 로마를 향한 넘치는 애국심뿐 아니라 강한 정의감을 지니고 있었다.

아라우시오 전투가 있은 지 7년이 흘렀다. 7년 사이 드루수스는 원로원에 들어갔고, 아시아 속주에서 재무관으로 일했으며, 장인이 불명예스럽게 추방된 후 불가피하게 처남과 그 가족을 자기 집으로 들였다. 또한 국가의 종교를 관장하는 신관이 되었고, 개인 재산을 생산적으로 잘 관리했으며, 사투르니누스와 그 동료들이 살해당하는 것으로 끝난 참담한 사건들을 보고 들었고, 사투르니누스가 스스로 로마의 왕이 되고자 기도했을 때는 원로원 편에서 그에 맞서 싸웠다. 7년 동안 드루수스는 실로를 여러 번 집으로 초대해서 그의 얘기를 들었으며, 그 자신도 줄곧 생각을 했다. 이탈리아인과 관련한 골치 아픈 문제를 철저히 로마식이면서 완전히 평화적이고 양쪽을 모두 만족시킬 수 있는 방식으로 해결하는 것이 그가 품은 맹렬한 포부였다. 이 목적을 위해 드루수스는 조용히 자신의 정력을 쏟았다. 이상적인 해결책을 찾을 때까지는 자신의 의도를 다른 사람들에게 알리고 싶지 않았다.

드루수스의 생각이 어떤 방향으로 나아가는지 아는 사람은 마르시족인 실로가 유일했다. 실로는 섬세하고 사려 깊게 처신했다. 너무나 빈틈없고 신중했기에 드루수스를 다그친다거나 자신의 견해를 지나치게 분명히 밝히는 실수는 범하지 않았다. 그 자신의 생각은 드루수스와는 조금 달랐다. 아라우시오에서 실로가 지휘한 군단의 6천 병사는 비전투원에 이르기까지 거의 남김없이 전멸되었다. 그들은 마르시족이지, 로마인이 아니었다. 그들을 낳아 기른 것도, 그들에게 갑옷과 무기를 준 것도, 전장에서 그들 군단의 유지비용을 댄 것도 마르시 사람들이었다. 이렇듯 사람과 시간과 돈을 투자했는데도, 로마는 사후에 감사를 표하지 않았고 보상하겠다고 제안하지도 않았다.

드루수스는 이탈리아 전체에 참정권을 부여하는 것을 꿈꾸었던 반면, 실로는 로마로부터의 분리 독립을 꿈꾸었다. 이탈리아인 전체가 연합된 완전한 독립 국가, 로마인들의 지배를 받지 않는 이탈리아를. 실로가 반드시 이루어지리라 단언했듯이 그렇게 이탈리아 통일 국가가 세워지고 나면, 그 국가를 형성하는 이탈리아 부족들이 로마를 상대로 전쟁을 일으켜 승리를 쟁취하고, 로마와 로마인들은 물론 로마의 해외 영토까지 모조리 이 신생국으로 흡수하리라.

이런 꿈을 품은 사람은 실로만이 아니었고, 실로도 자신이 혼자가 아님을 알고 있었다. 그는 지난 7년간 이탈리아 전역과 심지어 이탈리아 갈리아까지 돌아다니며 뜻이 통하는 사람들을 찾아다닌 결과 그런 이들의 수가 적지 않음을 알게 되었다. 그들은 모두 자기 부족이나 종족의 지도자들로, 크게 두 부류로 나뉘었다. 첫째 부류에 해당하는 마리우스 에그나티우스, 가이우스 파피우스 무틸루스, 폰티우스 텔레시누스 같은 이들은 각자의 종족사회에서 명망 높은 오랜 귀족 가문 출신이었다. 다른 한 부류는 마르쿠스 람포니우스, 푸블리우스 베티우스 스카토, 가이우스 비다킬리우스, 티투스 라프레니우스 등 현재 중요한 위치에 올라 있는 비교적 신진 세력이었다. 이탈리아 곳곳의 식당과 서재에서 논의가 계속되었다. 거의 모든 대화는 라틴어로 진행되었지만, 그 사실도 로마가 저지른 범죄를 용서하기에 충분한 이유로는 여겨지지 않았다.

이탈리아 통일 국가를 세운다는 구상은 새로울 것이 없었겠지만, 여러 이탈리아 지도자들 사이에서 실효성 있는 대안으로서 논의된 것은 확실히 전에 없던 일이었다. 과거에 그들은 완전한 로마 시민권을 획득하여 이탈리아 전 지역을 빠짐없이 장악한 로마의 일부가 되는 것에 모든 희망을 걸었다. 이탈리아 동맹과의 관계에서 로마가 워낙 우위를 점하고 있었기에 이탈리아인들의 사고는 로마의 방식을 그대로 따라갔다. 로마의 관습을 옹호하고 싶어했고, 자신들의 혈통과 재산과 토지가 완전하고 동등하게 로마의 일부가 되기를 원했던 것이다.

이런 논의에 참여한 사람들 중 일부는 아라우시오 전투를 탓했지만, 개중에는 라티움 시민권자들 사이에서 이탈리아인들의 대의에 대한 지지가 갈수록 줄어드는 상황을 탓하는 이들도 있었다. 라티움 시민권자들은 이제 자신들이 일반적인 이탈리아인들보다 우월하다고 여기기 시작했다. 라티움 시민권자들에게 책임을 돌린 이들이, 라티움 시민권자들의 배타적 권리가 갈수록 노골적으로 향유되고 있음을 지적하는 것도 틀린 말은 아니었다. 라티움 시민권자들로서는 반도 주민의 일부를 자신들보다 열등한 위치에 둘 필요가 있는 듯했다.

물론 아라우시오 전투는 수십 년에 걸친 병사들의 사망 사건 중에서도 정점을 이루었다. 병사들이 죽어나가면서 반도 전체의 남자 인구가 갈수록 부족해졌으며, 그 여파로 농장과 사업체가 버려지거나 빚 때문에 팔려나갔고 어린아이나 일할 수 있는 젊은 남자가 얼마 남지 않게 되었다. 그러나 병사들의 죽음은 로마인과 라티움인에게 똑같이 영향을 끼쳤으므로 전적으로 그 탓이라고 할 수는 없었다. 이 밖에도 로마인 지주들에 대한 분노가 곪아터질 지경에 이르렀다. 이들은 로마에 살면서 라티푼디움이라는 방대한 토지를 노예들만을 이용해 경작하는 부유한 자들이었다. 로마 시민이 노골적으로 이탈리아인을 학대하는 사례는 너무나 많았다. 그들은 권력과 영향력을 이용하여 잘못하지도 않은 사람에게 채찍질을 가하고, 남의 여자를 빼앗았으며, 자작농들의 소규모 농지를 몰수해 자기네 토지를 키웠다.

이탈리아의 분리 독립을 거론하는 사람들 대다수가 대체 무슨 계기로 로마로부터 완전한 시민권을 받아내고 싶어하던 생각을 버리고 별개의 독립 국가를 세우는 쪽으로 기울게 되었는지는 확실치 않았다. 실로조차도 정확한 이유를 몰랐다. 분리 독립이 유일한 길이라는 실로 자신의 믿음은 아라우시오 전투에서 비롯된 것이었다. 하지만 그와 얘기를 나눈 사람들은 아라우시오 전장에 있지도 않았다. 이렇게 사람들이 로마로부터 벗어나기로 새로이 결심하게 된 것은 어쩌면 순전한 피로감에 기인했을지도 모르겠다고 실로는 생각했다. 로마가 그 대단한 시민권을 나눠주던 시절은 이미 끝났으며 지금의 이 상황이 앞으로도 계속될 거라는 뿌리깊은 예감 말이다. 상처 위에 모욕까지 쌓이다보니 이탈리아인들이 로마 치하의 삶을 도저히 참을 수도, 견딜 수도 없다고 느끼는 지경에까지 이른 것이다.

삼니움족 지도자 가이우스 파피우스 무틸루스에게서 실로는 거의 광적으로 분리 독립의 가능성에 매달리는 모습을 보았다. 실로 본인은 동족들이 처한 곤경이 싫었을 뿐, 로마나 로마인이 싫지는 않았다. 그러나 무틸루스는 티베리스 강의 소금길을 가로지른 조그만 로마인 공동체가 처음 이빨을 드러내기 시작한 이래 로마에 가장 완강하고 끈질기게 맞섰던 부족의 일원이었다. 무틸루스는 온 마음을 다해서, 의식에 이른 모든 생각과 그 아래 숨은 무의식까지 통틀어서 로마와 로마인을 미워했다. 그는 진정한 삼니움족으로서 이 세상에 태어난 로마인이 남김없이 역사의 장에서 지워져버리기를 염원했다. 실로가 로마의 반대자라면 무틸루스는 로마의 적이었다.

이의나 현실적인 고려사항을 모조리 압도해버릴 만큼 강력한 공동의 대의를 가진 회합이 으레 그러하듯, 처음에는 그저 무언가 대책이 없을까 생각해보려고 모였던 이 이탈리아인들은 해야 할 일은 오직 하나, 분리 독립밖에 없다고 순식간에 결정을 내렸다. 그렇지만 그들 모두 전쟁 없이 이탈리아 독립국가가 건국될 수 있으리라 생각할 정도로 로마를 모르지는 않았다. 그런 까닭에 앞으로 몇 년 안에 모종의 독립 선언을 고려할 사람은 아무도 없었다. 대신 이탈리아 동맹의 지도자들은 로마와의 전쟁 준비에 몰두했다. 전쟁을 일으키려면 엄청난 노력과 막대한 돈, 그리고 아라우시오 전투 이후 몇 년 사이에 확보할 수 있는 것보다 훨씬 많은 남자가 필요할 터였다. 확실한 날짜는 정해지지도, 거론되지도 않았다. 당장은 우선 이탈리아의 어린 소년들이 자라나는 동안 가능한 한 모든 정력과 돈을 끌어모아 무기와 갑옷을 제작하고, 로마와 전쟁을 벌여 승리할 수 있을 만큼 전쟁 물자를 넉넉히 비축해두어야 했다.

당장은 준비된 것이 거의 없었다. 이탈리아 병사들은 대개 이탈리아에서 멀리 떨어진 곳에서 죽었고 그들의 무기와 갑옷은 좀체 고향으로 되돌아오는 법이 없었다. 가장 큰 이유는, 전장에서 가능할 때마다 그러한 무기와 갑옷을 챙기는 것은 로마군인데, 당연하게도 그들이 이 물건들에 '동맹군' 딱지를 붙이는 것을 잊었기 때문이다. 일부 무기는 합법적으로 구입할 수도 있었지만, 새로운 이탈리아가 로마를 무찌르는 데 필요하리라고 실로와 무틸루스가 예상한 수십만 병사를 무장시키기에는 턱없이 모자라는 수준이었다. 그리하여 무기 준비는 부정한 방식으로 이루어졌고 진행 속도도 매우 더뎠다. 목표치에 도달하기까지는 수년을 더 기다려야 할 터였다.

일을 더 어렵게 만든 것은, 무슨 일이 벌어지는지 알게 되면 로마 관련 인사나 아니면 아예 로마 정부에 바로 일러바칠 사람들이 득시글한 와중에 그들의 턱밑에서 모든 일을 수행해야 한다는 점이었다. 여기저기 돌아다니는 로마 시민들은 물론이고 라티움 시민권자 거류지도 믿을 수 없는 건 자명했다. 그래서 관련된 활동 본부와 장비 은닉처는 로마의 도로와 여행자, 로마나 라티움 거류지로부터 멀리 떨어진 궁촌 벽지에 집중되었다. 어느 쪽으로 가나 이탈리아 지도자들은 산더미 같은 어려움과 위험에 맞닥뜨렸다. 그럼에도 무장 준비는 계속되었고, 최근에는 신병 훈련까지 추가되었다. 상당수의 이탈리아 사내아이들이 자라나고 있었던 것이다.

이 모든 비밀을 간직한 채 실로는 식사시간 대화에 자연스럽게 끼어들었다. 죄책감이나 불안감은 없었다. 누가 또 아는가? 결국 드루수스가 평화롭고 효율적인 해결책을 찾아내게 될지. 세상에는 별의별 일이 다 있었으니까!

"퀸투스 세르빌리우스가 몇 달간 집을 떠나 있게 되었다네." 드루수스가 누구에게랄 것 없이 모두에게 말했다. 화제를 돌리기에 좋은 얘기였다.

방금 리비아의 눈에 스쳐지나간 것은 기쁨의 섬광이었을까? 실로는 문득 궁금해졌다. 그는 리비아가 대단히 좋은 여성이라고 생각했지만 어떤 여자인지는 도무지 감을 잡을 수 없었다. 자기 삶에 만족할까? 남편 카이피오는 좋아하나? 자기 오빠 집에서 사는 건 좋을까? 그 자신의 직감은 이 질문들에 모두 아니라고 답했다. 하지만 확신할 수는 없는 노릇이었다. 이런 생각을 하다가 어느새 실로는 리비아에 관해 깡그리 잊어버렸다. 카이피오가 자신의 계획에 대해 말하고 있었기 때문이다.

"……특히 파타비움과 아퀼레이아 일대에 말이지." 카이피오의 말이

들려왔다. "노리쿰에서 나는 철을 가져다가 파타비움과 아퀼레이아 인근에 지어놓은 주물공장에 공급할 수 있거든. 먼저 노리쿰의 철광 채굴권을 따내야겠지만. 가장 중요한 건, 이쪽 이탈리아 갈리아 동부 지역은 온갖 나무들이 우거진 광대한 숲과 매우 가까워서 숯을 만드는 데 더없이 이상적이라는 사실이네. 너도밤나무와 느릅나무가 잔뜩 있어서 언제든 베어다 쓸 수 있다고 대행인이 그러더군."

"확실히 철이 얼마나 잘 확보되느냐에 따라 주물공장 부지가 결정되지요." 어느덧 열심히 경청하고 있던 실로가 말했다. "피사이와 포풀로니아도 그렇게 해서 주물공장촌이 된 것 아니오? 일바 섬에서 바로 철을 실어오니까."

"그건 잘못 안 거요." 카이피오가 모처럼 분명한 어조로 말했다. "사실 피사이와 포풀로니아가 그토록 이상적인 주물공장촌이 된 것은 숯을 만들기 적합한 나무가 많기 때문이오. 이탈리아 갈리아 동부도 마찬가지일 테지. 숯을 만드는 건 제조과정의 일부인데, 철공소들은 금속보다 숯을 열 배쯤 더 먹어치우거든. 바로 이 때문에 내가 이탈리아 갈리아 동부에서 할 사업에 강철 제조업자촌 못지않게 숯 제조업자촌을 세우는 것이 중요한 거요. 주택과 작업장을 짓기에 적합한 땅을 매입한 뒤 대장장이들과 숯꾼들을 설득해서 내가 만든 소도시에 정착하게 할 작정이오. 관련도 없는 여러 업자들에 둘러싸여 있을 때보다 유사 업체들이 옹기종기 모여 있을 때 일이 훨씬 잘될 거란 말이지."

"하지만 그리되면 그 작은 업체들 간에 경쟁이 치열해지고 구매자를 찾기도 너무 어렵지 않겠소?" 점점 커져가는 흥분을 숨기며 실로가 물었다.

"왜 그렇다는 건지 모르겠군." 카이피오가 대답했다. 그는 이 문제에 대해 제대로 조사해서 놀라운 진척을 보이고 있었다. "가령 어느 군대의 공병대장이 쇠사슬 갑옷 만 벌과 투구 만 개, 장검과 단검 만 자루, 창 만 자루를 구한다고 칩시다. 품목을 하나하나 구하러 뒷골목을 수없이 뒤지고 다닐 필요 없이, 한번에 다양한 주물공장들을 오갈 수 있는 곳으로 향하지 않겠소? 또 자유인 열 명과 노예 열 명을 일꾼으로 두고 작은 주물공장을 운영하는 사람이 있다고 한다면, 이 공장주로서도 고객들이 물건을 사러 어디로 가야 할지 알고 있어서 자기가 만든 제품을 동네방네 알리고 다닐 필요 없이 팔 수 있다면 한결 편하지 않겠소?"

"자네 말이 맞네, 퀸투스 세르빌리우스." 드루수스가 신중하게 말했다. "아닌 게 아니라 요즘 군대들은 이런저런 강철 제품을 10만 개씩 필요로 하지. 그것도 늘 급하게 말이야. 재산이 있는 사람만 병사가 되었던 옛날에는 달랐지. 아들이 열일곱 살이 되면 아빠는 쇠사슬 갑옷이며 투구, 장검, 단검, 방패, 창을 선물로 주고 엄마는 군화와 방패 덮개, 배낭, 말총 장식, 사굼을 주었지. 누이들은 따뜻한 양말을 짜주고 튜닉 예닐곱 벌을 만들어주었고. 청년은 평생 동안 그 군장을 지니고 있었고, 자신이 전장에 나가는 시기가 끝나면 대개 아들이나 손자에게 물려주었지. 그러나 가이우스 마리우스가 우리 군대에 최하층민을 입대시킨 후로, 신병들 중 열에 아홉은 쇠사슬 갑옷에 피부가 쓸리지 않도록 두르는 목도리조차 살 형편이 안 되는 상황이네. 제대로 된 군장을 갖춰줄 어머니와 아버지와 누이들이 없는 건 말할 것도 없고 말이야. 한순간에 우리 군의 병사들이 예전의 가장 못한 비전투원만큼이나 군장을 제대로 못 갖추게 된 것일세. 수요가 공급을 앞질러버렸네만, 어디서든 부족한 장비를 찾아내야 하지 않겠나! 우리 군단의 병사들을 군장도 제대로 갖추지 않은 채 전장에 내보낼 수는 없는 노릇이니까."

"바로 이게 답이었군." 실로가 말했다. "퇴역병사들이 왜 그리도 많이 내게 찾아와 대장장이 일을 시작할 사업자금을 빌려달라고 간청하는지 궁금했는데 말이야! 당신 말이 전적으로 옳소, 퀸투스 세르빌리우스. 당신이 계획하는 철강촌들은 거의 한 세대 내내 다른 상품을 찾을 필요가 없이 군장비만 팔아도 될 거요. 사실 나는 우리 부족의 대표로서, 머지않은 장래에 틀림없이 로마가 병사를 요청해올 텐데 우리 부족 군단의 무기와 갑옷을 어디서 구해야 할지 고심하고 있었소. 삼니움족도 그렇고, 아마 다른 이탈리아 부족들도 마찬가지일 거요."

"히스파니아 쪽을 고려해보는 게 어떤가." 드루수스가 카이피오에게 말했다. "그쪽 철광산 근처에 아직 숲이 있을 듯한데."

"먼 히스파니아 쪽은 그렇지." 기뻐서 싱글거리며 카이피오가 대답했다. 갑자기 자신이 진지한 주목의 대상이 되는 이런 상황은 그로서는 처음 겪어보는 일이었기 때문이다. "오로스페다의 옛 카르타고 광산은 목재 자원이 고갈된 지 오래지만 새로 생긴 광산들은 모두 울창한 숲 지대에 있지."

"당신이 세운 공장촌들이 제품을 생산하기까지 얼마나 걸리겠소?" 실로가 지나가는 말처럼 물었다.

"이탈리아 갈리아의 경우는 2년 내로 기대하고 있소. 물론," 카이피오가 재빨리 덧붙였다. "나는 그 업체들이나 그들이 생산하는 제품과는 아무 상관이 없소. 감찰관들의 비위를 거스를 일은 일절 하지 않을 거니까. 개인적으로 내가 하려는 일은 소도시를 건설해서 임대료를 걷는 것뿐이오. 원로원 의원으로서 당연히 할 수 있는 일이지."

"대단하십니다." 실로가 비꼬듯이 말했다. "그 소도시들의 위치가 숲과 인접할 뿐 아니라 수로도 잘 나 있는 곳이기를 바라오."

"배가 다닐 수 있는 강가로 고를 생각이오." 카이피오가 대꾸했다.

"갈리아인들은 대장장이 일에 능하지." 드루수스가 말했다.

"하지만 그 일로 번창할 수 있을 만한 조직력이 없지." 카이피오는 대답하며 우쭐한 기색을 보였다. 그가 부쩍 자주 짓기 시작한 표정이었다. "내가 조직을 갖춰놓으면 앞으로 훨씬 더 잘하게 될 걸세."

"상업이 당신 강점이라는 걸 확실히 알겠소, 퀸투스 세르빌리우스. 원로원 의원은 관두고 기사가 되지 그러오. 그리되면 주물공장에 숯공장까지 소유할 수 있을 텐데 말이오." 실로가 말했다.

"뭐요, 나더러 사람들을 상대하란 말이오?" 카이피오가 기겁하며 물었다. "아니, 싫소! 그건 다른 사람들을 시켜야지!"

"직접 임대료를 걷는 게 아니었소?" 실로가 시선을 바닥에 돌린 채 슬쩍 떠보듯 물었다.

"당치도 않소!" 미끼를 덥석 문 카이피오가 소리쳤다. "그런 일을 도맡아 할 괜찮은 대행회사를 플라켄티아에 세울 계획이오. 자네 친척 아우렐리아야 직접 세를 걷어도 무방하다고 생각할지 모르겠네, 마르쿠스 리비우스." 그는 드루수스 쪽을 보며 말했다. "하지만 개인적으로 나는 그건 아주 천박한 취미라고 생각하네."

한때 드루수스는 아우렐리아라는 이름만 들어도 심장이 뒤틀리는 듯 괴로웠다. 그가 아우렐리아의 가장 열렬한 구혼자 중 하나였던 까닭이다. 그러나 자신이 아내를 사랑하고 있음을 잘 아는 지금의 그는 처남에게 싱긋 웃어 보이며 아무 거리낌없이 이렇게 말할 수 있었다. "아우렐리아는 그녀 본인 외에는 어떤 잣대로도 잴 수 없는 사람이네. 내 보기엔 나무랄 데 없는 취미 같은걸."

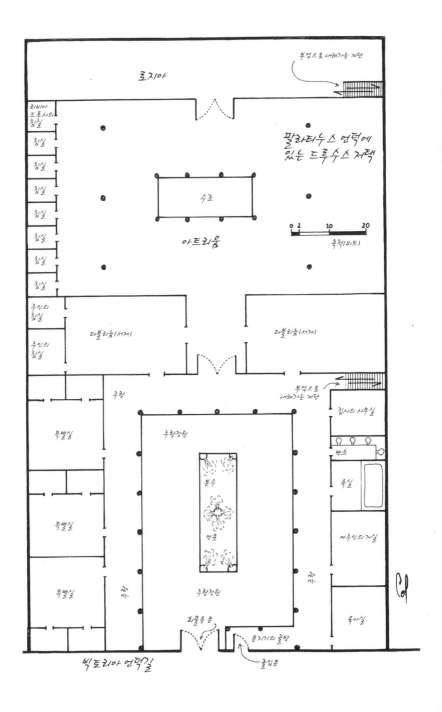

로지아

북쪽으로 내려가는 계단

리비아와 드루수스의 침실

침실

침실

침실

침실

침실

침실

주인의 침실

주인의 침실

타블리눔(서재)

타블리눔(서재)

팔라티누스 언덕에 있는 드루수스 저택

수조

아트리움

0 2   10   20
축적(피트)

주랑

주랑정원

집사의 사무실

변소

목욕실

여주인의 거실

육아실

특별실

특별실

특별실

주랑

주랑

분수

연못

주랑정원

북쪽으로 내려가는 계단

화물용 문

문지기의 골방

출입문

빅토리아 언덕길

이렇게 얘기가 오가는 내내, 여자들은 자리만 지키고 있을 뿐 대화에 단 한 마디도 보태지 않았다. 할말이 없어서가 아니라 남자들의 대화에 끼어드는 것은 바람직하지 않다고 여겨졌기 때문이다. 여자들은 말없이 앉아 있는 것에 익숙했다.

저녁식사 후 리비아는 급히 할 일이 있다는 핑계를 대고 물러나 올케 세르빌리아를 어린 드루수스 네로와 함께 육아실에 남겨두고 나왔다. 밖은 아주 캄캄하고 추웠다. 리비아는 하인에게 외투를 가져오게 하여 단단히 두른 다음 아트리움을 지나 로지아로 나갔다. 여기라면 아무도 자신을 찾으러 올 생각을 못할 테니 혼자 평화로운 시간을 즐길 수 있을 터였다. 혼자만의 시간. 멋지고도 감사한 혼자만의 시간.

그래, 남편이 떠난단 말이지! 드디어 그가 떠난다! 그는 재무관 직을 맡았을 때조차 로마 시내를 근무지로 골랐다. 자기 아버지가 죽기 전 추방생활을 하던 3년 동안에도 카이피오는 단 한 번도 스미르나로 아버지를 찾아간 적이 없었다. 결혼 첫해에 잠깐 군무관으로 아라우시오 전투에 참전해서 놀랍게도 털끝 하나 다치지 않고 돌아왔을 때를 제외하면, 퀸투스 세르빌리우스 카이피오는 한 번도 아내와 떨어져 있은 적이 없었다.

지금 남편의 머릿속에 무슨 생각이 돌아가고 있는 건지 리비아는 알지 못했다. 그로 인해 남편이 집을 떠나기만 한다면야, 뭐가 됐든 상관도 없었다. 짐작건대 마침내 돈이 너무 궁해져서 자금 상황을 개선하려면 뭐라도 해야겠다는 생각이 든 것 같았다. 물론 지난 수년간 리비아는 남편이 정말로 자기 말처럼 가난한 게 맞을까 내심 궁금했던 적이 많았지만. 오빠는 어떻게 우리 식구를 참고 지냈을까, 그녀로서는 이해할 수가 없었다. 오빠 집이 온전히 오빠 집이 아닌 것은 물론이고, 그

비할 데 없는 명화들까지 치울 수밖에 없었으니. 아버지가 살아계셨다면 얼마나 경악하셨을까! 아버지께서는 순전히 당신이 수집한 미술작품을 어울리게 걸어놓으려고 이 큰 저택을 지으셨으니 말이다. 아아, 오빠, 왜 나를 억지로 그와 결혼시켰나요?

결혼한 지 8년이 지나고 두 아이를 낳았어도 리비아는 자신의 운명을 받아들일 수 없었다. 결혼 초의 몇 년은 최악이어서, 마치 절망의 구렁텅이로 떨어진 것 같았다. 그래도 바닥을 치고 나자 자신의 불행에 대처하는 법을 알게 되었다. 또한 그녀는 오빠가 마침내 자신을 꺾어놓는 데 성공하고서 했던 말을 결코 잊지 않고 있었다.

"나는 네가 자신의 결혼을 기뻐하는 여느 처녀와 마찬가지로 퀸투스 세르빌리우스를 대하기를 원한다. 그는 네가 기뻐한다고 생각해야 한다. 너는 그의 기대에 어긋나지 않는 경의와 존경과 관심과 애정으로 그를 대해야 한다. 단 한 순간도, 결혼한 후 침실에서조차, 네가 그를 남편으로 택한 것이 아니라는 암시를 줘서는 안 된다."

드루수스는 화로의 여신 베스타, 식품 저장실의 수호신 페나테스, 라르 파밀리아리스 같은 가정의 신들을 모셔놓은 아트리움 내 제단으로 누이를 데려가서 그가 시킨 대로 하겠노라는 끔찍한 맹세를 하게 만들었다. 물론 그녀가 자신에게 했던 이런 행동 때문에 오빠를 미워하던 시기는 오래전에 지나갔다. 나이 먹으면서 철이 들기도 했고, 예전에는 있는 줄도 몰랐던 오빠의 다른 일면을 거듭 보게 된 때문이기도 했다.

어린 시절과 사춘기에 본 드루수스는 누이에게 엄격하고 냉담했으며 무관심했다. 그녀가 얼마나 오빠를 무서워했던가! 시아버지가 몰락하고 추방당한 이후에야 그녀는 드루수스의 참모습을 알게 되었다. 아니, 어쩌면 드루수스가 아라우시오 전투를 겪고 나서, 그리고 자기 아내를 좋아하게 된 후로 변했으리라는 생각도 들었다(리비아 역시 리비우스 드루수스 가문의 냉철한 머리를 갖고 있었던 것이다). 자신에게 카이피오와의 결혼을 강요한 일에 대해 일절 언급하지도 않았고 그 끔찍한 맹세로부터 풀어주지도 않았지만, 확실히 드루수스는 예전보다 부드러워지고 다가가기 쉬운 사람이 되었다. 무엇보다 그녀는 누이인 자신과 매부인 카이피오에 대한 그의 변함없는 의리에 탄복했다. 그는 말로든 표정으로든 한 번도 누이의 식구들이 자기 집에 와 있는 것에 불만을 드러낸 적이 없었다. 바로 그 때문에, 오늘 저녁 실로를 비난하는 카이피오에게 드루수스가 되받아치는 것을 보고 그녀는 거의 숨이 막힐 정도로 놀랐던 것이다.

오늘밤 카이피오는 어찌나 똑똑히 말을 잘하던지! 자기가 얘기하는 주제에 열성적이었고, 자기가 하려는 일을 상당히 논리적이고도 의욕적으로 설명한데다, 지금까지는 현실적이고 능률적으로 일을 진척시킨 것 같았어. 어쩌면 실로의 말이 맞는지도 몰라. 어쩌면 카이피오는 천성적으로 상업이 잘 맞고 기사 사업가가 되는 게 어울릴지도. 그가 세워놓은 계획은 흥미진진하게 들렸어. 돈벌이도 잘될 것 같았고. 아, 내 집에서 살게 되면 얼마나 좋을까! 리비아는 생각했다. 그녀는 자기 집을 간절히 바라고 있었다.

로지아에서 아래층의 북적거리는 하인들 숙소로 이어져 있는 계단 입구로부터 커다란 웃음소리가 터져나왔다. 리비아는 흠칫 놀라며 떨다가 아주 작게 웅크렸다. 노예들이 갑자기 로지아를 가로질러 아트리움 문 쪽으로 가지 않을까 해서였다. 아니나다를까 사내들 몇 명이 그리스어로 떠들면서, 여전히 자기네들끼리 낄낄거리며 계단 위로 올라왔다. 사투리로 어찌나 빠르게 지껄여대는지 리비아는 그들의 농담을 전혀 알아들을 수가 없었다. 그들은 너무나 행복해 보였다! 어째서일까? 내게는 없는 무엇을 그들이 가졌단 말인가? 그 답은 이것이었다. 자유와 로마 시민권, 자기 삶을 주도할 권리를 얻을 가능성. 그들은 일을 하고 보수를 받지만 나는 그렇지 않다. 그들에게는 친구와 동료가 많지만 나는 그렇지 않다. 그들은 비난이나 간섭 없이 자기들 간에 친밀한 관계를 맺을 수 있지만 나는 그럴 수가 없다. 이러한 대답이 그리 정확하지 않다는 사실은 리비아에게 전혀 중요하지 않았다. 그녀의 마음속에서는 그것이 진실이었다.

노예들은 그녀를 보지 못했다. 리비아는 다시 긴장을 풀었다. 만월에서 막 이지러지기 시작한 둥그런 달이 높이 떠올라 로마 시를 구석구석 비추고 있었다. 리비아는 대리석 벤치에 앉은 채로 몸을 틀어 난간에 양팔을 얹고 포룸 로마눔을 바라보았다. 드루수스의 집은 팔라티누스 언덕의 게르말루스 고지 모퉁이에 있었다. 거기서부터 빅토리아 언덕길이 직각으로 꺾여 포룸 로마눔을 끼고 쭉 이어져 있어서, 전망이기가 막혔다. 바로 옆에 아레아 플라키아나 공터가 있었던 예전에는 왼쪽으로 벨라브룸 구역까지 시야가 탁 트여 있었다. 그러나 지금은 카툴루스 카이사르가 그 자리에 세운 거대한 주랑건물의 기둥들이 하늘로 우뚝 솟아 있어 예전의 전망을 가려버렸다. 그 외에는 아무것도 변한 게 없었다. 최고신관 도미티우스 아헤노바르부스의 집은 여전히 드루수스의 집 아래에서 앞으로 툭 튀어나와 있어, 그 집의 로지아가 내려다보였다.

지금 보이는 로마에는 낮시간의 선명함이 없었다. 곳곳에 칠해진 다채로운 색깔은 잿빛과 반짝이는 빛으로 번져 있었다. 그렇다고 도시가 조용하지는 않았다. 어두운 골목마다 햇불이 깜박였고, 수레가 덜커덩

거리는 소리와 소들이 우는 소리가 리비아의 귀에까지 들려왔다. 로마의 상점과 상인 대다수가 사람이 거의 없는 밤시간을 이용해 물건을 운반하기 때문이었다. 술 취한 사내 한 무리가 포룸 로마눔 낮은 구역의 공터를 누비고 지나가며 사랑을 노래한—달리 뭐가 있겠는가?—유행가를 불러젖혔다. 패나 큰 무리의 노예들이 세심하게 문을 닫아둔 가마를 호위하여 셈프로니우스 회당과 카스토르·폴룩스 신전 사이를 지나고 있었다. 틀림없이 어느 높으신 마나님이 만찬 자리에 참석했다가 귀가하는 길이리라. 골목길을 배회하던 수고양이 한 마리가 달을 보며 유혹하듯 날카롭게 울어대자 개 여남은 마리도 짖어대기 시작했다. 술 취한 사내들은 그 소리에 너무 흥이 난 나머지, 둥글고 어두컴컴한 민회장을 돌아가던 그들 중 한 사람이 발을 헛디뎠다. 그가 층계 아래로 굴러떨어지는 와중에 친구들은 왁자하게 웃음을 터뜨렸다.

리비아의 시선은 다시 바로 아래 도미티우스 아헤노바르부스 저택의 로지아로 돌아가, 무언가 아쉬워하는 듯 그 텅 빈 너른 공간에 머물렀다. 벌써 까마득하게 느껴지는—어쨌든 결혼하기 전인—예전에, 리비아는 또래 여자아이들과 어울리는 것조차 차단당한 채 공허한 삶을 책으로 달래곤 했다. 그리고 그때 어떤 남자를 보고 사랑에 빠졌다. 결코 만날 희망이 없는 남자를. 그 시절 그녀는 해가 비치는 시간이면 이 자리에 앉아 저 아래 발코니를 내려다보며 그 키 큰 빨강머리 청년이 나타나기를 기다렸다. 그녀는 그에게 너무나 강렬히 이끌린 나머지 그를 상대로 온갖 이야기를 만들어냈다. 상상 속에서 그는 이타케의 오디세우스 왕이었고, 자신은 왕이 돌아오기만을 기다리는 정숙한 페넬로페 왕비였다. 수년 동안 어쩌다 잠깐씩 그를 보는 것만으로도(그는 그 집에 자주 찾아오지 않는 듯했다) 고통스럽도록 그에게 매혹된 은밀한 마음을 부채질하기에는 충분했다. 이러한 마음은 결혼 후에도 지속되어 그녀를 더 비참하게 만들었다. 그가 누구인지는 좀체 알 수가 없었다. 도미티우스 아헤노바르부스 집안사람들은 빨강머리는 맞지만 체형이 땅딸막했으므로 분명 그 집 사람은 아니었다. 유명 가문들은 모두 외모로 구분되는 고유한 특징이 있었는데, 그는 아헤노바르부스 가문 사람처럼 생기지 않았다.

자신의 환상이 깨지던 날을 리비아는 결코 잊지 못할 것이었다. 시아버지가 평민회에서 반역죄로 유죄판결을 받은 날이었다. 오빠네 집사 크라티포스가 팔라티누스 언덕 반대편까지 급히 달려와 그녀와 아기 세르빌리아를 카이피오 저택에서 빼내어 이곳으로 피신시킨 날이었다. 참으로 대단한 하루였다! 드루수스와 함께 있는 세르빌리아 카이피오니스를 보면서, 그녀는 난생처음으로 아내가 남편에게 맞장구쳐줄 수도 있다는 것을 알게 되었다. 여자라고 해서 집안문제에 관한 진지한 논의에서 항상 배제되지는 않는다는 사실도 처음으로 깨달았으며, 물을 타지 않은 포도주도 난생처음 맛보았다. 그리고 그날의 모든 난리법석이 완전히 가라앉은 듯 느껴질 즈음, 세르빌리아 카이피오니스는 아랫집 로지아에 있던 그 키 큰 빨강머리 오디세우스의 이름을 알려주었다. 마르쿠스 포르키우스 카토 살로니아누스. 그는 왕이 아니었다! 진정한 귀족조차 아니어서, 친가로는 투스쿨룸 출신의 촌놈을 조부로 두었고 외가로는 켈트이베리아족 노예를 증조부로 둔 자였다.

그 순간, 리비아는 훌쩍 성숙했다.

"거기 있었군!" 카이피오의 목소리가 날카롭게 날아왔다. "꽁꽁 얼도록 추운데 여기 나와 뭐하는 거요? 안으로 들어오시오!"

리비아는 고분고분 자리에서 일어나 지긋지긋한 침실로 갔다.

2월 말 카이피오는 여행길에 올랐다. 리비아에게는 짧아도 1년이고 아마 그보다 오래 떠나 있을 거라고 일러두었다. 그 말에 그녀는 무척 놀랐으나, 이탈리아 갈리아에서 벌인 이 사업에 자신의 전 재산을 쏟아부었으므로 거기 머물면서 모든 일을 감독해야만 한다는 카이피오의 설명을 듣고서는 납득이 되었다. 떠나기 전 그는 아들을 얻고 싶다면서 여러 차례 긴 성행위를 했다. 리비아가 임신을 하면 자기가 없는 사이 마음 쏟을 곳이 생길 거라고도 했다. 결혼 초에 리비아는 이런 성행위가 너무나 고통스러웠다. 하지만 그토록 동경하던 빨강머리 오디세우스 왕의 이름을 알게 된 뒤로는 카이피오와 성관계를 해도 혐오감은 들지 않았다. 그저 지루하고 귀찮을 따름이었다. 그가 없는 동안 어떻게 시간을 보낼 것인지 자신이 짠 계획에 대해서는 아무 말도 하지 않은 채 리비아는 남편을 배웅했다. 그러고선 다음 장날이 올 때까지 여드레를 기다렸다가 오빠와의 면담을 요청했다.

"마르쿠스 리비우스, 오빠에게 큰 부탁이 있어요." 리비아는 피호민용 의자에 앉아 말문을 열었다. 문득 그녀는 놀란 표정을 짓더니 웃음을 터뜨렸다. "맙소사! 오빠가 나를 퀸투스 세르빌리우스와 결혼하도록 설득했던 날 이후로 이 자리에 앉는 건 처음이네요?"

드루수스의 황갈색 얼굴빛이 한층 더 어두워졌다. 그는 책상 위에 모으고 있던 자기 손을 내려다보았다. "8년 전이구나." 그가 모호한 어조로 말했다.

"네, 그래요." 대답한 뒤 리비아는 다시 소리내어 웃었다. "하지만 오늘 내가 여기 앉은 건 8년 전 일을 얘기하기 위해서가 아니에요, 오빠. 드릴 부탁이 있어서예요."

"내가 들어줄 수 있는 일이라면 기꺼이 들어주마, 리비아 드루사." 누이가 그리 가볍게 넘어가주는 것에 감사하며 그가 말했다.

여러 차례 드루수스는 누이에게 사과하고 싶었다. 자기가 저지른 지독한 실수를 용서해달라고 빌고 싶었다. 누이의 끝없는 불행을 그도 모르지 않았고, 누이야말로 카이피오의 형편없는 성품을 제대로 읽어냈다는 사실을 자인하지 않을 수 없었다. 그러나 자존심이 그의 입을 틀어막았다. 또한 마음 한구석에는 누이가 카이피오와 결혼하게 함으로써 적어도 어머니처럼 될 가능성은 막았다는 믿음이 늘 잠재해 있었다. 어머니라는 그 끔찍한 여자는 몹시도 지저분한 연애가 실패로 끝난 다음이면 사람들 입에 안줏거리로 오르내리며 그를 오랫동안 부끄럽게 만들어왔다. 그리고 그 여자의 연애는 언제나, 언제나 실패로 끝났다.

"그래, 무슨 일이냐?" 리비아가 말을 잇지 않자 그가 재촉하고 나섰다.

그녀는 얼굴을 찌푸리며 입술을 핥고는, 마침내 사랑스러운 눈을 들어 오빠를 똑바로 바라보았다. "마르쿠스 리비우스, 아주 오래전부터 남편과 내가 오빠에게 너무 오래 폐를 끼쳤다는 생각을 하고 있었어요."

"전혀 그렇지 않다." 드루수스가 재빨리 반박했다. "하나 내가 무심결

에라도 너에게 그런 인상을 주었다면 사과하마. 진심으로, 네가 내 집에 와 있는 건 늘 환영이었다. 앞으로도 마찬가지일 테고."

"고마워요, 오빠. 하지만 내가 한 말은 사실이에요. 한 번도 오빠와 올케가 단둘이 있을 기회가 없었잖아요. 어쩌면 그 때문에 올케가 임신이 안 됐는지도 몰라요."

드루수스는 움찔하며 놀랐다. "그렇지는 않을 거다."

"내 생각은 그래요." 리비아는 진지한 태도로 몸을 앞으로 기울였다. "지금은 평온한 시기예요, 마르쿠스 리비우스. 오빠가 공직을 맡고 있지도 않고, 드루수스 네로를 데려온 지도 제법 되었으니 오빠 자식이 생길 가능성도 훨씬 커졌어요. 왜, 나이 지긋한 여자들이 그렇게들 말하잖아요. 난 그 말을 믿어요."

이 모든 얘기에 고통스러워진 드루수스가 말했다. "요지가 뭐냐, 어서 말해보아라!"

"퀸투스 세르빌리우스가 떠나 있는 동안 아이들과 함께 시골에 가 있고 싶어요." 리비아가 말했다. "투스쿨룸 근처에 오빠 소유의 작은 빌라가 있잖아요. 로마에서 한나절 거리밖에 안 되고요. 오랫동안 그 집에는 아무도 살지 않았지요. 제발 오빠, 한동안 그 집을 제게 빌려주세요! 저 혼자 살아보게 해주세요!"

드루수스는 뭔가 무분별한 짓을 하려는 게 아닌가 싶어 누이의 얼굴을 찬찬히 살폈다. 그러나 그런 낌새는 전혀 찾을 수 없었다.

"퀸투스 세르빌리우스에게는 물어봤느냐?"

여전히 오빠의 눈을 똑바로 응시하며 리비아는 흔들림 없이 대답했다. "물론이지요."

"그 친구는 아무 언급도 없던데."

"참으로 이상하군요!" 그녀가 미소를 지었다. "하지만 참 그 사람답네요!"

그 말에 드루수스는 웃음을 터뜨렸다. "좋아, 퀸투스 세르빌리우스가 허락했다면야 그리 못해줄 이유가 없구나. 네 말마따나 투스쿨룸은 로마에서 그리 멀지도 않으니까. 내가 틈틈이 너를 살펴볼 수도 있을 테고."

리비아는 얼굴이 확 피어나며 오빠에게 거듭 감사를 표했다.

"언제 떠나고 싶으냐?"

그녀는 자리에서 일어났다. "당장에요. 크라티포스에게 이것저것 준비를 부탁해노 될까요?"

"물론이지." 드루수스는 헛기침을 했다. "리비아 드루사, 보고 싶을 거다. 네 딸들도 마찬가지고."

"말에다 꼬리를 하나 더 달아놓고 포도송이를 시뻘건 사과로 바꿔놨는데도요?"

"두어 해 후라면 드루수스 네로가 그랬을 수도 있는 일이 아니냐. 생각해보면 정말 다행이었지. 물감이 마르기 전이라 그림에는 아무 탈도 없었으니까. 아버지의 그림들은 지하실에 있으니 안전할 테고, 마지막 아이가 다 자랄 때까지는 거기 그대로 둘 생각이란다."

드루수스도 일어났다. 남매는 함께 주랑을 지나 내실로 갔다. 세르빌리아 카이피오니스는 어린 드루수스 네로의 새 침대보를 짜느라 베틀에 앉아 열심이었다.

"누이가 우리집을 떠나고 싶다는구려." 안으로 들어서며 드루수스가 말했다.

그의 아내가 크게 놀라는 것이 확연히 느껴졌다. 그리고 죄책감 어린 기쁨도. "아아, 마르쿠스 리비우스, 너무 섭섭한 일이군요! 왜요?"

그러나 드루수스는 누이가 직접 설명하도록 맡기고 재빨리 뒤로 빠졌다.

"아이들을 데리고 투스쿨룸에 있는 빌라로 가려고 해요. 퀸투스 세르빌리우스가 돌아올 때까지 거기서 지내려고요."

"투스쿨룸의 빌라라고요?" 세르빌리아가 멍하니 물었다. "하지만 리비아 드루사, 거긴 다 쓰러져가는 허름한 곳이에요! 리비우스 가문의 1대조 때 집이라고 하던 걸요. 욕조도 변소도 없고, 제대로 된 부엌도 없는데다, 아가씨 식구가 지내기에 좁을 거예요."

"상관없어요." 리비아는 올케의 손을 잡고 자기 뺨에 갖다댔다. "이 집의 안주인인 친애하는 언니, 나는 안주인이 될 수만 있다면 돼지우리에서라도 살겠어요! 언니 마음을 상하게 하려거나 탓하려고 하는 말이 아니에요. 우리 부부가 이 집에 들어온 첫날부터 언니는 그야말로 지극정성으로 대해주었어요. 하지만 내 입장도 이해해줘요. 난 내 집을 갖고 싶어요. 아기 때부터 봐와서 날 아가씨라고 부르고 내가 무슨 말만 하면 바로 눈치채는 하인들 말고 다른 하인들을 부리고 싶어요. 거닐수 있는 자그마한 땅을 갖고 싶고, 이 끔찍한 도시의 북적거림으로부터 조금이라도 벗어나고 싶어요. 아아, 언니, 제발 이해해줘요!"

안주인의 뺨을 타고 두 줄기 눈물이 흘러내렸다. 그녀의 입술이 떨렸다. "이해해요."

"슬퍼하지 말고, 날 위해 기뻐해줘요!"

두 여자는 완전히 한마음이 되어 서로 부둥켜안았다.

"당장 마르쿠스 리비우스와 크라티포스를 찾아야겠어요." 세르빌리아는 하던 일감을 치우고 베틀에 먼지 덮개를 씌우며 씩씩하게 말했다.

"건축업자들을 고용해서 그 케케묵은 빌라를 아가씨가 살기 좋게 바꿔놔야죠."

　그러나 리비아는 기다리려 하지 않았다. 사흘 후 그녀는 딸들과 자신이 소장한 수많은 책을 챙기고 카이피오의 몇 안 되는 하인들을 이끌어 투스쿨룸의 농장으로 출발했다.

　어릴 때 이후로는 와보지 않았지만 그곳은 거의 옛날 그대로였다. 거무칙칙한 노란색으로 칠한 작은 회벽집에는 정원이라 할 만한 것도, 제대로 된 시설도 갖추어져 있지 않았다. 집안에 바람이나 빛이 거의 들지 않았으며 주랑정원도 없었다. 그러나 그녀의 오빠는 꾸물거리지 않았다. 그곳은 벌써 현지 건설업체 일꾼들로 벅적거리고 있었다. 그녀를 맞으러 직접 와 있던 업체 사장은 두 달 안에 살 만한 집으로 만들겠노라 약속했다.

　그리하여 리비아는 일종의 통제된 혼란 속으로 들어가게 되었다. 사방에 횟가루가 날렸고 쇠망치와 나무망치 두드리는 소리, 톱질하는 소리가 요란했으며, 투스쿨룸 사람들의 억양 강한 라틴어 사투리로 외쳐대는 지시들과 질문들이 끊임없이 오갔다. 투스쿨룸 사람들은 로마에서 25킬로미터밖에 떨어지지 않은 곳에 살았지만 막상 로마에 가는 일은 거의 없었다. 이런 상황에서 리비아의 딸들은 늘 하던 대로의 반응을 보였다. 네 살 반이 된 릴라는 신이 나서 야단인 반면, 차분하고 속을 잘 드러내지 않는 세르빌리아는 이 집과 보수공사, 엄마를 하나같이 끔찍해하는 기색이 너무나 역력했다. 그렇지만 세르빌리아의 속내는 겉으로 잘 드러나지 않았다. 잠시도 가만 못 있고 어디에나 끼어드는 릴라만이 그 난장판을 더 정신없게 만들었다.

다음날 아침 리비아는 딸들을 각각 유모와 무뚝뚝한 늙은 가정교사에게 맡긴 후 평화롭고 아름다운 한겨울의 시골길로 산책을 나갔다. 자신이 기나긴 감금생활의 족쇄를 떨치고 나왔다는 사실이 도무지 믿기지 않았다.

달력상으로는 봄이었지만 실제로는 겨울이 한창이었다. 최고신관 아헤노바르부스가 자신이 이끄는 대신관단에게 본분을 다해 달력의 부족한 1년을 계절과 맞추라고 재촉하지 않아서였다. 그렇다고 그해에 로마와 그 주변지역이 매서운 겨울을 견뎌야 했던 것은 아니었다. 눈도 거의 오지 않았고 티베리스 강도 전혀 얼어붙지 않았다. 그래서 기온은 빙점을 훨씬 웃돌았고 바람은 어쩌다가 가볍게 부는 정도였으며 발밑으로는 풀이 풍성하게 밟혔다.

살아오면서 그 어느 때보다 행복한 기분으로 리비아는 근처 들판을 이리저리 거닐다가 낮은 돌담을 기어올랐고, 벌써 일구기 시작한 밭 주변을 조심조심 돌아가 또다른 돌담을 기어올라가서 풀밭과 양떼가 있는 곳으로 들어섰다. 온통 털가죽으로 둘러싸인 그 어리석은 짐승들은 리비아가 자기에게 오라고 부르자 쏜살같이 달아났다. 어깨를 으쓱하고 빙그레 웃으며 그녀는 계속 걸어갔다.

들판 너머 흰색으로 칠해진 경계석이 보였다. 그 옆에는 작게 쌓아놓은 제단이 있었고, 그 앞의 땅바닥에는 희생제물의 핏자국이 남아 있었다. 경계석 위로 드리워진 나무의 아래쪽 가지에는 양모로 만든 작은 인형과 작은 털방울, 통마늘이 흔들거리며 매달려 있었다. 하나같이 비바람에 닳아 우중충하게 빛깔이 바랜 모습이었다. 제단 건너편에는 거꾸로 엎어놓은 점토 항아리가 있었다. 리비아는 호기심에 항아리를 들어올렸다가 급히 도로 내려놓았다. 그 밑에 커다란 두꺼비 사체가 썩고 있었던 것이다.

도시생활에 너무 익숙했던 탓에 여기서 더 가면 남의 땅에 무단침입하게 된다는 것도 모른 채, 또한 그녀가 지금 토양과 경계선의 신들을 세심히 받드는 사람의 땅에 서 있다는 것도 모른 채 리비아는 산책을 계속했다. 처음으로 크로커스를 발견한 그녀는 무릎을 꿇고 앉아 그 선명한 노란색 꽃을 들여다보았다. 다시 일어나 앙상한 나뭇가지들을 가만히 바라보았을 때는 지금까지와 전혀 다른 감상에 빠졌다. 마치 나무들이 자신만을 위해 만들어진 것만 같았다.

다음으로는 사과나무와 배나무가 있는 과수원이 나왔다. 더러 따지 않아 남겨진 배가 유혹하듯 매달려 있는 것이 보였다. 리비아는 기꺼이 그 유혹에 굴복했다. 배는 너무나 달고 즙이 많아 손이 끈적거리고 지저분해졌다. 어디선가 물 흐르는 소리가 들렸다. 잘 가꾸어진 나무들 사이를 헤치고 소리 나는 쪽으로 걸어가니 작은 개울이 나왔다. 물은 얼음장처럼 차가웠지만 그녀는 개의치 않았다. 손을 물에 담그고 첨벙거렸다가 햇볕에 흔들어 말리며 혼자 나직이 웃었다. 그새 해가 제법 높이 떠올라 공기가 따스해져 있었다. 그녀는 긴 망토를 벗었다. 여전히 개울가에 무릎을 꿇고 앉은 채 커다란 망토를 펼쳐서 들고 갈 수 있게 긴 네모꼴로 접은 후 일어났다. 그때, 그를 보았다.

그는 글을 읽고 있었던 듯했다. 왼손에 든 두루마리는 그 존재가 아예 잊힌 듯 도로 말려올라간 상태였다. 그는 자기 과수원에 들어온 침입자를 뚫어져라 바라보고 있었던 것이다. 이타케의 오디세우스 왕! 그의 눈을 마주한 순간 리비아는 숨이 턱 막혔다. 커다랗고 아름다운 잿빛 눈, 바로 기억 속 오디세우스 왕의 눈이었기 때문이다.

"안녕하세요." 리비아는 인사를 건넸다. 수줍어하지도 않고 불편한 기색도 전혀 없이 그를 향해 미소를 지어 보였다. 그토록 여러 해 동안 자기 집 발코니에서 지켜봤던 터라, 그가 지금 이 순간 집으로 돌아온 방랑자처럼 보였다. 페넬로페 왕비가 오디세우스 왕을 알았던 만큼이나 그녀가 잘 아는 남자인 것처럼 보였다. 그래서 그녀는 접은 망토를 팔에 걸치고 그가 있는 쪽으로 다가가기 시작했다. 여전히 미소를 머금고, 여전히 말을 하면서.

"배를 하나 훔쳐 먹었어요. 정말 맛있었어요! 배가 그렇게 오래 나무에 달려 있는 줄 몰랐어요. 로마를 떠날 때는 여름철 바닷가로만 갔거든요. 여기와는 다르죠."

그는 아무 말도 하지 않았다. 선명하게 빛나는 잿빛 눈으로 다가오는 그녀의 모습을 좇을 뿐이었다.

여전히 당신을 사랑해요, 리비아의 마음이 말하고 있었다. 여전히 당신을 사랑해요! 당신이 노예와 농부의 자손이라 해도 상관없어요. 페넬로페가 그랬듯이 나는 사랑을 잊고 있었어요. 그런데 이처럼 오랜 시간이 지난 후 당신이 다시 나타나주었고, 나는 여전히 당신을 사랑하고 있어요.

걸음을 멈추었을 때, 리비아는 그에게 가까이 다가서 있었다. 낯선 두 사람의 우연한 만남이라기엔 두 사람의 거리는 너무나 가까웠다. 그는 그녀의 몸에서 뿜어나오는 온기를 느낄 수 있었다. 그의 눈을 들여다보고 있는 크고 검은 두 눈에는 그를 알아보는 기색이 가득했다. 사랑이, 반가움이 가득했다. 그랬기에 그가 조금 더 가까이 다가가 두 팔로 그녀의 몸을 감싸안은 것이 더없이 자연스럽게 느껴졌다. 그녀는 얼굴을 들고 그의 목에 팔을 둘렀다. 입을 맞추는 두 사람은 미소 짓고 있었다. 그들은 오랜 친구이자 오랜 연인이었고, 신과 다른 인간들의 모략으로 헤어져 20년간 서로를 보지 못한 남편과 아내였다. 이 재회로 승리를 거둔 두 사람이었다.

그의 강하고 확신에 찬 손길은 그녀를 알아보고 있었다. 어디로 움직여야 하는지, 어떻게 해야 좋은지 그에게 말해줄 필요가 없었다. 그는 그녀의 마음을 지배하는 왕이었다. 이전에도 언제나 그랬다. 그녀는 마치 귀중한 보물을 맡게 된 아이처럼 엄숙한 태도로 옷을 벗고 그에게 자신의 가슴을 내주었으며, 그가 땅바닥에 자신의 망토를 까는 동안 그의 옷을 벗기고 그의 곁에 누웠다. 기쁨으로 떨며 그녀는 그의 목에 입을 맞추고 그의 귓불을 빨았다. 양손으로 그의 얼굴을 감싸고서 또다시 그의 입술을 찾았고, 황홀한 듯 그의 몸을 어루만졌으며, 그의 혀에 대고 수천 번 사랑의 말을 우물거렸다.

달콤하고 끈적거리는 과일⋯⋯. 새파란 하늘 한복판에 뒤엉켜 있는 앙상한 잔가지⋯⋯. 너무 세게 잡아당겨진 머리카락의 발작적인 통증⋯⋯. 거미줄 같은 구름의 덩굴손에 붙잡혀 가만히 날개를 접은 작은 새⋯⋯. 꼭꼭 다져진 거대한 환희의 덩어리가 터져나오려 몸부림을 치다가 일순간 펑 하며 자유로이 솟구치는⋯⋯ 아아, 그 황홀한 절정!

그들은 몇 시간이고 옷 위에 누워 살과 살을 맞대고 서로의 온기를 나누었다. 서로를 향해 바보처럼 히죽 웃으며, 서로를 발견한 것에 놀라워했다. 죄의식 없이, 온갖 발견의 즐거움에 푹 빠져들었다.

그들은 얘기도 나누었다. 그는 결혼을 했다고 했다. 아내는 징세청부업자의 딸인 쿠스피아라는 여자였다. 그의 누이는 최고신관의 동생 루키우스 도미티우스 아헤노바르부스와 결혼한 사이였다. 누이의 결혼 지참금으로 어마어마한 액수가 필요했는데, 대단한 부자 아버지를 둔 쿠스피아와 결혼함으로써 간신히 그 돈을 마련했다. 아직 그에게 아이는 없었다. 그 역시 배우자에게서 존경하거나 사랑할 부분을 전혀 찾을 수 없어서였다. 그의 아내는 벌써부터 남편이 자기를 무시한다며 자기 아버지에게 불평하고 있다고 했다.

리비아가 자신의 신분을 밝히자 마르쿠스 포르키우스 카토 살로니아누스는 갑자기 조용해졌다.

"화났어요?" 몸을 일으켜 걱정스럽게 그를 내려다보며 리비아가 물었다.

그는 미소를 지으며 고개를 저었다. "신들이 내 기도를 들어주었는데 내가 어찌 화를 내겠소? 신들은 나를 위해 내 조상의 땅인 이곳에 당신을 보내준 거요. 개울가에 있는 당신을 본 순간부터 나는 확신했소. 더구나 당신이 그리도 많은 유력 가문과 연고가 있다면, 신들이 정말로 나를 총애하고 있다는 또다른 징조가 아니겠소."

"정말 내가 누군지 전혀 몰랐어요?"

"전혀." 그는 떨떠름하게 대답했다. "살면서 한 번도 당신을 보지 못했소."

"단 한 번도요? 나이우스 도미티우스 저택의 발코니로 나가서 위쪽 우리 오빠네 발코니에 있는 나를 본 적이 전혀 없단 말이에요?"

"그렇소."

리비아는 한숨을 쉬었다. "나는 수년 동안 당신을 여러 번 보았어요."

"당신이 본 사람이 마음에 들었다니 아주 기쁘오."

그녀는 그의 어깨에 바짝 기댔다. "난 열여섯 살 때 당신과 사랑에 빠졌어요."

"신들은 어쩌면 이리도 심술궂을까!" 그가 말했다. "그때 내가 고개를 들어 당신을 봤다면 기필코 당신과 결혼했을 텐데. 그랬다면 지금쯤 아이들도 여럿 낳았을 테고, 우리 둘 다 지금처럼 이리 고약한 상황에 있지도 않았을 텐데 말이오."

기쁨과 고통이 뒤섞인 채, 두 사람은 본능적으로 몸을 돌려 서로를 꼭 껴안았다.

"아아, 사람들이 알게 되면 끔찍할 거예요!" 그녀가 외쳤다.

"그렇겠지."

"이건 불공평해요."

"그렇소."

"사람들이 절대 눈치채서는 안 돼요, 마르쿠스 포르키우스."

그는 괴로움에 얼굴을 일그러뜨렸다. "우리가 함께하는 시간은 떳떳해야 해요, 리비아 드루사. 죄진 것처럼 느껴서는 안 되오."

"떳떳해요." 그녀가 진지하게 대답했다. "다만 우리가 현재 처한 상황 때문에 그렇지 않게 보이는 것뿐이에요. 난 부끄럽지 않아요."

그는 일어나 앉아 무릎을 껴안았다. "나도 그렇소." 이렇게 대답한 그는 다시 자기 품에 그녀를 끌어안았다. 안겨 있던 그녀가 그의 품을 빠져나왔다. 그의 모습을 보고 싶었기 때문이다. 긴 팔과 긴 다리가 너무나 아름답게 조화를 이루었으며, 살결은 크림색에 털 없이 매끈했고, 얼마 없는 체모는 머리카락과 마찬가지로 불타는 듯 붉은색이었다. 체격은 균형잡힌 근육질이고 얼굴은 바짝 말라 골격이 드러나 보였다. 진정 오디세우스 왕의 모습이었다. 적어도 그녀에게는 오디세우스 왕이었다.

오후 늦게야 리비아는 그와 헤어졌다. 두 사람은 다음날 같은 시간에 같은 장소에서 만나기로 약속했다. 작별인사가 어찌나 오래 걸렸던지, 그녀가 드루수스의 빌라에 도착했을 때는 공사하는 일꾼들의 그날 작업이 끝나 있었다. 집사 몹수스는 집안 하인들을 모두 모아 안주인을 찾으러 보내려던 참이었다. 리비아는 너무나 행복감에 들뜬 나머지 이런 현실적인 상황에 대해서는 생각조차 하지 못했다. 그녀는 어스름 속에 선 채 몹수스를 향해 멍청하게 눈을 깜박이고 있었다. 무슨 이유나 구실을 생각해낼 경황이 없었다.

리비아의 꼴은 말이 아니었다. 풀어헤쳐진 머리카락은 잔가지와 풀이 마구잡이로 들러붙은 채 엉켜 있었고, 옷은 진흙이 잔뜩 묻어 엉망이었으며, 신고 나갔던 앞이 막힌 단정한 신발은 벗겨진 채 그녀의 손에 매달려 있었다. 얼굴과 팔은 지저분하고 두 발은 진흙으로 뒤덮여 있었다.

"마님, 마님, 이게 대체 무슨 일이십니까?" 집사가 비명을 질렀다. "어디서 넘어지신 겁니까?"

리비아의 정신이 돌아왔다. "그래, 그랬네, 몹수스." 그녀가 쾌활한 목소리로 대답했다. "실은 정말 심하게 넘어졌는데, 죽진 않았어."

리비아는 걱정하는 하인들에게 둘러싸여 떠밀리듯 집안으로 모셔졌다. 하인들은 낡은 청동 욕조를 꺼내와 내실에 가져다놓고 더운물을 가득 채웠다. 엄마가 없어져서 울고 있던 릴라는 늦어진 저녁밥을 먹으러 보모의 뒤를 종종걸음으로 따라갔다. 그러나 세르빌리아는 조용히 엄마를 따라와, 하녀 하나가 리비아가 입은 가운의 여밈 장식을 끄르고 옷보다도 더 더러운 그녀의 몸 상태를 보며 혀를 끌끌 차는 동안 어두운 구석에 서 있었다.

하녀가 물 온도가 적당한가 보려고 몸을 돌린 사이, 벌거벗은 리비아는 부끄러움도 없이 두 팔을 머리 위로 쭉 폈다. 그 동작이 어찌나 느리고 관능적이었던지, 눈에 띄지 않고 문 옆에 서 있던 어린 소녀는 시간이 흐르면 깨우치게 될 지극히 원시적인 인간 본연의 차원에서 그 몸짓의 의미를 이해했다. 리비아는 팔을 내리고 다시 두 손을 올려 풍만하고도 예쁜 젖가슴을 감싸쥐었다. 엄지손가락이 잠시 젖꼭지를 만지작거리는 동안 그녀의 입은 자꾸만 미소를 짓고 또 지었다. 이윽고 그녀는 욕조에 들어가, 하녀가 해면에 물을 적셔 등에 끼얹을 수 있도록 몸을 돌렸다. 그 바람에 딸이 문을 열고 살그머니 빠져나가는 것을 보지 못했다.

세르빌리아도 함께 자리할 수 있게 허락한 저녁 식탁에서 리비아는 자기가 먹었던 배와 처음으로 본 크로커스 꽃, 경계선에 쌓아둔 제단 위 나무에 걸려 있던 인형, 자기가 발견한 작은 개울에 관해 유쾌하게 재잘거렸다. 심지어 가파른 진흙투성이 강둑 아래로 굴러떨어졌다는 있지도 않았던 일까지 자세히 꾸며내서 이야기했다. 세르빌리아는 자리에 앉아 얌전히 먹기만 할 뿐 얼굴에 아무 표정도 없었다. 모르는 사람이 이 모녀를 봤다면, 엄마의 얼굴은 행복한 아이의 얼굴 같고 아이의 얼굴은 걱정스러운 엄마의 얼굴 같다고 생각했을 것이다.

"내가 이렇게 행복해하는 게 이상하니, 세르빌리아?" 엄마가 물었다.

"네, 아주 이상해요." 아이는 차분히 대답했다.

리비아는 둘이 앉아 있던 작은 식탁 위로 몸을 기울여 딸아이의 얼굴에 흘러내린 검은 머리카락 한 올을 넘겨주었다. 자신을 꼭 빼다박은 이 아이에게 처음으로 참다운 관심이 일었다. 돌연 그녀 자신의 고독했던 어린 시절이 떠올랐다.

"내가 너만 했을 때 어머니는 한 번도 내게 신경써주지 않으셨단다." 리비아가 말했다. "그건 로마 때문이었어. 그런데 최근에 와서야 나는 로마가 내게도 똑같은 영향을 끼치고 있다는 걸 깨달았단다. 그래서 우리가 시골로 이사 온 거야. 아빠가 집에 돌아오실 때까지 우리끼리 살기로 한 거고. 나는 자유로워져서 행복하단다, 세르빌리아! 로마를 잊을 수 있으니까."

"전 로마가 좋아요." 세르빌리아가 말했다. 아이는 앞에 놓인 갖가지 음식 접시를 향해 혀를 쑥 내밀었다. "마르쿠스 외삼촌네 요리사가 더 좋아요."

"그게 제일 못마땅한 거라면 네 마음에 들 만한 요리사를 찾아보마. 그게 가장 마음에 안 드니?"

"아뇨. 공사하는 일꾼들이요."

"음, 그 사람들은 한두 달 후면 갈 거야. 그때 가서는 좀더 조용하게 지낼 수 있단다. 내일,"—퍼뜩 기억이 난 그녀는 머리를 흔들고는 미소를 지었다—"아니, 그 다음날, 우리 함께 산책하자꾸나."

"내일은 왜 안 돼요?" 아이가 물었다.

"왜냐하면 혼자 있을 시간이 하루 더 필요하거든."

세르빌리아는 의자에서 빠져나왔다. "피곤해요, 엄마. 이만 자러 가도 되나요?"

그렇게 리비아 평생 가장 행복한 한 해가 시작되었다. 사랑 말고는 그 무엇도 중요하지 않은 시기였다. 세르빌리아와 릴라를 위해 아주 조금 남겨둔 것을 제외하면, 그 사랑의 이름은 마르쿠스 포르키우스 카토 살로니아누스였다.

리비아와 카토는 곧바로 일정한 만남의 방식을 정했다. 당연하게도 카토가 투스쿨룸 농장에서 그리 많은 시간을 보내지 않기 때문이었다.

아니, 어쨌든 리비아를 만나기 전까지는 그랬기 때문이었다. 그들에게
는 좀더 안전한 밀회 장소가 필요했다. 농장 일꾼이나 지나다니는 양치
기의 눈에 띄지 않고, 리비아가 남 보기에 이상하지 않을 정도로 깔끔
하게 매무새를 가다듬을 수 있는 곳이어야 했다. 이 문제를 해결할 방
안으로 카토는 자기 사유지 안의 작고 외딴 오두막에 살던 가족을 내
보냈다. 주변 사람들에게는 책을 쓰고 싶어서 이곳을 은신처로 사용할
거라고 말해두었다. 그 책은 그가 하는 모든 일에 대한 구실이 되었는
데, 특히 로마와 아내로부터 오랫동안 떨어져 있어야 할 핑곗거리로 많
이 쓰였다. 이 작품은 조부의 뒤를 따라 로마의 전원생활을 매우 상세
히 다룬 개론서가 될 것이며, 시골 지역의 각종 주술과 의례, 기도, 미
신, 종교적 관습을 총망라하고 더 나아가 최신 농경 기술 및 활동에 관
해 설명할 예정이라고 했다. 카토의 가문과 배경을 감안할 때 로마의
어느 누구도 그 작품의 발단을 의외로 여기지 않았다.

　카토가 투스쿨룸에 머물 수 있을 때마다 두 사람은 매일 아침 같은
시각에 만났다. 리비아가 아이들이 공부하는 시간을 혼자만의 사적인
시간으로 정해두어서였다. 그렇게 만났다가 정오가 되면 애틋한 작별
을 나누었다. 누이가 잘 지내는지 살펴보고 농장 빌라의 보수공사 진척
상황도 확인할 겸 드루수스가 다니러 왔을 때에도 리비아의 '산책'은
계속되었다. 당연히 한눈에 봐도 그녀는 너무나 단순하고 꾸밈없이 행
복해 보였기에, 드루수스는 이곳으로 이사하려고 한 누이의 판단력을
칭찬하지 않을 수 없었다. 그녀가 불안해하거나 죄책감을 느끼는 듯한
낌새를 보였다면 드루수스가 의심해보았을지도 모른다. 하지만 리비
아는 그러지 않았다. 카토와의 관계를 정당하고 올바르며 타당한 것이
라고, 지당하고 가질 만한 자격이 있는 것이라고 생각했기 때문이다.

물론 거북한 부분이 없지는 않았고, 처음에는 특히 그랬다. 리비아에게는 연인의 미심쩍은 혈통이 가장 큰 걸림돌이었다. 이제는 맨 처음 올케가 그의 신분을 알려주었을 때만큼 크게 걱정스럽지는 않았지만, 아직까지도 은근히 신경쓰이는 것은 사실이었다. 다행히 그녀는 총명한 사람이었기에 그에게 드러내놓고 그 문제로 부담을 주지는 않았다. 대신 자신이 그를 낮춰 보고 있다는 느낌을 전혀 풍기지 않고 그 화제를 꺼낼 방법을 고민했다. 물론 실제로는 당연히 그를 낮춰 보고 있었지만. 아, 생색내기 위해서나 악의가 있어서는 결코 아니었다! 그저 자신의 흠잡을 데 없는 혈통이 주는 안도감에서 비롯된 안타까움 때문이었다. 모든 안전망 중에서도 가장 로마적인 이 혈통이라는 안전망에 그도 함께 들어올 수 있다면 얼마나 좋을까 하는 바람 때문이었다.

그의 조부는 저 유명한 감찰관 카토, 마르쿠스 포르키우스 카토 켄소리우스였다. 부유한 라티움계 혈통 중에서도 포르키우스 프리스쿠스 가문은 감찰관 카토가 태어날 당시 이미 몇 대째나 로마 기사의 공마(公馬)를 보유했을 만큼 특출난 집안이었다. 그러나 완전한 시민권과 기사 신분을 누렸음에도 그들은 로마가 아닌 투스쿨룸에 살았고 공직에 관해 아무런 야심도 품지 않았다.

리비아는 눈앞의 연인이 자신의 혈통을 전혀 의심스럽게 여기지 않는다는 것을 곧바로 알게 되었다. 그는 이렇게 말했던 것이다.

"그같은 온갖 헛소문이 생겨난 것은 내 할아버지의 성품 때문이오. 한니발 전쟁 초기, 할아버지께서 열일곱 나이로 수습군관으로 가 있던 시절에 어느 고고한 파트리키 귀족에게 조롱을 당한 후로 촌뜨기인 척하고 다니신 거요. 촌뜨기 흉내가 너무 재미나서 다시는 바꾸지 않으신 거지. 우린 그러길 잘하셨다고 생각한다오. 여러 신진 세력이 등장했다

사라지고 그대로 잊혀가지만, 감찰관 카토를 잊은 사람은 아무도 없다
는 이유만으로도 말이오."

"가이우스 마리우스도 마찬가지라고 할 수 있죠." 리비아가 조심스
럽게 대꾸했다.

연인은 마치 그녀가 자기를 물기라도 한 듯이 뒤로 물러섰다. "그 사
람? 그 사람이야말로 진짜 신진 세력이지. 그야말로 촌뜨기가 아니오!
내 할아버지께는 엄연히 조상이 있었소! 그분은 가문에서 처음으로 원
로원에 진출했다는 점에서만 신진 세력이라고 하는 거지."

"당신 할아버지께서 촌뜨기인 척만 했다는 건 어떻게 알아요?"

"그분이 직접 쓴 편지로 알았소. 우리 가문에 아직까지 보관돼 있거
든."

"당신 가문의 다른 분가가 그분의 문서를 가지고 있는 것 아닌가요?
따지고 보면 그쪽이 본가니까요."

"리키니아누스 집안 말이오? 그들 얘기라면 꺼내지도 마시오!" 카토
가 역겨워하는 어조로 내뱉었다. "후대의 역사가들이 우리 시대의 로마
를 기록할 때쯤 더 찬란히 빛날 쪽은 우리 살로니아누스 분가요. 우리
가 감찰관 카토의 진정한 계승자란 말이오! 우리는 점잔 빼며 잘난 체
하지도 않소. 우리야말로 위대한 분이었던 감찰관 카토의 사람됨을 영
예롭게 여기는 이들이오, 리비아 드루사!"

"그런데도 촌뜨기 행세를 하신 거군요."

"그렇소! 거칠고 화통하고 솔직하고 옛 방식을 고집하신, 진정한 로
마인이셨지." 카토가 눈을 빛내며 말했다. "그분이 노예들과 같은 포도
주를 드셨다는 사실을 알고 있소? 소유하신 농장건물이나 시골 빌라에
절대 회반죽을 바르지 않으셨고, 로마의 저택에도 태피스트리나 자주

색 천은 한 조각도 두지 않으셨소. 노예를 살 때도 한 명당 6천 세스테르티우스 이상을 쓴 적이 없으셨고. 우리 살로니아누스 집안은 그분의 전통을 그대로 이어받아 똑같은 방식으로 살고 있소."

"맙소사!" 리비아가 외쳤다.

그러나 카토는 이처럼 경악하는 태도를 눈치채지 못했다. 리비우스 가의 사랑스러운 연인에게 감찰관 카토가 얼마나 훌륭한 사람이었는 지 말해주는 데 지나치게 몰두해 있어서였다. "발레리우스 플라쿠스 가의 인물과 절친한 친구가 된 분인데, 어찌 그분이 진짜 촌뜨기일 수 있었겠소? 더욱이 로마로 옮겨온 직후부터, 당대와 그 이전 시대를 통틀어 최고의 웅변가이자 변호인이셨는데? 지금까지도, 크라수스 오라토르와 늙은 조점관 무키우스 스카이볼라같이 과대평가된 전문가들조차 그분의 수사는 독보적이었고 경구와 과장법을 그분보다 더 잘 구사한 사람은 아무도 없다고 인정하는 판이라오! 그분이 쓰신 글은 또 어떻소! 더없이 훌륭하지! 내 할아버지는 최고의 교육을 받으셨고, 그분이 말하고 쓰는 라틴어는 머릿속에서 워낙 잘 정리되어 있어 초안을 만들 필요가 없었다고 하오."

"그분 글을 읽어봐야겠네요." 리비아의 어조는 아주 살짝 냉랭한 기운을 풍겼다. 그녀의 가정교사는 감찰관 카토를 주목할 만한 작가로 취급하지 않았던 것이다.

"꼭 읽어보시오!" 카토는 그녀를 팔로 감싸서 다리 사이로 끌어당기며 열정적으로 말했다. "우선 「카르멘 데 모리부스(품행에 관한 시)」부터 읽어보시오. 그 글을 보면 그분이 얼마나 도덕적으로 훌륭했는지, 얼마나 참다운 로마인이었는지 알 수 있을 거요. 물론 그분은 포르키우스 가문에서 최초로 카토라는 코그노멘을 얻게 된 분이었소. 그때까지 포르키우스 가문의 코그노멘은 프리스쿠스('오래된', '이전의'라는 뜻의 라틴어—옮긴이)였다오. 이름부터가 오래되었다는 의미였으니, 이것만 봐도 우리가 얼마나 유서 깊은 혈족인지 알 만하지 않소? 하아, 내 고조부는 로마를 위해 싸우는 동안 그를 태우고 있다가 죽은 무려 다섯 마리의 공마값을 받았다오!"

"내가 우려하는 건 프리스쿠스나 카토가 아니라 살로니아누스라는 이름이에요. 살로니우스는 켈트이베리아족 노예가 아니었나요? 반면에 본가 쪽은 귀족 혈통인 리키니아의, 그리고 위대한 아이밀리우스 파울루스와 스키피오의 장녀 코르넬리아 사이에서 난 셋째 딸의 자손이라고 주장할 수 있잖아요."

카토는 이제 얼굴을 찌푸리고 있었다. 확실히 이건 리비우스 가문의 우월 의식이 엿보이는 발언이었다. 하지만 리비아는 사랑을 잔뜩 담은 눈을 커다랗게 뜬 채 그를 올려다보고 있었고, 그 또한 그녀를 너무나 사랑하고 있었다. 포르키우스 카토 집안에 관해 제대로 듣지 못한 것은 조금도 그녀의 잘못이 아니었다. 그녀의 생각을 바꿔놓는 건 그 자신에게 달려 있었다.

"감찰관 카토와 살로니아의 이야기는 알고 있겠지요." 리비아의 어깨에 턱을 얹으며 카토가 말했다.

"아뇨, 몰라요. 말해줘요."

"음, 내 할아버지께서는 마흔두 살에야 첫 결혼을 하셨소. 그사이 이미 집정관에 올랐고, 먼 히스파니아에서 대승을 거두고 개선식도 치르셨지. 그분은 욕심이라곤 없으셨소! 결코 당신 주머니를 채우기 위해 전리품을 챙기거나 포로를 팔거나 하지 않으셨지! 모든 이득을 병사들에게 나눠주셨기에 그 후손들은 아직도 그분을 칭송한다오." 카토는 조부에게 홀딱 빠져든 나머지 하려던 이야기의 핵심을 잊은 듯했다.

리비아가 계속해서 그를 일깨워주었다. "그러니까 마흔두 살 때 귀족 집안의 리키니아와 결혼하신 거군요."

"그렇소. 리키니아와 애정이 상당히 깊으셨던 것 같지만, 그 결혼에서는 아들 마르쿠스 리키니아누스 하나밖에 얻지 못하셨소. 왜 아이가 더 없었는지 모르겠단 말이지. 어쨌든 리키니아는 할아버지가 일흔일곱이 되셨을 때 돌아가셨소. 그분이 가신 후 할아버지는 집안일을 하던 여자 노예 하나를 침실로 들여 계속 곁에 두었소. 아들 리키니아누스와, 당신이 아까 말한 명문가 출신 며느리도 당연히 한집에 살고 있었지. 그런데 그들이 할아버지의 행동에 펄쩍 뛰며 격분한 거요. 아마도 할아버지께서 그 일을 비밀로 하지 않으시고 그 노예가 자기 집인 양 활보하고 다니도록 내버려두셨던 모양이오. 얼마 안 가 온 로마가 그 상황을 알게 되었소. 마르쿠스 리키니아누스와 아이밀리아 테르티아가 만나는 사람마다 붙잡고 떠들어댄 거지. 감찰관 카토 본인만 빼놓고 모두에게 말이오. 그러나 물론 할아버지도 그들이 동네방네 뭐라고 떠들고 다니는지 알게 되셨소. 할아버지는 화가 났다는 얘기를 왜 당신에게 직접 하지 않았냐고 그들에게 묻지도 않고, 어느 날 아침 아주 일찍 그 여자 노예를 조용히 내보내고는 그들에겐 그 일에 대해 아무 말씀도 않으신 채 포룸 로마눔으로 가셨다오."

"참으로 이상도 하군요!" 리비아가 말했다.

카토는 이 말에 굳이 대꾸하지 않고 계속 말을 이었다. "그런데 감찰관 카토께는 살로니우스라는 이름의 해방노예 피호민이 있었소. 살로 출신의 켈트이베리아인으로, 그분의 노예 필경사였던 사람이오.

'아, 살로니우스!' 포룸 로마눔에 당도한 할아버지께서 이렇게 인사

를 건넸소. '자네 그 예쁜 딸의 신랑감은 구했는가?'

'아, 아니요, 주인어른. 하지만 안심하십시오. 그 아이와 짝지어줄 좋은 사내를 찾으면 반드시 어르신께 데려가서 고견과 허락을 구하겠습니다.' 살로니우스가 대답했지.

'더 찾아볼 필요 없네.' 할아버지께서는 이렇게 말씀하셨소. '내가 좋은 신랑감을 알고 있으니까. 사내 중에 으뜸이라네! 재산도 넉넉하고 흠 없는 평판에 훌륭한 가문까지, 모든 면이 바람직하지! 다만 한 가지…… 나이가 좀 많은 게 흠이야. 아, 건강하니까 걱정은 말게! 하나 아무리 너그럽게 봐주더라도 아주 늙은 사람이라는 건 부인할 수 없어.'

'주인어른, 어르신께서 고른 사람이라면 어찌 제 마음에 안 찰 수가 있겠습니까?' 살로니우스가 말했지. '제 딸은 제가 어르신의 노예로 있을 때 태어났고, 그애 어미도 어르신의 노예였습니다. 어르신께서는 저를 해방시키실 때 제 식구까지 모두 해방시켜주셨습니다. 그러나 저나 집사람이나 아들놈이 그렇듯이, 제 딸년은 여전히 어르신께 예속된 몸입니다. 걱정 마십시오, 살로니아는 착한 아이입니다. 어르신께서 시간과 수고를 들여 구해주신 사람이라면 나이가 어떻게 되든 무조건 결혼할 겁니다.'

'허어, 그거 잘됐구먼, 살로니우스!' 할아버지가 그의 등을 탁 치며 외쳤지. '그 사람은 바로 나일세!'"

리비아가 움찔했다. "그건 틀린 어법이잖아요. 감찰관 카토는 라틴어를 완벽히 구사했다면서요?"

"내 사랑, 내 사랑, 당신은 유머 감각도 없는 거요?" 카토가 빤히 쳐다보며 물었다. "농담하신 거잖소! 그저 그 얘기를 가벼운 농담처럼 하고 싶으셨던 거지! 살로니우스는 당연히 소스라치게 놀랐소. 감찰관을 지내고 개선식까지 치른 명문가로부터 혼인의 연을 맺자는 제안을 받다니, 믿을 수가 없었던 거요!"

"그 사람이 소스라치게 놀란 것도 무리가 아니네요." 리비아가 말했다.

카토는 서둘러 말을 계속했다. "할아버지께서는 살로니우스에게 진심으로 하는 말이라고 확인시켜주었소. 그런 뒤 살로니아가 불려왔고, 두 분은 즉시 혼인식을 치렀다오. 그날이 길일이었거든.

그런데 그 소문이 순식간에 온 로마에 퍼져서, 한두 시간 후 소식을 접한 마르쿠스 리키니아누스는 친구들을 한 무더기 모아서 감찰관 카토에게 우르르 몰려간 거요.

'아버지의 노예 애인을 반대했다고 이러시는 겁니까? 그래서 제게 이런 계모를 만들어 우리 집안에 더 큰 먹칠을 하시는 겁니까?' 리키니아누스가 길길이 화를 내며 따졌지.

'아들아, 이 고령에도 아들을 더 낳아서 내가 얼마나 무서운 사람인지 증명하려는 참인데 내가 어찌 네 얼굴에 먹칠을 한단 말이냐?' 할아버지가 위엄 넘치는 태도로 말씀하셨소. '너라면 일흔보다 여든에 더 가까운 나를 귀족 여인과 혼인시키겠느냐? 그런 결혼은 온당치 않을 게다. 내 밑에 있는 해방노예의 딸과 혼인함으로써 나는 내 나이와 필요에 맞는 결혼을 한 것이다.'"

"참으로 놀라운 일을 하셨군요!" 리비아가 말했다. "물론 리키니아누스와 아이밀리아 테르티아를 약 올리려고 그러신 거겠죠."

"우리 살로니아누스 분가 사람들은 그리들 생각하지." 카토가 대답했다.

"그럼 아들 내외와 계속 한집에 사셨던 거예요?"

"물론이오. 그러나 마르쿠스 리키니아누스는 그로부터 얼마 후 세상을 떠났다오. 대다수 사람들은 그가 화병이 나서 죽었다고 생각했지. 어쨌든 그리되어 아이밀리아 테르티아는 혼자서 시아버지와 새 시어머니 살로니아와 같이 그 집에 남게 되었소. 내 생각엔 그 여자는 그런 일을 당해도 싸지만. 친정아버지가 죽고 없었으니 친정으로 돌아갈 수도 없었던 거요."

"살로니아가 당신 아버지를 낳았겠군요." 리비아가 말했다.

"그렇게 된 거지."

"노예로 태어난 여자의 손자인 것이 민감하게 의식되지는 않나요?"

카토는 눈을 깜박거렸다. "민감하게 의식할 게 뭐가 있소?" 그가 되물었다. "누구나 나름의 시초가 있는 건데! 게다가 어떤 노예의 피라도 당신의 고귀한 혈통으로 정당성을 부여할 수 있다는 감찰관 카토의 주장에 감찰관들이 동의한 것으로 보이기도 하니까. 감찰관들은 한 번도 살로니아누스 집안 출신을 원로원에 들어가지 못하게 막은 적이 없소. 살로니우스는 훌륭한 갈리아 혈통을 타고났소. 만약 그가 그리스인이었다면, 할아버지는 절대 그의 딸을 선택하지 않으셨을 거요! 그분은 그리스인들을 싫어하셨으니까."

"당신은 농장건물에 회반죽을 바른 적이 있어요?" 엉덩이를 카토의 몸에 밀착시키며 리비아가 물었다.

"당연히 안 그랬지." 대답하는 카토의 숨소리가 빨라졌다.

"우리가 왜 이렇게 맛없는 포도주를 마셔야 하는지 이제야 알겠군요."

"쉿, 리비아 드루사!" 이렇게 말한 카토는 그녀의 몸을 자기 쪽으로 돌렸다.

　당사자들이 완벽하다고 느끼는 대단한 사랑에 빠져 있다보면, 대개 경솔한 행동을 하게 되고 무심코 말실수를 해서 결국은 들키게 마련이다. 그러나 리비아와 카토는 자신들의 관계를 극도로 비밀스럽게 잘 유지했다. 물론 그들이 로마에 있었다면 상황이 달랐을 것이다. 다행히 나른하고 조용한 투스쿨룸은 바로 코밑에서 벌어지는 흥미진진한 연애사건을 전혀 감지하지 못했다.

　4주가 지나지 않아 리비아는 자신이 임신한 것을 알았다. 또한 그 아이가 카이피오의 아이가 아니란 것도 알았다. 카이피오가 로마를 떠나던 바로 그날 월경이 시작되었던 것이다. 그로부터 2주 후에 그녀는 카토의 품에 안겨 있었다. 그리고 다음번 할 때가 되었는데도 월경이 나오지 않았다. 그녀는 앞서 두 번의 임신으로 임신중에 나타나는 다른 증상들에 대해서도 알고 있었는데, 지금 그 모든 증상이 나타나고 있었다. 그녀는 남편 카이피오의 아이가 아니라 연인 카토의 아이를 낳게 될 것이었다.

　냉철한 생각 끝에 리비아는 자신의 임신 사실을 감추지 않기로 마음먹었다. 카이피오와의 잠자리와 카토와의 잠자리가 시기적으로 가깝다는 사실이 자신을 보호해주리라 안심했다. 이렇게 빨리 임신하지 않았다면 어떻게 됐을까? 아, 그 생각은 하지 않는 게 상책이야!

　소식을 듣고 드루수스는 매우 기뻐했으며 세르빌리아 카이피오니스도 그랬다. 릴라는 남동생이 태어나면 굉장히 재미있겠다고 생각했다. 반면 어린 세르빌리아는 표정이 평소보다도 더 딱딱하게 굳어지기만 했다.

당연히 카토에게도 말해주어야 했다. 다만 어디까지, 정확히 뭐라고 얘기하느냐가 문제였다. 리비우스 드루수스 집안의 냉철한 기질이 전면에 나선 상태에서 리비아는 지금 상황을 놓고 곰곰이 생각에 잠겼다. 아기가 아들이라면 그의 자식에 대해 카토를 속이는 건 못할 짓이었다. 하지만……. 하지만……. 아기는 분명 카이피오가 돌아오기 전에 태어날 테고, 온 세상 사람들이 카이피오의 아이로 생각할 터였다. 그리고 카토의 아이가 아들이라면, 그 아이는 퀸투스 세르빌리우스 카이피오의 이름을 얻는 동시에 톨로사의 황금을 상속하게 될 터였다. 황금만 5천 탈렌툼 전부를 말이다. 아이는 로마 제일의 부자가 되는 건 물론이고 영예로운 이름도 갖게 될 터였다. 카토 살로니아누스보다 훨씬 영예로운 이름을.

"나, 아이가 생겼어요, 마르쿠스 포르키우스." 리비아는 어느덧 자신의 진정한 집으로 여기게 된 방 두 칸짜리 오두막에서 카토를 다시 만난 날 말했다.

카토는 크게 기뻐하기보다 깜짝 놀라서 그녀를 뚫어져라 바라보았다. "내 아이요, 아니면 당신 남편 아이요?" 그가 물었다.

"모르겠어요." 리비아 드루사가 말했다. "정말이지, 모르겠어요. 태어난 아들을 봐도 알 수 있을지 의문이에요."

"아들?"

"사내아이거든요."

카토는 침대 머리에 등을 기대며 눈을 감고 아름다운 입술을 굳게 다물었다. "내 아이군." 그가 말했다.

"나도 몰라요." 그녀가 대답했다.

"그래, 사람들에게는 당신 남편의 아이로 해두겠단 거로군."

"달리 뾰족한 수가 없으니까요."

카토는 눈을 뜨고서 고개를 돌려 그녀를 바라보았다. 슬픈 얼굴이었다. "아무것도 없지, 나도 알아요. 설령 당신이 이혼할 수 있다 해도 나는 당신과 결혼할 수 있는 형편이 못 되오. 당신도 이혼하진 못하겠지. 남편이 예상보다 일찍 돌아온다면 또 모르지만, 아마 그럴 일은 없을 테니까. 이 모든 일에는 정해진 경향이 있소. 신들은 아마 미친듯이 웃고 있겠지."

"그러라고 해요! 결국 마지막에 승리하는 쪽은 신들이 아니라 우리 인간이에요." 이렇게 말한 리비아는 침대에서 일어나 그에게 입을 맞추었다. "사랑해요, 마르쿠스 포르키우스. 이 아기가 당신 아이였으면 좋겠어요."

"나는 아니었으면 좋겠소." 카토가 말했다.

임신했어도 리비아의 일상은 조금도 달라지지 않았다. 그녀는 계속 아침 산책을 나갔고, 카토도 투스쿨룸 근처에 있는 할아버지의 옛 집에서 점점 더 많은 시간을 보냈다. 그들은 리비아의 자궁 속에 웅크리고 있는 태아는 전혀 신경쓰지 않고 열정적으로 사랑을 나누었다. 카토가 주저할 때마다, 리비아는 아무리 사랑을 많이 해도 아기에게는 절대 해가 되지 않는다고 주장했다.

"아직도 투스쿨룸보다 로마가 더 좋으니?" 늦은 시월의 어느 한가로운 날, 리비아는 어린 세르빌리아에게 물었다.

"네, 그래요." 세르빌리아가 대답했다. 지난 몇 달간 딸은 참으로 다루기 어려운 아이였다. 절대 자기 생각을 말하거나 먼저 말을 거는 법이 없고 엄마가 묻는 말에도 짧게 대꾸만 할 뿐이라서, 식사시간이면 리비아 혼자 대화를 이어가보려고 애를 쓰기 일쑤였다.

"왜 그렇지, 세르빌리아?"

세르빌리아는 커다랗게 불러온 엄마의 배를 쳐다보았다. "우선 거기엔 훌륭한 의사와 산파 들이 있으니까요." 아이가 대답했다.

"아, 아기 걱정은 안 해도 돼!" 리비아는 이렇게 외친 뒤 소리내어 웃었다. "남동생은 아주 만족해하고 있단다. 때가 되면 수월하게 나올 거야. 아직 최소한 한 달은 더 있어야 해."

"왜 자꾸 '남동생'이라고 해요, 엄마?"

"왜냐면 이 아기는 사내아이거든."

"아기가 나오기 전에는 아무도 알 수 없어요."

"어쩜, 너는 꼬마 냉소가로구나." 리비아가 재밌어하며 말했다. "엄마는 네가 딸인 것도 알았고 릴라가 딸인 것도 알았단다. 그러니 이번에도 맞지 않겠니? 아기가 들어선 느낌도 다르고, 내게 말하는 것도 다르거든."

"말을 해요?"

"그럼. 엄마 뱃속에 있을 때 너희 모두 엄마에게 말을 했단다."

리비아를 향한 시선에는 비웃음이 담겨 있었다. "정말이지, 엄마는 이상해요! 그리고 갈수록 더 이상해져요. 아기들은 태어난 뒤에 적어도 일 년은 있어야 말을 하는데, 어떻게 뱃속에 있는 아기가 말을 한단 말이에요?"

"넌 아버지를 꼭 빼닮았구나." 리비아는 이렇게 말한 뒤 무섭게 얼굴을 찌푸렸다.

"엄마는 아빠를 안 좋아하죠! 그럴 것 같았어요." 세르빌리아의 말투는 비난조라기보다 무심하게 들렸다.

아이는 이제 일곱 살이었다. 웬만큼 사실을 들려줘도 될 나이야, 엄마는 생각했다. 아이가 아버지에 대해 편견을 갖게 하는 말은 말아야겠지만……. 이 큰아이와 진짜 친구가 된다면 참으로 좋지 않을까?

"그래." 리비아가 신중하게 대답했다. "난 아빠를 좋아하지 않아. 왜 그런지 알고 싶니?"

세르빌리아는 어깨를 으쓱했다. "어차피 말할 거잖아요."

"음, 너는 아빠가 좋니?"

"네, 그럼요! 아빠가 세상에서 제일 좋아요!"

"아아……. 그렇다면 왜 내가 아빠를 좋아하지 않는지 말해줘야겠구나. 그러지 않으면 넌 내가 아빠를 좋아하지 않는다고 원망할 테니까. 나한텐 그럴 만한 이유가 있단다."

"당연히 그렇게 생각하시겠죠."

"아가, 난 아빠와의 결혼을 원치 않았단다. 마르쿠스 외삼촌이 억지로 결혼시킨 거야. 그러니 출발부터 잘못된 거지."

"선택권이 있었을 거 아녜요."

"아니, 전혀 없었어. 우리 여자들은 거의 그렇단다."

"무엇이든 마르쿠스 외삼촌이 엄마보다 잘 안다는 사실을 받아들였어야 한다고 생각해요. 외삼촌이 엄마에게 골라준 남편감에는 아무 문제가 없어 보이니까요." 일곱 살짜리 재판관이 말했다.

"아, 맙소사!" 리비아는 절망하며 딸을 빤히 바라보았다. "세르빌리아, 우리가 누굴 좋아하고 누굴 싫어할지는 강요할 수 있는 게 아니란다. 어쩌다보니 나는 아빠를 싫어하게 된 거야. 네 나이였을 때부터 언제나 아빠가 싫었어. 하지만 우리 아버지들이 우릴 결혼시키기로 정해두셨고, 마르쿠스 외삼촌은 거기에 문제될 게 전혀 없다고 생각하신 거야. 사랑이 없다고 해서 결혼생활이 위태로워지는 건 아니지만, 싫어하는 감정은 처음부터 결혼생활을 망쳐놓는다는 것을 외삼촌에게 이해시킬 수가 없었단다."

"엄마는 바보 같아요." 세르빌리아가 업신여기듯 내뱉었다.

애가 어쩜 이리도 고집불통일까! 리비아는 애써 말을 계속했다. "결혼은 아주 친밀한 관계란다, 애야. 남편이나 아내를 싫어한다는 건 끔찍한 짐을 짊어진 것과도 같아. 결혼을 하면 서로의 몸을 만지는 일이 아주 많아지지. 그런데 누군가가 싫으면 그 사람이 널 만지는 것도 싫어지는 거야. 그게 어떤 건지 이해할 수 있겠니?"

"난 누구는 날 만지는 게 싫어요."

아이의 엄마는 미소를 지었다. "그건 더 크면 바뀔 거야! 아무튼, 나는 날 만지는 게 싫은 사람과 억지로 결혼을 한 거야. 내가 싫어하는 사람과 말이지. 엄마는 지금도 그 사람이 싫어. 하지만 어떤 감정은 분명 자라난단다. 나는 널 사랑하고 릴라도 사랑해. 그러니 어찌 마음 한구석으로라도 아빠를 사랑하지 않을 수 있겠니? 아빠가 너와 릴라를 낳게 해주었는데 말이야."

혐오스러운 표정이 세르빌리아의 얼굴에 번졌다. "아, 정말이지, 엄마는 바보 같아요! 처음에는 아빠를 싫어한다더니 이젠 또 사랑한다고 하잖아요. 말도 안 돼요!"

"아냐, 그게 사람의 마음이란다, 세르빌리아. 사랑하는 것과 좋아하는 건 전혀 다른 감정이거든."

"글쎄요, 나는 아빠가 골라주는 남편을 좋아하고 사랑할 건데요." 세르빌리아는 우월감에 가득찬 목소리로 선언하듯 말했다.

"그래, 네 말대로 되기를 바라마." 이렇게 대꾸한 리비아는 이 불편한 대화를 다른 방향으로 돌려보려고 했다. "난 지금 아주 행복하단다. 왜 그런지 아니?"

세르빌리아는 검은 머리를 한쪽으로 기울이며 생각해보더니, 고개를 끄덕이다가 이내 다시 가로저었다. "왜인지 알아요. 하지만 왜 그래야 하는지 모르겠어요. 엄마는 이 형편없는 집에 살아서, 또 아기가 태어날 거라서 행복한 거죠." 검은 눈동자가 반짝 빛났다. "그리고…… 아마도 엄마에겐 친구가 있는 것 같아요."

지독한 두려움의 빛이 리비아의 얼굴에 떠올랐다. 그 표정이 너무나 생생하고 겁에 질려 있었기에, 아이는 갑작스러운 흥분과 놀라움으로 전율했다. 애초에 그 공격의 화살은 진정으로 의도된 것이 아니라, 그녀 자신에게는 친구가 없다는 뼈저린 느낌에서 나온 순전한 직감이었기 때문이다.

"당연히 친구가 있지!" 엄마는 얼굴에서 두려움의 빛을 싹 지우며 외쳤다. 그녀는 미소를 지었다. "내 친구는 뱃속에서 엄마에게 말을 건단다."

"그애는 내 친구가 되진 않을 거예요."

"아아, 세르빌리아, 그런 말 하지 말아라! 이 아이는 네게 가장 좋은 친구가 될 거야. 형제란 그렇단다, 정말이야!"

"마르쿠스 외삼촌도 엄마의 오빠잖아요. 그런데도 엄마가 좋아하지 않는 아빠와 억지로 결혼시켰잖아요."

"그랬다고 해서 외삼촌이 엄마의 친구가 아닌 건 아니란다. 형제자매는 함께 자라지. 다른 누구보다도 서로를 잘 아니까 서로를 좋아하게 되는 거야." 리비아가 다정하게 말했다.

"싫어하는 사람을 좋아하게 될 수는 없는 거예요."

"그건 네가 잘못 안 거야. 노력하면 좋아질 수 있단다."

세르빌리아가 버릇없이 지껄였다. "그 말이 맞다면 엄마는 왜 아빠를 좋아하게 되지 않은 거죠?"

"아빠는 내 형제가 아니잖니!" 리비아가 소리쳤다. 아이가 다음에는 또 무슨 소리를 할지 알 수가 없었다. 이 아이는 왜 얌전히 듣고 있질 않는 걸까? 왜 이렇게도 고집스럽고 둔감하기 짝이 없을까? 제 아버지 딸이기 때문이지, 엄마는 마음속으로 자문자답했다. 아아, 이 아이는 아버지를 닮았어! 다만 그보다 훨씬 영리하고 교활할 뿐.

"아가, 엄마가 원하는 건 네가 행복해지는 것뿐이란다. 약속하마, 절대 아빠가 너를 싫은 사람과 결혼시키게 하지 않을게."

"내가 결혼할 땐 엄마가 옆에 없을지도 모르잖아요."

"내가 왜 없어?"

"엄마의 어머니는 없었잖아요."

"내 어머니는 완전히 다른 경우란다." 리비아가 슬픈 얼굴로 말했다. "외할머니는 돌아가신 게 아니야."

"나도 알아요. 외할머니는 마메르쿠스 외삼촌과 같이 살고 있지만 우리는 서로 왕래가 없죠. 외할머니는 문란한 여자니까요." 세르빌리아가 말했다.

"어디서 그런 소릴 들었니?"

"아빠한테서요."

"넌 문란한 여자가 무슨 뜻인지도 모르잖아!"

"알아요. 자기가 파트리키인 걸 잊어버리는 여자잖아요."

리비아는 웃음이 새어나오려는 걸 참았다. "그것참 재미있는 해석이로구나, 세르빌리아. 너는 자신이 파트리키라는 걸 잊어버리는 일이 있을 것 같니?"

"절대 없어요!" 아이가 비웃듯이 말했다. "나는 커서 아빠가 바라는 꼭 그런 사람이 될 거예요."

"아빠와 그렇게 얘기를 많이 하는 줄은 몰랐구나!"

"우린 항상 같이 얘기를 나눴어요." 세르빌리아는 거짓말을 했다. 어찌나 그럴듯했는지 아이 엄마는 거짓말인 걸 눈치채지 못했다. 양쪽 부모 모두에게 관심을 못 받고 자란 세르빌리아는 아주 어릴 적부터 자신을 아버지와 동일시했다. 아이의 눈에는 엄마보다 아버지가 더 힘있고 꼭 필요한 존재로 비쳤기 때문이었다. 그리하여 세르빌리아의 어린 애다운 공상은 죄다 아버지와 친근한 관계를 즐기는 것으로 채워졌다. 물론 상식적으로는 그런 일이 결코 없으리라는 걸 뻔히 알았다. 아버지는 딸들을 성가신 존재로 여겼고 아들을 원했다. 아이가 이 사실을 어떻게 알았을까? 아이는 마르쿠스 외삼촌의 집안 곳곳을 마치 유령처럼 떠돌아다니며 구석에 숨어 사람들이 하는 말을 엿듣다가 듣지 말아야 할 얘기까지 많이 들었던 것이다. 세르빌리아가 보기에 언제나 진정한 로마인답게 말하는 사람은 마르쿠스 외삼촌이 아니라 자기 아버지였다. 물론 저 별 볼 일 없는 이탈리아인 실로는 더더욱 아니었고. 아버지가 간절히 보고 싶은 마음과 동시에, 아이는 이제 필연적으로 닥칠 현실이 두려웠다. 엄마가 아들을 낳으면 아버지가 가장 아끼는 자식이 될 희망은 모조리 사라져버리리라.

"그래, 세르빌리아." 리비아가 쾌활하게 말했다. "네가 아빠를 좋아할 수 있다니 참으로 기쁘구나. 하지만 아빠가 집에 돌아오셔서 다시 둘이서 이야기를 나누게 될 때는 조금 더 어른스런 모습을 보여줘야겠다. 엄마가 아빠를 싫어한다고 했던 말은 너만 알고 있어야 해. 우리끼리의 비밀이야."

"왜요? 아빠도 이미 아시지 않아요?"

리비아는 영문을 몰라 얼굴을 찌푸렸다. "세르빌리아, 네가 아버지와 그렇게 얘기를 많이 나눈다면, 내가 자기를 싫어하는지 짐작도 못하고 계신다는 걸 당연히 알 것 아니니. 아빠는 통찰력 있는 분이 아니시란다. 그런 게 있는 분이었다면 내가 싫어하지 않았을지도 모르지."

"뭐, 어차피 우린 엄마 얘기 따위로 시간을 낭비하진 않아요." 세르빌리아가 경멸하듯 대꾸했다. "중요한 일에 관해 얘기하거든요."

"일곱 살짜리가 어쩜 그렇게 상처 주는 말을 잘하니."

"난 아빠에게는 절대 상처 주지 않아요." 일곱 살짜리 딸이 말했다.

"잘됐구나! 하지만 내가 한 말은 꼭 명심해라. 오늘 내가 한 말, 혹은 하려고 했던 말은 우리 둘만의 비밀이야. 엄마가 너를 믿고 비밀을 털어놨으니 너도 로마의 파트리키 귀족 여성답게 그 비밀을 정중히 다뤄주길 바란다."

4월에 루키우스 발레리우스 플라쿠스와 마르쿠스 안토니우스 오라토르가 감찰관으로 선출되자, 실로는 잔뜩 흥분한 상태로 드루수스의 집을 찾아왔다.

"이야, 퀸투스 세르빌리우스 없이 얘기할 수 있으니 정말 좋군!" 실로가 싱글거리며 외쳤다. 카이피오가 자신의 반감을 감추지 않았듯이 실로도 카이피오에 대한 반감을 굳이 숨기려 하지 않았다.

이런 사실을 아는 상태에서, 그리고 가족 간의 의리 때문에 대놓고 말은 못해도 속으로는 실로에게 동조하면서 드루수스는 실로의 말을 못 들은 척했다. "무슨 일로 이렇게 신이 났는가?"

"우리 감찰관들 말일세! 이제껏 없었던 대대적인 인구조사를 계획중이고, 조사 방식도 바꿀 거라지 뭔가." 실로는 기쁨에 겨워 두 팔을 머리 위로 번쩍 들어올렸다. "아아, 마르쿠스 리비우스, 내가 이탈리아의 상황에 대해 얼마나 비관하고 있었는지 자네는 모를 걸세! 이 진퇴양난에서 벗어나려면 로마로부터 분리 독립하고 전쟁을 치르는 것 외에는 다른 길이 없다는 생각까지 들던 참이었다네."

실로가 품고 있던 불안을 처음으로 듣게 된 드루수스는 의자에 꼿꼿이 앉은 채 놀란 눈으로 실로를 쳐다보았다. "분리 독립? 전쟁?" 그가 되물었다. "퀸투스 포파이디우스, 자네 어찌 그런 말을 입에 담을 수 있나? 이탈리아의 상황은 평화적인 방법으로 해결될 것이네. 나도 그 목표를 위해 전념하고 있고!"

"나도 아네, 친구. 그리고 분리 독립이나 전쟁이나 결코 내가 원하는 바가 아니라는 것을 자네도 믿어줘야 해. 로마도 그렇지만 이탈리아도 이런 대안은 쓰지 않는 편이 좋다네. 어느 쪽이 이기든 그 과정에서 소모되는 자금과 인력은 차후 수십 년간 우리 동맹시들에 치명적인 타격을 줄 걸세. 내전에는 노획물이 없으니까."

"그런 생각조차 하지 말게!"

실로는 앉은 자리에서 움찔거리더니 드루수스의 책상에 양팔을 얹고 열성에 넘쳐 몸을 앞으로 기울였다. "바로 그걸세, 지금은 그런 생각을 하지 않는다네! 우리에 대한 로마의 인식에 큰 변화를 가져올 만한 규모로 이탈리아인들에게 참정권을 줄 방도가 막 생각났거든."

"대대적인 참정권 부여를 말하는 건가?"

"전체는 아닐세. 그건 불가능할 테니까. 그러나 일단 성사되기만 하면 전 이탈리아인의 참정권 획득으로 이어질 수 있을 정도로 큰 규모라네." 실로가 말했다.

"무슨 수로?" 살짝 속은 듯한 기분으로 드루수스가 물었다. 그는 이 탈리아인들에게 완전한 로마 시민권을 주는 계획에서 자신이 실로보다 앞서 있다고 늘 생각해왔다. 그러나 이제 보니 그가 느낀 자기만족은 착각인 것 같았다.

"자네도 알다시피 감찰관들은 늘 로마 시내에 누가 살고 무엇이 있는지 알아내는 데 가장 관심을 두지 않았나. 그러니 시골 지역과 속주의 인구조사는 항상 더디고 그야말로 임의적으로 이루어졌지. 시골에 사는 사람이 주민으로 등록하려면 자기가 사는 자치체나 소도시의 행정장관을 찾아가거나, 그렇지 않으면 자치체 자격이 있는 가장 가까운 곳까지 가야 했네. 속주의 경우에는 총독을 찾아가야 하는데, 그러다보면 먼 거리를 가야 할 때도 있지. 개중에 신경을 쓰는 사람들은 먼길이라도 찾아가지만, 그렇지 않은 사람들은 다음번에 해야지 다짐만 하고 인구조사 담당 직원들이 예전 명부에서 새 명부로 자기 이름을 옮겨주겠거니 믿어버린다네. 그런데 이렇게 넘어가고 마는 경우가 대부분이지."

"그거야 나도 다 아는 사실이네." 드루수스가 부드럽게 말했다.

"상관없네, 그렇더라도 지금 다시 들어둬야 할 걸세. 마르쿠스 리비우스, 로마의 신임 감찰관들은 참 별난 조합이라네. 나는 한 번도 안토니우스 오라토르가 특별히 유능한 사람이라고 생각해보지 않았네만, 그가 해적들을 상대로 벌인 소탕 작전을 생각해보면 능력이 있겠다 싶기도 하더군. 마르스 대제관이자 전직 집정관인 루키우스 발레리우스로 말하자면, 기억나는 거라곤 사투르니누스가 호민관으로 있던 마지막 해를 그가 엉망진창으로 만들었다는 것뿐이네. 가이우스 마리우스가 병 때문에 집정관 직을 수행할 수 없었던 그해 말일세. 그러나 누구나 한 가지 재주는 타고난다는 말이 있지 않나! 알고 보니 루키우스 발레리우스는…… 거 뭐냐…… 병참술에 재주가 있더군. 오늘 내가 콜리나 성문으로 들어와 포룸 로마눔 낮은 구역을 가로질러 걷고 있을 때 루키우스 발레리우스를 만나지 않았겠나." 실로는 묘하게 생긴 눈을 크게 뜨고는 과장되게 헉하고 숨을 내쉬었다. "그가 날 부르더니 잠깐 얘기할 시간이 있냐고 물었을 때 내가 얼마나 놀랐을지 상상이 되는가! 나 같은 이탈리아인한테 말일세! 물론 나야 시간은 얼마든지 있다고 대답했지. 얘기를 들어보니, 마르시족 영토 내의 시민권자와 라티움 시민권자에 대한 인구조사를 맡아줄 만한 마르시족 로마 시민권자를 몇 명 추천해달라는 거더군. 멍청하게 못 알아들은 표정을 하고 있던 덕분에 결국 그에게서 자초지종을 들을 수 있었네. 그와 안토니우스 오라토르 두 사람은 소위 인구조사원이라는 특수직을 고용해서 시골 지역의 인구조사를 실시하도록 올해 말과 내년 초에 걸쳐 이탈리아와 이탈리아 갈리아 전역으로 파견할 계획이라더군. 루키우스 발레리우스 말에 의하면, 자네들의 새 감찰관들은 지금까지 실시되어온 조사 방식으로는 알아서 등록하기를 꺼리는 시골의 로마 시민과 라티움 시민권자 상당수가 누락된다는 점을 우려하고 있다는 거야. 자네는 이 상황을 어찌 생각하는가?"

"내가 무슨 생각을 해야 하나?" 드루수스가 멍하니 물었다.

"우선, 발상이 아주 명확하지 않은가, 마르쿠스 리비우스."

"물론 그렇네! 효율적이기도 하고. 하지만 거기에 자네가 그렇게 좋아서 흥분할 만한 무슨 특별한 장점이 있다는 건가?"

"여보게 드루수스, 만약 우리 이탈리아인들이 이 인구조사원이라는 자들을 매수할 수만 있다면, 충분한 자격이 있는 수많은 이탈리아인을 로마 시민권자로 등록시키는 게 가능해지는 걸세! 어중이떠중이가 아니라, 본래대로라면 벌써 오래전에 로마 시민권자가 되었어야 할 사람들 말이야." 실로가 설득력 있게 설명했다.

"그건 안 될 말이네." 드루수스가 말했다. 그의 가무잡잡한 얼굴은 준엄했다. "불법일 뿐 아니라 부도덕한 짓이야."

"도덕적으로는 옳은 일이네!"

"도덕이 문제가 아닐세, 퀸투스 포파이디우스. 법이 문제지. 로마 인명부에 오르는 가짜 시민권자 모두가 불법시민이 될 걸세. 나는 그런 일에 동의할 수 없네. 자네도 그래서는 안 되고. 아니, 이제 그 얘긴 그만하세! 잘 생각해보게, 그럼 자네도 내 말이 옳다는 걸 이해할 거야." 드루수스가 단호하게 말했다.

실로는 한참 동안 친구의 표정을 찬찬히 살피다가 화가 치미는 듯 양손을 치켜들었다. "아아, 젠장맞을, 마르쿠스 리비우스! 너무나 쉽게 될 일을!"

"그 일을 저지르고 나면 문제가 터지는 것도 그만큼 쉬울 걸세. 가짜 시민들을 등록시키는 순간 그들은 로마법의 맹렬한 심판에 고스란히 노출되는 거야. 채찍형에다 요주의자 명단에 올라가고, 무거운 벌금도 물어야 하지." 드루수스가 말했다.

실로는 한숨을 내쉬고 어깨를 으쓱했다. "그래, 좋아. 자네 생각은 잘 알겠네." 그가 마지못해 대답했다. "하지만 그건 좋은 생각이었어."

"아니, 잘못된 생각이었네." 드루수스는 이 입장에서 조금도 물러서려 하지 않았다.

실로는 더이상 아무 말도 하지 않았다. 하지만 요즘 들어 더 횅해진 집안이 밤이 깊어 고요해질 즈음, 그는 밖으로 나가 로지아 난간에 걸터앉았다. 자신도 모르는 사이, 지금은 집에 없는 리비아가 하던 행동을 따라한 셈이었다.

드루수스가 사태를 자기와 같은 관점에서 보지 않으리라는 생각은 단 한 순간도 해보지 못했다. 그런 생각이 들었다면 드루수스에게 그 얘기를 꺼내지도 않았을 것이다. 아마도 이래서 그토록 많은 로마인들이 우리 이탈리아인은 결코 로마인이 될 수 없다고 말하는 건가보군, 실로는 서글프게 생각했다. 나는 드루수스의 생각을 몰랐던 거야.

자신의 의도를 다 드러내버린 지금, 실로는 불편한 입장에 처해 있었다. 드루수스가 침묵을 지키리라고 마냥 믿을 수만은 없다는 생각이 들었다. 과연 드루수스는 내일 발레리우스 플라쿠스와 안토니우스 오라토르를 찾아가서 오늘 들은 말을 전할까?

실로가 할 수 있는 일은 그저 상황을 지켜보는 것뿐이었다. 또한 자기가 했던 말은 포룸 로마눔에서 팔라티누스 언덕 어귀까지 오는 사이에 퍼뜩 떠오른 생각이었고, 하룻밤 자고 일어나 돌이켜보니 뭣도 아닌 어리석고 쓸모없는 생각이었다고 드루수스가 믿게끔 아주 열심히 (그러나 동시에 아주 교묘하게!) 노력해야 할 터였다.

실로는 자신의 계획을 포기할 생각이 전혀 없었던 것이다. 오히려 간단하면서도 결정적인 계획이라는 점에서 갈수록 더 구미가 당겼다. 애당초 감찰관들도 수천 명의 시민이 추가로 등록되리라 예상하고 있지 않은가! 그렇다면 시골 지역의 등록자 수가 눈에 띄게 늘었다고 해서 의심할 까닭이 없지 않은가? 당장 보비아눔으로 가서 삼니움족 가이우스 파피우스 무틸루스를 만나야 한다. 그런 다음 둘이 함께 다른 이탈리아 동맹 지도자들을 만나러 다녀야지. 감찰관들이 본격적으로 인구조사원을 구하기 시작할 때쯤에, 이탈리아 동맹을 이끄는 지도자들은 행동에 돌입할 준비를 마쳐야 해. 조사원들을 매수하고, 직접 손댈 수 있는 명부를 고치거나 이름을 추가로 기입하는 등 이탈리아의 대의를 위해 은밀히 활약할 준비가 된 조사원들을 그 자리에 심어놓는 거지. 로마 시는 실로가 마음대로 건드릴 수도 없을뿐더러 굳이 그러고 싶지도 않았다. 로마 시내에 사는 이탈리아인 비시민권자들은 포함시킬 가치가 없는 사람들이었다. 그들은 조상의 땅을 떠나와 거대 도시의 주변부에서 전보다 더 초라하게 또는 더 떵떵거리며 살고 있었으며, 이미 유혹에 빠져 구제할 길이 없었다.

실로는 오래도록 로지아에 앉아 있었다. 머릿속에서는 이탈리아 내 만민 평등이라는 궁극적인 목표를 쟁취할 수단과 방법 등 온갖 생각이 꼬리에 꼬리를 물고 이어졌다.

아침이 되자 실로는 자신이 뱉은 경솔한 말을 드루수스의 머리에서 지우는 작업에 착수했다. 적당히 뉘우치면서도 쾌활한 태도로, 마치 드루수스가 잘못된 생각을 깨우쳐준 덕에 이제는 그 생각에 조금도 관심 없다는 듯이 행동했다.

"내가 잘못 판단했었네." 실로가 드루수스에게 말했다. 하지만 어조는 가벼웠다. "하룻밤 자고 일어나니 자네 말이 전적으로 옳은 것 같아."

"다행이네!" 드루수스는 미소를 지었다.

퀸투스 세르빌리우스 카이피오는 이듬해 가을이 되어서 야 집으로 돌아왔다. 그사이 아시아 속주의 스미르나에서 이탈리아 갈리아로 갔다가 아프리카 속주의 우티카, 먼 히스파니아의 가데스를 거쳐 다시 이탈리아 갈리아로 갔다. 가는 길마다 엄청난 돈을 뿌려댔지만 그보다 더 많은 돈을 자기 앞으로 모아들였다. 그렇게 아주 서서히 톨로사의 황금은 다른 것들로 바뀌어갔다. 먼 히스파니아 바이티스 강 유역의 드넓은 옥토가 되었고, 가데스, 우티카, 코르두바, 히스팔리스, 옛 카르타고와 새 카르타고, 키르타, 네마우수스, 아렐라테를 비롯해 이탈리아 갈리아와 이탈리아 반도 내 모든 주요 도시의 아파트 건물들이 되었다. 그가 이탈리아 갈리아에 세운 작은 철강촌과 숯촌에 는 방직촌까지 합류했다. 또한 최고의 농지가 있는 곳이면 카이피오는 보는 족족 그 땅을 사들였다. 그는 로마 은행이 아닌 이탈리아 은행을 이용했고, 로마 회사가 아닌 이탈리아 회사와 거래했다. 로마령 소아시 아에는 단 한 푼의 재산도 남겨놓지 않았다.

카이피오가 로마에 있는 드루수스의 집에 도착했을 때, 집안사람들 은 그가 온다는 사실을 모르고 있었다. 그 결과 그는 아내와 딸들이 집에 없다는 것을 알게 되었다.

"다들 어디 간 거야?" 카이피오가 누이에게 따져물었다.

"오빠가 가도 좋다고 한 곳에 가 있지요." 세르빌리아 카이피오니스는 어리둥절한 표정으로 대답했다.

"그게 무슨 소리냐, 내가 어쨌다고?"

"올케와 애들은 아직까지 마르쿠스 리비우스의 투스쿨룸 농장에서 지내고 있다고요." 그녀가 대답했다. 드루수스가 어서 집에 왔으면 하는 마음이 간절했다.

"대체 왜 거기서 지낸다는 거냐?"

"평화롭고 조용하니까요." 세르빌리아는 한 손으로 머리를 짚었다. "맙소사, 내가 완전히 잘못 알고 있나 봐요! 분명 마르쿠스 리비우스한테서 오빠가 허락했다고 들은 것 같은데."

"나는 아무것도 허락한 적 없어." 카이피오가 성이 나서 말했다. "일 년 반을 떠나 있다가 아내와 아이들이 다정하게 맞이하리라 기대하며 집에 왔는데 아무도 없다니! 말도 안 돼! 대체 투스쿨룸에서 뭘 하고 있는 거냐?"

세르빌리우스 카이피오 집안 남자들이 가장 자랑하는 미덕 중 하나는 배우자에게 충실하기 위해 성욕을 자제하는 것이었다. 실제로 카이피오는 떠나 있는 내내 다른 여자를 찾지 않았다. 그랬기에 로마에 점점 가까워질수록 아내에 대한 기대도 더욱 절박해졌던 것이다.

"리비아 드루사는 로마 생활에 지쳐서 투스쿨룸에 있는 남편의 오래된 빌라에 살러 간 거예요." 가슴이 방망이질치는 와중에 세르빌리아가 대답했다. "정말이지 난 오빠가 승낙한 줄 알았어요! 하지만 어찌됐든 거기로 가서 리비아 드루사에게 해가 된 건 전혀 없어요. 요즘처럼 얼굴이 좋았던 적이 없거든요. 아주 행복해 보이기도 하구요." 그녀는 하나뿐인 오빠를 향해 미소를 지었다. "오빠에게 아들이 생겼어요, 퀸투스 세르빌리우스. 지난 12월 칼렌다이에 태어났지요."

좋은 소식임에는 분명했다. 하지만 그 소식도 아내가 집에 없어서 자신의 욕구 해소가 늦춰지게 된 것을 안 카이피오의 짜증을 없애기에는 역부족이었다.

"당장 사람을 보내 데려오라고 해." 그가 말했다.

잠시 뒤 드루수스가 집에 돌아왔을 때 그의 처남은 뻣뻣한 자세로 서재에 앉아 있었다. 하지만 손에 책을 들고 있지는 않았고, 머릿속은 리비아의 잘못된 행실에 대한 생각으로 꽉 차 있었다.

"리비아 드루사 일은 어찌된 건가?" 카이피오는 막 들어오는 드루수스에게 따져물었다. 처남이 내민 손도 싹 무시하고, 처남매부 간에 입을 맞추는 인사도 피해버렸다.

아내에게 얘기를 듣고 온 터였기에, 드루수스는 처남의 이런 태도에 아무런 동요 없이 책상 뒤로 돌아가 자리에 앉았다.

"자네가 떠나 있는 동안 리비아 드루사는 투스쿨룸에 있는 내 농장에 가 있네." 드루수스가 입을 열었다. "별다른 문제는 전혀 없다네, 퀸투스 세르빌리우스. 그애가 도시생활에 지쳤던 것뿐이야. 그곳으로 옮겨간 게 확실히 도움이 돼서, 그애는 아주 잘 지낸다네. 자네에게 아들도 생겼고."

"누이 말로는, 내가 이렇게 나가 사는 걸 허락해준 걸로 알았다던데." 카이피오는 이렇게 말하고서 콧숨을 내뿜었다. "나는 그런 허락을 한 적이 없네!"

"그래, 리비아 드루사가 자네 허락을 받았다고 말하긴 했네." 드루수스가 침착하게 대꾸했다. "하나 그건 큰 문제가 아닐세. 아마도 자네가 떠난 뒤에야 그런 생각이 떠올랐고, 일을 수월하게 진행시키려다보니 우리에겐 자네가 동의했다고 말한 것 같네. 그 아이를 만나보면 자네도 그게 잘한 일이었음을 알게 될 걸세. 육체적으로나 정신적으로나 어느 때보다도 건강한 상태거든. 그애한테는 시골생활이 잘 맞는 모양이야."

"따끔하게 혼을 내줘야 해."

드루수스는 뾰족한 한쪽 눈썹을 치켜올렸다. "그거야 내가 관여할 바가 아니네, 퀸투스 세르빌리우스. 거기 대해서는 알고 싶지도 않고. 그것보다 자네 여행은 어땠는지 알고 싶군."

그날 오후 늦게 드루수스의 농장에 그녀를 모시러 온 하인들이 도착했을 때, 리비아는 집에 있다가 그들을 맞이했다. 실망하는 기색은 조금도 내비치지 않았다. 그저 고개를 끄덕이며 다음날 정오까지 로마로 떠날 채비를 마치겠다고 말하고는 몹수스를 불러 할 일을 지시했다.

케케묵은 투스쿨룸의 농장 건물은 이제 주랑정원과 각종 위생시설이 갖추어져 그럴듯한 시골 빌라가 되어 있었다. 리비아는 빌라의 운치 있는 공간을 지나 급히 거실로 들어가서 문과 덧창을 다 닫고는 긴 의자에 쓰러져 눈물을 흘렸다. 모든 것이 끝나버렸다. 퀸투스 세르빌리우스가 집에 돌아왔고, 퀸투스 세르빌리우스에게 집은 곧 도시였다. 이제 그녀에게는 투스쿨룸을 다시 찾는 일조차 허락되지 않을 것이다. 지금쯤은 자신이 이곳으로 와도 된다는 허락을 받았다고 거짓말한 사실을 남편이 알았을 테고, 그의 성질을 생각하면 이 사실 하나만으로도 투스쿨룸은 그녀에게 영원히 발을 들여놓을 수 없는 금지구역이 될 것이다.

로마에서 원로원 총회가 열리고 있었기 때문에 카토는 시골 빌라에 없었다. 리비아가 마지막으로 그를 본 지도 몇 주가 지났다. 눈물을 멈춘 그녀는 작업대 앞에 앉았다. 종이 한 장을 앞에 놓고 펜과 잉크를 꺼내 그에게 편지를 썼다.

남편이 집에 돌아와서 나를 데려갈 사람을 보냈어요. 당신이 이 글을 읽을 때쯤이면 나는 다시 로마의 오빠네 집으로 돌아가 모든 이들의 감시를 받고 있겠죠. 우리가 언제 어디서 어떻게 만날 수 있을지 모르겠어요.

당신 없이 내가 어떻게 살 수 있을까요? 아아, 가장 사랑하는 소중한 당신, 내가 어찌 견딜 수 있을까요? 당신을 볼 수 없다니, 당신의 팔과 당신의 손과 당신 입술을 만질 수 없다니, 도저히 견딜 수 없어요! 하지만 남편은 온갖 제약으로 나를 구속할 테고 로마는 지켜보는 눈이 워낙 많은 곳이니, 두 번 다시 당신을 못 볼 거라고 체념하게 되는군요! 말로 표현할 수 없을 만큼 당신을 사랑해요. 이것만은 잊지 말아요. 사랑해요.

아침이 되자 그녀는 언제나처럼 산책을 나갔다. 집안사람들에게는 로마로 떠날 준비가 다 되어 있을 정오 전에는 돌아오겠노라고 일러두었다. 평소라면 서둘러 밀회 장소로 달려갔겠지만 이날 아침은 길가를 어슬렁거리며 늑장을 부렸다. 아름다운 가을 시골풍경을 넋을 잃고 바라보았으며, 앞으로 다가올 외로운 날들을 위해 나무 한 그루, 돌멩이하나, 덤불 한 줄기까지 마음에 새겨두었다. 지난 21개월 동안 카토와만났던 흰 칠이 된 방 두 칸짜리 작은 집에 당도해서는, 이 벽에서 저 벽으로 천천히 오가며 보이는 모든 것을 애정을 담아 슬프게 어루만졌다. 헛된 희망인 줄 알면서도 그녀는 그가 여기 와 있기를 바랐다. 하지만 그는 없었다. 아무도 감히 집안으로 들어오지 않을 거라는 걸 알았기에, 그녀는 침대 위 잘 보이는 곳에 편지를 놓고 나왔다.

리비아는 카이피오가 아내를 태워 오기에 적당하다고 생각해서 보낸 이륜 유개마차 안에서 이리저리 흔들리고 치이며 로마를 향해 떠났다. 처음에 리비아는 작은 카이피오(다들 그녀의 아들을 이렇게 불렀다)를 마차에 같이 태워가겠다고 고집했다. 그러나 로마까지 25킬로미터 중 3킬로미터를 그렇게 가고 나서는 힘센 남자 노예에게 아기를 내주며 안고 걸어 오라고 지시했다. 세르빌릴라는 그보다 조금 더 마차에 남아 있었다. 그러나 울퉁불퉁한 길 때문에 구역질을 해대서 마차 창문을 자꾸만 열어젖히게 되자 릴라 역시 걸어서 가게 되었다. 리비아도 걸어 가는 무리에 끼고 싶은 마음이 굴뚝같았다. 하지만 하인들에게 그리하겠다고 말하자, 주인어른으로부터 한 가지 분명한 지시를 받았는데 안주인이 창문을 다 닫고 마차 안에 타고 오시게 하라는 것이었다는 단호한 대답이 돌아왔다.

릴라와 달리 세르빌리아는 위장이 무쇠처럼 튼튼했으므로 엄마와 같이 마차에 남았다. 걸어 가고 싶으냐고 묻자 아이는 파트리키 귀족 여성은 걸어가지 않는 법이라고 도도하게 말했다. 아이가 아주 신이 나 있는 게 빤히 보인다고 리비아는 생각했다. 물론 아이 엄마가 이리도 쉽게 간파할 수 있게 된 것은 오랫동안 가까이서 살았던 덕분이었다. 사실 겉으로 드러나는 단서는 아주 미미했다. 검은 눈동자가 평소보다 조금 더 반짝거리고 도톰한 작은 입술 양 귀퉁이에 살짝 주름이 잡힌 정도가 다였다.

"아빠를 만날 순간을 잔뜩 기대하고 있는 걸 보니 엄마도 아주 기쁘구나." 마차가 위태롭게 휘청하자 필사적으로 가죽 손잡이를 꽉 부여잡으며 리비아가 말했다.

"흥, 안 그렇다는 거 알아요." 세르빌리아가 심술궂게 대꾸했다.

"날 좀 이해해줄 수 없니!" 엄마가 부르짖었다. "난 투스쿨룸에서 사는 게 너무 좋았을 뿐이야! 로마는 질색이라고!"

"하." 아이가 내뱉었다.

그걸로 대화는 끝이 났다.

출발한 지 다섯 시간이 지날 즈음 리비아가 탄 마차와 하인 일행은 드루수스의 집에 도착했다.

"걸어 와도 이것보단 빨랐겠네!" 리비아는 빌려온 마차를 돌려주러 갈 채비를 하는 마부에게 이렇게 쏘아붙였다.

카이피오는 자기 가족이 내내 지냈던 방 여러 칸짜리 거처에서 기다리고 있었다. 아내가 문 안으로 걸어들어오자 그는 쌀쌀맞게 고개를 까딱해 보였다. 이어서 그녀가 두 딸을 육아실로 보내기 전에 아빠에게 인사시키려 데리고 들어왔을 때에도 그는 냉담하고 무관심한 태도로 고개만 까딱할 뿐이었다. 세르빌리아가 어느 때보다도 환하고 수줍은 미소를 지어 보였을 때조차 그의 태도는 누그러지지 않았다.

"너희들은 그만 가보거라. 그리고 보모에게 작은 퀸투스를 데려오라고 전하렴." 리비아가 딸들을 문밖으로 내보내며 말했다.

하지만 보모는 벌써 와서 기다리고 있었다. 리비아는 아기를 받아 안아 직접 거실로 데리고 들어왔다.

"자요, 퀸투스 세르빌리우스!" 그녀가 미소를 지으며 말했다. "당신 아들이에요. 정말 예쁘지 않아요?"

그것은 어머니 특유의 과장이었다. 사실 작은 카이피오는 예쁜 아기가 아니었다. 하지만 그렇다고 못생기지도 않았다. 생후 열 달이 된 아기는 리비아의 품안에 꼿꼿이 앉아 자신을 보는 관객을 말똥말똥 똑바로 쳐다보았다. 방긋방긋 웃거나 애교를 부리는 아이는 아니었다. 곧게 쭉 뻗은 숱 많은 머리카락은 도전적이리만치 강렬한 빨간색이었고, 눈동자는 옅은 담갈색에 팔다리가 길고 얼굴이 갸름했다.

"맙소사!" 놀란 얼굴로 아들을 바라보며 카이피오가 외쳤다. "빨강머리는 누굴 닮은 거요?"

"마르쿠스 리비우스 오빠 말로는 우리 어머니 쪽이라더군요." 리비아가 침착하게 대답했다.

"아!" 카이피오가 안도의 소리를 냈다. 아내가 부정을 저지른 게 아닐까 의심해서가 아니라, 모든 일이 말끔하고 확실하게 정리되는 편이 좋았기 때문이었다. 원래가 다정다감한 사람이 아니었던 그는 아기를 안아보려 하지도 않았다. 옆에서 재촉을 받고서야 겨우 작은 카이피오의 턱밑을 슬쩍 만지며 아빠답게 아기에게 말을 걸었다.

"됐어." 마침내 카이피오가 말했다. "다시 보모에게 데려다주시오. 이제 당신과 나 둘만 있을 시간이오, 부인."

"하지만 저녁식사 시간인 걸요." 다시 아기를 안고 가서 문 너머 보모에게 넘겨주며 리비아가 말했다. "사실," 말을 하면서도 앞으로 닥쳐올 일을 생각하니 가슴이 두근거리기 시작했다. "저녁이 늦어졌어요. 더 지체할 수는 없잖아요."

카이피오는 덧창을 닫고 방문에 빗장을 지르고 있었다. "나는 배 안 고파." 그가 토가를 풀어헤치며 말했다. "혹시 당신이 배가 고프다면 그건 참 안 됐군. 오늘밤 저녁식사는 없소, 부인!"

예민하거나 통찰력 있는 사람은 아니었지만, 카이피오는 침대의 리비아 옆자리로 기어들어가 그녀를 급히 끌어당기는 순간 아내에게 생긴 변화를 알아차리지 않을 수 없었다. 아내의 몸은 잔뜩 긴장된 채 전혀 반응을 보이지 않았다.

"왜 이러는 거요?" 카이피오는 실망하여 소리쳤다.

"여자들이 다 그렇듯이 나도 이 짓이 싫어지기 시작했어요." 그녀가 말했다. "여자는 아이 두셋쯤 낳고 나면 흥미를 잃거든요."

"허, 다시 흥미를 가져보는 게 좋을 거요!" 카이피오가 화를 내며 말했다. "우리 집안 남자들은 금욕적이고 도덕적이라서 자기 아내와만 잠자리를 하는 것으로 유명하니까." 이 말은 마치 기계적으로 달달 외운 것처럼 과장되고 우스꽝스럽게 들렸다.

그리하여 이날 밤은 가장 기본적인 차원에서만 성공적인 재회라 할 만했다. 카이피오가 몇 차례나 연거푸 성적인 공격을 가한 뒤에도 리비아는 한결같이 냉랭하고 무감동한 반응이었던 것이다. 급기야는 그가 마지막으로 힘을 쓰고 있는 도중에 잠이 들더니 코까지 골아서 남편의 심기를 크게 거스르고 말았다. 그는 아내를 사납게 흔들어 깨웠다.

"이래서야 어떻게 또 아들을 가질 수 있겠소?" 카이피오가 아내의 어깨를 아프도록 꽉 움켜쥐며 물었다.

"난 더이상 아이를 낳고 싶지 않아요."

"제대로 하지 않으면," 절정에 오른 그가 웅얼거리며 말했다. "당신과 이혼할 거요."

"이혼이라는 게 다시 투스쿨룸으로 돌아가 살 수 있는 걸 뜻한다면, 난 조금도 상관없어요." 절정에 이른 남편의 신음 소리 위로 그녀가 내뱉었다. "나는 로마가 싫어요. 그리고 이 짓도 싫다고요." 그녀는 꿈틀거리며 남편 밑에서 빠져나왔다. "이제 자도 되겠죠?"

본인이 지친 터라 카이피오는 그렇게 그냥 넘어갔다. 그러나 그는 다음날 아침 눈을 뜨자마자 다시 그 얘기를 시작했다. 밤사이 화는 한층 더 커져 있었다.

"나는 당신 남편이오." 침대에서 빠져나오는 리비아를 향해 그가 말했다. "남편으로서 나는 내 아내가 아내 노릇을 제대로 하기를 원하오."

"말했잖아요, 나는 그런 일에는 통 흥미가 없어졌다구요!" 그녀가 쏘아붙이듯 말했다. "그게 마음에 안 든다면 나와 이혼하는 게 어때요, 퀸투스 세르빌리우스."

아내의 부정에까지는 미처 생각이 미치지 않았지만, 카이피오의 머리는 아내가 이혼을 원한다는 사실을 간파했다. "이혼은 없을 거요, 부인."

"내 쪽에서 이혼할 수도 있어요."

"당신 오빠가 허락하지 않을 텐데. 뭐 허락한다고 해서 달라질 것도 없지만. 어쨌든 이혼은 없소. 대신 매를 맞으면 흥미가 좀 생길 거요. 내가 그렇게 해주지." 카이피오는 자신의 가죽 허리띠를 집어들더니 두 겹으로 접어서 탁, 탁 소리가 나도록 잡아당겼다.

리비아는 그야말로 놀란 나머지 그를 빤히 쳐다보았다. "아, 겁주려는 짓 그만해요! 난 어린애가 아니에요!"

"어린애처럼 굴고 있잖아."

"어디 날 건드리기만 해봐요!"

그 말에 대답이라도 하듯이 카이피오는 리비아의 팔을 붙잡아 재빨리 등뒤로 비틀고는 그녀의 잠옷을 추어올려 같은 손으로 잡았다. 크고 날카로운 소리와 함께 허리띠가 그녀의 옆구리에 철썩 감겼고, 이어서 허벅지와 엉덩이, 종아리를 쳤다. 리비아는 처음엔 빠져나가려고 버둥거렸으나 이내 그가 맘만 먹으면 자신의 팔을 부러뜨릴 수도 있음을 깨달았다. 카이피오가 허리띠를 휘두를 때마다 고통은 점점 커져서 맹렬한 불길이 살갗 아래로 파고드는 것 같았다. 헉하는 숨소리는 흐느낌이 되고, 이어 공포에 찬 비명으로 바뀌었다. 그녀가 무릎을 꿇고 주저앉아 두 팔로 머리를 감싸려 하자 그는 잡고 있던 팔을 놓더니 양손으로 허리띠를 잡고서 아내의 웅크린 몸뚱이를 미친듯이 후려쳤다.

리비아의 비명이 마치 영광스런 기쁨의 찬가처럼 카이피오의 몸속을 관통하기 시작했다. 그는 그녀의 잠옷을 완전히 벗겨내고는 팔에 힘이 빠져 더이상 들 수도 없을 때까지 허리띠를 휘둘렀다.

마침내 그는 허리띠를 바닥에 떨어뜨리고 발로 차버렸다. 카이피오는 아내의 머리채를 움켜잡고 그녀를 일으켜세워 지난밤의 시큼털털한 냄새로 꽉 차 있는 작은 침실로 질질 끌고 갔다.

"이제 어떤가 보자고!" 그는 커다랗게 발기한 성기를 한 손으로 움켜쥐며 숨을 헐떡였다. "복종하시오, 부인! 안 그러면 더 맞을 테니까!" 그렇게 그녀 위에 올라탄 그는 순간순간 움찔거리는 아내의 몸이나 그를 힘없이 때리는 주먹, 고통에 찬 비명이 다 흥분해서 그런 거라고 진심으로 생각했다.

카이피오의 거처에서 흘러나온 요란한 소리는 다른 사람들 귀에도 들어갔다. 사랑하는 아빠가 일어났는지 보려고 주랑에서 쭈뼛쭈뼛 서성거리던 어린 세르빌리아는 모든 소리를 들었고, 집안 하인들 중에도 더러 들은 이가 있었다. 드루수스 부부는 그 소란을 듣지 못했고 그들에게 알려준 사람도 없었다. 아무도 그 얘기를 어떻게 해야 할지 몰랐던 것이다.

리비아를 목욕시킨 하녀는 일을 끝낸 후 노예들의 숙소에서 겁에 질린 얼굴로, 안주인의 몸에 난 상처가 어느 정도였는지 털어놓았다.

"온통 맞아서 벌겋게 부은 자국이었어요!" 그녀는 집사 크라티포스에게 이렇게 전했다. "피가 막 나고요! 침대에도 피가 잔뜩 묻어 있었어요! 딱해요, 너무 딱해!"

크라티포스는 자기로서는 어찌해볼 도리가 없음에 참담한 눈물을 흘렸다. 하지만 눈물을 흘린 사람은 그 하나만이 아니었다. 집안 하인들 중에는 리비아를 아주 어린 시절부터 보아왔고 언제나 그녀를 가엾게 여기며 걱정한 이들이 많았던 것이다. 이 오랜 하인들은 그날 아침 리비아의 모습을 보고서 또다시 눈물을 흘리고 말았다. 그녀는 달팽이처럼 느릿느릿 움직였고 얼굴은 꼭 죽고만 싶은 표정이었다. 그러나 격분에 사로잡힌 와중에도 카이피오는 영리했다. 팔과 얼굴, 목, 발에는 아무런 자국도 남기지 않았던 것이다.

두 달 동안 그 상황은 변함없이 계속되었다. 다만 닷새에 한 번꼴로 카이피오가 가하는 매질의 방식이 바뀌었을 뿐이다. 아내의 몸에서 특정한 한 부분만 집중적으로 때림으로써 다른 부위가 나을 시간을 주는 식이었다. 그에게 매질이 가져다주는 성적 흥분은 억누를 수 없을 정도였고, 권력의 감각은 환상적이었다. 이제야 그는 옛 풍습에 담긴 지혜, 가부장제가 생겨난 근거를 이해하게 되었다. 여자라는 존재의 진정한 목적을 깨달은 것이다.

리비아는 어느 누구에게도 말을 하지 않았다. 자신을 목욕시켜주고 이제는 상처를 치료해주기도 하는 하녀에게조차 침묵을 지켰다. 한눈에 봐도 알 수 있는 그녀의 변화에 드루수스 부부는 큰 걱정에 잠겼다. 그들이 생각해낼 수 있는 원인이라곤 로마로 돌아와서 그런 게 아닐까

하는 것이 고작이었다. 하지만 드루수스는 누이가 카이피오와의 결혼을 얼마나 거부했던지를 떠올리며, 그녀의 질질 끄는 걸음걸이와 초췌한 얼굴, 완전히 말을 잃어버린 태도는 카이피오가 와 있어서일지도 모르겠다는 생각도 내심 해보았다.

리비아는 매질과 그 후유증으로 인한 육체적 고통 외에는 마음속에 아무것도 느끼지 못했다. 어쩌면 이건 벌을 받는 것인지도 몰라, 그녀는 혼자 멍하니 생각하곤 했다. 어쩌면 실제의 고통이 너무나 커서 사랑하는 카토를 잃은 아픔을 견딜 수 있게 된 건지도 몰랐다. 아니, 사실은 신들이 자신에게 자비를 베풀고 있는 걸지도 모른다는 생각도 들었다. 그 와중에 뱃속에 있던 석 달 된 아이를 잃은 것이다. 카이피오는 자기 아이가 아님을 금방 눈치챘을 터였다. 카이피오의 갑작스러운 귀국이라는 충격 때문에, 그 임신은 미처 의식하기도 전에 끝나버렸다. 그래, 바로 그거야. 신들이 자비를 베풀고 있는 거야. 남편이 이 짓을 그만두지 않는 한 머잖아 그녀는 죽을 터였다. 카이피오와 함께 사느니 죽는 편이 훨씬 나았다.

어느새 집안 분위기 전체가 변해 있었고, 그 사실에 드루수스는 속이 탔다. 지금 그의 머릿속은 아내의 임신 생각으로만 가득차 있어야 했다. 그들 부부가 오랫동안 체념하고 있던, 너무나 뜻밖의 기쁜 선물이었던 것이다. 그러나 세르빌리아 카이피오니스도 드루수스와 마찬가지로 이 알 수 없는 어둠의 장막에 휩싸여 속을 태웠다. 이게 대체 무슨 일일까? 부인 하나가 우울하다고 해서 온 집안이 이토록 우울해질 수 있는 것일까? 무엇보다도 우선 하인들이 너무나 말이 없고 심각했다. 평소 그들이 집안을 돌아다니며 내는 시끄러운 소리는 언제나 소소한 짜증거리였고, 어릴 때부터 드루수스는 아트리움 아래쪽 하인들의 숙소에서 터져오는 와자한 웃음소리에 간혹 잠이 깨는 데 이골이 나 있었다. 그런데 지금은 그런 일이 싹 사라져버렸다. 하인들은 하나같이 침울한 얼굴로 슬금슬금 다니면서 묻는 말에도 짤막한 대답뿐이었으며, 마치 잠이 안 와서 일부러 녹초가 되려고 작정한 것처럼 집안을 쓸고 닦고 광을 냈다. 늘 평정을 잃지 않아 믿음직한 크라티포스마저도 평소 그답지 않게 굴었다.

묵은해의 마지막날 동이 틀 무렵, 드루수스는 문지기에게 집밖에서 기다리고 있는 주인의 피호민들을 들여보내라고 이르러 나가는 크라티포스와 때마침 마주쳤다.

"잠깐 있어보게." 드루수스가 자신의 서재 쪽을 가리키며 말했다. "자네, 나 좀 보세."

그러나 아무도 들어오지 못하게 방문을 닫고 나서도 드루수스는 어떻게 말을 꺼내야 할지 몰라 방안을 이리저리 왔다갔다하기만 했다. 그동안 크라티포스는 한자리에 선 채 바닥만 뚫어지게 쳐다보고 있었다. 마침내 드루수스가 걸음을 멈추고 집사를 마주보았다.

"크라티포스, 대체 무슨 일인가?" 손을 앞으로 내밀며 그가 물었다. "내가 뭔가 자네들 기분을 상하게 했나? 하인들 표정이 왜 저리 안 좋은가? 내가 자네들을 대할 때 뭔가 아주 중요한 일을 모르고 지나친 건가? 그런 게 있다면 내게 말을 해주게. 내 하인들이 나나 내 집 식구의 과실로 비참하게 지내도록 둘 수는 없네. 특히 자네가 비참해지는 건 더더욱 원치 않네. 자네가 없으면 이 집안 전체가 무너지니까!"

그 순간, 경악스럽게도 크라티포스가 와락 울음을 터뜨렸다. 드루수스는 어쩔 줄을 몰라 잠시 그대로 서 있었다. 그러다 그는 본능적으로 집사와 나란히 긴 의자에 앉아 들썩이는 어깨에 팔을 두르고 손수건으로 눈물을 닦아주었다. 그러나 드루수스가 다정하게 대해줄수록 크라티포스의 울음은 더욱 격해졌다. 자신마저도 눈물이 나올 것 같아진 드루수스는 자리에서 일어나 포도주를 가지고 와서 크라티포스에게 마시라고 권했다. 그렇게 한참을 달래고 토닥여준 뒤에야 집사의 울음이 차츰 잦아들기 시작했다.

"아아, 주인어른, 얼마나 큰 짐이었는지 모릅니다!"

"무엇이 말인가, 크라티포스?"

"매질 말입니다!"

"매질이라니?"

"아씨가 그토록 소리도 못 내고 비명을 지르는 것이요!" 크라티포스는 또다시 눈물을 흘렸다.

"내 누이 말인가?" 드루수스가 날카롭게 물었다.

"네."

드루수스는 심장 박동이 빨라지는 것을 느낄 수 있었다. 얼굴은 피가 몰려 검붉어지고 손이 떨려오기 시작했다. "말해보게! 우리집 수호신들의 이름을 걸고 당장 내게 말하게!"

"퀸투스 세르빌리우스예요. 기어이 아씨를 죽이고 말 겁니다."

작게 떨리던 손이 이제는 눈에 보이게 부들부들 떨리고 있었다. 드루수스는 크게 심호흡을 해야 했다. "내 누이의 남편이 누이를 때린다는 말인가?"

"네, 주인어른, 그렇습니다!" 집사는 마음을 가라앉히려고 안간힘을 썼다. "제가 감히 뭐라 말할 처지가 아니라는 건 압니다. 정말 맹세코 이럴 작정이 아니었습니다! 하지만 주인어른께서 이렇게 친절하게, 이렇게 걱정하며 물어주시니 저는…… 저는……."

"진정하게, 크라티포스. 자네에게 화를 내는 게 아니야." 드루수스가 차분하게 말했다. "정말이지, 이 사실을 알려줘서 대단히 고맙게 생각한다네." 그는 자리에서 일어난 후 크라티포스를 다정히 일으켜세웠다. "당장 문지기에게 가서 피호민들에게 양해를 구하라고 이르게. 오늘은 내게 다른 볼일이 생겨 피호민들을 받지 않겠다고 하게. 그런 다음에는 내 처에게 가서 육아실에서 아이들과 계속 같이 있으라고 전하게. 내가 하인들을 모두 지하실로 보내 특별히 시킬 일이 있어서 그런다고 말씀 드리고. 하인들은 전원 각자의 숙소로 가 있게 하고, 그런 다음 자네도 내려가 있게. 하나 그전에 마지막으로 퀸투스 세르빌리우스와 내 누이더러 이곳 서재로 건너오시라고 전하게."

혼자 있게 된 잠깐 동안 드루수스는 떨리는 몸을 조용히 진정시키고 차오르는 분노를 떨쳐내려고 애썼다. 어쩌면 크라티포스가 과민반응한 것일 수도 있고, 하인들이 생각한 것처럼 심각한 사태는 아닐지도 모른다고 그 자신에게 되뇌었다.

그러나 눈을 가리고 있던 가리개가 벗겨진 상태에서 리비아를 쳐다본 순간, 그는 아무도 과장하지 않았으며 모든 것이 사실임을 깨달았다. 그녀가 먼저 방안으로 들어섰고, 드루수스는 고통과 우울과 공포, 그리고 너무나 뿌리 깊어 끝이 보이지 않는 불행의 그림자를 보았다. 그는 누이에게서 죽음의 기운을 보았다. 누이의 뒤를 따라 카이피오가 들어왔다. 그는 걱정한다기보다는 무슨 일인지 궁금하다는 얼굴이었다.

그대로 선 채, 드루수스는 아무에게도 앉으라고 권하지 않았다. 그는 혐오감에 가득차서 매부를 빤히 쳐다보다가 입을 열었다. "퀸투스 세르빌리우스, 자네가 내 누이를 구타한다는 사실을 알게 됐네."

숨이 멎을 듯이 놀란 쪽은 리비아였다. 카이피오는 몸에 잔뜩 힘을 주며 공격적이고 경멸 어린 표정을 지었다.

"내가 내 아내에게 뭘 하는지는 다른 사람이 상관할 문제가 아닐세, 마르쿠스 리비우스."

"나는 동의할 수 없네." 드루수스가 최대한 침착하게 말했다. "자네 아내는 내 누이일세. 훌륭하고 유력한 가문의 일원이란 말이지. 결혼하기 전까지 이 집안의 누구도 누이를 때린 적이 없네. 이제 와서 자네든 그 어느 누구든 누이에게 매질하는 것은 용납할 수 없어."

"이 사람은 내 아내야. 그 말인즉 자네가 아니라 내 소관이란 말일세, 마르쿠스 리비우스! 내 아내를 어떻게 할지는 내 마음이네."

"리비아 드루사는 자네와 결혼으로 맺어졌네." 얼굴이 굳어지며 드루수스가 말했다. "하지만 나와는 핏줄로 맺어진 사이네. 그리고 핏줄은 중요한 거야. 나는 자네가 내 누이를 구타하는 행위를 용납하지 않겠네!"

"내가 아내에게 어떤 식으로 버릇을 가르치든 알고 싶지 않다고 자네 입으로 말하지 않았는가! 게다가 그게 맞는 말이지. 이건 자네가 상관할 바가 아니야."

"아내를 구타하는 짓은 모두가 상관할 일이네. 비열한 짓 중에서도 최악의 비열한 짓이니까." 드루수스는 누이 쪽을 보며 말했다. "옷을 벗어보거라, 리비아 드루사. 아내를 구타하는 이자가 무슨 짓을 해놨는지 봐야겠다."

"벗지 마시오, 부인!" 카이피오가 격하게 소리쳤다. "남편이 아닌 다른 자에게 몸을 보인다고? 있을 수 없는 일이야!"

"옷을 벗어라, 리비아 드루사." 드루수스가 말했다.

리비아는 시키는 대로 할 조짐을 보이지 않았고, 입도 열지 않았다.

"누이야, 이건 반드시 해야 하는 일이다." 드루수스가 부드럽게 말하며 그녀 곁으로 다가갔다. "내가 봐야 하잖아."

오빠가 팔을 두르자 리비아는 비명을 지르며 몸을 빼냈다. 드루수스는 최대한 조심스러운 손길로 그녀가 입고 있던 로브의 어깨끈을 끌렀다.

원로원 의원들 사이에서는 아내를 구타하는 자만큼 경멸받는 존재도 없었다. 하지만 이 사실을 뻔히 알면서도 카이피오는 드루수스가 자신이 저지른 짓을 밝혀내는 걸 막을 용기가 없었다. 이윽고 로브가 리비아의 가슴 아래로 내려지고, 아름다운 가슴을 망쳐놓은 거무죽죽한 자줏빛과 누르스름한 유황색의 묵은 멍자국이 무수히 드러났다. 드루수스는 거들의 끈도 풀었다. 로브와 속옷이 모두 누이의 발치로 흘러내렸다. 허벅지는 가장 최근에 맞은 부위인 듯 여전히 부어오른 상태였고 살갗은 시뻘건 진홍색이 된 채 찢어져 있었다. 드루수스는 조심스레 로브와 속옷을 추켜올려준 다음 힘없이 늘어진 누이의 손을 올려 손가락으로 옷을 잡게 해주었다. 곧이어 그는 카이피오 쪽을 돌아보았다.

"내 집에서 나가게." 엄격하게 굳은 얼굴로 그가 말했다.

"내 아내는 내 재산이야." 카이피오가 말했다. "나한테는 필요하다고 생각되는 어떤 방식으로든 아내를 다룰 수 있는 법적인 권리가 있네. 심지어 죽일 수도 있어."

"자네 아내는 내 누이이기도 하네. 나는 내 농장에 있는 가장 멍청하고 말 안 듣는 가축조차도 함부로 다루지 않는 만큼, 리비우스 드루수스 집안사람이 학대당하는 꼴을 그냥 보고만 있지는 않을 걸세. 내 집에서 썩 나가게!"

"내가 나가면 아내도 같이 가야 하네."

"내 누이는 여기 남을 것이네. 이제 그만 떠나라고, 아내나 구타하는 작자야!"

바로 그때, 이들의 뒤에서 독기와 분노로 가득찬 새된 목소리가 날 아왔다. "엄마는 맞아도 싸요! 맞아도 싸다구요!" 어린 세르빌리아는 곧장 자기 아버지 곁으로 가서 그를 올려다보았다. "때릴 것도 없어요, 아버지! 죽여버리세요!"

"네 방으로 가거라, 세르빌리아." 드루수스가 지친 목소리로 말했다.

그러나 세르빌리아는 카이피오의 손을 와락 움켜잡고는 드루수스에게 저항하듯 이글거리는 눈으로 두 발 벌려 떡 버티고 섰다. "죽어도 싸요!" 아이는 악을 쓰며 외쳤다. "나는 엄마가 왜 투스쿨룸에서 사는 걸 좋아했는지 알아요! 투스쿨룸에서 무슨 짓을 했는지 내가 알아요! 아기 머리칼이 왜 빨간지 난 안다구요!"

카이피오는 마치 불에 덴 것처럼 아이의 손을 놔버렸다. 순간 어떤 깨달음이 머리를 탁 치고 지나갔다. "그게 무슨 말이냐, 세르빌리아?" 그는 아이를 사정없이 흔들어댔다. "어서 말해, 그게 무슨 뜻인지 말하라고!"

"엄마한테 애인이 있었어요. 애인이 뭔지는 나도 다 알아요!" 입술이 뒤틀려 올라간 채 그의 딸이 소리쳤다. "내 어머니한테 애인이 있었다구요! 빨강머리 남자였어요. 둘이 그 남자 땅에 있는 집에서 매일 아침마다 만났어요. 내가 뒤따라가봐서 다 알아요! 둘이 같이 침대에서 뭘 하는지도 봤다구요! 난 그 남자 이름도 알아요! 마르쿠스 포르키우스 카토 살로니아누스! 노예의 자손이에요! 세르빌리아 고모에게 물어봐서 다 안단 말이에요!" 아이는 고개를 돌려 아버지를 올려다보았다. 증오로 가득하던 얼굴이 숭배의 표정으로 바뀌었다. "아빠, 죽이지 않을 거면 엄마는 여기 두고 가요! 아빠와는 전혀 어울리지 않는 여자예요! 아빠 옆에 있을 자격이 없다고요! 자기가 뭐라고! 그래봤자 결국 평민일 뿐이면서……. 아빠나 나처럼 파트리키 귀족도 아니잖아요! 엄마를 그냥 여기 두고 가면 내가 아빠를 돌봐드릴게요, 약속해요!"

드루수스와 카이피오는 선 채로 돌이 되어버린 반면, 리비아는 비로소 정신이 들었다. 그녀는 로브와 거들을 여미고 딸을 마주보았다.

"애야, 네가 생각하는 것과는 다르단다." 그녀는 아주 부드럽게 말하며 딸의 볼을 어루만지려고 손을 뻗었다.

세르빌리아는 그 손을 사납게 뿌리치고서 아버지에게 바싹 붙어 섰다. "나도 생각할 줄 알아요! 엄마가 말해줄 필요 없다고요! 엄마는 우리 이름을, 아버지의 이름을 더럽혔어요! 그러니 죽어도 싸요! 그리고 그 아기는 아버지 아들이 아니에요!"

"작은 퀸투스는 네 아버지 아들이 맞아. 그애는 네 동생이야."

"그 빨강머리 남자의 애예요, 노예의 자식이라고요!" 아이는 카이피오의 튜닉을 잡아당겼다. "아빠, 나도 데려가줘요, 제발요!"

그 말에 답하듯 카이피오는 아이를 잡아서 확 떠밀어버렸다. 어찌나 거칠게 떠밀었는지 아이는 바닥에 나자빠졌다. "내가 바보였군." 그가 낮은 목소리로 내뱉었다. "저 아이 말이 맞아, 당신은 죽어도 싸. 허리띠로 더 세게, 더 자주 패주지 못한 게 유감이군." 카이피오는 주먹을 불끈 쥔 채 급히 방을 뛰쳐나갔다. 그의 딸은 기다려달라며 아버지를 부르고 시끄럽게 울부짖으며 그를 뒤쫓아갔다.

드루수스와 그의 누이만이 남았다.

드루수스는 도저히 두 다리로 지탱하고 서 있기가 힘들 지경이었다.

그는 의자로 가서 느릿느릿 앉았다. 리비아 드루사! 나의 핏줄이! 하나뿐인 내 누이가! 간통이라니, 창녀 짓을 했다니. 그렇지만 이 끔찍한 상황을 겪고서야 그는 비로소 누이가 자기에게 얼마나 소중한 존재인지 깨달았다. 누이의 참담한 처지가 얼마나 자기 마음을 울리는지, 누이에게 자신이 얼마나 책임감을 느끼는지도 이 일이 아니라면 몰랐을 터였다.

"내 잘못이다." 그의 입술이 떨렸다.

리비아는 긴 의자에 맥없이 주저앉았다. "아뇨, 내 잘못이에요."

"사실이냐? 정말 애인이 있는 거야?"

"애인이 있었던 거예요, 오빠. 처음이자 유일한 사람이요. 투스쿨룸을 떠난 후로는 만나거나 소식을 들은 적도 없어요."

"하지만 그것 때문에 카이피오가 너를 때린 건 아니었지."

"네."

"그러면, 왜 때린 거냐?"

"마르쿠스 포르키우스를 만난 후로 난 더이상 거짓 시늉을 할 수가 없었어요. 내 무관심 때문에 화가 나서 날 때린 거죠. 그런데 때리다보니 그게 기분이 좋았던 거예요. 때리면 흥분이 되니까."

한순간 드루수스는 토할 것 같은 얼굴이 되었다. 곧바로 그는 두 팔을 들어올려 무력하게 흔들었다. "맙소사, 세상이 어찌 돌아가는 건지!" 그가 탄식하듯 외쳤다. "내가 너에게 못할 짓을 했구나, 리비아 드루사."

리비아는 다가와 피호민용 의자에 앉았다. "오빠는 나름의 판단에 따라 행동한 거예요." 그녀가 부드럽게 말했다. "진심이에요, 마르쿠스 리비우스. 그렇다는 걸 벌써 수년 전에 이해했어요. 그때 이후 내게 여러 번 보여준 다정한 행동 덕에 난 오빠를 사랑하게 되었어요. 세르빌리아 카이피오니스도요."

"아, 내 아내!" 드루수스가 외쳤다. "이 일을 알면 어찌 될까?"

"올케에게는 가능한 한 숨겨야 해요. 지금 임신을 했고 안정된 상태인데 해를 끼쳐서는 안 돼요."

드루수스는 벌써부터 일어나 있었다. "여기 가만히 있거라." 그가 문 쪽으로 가며 말했다. "그 오라비가 무슨 말을 지껄여서 마음 상하게 하지 않도록 단속해둬야겠어. 포도주라도 좀 마시고 있으렴. 곧 다녀오마."

그러나 카이피오는 자기 누이에 대한 생각은 떠올리지도 않았다. 드루수스의 서재에서 나간 그는 급히 자기 거처로 향했다. 울며불며 허리를 붙잡고 매달리는 딸은 귀싸대기를 올려붙여 자기 침실에 가둬버렸다. 거기서 드루수스는 방바닥 한구석에 웅크린 채 여전히 훌쩍이고 있는 아이를 발견했다.

하인들은 다시 불려 와서 일을 하고 있었다. 드루수스는 아이를 일으켜세운 뒤 바깥 멀찍이서 보모 하나가 어정쩡하게 서성대고 있는 곳까지 데리고 갔다. "이제 그만 울어라, 세르빌리아. 스트라토니케가 얼굴을 씻기고 아침식사를 차려줄 거야."

"아빠한테 갈래요!"

"네 아빠는 내 집에서 나갔단다. 하나 낙담할 건 없다. 상황이 정리되는 대로 너를 데리러 사람을 보내올 거야." 드루수스가 말했다. 마음속으로 그는 세르빌리아가 모든 사실을 다 폭로해서 고마운 건지, 아니면 그래서 이애가 싫은 건지 확신이 서지 않았다.

아이는 단박에 기운을 차렸다. "아빠는 날 데리러 사람을 보낼 거예요, 꼭 그러실 거예요." 외삼촌과 같이 주랑을 걸어가며 아이가 말했다.

"자, 이제 스트라토니케를 따라가거라." 이어서 드루수스는 엄한 말투로 덧붙였다. "신중히 행동하거라, 세르빌리아. 네 아버지나 고모를 위해서 말이야. 그래, 네 아버지를 생각해서라도, 오늘 아침 여기서 있었던 일에 대해서는 한마디도 해서는 안 된다."

"내가 말하는 게 어째서 아빠에게 해가 돼요? 아빠가 피해자인데요."

"자존심 다치는 것을 좋아할 남자는 세상에 없단다, 세르빌리아. 내 말을 믿어라, 네 아버지는 네가 입을 나불거리는 걸 절대 고마워하지 않을 테니까."

세르빌리아는 어깨를 으쓱하고는 보모를 따라갔다. 드루수스는 그 길로 아내에게 가서 그녀가 꼭 알아야 된다 싶을 만큼만 얘기해주었다. 놀랍게도 그녀는 그 소식을 덤덤히 받아들였다.

"어찌됐든 무슨 일인지 알게 된 것만으로도 다행이에요." 임신으로 활짝 핀 혈색을 잃지 않은 채 그녀가 대답했다. "가엾은 리비아 드루사! 유감스럽지만 난 오빠를 그리 좋아하지 않아요, 마르쿠스 리비우스. 나이가 들수록 성질이 더 나빠지는 것 같아요. 하긴 오빠는 어렸을 때도 노예의 애들을 괴롭히곤 했던 기억이 나네요."

그는 리비아에게로 돌아갔다. 여전히 피호민용 의자에 앉아 있었지만 한결 침착해진 모습이었다.

드루수스는 다시 자리에 앉았다. "참 대단한 아침이구나! 크라티포스에게 그와 하인들이 왜 그리 기분이 안 좋은지 물을 때만 해도 이런 일이 있으리라고는 상상도 못했어."

"하인들이 기분이 안 좋았어요?" 리비아가 어리둥절해하며 물었다.

"그래. 너 때문에 말이다. 카이피오가 네게 매질하는 소리를 들었다

더구나. 하인들은 태어날 때부터 너를 알아왔다는 걸 잊어서는 안 된다. 다들 너를 지극히 아끼고 있단다, 리비아 드루사."

"아아, 정말 고맙네요! 난 전혀 몰랐어요."

"나도 전혀 몰랐다. 맙소사, 이리도 우둔했다니! 일이 이렇게 되어버려 너무나 미안하구나."

"그러실 것 없어요." 그녀는 한숨을 쉬었다. "그 사람이 세르빌리아를 데려갔나요?"

드루수스는 얼굴을 찡그렸다. "아니. 네 방에 가둬놓았더구나."

"아, 불쌍한 것! 그애는 제 아버지를 너무나 좋아하거든요!"

"그런 것 같더구나. 도저히 이해가 안 간다만."

"이제 어떻게 되는 건가요, 오빠?"

드루수스는 어깨를 으쓱했다. "솔직히 말해 나도 짐작조차 못하겠구나! 아마도 우리가 할 수 있는 최선은 이런 상황에서도 가능한 한 평상시처럼 행동하면서……." 그는 아침 내내 그랬던 것처럼 카이피오라고 말할 뻔했으나, 가까스로 자제해서 원래대로 예의를 차려 불렀다. "퀸투스 세르빌리우스에게서 소식이 오기를 기다리는 거겠지."

"내 예상대로 만약 그가 나와 이혼을 하게 되면요?"

"그럼 그자를 떼어내버려 좋은 거지, 뭘."

리비아의 뇌리를 사로잡고 있던 생각이 수면으로 올라왔다. 그녀는 초조해하며 물었다. "마르쿠스 포르키우스 카토는요?"

"그 사람이 네게 무척이나 중요한가보구나."

"네, 중요해요."

"아기가 그의 애냐, 리비아 드루사?"

머릿속에서 이런 상황을 얼마나 많이 연습했던가! 가족 중 누군가가 아들의 머리카락 색깔이나 자랄수록 카토와 닮아가는 외모에 대해 물어보면 뭐라고 대답해야 할까? 참을성 있게 노예처럼 살아가며 모범적으로 처신해온 긴 세월, 거기다 매질까지 당한 만큼 리비아는 카이피오에게 뭔가는 받아내야 한다는 생각이 들었다. 아들에게는 이름이 있다. 그런데 카토가 아버지라고 밝히면 아이는 그 이름을 잃게 될 것이고, 또 아이가 그 이름을 가지고 태어났다는 점을 감안할 때 그녀가 그 이름을 부인한다면 아이는 사생아라는 오명에서 벗어날 수 없게 되는 것이다. 출생 날짜상으로는 카이피오가 아버지일 가능성이 배제되지 않았다. 카이피오가 아버지가 아니라는 걸 확실히 아는 사람은 그녀뿐이었다.

"아뇨, 마르쿠스 리비우스, 아들은 퀸투스 세르빌리우스의 자식이에요." 그녀가 단호히 말했다. "마르쿠스 포르키우스와 관계하기 시작한 건 임신 사실을 안 후였어요."

"그렇다면 아이가 빨강머리인 게 유감이구나." 드루수스의 얼굴에는 아무 표정도 드러나지 않았다.

리비아는 쓴웃음을 지었다. "운명의 여신이 우리 인간들에게 농간을 부리며 즐거워한다는 느낌을 받아본 적이 없나요? 마르쿠스 포르키우스를 만난 순간부터 난 운명의 여신이 영리한 술수를 부리고 있다는 예감이 들었어요. 그래서 작은 퀸투스가 빨강머리로 태어난 걸 보고도 전혀 놀라지 않았고요. 물론 아무도 내 말을 안 믿을 거라는 건 잘 알지만."

"나는 네 편이다." 드루수스가 말했다. "무슨 일이 있더라도 내 힘이 닿는 데까지 너를 도우마."

리비아의 눈에 눈물이 고였다. "아아, 마르쿠스 리비우스, 정말로 고마워요!"

"그 정도야 내가 당연히 해야 할 일이지." 그는 목청을 가다듬었다.
"세르빌리아 카이피오니스에 관해서는 안심해도 좋아. 아내는 내 편을
들 것이고, 그건 곧 네 편이라는 뜻이니까."

카이피오는 그날 늦게 이혼장을 보내왔다. 그 직후 드루수스 앞으로
된 편지도 보내왔는데, 그 편지는 비유적으로 말해 드루수스의 숨통을
턱 막아놓았다.

"그 버러지 같은 놈이 뭐라는지 아니?" 그는 흥분하여 누이에게 말했
다. 리비아는 의사 몇 명에게 진찰을 받고 나서 침대에 누워 있는 참이
었다.

리비아는 의사의 조수 두 명이 등 쪽으로 어깨부터 발목까지 멍을
빼주는 찜질약을 바르는 사이 배를 깔고 엎드려 있었기 때문에 드루수
스의 얼굴을 쳐다보기가 어려웠다. 고개를 억지로 돌려서야 곁눈질로
그를 흘끗 볼 수 있었다. "뭐라고 해요?"

"먼저 아이들 셋 다 자기 자식으로 인정하지 않겠다는구나! 네 지참
금을 돌려줄 수 없다고 하고, 네가 여러 차례 부정을 저질렀다고 몰아
세우고 있어. 지난 7년 넘게 자기와 자기 식구를 내 집에 살게 해준 비
용도 갚지 않겠다는구나. 그 이유라고 하는 말이, 네가 자기 아내였던
적이 없고 네 아이들도 자기 자식이 아니라 다른 사내들 자식이라는
거야."

리비아는 베개 위로 털썩 머리를 떨구었다. "맙소사! 아들은 몰라도
어떻게 딸들에게까지 이럴 수가 있죠? 작은 퀸투스는 그럴 수도 있겠
지만, 세르빌리아와 릴라를요? 이 사실을 알면 세르빌리아는 가슴이

찢어질 거예요."

"허, 그게 다가 아니란다!" 드루수스가 편지를 흔들며 말했다. "세 아이의 상속권을 박탈하기 위해 유언장을 수정하겠다는구나. 그것도 모자라 뻔뻔스럽게도 나더러 '자기' 반지를 도로 내놓으라고 했어! 자기 반지라고 말이다!"

리비아는 오빠가 무슨 반지를 말하는 건지 대번에 알아들었다. 그것은 그들 남매의 아버지 그리고 그전에는 할아버지가 지니셨던 집안의 가보로, 알렉산드로스 대왕의 인장이 새겨져 있다는 반지였다. 소년 시절 드루수스와 친구가 되었을 때부터 카이피오는 그 반지를 탐냈다. 그는 그 반지가 죽은 감찰관 드루수스의 손가락에서 살아 있는 아들 드루수스의 손가락으로 옮겨 끼워지는 것도 지켜보았으며, 스미르나와 이탈리아 갈리아로 떠날 날을 앞두고 급기야 드루수스에게 행운의 부적으로 그 반지를 끼게 해달라고 간청했다. 드루수스는 반지를 빼고 싶지 않았으나, 자신이 너무 무례하게 구는 것 같아 결국에는 건네주었다. 대신 카이피오가 돌아오자마자 반지를 돌려달라고 요청했다. 카이피오는 처음엔 이런저런 구실을 대면서 반지를 계속 가지고 있어보려고 했지만 결국은 자기 손가락에서 빼서 돌려주었다. 그때 그는 공허하게만 들리는 웃음과 함께 이렇게 말했다.

"아, 좋아, 좋아! 하지만 다음번에 내가 멀리 나갈 때 꼭 다시 돌려줘야 하네, 마르쿠스 리비우스. 이건 내 행운의 보석이거든."

"감히 이따위로 나오다니!" 드루수스는 카이피오가 팔꿈치 뒤로 쑥 나타나서 반지를 채 가기라도 할 것처럼 자기 손가락을 움켜쥐며 버럭 소리를 질렀다. 반지는 새끼손가락 외에 다른 손가락에는 작아서 낄 수가 없었고 막상 새끼손가락에는 너무 컸다. 알렉산드로스 대왕은 체구가 아주 작은 사람이었던 것이다.

"그냥 무시하세요, 오빠." 리비아가 달래듯 말했다. 곧이어 그녀는 다시 최대한 고개를 돌려 그를 보며 물었다. "우리 애들은 어떻게 되나요? 그 사람이 정말 이렇게 할 수 있는 거예요?"

"내가 손을 쓰고 나서는 그리 못할 거다." 드루수스가 단호히 말했다. "네게도 편지를 보냈더냐?"

"아뇨. 이혼장만 있었어요."

"그럼 너는 푹 쉬고 어서 몸이나 회복하렴."

"애들에게는 뭐라고 하죠?"

"우선은 아무 말 말아라. 내가 그 아비와 담판을 지을 때까지는."

드루수스는 다시 서재로 갔다. 거기서 최고급 페르가몬산 양피지 한 장을 꺼내(그는 자기가 쓴 글이 긴 세월이 흘러도 그대로 남기를 원했다) 카이피오에게 답장을 썼다.

자네가 자기 자식 셋의 아버지임을 부인하는 것은 물론 자네 자유네, 퀸투스 세르빌리우스. 그러나 나 또한 그 아이들이 자네 자식이라고 맹세할 자유가 있으니, 어쩔 수 없는 상황이 된다면 그리할 것이네. 법정에서 말이야. 자네는 가이우스 마리우스가 세번째로 집정관 직에 오르던 해 4월부터 시작해 23개월 전 해외로 떠나기 전까지 줄곧 내 빵을 먹고 내 포도주를 마시며 살았네. 자네가 떠나 있는 동안도 나는 줄곧 자네 아내와 가족의 의식주를 책임졌네. 자네와 내누이가 이 집에서 살았던 수년 동안 누이가 부정을 저질렀다는 증거를 찾을 수 있거든 어디 한번 찾아보게. 자네 아들의 출생 기록을 찾아보면 그 아이 역시 내 집에 있을 때 임신이 되었음을 알게 될 걸세.

자네 자식 셋의 상속권을 박탈하겠다는 생각은 무조건 버릴 것을 강력히 권하는 바이네. 만약 지금과 같은 태도를 계속 고집한다면 나는 자네 아이들을 대신해 자네를 법정에 고소할 걸세. 배심원단 앞에서 하는 연설에서 나는 톨로사의 황금에 관해 내가 가진 정보를 기탄없이 말할 작정이네. 자네가 스미르나에서 빼내어 지중해 서쪽 끝 지역 곳곳의 은행과 부동산, 원로원 의원으로서 부적절한 사업에 투자한 거액의 행방을 낱낱이 밝힐 걸세. 내가 어쩔 수 없이 부르게 될 증인 중에는 로마에서 제일가는 의사들도 몇 명 있을 텐데, 그들은 모두 자네가 내 누이에게 가한 매질로 누이가 불구가 될 수도 있었다고 증언할 수 있다네. 이와 관련하여 내 누이와, 당시 현장에서 나는 소리를 직접 들은 내 집사도 언제든 증인으로 내세울 준비가 되어 있네.

내 누이의 지참금과, 자네와 자네 식구를 부양하느라 쓴 수십만 세스테르티우스로 말하자면…… 그 돈을 돌려받는 문제로 내 손을 더럽히고 싶지 않으니 그냥 가지게. 그래봤자 자네에게 하등 좋을 게 없을 걸세.

마지막으로 내 반지 문제가 남았군. 그 반지가 리비우스 집안의 가보라는 것은 공식 기록으로도 남아 있는 사실이니만큼, 그걸 요구하는 짓거리는 당장 그만두는 편이 현명할 걸세.

편지는 봉해진 즉시 하인 편에 카이피오의 새 거처인 루키우스 마르키우스 필리푸스의 집으로 전해졌다. 발길질을 당해 바닥에 나동그라졌던 하인은 절뚝거리면서 돌아와 답장은 없을 거라 했다고 드루수스에게 고했다. 드루수스는 슬쩍 웃으며 다친 노예에게 10데나리우스를 내어주었다. 그런 뒤 다시 의자에 앉아 눈을 감고서 자기 계획이 좌절되어 분통을 터뜨리고 있을 카이피오의 모습을 상상하며 혼자 즐거워했다. 소송은 없을 게 뻔했다. 그리고 작은 퀸투스의 진짜 아버지가 누구든 간에 공식적으로 그 아이는 카이피오의 아들로 남게 될 터였다. 그러니까 톨로사의 황금을 상속하게 되는 것이다. 미소가 더 크게 번지는 가운데, 드루수스는 작은 퀸투스가 세르빌리우스 카이피오의 둥지에 들어간 목이 길고 코가 큰 빨강머리 뻐꾸기가 되기를 자신이 간절히 바라고 있음을 깨달았다. 아내를 때린 자에게 그보다 더 기분좋은 벌이 어디 있을까!

그 직후 드루수스는 육아실로 가서 조카 세르빌리아를 정원으로 불러냈다. 이날 전까지 그는 그저 지나가다가 웃어 보이거나, 머리를 쓰다듬거나, 특별한 날이면 선물을 준다거나, 좀처럼 웃을 줄 모르는 불쌍한 녀석이라고 곰곰 생각해보았을 뿐, 한 번도 이 아이를 제대로 눈여겨본 적이 없었다. 어떻게 카이피오는 이 아이를 부정할 수가 있단 말인가? 그는 이해할 수가 없었다. 아이는 속속들이 제 아버지를 빼다박은, 복수심에 불타는 작은 짐승이었다. 드루수스는 평소 아이들이 어른들 일에 나서거나 말을 거들어서는 안 된다고 생각하고 있었으므로 그날 아침 세르빌리아의 행동에 경악을 금치 못했다. 심술궂은 고자질쟁이 같으니! 카이피오가 자기 뜻대로 자식과 의절할 수 있게 되었더라면 이 아이에게는 인과응보였을 터인데.

이런 생각을 하던 참이라, 세르빌리아가 육아실에서 나와 주랑정원 분수로 난 길을 걸어오는 모습을 보는 그의 얼굴은 딱딱하게 굳어 있었고 눈빛은 차가웠다.

"세르빌리아, 오늘 아침 네가 마음대로 어른들의 일에 끼어들었으니 내가 직접 알려주는 것이 좋겠다고 생각했다. 네 아버지가 네 어머니와 이혼하기로 결정했다."

"아, 잘됐네요!" 명예욕이 충족된 세르빌리아가 말했다. "당장 짐을 챙겨서 아빠에게 갈 거예요."

"그건 안 되겠다." 드루수스는 한마디 한마디 또렷하게 발음했다. "네 아버지는 널 원치 않아."

아이는 얼굴이 새하얗게 질렸다. 보통때 같았으면 걱정이 되어 자리에 눕히려 했을 정도였다. 하지만 지금 상황에서 그는 그대로 선 채 아이가 동요하는 모습을 지켜보기만 했다. 그래도 아이는 기절하지 않고 몸을 똑바로 세웠다. 얼굴에는 다시 핏기가 돌았지만 검붉은색이 되었다.

"거짓말이죠." 아이가 말했다. "아빠가 나한테 그러실 리가 없어요, 절대 그럴 분이 아니라고요!"

드루수스는 어깨를 으쓱했다. "내 말을 못 믿겠으면 네가 직접 가서 만나보렴. 네 아버지는 멀지 않은 곳에 있으니까. 바로 몇 집 건너 루키우스 마르키우스 필리푸스 집이다. 가서 물어보거라."

"그럴 거예요." 세르빌리아는 씩씩하게 대답하고는 당당히 걸어갔다. 보모는 허둥지둥 아이를 뒤쫓아갔다.

"가게 내버려둬라, 스트라토니케. 그냥 같이 따라갔다가 제대로 돌아오게만 하면 돼."

저들 모두 얼마나 불행한가, 분수대 옆에 그대로 선 채 드루수스는 생각했다. 사랑하는 세르빌리아 카이피오니스, 우리의 어린 아들, 그리고 아내의 뱃속에 아늑하게 자리잡고 있는 아기가 없다면 나 또한 얼마나 불행했을까. 회한의 감정이 점차 사라지면서, 어린 세르빌리아를 후려패주고 싶은 충동이 그 자리를 대신 차지했다. 그애 아버지에게 손 댈 수가 없으니 그 대신인 셈이었다. 그러다 옅은 햇살이 뼈마디를 따뜻하게 녹이고 그날의 떠들썩한 일들이 조금씩 가라앉으면서 그의 공정성과 정의감이 다시 제자리로 돌아왔다. 다시 한번 그는 부당한 취급을 받은 이들의 옹호자, 마르쿠스 리비우스 드루수스가 되었다. 그러나 퀸투스 세르빌리우스 카이피오만큼은, 그자도 어떤 면에선 부당한 취급을 받았다 해도 결코 옹호할 수가 없었다.

세르빌리아가 다시 나타났을 때, 드루수스는 여전히 비늘로 덮인 돌고래의 입에서 솟구쳐 나오며 햇살에 은빛으로 반짝이는 물줄기 곁에 앉아 있었다. 두 눈은 감고 있었고 얼굴은 평소와 같이 평온한 모습이었다.

"마르쿠스 외삼촌!" 아이가 날카로운 목소리로 말했다.

드루수스는 눈을 뜨고 억지로 미소를 지어 보였다. "아, 왔구나. 어떻게 됐니?"

"아빠 날 원하지 않는대요. 내가 아빠 딸이 아니고 다른 사람 딸이래요." 아이는 마음을 꼭 닫아버린 듯한 태도로 말했다.

"그러게, 내 말을 믿지 그랬어."

"어떻게 믿어요? 외삼촌은 엄마 편이잖아요."

"세르빌리아, 그렇게 계속 네 엄마에게 매정하게 굴어서는 안 된다. 부당한 대우를 받은 사람은 네 아버지가 아니라 엄마야."

"어떻게 그런 말을 할 수가 있어요? 엄마한테 애인이 있었는데요!"

"네 아버지가 좀더 다정하게 대해주었더라면 엄마가 애인을 찾는 일은 없었을 거다. 아내를 때리는 남자에게는 어떠한 핑계도 있을 수 없어."

"그냥 때리지 말고 죽였어야 해요. 나라면 그랬을 거예요."

드루수스는 두 손을 들고 말했다. "아, 저리 가거라, 이 몹쓸 녀석 같으니!"

아버지에게 거부당한 것이 결국 세르빌리아에게 득으로 돌아오면 좋을 텐데, 드루수스는 다시 눈을 감으며 생각했다. 시간이 흐르다보면 점점 제 엄마와 가까워지겠지. 그게 자연의 이치니까.

배가 고파진 드루수스는 잠시 뒤 아내와 함께 빵과 올리브, 삶은 달걀을 먹으며 그녀에게 지금까지 일어난 일에 대해 좀더 상세히 들려주었다. 그는 아내가 옳고 그름이나 신분에 관해 세르빌리우스 카이피오 가문 사람 특유의 관념을 갖고 있음을 알고 있었던 까닭에, 시누이가 노예를 조상으로 둔 사내와의 관계로 인해 이혼을 당했다는 소식에 아내가 어떤 반응을 보일지 확신이 없었다. 그러나 세르빌리아 카이피오니스는 (물론 리비아의 애인의 신분에는 실망스러워했지만) 드루수스를 너무나 사랑한 나머지 그에게 반대할 생각 같은 건 하지도 않았다. 그녀는 가족이 여럿 있으면 어느 한쪽을 선택할 수밖에 없다는 것을 오래전에 깨달았고, 그래서 자신의 헌신적인 사랑을 모두 드루수스에게 쏟는 쪽을 택했다. 카이피오와 여러 해를 한집에 살았어도 오빠를 사랑하는 마음은 생기지 않았다. 어린 시절의 자신 없던 열등감은 사라진 지 오래인데다, 드루수스와 꽤 오랜 시간을 같이 살면서 그의 용기를 얼마간 나눠가지게 되었던 것이다.

그리하여 부부는 이런 상황에서도 함께 즐거운 식사시간을 가졌다. 드루수스는 그날 중에 무슨 일이 더 생기더라도 잘 대처할 수 있으리라는 자신감이 들었다. 다행스러운 일이었다. 오후 일찍부터 새로운 골칫거리가 마르쿠스 포르키우스 카토 살로니아누스라는 형태로 그를 찾아온 것이다.

카토에게 같이 주랑을 거닐지 않겠냐고 청하면서, 드루수스는 최악의 경우에 대한 마음의 준비를 했다.

"이 모든 상황에 대해 어디까지 알고 있소?" 드루수스가 차분히 물었다.

"바로 좀 전에 퀸투스 세르빌리우스 카이피오와 루키우스 마르키우스 필리푸스가 저를 찾아왔습니다." 카토의 어조는 드루수스만큼이나 침착하고 감정이 묻어나지 않았다.

"둘이서 같이 말이오? 필리푸스가 증인 역할이었나보군."

"그렇습니다."

"그래서요?"

"카이피오는 자기 아내가 나와 간통했다는 이유로 이혼했다고만 알려왔습니다."

"그뿐이었소?"

카토는 얼굴을 찌푸렸다. "그것 말고 또 뭐가 있습니까? 어쨌든, 그가 내 아내가 있는 자리에서 말하는 바람에 아내가 자기 아버지에게 가버렸지요."

"맙소사, 도무지 끝이 없군!" 두 손을 들어올리며 드루수스가 외쳤다. "앉으시오, 마르쿠스 포르키우스. 내가 다 얘기해주는 게 좋겠소. 이혼은 시작에 불과하다오."

그간의 사정을 다 들은 카토는 드루수스가 화를 냈던 것보다도 더 크게 화를 냈다. 포르키우스 카토 가문 사람들은 겉으로는 쉽게 동요하지 않는 침착하고 위엄 있는 태도를 보였지만, 실제로는 남녀를 막론하고 다들 불같은 성격을 가진 것으로 유명했다. 카이피오를 찾아내서 죽여버리겠다는, 하다못해 반쯤 죽여놓기라도 한다는 카토를 말리느라 드루수스는 애를 먹었다. 한참 동안 사리에 맞는 얘기를 수없이 해준 뒤에야, 그렇게 했다가는 리비아의 상황만 더 곤란해질 뿐이라고 간신히 카토를 설득할 수 있었다. 카토의 화가 다 누그러진 것을 확인한 후에 드루수스는 그를 리비아에게 데려다주었다. 과연 두 사람의 감정이 얼마나 깊은 것인지 그가 은연중에 의심을 품고 있었다 해도, 그것은 그들 사이에 오간 첫 눈길을 보는 순간 흔적도 없이 사라져버렸다. 그래, 너희들에겐 일생일대의 사랑이었구나. 가엾은 것들!

"크라티포스," 두 연인끼리만 있게 두고 나온 뒤 드루수스는 집사를 불렀다. "또 배가 고파져서, 바로 저녁을 먹겠네. 마님에게 가서 그리 일러주게나."

그러나 세르빌리아 카이피오니스는 육아실에서 식사를 하겠다고 전해왔다. 어린 세르빌리아가 침대에 누워서는 빵 한 조각, 물 한 모금도 입에 대지 않겠노라고, 자기가 죽었다는 소식을 들으면 그때는 아버지가 후회할 거라고 선언했던 것이다.

드루수스는 혼자 식당으로 갔다. 오늘이 어서 빨리 지나갔으면, 앞으로 사는 날 동안 이런 날은 두 번 다신 없었으면 하는 바람이 절로 들었다. 감사의 한숨을 내쉬며 그는 긴 의자에 혼자 자리를 잡고 앉아 첫 요리가 나오기를 기다렸다.

"내가 들은 얘기가 대체 뭔 소리냐?" 문 쪽에서 외치는 목소리가 들려왔다.

"푸블리우스 고모부님!"

"자, 어찌된 내막이냐?" 푸블리우스 루틸리우스 루푸스는 다짜고짜 따져 물으며 들어와 신발을 벗어던지고, 발을 씻겨주려는 하인들을 손짓으로 쫓아보냈다. 그는 드루수스 옆쪽 긴 의자에 올라가 왼쪽 팔꿈치를 괴고 비스듬히 기대어 누웠다. 활기 넘치고 못생긴 그의 얼굴은 호기심으로 잔뜩 빛나고 있었는데, 다행히도 측은해하고 걱정하는 마음이 호기심을 조금이나마 눌러주고 있었다. "온 로마가 오만가지 요상한 이야기로 떠들썩하구나. 이혼이니, 간통이니, 노예 애인이니, 아내 구타니, 못된 아이들이니 하며 말이 많던데, 이런 얘기들이 다 어디서 나오는 거냐? 그것도 이렇게나 갑자기?"

그러나 드루수스는 말을 해줄 수가 없었다. 이 마지막 침입자까지 감당하기에는 벅차도 너무 벅찼다. 그는 베개에 뒤로 기대고서 말 그대로 눈물이 나도록 웃어젖혔다.

루푸스의 말대로 온 로마가 떠들썩했다. 이런저런 이야기가 교묘하게 합쳐져서 실상이 거의 드러났는데, 이혼한 아내의 세 자식 중 막내의 머리카락이 새빨갛다는 사실이 중요한 실마리가 되었다. 마르쿠스 포르키우스 카토 살로니아누스의 아내로 엄청난 부자이며 상스러운 쿠스피아도 남편에게 이혼서류를 보냈다는 사실 역시 큰 도움이 되었다. 늘 단짝처럼 붙어다니던 퀸투스 세르빌리우스 카이피오와 마르쿠스 리비우스 드루수스는 이제 서로 말도 하지 않았다. 카이피오는 이것이 이혼한 아내들과는 아무런 상관이 없고 드루수스가 자신의 반지를 훔쳐갔기 때문이라고 우겼다.

웬만큼 머리가 좋으며 옳고 그름을 구별할 줄 아는 사람들은, 훌륭한 상류층 사람들이 죄다 드루수스와 그의 누이 편을 든다는 사실을 눈치챘다. 루키우스 마르키우스 필리푸스와 푸블리우스 코르넬리우스 스키피오 나시카처럼 평판이 썩 좋지 못한 사람들은 카이피오를 편들었다. 카토의 모욕당한 아내의 부친이자 별명이 독수리(남을 등쳐먹는 사람이라는 뜻이 있다—옮긴이)인 나이우스 쿠스피우스 부테오와 같이 상업으로 먹고사는 아첨꾼 기사들도 카이피오를 편들었다. 어느 쪽도 편들지 않고 이 모든 상황이 너무나 재미있다고 생각하는 사람들도 있었는데, 그중에는 아내가 술라에게 반하는 망신스러운 일이 있은 뒤 수년간 조용히 지내다가 이제 막 다시 사람들 앞에 나서기 시작한 원로원 최고참 의원 마르쿠스 아이밀리우스 스카우루스도 있었다. 스카우루스는 이제 웃을 수 있었다. 어린 달마티카의 짝사랑은 일방적인 감정으로 끝났고, 지금 그녀는 스카우루스가 자신의 씨라고 확신하는 아이를 가져 배가 불러오고 있었기 때문이다. 루푸스 역시 간통한 여자의 고모부라는 처지에도 불구하고 이번 사건을 전해 듣고 웃음을 터뜨린 쪽이었다.

하지만 결국, 불륜을 저지른 당사자 두 명보다 더 큰 곤경에 처한 것은 마르쿠스 리비우스 드루수스였다.

"어쩌면 이렇게 말하는 게 나을 수도 있겠군." 드루수스는 실로에게 투덜거렸다. 신임 집정관들이 취임한 지 얼마 지나지 않았을 때였다. "늘 그렇듯이, 누구의 자식이 됐든 결국에는 다 내 책임이 되는 것 같단 말이지! 지난 몇 년 간 그 졸렬한 카이피오한테 이리저리 들어간 돈만 아니었어도 지금 내 형편은 훨씬 나았을 걸세! 새로 매제가 된 카토 살로니아누스는 빈털터리가 되었다네. 자기 누이를 대신하여 루키우스 도미티우스 아헤노바르부스에게 지참금을 갚느라 무일푼이 된 거지. 물론 카토의 전처는 자기 재산을 도로 가져가버렸고, 입신 출세주의자인 장인의 지지도 사라져버렸다네. 그래서 나는 루키우스 도미티우스에게 돈을 갚아야 할 뿐 아니라 내 누이와 그애의 남편, 거기다 그 수가 늘고 있는 누이의 식구들까지—늘 그렇듯이!—데리고 살아야 한다네. 그애는 또 배가 불러오고 있거든!"

드루수스에게 그다지 위안이 되지 못하리라는 걸 알면서도, 실로 역시 이번 일을 재미있어하는 무리에 합류했다. 그는 배가 아플 때까지 웃어댔다. "아, 마르쿠스 리비우스, 역사상 자네처럼 혹사당하는 로마 귀족은 없었다네!"

"그만하게." 드루수스가 싱긋 웃으며 말했다. "삶이, 또는 운명의 여신이든 누구든 간에 내가 마땅히 받아야 할 존중과 배려를 조금 더 보여줬으면 하는 마음도 없지는 않네. 하지만 아라우시오 전투에 나가지 않았더라면—혹은 아라우시오 전투가 아예 없었더라면!—내 삶이 어떠했을지, 지금의 나로서는 도저히 알 수 없다네. 내가 아는 건 불쌍한 여동생을 버릴 수 없다는 것뿐이네. 게다가 그러지 않으려고 애썼지만, 나는 새 매제가 옛 매제보다 훨씬 더 마음에 들어. 살로니아누스는 노예로 태어난 여자의 자손일지는 모르나 진정한 신사라네. 그가 오면서 우리집은 더 행복한 곳이 되었네. 매제가 리비아를 대하는 방식까지도 마음에 들어. 살로니아누스는 내 아내까지 자기편으로 만들었다네. 아내는 매제의 출신 때문에 그를 받아들일 수 없다고 생각했지만 지금은 매제를 아주 좋아하지."

"자네의 불쌍한 여동생이 마침내 행복해졌다니 기쁘군." 실로가 말했다. "난 늘 자네의 여동생이 커다란 고통 속에서 살면서도 진정한 리비우스 드루수스 집안사람답게 의지력을 발휘하여 자신의 곤경을 숨기고 있다는 느낌을 받았다네. 하지만 자네가 군식구들한테서 벗어날 수 없다는 건 안됐어. 살로니아누스가 출세할 수 있도록 자네가 재정적인 도움을 줘야겠구면?"

"물론이네." 드루수스는 전혀 유감스러워하는 기색 없이 말했다. "다행히 부친께서 내가 다 쓰기도 힘들 만큼 큰돈을 물려주신지라 아직 버틸 만하다네. 내가 카토 살로니아누스를 관직의 사다리로 밀어올려주면 카이피오는 얼마나 성이 날까!"

"화제를 바꿔도 되겠나?" 실로가 불쑥 물었다.

"그럼." 드루수스가 놀라서 대답했다. "그 새로운 화제에 지난 몇 달간 자네의 행적에 대한 상세한 설명이 포함되어 있기를 바라네. 나는 일 년 가까이 자네를 보지 못했네, 퀸투스 포파이디우스."

"그렇게 오래됐나?" 실로는 속으로 셈을 해보고 고개를 끄덕였다. "자네 말이 맞아. 시간이 어디로 흘러가버린 거지?" 그는 어깨를 으쓱했다. "사실 별거 없다네. 그저 벌여놓은 사업들로 돈이나 벌었지."

"자네가 조심스럽게 굴 때면 믿을 수가 없단 말이야." 진실한 마음의 벗과 재회하여 기분이 좋아진 드루수스가 말했다. "하지만 자네가 진짜로 하고 다닌 일에 대해 나한테 말해줄 생각이 없는 것 같으니, 구태여 자네를 힘들게 하지는 않겠네. 자네가 얘기하려던 화제라는 게 뭔가?"

"신임 집정관들 얘길세." 실로가 대답했다.

"오랜만에 괜찮은 사람들이 뽑혔어." 드루수스가 유쾌하게 말했다. "우리가 이렇게 견실한 한 쌍을 뽑은 적이 있었는지 모르겠네. 크라수스 오라토르와 스카이볼라라! 앞으로 좋은 일이 많이 생길 것 같아."

"그렇게 생각하나? 나도 그렇게 말할 수 있다면 좋겠군. 내 생각엔 앞으로 문제가 생길 것 같은데."

"이탈리아 쪽에서 말인가? 어째서?"

"아, 아직 소문일 뿐이야. 사실무근이기를 바라지만 왠지 그럴 것 같지가 않네, 마르쿠스 리비우스." 실로는 얼굴을 찌푸렸다. "감찰관들이 이탈리아 전역의 로마 시민 명부를 들고 신임 집정관들한테 갔는데, 명부에 오른 사람들의 수가 많다고 우려하고 있다고 하더라고. 멍청이들! 언제는 자신들의 새 인구조사 방식을 쓰면 기존 방식보다 시민 수가 늘어날 거라고 지껄여놓고, 이제 와서 신규 시민이 너무 많다고 말한다니까!"

"그 때문에 자네가 여러 달 로마에 없었던 거군!" 드루수스가 소리쳤다. "아, 퀸투스 포파이디우스, 내 경고하지 않았나! 안 돼, 안 되네, 제발 나한테 거짓말은 말게! 내게 거짓말을 하면 우리는 더이상 친구가 될 수 없고, 그렇게 되면 더 불쌍해지는 건 나란 말이네! 자네, 명부를 조작했나?"

"그래."

"퀸투스 포파이디우스, 내가 말했잖나! 아, 이 일을 어쩌면 좋지!" 드루수스가 잠시 두 손으로 머리를 감싸쥐고 앉아 있는 동안, 예상했던 것보다 더 마음이 불편해진 실로는 아무 말 없이 생각에 잠겨 앉아 있었다. 마침내 드루수스가 고개를 들었다.

"하, 한탄해본들 뭐가 달라지겠나." 여전히 화가 난 채로 드루수스는 자리에서 일어나 실로를 향해 고개를 저었다. "자네는 고향으로 돌아가는 게 낫겠네. 앞으로 오랫동안 로마에 나타나지 말게, 퀸투스 포파이디우스. 우리한텐 자네를 눈에 잘 띄게 해서 반이탈리아파 중에서도 특히 영리한 자들의 관심을 끌 여유가 없네. 내가 원로원에서 최대한 힘을 써보겠네만, 유감스럽게도 나는 아직 신참이라 발언 기회를 얻지 못할 걸세. 발언할 수 있는 사람들 중에 자네 편은 거의 없을 텐데, 아아."

어느새 실로도 일어나 있었다. "마르쿠스 리비우스, 전쟁이 날 걸세. 난 고향으로 가겠네. 자네 말이 맞아, 어떤 사람들은 내 얼굴을 보면 궁금해하기 시작할 거야. 하지만 적어도 이번 일로 이탈리아인들이 시민권을 얻을 수 있는 평화적인 방법이 없다는 것만은 분명해졌네."

"방법은 있네. 반드시 방법이 있을 거야." 드루수스가 말했다. "이제

가게, 퀸투스 포파이디우스, 최대한 남들 눈에 띄지 말고. 혹시 콜리나 성문을 지나갈 생각이라면 부디 포룸 로마눔을 둘러서 가게나."

드루수스 본인은 포룸 로마눔을 둘러서 가지 않았다. 드루수스는 토가를 입고 곧장 포룸 로마눔으로 가서 익숙한 얼굴들을 찾아보았다. 원로원 회의나 민회가 열리는 날은 아니었지만 포룸 로마눔 낮은 구역 일대에는 늘 사람들이 모여 있기 마련이었다. 운좋게도 드루수스가 처음으로 발견한 주요 인사는 고모부인 루푸스였다. 루푸스는 카리나이 지구에 있는 자택으로 향하는 길이었다.

"이번만은 가이우스 마리우스가 로마에 계셨으면 좋겠다는 생각이 드는군요." 두 사람이 포룸 로마눔의 고목들 옆에서 양지바르고 조용한 곳을 찾아냈을 때 드루수스가 말했다.

"그래, 안됐지만 네 이탈리아인 친구들을 지지해줄 원로원 의원은 별로 없을 게다." 루푸스가 말했다.

"있을 수도 있습니다. 생각을 좀 해보자고 촉구할 유력 인사만 있다면요. 하지만 가이우스 마리우스는 지금도 저 먼 동방에 계시니, 누가 있을까요? 혹시 고모부께서……?"

"아니," 루푸스는 단호하게 말했다. "나는 이탈리아인들의 주장에는 공감하지만 원로원 유력 인사가 아니야. 나는 소아시아에서 돌아온 이래 영향력을 잃었어. 징세청부업자들은 지금도 내 목을 노리고 있지. 놈들은 퀸투스 무키우스는 건드릴 수 없다는 걸 알아. 워낙 거물이니까. 하지만 법정에서 대단한 평판을 얻은 적도 없고, 유명한 웅변가도 아니고, 군대를 이끌고 전쟁에 나가 이겨서 이름을 날린 적도 없는 늙고 초라한 전직 집정관인 나는 얘기가 다르지. 나한테는 그럴 만한 영향력이 없다, 정말로."

"할 수 있는 일이 거의 없다는 말씀이시군요."

"그렇단다, 마르쿠스 리비우스."

그러나 여론의 반대편에서는 많은 일이 이루어지고 있었다. 퀸투스 세르빌리우스 카이피오는 집정관 크라수스 오라토르와 무키우스 스카이볼라, 그리고 감찰관 안토니우스 오라토르와 발레리우스 플라쿠스에게 면담을 요청했다. 네 사람은 카이피오의 말에 큰 관심을 보였다.

"마르쿠스 리비우스 드루수스 때문에 벌어진 일입니다." 카이피오는 말했다. "그는 제가 듣는 데서 이탈리아인들에게 완전한 시민권을 줘야 한다고, 이탈리아에 사는 모든 사람들은 동등한 위치에 있어야 한다고 여러 차례 말했습니다. 그리고 그에게는 마르시족 지도자 퀸투스 포파이디우스 실로와 삼니움족 지도자 가이우스 파피우스 무틸루스 같은 힘있는 이탈리아인 친구들이 있습니다. 마르쿠스 리비우스의 집에서 제가 우연히 엿들은 내용을 근거로, 저는 마르쿠스 리비우스 드루수스가 이 두 명의 이탈리아인들을 도와 인구조사를 조작할 음모를 꾸몄다고 공식적으로 맹세할 용의가 있습니다."

"퀸투스 세르빌리우스, 당신의 주장을 입증할 다른 증거가 있소?" 크라수스 오라토르가 물었다.

카이피오는 아주 근엄하게 가슴을 쭉 펴고, 그럴 자격이 있다는 듯이 불쾌한 표정을 지었다. "저는 세르빌리우스 카이피오 집안사람입니다, 루키우스 리키니우스! 저는 거짓말을 하지 않습니다." 불쾌함이 격렬한 분노로 바뀌었다. "제 주장을 입증할 증거라고요? 저는 주장을 하고 있는 것이 아닙니다! 사실을 진술할 뿐이죠. 또한 저는 어떤 사안에 대해서든 입증할 '증거'가 필요 없습니다! 다시 말하지만, 저는 세르빌리우스 카이피오니까요!"

"그가 로물루스라 해도 상관없습니다." 집정관과 감찰관 들이 자신을 만나러 왔을 때 드루수스는 말했다. "만일 네 분께서 그가 진술할 뿐이라고 하는 '사실'이라는 게 최근 저와 제 가족에 대한 퀸투스 세르빌리우스 카이피오의 핍박의 일부임을 보지 못한다면, 네 분께서는 제가 생각하는 그런 분들이 아닙니다! 말도 안 되는 헛소리예요! 제가 왜 로마의 이익에 반하는 음모를 꾸미겠습니까? 제 아버지의 아들로서 저는 그런 짓을 할 수 없습니다. 실로와 무틸루스에 관해서라면 드릴 말씀이 없군요. 사실 무틸루스는 저희 집에 온 적도 없고, 실로는 그저 저의 친구로서 올 뿐입니다. 제가 모든 이탈리아인에게 시민권이 주어져야 한다고 믿는다는 건 다들 아는 사실이고, 저는 그것을 숨기지 않습니다. 하지만 제가 라티움인과 이탈리아인들에게도 주어져야 한다고 생각하는 시민권은 원로원과 로마 인민이 자유의사로 부여하는 합법적인 시민권입니다. 명부에 물리적으로 손을 댄 부적격자를 시민권자라고 속이든 어떤 방식으로든 인구조사를 조작하는 것은, 아무리 제가 그 배후에 있는 명분이 옳다고 믿는다 하더라도 결코 용납할 수 없습니다." 드루수스는 허공을 향해 두 팔을 크게 벌렸다. "마음대로 생각하십시오, 퀴리테스 여러분, 제가 드릴 말씀은 이게 답니다. 저를 믿으신다면 같이 포도주나 한잔 하시고, 그 비양심적인 거짓말쟁이 카이피오를 믿으신다면 제 집에서 나가주시고 다시는 오지 마십시오."

스카이볼라는 상냥하게 웃으면서 드루수스와 팔짱을 꼈다. "마르쿠스 리비우스, 나는 당신과 포도주 한잔 하고 싶구려."

"나도 그렇소." 크라수스 오라토르가 말했다.

감찰관들도 포도주를 마시기로 결정했다.

그날 오후 드루수스는 식당에서 말했다. "하지만 염려스러운 건, 퀸투스 세르빌리우스가 그 정보라는 것을 어떻게 손에 넣었느냐네. 그 사안에 관해 나와 퀸투스 포파이디우스는 딱 한 번, 그것도 몇 달 전 감찰관들이 뽑혔을 때 얘기했는데 말이야."

"그때 무슨 이야기가 오갔습니까, 마르쿠스 리비우스?" 카토 살로니아누스가 물었다.

"가짜 시민들을 명부에 올린다는 실로의 무모한 계획을 내가 단념시켰네. 아니, 그땐 단념시켰다고 생각했지. 내가 알기로는 그게 다였어. 심지어 나는 오랫동안 퀸투스 포파이디우스를 보지도 못했네! 그런데……. 카이피오는 어떻게 정보를 얻었을까?"

"아마 이 집안에서 형님의 말씀을 엿들었을 겁니다." 카토가 말했다. 사실 카토는 이탈리아인들에 대한 드루수스의 태도에 찬성하지 않았지만 감히 드루수스를 비판할 처지가 아니었다. 이것은 드루수스의 군식구로서 견뎌야 하는 고충 중 하나였다.

"아니, 그는 분명 이 집에 없었네." 드루수스가 건조하게 말했다. "그는 그때 이탈리아에 없었어. 나조차도 하게 될 거라고 생각도 못한 대화를 엿듣기 위해 그가 불시에 이 집에 몰래 들어온다는 건 말이 안 되네."

"그럼……. 대관절 어떻게?" 카토가 물었다. "형님께서 쓰신 글을 그자가 본 건 아닐까요?"

드루수스는 상대방에게 일말의 의심도 남지 않을 만큼 세차게 고개를 흔들었다. "나는 아무것도 쓰지 않았네. 아무것도."

"어째서 퀸투스 세르빌리우스가 누군가의 도움을 받아서 저런다고 확신하세요?" 리비아가 물었다.

"그놈이 내가 신규 시민 등록을 조작했다고 비난하며 퀸투스 포파이디우스와 내가 한패라고 했기 때문이다."

"그냥 나오는 대로 지껄인 건 아닐까요?"

"어쩌면. 하지만 정말로 염려스러운 건 그가 제삼자의 이름을 댔다는 거다. 삼니움족인 가이우스 파피우스 무틸루스 말이야. 그놈이 그 특정 인물의 이름을 어떻게 알아냈을까? 내가 파피우스 무틸루스의 이름을 아는 건 오로지 그가 퀸투스 포파이디우스와 절친한 친구였기 때문이다. 나는 퀸투스 포파이디우스와 파피우스 무틸루스 둘 다 명부를 조작했다고 확신한다. 하지만 카이피오가 그걸 어떻게 알았을까?"

리비아가 자리에서 일어났다. "마르쿠스 리비우스, 장담할 순 없지만 어쩌면 내가 답을 드릴 수 있을 것 같아요. 잠시 실례해도 될까요?"

드루수스와 카토 살로니아누스, 세르빌리아 카이피오니스는 별 기대 없이 리비아를 기다렸다. 이토록 불가사의한 문제에 리비아가 어떻게 답을 줄 수 있겠는가? 아마 카이피오가 운좋게 때려맞힌 것일 텐데?

리비아는 딸 세르빌리아를 앞세우고 걸어들어왔다. 아이의 어깨를 한 손으로 꽉 잡은 채였다.

"여기 서라, 세르빌리아. 너한테 물어볼 게 있어." 리비아는 엄한 목소리로 말했다. "네 아버지를 만나고 있니?"

소녀의 조그만 얼굴이 너무나 침착하고 무표정했기에, 지켜보던 사람들은 그것이 자신의 죄를 알고 경계하는 얼굴임을 직감했다.

"정직하게 대답해, 세르빌리아. 네 아버지를 만나고 있니? 미리 말하지만, 네가 아니라고 한다면 육아실의 스트라토니케와 다른 하인들한테 물어볼 거야."

"네, 만나고 있어요." 어린 세르빌리아가 대답했다.

드루수스와 카토가 등을 꼿꼿이 세웠다. 세르빌리아 카이피오니스는 손으로 얼굴을 가리고 의자 깊숙이 몸을 파묻었다.

"마르쿠스 외삼촌과 외삼촌의 친구이신 퀸투스 포파이디우스에 대해 네 아버지한테 뭐라고 말했지?"

"사실대로요." 세르빌리아의 얼굴은 여전히 무표정했다.

"어떤 사실?"

"두 사람이 이탈리아인들을 로마 시민 명부에 올릴 음모를 꾸몄다는 사실이요."

"어떻게 그런 거짓말을 할 수 있니, 세르빌리아?" 드루수스는 화가 치미는 것을 느끼며 물었다.

"사실이잖아요!" 아이가 새된 소리를 질렀다. "며칠 전 그 마르시족 남자 방에서 편지들을 봤다고요!"

"손님 몰래 손님방에 들어갔다고?" 카토가 믿을 수 없다는 듯이 말했다. "얘야, 그건 비열한 행동이다!"

"당신이 뭔데 나를 평가하는 거죠?" 세르빌리아가 별안간 카토에게 대들었다. "노예와 농부의 자손 주제에!"

카토는 입술을 앙다물고 침을 삼켰다. "세르빌리아, 네 말이 맞을 수도 있지만, 노예조차도 손님의 신성한 사생활을 침해할 정도로 무분별하지는 않다."

"나는 세르빌리우스 가문의 파트리키예요." 아이는 씩씩거리며 말했다. "그 남자는 일개 이탈리아인이고요. 그는 반역 행위를 하고 있었어요. 마르쿠스 외삼촌도 마찬가지고요!"

"어떤 편지들을 봤느냐, 세르빌리아?" 드루수스가 물었다.

"가이우스 파피우스 무틸루스라는 삼니움 사람이 보낸 편지들이요."

"하지만 마르쿠스 리비우스 드루수스가 보낸 편지는 없었잖니."

"상관없어요. 외삼촌은 그 이탈리아인들과 아주 친하잖아요. 외삼촌이 그들이 원하는 일을 하고 그들과 공모한다는 건 모르는 사람이 없어요."

"로마를 위해, 네가 여자인 게 다행이구나, 세르빌리아." 드루수스는 짐짓 재미있어하는 표정과 목소리로 말했다. "만일 네가 법정에서 그런 식으로 주장을 펼친다면 곧바로 사람들의 놀림감이 될 거다." 그는 긴 의자에서 미끄러지듯 내려와 아이의 앞에 가서 섰다. "멍청하고 배은망덕한 것. 거짓말쟁이에다, 네 새아버지 말처럼 비열하구나. 네가 나이가 좀더 많다면 너를 이 집에서 내쫓고 문을 잠가버렸을 거다. 하지만 아직 어리니 반대로 할 수밖에. 너를 이 집안에 가두겠다. 지금부터 너는 동행인과 함께라면 집안에선 어디든 갈 수 있지만 이 집 밖으로는 이유를 막론하고 아무 데도 갈 수 없다. 네 아버지는 물론이고 누구도 만나러 갈 수 없고, 편지를 써서 보낼 수도 없다. 혹시 네 아버지가 너와 함께 살겠다는 편지를 보내온다면 나는 기꺼이 너를 보내줄 거다. 하지만 그렇게 되면 나는 네가 다시는 내 집에 발을 들여놓지 못하게 할 거야. 네 어머니를 보러 오겠다고 해도 허락하지 않을 거다. 네 아버지가 너를 양육하기를 거부하고 있는 상황에서 네가 따라야 할 가장은 나다. 너는 내 말을 법처럼 따라야 한다. 법에 그렇게 나와 있으니까 말이다. 내 집안의 모든 사람들은 너, 그리고 내 집에서의 네 생활에 대해 나의 지시를 따라야 하는 거다, 알겠느냐?"

소녀는 조금도 부끄러워하거나 두려워하는 기색 없이 검은 눈을 부라리며 한 발짝도 물러서지 않았다. "나는 세르빌리우스 가문의 파트리키예요. 당신이 내게 무슨 짓을 하든, 내가 당신들을 전부 다 합친 것보다 훨씬 더 나은 존재라는 사실은 바뀌지 않아요. 아랫사람들의 잘못은 내가 처리해야 할 임무일 뿐이에요. 나는 로마를 해하려는 음모를 눈치 채고 아버지께 알렸어요. 나의 임무니까요. 마음대로 나를 벌하세요, 마르쿠스 리비우스. 난 당신이 나를 영원히 감금하든, 때리든, 죽이든 상관 안 해요. 나는 나의 임무를 다했으니까."

"하, 이앨 데려가라, 내 눈 앞에서 치워버려!" 드루수스가 누이에게 소리쳤다.

"매질을 하라고 시킬까요?" 드루수스만큼이나 화가 난 리비아가 물었다.

드루수스가 움찔했다. "안 돼! 다시는 내 집에서 누군가 맞아서는 안 된다, 리비아 드루사. 그저 내 말대로 하거라. 세르빌리아가 육아실이나 공부방 밖으로 나갈 때는 반드시 동행인이 붙어야 한다. 이앤 이제 육아실을 떠나 자기 방을 가질 나이지만, 허락하지 않겠다. 내 손님의 사생활을 침범했으니 자신의 사생활을 박탈당하는 고통을 당해야 해. 이건 해가 갈수록 견디기 힘든 벌이 될 거다. 세르빌리아가 이 집을 떠날 꿈이라도 꿀 수 있으려면 십 몇 년은 지나야 해. 행여나 이애 아버지가 딸을 시집보낼 만큼 신경을 쓴다면 말이지. 안 그러면 내가 시집을 보낼 거다. 파트리키한테는 보내지 않을 거야! 어느 시골 무지렁이 소작농과 결혼시킬 거다!"

카토는 웃음을 터뜨렸다. "아뇨, 시골 무지렁이가 아니지요, 마르쿠스 리비우스. 세르빌리아를 성품이 훌륭한 해방노예에게, 귀족 같지만 절대로 진짜 귀족은 될 수 없는 신사한테 시집보내십시오. 그러면 이 아인 노예나 해방노예가 파트리키보다 나을 수 있다는 걸 깨닫게 될 테니까요."

"당신들을 증오해!" 세르빌리아는 어머니에게 떠밀려 밖으로 나가면서 고함을 질렀다. "당신들 전부 다 증오해! 당신들을 저주해, 저주한다고! 내가 결혼할 나이가 되기 전에 당신들 모두, 한 명도 남김없이 다 죽어버려!"

아이는 금방 잊혀버렸다. 의자에 앉아 있던 세르빌리아 카이피오니스가 바닥에 쓰러졌기 때문이다. 드루수스는 공포에 질려 아내를 부축하고 일으켜서 침실로 데려갔다. 불붙인 깃털을 코밑에 갖다대고 나서야 의식을 되찾은 그녀는 처량하게 울었다.

"오, 마르쿠스 리비우스, 우리 집안과 연을 맺은 후부터 당신은 불운해졌어요." 그녀는 훌쩍거렸다. 드루수스는 침대 끝에 앉아 아내를 꼭 끌어안고, 태중의 자식이 이 순간을 잘 넘기게 해달라고 속으로 기도했다.

"그렇지 않다는 걸 알잖소." 그는 아내의 눈썹에 입을 맞추고 다정하게 눈물을 닦아주며 말했다. "아프지 마시오, 나의 생명. 세르빌리아는 당신이 이럴 가치가 없는 애요. 부디 그애한테 만족감을 주지 마시오."

"사랑해요, 마르쿠스 리비우스. 언제나 그랬고 앞으로도 그럴 거예요."

"기쁘구려! 나도 사랑하오, 세르빌리아 카이피오니스. 당신과 함께하는 하루하루가 지날수록 더. 이제 진정하시오, 우리 아기를 잊어서는 안 되오. 녀석이 아주 잘 자라고 있어요." 드루수스는 아내의 부푼 배를 가볍게 두드리며 말했다.

루키우스 리키니우스 크라수스 오라토르와 퀸투스 무키우스 스카이볼라가 원로원에서 이탈리아 상황과 관련한 새로운 법을 공표한 날은 세르빌리아 카이피오니스가 아이를 낳다가 죽은 다음날이었다. 그래서 드루수스는 그 법안에 대해 듣기 위해 겨우 회의장에 나오기는 했지만 그 사안이 요구하는 만큼 집중할 여력은 없었다.

드루수스의 집에 사는 사람들 중 아무도 예상하지 못한 일이었다. 세르빌리아는 더할 나위 없이 건강했으며 임신도 편안하고 순조롭게 진행되고 있었다. 그녀의 출산은 너무나 갑작스러워서 그녀 자신조차 아무런 위험을 느끼지 못했지만, 두 시간도 지나지 않아 그녀는 과다출혈로 죽었다. 아무리 출혈 부위에 거즈를 메워넣고 출혈 부위를 심장보다 높게 들어올려도 피가 멎지 않았다. 집밖에 있었던 드루수스는 소식을 듣자마자 집으로 돌아가 아내의 곁을 지켰다. 하지만 아내는 이미 끔찍한 고통에서 꿈꾸는 듯 무심한 도취상태로 넘어간 뒤였기에 남편이 자기 손을 잡고 있다는 것도, 자기가 죽어가고 있다는 것도 모르는 채 숨을 거두었다. 그녀에게는 자비롭지만 드루수스에게는 끔찍한 마지막이었다. 그는 아내로부터 사랑이나 위로가 담긴 어떠한 말도 듣지 못했다. 그녀는 남편이 곁에 있다는 사실조차 알아차리지 못했다. 그녀가 좀처럼 생기지 않는 아이를 갖기 위해 애쓴 오랜 세월은 끝났다. 그녀는 핏기 없고 무심한 하얀 인형이 되어 자신의 생명으로 흠뻑 젖은 침대에 누워 있었다. 산모가 죽었을 때 아이는 아직 산도에 들어서지도 못한 상태였다. 의사와 산파들은 드루수스에게 그녀의 몸을 갈라 아기를 꺼내게 해달라고 간청했지만 그는 거절했다.

"아내가 아이를 몸에 품은 채로 가게 해주시오." 그는 말했다. "아내에게 그런 위안을 허락해주시오. 그애가 산다 한들 나는 사랑할 수 없소."

이런 연유로, 원로원 의사당에 겨우 도착했을 때 드루수스는 겨우 반쯤만 살아 있는 상태였다. 그는 발표를 듣기 위해 줄 중간에 앉아 있는 의원들 사이에 자리를 잡았다. 그는 신관 직을 맡고 있어 원로원에서의 실제 지위가 보장하는 것보다 더 좋은 자리에 앉을 수 있었다. 드루수스의 하인은 주인의 접의자를 놓은 다음 문자 그대로 주인을 의자에 앉혔고, 그 와중에 주변의 사람들은 조의를 표했으며, 드루수스는 죽기 전 아내의 얼굴만큼이나 하얗게 질린 얼굴로 연거푸 고개를 끄덕이며 감사를 표했다. 마음의 준비가 되기도 전에 반대편 줄 뒤쪽에 있는 카이피오를 발견하고 드루수스는 본의 아니게 더 하얗게 질렸다. 카이피오! 자기 여동생의 죽음을 알게 되었을 때 카이피오는, 이 회의가 끝난 뒤 곧바로 로마를 떠날 예정이라 세르빌리아 카이피오니스의 장례식에 참석할 수 없을 거라고 알려왔었다.

드루수스의 자리에서는 의사진행 상황과 회의장 내부가 훤히 보였다. 드루수스는 왼쪽 줄의 가장자리 부근에 앉아 있었는데, 거기에는 수세기 전 툴루스 호스틸리우스 왕 때 만든 의사당의 커다란 청동문이 주랑현관에 빽빽이 들어찬 사람들을 위해 열려 있었다. 집정관들이 이번 회의가 완전한 공개회의여야 한다고 판단했기 때문이었다. 원로원 의원들, 그리고 각 의원이 한 명씩 데리고 오는 수행원들 외에는 아무도 의사당 안에 들어올 수 없었지만, 공개회의의 경우 누구든 열린 청동문 바깥에 모여서 들을 수 있었다.

의원들의 접의자들이 놓여 있는 계단석 세 줄과 양 측면이 접해 있는 다른 쪽 가장자리에는 고등 정무관들의 높은 단상이 있었고, 그 앞에는 호민관 열 명이 앉는 긴 나무 벤치가 있었다. 아름답게 조각된 집정관들의 상아 대좌들은 단상 앞쪽에 있었고, 그 뒤에 법무관 여섯 명을 위한 상아 대좌들이 있었으며, 그 뒤에 고등 조영관 두 명의 상아 대좌들이 있었다. 순전히 경륜이나 고관직 덕분에 발언이 허용된 의원들은 양측의 맨 아랫줄을 차지했고, 중간 줄은 신관 직 또는 조점관 직을 역임하거나 호민관 직을 지냈거나 하급 신관인 자들에게 돌아갔으며, 맨 윗줄은 의사당에서 투표권 외에는 권리가 없는 평의원들의 차지였다.

기도와 제물과 예언이 모두 만족스럽다고 선언되자, 수석 집정관 루키우스 리키니우스 크라수스 오라토르가 자리에서 일어섰다.

"원로원 최고참 의원, 최고신관, 동료 고관 여러분, 이 존엄한 집단의 구성원 여러분, 최근 원로원은 이번 인구조사 기간에 이탈리아 시민들이 로마 시민으로 불법 등록한 문제에 관해 이야기하고 있습니다." 그는 왼손에 두루마리 서류를 든 채 말했다. "우리의 고귀한 동료 감찰관 마르쿠스 안토니우스와 루키우스 발레리우스는 수천 개의 새로운 이름이 명부에 추가될 것이라고 예측했지, 수만 개의 새 이름들을 보게 될 거라고는 예상하지 못했습니다. 하지만 실제로 그런 일이 일어났습니다. 이탈리아에서의 인구조사에서 로마 시민이라고 주장하는 사람들이 유례없이 증가했고, 우리는 이 새로운 시민들 대부분은 로마 시민권에 대해 아무런 권리가 없는 이탈리아 동맹시 시민들이라는 증언을 들었습니다. 이탈리아 동맹시 지도자들은 그들의 사람들이 집단적으로 로마 시민으로 등록하는 것을 사실상 묵과했다는 것입니다. 두 사람, 즉 마르시족 지도자 퀸투스 포파이디우스 실로와 삼니움족 지도자 가이우스 파피우스 무틸루스의 이름이 거론되었습니다."

도도하게 손가락을 튕기는 소리가 났다. 집정관은 말을 멈추고 자신의 오른쪽 앞줄 가운데를 향해 머리를 숙였다. "가이우스 마리우스, 원로원 의사당에 돌아오신 걸 환영합니다. 질문 있으십니까?"

"그렇습니다, 루키우스 리키니우스." 피부가 짙은 갈색으로 그을려 건강해 보이는 마리우스가 자리에서 일어났다. "그 두 사람, 실로와 무틸루스의 이름이 명부에 있소?"

"아니요, 가이우스 마리우스, 없습니다."

"그렇다면, 증언 외에 어떤 증거가 있소?"

"증거는 없습니다." 크라수스 오라토르가 침착하게 말했다. "제가 그들의 이름을 언급한 유일한 이유는, 자기네 시민들이 대거 등재 신청을 하도록 그들이 은밀하게 조장했다는 취지의 증언이 있었기 때문입니다."

"루키우스 리키니우스, 그렇다면 당신이 말한 그 증언은 분명 매우 미심쩍지 않소?"

"그럴 수 있지요." 크라수스 오라토르는 침착하게 대답했다. 그는 과장된 몸짓으로 다시 한번 고개를 숙였다. "가이우스 마리우스, 제가 계속 말할 수 있게 해주신다면 곧 모든 것을 분명하게 밝히겠습니다."

마리우스는 웃으며 답례한 뒤 자리에 앉았다.

"의원 여러분, 그럼 계속 말씀드리겠습니다! 가이우스 마리우스께서 매우 예리하게 논평하신 것처럼, 확실한 증거로 뒷받침되지 않은 증언은 의심할 여지가 있습니다. 여러분의 집정관과 감찰관 들은 이러한 사실을 모른 체하려는 것이 아닙니다. 그러나 우리 앞에서 증언한 사람은 신망 있는 사람이며, 그의 증언은 우리의 견해를 확인시켜주는 것이었습니다." 크라수스 오라토르는 말했다.

"그 신망 있는 사람이 누구요?" 루푸스가 앉은 채로 물었다.

"위험이 따를 것이 분명한 관계로, 그는 본인의 이름이 새어나가지 않게 해달라고 요청했습니다." 크라수스 오라토르가 대답했다.

"고모부님, 제가 알려드리죠!" 드루수스가 큰 소리로 말했다. "그의 이름은 폭력 남편 퀸투스 세르빌리우스 카이피오입니다! 그는 저도 고발했습니다!"

"마르쿠스 리비우스, 질서를 어지럽히고 있소." 집정관이 말했다.

"그렇습니다, 저는 저자도 고발했습니다! 그는 실로와 무틸루스와 똑같이 유죕니다!" 카이피오가 뒷줄에서 소리쳤다.

"퀸투스 세르빌리우스, 질서를 어지럽히고 있소. 앉으시오."

"집정관께서 마르쿠스 리비우스의 이름을 제 고발에 포함시키기 전에는 앉을 수 없습니다!" 카이피오가 더 크게 소리쳤다.

"집정관과 감찰관 들은 마르쿠스 리비우스가 이 일과 무관하다고 확신하고 있소." 얼굴에 노기가 어리기 시작한 크라수스 오라토르가 말했다. "당신을 포함한 평의원들은 모두 아직 원로원에서 자유롭게 발언할 권한이 없음을 기억해야 할 것이오! 이제 앉아서 입을 닫고 말을 삼가시오! 원로원은 개인적으로 반목중인 사람들에게서 더는 어떤 말도 듣지 않을 것이며, 내 말을 경청할 것이오!"

침묵이 뒤따랐다. 크라수스 오라토르는 잠시 동안 경건하게 침묵을 음미한 다음 목을 가다듬고 다시 이야기를 시작했다.

"어떤 이유에서건, 그리고 누구의 선동에서건, 갑자기 너무 많은 이름이 우리의 인구조사 명부에 올랐습니다. 현상황으로 볼 때 불법으로 시민권을 획득한 사람들이 많다는 가정은 타당합니다. 우리 집정관들은 이 상황을 바로잡고자 하는 것이지, 증거 없이 잘못된 실마리를 좇거나 죄를 부과하려는 것이 아닙니다. 우리의 관심사는 한 가지뿐입니다. 우리가 조치를 취하지 않으면 한 세대가 지나기 전에 트리부스 선거에서 우리 진짜 시민들보다 더 큰 유권자 집단이 될, 그리고 백인조

계급 투표에 영향을 미칠 수 있는—다들 서른한 개 지방 트리부스의 일원이라고 주장하는!—수많은 시민들을 보게 될 거라는 사실입니다."

"그렇다면 나는 우리가 조치를 취하기를 진심으로 바라오, 루키우스 리키니우스." 원로원 최고참 의원 스카우루스가 오른쪽 앞줄 가운데, 마리우스의 옆자리에서 말했다.

"퀸투스 무키우스와 저는 새로운 법률을 입안했습니다." 크라수스 오라토르는 이번 말참견에는 성을 내지 않고 말했다. "이 법안의 골자는 가짜 시민들을 로마의 명부에서 모조리 제거하는 것입니다. 그 외에는 달리 무엇에도 관여하지 않습니다. 이 법안은 추방령이 아니며, 로마와 이탈리아 내의 모든 로마인 및 라티움인 근거지에서 비시민들을 쫓아내지도 않을 것입니다. 법안의 목적은 시민이 아닌데도 시민 명부에 오른 사람들을 골라내는 것입니다. 이를 위해 본 법안은 이탈리아 반도를 움브리아, 에트루리아, 피케눔, 라티움, 삼니움, 캄파니아, 아풀리아, 루카니아, 칼라브리아, 브루티움 등 열 개 구역으로 나눌 것을 제안합니다. 각 구역에는 인구조사에서 처음으로 이름이 올라온 모든 사람들의 시민 자격을 조사하는 특별 조사 법정을 세울 것입니다. 조사 법정들은 배심원단이 아니라 재판관들이 운영하며, 재판관들은 로마 원로원 의원들입니다. 각 법정의 재판장은 집정관을 지낸 원로원 의원이며, 하급 의원 두 명이 보조 재판관이 될 것입니다. 본 법정의 조사는 여러 단계로 이루어질 것이며, 소환된 자는 각 단계의 질문에—증거를 갖고!—대답해야 합니다. 이 절차는 극히 엄격하여 가짜 시민은 아무도 빠져나가지 못할 것입니다. 현재로서 보증할 수 있는 건 여기까지입니다. 물론 추후 집회에서 리키니우스·무키우스법의 전문을 읽어드릴 예정이지만, 저로선 어떤 법안이든 첫 집회에서 구체적인 법률 내용이라는 진창에 빠져야 한다고는 절대 생각지 않습니다."

원로원 최고참 의원 스카우루스가 자리에서 일어났다. "루키우스 리키니우스, 이 특별 조사 법정을 로마 시에도 설치할 생각인지, 만일 그렇다면 그 법정은 로마뿐 아니라 라티움까지 조사하는 것인지 묻고 싶소만?"

크라수스 오라토르는 진지한 표정으로 대답했다. "로마에도 열한번째 법정이 설치될 것입니다. 라티움은 별도로 처리할 예정입니다. 로마의 경우 명부상에서 가짜 시민들로 추정되는 신규 시민들이 집단적으로 등록한 정황은 전혀 드러나지 않았지만, 우리는 로마에도 조사 법정을 설치하는 것이 좋을 거라고 믿습니다. 아마 조사가 제대로 이루어진다면 로마 시에서도 부적격 시민들이 대거 발각될 것입니다."

"고맙소, 루키우스 리키니우스." 스카우루스는 말한 다음 자리에 앉았다.

크라수스 오라토르는 그야말로 심란해졌다. 자신의 웅변을 발전적으로 전개시킬 수 있으리라는 희망은 이제 산산이 깨지고 말았다. 연설로 시작했던 것이 어느새 질의응답으로 바뀌어버렸기 때문이다.

크라수스 오라토르가 연설을 재개하려는 찰나 카툴루스 카이사르가 자리에서 일어나서, 원로원은 결코 훌륭한 연설을 들을 상황이 아니라는 수석 집정관의 의심을 굳혔다.

"질문 하나 해도 되겠습니까?" 카툴루스 카이사르가 점잔을 빼며 물었다.

크라수스 오라토르는 한숨을 쉬었다. "퀸투스 루타티우스, 다른 사람들 모두, 심지어 발언권이 없는 사람들까지 질문을 하고 있습니다! 마음 놓고 하십시오. 망설이지 마세요. 좋을 대로 하십시오. 부디 기회를 활용하십시오!"

"리키니우스 · 무키우스법은 특정한 처벌을 규정하거나 명기할 것입니까, 아니면 재판관의 자유재량에 맡겨 기존 법규를 근거로 처벌하게 할 겁니까?"

"믿기 힘들겠지만, 퀸투스 루타티우스, 방금 그 부분을 말하려던 참이었습니다!" 크라수스 오라토르는 인내심이 한계에 다다른 듯한 표정으로 말했다. "새 법은 처벌을 명시하고 있습니다. 우선 이번 인구조사 기간에 시민으로 신고한 가짜 시민들은 모두 특별 조사 법정의 엄격한 처벌을 받게 될 것입니다. 그들은 채찍질을 당할 것이며, 죄인의 이름은 목록에 올려 그와 그의 자손들 모두 시민권 취득이 영구히 금지될 것입니다. 4만 세스테르티우스의 벌금도 부과될 것입니다. 만약 가짜 시민이 라티움 시민권이나 로마 시민권 지역인 시나 읍, 자치 구역에 거주하는 경우, 죄인과 그의 친척들은 강제 퇴거를 당하고 조상들이 살던 곳으로 돌아가야만 할 것입니다. 이 법안은 이러한 점에 있어서만 추방령의 성격을 띱니다. 시민권이 없지만 가짜 시민으로 등록하지 않은 사람들은 영향을 받지 않을 것이며, 현재 거주하는 곳에서 계속해서 살 수 있습니다."

"과거의 인구조사에서 가짜 시민으로 등록한 사람들은 어떻게 할 겁니까?" 대(大) 스키피오 나시카가 물었다.

"그들은 채찍형을 받지 않을 것입니다, 푸블리우스 코르넬리우스. 벌금도 내지 않을 거고요. 하지만 목록에는 오를 것이며, 모든 라티움 및 로마 거주지에서 추방될 겁니다."

"벌금을 낼 형편이 안 되는 사람은 어떻게 하오?" 최고신관 아헤노바르부스가 물었다.

"국가에 7년 이상 채무 노예로 팔릴 것입니다."

마리우스가 천천히 일어섰다. "발언해도 되겠소, 루키우스 리키니우스?"

크라수스 오라토르는 포기했다는 듯 두 손을 공중에 내저었다. "왜 안 되겠습니까, 가이우스 마리우스? 그러니까, 전직 집정관께서 온갖 사람들한테 방해받지 않고 발언하실 수만 있다면 말이죠!"

드루수스는 마리우스가 자기 접의자에서 일어나 회의장 바닥 한가운데로 걸어가는 모습을 지켜보았다. 그의 심장, 아내가 죽었을 때 함께 죽었다고 생각했던 심장이 빠르게 뛰고 있었다. 드루수스는 속으로 말했다. 오, 가이우스 마리우스, 난 당신이라는 사람을 좋아하지는 않지만, 부디 지금 내가 발언권만 있다면 할 말을 해주시오! 당신이 하지 않으면 아무도 하지 않을 거니까. 아무도.

"듣자 하니," 마리우스가 힘차게 말했다. "세심하게 고안된 법안인 것 같군요. 사람들이 최고의 법률 입안가인 두 분께 기대할 만큼 말입니다. 하지만 이 법안이 완벽해지려면 한 가지가 더 필요합니다. 정보제공자로 나서는 모든 이에게 보상금을 지불한다는 조항 말입니다. 참으로 감탄스러운 법안입니다! 하지만 과연 공정한 법입니까? 우리는 이 측면을 다른 어떤 측면보다 신경써야 하지 않을까요? 그리고 이보다도 더 중요한 얘기지만, 진정 우리가 이 법에 담긴 여러 처벌을 집행할 만큼 우리 자신이 강력하고, 오만하고, 또 우둔하다고 생각하는 겁니까? 루키우스 리키니우스의 연설—그의 훌륭한 연설 축에는 끼지 못한다고 덧붙이고 싶군요!—내용을 바탕으로 하면, 가짜로 추정되는 시민들은 이탈리아 갈리아 국경에서 저멀리 브루티움과 칼라브리아까지 걸쳐 수만 명에 달합니다. 그들은 자신들이 로마의 내정과 통치에 온전하게 참여할 자격이 있다고 생각하고 있습니다. 그렇지 않다면 뭣하러 가짜 시민권 신고를 하는 위험을 감수하겠습니까? 그런 거짓 신고가 발각될 경우 어떻게 될지 모르는 이탈리아인은 아무도 없습니다. 채찍형이며, 자격 박탈이며, 벌금이며……. 물론 한 사람이 세 가지 벌을 모두 받는 경우는 드물지만 말입니다."

마리우스는 회의장의 오른쪽에서 왼쪽으로 몸을 돌린 후 말을 이었다. "그러나 원로원 의원 여러분, 이제 우리는 이 수만 명의 사람들 모두를, 그리고 그 가족들까지 총력을 다해 응징하려는 것 같군요! 우리는 그들을 매질할 것입니다. 그들 대부분이 감당할 수 없는 벌금을 부과하고, 그들을 요주의 명단에 올릴 것입니다. 로마 또는 라티움 시민권 지역에 있는 그들의 집에서도 쫓아낼 것입니다."

마리우스는 회의장을 가로질러 열려 있는 문 앞까지 걸어가더니 돌아섰다. "수만 명입니다, 의원 여러분! 한두 명, 서너 명이 아니라 수만 명입니다! 거기다 아들, 딸, 아내, 어머니, 이모, 삼촌, 사촌들까지 합하면 또 수만 명이 늘어납니다. 그들에게는 친구들이 있을 겁니다. 그 친구들 중에는 합법적인 로마 시민권자나 라티움 시민권자도 있을 겁니다. 로마와 라티움 지역 바깥에서는, 그들과 같은 사람들이 지역 인구의 대다수를 차지합니다. 그리고 조사 법정들을 채우기 위해 선택된ㅡ추첨식이겠지요?ㅡ우리 원로원 의원들은 증언을 듣고, 지침에 따라 우리 앞에 소환된 자들을 조사하고, 리키니우스·무키우스법의 골자에 따라 발각된 가짜 시민들에게 판결을 내려야 할 것입니다. 저는 우리 중에 이 의무를 다할 만큼 용감한 분들께 갈채를 보내겠습니다. 하지만 개인적으로 저는 다른 일을 시켜달라고 간청하겠습니다! 아니면, 리키니우스·무키우스법은 이러한 조사 법정마다 빠짐없이 무장 민병대를 파견하도록 규정할 계획이 있습니까?"

마리우스는 회의장을 천천히 걸어내려오기 시작했고, 걸으면서 연설을 계속했다. "로마인이 되고 싶어하는 것이 진정 그렇게 큰 죄입니까? 우리는 세상의 모든 중요한 곳을 지배한다고 해도 과언이 아닙니다. 우리는 모두의 존경을 받으며, 외국으로 여행할 때면 사람들은 우리의 의견에 따릅니다. 왕들조차 우리가 명령을 내리면 주장을 굽힙니다. 비록 최하층민일지언정, 자신을 로마인이라고 부를 수 있는 사람은 가장 보잘것없는 사람조차 다른 어떤 부류의 사람보다 낫습니다. 너무 가난해서 단 한 명의 노예도 없을지라도, 그는 세상을 지배하는 무리 중 하나입니다. 이는 로마인이라는 말이 아닌 다른 어떤 말도 줄 수 없는 귀중한 독점적 권리를 부여합니다. 노예 한 명 없어 직접 천한 일을 할지라도 그는 스스로에게 이렇게 말할 수 있습니다. '나는 로마인이다, 나는 그 외 다른 모든 인간들보다 낫다!'"

마리우스는 호민관들의 벤치 앞까지 와서 열린 문 쪽으로 몸을 돌렸다. "이곳 이탈리아 경계 안에서 우리는 민족적으로 우리와 유사한, 많은 경우 민족적으로 동일하기까지 한 남자와 여자 들과 바싹 붙어서 살고 있습니다. 최소 400년간 우리에게 군대와 공세를 제공해왔고 우리가 벌이는 전쟁에 자비로 참전하는 남자와 여자 들입니다. 네, 때때로 그들 중 일부는 반란을 일으키거나 우리의 적을 도왔고, 우리의 정책에 반대의 목소리를 냈습니다. 하지만 그 죄들에 대해서 그들은 이미 벌을 받았습니다! 로마의 법에 따라 우리는 그들을 또다시 벌할 수 없습니다. 그들이 로마인이 되고 싶어한다고 해서 비난할 수 있을까요? 이것이 문제의 핵심입니다. 왜 그들은 로마인이 되고 싶어하느냐, 무엇이 최근의 이 대규모 가짜 신고를 조장했느냐가 핵심이 아닙니다. 진정 그들을 비난할 수 있습니까?"

"물론입니다!" 카이피오가 소리쳤다. "물론이에요! 그들은 우리보다 열등합니다! 그들은 우리의 종이지 동료가 아닙니다!"

"퀸투스 세르빌리우스, 질서를 어지럽히고 있소! 조용히 앉아 있든 가 이곳에서 나가든가 하시오!" 크라수스 오라토르가 소리쳤다.

마리우스는 위엄을 유지할 수 있는 속도로 원을 그리고 걸으면서 주변을 죽 둘러보았다. 그의 얼굴은 쓴웃음 때문에 더 일그러졌다. "여러분은 제가 무슨 말을 할지 안다고 생각하시지요, 그렇지 않습니까?" 마리우스는 의원들을 향해 묻더니 큰 소리로 웃었다. "여러분은 이렇게 생각하고 있을 겁니다. 가이우스 마리우스는 이탈리아인이라서 리키니우스 · 무키우스법은 잊어버리라고, 그 수만 명의 잉여 시민들을 명부에 그대로 남겨두도록 로마에 권고할 거라고 말입니다." 마리우스의 눈썹이 치켜올라갔다. "아니요, 의원 여러분, 그렇지 않습니다! 그것은 제가 주장하려는 바가 아닙니다. 여러분과 마찬가지로, 저는 불법 시민 등록을 거부하지 못할 만큼 원칙이 결여된 사람들을 로마 시민으로 만들어 우리 참정권의 품위를 손상해서는 안 된다고 믿습니다. 제가 주장하려는 것은 리키니우스 · 무키우스법의 탁월한 창시자들이 윤곽을 그린 대로 조사 법정을 진행하자는 것입니다. 다만 정도껏 해야 합니다. 지나치게 해서는 안 됩니다! 가짜 시민은 모두 반드시 우리의 명부에서 지워지고 트리부스에서 축출되어야 합니다. 그리고 그것으로 끝내야 합니다. 그 이상 아무것도 해서는 안 됩니다! 원로원 의원 여러분, 문밖에서 듣고 계신 퀴리테스 여러분, 엄숙하게 경고하건대 여러분이 가짜 시민들에게 그들의 신체와 집, 지갑, 자손을 모독하는 처벌을 가하는 순간, 여러분은 용의 이빨도 멈칫하게 만들 잇따른 분노와 복수의 씨를 뿌리는 것입니다! 여러분은 죽음과 피와 궁핍, 그리고 천 년 동안 지속될 증오를 수확하게 될 것입니다! 이 이탈리아인들이 시도했던 일을 묵인하지는 마십시오. 하지만 시도했다는 이유로 그들을 벌하지도 마십시오!"

말씀 한번 잘하셨소, 가이우스 마리우스! 이렇게 생각하며 드루수스는 갈채를 보냈다. 다른 몇몇 사람들도 갈채를 보냈다. 하지만 청중의 대다수는 그러지 않았고, 문밖에서는 웅성거리는 소리가 들렸다. 포룸 로마눔에서 듣는 자들이 그토록 관대한 처분에 동의하지 않는다는 것을 보여주는 소리였다.

스카우루스가 일어섰다. "발언해도 되겠소?"

"발언하십시오, 최고참 의원님." 크라수스 오라토르가 말했다.

마리우스와 동갑임에도 불구하고, 원로원 최고참 의원 스카우루스는 얼굴은 비뚤어지지 않았지만 마리우스와는 달리 젊어 보이도록 착각하게 만드는 구석이 없었다. 스카우루스의 얼굴에 잡힌 주름들은 살을 깊이 파고들었으며, 머리카락이 없는 정수리에도 주름이 생긴 지 오래였다. 그러나 그의 아름다운 녹색 눈은 젊고 명민하고 건강하고 반짝거렸다. 그리고 경이로울 만큼 지적이었다. 하지만 칭찬이 자자하고 자주 회자되던 그의 유머감각은 이날 그의 입가 주름에서조차 보이지 않았다. 이날 그의 입가는 아래로 처져 있었다. 스카우루스도 회의장 바닥을 가로질러 문까지 걸어갔지만, 마리우스와는 달리 그곳에서 바깥의 군중을 향해 섰다.

"로마 원로원 의원 여러분, 저는 현직 감찰관들이 정식으로 재임명한 여러분의 대표입니다. 제가 집정관이던 해, 정확히 말하자면 20년 전부터 여러분의 대표이자 감찰관을 지낸 전직 집정관입니다. 저는 여러 군대를 이끌었으며, 우리의 적들, 그리고 우리의 동지가 되기를 청하러 온 자들과 조약을 체결하였습니다. 저는 아이밀리우스 가문의 파트리키입니다. 하지만 이 직함들이 아무리 훌륭하고 명망 높다 해도, 가장 중요한 것은 제가 로마인이라는 사실입니다!

자신을 이탈리아인이라고 칭하는 가이우스 마리우스와 뜻을 같이하는 것은 저와 어울리지 않습니다. 하지만 저는 여러분께 그가 연설 서두에서 했던 말을 다시 한번 말씀드리겠습니다. 로마인이 되고 싶어하는 것이 진정 그렇게 큰 죄일까요? 세상의 모든 주요 지역을 지배하는 민족의 일원이 되고 싶어하는 것이? 왕들에게 명령을 내리고 그들이 복종하는 것을 볼 수 있는 민족의 일원이 되고 싶어하는 것이? 가이우스 마리우스와 마찬가지로 저는 로마인이 되고 싶어하는 것은 범죄가 아니라고 말하겠습니다. 하지만 가이우스 마리우스와 제가 달라지는 지점은 그 말에서 강조하는 부분입니다. 원하는 것은 범죄가 아니지만 저지르는 것은 범죄입니다. 그리고 저는 누구도 가이우스 마리우스의 말을 듣고서 그가 놓은 덫에 빠지지 않기를 바랍니다. 오늘 회의는 자기한테 없는 것을 원하는 자에게 동정을 표하기 위해 열린 것이 아닙니다. 오늘 회의는 이상과 꿈, 허기, 염원 때문에 골머리를 앓으려고 열린 것이 아닙니다. 오늘 우리는 현실을, 로마인이 아닌, 따라서 로마인이라고 말할 자격이 없는 수만 명의 사람들이 로마 시민권을 불법 탈취한 사태를 처리하기 위해 이곳에 있습니다. 그들이 로마인이 되기를 원하느냐는 중요하지 않습니다. 중요한 점은 수만 명이 중대한 범죄를 저질렀으며, 로마의 유산을 수호하는 우리는 이 중대한 범죄를 은유적인 경고에 지나지 않는 처벌만 받으면 되는 사소한 잘못으로 처리해서는 안 된다는 겁니다."

스카우루스는 이제 의원들 쪽으로 몸을 돌렸다. "의원 여러분, 원로원 최고참 의원인 저는 진짜 로마인들인 여러분이 힘과 권위를 남김없이 이용하여 이 법을 제정해야 한다고 호소하는 바입니다! 이번을 마지막으로, 로마인이 되려는 이탈리아인의 열망은 반드시 중단되어야 합니다. 리키니우스 · 무키우스법에는 지금까지 우리의 서판에 새겨진 것들 중 가장 혹독한 처벌이 들어가야 합니다! 그뿐만이 아닙니다! 제 생각에 우리는 가이우스 마리우스가 제안한 두 가지를 모두 채택하여 이 법에 포함되도록 법안을 수정해야 합니다. 첫째, 가짜 로마인을 발각시킨 정보에 대한 보상으로, 벌금의 1할인 4천 세스테르티우스를 제공해야 합니다. 이렇게 하면 우리 국고의 돈은 한푼도 쓰지 않아도 되고, 비용은 모두 죄인의 지갑에서 나오게 됩니다. 둘째, 조사 법정의 재판관들과 동행할 무장 민병대를 파견해야 합니다. 이 임시 군대에 지불할 돈 역시 벌금으로 충당할 수 있습니다. 따라서 저는 가이우스 마리우스의 제안에 진심으로 감사하는 바입니다."

아무도 스카우루스의 연설이 이것으로 끝난 건지 확신할 수 없었다. 루푸스가 일어나서 "발언권을 주시오! 꼭 발언하고 싶소!"라고 소리쳤고, 스카우루스는 지친 기색으로 자리에 앉아 의장에게 고개를 끄덕였기 때문이다.

"한물갔군, 불쌍한 늙은 스카우루스." 루키우스 마르키우스 필리푸스가 옆에 앉은 동료들에게 말했다. "다른 사람의 연설을 물고 늘어지면서 자기 연설을 하는 건 그답지 않아."

"아니라고는 못하겠군." 그의 왼쪽에 앉은 루키우스 셈프로니우스 아셀리오가 말했다.

"한물갔어." 필리푸스가 다시 말했다.

"조용히 하게, 루키우스 마르키우스!" 그의 오른쪽에 앉은 마르쿠스 헤렌니우스가 말했다. "푸블리우스 루틸리우스의 말을 듣고 싶네."

"그러시든지!" 필리푸스는 비아냥거렸지만 더는 말하지 않았다.

루푸스는 회의장 바닥을 이리저리 걸어다니려 하지 않았다. 그냥 자신의 작은 접의자 옆에 선 채로 말했다.

"원로원 의원 여러분, 문간에서 듣고 계신 퀴리테스 여러분, 제 말을 들어주십시오. 여러분께 간청합니다!" 그는 어깨를 으쓱하고 얼굴을 찌푸렸다. "저는 여러분의 분별력에 그다지 확신이 없습니다. 따라서 오늘 이곳에서 다수가 동의하는 마르쿠스 아이밀리우스의 의견에 여러분이 등을 돌리게 만들 수 있을 거라는 기대는 하지 않습니다. 하지만 저는 말해야겠습니다. 훗날 제 발언이 신중하고 올바른 것임이 드러날 때를 위해서라도 말해야겠습니다. 장담컨대 훗날 반드시 그렇게 드러날 것이기 때문입니다."

그는 목을 가다듬고 크게 외쳤다. "가이우스 마리우스가 옳습니다! 가짜 시민들을 모두 우리의 명부와 트리부스에서 제거하는 것 외에는 아무것도 해서는 안 됩니다. 저는 여러분 대다수가―저도 포함해서 말입니다만―이탈리아 동맹시민들을 진짜 로마인들 밑에 있는 확연히 다른 부류로 여긴다는 것을 알고 있지만, 그렇다고 해서 이탈리아 동맹시민들을 결코 야만인들로 볼 수 없음을 알 만큼의 판단력은 우리 모두에게 남아 있기를 바랍니다. 그들을 야만인으로 취급해서는 안 됩니다! 그들은 수세기 전부터 우리와 조약을 맺고 협력하고 있습니다. 가이우스 마리우스의 말대로 그들은 우리의 가까운 혈족입니다."

"적어도 가이우스 마리우스의 가까운 혈족은 되겠지요." 필리푸스가 느릿느릿 말했다.

루푸스는 돌아서서 얼룩덜룩한 눈썹을 치켜올리고 전직 법무관을 노려보았다. "참 대단한 통찰력이오." 그는 상냥하게 말했다. "가까운 혈족과, 돈으로 맺어진 유사 친족을 구별하다니 말이오! 그렇게 구별하지 않았다면 당신은 가이우스 마리우스에게 빨판상어처럼 들러붙어 있어야 하지 않았겠소, 루키우스 마르키우스? 왜냐하면 돈문제에 관한 한 가이우스 마리우스는 당신 아버지보다 더 당신과 가까운 사람이니 말이오! 맹세컨대, 당신은 당신 아버지한테서보다 가이우스 마리우스한테서 돈을 더 많이 구걸해 받아냈소! 만약 돈이 피와 같다면, 당신 역시 경시되는 이탈리아인일 거요, 내 말이 틀렸소?"

회의장 안은 손뼉을 치고 휘파람을 불며 웃는 소리로 요란했고, 필리푸스는 얼굴이 검붉게 변하며 쥐구멍에라도 들어가고 싶은 표정이 되었다.

루푸스는 본론으로 되돌아갔다. "부디 리키니우스 · 무키우스법의 처벌 조항을 더 진지하게 들여다봅시다! 어떻게 우리가 군대와 돈을 대라고 요구하는, 우리가 더불어 공존해야 하는 사람들을 매질할 수가 있습니까? 이 의사당의 일부 방종한 무리가 이곳 동료들의 혈통에 대해 비방할 수 있다고 한들, 우리가 이탈리아인들과 그렇게 다른 존재입니까? 이 점이 제가 말하고자 하는 것, 여러분이 숙고해야 하는 것입니다. 날마다 때려서 아들을 훈육하는 아버지는 나쁜 아버지입니다. 그 아들은 자란 후에 아버지를 증오하지, 사랑하거나 존경하지 않습니다. 우리가 이 반도에 사는 우리의 이탈리아인 친족을 매질한다면, 잔인한 우리를 증오하는 사람들과 공존해야만 할 것입니다. 우리가 그들의 로마 시민권 획득을 막는다면, 속물적인 우리를 증오하는 사람들과 공존해야만 할 것입니다. 우리가 그들을 막대한 벌금으로 벌한다면, 탐욕스러운 우리를 증오하는 사람들과 공존해야만 할 것입니다. 우리가 그들을 집에서 쫓아낸다면, 냉담한 우리를 증오하는 사람들과 공존해야만 할 것입니다. 이것을 모두 합치면 얼마나 큰 증오일까요? 원로원 의원 여러분, 퀴리테스 여러분, 그것은 우리와 똑같은 땅에서 살고 있는 사람들이 품게 하기에는 너무나 큰 증오입니다."

"그렇다면 그들을 더욱 핍박하면 됩니다." 카툴루스 카이사르가 지친 목소리로 말했다. "그들에게 아무런 감정도 남지 않을 때까지 핍박하면 됩니다. 그것이 로마의 가장 귀한 선물을 훔친 그들이 응당 치러야 하는 대가입니다."

"퀸투스 루타티우스, 이해하려고 노력이라도 해보시오!" 루푸스가 애원했다. "그들은 우리가 주려고 하지 않기 때문에 훔친 것이오! 사람은 마땅히 자기 것이라고 여기는 것을 훔칠 때는 그것을 훔쳤다고 하지 않소. 되찾았다고 하지."

"애초부터 자기 것이 아닌 걸 어떻게 되찾는단 말입니까?"

루푸스는 포기했다. "좋습니다. 저는 여러분이 우리와 한데 섞여 살고, 우리의 도로 옆에 살며, 우리의 시골 빌라와 사유지가 있는 지역의 인구 대다수를 차지하고, 우리가 노예 노동력을 쓸 정도로 신식이 아닌 경우 통상적으로 우리의 땅을 경작하는 사람들에게 끔찍한 벌을 주는 것이 얼마나 어리석은지 알리려고 애썼습니다. 이제 이탈리아인들을 벌하면 어떤 결과가 벌어질지에 대해 더는 말하지 않겠습니다."

"모든 신들께 감사드릴 일이로군요!" 스키피오 나시카가 한숨을 쉬었다.

"이제―가이우스 마리우스가 아니라―원로원 최고참 의원께서 제안하신 법안 수정사항들로 넘어가겠습니다!" 루푸스는 스키피오 나시카의 말을 무시하며 말했다. "최고참 의원님, 한말씀 드리자면, 남이 반어적으로 쓴 말을 가져다가 문자 그대로의 뜻으로 바꿔 쓰는 것은 좋은 웅변술이 아닙니다! 조금 더 조심하지 않으시면 사람들은 당신이 한물갔다고 말하기 시작할 겁니다. 그러나 저는 최고참 의원께서 진심이 아닌 것을 묘사하기 위해 감동적이고 강력한 말을 찾는 일이 분명 어려웠을 거라고 생각합니다. 제 말이 맞지 않습니까, 마르쿠스 아이밀리우스?"

스카우루스는 아무 말도 하지 않았지만 얼굴이 조금 붉어졌다.

"유급 정보제공자를 고용하는 것은, 경호대를 고용하는 것과 마찬가지로 로마의 관습이 아닙니다." 루푸스는 말했다. "리키니우스·무키우스법으로 그렇게 하기 시작한다면, 우리는 이웃 이탈리아인들에게 우리가 그들을 두려워한다는 사실을 보여주게 될 것입니다. 이웃 이탈리아인들에게 리키니우스·무키우스법의 목적이 범법행위를 벌하는 것이 아니라 잠재적 위협, 다시 말해 바로 이웃 이탈리아인들을 제거하려는 것임을 보여주게 될 것입니다. 역설적으로 우리는 이웃 이탈리아인들에게 우리가 그들을 삼켰던 것보다 훨씬 더 효과적으로 그들이 우리를 삼킬 수 있다고 생각한다는 것을 보여주게 될 것입니다! 유급 정보제공자와 경호대처럼 너무나 절박한 조치들과 너무나 비로마적인 수단들은 막대한 공포와 두려움을 드러내는 것입니다. 동료 의원 여러분, 퀴리테스 여러분, 우리는 힘이 아니라 약점을 보여주게 될 겁니다! 진정 안전하다고 느끼는 사람은 전직 검투사의 호위를 받으며 돌아다니지 않으며, 몇 걸음 갈 때마다 등뒤를 흘끗거리지도 않습니다. 진정 안전하다고 느끼는 사람은 적에 관한 정보에 대해 보상하지 않습니다."

"허튼소리!" 원로원 최고참 의원이 비아냥거렸다. "유급 정보제공자를 고용하는 것은 아주 상식적인 일이오. 그렇게 하면 수만 명의 범칙자들을 처리해야 할 이 특별위원회의 막중한 임무를 덜어줄 것이오. 재판 과정을 단축시키고 용이하게 하는 모든 수단은 바람직하오! 무장경호대 역시 명백히 상식적이오. 경호대는 시위를 단념시키고 폭동을 방지할 것이오."

"옳소, 옳소! 옳소, 옳소!" 회의장 곳곳에서 드문드문 박수와 외침이 터져나왔다.

루푸스는 어깨를 으쓱했다. "제가 돌로 변한 귀들에 대고 말하고 있다는 걸 알겠군요. 여러분 중에 제대로 들을 줄 아는 사람이 이렇게 없다니 참으로 유감입니다! 유급 정보제공자를 고용한다면 우리가 사랑하는 고국을 무기력하게 만들 질병을 수십 년 동안 확산시키는 꼴이 될 것입니다. 첩자들, 옹졸한 공갈범들, 그리고 친구는 물론이고 친척에 대한 끝도 없는 의심이라는 질병 말입니다. 어느 공동체든 돈을 위해서라면 뭐든 할 사람들은 있기 마련이니까요. 내 말이 맞지 않소, 루키우스 마르키우스 필리푸스? 우리는 외국 왕의 궁전 복도를 살금살금 돌아다니는 비루한 자들을 양산해낼 겁니다. 이런 자들은 공포가 사람들을 지배할 때나 억압적인 법이 제정될 때마다 어디선가 갑자기 나타나기 마련이지요. 제발 이런 비루한 자들이 생겨나게 하지 마십시오! 지금까지 늘 그래왔던 대로 로마인이 됩시다! 공포에서 해방된, 외국 왕의 술수 위에 있는 존재 말입니다." 그는 자리에 앉았다. "이상입니다, 루키우스 리키니우스."

아무도 갈채를 보내지는 않았지만 동요하고 속삭이는 사람들은 있었고, 마리우스는 소리 없이 웃고 있었다.

이것으로 끝이다. 원로원 회의가 파할 때 드루수스는 생각했다. 최고참 의원 스카우루스는 명백하게 승리했고, 로마는 패배자가 될 것이다. 귀가 돌로 변한 저들이 어떻게 푸블리우스 루틸리우스의 말을 들을 수 있겠는가? 가이우스 마리우스와 푸블리우스 루틸리우스는 아주 분별 있게 말했다. 어쩌나 탁월한 분별력인지 분별을 흐리게 할 정도였다. 가이우스 마리우스는 어떻게 표현했던가? 용의 이빨도 멈칫하게 만들 죽음과 피의 수확. 문제는 이곳의 청중 중에 사업상의 거래나 불편한 경계 지역 공유 이외의 일로 이탈리아인을 알고 있는 사람이 거의 없다는 것이다. 드루수스는 울적한 기분으로 생각했다. 그들은 모든 이탈리아인의 마음속에 싹틀 날만 기다리는 분노와 복수의 씨가 있다고는 꿈에도 생각하지 못하고 있다. 퀸투스 포파이디우스 실로를 전쟁터에서 만나지 못했더라면 나 역시 그것을 결코 알지 못했을 것이다.

드루수스의 매제, 마르쿠스 포르키우스 카토 살로니아누스는 저멀리 제일 윗줄에 앉아 있었다. 그는 사람들을 요리조리 피해가며 내려와서 드루수스의 어깨에 손을 얹었다.

"함께 집으로 가시겠습니까, 마르쿠스 리비우스?"

드루수스는 계속 앉은 채 입을 약간 벌리고 멍한 눈으로 올려다보았다. "혼자 가게, 마르쿠스 포르키우스. 너무 피곤하군, 생각을 좀 정리하고 싶네."

드루수스는 마지막 의원까지 문밖으로 사라지기를 기다린 다음 하인에게 몸짓을 하여 의자를 들고 먼저 집으로 돌아가라고 했다. 그는 의사당의 검은색과 흰색 판석을 깐 바닥으로 천천히 걸어내려갔다. 드루수스가 그곳을 떠날 때 노예들은 벌써 계단석을 쓸며 쓰레기를 줍기 시작했다. 청소를 끝내고 나면 노예들은 길 바로 위쪽에 있는 수부라 지구의 침입자들을 막기 위해 문들을 잠근 후 상급 신관들 관저 세 채의 뒤쪽에 있는 공공노예 숙소로 돌아갈 것이다.

드루수스는 고개를 숙인 채 주랑현관의 기둥들 사이로 발을 끌며 걸었다. 그러면서 실로와 무틸루스가 오늘 회의의 내용을 전해 듣기까지 얼마나 걸릴지 생각했다. 드루수스는—스카우루스의 수정사항들이 가미된—리키니우스·무키우스법이 세 번 장이 서는 기간인 최소 규정 시한 내에 공표에서 비준까지 완료될 거라고 확신했다. 즉 지금으로부터 불과 17일 후 새 법은 로마의 서판에 새겨질 것이고, 이탈리아 동맹 시들과의 평화로운 화해라는 희망은 사라질 것이다.

드루수스가 마리우스와 부딪친 것은 전혀 예상치 못한 일이었다. 게다가 그들은 글자 그대로 맞부딪쳤다. 드루수스는 비틀비틀 뒷걸음질을 치며 사과의 말을 하다가, 마리우스의 험악한 얼굴에 떠오른 표정을 보고 말을 흐렸다. 마리우스의 뒤쪽에는 그에게 가려 보이지 않았던 루푸스가 있었다.

"마르쿠스 리비우스, 자네 고모부랑 우리집에 가서 맛좋은 포도주 한잔 하세나." 마리우스가 말했다.

이 다정한 초대에 대한 드루수스의 반응은, 62년간 축적된 마리우스의 온갖 지식으로도 예상하지 못한 것이었다. 리비우스 씨족 특유의 준엄하고 거무스름한 얼굴은 이미 한껏 일그러져 있었고, 감은 눈꺼풀 아래에서는 눈물이 넘쳐흘렀다. 드루수스는 남자답지 못한 모습을 숨기기 위해 토가 자락을 머리에 뒤집어쓴 채 삶이 끝난 것처럼 울었고, 마리우스와 루푸스는 드루수스 곁으로 다가가 어색하게 웅얼거리고 등을 토닥여주면서 달래려고 애썼다. 마리우스는 문득 좋은 생각이 났다는 듯이 자신의 토가 주름 속을 뒤져 손수건을 꺼냈고, 그것을 드루수스의 즉석 복면 가장자리 밑으로 밀어넣었다.

잠시 후 드루수스는 마음을 가라앉히고 토가 자락을 내린 다음 자신의 관객들을 바라보았다.

"어제 아내가 죽었습니다." 드루수스는 딸꾹질을 하며 말했다.

"알고 있네, 마르쿠스 리비우스." 마리우스가 다정하게 말했다.

"괜찮을 거라고 생각했습니다! 하지만 오늘은 너무 힘드네요. 꼴사나운 모습을 보여드려서 죄송합니다."

"지금 자네에게 필요한 건 최상급 팔레르눔 포도주네." 마리우스가 앞장서서 계단을 내려가며 말했다.

실제로, 최상급 팔레르눔 포도주를 죽 들이켠 드루수스는 겉으로 보기에 어느 정도 회복된 모습이었다. 마리우스는 세 남자가 둘러앉은 책상 옆에 의자를 하나 더 가져와서 포도주병과 물주전자를 올려놓았다.

"어쨌거나 우린 노력했어." 루푸스가 한숨을 쉬며 말했다.

"그냥 내버려둘 걸 그랬네." 마리우스가 낮고 굵은 목소리로 말했다.

"그렇지 않습니다, 가이우스 마리우스." 드루수스가 말했다. "회의 내용은 한마디도 빠짐없이 기록되었습니다. 퀸투스 무키우스가 지시를 내려서 서기들이 두 분의 발언을 분주하게 받아적는 것을 봤습니다. 스카우루스와 크라수스 오라토르의 발언도 마찬가지였고요. 그러니 훗날 누가 옳고 누가 그른지 판가름이 났을 때 누군가는 두 분이 하신 말씀을 읽을 것이고, 후손들은 로마인들이 모두 오만한 바보는 아니었다고 생각할 겁니다."

"리키니우스 · 무키우스법의 마지막 조항들을 다들 외면하는 모습을 후손들이 봤더라면 더 좋았겠지만, 네 말도 조금은 위안이 되는구나." 루푸스가 말했다. "문제는 모든 로마인이 이탈리아인들과 섞여서 살고 있으면서도 그들에 대해 아무것도 모른다는 거다."

"동감입니다." 드루수스가 메마른 목소리로 대답했다. 그는 책상에 술잔을 내려놓았고, 마리우스가 잔을 다시 채우도록 내버려두었다. "전쟁이 날 겁니다." 드루수스가 말했다.

"아니, 전쟁은 없어!" 루푸스가 얼른 대꾸했다.

"아뇨, 전쟁이 날 겁니다. 저나 다른 누군가가 리키니우스·무키우스법을 저지하고 이탈리아 전역에 로마 시민권을 확대하지 못한다면 말입니다." 드루수스는 포도주를 한 모금 마셨다. "죽은 제 아내를 걸고 맹세컨대," 그는 눈물을 참으려고 눈을 깜빡거렸다. "저는 이번 이탈리아인들의 허위 신고에 전혀 개입하지 않았습니다. 하지만 일은 터졌고, 저는 그 소식을 듣는 순간 배후를 알아차렸습니다. 제 친구 실로와 그의 친구 무틸루스뿐 아니라 모든 이탈리아 동맹시의 지도자들이 배후입니다. 저는 결코 그들이 이런 일을 벌이고도 무사하기를 바란다고 생각하지 않습니다. 이번 일은 이탈리아가 얼마나 절박하게 로마 시민권을 원하는지 로마에 보여주기 위해 벌인 일이라고 생각합니다. 진정으로 말씀드리지만, 전쟁을 막을 수 있는 건 로마 시민권밖에 없습니다!"

"그들에게는 전쟁을 일으킬 조직이 없네." 마리우스가 말했다.

"제 말을 들으면 부정적인 의미에서 놀라실 겁니다." 드루수스는 말했다. "실로가 무심코 한 말이 있는데, 그 말이 사실이라면—저는 분명 사실이라고 생각합니다—그들은 벌써 몇 년째 전쟁에 관해 논의해왔습니다. 아라우시오 전투 이후로 그랬던 것이 분명합니다. 제게 증거는 없습니다. 퀸투스 포파이디우스 실로가 어떤 사람인지 알 뿐입니다. 그가 어떤 사람인지 아는 저로서는 그들이 이미 물리적인 전쟁 준비를 하고 있다고 생각합니다. 그들은 이탈리아의 사내아이들이 열일곱 살이 되면 곧바로 훈련을 시키고 있습니다. 그러지 못할 이유가 있습니까? 로마가 청년들을 필요로 할 날을 염두에 두며 준비하고 있다고 한다면 누가 그들을 비난하겠습니까? 자신들이 모으는 무기와 장비는 로마가 보조군단을 요구할 때를 위한 거라고 주장한다면 누가 반박할 수 있을까요?"

마리우스는 책상 위로 몸을 내밀고 툴툴거렸다. "맞는 말이네, 마르쿠스 리비우스. 자네 말이 사실이 아니기를 바라네. 로마식 군단을 이룬 야만족이나 외국인들과 싸우는 건 그렇다 쳐도, 이탈리아인들과 싸우는 건 우리와 똑같이 호전적이고 로마식으로 훈련받은 자들과 싸우는 거지. 먼 옛날에도 그랬듯이, 이탈리아인들은 로마의 가장 두려운 적이 될 것이네. 우리가 삼니움족에게 얼마나 자주 패했는가! 끝에 가서는 우리가 이겼지만 말이야. 하나 삼니움은 이탈리아의 일부일 뿐이네! 이탈리아 연합과 전쟁을 한다면 로마는 파멸할 걸세."

"제 생각도 그렇습니다." 드루수스가 말했다.

"그렇다면 우린 이탈리아인들과 로마인들의 평화적인 융합을 위해 제대로 로비를 시작해야겠군." 루푸스가 결연한 목소리로 말했다. "그들은 원하는 것을 반드시 손에 넣으려고 할 거야. 나는 결코 이탈리아에 로마 시민권을 주는 데 전폭적인 지지를 보낸 적은 없지만, 내게도 분별은 있어. 로마인으로서 나는 그것에 찬성하지 않네. 하지만 애국자로서는 찬성해야만 하네. 내전이 나면 로마는 끝장이니까."

"자네가 한 말에 대해 절대적으로 확신하는가?" 마리우스는 드루수스에게 심각한 목소리로 물었다.

"절대적으로 확신합니다, 가이우스 마리우스."

"그렇다면 자네는 최대한 빨리 퀸투스 실로와 가이우스 무틸루스를 만나러 가게." 마리우스는 자신의 생각을 말했다. "그 두 사람, 그리고 그들을 통해 다른 이탈리아 지도자들까지 설득해보게나. 리키니우스 · 무키우스법이 제안되기는 했지만 로마 시민권으로 가는 문이 완전히 닫힌 것은 아니라고 말이야. 이미 그들이 전쟁 준비를 하고 있다면 자네가 그것을 중단하도록 설득할 수는 없을 거네. 하지만 그들에게 전쟁은 최후에나 기댈 끔찍한 방편이니 기다려보는 것이 온당하다고 설득할 수는 있을 걸세. 최대한 기다려보라고 하게나. 그동안 우린 원로원과 민회에서 우리가 이탈리아에 로마 시민권을 주기로 결심했음을 알려야 하네. 마르쿠스 리비우스, 조만간 우리는 목숨을 걸고 모든 이탈리아인을 로마인으로 만드는 법률을 제정할 의지가 있는 호민관을 찾아야만 할 걸세."

"제가 그 호민관이 되겠습니다." 드루수스가 단호하게 말했다.

"아주 좋아! 아무도 자네가 선동 정치가라거나 3, 4계급의 지지를 얻으려 한다고 비난할 수는 없을 거야. 자네는 호민관의 평균 연령보다 나이가 훨씬 많으니 성숙하고 책임감 있는 사람으로 보일 것이네. 자네는 가장 보수적인 감찰관의 아들이고, 자네가 지닌 진보적인 성향은 잘 알려진 바대로 이탈리아 사람들을 동정한다는 것뿐이니 말이네." 마리우스는 흡족한 목소리로 말했다.

"하지만 아직은 안 되네." 루푸스가 강경하게 말했다. "우리는 기다려야만 하네, 가이우스 마리우스! 우리는 로비를 해야만 해. 로마 사회 전반에서 지지자들을 확보하는 것이 먼저야. 이 일만 해도 몇 년이 걸릴 걸세. 자네도 눈치챘는지 모르겠네만, 오늘 원로원 의사당 밖에 있던 사람들은 내가 오랫동안 해온 생각이 사실임을 입증했네. 이탈리아에 시민권을 주는 데 대한 반대는 상류층에 국한된 이야기가 아니라는 생각 말이네. 이 문제는 로마의 맨 위에서 저 아래 최하층민까지 의견일

치를 보인 문제인데다, 내가 오해하고 있는 것이 아니라면, 라티움 시민권자들까지도 로마 편을 드는 이상한 문제라네."

"배타성이야." 마리우스가 고개를 끄덕이며 말했다. "다들 이탈리아인들보다 나은 존재이고 싶은 거지. 그런 우월감은 최상위 계층보다 하류층에 더 뿌리 깊게 박혀 있을 가능성이 높아. 우리는 루키우스 데쿠미우스를 우리 편으로 끌어들여야 할 거야."

"루키우스 데쿠미우스?" 드루수스가 미간을 찡그리며 물었다.

"내가 아는 비천한 신분의 사내라네." 마리우스가 빙긋 웃으며 말했다. "하지만 그자는 자신만의 비천한 방식으로 대단한 영향력을 갖고 있어. 그는 내 처남댁 아우렐리아에게 아주 헌신적이니, 내가 아우렐리아를 끌어들이려고 애쓰면 그녀가 그를 끌어들일 수 있네."

드루수스의 찡그린 얼굴이 어두워졌다. "아우렐리아를 뜻대로 하실 수는 없을 것 같습니다. 단상의 법무관 자리에 앉아 있던 아우렐리아의 오빠 루키우스 아우렐리우스 코타를 못 보셨습니까? 그는 다른 사람들과 함께 환호하며 손뼉을 치고 있었습니다. 그의 삼촌인 마르쿠스 아우렐리우스 코타도 그랬고요."

"안심하거라, 마르쿠스 리비우스. 아우렐리아는 자기 집안 남자들만큼 편협하지 않다." 루푸스가 애정에 넘치는 표정으로 말했다. "그애는 독자적으로 생각하는 사람이고, 율리우스 카이사르 가문의 가장 비정통적이고 급진적인 집안으로 시집을 갔어. 우리는 아우렐리아를 우리 편으로 만들 거다, 걱정 말아라. 그리고 그애를 통해 루키우스 데쿠미우스까지 우리 편으로 만들 거야."

가볍게 문을 두드리는 소리가 나더니 율리아가 조심스럽게 걸어들어왔다. 코스 섬에서 산 섬세하기 이를 데 없는 아마포를 걸치고 있었다. 율리아도 마리우스처럼 피부가 멋지게 그을려 있었고 건강해 보였다.

"친애하는 마르쿠스 리비우스," 율리아는 드루수스를 향해 두 팔을 벌리고 이렇게 말했다. 그러고는 드루수스의 의자 뒤로 가서 고개를 숙이고 그의 뺨에 입을 맞추었다. "지나치게 감상적으로 굴어서 당신의 용기를 꺾어서는 안 되겠지요. 다만 제 마음이 너무나 아프다는 걸, 당신은 언제든 우리집에서 따뜻한 환영을 받으리라는 걸 알려드리고 싶어요."

율리아의 존재가 어찌나 위안이 되고 그녀에게서 흘러나오는 연민의 감정이 어찌나 강력했던지, 드루수스는 강한 안도감을 느꼈으며 그녀의 애도에 의기소침해지는 것이 아니라 기운이 나는 것을 느꼈다. 그는 율리아의 손에 입을 맞췄다. "고맙습니다, 율리아."

루푸스가 갖다준 의자에 앉은 율리아는 물을 조금 섞은 포도주를 한 잔 건네받았다. 그녀는 들어올 때 심각한 토론이 진행중이라는 걸 분명히 알았지만, 이 남성 무리가 자신을 환영하고 있다는 것도 확신했다.

"리키니우스·무키우스법 얘기를 하고 계셨군요." 율리아가 말했다.

"그렇소, 부인." 마리우스는 아내를 사랑스럽다는 듯 쳐다보며 말했다. 그는 결혼할 당시보다도 요즘 아내를 더 사랑하고 있었다. "하지만 당장 할 수 있는 이야기는 다 했소. 하나 내게는 당신이 필요하게 될 거요. 나중에 얘기해주리다."

"내가 할 수 있는 건 뭐든지 하겠어요." 율리아는 이렇게 말하고서 드루수스의 팔을 잡고 흔들며 웃기 시작했다. "마르쿠스 리비우스, 당신 때문에 우리의 휴가가 끝났었답니다!"

"제가 어쩌다 그랬습니까?" 드루수스가 싱긋 웃으며 물었다.

"나 때문이다." 루푸스가 짓궂게 웃으며 말했다.

"맞아요!" 율리아가 루푸스를 흘겨보며 말했다. "마르쿠스 리비우스, 지난 1월 할리카르나소스에 있던 우리한테 당신 고모부께서 조카딸이 간통을 저질러 머리카락이 빨간 아들을 낳아 이혼을 당했다고 편지를 보냈답니다!"

"모두 사실입니다." 드루수스가 대답했다. 그의 미소가 점점 크게 번져갔다.

"네, 하지만 문제는 이분한테 조카딸이 한 명 더 있다는 거죠, 아우렐리아요! 그리고, 당신은 모를 수도 있지만, 지금 가까운 히스파니아에서 티투스 디디우스의 선임 보좌관으로 있는 빨강머리 남자와 아우렐리아의 우정에 관한 소문이 집안에 돌았었거든요. 그래서 우리 부부가 당신 고모부님의 수수께끼 같은 편지를 읽었을 때, 저는 사건의 주인공이 아우렐리아라고 주장했어요. 그래서 저는 로마로 돌아가자고 강하게 주장했죠. 아우렐리아와 루키우스 코르넬리우스 술라가 그냥 친구 사이라는 데 제 목숨이라도 걸었을 테니까요. 로마에 도착하고서야 우리가 엉뚱한 여인을 걱정하고 있었다는 걸 알게 됐죠! 푸블리우스 루틸리우스는 감쪽같이 우리를 속였어요." 그녀는 다시 웃었다.

"당신들을 보고 싶었거든." 루푸스가 뉘우치는 기색 없이 말했다.

"가족이란 성가신 골칫거리일 수 있지요." 드루수스가 말했다. "하지만 저는 마르쿠스 포르키우스 카토 살로니아누스가 퀸투스 세르빌리우스 카이피오보다 훨씬 더 호감 가는 사람이라는 사실을 인정할 수밖에 없습니다. 리비아 드루사도 지금 행복하답니다."

"그럼 다 잘된 거네요." 율리아가 말했다.

"네," 드루수스가 말했다. "다 잘된 거지요."

리키니우스·무키우스법이 상정되고 트리부스회에서 사실상 만장일치로 통과되는 동안, 퀸투스 포파이디우스 실로는 이곳저곳을 여행하고 있었다. 그래서 그는 보비아눔에 도착하여 가이우스 파피우스 무틸루스에게 듣고서야 이 새로운 법에 대해 알게 되었다.

"그렇다면 전쟁이군." 실로는 단호한 표정으로 무틸루스에게 말했다.

"유감스럽게도 그렇네, 퀸투스 포파이디우스."

"동맹시 지도자들이 모두 참석하는 회의를 소집해야 해."

"이미 예정되어 있다네."

"어디서?"

"로마인들이 전혀 들여다볼 생각을 하지 않는 곳이지." 무틸루스가 말했다. "그루멘툼에서 열흘 후라네."

"훌륭해!" 실로가 소리쳤다. "루카니아 내륙 지역은 로마인이 어떤 이유에서든 전혀 떠올리지 않는 곳이지. 그루멘툼에서 말을 타고 하루 거리 안에는 로마인 지주나 라티푼디움이 전혀 없어."

"더 중요한 건 로마인 거주민도 없다는 거지."

"만에 하나 로마인들이 나타나면 어떻게 하지?" 실로가 얼굴을 찌푸리며 물었다.

"마르쿠스 람포니우스가 다 처리해두었네." 무틸루스가 슬며시 웃으며 말했다. "루카니아는 산적들의 본거지네. 로마인들이 오면 모두 산적한테 잡혀갈 거야. 회의가 끝난 뒤 마르쿠스 람포니우스가 몸값도 받지 않고 로마인들을 풀어주면 다들 고마워서 어쩔 줄 몰라 할걸."

"영리하군! 자네는 언제 출발할 건가?"

"나흘 뒤에." 무틸루스는 실로의 팔짱을 끼고 크고 우아한 자택의 주랑정원으로 걸어갔다. 실로처럼 무틸루스도 재산과 안목이 있고 교육을 받은 사람이었다. "자네의 이탈리아 갈리아 여행 이야기나 해주게, 퀸투스 포파이디우스."

"2년 반 전 퀸투스 세르빌리우스 카이피오가 말한 것과 거의 다르지 않더군." 실로는 만족스러워하며 말했다. "파타비움 너머 메도아쿠스 강 상류와 아퀼레이아 위쪽의 손티우스 강과 나티소 강 상류에 잘 정돈된 작은 도시들이 흩어져 있었네. 철은 노리쿰의 노레이아 부근에서는 육로로 운송되지만 대부분 수로로 운송돼. 드라부스 강 지류를 따라 내려간 후 육로로 손티우스 강과 틸리아벤투스 강 유역을 가로질러 가지. 그런 다음에는 계속 수로로 실어나른다네. 강의 최상류 지역에 있는 거주지들은 석탄 생산에 주력하는데, 석탄은 배편으로 철강업 중심지들로 보내. 나는 그 지역에서 로마 공병대장 행세를 했다네. 그리고 현금으로 지불하겠다고 하니 앞다투어 달려들더군. 현금을 충분히 더 쥐어주니 그들은 내 주문량을 맞추기 위해 미친듯이 일했다네. 더군다나 알고 보니 나는 그들에게 최초의 중요한 고객이라, 그들은 나만을 위해 무기와 장비를 계속 생산하게 되어 매우 기뻐하고 있어."

무틸루스는 걱정스러운 표정이었다. "로마 공병대장 행세를 한 게 정말 잘한 일일까? 진짜 로마 공병대장이 나타나면 어떻게 되겠나? 그는 자네가 가짜인 걸 알아차리고 로마에 보고할 것이네."

"안심하게, 가이우스 파피우스. 나는 종적을 아주 잘 감췄다네." 실로는 태연하게 말했다. "나 덕분에 그 신규 정착지들이 다른 거래처를 찾을 필요가 없어졌다는 걸 기억하게. 로마는 피사이나 포풀로니아 같은 기존의 유명 생산지들에 주문을 넣지. 파타비움과 아퀼레이아에서 출발한 우리의 무기는 아드리아 해를 따라 로마인들이 이용하지 않는 이탈리아의 항구들에 도착하도록 하면 돼. 이탈리아 갈리아 동부에서 무기 사업을 한다는 것을 알아챌 로마인은 아무도 없을 테고, 우리의 화물은 들키지 않을 거야. 로마의 경우 서쪽, 티레니아 해에서 활동하니까."

"이탈리아 갈리아 동부에서 더 많이 생산할 수 있는가?"

"물론! 그 지역이 바빠질수록 더 많은 대장장이들이 몰려들 걸세. 내가 이렇게 말할 수 있는 건 퀸투스 세르빌리우스 카이피오 때문이야. 그자가 아주 멋진 계획을 실행에 옮기고 있는 중이거든."

"카이피오가 왜? 그는 절대로 이탈리아인들의 동지라고는 말할 수 없잖나!"

"그렇긴 하나 빈틈없는 자라네." 실로가 빙긋 웃으며 말했다. "그는 자신의 사업적 모험에 대해 로마에서 떠들어댈 생각이 전혀 없네. 톨로사의 황금을 벽지에 숨기려고 혈안이 되어 있어. 또한 그는 원로원의 감시를 잘 피하고 있어서, 회계 장부 외에 다른 부분은 그리 철저하게 점검하지 않을 것이고 자신이 투자한 지역도 자주 방문하지 않을 거네. 나는 그가 이런 일에 재능을 보여서 깜짝 놀랐어. 아무리 생각해도 그자는 혈통에 비해 머리가 너무 안 돌아가거든. 카이피오에 대해서는 그다지 걱정할 필요가 없네! 돈주머니에 돈이 계속 짤랑거리며 들어오는 한 그자는 매우 기뻐하면서 조용히 지낼 걸세."

"그렇다면 우린 자금을 더 확보하는 데 집중해야겠군." 무틸루스가 말하고 이를 뿌드득 갈았다. "퀸투스 포파이디우스, 이탈리아의 모든 오래된 신들께 맹세컨대, 로마와 로마인들을 박살낸다면 나와 내 친족은 엄청나게 만족할 걸세!"

하지만 다음날 무틸루스는 로마인을 맞이해야만 했다. 새 소식을 잔뜩 들고 실로의 뒤를 바짝 쫓아온 드루수스가 보비아눔에 도착했기 때문이다.

"원로원은 지금 추첨으로 특별위원회의 재판관들을 뽑느라 분주하다네." 드루수스가 말했다. 자신이 보비아눔 같은 만성적인 반란의 온상에 있다는 사실이 불편했던 드루수스는, 이곳에 오는 자신의 모습을 본 사람이 아무도 없기를 바랐다.

"그들은 정말로 리키니우스·무키우스법을 시행할 생각인가?" 실로가 아직도 못 믿겠다는 듯이 물었다.

"그렇다네." 드루수스가 침울하게 대답했다. "내가 여기 온 건, 앞으로 장날이 여섯 번 돌아오는 기간에 자네가 그 법이 줄 충격을 완화하기 위해 필요한 일들을 할 수 있다는 걸 알려주기 위해서네. 여름쯤이면 조사 법정들이 열릴 것이고, 모든 조사 법정 소재지에는 제보의 보람과 재정적 보상을 선전하는 벽보들이 나붙을 거라네. 4천, 5천, 혹은 만 2천 세스테르티우스를 벌고 싶어 몸이 근질거리는 추악한 사람들이 많을 거야. 실제로 그들 중 일부는 한밑천 잡을 거고. 수치스러운 일이라는 건 나도 아네. 하지만 인민 — 그래, 평민부터 파트리키까지 전부 말이야! — 은 그 젠장맞을 법을 거의 만장일치로 통과시켰어."

"여기서 가장 가까운 조사 법정 소재지는 어디요?" 무틸루스가 험상궂은 표정으로 물었다.

"아이세르니아요. 로마 바깥의 조사 법정들은 모두 로마 및 라티움 시민권자들의 거류지에 세워지오."

"다른 곳에는 세울 배짱이 없는 거지."

침묵이 흘렀다. 무틸루스도 실로도 전쟁에 관해서는 한마디도 하지 않았는데, 이는 두 사람이 전쟁에 대해 터놓고 얘기했던 때보다 더 드루수스를 불안하게 만들었다. 드루수스는 자신이 여러 음모의 모의중에 끼어들었다는 걸 알았지만 이러지도 저러지도 못했다. 그는 어떤 음모에 관한 정보라도 로마에 보고하지 않기에는 지나치게 충성스러운 로마인이었고, 어떤 음모라도 알아내려고 하기에는 실로의 지나치게 충직한 벗이었다. 그래서 드루수스는 입을 다물고 애국심을 손상시키지 않으면서 할 수 있는 일을 하는 데 집중했다.

"우리가 어떻게 하면 좋겠소?" 무틸루스가 드루수스에게 물었다.

"아까 말했듯이, 충격을 완화하기 위해 할 수 있는 일들을 해야 하오. 거짓으로 로마 시민 명부에 이름을 올린 로마 및 라티움 시민권자 거류지와 자치 지역 주민들에게 즉시 달아나라고 설득하시오. 그들은 떠나고 싶어하지 않겠지만 반드시 설득해야 하오. 떠나지 않으면 그들은 매질을 당하고 벌금을 물고 자격을 박탈당하고 집에서 쫓겨날 것이오." 드루수스가 말했다.

"그럴 수는 없네!" 실로가 빈주먹을 움켜쥐며 소리쳤다. "마르쿠스 리비우스, 그 소위 가짜 시민이라고 하는 자들의 수는 너무나 많네! 로마는 이 법을 강행할 경우 얼마나 많은 적이 생길지 생각해봐야 할 걸세! 이곳에서 한 명, 저곳에서 한 명 정도의 이탈리아인을 매질하는 건 그렇다 쳐도 마을과 도시의 모든 주민들을 매질한다고? 미친 짓이야! 로마는 감당할 수 없을 거네, 맹세컨대 감당 못해!"

드루수스는 양손으로 귀를 틀어막고 세차게 고개를 흔들었다. "아니, 퀸투스 포파이디우스, 말하지 말게! 부탁이니, 내가 반역으로 해석할 수 있는 말은 한마디도 말게! 나는 여전히 로마인이네! 진심으로 말하네만 내가 이곳에 온 것은 오직 할 수 있는 데까지 자네를 돕기 위해서야. 내가 결단코 결실을 맺지 않기를 바라는 일에 나를 끌어들이지 말게, 제발! 떠나지 않으면 발각되는 곳에 있는 가짜 로마 시민들을 모두 피신시키게. 지금 당장, 적어도 그들이 로마인이나 라티움인 들과 섞여 살면서 투자한 것의 일부라도 건질 수 있을 때 말이네. 그들이 체포당하지 않을 만큼 멀리 떠날 수만 있다면 떠나야 하는 이유가 알려진다고 해도 상관없네. 무장 민병대는 대원수가 너무 적은데다 재판관들을 보호하느라 바빠서 죄인을 잡으러 멀리까지 가지는 않을 거네. 언제나 믿어도 되는 사실 하나는, 전통적으로 원로원은 돈을 쓰기 싫어한다는 거야. 이건 이번 사태에서 자네들에게 도움이 되네. 사람들을 피신시키게! 그리고 그들한테 이탈리아인에게 부과되는 공세를 꼭 완납하라고 하게. 가짜 로마 시민권을 핑계로 공세를 내지 않는 사람이 있어서는 안 되네."

"그렇게 하겠소." 무틸루스가 말했다. 삼니움족인 그는 로마의 복수가 얼마나 무자비할 수 있는지 알고 있었다. "우리 사람들을 고향으로 데려와서 돌봐주겠소."

"좋소." 드루수스가 말했다. "그렇게만 해도 피해자들의 수가 줄 것이오." 그는 안절부절못했다. "나는 여기 계속 있을 수가 없네. 정오 전에 이곳을 떠나 밤이 되기 전에 카시눔에 도착해야 해. 리비우스 드루수스가의 사람이 목격되어도 그나마 괜찮은 곳이네. 그곳에 우리 땅이 있거든."

"그럼 가게, 어서!" 실로가 초조하게 말했다. "무슨 일이 있어도 자네가 반역죄로 기소되는 건 원하지 않네, 마르쿠스 리비우스. 자네는 우리의 진정한 벗일세, 고맙게 생각하네."

"곧 가겠네." 드루수스는 미소 지을 기분을 되찾고 말했다. "일단 다른 대안이 전혀 없을 때까지는 전쟁을 일으키지 않겠다고 약속해주게. 나는 평화로운 해법이 있을 거라는 희망을 버리지 않았고, 최근에는 원로원에서 몇몇 유력한 동지들도 생겼다네. 가이우스 마리우스가 귀국했고 나의 고모부 푸블리우스 루틸리우스 루푸스도 이탈리아를 위해 애쓰고 있네. 맹세컨대 나는 되도록 빨리 호민관이 되어서 평민회를 통해 모든 이탈리아인들에게 로마 시민권을 줄 거야. 하지만 지금 바로 그럴 수는 없네. 일단은 로마에서 내 의견에 대한 지지를 얻어야만 해. 특히 기사계급의 지지가 필요하네. 리키니우스·무키우스법은 이탈리아의 적이 아니라 동지가 될 수도 있네. 그 법의 결과가 눈앞에 보이게 되면 많은 로마인들이 이탈리아 동맹시민들한테 동정심을 느낄 거야. 이것이 가장 고통스럽고 값비싼 방식으로 이탈리아의 대의를 위한 영웅들을 탄생시키리라는 건 미안하게 생각하네. 하지만 결국 로마인들은 그 영웅들의 고난을 보고 눈물을 흘릴 것이네, 맹세하지."

실로는 드루수스를 말이 있는 곳까지 데려다주었다. 무틸루스의 마구간에서 꺼내온 새 말이었다. 실로는 드루수스가 몸종 하나 없이 혼자 왔음을 알아차렸다.

"마르쿠스 리비우스, 혼자서 말을 타고 다니면 위험하네!"

"누군가를 데리고 오는 게 더 위험하네, 설령 노예라 해도 말이야. 사람들은 말을 하게 마련이네. 카이피오한테 내가 보비아눔에서 반역을 꾀했다고 고발할 기회를 줄 수는 없지." 도움을 받아 말에 올라타면서 드루수스가 말했다.

"우리 지도자들은 아무도 가짜 시민으로 등록하지 않았지만, 나는 로마에 갈 엄두도 못 내겠네." 실로가 햇빛을 받아 머리 주위에 후광이 생긴 친구를 올려다보며 말했다.

"절대 가지 말게." 드루수스가 얼굴을 찌푸리며 말했다. "한 가지 이유는, 우리집에 첩자가 한 명 있거든."

"유피테르 신이여! 자네가 그자를 십자가에 못박았기를 바라네!"

"유감스럽게도 이 첩자는 두고볼 수밖에 없다네, 퀸투스 포파이디우스. 내 아홉 살짜리 조카딸 세르빌리아거든. 카이피오의 딸이자 앞잡이지." 드루수스의 얼굴은 그늘 속에 있었음에도 눈에 띄게 벌게졌다. "자네가 마지막으로 우리집에 왔을 때 그애가 자네 방에 몰래 들어갔다는 걸 알게 되었네. 그래서 카이피오는 가이우스 파피우스를 집단 허위 등록의 공모자로 지목할 수 있었던 거지. 자네가 이 소식을 그에게 전해주면, 이 문제가 이탈리아 반도에 사는 우리 모두를 얼마나 분열시켰는지 그도 알게 되겠지. 시대가 변했어. 정말이지 이제는 삼니움 대 로마가 아니네. 우리는 이 반도에 사는 모든 사람들이 평화적으로 공존하도록 노력해야 해. 그러지 않으면 로마는 물론 이탈리아 동맹시들에도 미래가 없네."

"그 버르장머리 없는 것을 제 아비에게 보내버리면 안 되나?" 실로가 물었다.

"카이피오는 무슨 일이 있어도, 심지어 그애가 내 집의 손님을 배신했는데도 그애를 원치 않는다네. 세르빌리아는 그렇게 하면 아버지가 자기를 데려갈 거라고 생각한 것 같지만 말이야. 내가 그애 입에 재갈을 물려 말뚝에 매어두기는 했지만, 그앤 언제든 줄을 끊고 빠져나가 제 아버지한테 갈 수 있을 거야. 급하게 나를 만나야 할 일이 생기면 내게 전갈을 보내게. 그러면 외진 곳으로 만나러 가겠네."

"그리하겠네." 드루수스가 탄 말의 옆구리를 치기 위해 한 손을 들어 올린 채, 실로는 마지막 말을 건넸다. "리비아 드루사에게 안부 전해주게. 마르쿠스 포르키우스, 그리고 물론 사랑스러운 세르빌리아 카이피오니스에게도."

고통이 드루수스의 얼굴을 휩쓸고 지나갔다. 그 순간 실로의 손이 말에 닿았고, 말은 곧바로 달려나갔다. "아내는 얼마 전에 세상을 떴어!" 드루수스는 어깨 너머로 소리쳤다. "정말이지 너무 그립다네!"

리키니우스 · 무키우스법과 관련한 조사 법정은 로마, 스폴레티움, 코사, 피르뭄 피케눔, 아이세르니아, 알바 푸켄티아, 카푸아, 레기움, 루케리아, 파이스툼, 브룬디시움에 설치되었다. 각 법정은 설치 지역을 샅샅이 조사한 후 즉시 새로운 곳으로 이동하게 되어 있었다. 법정이 세워지지 않은 곳은 라티움뿐이었다. 마르시족의 땅이 더 중요하다고 판단되어, 열번째 조사 법정 소재지는 알바 푸켄티아가 되었다.

그러나 드루수스가 보비아눔에서 실로와 무틸루스를 만난 지 이레 후 그루멘툼에 모인 이탈리아 지도자들은 모든 로마 및 라티움 거류지에서 가짜 로마 시민들을 내보내는 데 대체로 성공했다. 물론 떠나지 않으면 고난을 겪을 거라는 말을 믿지 않은 사람들, 그리고 아마도 그 말을 믿기는 했지만 그곳에 완전히 정착했기에 떠날 생각을 못한 사람들도 있었다. 이들은 결국 조사 법정의 무시무시한 처벌을 받게 되었다.

각 조사 법정에는 전직 집정관인 재판장(재판장에게는 집정관급 임페리움이 주어졌다)과 원로원 의원 두 명으로 이루어진 재판관단은 물론이고 서기단, 열두 명으로 구성된 릭토르단, 민병대가 있었다. 민병대는 퇴역 기병들과 전속력으로 달리는 말의 방향을 바꿀 수 있을 만큼 기마술이 뛰어난 전직 검투사 100명으로 구성된 무장 호위 기병대였다.

재판관들은 추첨으로 뽑혔다. 가이우스 마리우스와 푸블리우스 루틸리우스 루푸스가 당첨되지 않은 것은 놀랄 일이 아니었다. 두 사람의 이름이 적힌 나무 구슬은 애초에 뚜껑을 덮은 항아리 안에 들어가지도 않았을 가능성이 컸다. 그러니 항아리를 팽이처럼 핑핑 돌렸을 때 어떻게 두 사람의 이름이 자그마한 옆 주둥이 밖으로 튀어나올 수 있었겠는가?

아이세르니아에는 퀸투스 루타티우스 카툴루스 카이사르가, 알바 푸켄티아에는 최고신관 나이우스 도미티우스 아헤노바르부스가 뽑혔다. 원로원 최고참 의원 스카우루스는 뽑히지 않았지만 나이우스 코르넬리우스 스키피오 나시카는 브룬디시움으로 가게 되었는데, 그로서는 전혀 만족스럽지 못한 파견지였다. 새끼 똥돼지 메텔루스 피우스와 퀸투스 세르빌리우스 카이피오는 하급 재판관으로 가게 되었고, 드루수스의 매제 마르쿠스 포르키우스 카토 살로니아누스 역시 같은 직책을 맡게 되었다. 드루수스는 뽑히지 않았는데, 드루수스로서는 다행스러운 결과였다. 만약 뽑혔다면 그는 원로원에서 양심상 복무할 수 없다고 선언해야만 했을 것이다.

"누군가 큰 실수를 했구먼." 마리우스는 나중에 드루수스에게 말했다. "그들에게 혈통에 걸맞은 지각이 있었다면 자네를 반드시 당첨시켜서 만천하에 자기 의견을 밝힐 수밖에 없도록 만들었을 텐데 말이야. 그건 요즘의 분위기로 볼 때 자네한테 불리한 일이잖나!"

"그렇다면 저는 그들에게 혈통에 걸맞은 지각이 없다는 사실을 기뻐해야겠군요." 드루수스가 안도하며 말했다.

감찰관 마르쿠스 안토니우스 오라토르는 로마에 설치된 조사 법정의 재판장으로 뽑혀 기뻐했는데, 시골보다 로마의 범칙자들을 찾아내기가 더 어려울 것임을 알았기 때문이다. 그는 어려운 문제를 해결하기를 좋아했다. 벌써부터 범칙자들의 이름이 적힌 긴 목록을 들고 열성적으로 돌아다니는 제보자들 덕분에 수백만 세스테르티우스의 벌금을 거두게 될 거라고 기대했기 때문이기도 했다.

검거율은 지역마다 크게 달랐다. 아이세르니아는 카툴루스 카이사르를 전혀 기쁘게 하지 못했다. 그곳은 삼니움 한가운데에 위치하고 있었는데, 무틸루스가 대다수의 죄인들을 설득하여 도주시킨 후인데다 그곳의 로마 및 라티움 시민권자들에게는 제공할 정보가 없었다. 삼니움족 사람들 역시 아무리 돈을 많이 준다고 해도 동족을 고발하지 않았다. 그러나 도망치지 않은 죄인들은 (적어도 카툴루스 카이사르가 보기에는) 본보기가 될 만한 방식으로 척척 처리되었다. 재판장 카툴루스 카이사르는 그의 호위대에서 특히 잔인한 사람이 매질을 하도록 시켰다. 그럼에도 그에게는 지루한 나날이었다. 우선 로마 시민 명부에 처음으로 오른 사람들을 골라내야 했고, 한 사람 한 사람 조사한 결과 그들 다수가 이미 아이세르니아에 없다는 사실만 밝혀졌다. 그래도 사나흘에 한 번 꼴로 지목된 사람을 찾아냈는데, 카툴루스 카이사르는 이런 만남을 학수고대했다. 용기라면 결코 부족하지 않은 그는 나다닐 때마다 들려오는 분노와 비난과 위협에 찬 낮은 목소리들을 무시했다. 카툴루스 카이사르뿐 아니라 하급 재판관 두 명, 서기단과 릭토르단, 심지어 재판장의 호위 기병대까지 은밀한 방해공작의 목표물이었다. 뱃대끈이 안장에서 툭 끊어지며 기병들을 땅으로 떨어뜨렸고, 물은 이상하게도 걸핏하면 더러워져 있었으며, 숙소에는 이탈리아의 온갖 벌레와 거미들이 득실거렸다. 궤짝과 찬장과 이불 속에서는 뱀이 기어나왔고, 토가를 입고 피와 깃털로 범벅이 된 작은 인형들이 수평아리와 고양이 시체들과 함께 여기저기서 발견되었다. 음식에서 독이 발견되는 일은 셀 수도 없어서 재판장은 결국 식사 때마다 노예들에게 먼저 먹어보게 시키는 것은 물론, 경비원들을 시켜 음식에서 눈을 떼지 말고 지켜보도록 해야만 했다.

희한하게도, 알바 푸켄티아로 간 최고신관 아헤노바르부스는 마음씨 착한 재판장이 되었다. 아이세르니아처럼 그곳 역시 죄인들 대다수가 달아난 지 오래여서 법정이 여섯 차례나 열리고 나서야 첫번째 죄인을 찾아냈다. 아무도 정보를 제공하지 않았지만 그 남자는 벌금을 낼 만큼 부유했고, 최고신관 아헤노바르부스가 알바 푸켄티아에 있는 죄인의 전 재산을 즉시 몰수하라는 명령을 내리는 동안 고개를 꼿꼿이 들고 있었다. 그런데 태형 집행을 위임받은 기병이 자신의 일을 지나치게 즐긴 나머지 불운한 죄인한테서 열 걸음 안에 있던 모든 사람들에게 피가 튀기 시작하자 재판장은 얼굴이 하얘져서 태형을 중단시켰다. 다음번 죄인을 찾아냈을 때, 새로 바뀐 태형 집행인은 어쩌나 살살 채찍을 휘둘렀던지 죄인의 몸에는 한 군데도 찢어진 상처가 나지 않았다. 또한 최고신관 아헤노바르부스는 제보자들을 마음속으로 지극히 혐오하게 되었다. 제보자가 많지는 않았지만, 아마도 바로 그 때문에 그는 그들이 더욱 혐오스러웠다. 그는 제보자에게 보상금을 내줄 수밖에 없었지만, 보상금을 준 다음에는 제보자 본인의 시민권에 관해 아주 길고 불쾌한 심문을 실시했다. 얼마 안 가 제보자들은 나타나지 않게 되었다. 한번은 고발당한 가짜 로마 시민에게 기형아에 지진아인 자식이 셋이나 있다는 것이 밝혀졌는데, 아헤노바르부스는 남몰래 그 사람의 벌금을 대신 내주고 그가 알바 푸켄티아에서 쫓겨나지 않도록 적극적으로 도왔다. 그의 불쌍한 자식들이 시골보다는 도시에서 사는 것이 나을 거라고 생각했기 때문이다.

그리하여 삼니움족 사람들은 카툴루스 카이사르라는 이름만 들어도 경멸하며 침을 뱉었지만 최고신관 아헤노바르부스는 알바 푸켄티아에서 상당히 호감을 샀으며, 마르시족은 삼니움족보다 관대한 처분을 받았다. 다른 법정들의 사정을 보면, 몇몇 재판장들은 무자비했고 몇몇은 중도 노선을 취했으며 나머지는 아헤노바르부스를 따라 했다. 그러나 증오는 자라났고, 이 박해에 희생당한 사람들의 숫자는 이탈리아 동맹시민들로 하여금 죽는 한이 있어도 로마라는 굴레를 벗어나겠다고 결심하게 만들기에 충분했다. 한편 도시에서 달아난 죄인들을 찾으러 시골의 피난처로 민병대를 보낼 만큼 근성 있는 법정은 한 군데도 없었다.

유일하게 법적 분쟁에 휘말린 재판관은, 브룬디시움 법정 재판장 나이우스 스키피오 나시카의 보조 재판관 퀸투스 세르빌리우스 카이피오였다. 그 무덥고 먼지 나는 항구가 전혀 마음에 들지 않았던 나시카는 도착 직후 별것 아닌 병이 나자 치료를 핑계로 얼른 로마로 돌아가버렸다(나중에 그의 병이 치질이라는 사실을 알게 된 브룬디시움 사람들은 희희낙락했다). 그는 법정을 떠나기 전에 카이피오가 재판장 업무를 맡도록 조치했다. 보조 재판관은 다름아닌 새끼 똥돼지였다. 대부분의 다른 법정 소재지들처럼 브룬디시움 역시 죄인들이 법정이 열리기 전에 거의 다 달아났고 제보자도 드물었다. 목록의 이름들이 호명되었고, 죄인들은 찾을 수가 없었으며, 시간은 소득 없이 흘러갔다. 그러던 중 브룬디시움에서 명망 높은 어느 로마 시민에 대해 겉보기에 완벽한 증거를 제시하는 제보자가 나타났다. 물론 그 시민은 이번 인구조사의 수많은 신규 등록자들 중 한 명은 아니었고, 제보자는 피의자가 20년도 더 전에 불법으로 로마 시민권을 취득했다고 증언했다. 카이피오는 땅에서 썩은 고기를 파내는 개처럼 집요하게 그 남자를 본보기로서 처벌하는 일에 착수하여, 그를 고문하면서 심문하라고 지시하기까지 했다. 메텔루스 피우스가 점점 겁을 먹고 반대했지만, 겉보기엔 지역의 기둥인 그자가 유죄라고 확신한 카이피오는 들으려고 하지 않았다. 그러나 얼마 못 가 그 남자는 자신이 주장한 대로 고귀한 신분의 로마 시민이라는 확실한 증거가 나왔다. 그 남자는 오명을 씻자마자 카이피오를 고소했다. 카이피오는 서둘러 로마로 간데다 크라수스 오라토르가 연설한 덕분에 무죄 선고를 받았지만, 브룬디시움으로 돌아갈 수 없다는 것은 분명했다. 성이 난 나시카는 세르빌리우스 카이피오 가문 사람들을 모조리 저주하면서 카이피오 대신 브룬디시움으로 돌아가야만 했다. 한편 끔찍하게 싫어하는 자를 변호해야만 했던 크라수스 오라토르는 승소했다는 사실이 그다지 기쁘지 않았다.

"가끔은 말이네, 퀸투스 무키우스," 그는 사촌이자 절친한 벗인 스카이볼라에게 말했다. "이 끔찍한 해에 우리 말고 다른 사람들이 집정관이 되었기를 바란다네."

그즈음 푸블리우스 루틸리우스 루푸스는 가까운 히스파니아에 있는 루키우스 코르넬리우스 술라에게 편지를 보내고 있었다. 새 소식에 목마른 선임 보좌관 술라가 로마에서 일어나는 일들을 종종 알려달라고 간청하는 편지를 보냈기 때문이다. 루푸스는 그 부탁을 열성적으로 들어주었다.

맹세컨대, 루키우스 코르넬리우스, 내가 단 한 줄이라도 편지를 써보낼 만한 벗들 중에 지금 외국에 나가 있는 이는 아무도 없다네. 자네에게 편지를 쓰게 되어 정말 좋구먼. 로마에서 벌어지는 일을 자네가 훤히 알고 지내게 해주겠다고 약속하지.

우선 근 몇 년간의 가장 유명한 법인 리키니우스·무키우스법의 특별 조사 법정 이야기부터 시작함세. 여름이 끝날 때쯤 조사 법정은 그 운영진들에게 지독히도 인기가 없는 것은 물론 매우 위험한 곳이 된 바람에, 조사 법정에서 일하는 모든 사람들이 업무를 서서히 줄일 핑곗거리를 찾기 시작했다네. 그러던 차에 운좋게도 난데없이 핑곗거리가 생겼지 뭔가. 살라시족과 브렌니족, 라이티족이 파두스 강 너머 이탈리아 갈리아 습격에 나서서, 베나쿠스 호수와 살라시 계곡 사이(그러니까 파두스 강 너머 이탈리아 갈리아의 중서부)에서 그리 심각하지 않은 소요사태가 발생한 거야. 원로원은 기다렸다는 듯이 재빨리 비상사태를 선포하고 조사 법정의 업무를 줄였네. 조사 법정 재판관들은 모두 이같은 일시적 업무 중단에 아주 고마워하며 떼를 지어 로마로 돌아왔지. 그리고 (아마 앙갚음일 터인데) 투표를 해서 불쌍한 크라수스 오라토르에게 군대를 이끌고 이탈리아 갈리아로 가서 반란 부족들을 진압하라고, 아니면 적어도 그들을 문명화된 지역에서 쫓아내라고 시켰다네. 크라수스 오라토르는 두 달도 안 돼 임무를 완수했지.

며칠 전 로마로 돌아온 크라수스 오라토르는 군대를 마르스 평원에서 야영시켰다네. 그는 병사들이 전장에서 자신을 임페라토르라고 부르며 환호했다면서, 개선식을 열어달라고 요구했네. 크라수스 오라토르의 사촌이자 로마에 남아 혼자서 집정관 업무를 처리했던 퀸투스 무키우스 스카이볼라는 야영중인 장군의 청원을 받고 곧바로 벨로나 신전에서 원로원 회의를 열었네. 그러나 개선식 요청에 관한 논의는 없었지!

"헛소리!" 스카이볼라는 가차없이 말했다네. "말도 안 되는 헛소립니다! 무질서한 야만인들 수천 명과 치른 시시한 전쟁에 개선식을 해주다니요? 제가 집정관용 고관 의자에 앉아 있는 한 그런 일은 없을 겁니다! 가이우스 마리우스와 퀸투스 루타티우스 카툴루스 카이사르처럼 유능한 장군들도 공동 개선식을 한 마당에, 제대로 된 전투에서 이기기는커녕 전쟁에 나갔다고 말하기도 뭐한 사람한테 단독 개선식이라니 말이 되는 소립니까? 안 됩니다! 그는 개선식을 할 수 없습니다! 수석 릭토르, 루키우스 리키니우스에게 가서 군대를 해산시켜 카푸아의 막사로 돌려보낸 후 그 뚱뚱한 몸뚱이를 이끌고 신성경계선을 넘어오라고 전하게. 적어도 여기서는 그가 도움이 되는 때도 있으니까 말이야!"

저런, 저런, 저런! 아마도 스카이볼라는 그날 꿈자리가 사나웠나 보네. 아니면 전날 밤에 침대에서 부인한테 쫓겨났거나. 어느 쪽이든 상관없지만 말이네. 여하튼 크라수스 오라토르는 군대를 해산하고 뚱뚱한 몸뚱이를 이끌고 서둘러 신성경계선을 넘어왔지만, '도움이 되는' 일은 없었네! 그의 관심사라고는 사촌 스카이볼라에게 언짢은 심기를 드러내는 것뿐이었지. 하지만 그의 항의는 진지하게 받아들여지지 않았네.

"헛소리!" 스카이볼라는 가차없이 말했어. 루키우스 코르넬리우스, 정말이지 스카이볼라를 보면서 원로원 최고참 의원 스카우루스의 젊은 시절을 떠올리는 때가 많다네! 이어 스카이볼라는 말했네. "루키우스 리키니우스, 자네는 나의 소중한 친구지만 반쪽자리 개선식은 용납할 수 없네."

이 사건 이후 사촌지간인 두 사람은 말을 섞지 않게 되었다네. 그래서 요즘 원로원 분위기가 별로야. 집정관 둘이 그러고 있으니 말일세. 하지만 나는 크라수스 오라토르와 스카이볼라는 따라잡지도 못할 만큼 사이가 나쁜 집정관들도 본 적이 있다네. 시간이 지나면 괜찮아질 거야. 다만 개인적으로, 두 사람이 리키니우스·무키우스 법을 생각해내기 전에 말을 섞지 않았더라면 얼마나 좋았을까 생각한다네!

이런 허튼 생각을 끝으로 로마 소식은 마무리함세! 요즘 포룸 로마눔에는 재미있는 일이 하나도 없거든.

하지만 로마에서 자네의 평판이 아주 좋다는 사실은 자네도 알아야 한다고 생각하네. 티투스 디디우스가 원로원으로 보내오는 모든 긴급 공문에는 자네에 대한 격찬이 적혀 있다네(나는 늘 그가 고결한 사람이라고 생각해왔어).

그래서 나는 자네가 내년 말쯤 로마로 돌아와 법무관 선거에 출마할 것을 강력하게 권하는 바네. 똥돼지 메텔루스 누미디쿠스는 세상을 뜬 지 몇 년이 지났고, 카툴루스 카이사르와 스키피오 나시카, 스카우루스는 리키니우스·무키우스법이 일으킨 문제에도 불구하고 그 법을 유지시키려고 혈안이 되어 있어. 가이우스 마리우스에게, 또는 그가 없었다면 우리가 어떻게 되었을지에(반드시 가이우스 마리우스에 국한되는 이야기는 아니네) 관심을 기울이는 사람은 아무도 없다네. 요즘 유능한 인물이 없는 것 같다보니, 유권자들은 능력 있는 사람한테 표를 던질 준비가 되어 있네. 루키우스 율리우스 카이사르는 올해 어렵지 않게 수도 담당 법무관이 되었고 아우렐리아의 이복오빠인 루키우스 코타는 외인 담당 법무관이 되었네. 나는 공직에서의 자네 업적이 앞의 두 사람보다 낫다고 생각하네. 티투스 디디우스가 자네의 귀국에 반대할 것 같지도 않아. 자네는 대다수의 선임 보좌관들보다 오래 총사령관을 보좌했으니 말이네. 내년 가을이면 4년째니 할 만큼 했지.

　어쨌거나 생각해보게, 루키우스 코르넬리우스. 가이우스 마리우스한테도 얘기했더니 아주 좋은 생각이라고 했다네. 그리고 (믿어지지 않겠지만!) 원로원 최고참 의원 마르쿠스 아이밀리우스 스카우루스도 같은 반응을 보였어! 자기를 똑 닮은 아들이 태어나니 그 영감머리가 어떻게 됐나보네. 나와 동갑인 사람을 내가 어째서 영감이라고 부르는지는 잘 모르겠네만.

　술라는 타라코의 집무실에 앉아 자신의 쾌활한 통신원이 보낸 편지를 천천히 음미했다. 카이킬리아 메텔라 달마티카가 스카우루스의 아들을 낳았다는 소식이, 루푸스의 더 중요한 다른 소식과 의견 들에는 전혀 신경이 쓰이지 않을 만큼 가장 먼저 술라의 머릿속을 장악했다. 한참 동안이나 쓴웃음을 지은 후에야 술라는 법무관 출마 문제로 생각을 돌리고 루푸스의 말이 맞다는 판단을 내렸다. 내년이 적기였다. 더 나은 시기는 결코 없을 것이다. 술라는 티투스 디디우스가 자신의 귀국을 반대하지 않을 거라고 확신했다. 또한 티투스 디디우스는 추천서를 써주어 당선 가능성을 크게 높여줄 것이다. 술라는 히스파니아에서 풀잎관은 받지 못했다. 풀잎관은 퀸투스 세르토리우스가 차지했다. 하지만 술라의 공적도 그의 공적 못지않았다.

　그것은 꿈이었을까? 운명의 여신의 활을 떠나 가엾은 율릴라라는 매개를 통해 날아온 작고 독살스러운 화살. 율릴라는 그녀의 행동에 담긴 군사적인 의미를 모르는 채 팔라티누스 언덕에서 풀로 화관을 만들어 그의 머리에 씌워주었다. 아니면 율릴라는 뭔가를 분명히 봤던 것일까? 풀잎관을 받을 때가 아직 오지 않은 것일까? 어느 전쟁에서? 크게 심각한 상황은 없었다. 곧 심각한 일이 닥칠 것 같지도 않았다. 물론 가까운 히스파니아와 먼 히스파니아 모두 뒤끓고 있기는 했다. 그러나 술라의 임무는 풀잎관을 받을 기회가 없는 종류의 것이었다. 술라는 티투스 디디우스가 총애하는 병참, 보급, 무기, 전력 책임자였다. 하지만 티투스 디디우스는 술라에게 군대를 통솔할 기회를 주는 것은 꺼렸다. 법무관이 되면 술라는 기회를 잡을 것이다. 그는 가까운 히스파니아에서 티투스 디디우스의 자리를 차지하기를 꿈꿨다. 부유하고 수지맞는 총독 자리, 그에게는 그것이 필요했다!

술라에게는 돈이 필요했다. 그는 이 사실을 잘 알고 있었다. 마흔다섯 살인 술라의 시간은 빠르게 소진되고 있었고, 얼마 후엔 집정관 직에 출마하기에 너무 늦은 나이가 될 터였다. 사람들이 그에게 가이우스 마리우스에 대해 뭐라고 말하건 상관없었다. 마리우스는 특별한 경우였다. 그는 다시없을 인물이다. 루키우스 코르넬리우스 술라라 해도 마리우스처럼 될 수는 없었다. 술라에게 돈은 권력의 전조였다. 그건 마리우스의 경우에도 마찬가지였다. 마리우스가 먼 히스파니아에서 법무관 총독을 지내면서 축적한 재산이 없었더라면, 작고한 마리우스의 장인 카이사르는 절대로 그를 율리아의 남편감으로 고려하지 않았을 것이다. 그리고 율리아와 결혼하지 않았다면 마리우스는 절대로 집정관이 되지 못했을 것이다. 물론 마리우스는 율리아와 결혼했음에도 수월하게 집정관이 되지는 못했지만. 돈. 술라는 돈이 꼭 필요했다! 그러므로 그는 로마로 가서 법무관이 될 것이며, 그후 히스파니아로 돌아와 돈을 벌 것이다.

루푸스는 오랫동안 소식이 없다가 다음해 8월에 술라에게 다음과 같은 편지를 보냈다.

그동안 몸이 좋지 않았네, 루키우스 코르넬리우스. 하지만 지금은 다 나았어. 의사들은 내 병에 온갖 난해한 이름들을 갖다붙였지만 내가 스스로 진단한 병명은 권태라네. 하지만 나는 이제 병과 따분함 둘 다로부터 벗어났어. 로마의 상황이 좀더 희망적으로 변하고 있기 때문이네.

먼저, 자네가 법무관 선거에 출마한다는 건 벌써부터 소문이 났네. 유권자들의 반응은 더할 나위 없이 좋아. 자네가 알면 무척 기뻐할 정도로 말이야. 스카우루스도 여전히 자네를 지지하고 있네. 내 생각에 그는 오래전 자네와 자기 아내와의 일에서 자네가 잘못이 없음을 알고 있었을 거야. 뻣뻣한 늙은 바보 같으니! 스카우루스는 당시에 그 사실을 공개적으로 인정할 만큼 도량이 컸어야 해. 하지만 그는 자네를 (내가 보기에는) 사실상 강제 추방시켰지. 그렇긴 해도 히스파니아는 효험이 있었네! 만약 티투스 디디우스가 자네에게 보내는 만큼의 지지를 가이우스 마리우스가 받았더라면 훨씬 수월하게 자기 일을 해나갈 수 있었을 거야.

다음은 외국 소식이네. 비티니아의 늙은 왕 니코메데스가 드디어 세상을 떠났네. 향년 아흔셋쯤 되었을 거야. 오래전에 죽은 그의 왕비가 낳은 아들이(이자도 예순다섯이니 젊진 않지) 왕위를 이었는데, 쉰일곱 먹은 차남 소크라테스가(장남의 이름은 니코메데스인데, 이 이름을 가진 세번째 왕이네) 니코메데스 3세를 축출하고 자신이 왕이 되어야 한다며 로마 원로원에 진정서를 제출했어. 원로원은 외국의 일에 그다지 관심이 없는지라 있는 대로 늑장을 부리며 이 사안을 검토하고 있네. 카파도키아도 약간 시끄러워. 카파도키아인들이 분명 소년 왕을 끌어내리고 아리아라테스 9세라는 인물을 왕좌에 앉혔는데, 아리아라테스 9세가 최근 수상쩍게 죽었다는 소식이 들려왔네. 그래서 소년 왕과 섭정 고르디오스가 다시 권력을 잡았지. 이 일에 폰토스의 미트리다테스와 그 군대의 도움이 없지는 않았을 걸세.

가이우스 마리우스는 그 지역에 다녀온 후 원로원에서 폰토스의 미트리다테스 왕이 위험한 청년이라고 경고하는 연설을 했지만, 그날 회의에 참석한 사람들은 가이우스 마리우스가 말하는 내내 졸기만 했지. 이어 원로원 최고참 의원 스카우루스가 일어나더니 가이우스 마리우스의 말은 과장이라고 생각한다고 말했다네. 폰토스의 젊은 왕은 그동안 스카우루스에게 흠잡을 데 없는 그리스어로 끝도 없이 편지를 써 보내 지지를 호소했나보더군. 게다가 메난드로스와 핀다로스는 물론이고 호메로스, 헤시오도스, 아이스킬로스, 소포클레스, 에우리피데스의 말까지 잔뜩 인용한 편지들이었다네. 스카우루스는 폰토스 왕이 다른 평범한 동방 군주들보다 나은 자라고 결론을 내리더군. 조모의 뒷구멍에 대못을 찔러넣기보다 고전 읽기를 더 좋아하는 사람이라고 말이야. 반면 가이우스 마리우스의 주장에 따르면 이 미트리다테스 6세는(하필이면 이름이 에우파토르라네!) 어머니를 굶겨 죽이고 어머니의 섭정하에 왕위에 있던 형제를 죽였으며, 여러 숙부와 사촌 들을 죽이고 자신의 아내였던 누이마저 독살했다네! 참으로 고전의 내용에 충실한 사내 같지 않나!

로마의 정치판은 로투스(고대 그리스 신화에 나오는 상상의 식물로, 먹으면 황홀경에 빠져 집이나 친구를 잊어버리게 된다고 한다—옮긴이)를 먹고 만사가 편안한 사람들로 넘쳐난다네. 정말이지 아무 일도 일어나질 않거든. 그나마 법정 쪽은 조금 더 흥미로웠다네. 원로원은 2년 연속으로 이탈리아 동맹시민들의 불법 대량 등록을 조사하는 특별위원회를 운영했는데, 작년과 마찬가지로 명부에 이름을 올린 사람들 대다수는 추적할 수가 없었다네. 그럼에도 수백 건의 실적이 있었는데, 다시 말해 피 흘리는 가련한 사람들 수백 명이 로마 계정의 차변에 기입되었다는 뜻이지. 정말이지 루키우스 코르넬리우스, 이제 로마인은 건장한 사내들을 열댓 명쯤 등뒤에 거느리지 않고 이탈리아 어딘가에서 길이라도 잃으면 뒷목이 으스스해진다네. 나는 지금껏 이탈리아인들의 그런 표정을, 그런(아마도 '수동적'이라는 표현이 적합하겠지) 비협조를 목도한 적이 없네. 그들이 우리를 조금이나마 좋아했던 때가 있었다 해도 오래전 일이겠지만, 조사 법정이 설치되어 태형과 재산 몰수라는 더러운 일에 착수한 이래 이탈리아인들은 우리를 증오하게 되었어. 기운 나는 소식 하나는 국고위원회에서 우는소리를 하기 시작했다는 거네. 발각된 이탈리아인들에게 부과한 벌금으로는 몸값 비싼 원로원 의원들 열 무리를 로마 밖으로 파견하는 비용조차 충당하지 못하기 때문이네. 가이우스 마리우스와 나는 무익하고 국고에 지나친 부담을 지우는 리키니우스·무키우스법 조사 법정을 철폐해야 한다고 올해 말쯤 제안할 생각이야.

평민회의 새파랗게 젊은 신입 푸블리우스 술피키우스 루푸스라는 자는 뻔뻔스럽게도, 톨로사의 황금과 아라우시오로 악명 높은 퀸투스 세르빌리우스 카이피오를 불법적으로 추방시켰다는 죄목으로 가이우스 노르바누스를 반역 법정에 기소했다네. 술피키우스는 카이피오 사건이 평민회가 아닌 반역 법정에서 처리되어야 했다고 주장했네. 덧붙이자면 이 술피키우스라는 풋내기는 추방된 카이피오의 아들놈과 늘상 붙어다니는 자인데, 이것만 봐도 그의 취향이 형편없다는 걸 알 수 있지. 어쨌거나 안토니우스 오라토르가 피고측을 변호했는데, 개인적으로는 그가 생애 최고의 연설을 했다고 생각하네. 그리하여 배심원단은 만장일치로 무죄를 선언했고, 노르바누스는 술피키우스와 카이피오를 향해 엄지손가락을 코에 대고 조롱하는 몸짓을 했다네. 자네의 즐거움을 위해 안토니우스 오라토르의 연설문을 동봉하니 읽어보게. 마음에 들길세.

다른 오라토르, 즉 루키우스 리키니우스 크라수스 이야기를 하자면 그의 두 사위들은 자식 농사에서 정반대의 성적을 내고 있네. 대(大) 스키피오 나시카의 아들인 스키피오 나시카는 얼마 전에 아들을 봤는데, 그 아들 이름도 스키피오 나시카라네. 그전에 낳은 딸도 하나 있으니 그의 아내 리키니아는 생산을 잘한다고 할 수 있지. 하지만 새끼 똥돼지 메텔루스 피우스와 결혼한 리키니아는 운이 전혀 따라주지 않았어. 새끼 똥돼지의 아내는 배가 부르는 법이 없으니 새끼 똥돼지의 육아실에는 메아리만 울리고 있지. 내 처조카딸인 리비아 드루사는 작년 말에 딸을 낳았네. 이름은 당연히 포르키아고, 건초 더미 여섯 개를 홀랑 태울 듯이 불타는 머리카락을 뽐내고 있지. 카토 살로니아누스는 아직도 리비아 드루사한테 홀딱 빠져 있네. 사실 나는 카토가 정말로 유쾌한 사내라고 생각하네. 리비아 드루사는 로마의 진정한 다산의 상징이고!

가족 소식. 불쌍한 아우렐리아는 여전히 수부라에 혼자 살고 있네만, 드디어 내년에는(늦어도 내후년에는) 가이우스 율리우스가 귀국할 것 같네. 그의 형 섹스투스가 올해 법무관을 맡고 있는데, 곧 가이우스 율리우스의 차례가 올 걸세. 물론 가이우스 마리우스는 약속을 지킬 것이고, 필요하다면 뇌물도 많이 쓸 거라네. 아우렐리아와 가이우스 율리우스는 대단한 아들을 두었다네. 카이사르 2세라고 불리는 이 아이는 이제 다섯 살인데 벌써 읽고 쓸 줄을 알아. 그것도 즉석에서 읽는다네! 난해한 문장을 써서 그애한테 줘보게. 그 아인 곧바로 줄줄 읽을 거라네! 나는 그렇게 할 수 있는 어른도 본 적이 없네. 그런데 기껏 다섯 살밖에 안 된 그 아인 우리 중에 최고인 사람들을 바보로 만들지. 게다가 인물은 또 얼마나 좋은지. 하지만 버릇없는 아이는 아니라네. 내 생각엔 아우렐리아가 그앨 지나치게 엄하게 키우는 듯해.

다른 이야기는 떠오르지 않는구먼, 루키우스 코르넬리우스. 반드시 서둘러 귀국하게나. 나는 법무관의 고관 의자가 자네를 기다리고 있다고 확신하네.

술라는 권고받은 대로 서둘러 귀국했다. 그의 절반은 희망으로 타올랐고, 나머지 절반은 자신의 기회를 망쳐놓을 일이 벌어질 거라고 확신했다. 그의 심장과 연결된 모든 핏줄들이 오랜 연인 메트로비오스의 집으로 가기를 열망했지만, 그는 그렇게 하지 않았다. 비극 극장의 스타 메트로비오스가 피호민으로서 술라를 방문했을 때도 술라는 집에 없었다. 올해는 술라의 해였다. 이번에 실패한다면 운명의 여신이 그에게서 등을 돌린 걸로 봐야 했다. 따라서 술라는 여신을 화나게 할 짓은 아무것도 하고 싶지 않았다. 그녀는 자신이 아끼는 사람들이 너무 깊은 연애에 빠지는 걸 특히 싫어했다. 안녕, 메트로비오스.

그러나 아우렐리아의 집은 방문했다. 그전에 자신의 아이들과 잠깐 시간을 보냈는데, 아이들이 너무 많이 자라 있어서 술라는 울고 싶어졌다. 아이들의 짧은 인생 중 4년이라는 긴 시간을, 그가 여전히 갈망하는 어리석은 여자 때문에 도둑맞은 것이다! 코르넬리아 술라는 열세 살로, 죽은 생모의 연약한 아름다움을 물려받아 벌써부터 사람들로 하여금 뒤돌아보게 만들었다. 술라를 닮아 풍성하게 곱슬거리는 붉은 금색 머리카락 때문이기도 했다. 아일리아는 코르넬리아가 규칙적으로 생리를 하고 있다고 말했고, 딸의 수수한 옷 아래 봉긋한 젖가슴은 그 말을 뒷받침해주었다. 코르넬리아를 보자 술라는 늙어버린 기분이었다. 극히 낯설고 달갑지 않은 느낌이었다. 하지만 코르넬리아는 술라를 향해 율릴라를 닮은 매혹적인 미소를 보내더니 그의 품으로 뛰어들어 얼굴에 키스를 퍼부었다. 딸애는 술라와 키가 엇비슷했다. 아들은 열두 살로, 외모로 보면 거의 순수하게 카이사르 가문 사람이었다. 금발과 파란 눈동자, 긴 얼굴, 길고 울퉁불퉁한 코를 한 소년은 키가 크고 날씬했지만 근육이 잘 발달되어 있었다.

아들은 술라가 지금까지 한 번도 가져본 적 없는 친구가 되어주었다. 아들을 향한 술라의 사랑은 너무나 완벽하고 순수하며 순진하고 진실했고, 그는 유권자들의 환심을 사는 데 집중해야 할 때 아들 생각에만 빠져 있는 자신을 발견했다. 술라 2세는 (아직도 자주색 단을 댄 어린이용 토가를 입고 '악마의 눈'을 물리치기 위해 불라라는 마법의 부적을 단 목걸이를 하고 있었지만) 아버지가 가는 곳이면 어디든 따라다녔고, 아버지 곁에 서서 술라와 그의 지인들이 나누는 모든 대화에 귀를 기울였다. 그런 다음 부자는 집으로 돌아와 서재에 나란히 앉아서 그날 하루, 사람들, 포룸 로마눔의 분위기에 대해 대화를 나누었다.

그러나 술라는 수부라 지구에는 아들을 데려가지 않았다. 술라는 혼자 걷다가 이따금씩 누군가가 인사를 건네거나 자신의 어깨를 두드리는 것에 놀랐다. 마침내 그는 유명해지기 시작한 것이다! 이런 일들을 좋은 징조로 받아들인 술라는 팔라티누스 언덕에서 출발했을 때보다 훨씬 더 낙관적인 기분으로 아우렐리아의 집 대문을 두드렸다. 과연, 집사 에우티코스는 곧바로 술라를 집안으로 들였다. 응접실에서 아우렐리아를 기다리면서 술라는 전혀 부끄럽거나 불편하지 않았다. 아우렐리아가 작업실에서 나왔을 때 술라는 그저 웃으면서 한 손을 내밀었다. 아우렐리아도 웃었다.

그녀는 얼마나 변하지 않았는가. 또 얼마나 많이 변했는가. 이제 몇살이 된 거지? 스물아홉? 서른? 술라는 생각했다. 트로이의 헬레네여, 월계관을 넘겨주시오, 여기 미의 화신이 있으니. 자줏빛 눈동자는 더 커졌고 검은 속눈썹은 여전히 촘촘했으며 피부는 여전히 도톰하고 크림빛이었다. 품위와 평정이 넘치는 특유의 불가해한 분위기는 더욱 강해졌다.

"나를 용서하겠소?" 술라는 아우렐리아의 손을 꼭 잡은 채 물었다.

"물론이죠, 루키우스 코르넬리우스! 제 자신의 약점 때문에 생긴 일로 어떻게 당신을 계속 탓하겠어요?"

"그럼 내가 다시 시도해도 되겠소?" 그가 참지 못하고 물었다.

"고맙지만 사양할게요." 그녀는 이렇게 대답하며 자리에 앉았다. "포도주 드실래요?"

"그래요." 그는 주위를 둘러보았다. "아직도 혼자요, 아우렐리아?"

"아직 혼자예요. 그리고 완벽하게 행복해요. 그러니 안심하세요."

"당신은 내가 만난 가장 자족적인 사람이오. 그날의 작은 사건이 없었다면 나는 당신이 비인간적이라고—또는 초인적이라고!—생각했을 거요. 그래서 그 일이 있었다는 것이 기쁘오. 진짜 여신과 우정을 유지할 수 있는 사람은 아무도 없지 않겠소?"

"진짜 악당과도 그렇죠, 루키우스 코르넬리우스." 그녀가 대꾸했다.

술라가 웃었다. "좋아, 내가 졌소!"

포도주가 나왔고 잔에 따라졌다. 술라는 포도주를 홀짝이면서 술잔 너머로 아우렐리아를 바라보았다. 살짝 거품이 이는 포도주 속에 옅은 자줏빛 거품이 터지며 그녀의 얼굴을 비추고 있었다. 아마도 아들과의 새로운 우정이 준 평화와 만족감 덕분이었을까? 술라의 눈은 평소의 능력을 뛰어넘어 그녀 마음의 반투명한 창문들을 뚫고 지나가, 하나같이 신중하게 분류되어 보관된 겹겹의 복잡성과 불확실성과 수수께끼들을 보았다.

"아!" 술라가 눈을 껌뻑이며 말했다. "당신한텐 허울이라는 게 없군요! 당신은 보이는 모습 그대로요."

"그러기를 바라요." 아우렐리아가 웃음을 지으며 말했다.

"대부분의 사람들은 그렇지 않소, 아우렐리아."

"당신은 분명 그렇지 않죠."

"그럼 내 허울 뒤에는 뭐가 있다고 생각하오?"

그녀는 단호히 고개를 저었다. "제가 생각하는 것이 무엇이든 그건 저만 알고 있겠어요, 루키우스 코르넬리우스. 무언가가 그러는 편이 더 안전하다고 제게 말하는군요."

"더 안전하다?"

그녀는 어깨를 으쓱했다. "왜 그 단어를 썼을까요? 솔직히 저도 모르겠네요. 예감일까요? 아니면 먼 과거에서 온 어떤 것에 더 가까울지도 모르겠네요. 저한텐 예감이라는 게 없어요, 그 정도로 충동적이지는 않 거든요."

"아이들은 잘 지내오?" 술라가 더 안전한 주제로 바꾸며 물었다.

"직접 보시겠어요?"

"보지 않을 이유가 있겠소? 정말이지, 나는 내 아이들을 보고 놀랐 소, 솔직히 말해 마르쿠스 아이밀리우스 스카우루스를 공손하게 대하 기가 힘들 것 같소. 4년이오, 아우렐리아! 내 자식들이 거의 다 자라나 는 것을 이곳에서 지켜볼 수 없었단 말이오."

"우리 계급의 로마 남자들 중에 애들이 크는 걸 지켜볼 수 있는 사람 은 거의 없어요, 루키우스 코르넬리우스." 아우렐리아는 차분하게 말했 다. "달마티카와의 일이 없었다 해도 당신은 십중팔구 멀리 떠났을 거 예요. 그냥 최대한 자녀들과 즐겁게 지내고, 바꿀 수 없는 일은 너무 깊 이 생각하지 말아요."

거무스름하게 칠한 술라의 가늘고 고운 눈썹이 기묘하게 올라갔다.

"나는 인생에서 바꾸고 싶은 것들이 너무 많소! 그게 문제요, 아우렐 리아. 후회되는 일이 너무 많아요."

"꼭 그래야 한다면 후회해요. 하지만 그것이 오늘이나 내일을 물들 이게 하지는 마세요." 아우렐리아의 말투는 신비롭다기보다 현실적이 었다. "그러지 않으면 과거는 당신을 영원히 괴롭힐 거예요, 루키우스 코르넬리우스. 그리고 예전에도 몇 번 말했듯이 당신은 앞으로도 먼길 을 달려야 해요. 경주는 이제 겨우 시작이에요."

"그렇게 생각하오?"

"그럼요."

그때 아우렐리아의 세 아이들, 카이사르 가의 자손들이 들어왔다. 리아라고 불리는 큰 율리아는 열 살이었고 유유라고 불리는 작은 율리아는 곧 여덟 살이 되었다. 둘 다 큰 키에 날씬하고 우아했으며, 파란 눈동자만 빼면 술라의 죽은 아내 율릴라를 닮았다. 카이사르 2세는 여섯 살이었다. 이유는 모르지만 술라는 이 사내아이가 누나들보다 더 아름답다는 인상을 받았다. 물론 완벽하게 로마적인 아름다움이었다. 카이사르 가문 사람들은 완벽하게 로마적이었다. 술라는 이 아이가 루푸스의 말에 따르면 뭐든 즉석에서 읽을 줄 안다고 했던 그 소년이라는 사실을 기억하고 있었다. 그것은 비상한 지성의 증거였다. 그러나 카이사르 2세는 온갖 일들을 겪게 될 터였고, 그러다보면 정신의 불이 꺼질 수도 있었다.

"애들아, 이분은 루키우스 코르넬리우스 술라란다." 아우렐리아가 말했다.

소녀들은 수줍게 인사말을 중얼거린 반면 카이사르 2세는 미소를 지었다. 그 미소에 술라는 숨이 턱 막혔고, 메트로비오스와 처음 만났을 때 느꼈던 것 같은—이후론 한 번도 없었던—동요를 느꼈다. 술라를 똑바로 쳐다보는 카이사르의 눈은 술라 자신의 눈과 매우 닮아 있었다. 거무스름한 테두리에 둘러싸인 아주 옅은 파란색 눈동자. 지성을 훤히 드러내는 눈이었다. 만약 내게 아우렐리아 같은 훌륭한 어머니가 있고 내 아버지 같은 술주정뱅이를 몰랐더라면 내가 이랬겠구나, 하고 술라는 생각했다. 아테네인들을 열광시킬 얼굴과 정신.

"네가 아주 똑똑하다고 사람들이 말하더구나." 술라가 말했다.

아이의 미소가 웃음으로 바뀌었다. "그렇다면 아저씨는 마르쿠스 안토니우스 니포를 만난 적이 없나보군요." 카이사르 2세가 말했다.

"그 사람이 누군데?"

"제 가정교사예요, 루키우스 코르넬리우스."

"네 어머니가 이삼 년 정도 더 너를 가르칠 수 있지 않았니?"

"제가 어렸을 때 했던 질문들 때문에 어머니께서 많이 힘드셨던 것 같아요. 그래서 어머니께서 가정교사를 구해주셨어요."

"어렸을 때? 넌 아직도 어리단다."

"더 어렸을 때요." 카이사르 2세가 굴하지 않고 말했다.

"조숙하구나." 술라가 무시하듯 말했다.

"그 말만은 말아주세요!"

"왜 그러니, 카이사르 2세? 여섯 살인 네가 말의 어감을 안다는 거냐?"

"그 말이 할머니처럼 얘기하는 오만불손한 여자애한테 하는 말이라는 건 알아요." 카이사르 2세가 고집스럽게 말했다.

"아하!" 술라는 더욱 흥미로워하며 말했다. "그건 책에 나오는 내용이 아니지? 그러니까 너는 너의 명석한 정신에 정보를 제공하는 눈이 있고, 그것을 바탕으로 추론을 할 줄 아는구나."

"당연하죠." 카이사르 2세가 놀라서 대답했다.

"됐다. 이제 다들 물러가거라." 아우렐리아가 말했다.

아이들이 나갔다. 카이사르 2세는 뒤돌아보며 술라에게 미소를 짓다가 어머니와 눈이 마주치자 그만두었다.

"저애가 일찍 소진되어버리지만 않으면, 같은 계급 사람들의 장식품이 되거나 혹은 눈엣가시가 될 거요." 술라가 말했다.

"장식품이 되기를 바라요." 아우렐리아가 말했다.

"과연?" 술라는 말한 다음 웃었다.

"법무관에 출마할 거라고요?" 술라가 애들 얘기를 할 만큼 했다고 확신한 아우렐리아는 화제를 바꿨다.

"그렇소."

"푸블리우스 외삼촌께서는 당신이 당선될 거라고 하시더군요."

"그럼 그분이 카산드라가 아닌 테이레시아스에 더 가깝기를 바랍시다!"

푸블리우스 루틸리우스 루푸스는 테이레시아스였다. 개표 결과 술라는 가장 많은 표를 얻어 그냥 법무관도 아니고 수도 담당 법무관이 되었다. 평상시 수도 담당 법무관의 임무는 거의 법정과 소송인들에 관련되어 있었지만, 집정관 두 명이 모두 부재하거나 통치자로서 부적합한 경우 집정관 대신 로마를 수호하고 적의 공격시 로마군을 통솔하며 법률을 공포하고 국고를 관리할 권한이 주어졌다.

술라는 수도 담당 법무관이 되었다는 소식에 크게 낙담했다. 수도 담당 법무관은 한 번에 열하루 이상 로마를 떠나 있을 수 없었다. 따라서 이 직위는 술라가 빠져나갈 구멍을 없애버렸다. 그는 예전 생활에 대한 온갖 유혹 속에서 로마에, 그가 경멸하는 여자와 같은 집에 있어야만 했다. 그러나 이제 술라는 그의 아들의 모습을 한, 예전에는 상상도 못했던 형태의 지지를 받고 있었다. 술라 2세는 술라의 친구였다. 그는 포룸 로마눔에서 술라를 거들었으며, 술라가 매일 밤 집에 돌아와 함께 대화하고 웃는 사람이었다. 술라 2세가 사촌인 카이사르 2세와 어찌나 닮았는지! 적어도 겉모습은 닮았다. 그리고 카이사르 2세만큼은 아니지만 지성도 뛰어났다. 술라는 자기 아들이 카이사르 2세만큼 똑똑했다면 지금만큼 아들을 좋아하지는 않았을 거라고 확신했다.

술라가 법무관 투표에서 가장 많은 표를 얻은 것보다 더 충격적인 결과가 있었다. 직접 관련이 없는 사람들 입장에서 보면 재미있을 수도 있는 결과였다. 루키우스 마르키우스 필리푸스는 자신이 밋밋한 후보들 가운데 보석 같은 존재가 될 거라 확신하고 집정관에 출마했다. 그러나 가장 많은 표를 받은 사람은 감찰관 루키우스 발레리우스 플라쿠스의 동생인 가이우스 발레리우스 플라쿠스였다. 여기까진 괜찮다고 볼 수도 있었다. 적어도 플라쿠스는 파트리키인데다 명망 높은 가문 출신이었으니까! 하지만 차석 집정관은 다름아닌 그 끔찍한 신진 세력 마르쿠스 헤렌니우스였다! 포룸 로마눔의 단골들은 필리푸스가 분노에 차 울부짖는 소리가 카르세올리까지 들렸다며 낄낄거렸다. 필리푸스를 포함한 모든 사람들은 무엇이 문제였는지 알고 있었다. 루푸스가 리키니우스 · 무키우스법을 완화하자는 옹호 연설에서 한 발언 때문이었다. 그 당시 세상 사람들은 마리우스가 호민관 필리푸스를 어떻게 매수했는지 잊고 있었다. 그러나 사람들이 한번 더 잊어버리기에는, 루푸스의 연설 이후로 필리푸스의 집정관 출마까지 충분한 시간이 흐르지 않았던 것이다.

"푸블리우스 루틸리우스를 가만두지 않겠네!" 필리푸스는 카이피오에게 맹세했다.

"나도 동참하지요!" 필리푸스만큼 상심한 카이피오가 말했다.

새해를 며칠 앞두고 리비아는 아들을 낳았다. 마르쿠스 포르키우스 카토 살로니아누스 2세였다. 새된 소리로 우는 깡마른 아기는 카토 혈통답게 머리카락이 붉고 목이 길었으며, 커다란 갈고리 모양의 부리 같은 코는 신생아의 못난 얼굴과 전혀 어울리지 않았다. 전혀 협조적이지 않은 역아(逆兒)였던 아이가 세상으로 나오기까지 매우 오래 걸렸고, 산파와 의사들이 산도에서 아이를 꺼냈을 때 산모는 온통 상처투성이였다.

"하지만 마님," 아폴로도로스 시켈로스가 말했다. "아기는 다친 데가 없군요. 멍도, 부은 데도, 시퍼런 데도 없습니다." 자그마한 그리스인 의사의 얼굴에 엷은 미소가 번졌다. "태어날 때의 행동이 뭔가를 암시해 주는 거라면, 조심하십시오, 마님! 아드님은 자라서 까다로운 사람이 될 겁니다."

리비아는 너무 지쳐서 파리한 미소를 짓는 것 외에는 아무것도 할 수 없었다. 그녀는 자신이 더이상 아이를 갖지 않기를 바라고 있음을 깨달았다. 출산중에 하도 고생을 해서 해산 후에 부정적인 느낌이 든 것은 이번이 처음이었다.

그녀의 다른 자식들은 며칠 후에야 어머니를 보는 것을 허락받았다. 그 며칠 동안 크라티포스는 혼자서 집안 살림을 관리해야 했다. 이제 리비아가 저택의 안주인이었기 때문이다.

세르빌리아는 그애답게 새 이부동생을 인정하지 않고 문간에 서 있기만 했다. 최근 언니에게 세뇌를 당하고 있던 릴라는 냉담하려고 애썼지만, 어머니가 구슬리자 결국 리비아의 품에 안겨 꿈틀거리는 깡마른 어린것에게 입을 맞추었다. 포르켈라라고 불리는 포르키아는 태어난 지 14개월밖에 되지 않아 이 산후 면회에 초대받지 못했지만, 최근 세 살이 된 카이피오 2세는 초대를 받았다. 카이피오는 열광적으로 반응했다. 아이는 갓난아기 동생과 계속 함께 있으려고 하면서 아기를 만지고 껴안고 입맞추게 해달라고 졸라댔다.

"저 아기는 내 거야." 카이피오 2세는 보모가 자기를 밖으로 끌고 나가려 하자 있는 힘껏 버티면서 말했다.

"아기를 네게 줄게, 작은 퀸투스." 카토 2세의 남매 중 한 명이 이 아기를 좋아한다는 데 진심으로 기뻐하며 리비아가 말했다. "네가 아기를 돌봐주렴."

세르빌리아는 방으로 들어오지는 않았지만, 문간에서 계속 뭉그적거리다가 릴라와 카이피오 2세가 쫓겨나가자 침대 쪽으로 아주 조금 다가왔다. 소녀는 조롱하는 듯한 눈으로 어머니를 쳐다보았다. 소녀의 성마른 영혼은 리비아의 초췌한 얼굴과 지친 표정에서 만족을 느끼고 있었다.

"엄마는 죽을 거예요." 세르빌리아가 오만하게 말했다.

리비아는 숨이 턱 막혔다. "말도 안 되는 소리!" 그녀는 날카롭게 소리쳤다.

"엄마는 죽어요." 이 열 살짜리는 집요하게 말했다. "내가 그렇게 빌었으니 그리될 거예요. 세르빌리아 외숙모도 내가 죽으라고 빌었더니 죽었어!"

"멍청하고 잔인한 말이구나." 어머니는 말했다. 그녀의 심장이 미친 듯이 뛰었다. "어떤 일이 일어나길 빈다고 그 일이 일어나는 건 아니다, 세르빌리아. 네가 일어나기를 빌었던 일이 일어났다면 그건 우연일 뿐이야. 어떤 일이 일어나는 건 네가 아니라 여신들 때문이지! 넌 운명의 여신들의 관심을 끌 만큼 중요한 존재가 아니다."

"엄마가 뭐라고 하든 소용없어요! 내게는 '악마의 눈'이 있어요! 내가 저주를 내린 사람들은 죽어요." 아이는 신이 나서 말하고는 가버렸다.

리비아는 눈을 감고 말없이 누워 있었다. 느낌이 좋지 않았다. 카토 2세가 태어난 이후 계속 느낌이 좋지 않았다. 하지만 그것이 세르빌리아 때문이라고는 믿을 수 없었다. 혹은 믿을 수 없다고 그녀 스스로를 설득했다.

그러나 그후 며칠 동안 리비아의 몸 상태는 놀랄 만큼 악화되었다. 어머니한테서 떼어놓은 카토 2세를 위해 유모를 구해야만 했다. 카이피오 2세가 달려들어 아기를 돌봤다.

아폴로도로스 시켈로스는 혀를 끌끌거렸다. "마님의 목숨이 위태롭습니다, 마르쿠스 리비우스. 출혈이 심한 건 아나 온갖 방법을 써도 멈추지가 않는군요. 마님에겐 열도 있고, 피와 함께 악취 나는 분비물도 나오고 있습니다."

"아, 대체 내 인생은 뭐가 문제란 말인가?" 드루수스는 눈물을 닦으며 소리쳤다. "왜 다들 죽는 건가?"

물론 아무도 대답할 수 없는 질문이었다. 세르빌리아를 몹시 싫어하던 크라티포스가 저주 이야기를 전해주었지만 드루수스는 믿지 않았다. 그럼에도 리비아의 상태는 갈수록 나빠졌다.

가장 큰 문제는 집안에 노예보다 신분이 높은 성인 여자가 없는 것이라고 드루수스는 생각했다. 카토는 시간이 날 때마다 아내 곁을 지켰지만, 세르빌리아는 어머니 곁에 가지 못하게 했다. 드루수스와 카토가 보기에 리비아는 그곳에 없는 무언가, 혹은 누군가를 찾고 있는 것 같았다. 어쩌면 세르빌리아 카이피오니스일지도 몰랐다. 드루수스는 울었다. 그리고 결단을 내렸다.

다음날 드루수스는 그가 한 번도 발을 들여놓은 적이 없는 집으로 갔다. 마메르쿠스 아이밀리우스 레피두스 리비아누스의 집이었다. 아버지는 마메르쿠스가 결코 자신의 아들이 아니라고 말했었다. 아주 오래전의 일이다! 나를 집안으로 들여보내줄까?

"코르넬리아 스키피오니스께 드릴 말씀이 있네." 드루수스는 말했다.

문지기가 입을 열었다. 집주인은 집에 없다고 말하려고 했지만, 문득 입을 다물고 고개를 끄덕였다. 드루수스는 아트리움으로 안내되어 그곳에서 잠깐 기다렸다.

그는 터벅터벅 걸어들어온 늙은 여자를 전혀 알아보지 못했다. 여자는 회색 머리카락을 어울리지 않는 트레머리로 하고 있었고, 배색에 신경을 쓰지 않은 칙칙한 옷을 걸쳤으며, 얼굴은 볼품이 없고 못생긴 편이었다. 그는 그녀가 포룸 로마눔 도처에 있는 스키피오 아프리카누스의 반신상과 거의 똑같이 생겼다고 생각했다. 그녀가 스키피오 아프리카누스와 가까운 친척임을 감안하면 놀라운 일은 아니었다.

"마르쿠스 리비우스?" 여자는 아주 부드럽고 그윽한 목소리로 물었다.

"네." 드루수스는 이렇게 대답했다. 하지만 더이상 무슨 말을 해야 할지 전혀 떠오르지 않았다.

"네 아버지를 빼다박았구나!" 여자는 이렇게 말했지만 거리끼는 기색은 전혀 없었다. 그녀는 긴 의자의 가장자리에 앉아서 반대편 의자를 가리켰다. "앉거라, 아들아."

"제가 무슨 일로 왔는지 궁금하시겠지요." 드루수스는 목구멍 안쪽에 거대한 덩어리가 뭉치는 듯한 느낌이었다. 얼굴이 실룩거렸다. 그는 평정을 유지하려고 무던히 애썼다.

"분명 아주 심각한 일이겠지." 그녀가 말했다.

"누이의 일입니다. 그애가 죽어가고 있어요."

여자의 얼굴이 변했다. 그녀는 곧바로 자리에서 일어났다. "그렇다면 이러고 있을 때가 아니다, 마르쿠스 리비우스. 내 며느리한테 사정을 얘기한 다음 곧바로 떠나자꾸나."

드루수스는 그녀에게 며느리가 있는지도 몰랐다. 그녀도 드루수스의 아내가 죽었다는 것을 모를 것 같았다. 드루수스는 동생인 마메르쿠스를 포룸 로마눔 근처에서 언뜻 본 적이 있을 뿐 그와 이야기를 한 적은 없었다. 드루수스보다 열 살 연하인 마메르쿠스는 아직 원로원에 들어갈 나이가 아닌데 결혼은 한 모양이었다.

"며느리를 보셨군요." 드루수스는 어머니와 함께 그 집을 나오면서 말했다.

"얼마 안 됐다." 코르넬리아 스키피오니스의 아름다운 목소리에서 갑자기 생기가 사라졌다. "마메르쿠스는 작년에 아피우스 클라우디우스 풀케르의 누이들 중 하나와 결혼했다."

"제 아내는 죽었습니다." 드루수스가 불쑥 말했다.

"그래, 들었다. 그때 보러 가지 않아서 미안하구나. 하지만 솔직히 말하면 내가 애도 기간에 환영받을 손님은 아닐 거라고 생각했다. 내가 자존심이 센 탓도 있지. 내 자존심이 너무 세다는 건 나도 알고 있어."

"제가 어머니를 먼저 찾아뵈었어야 한다는 말씀이군요."

"그런 셈이지."

"그런 생각은 하지 못했습니다."

그녀의 얼굴이 일그러졌다. "그럴 수도 있지." 그녀는 침착하게 말했다. "자신을 위해서는 굽히지 않았던 네가 누이를 위해서는 뜻을 굽히다니 재미있구나."

"세상 이치가 그렇지요. 또는 적어도 우리 세상의 이치는요."

"내 딸에게 시간이 얼마나 남았니?"

"모르겠습니다. 의사들은 남은 시간이 거의 없다고 했지만 그애는 견뎌내고 있어요. 하지만 그애는 또한 뭔가를 대단히 두려워하고 있습니다. 그애가 무엇을, 또는 왜 두려워하는지는 모르겠습니다. 로마인들은 죽음을 두려워하지 않잖아요."

"혹은 두려워하지 않는다고 우리 자신을 설득하는 것일 수도 있지, 마르쿠스 리비우스. 하지만 두려움 없는 겉모습의 이면에는 언제나 미지의 것에 대한 공포가 있단다."

"죽음은 미지의 것이 아닙니다."

"그렇게 생각하니? 그보다는 아마 삶이 달콤해서 그럴 수도 있지."

그녀는 목을 가다듬었다. "엄마라고 불러줄 수는 없니?"

"왜 그래야 하죠? 제가 고작 열 살이고 동생이 다섯 살일 때 집을 나가셨잖습니까."

"나는 그 사람과 단 하루도 더 살 수가 없었다."

"그러셨겠지요." 드루수스가 냉담하게 말했다. "아버지는 자신의 둥지에 들어온 뻐꾸기 새끼를 용납하실 분이 아니니까요."

"네 동생 마메르쿠스를 말하는 거냐?"

"아니면 누구겠습니까?"

"그는 네 아버지의 자식이다, 마르쿠스 리비우스."

"누이도 자기 아들을 두고 딸한테 늘 그렇게 말합니다." 드루수스는 말했다. "하지만 카이피오 2세를 한 번이라도 본 사람이라면, 바보 천치라 해도, 그애가 사실은 누구 아들인지 다 압니다."

"그렇다면 마메르쿠스를 더 찬찬히 뜯어보거라. 그앤 여지없이 리비우스 드루수스 핏줄이야, 코르넬리우스 스키피오가 아니라." 그녀는 잠시 말을 멈춘 뒤 덧붙였다. "아이밀리우스 레피두스도 아니고."

두 사람은 드루수스의 집에 도착했다. 문지기가 두 사람을 집안으로 들이자 코르넬리아 스키피오니스는 주위를 둘러보며 감탄했다.

"이 집에는 처음 와보는구나." 그녀가 말했다. "네 아버지는 안목이 탁월했어."

"그분한테 탁월한 따스함은 없었다는 게 유감이지요." 드루수스가 씁쓸하게 말했다.

어머니는 곁눈으로 그를 흘긋 보았지만 아무 말도 하지 않았다.

세르빌리아의 극도로 불길한 저주가 운명의 여신들에게 영향을 끼쳤는지 여부와 관계없이 리비아는 점차 딸의 저주를 믿게 되었다. 그녀는 자기가 죽어가고 있음을 깨달았고, 그것에 대해 저주 외에는 다른 이유를 찾을 수 없었기 때문이다. 지금까지 그녀는 자식 넷을 세상에 내보내면서 한 번도 합병증에 걸린 적이 없었다. 그런데 왜 다섯번째에서 이변이 생겼을까? 출산이 회를 거듭할수록 수월해진다는 건 누구나 아는 사실이었다.

땅딸막한 노부인이 문간에 나타났을 때 리비아는 자신의 쇠한 기력을 낭비하는 이 낯선 사람은 누군가 하고 그저 쳐다보고만 있었다. 낯선 사람은 두 손을 앞으로 내밀고 다가왔다.

"내가 네 어미다, 리비아 드루사." 낯선 사람은 이렇게 말한 후 침대 가장자리에 앉아 딸을 끌어안았다.

두 사람은 함께 울었다. 예상 밖의 재회 때문이기도 했고, 잃어버린 세월 때문이기도 했다. 그후 코르넬리아 스키피오니스는 딸을 편안하게 눕히고 의자를 침대에 바싹 붙여 거기 앉았다.

이미 흐려진 리비아의 눈은 어머니의 수수한 얼굴을, 점잖은 옷차림을, 간소한 머리 모양을 의아하다는 듯이 쳐다보았다.

"저는 엄마가 굉장히 예쁠 거라고 생각했어요." 리비아가 말했다.

"남자 잡아먹는 여자의 표본 말이지."

"아버지는……. 심지어 오빠도……."

코르넬리아 스키피오니스는 잡고 있던 딸의 손을 두드리며 웃음을 지었다. "아, 두 사람은 리비우스 드루수스 가의 사내잖니. 그 외에 무슨 말이 더 필요하겠니? 딸아, 나는 삶을 사랑한단다! 늘, 언제나 그랬어. 나는 잘 웃고, 세상에 대해 그다지 심각하게 생각하지 않아. 남자 여자 가릴 것 없이 친구도 많지. 순수한 친구 말이다! 하지만 로마인 여성에게 남자 친구들이 있으면 적어도 이 세상의 절반은 그 여자가 지적인 대화 이상의 것을 내심 바라고 있다고 생각하지. 너도 알다시피

네 아버지, 내 남편도 그랬고 말이다. 하지만 나는 내가 원할 때—남자든 여자든 간에—친구를 만날 자격이 있다고 생각했다. 물론 나는 험담도, 자기 아내보다 험담꾼들의 말을 믿었던 네 아버지의 방식도 인정하지 않았다. 그 사람은 한 번도 내 편을 들어준 적이 없어!"

"그럼 정부를 두신 적은 없었군요!" 리비아가 말했다.

"네 아버지와 함께 살 때는 없었다. 나는 내가 한 일에 비해 지나치게 큰 비난을 받았어. 그렇다 해도 난 네 아버지와 계속 살다가는 죽어버릴 것임을 깨닫게 되었다. 그래서 마메르쿠스가 태어난 후 네 아버지가 그애를 마메르쿠스 아이밀리우스 레피두스의 자식이라고 생각하게 내버려두었어. 하지만 마메르쿠스는 나의 다른 남자 친구들과 마찬가지로 정부가 아니었지. 마메르쿠스가 내 아기를 입양하겠다고 하자 네 아버지는 즉시 동의했어. 나도 데려간다는 조건으로 말이야. 하지만 네 아버지는 나와 절대로 이혼은 하지 않았어. 이상한 일이지 않니? 홀아비였던 마메르쿠스는 매우 기뻐하며 새 양자의 어머니인 나를 맞아주었어. 나는 훨씬 더 행복한 집으로 갔다, 리비아 드루사. 그리고 마메르쿠스가 세상을 뜰 때까지 그의 아내로 살았다."

리비아는 베개에서 간신히 몸을 일으키고 말했다. "하지만 저는 어머니가 연애를 많이 하신 줄 알았는데요!"

"아, 그랬지, 사랑하는 딸아. 마메르쿠스가 세상을 떠난 후엔 그랬어. 한동안, 열 번 정도. 하지만 연애라는 건 싫증이 나기 마련이잖니. 강한 애착이 없을 경우—대개 그렇지만—연애란 인간 본성을 탐구하는 방식일 뿐이야. 사람들은 늘 뭔가를 찾으려고 하지. 하지만 어느 날 문득 깨닫게 된단다. 연애는 그 가치보다 더 많은 문제를 일으킨다는 걸, 손에 잡히지 않는 그 무언가는 그런 식으로는 찾을 수 없다는 걸 말이다.

실제로 애인을 사귀지 않은 지도 꽤 여러 해 되었어. 나는 그저 내 아들 마메르쿠스와 함께 살면서 친구들과 즐거운 시간을 보내는 지금이 더 행복하단다. 아니, 마메르쿠스가 결혼하기 전까지는 그랬지." 그녀는 얼굴을 찡그렸다. "나는 며느리가 마음에 들지 않는구나."

"엄마, 전 죽어가고 있어요! 엄마를 더 잘 알게 될 시간이 없네요!"

"전혀 없는 것보다는 조금이라도 있는 게 낫지, 리비아 드루사. 모든 것이 네 오라비 탓은 아니다." 코르넬리아 스키피오니스는 도망치지 않고 사실을 직시했다. "네 아버지를 떠난 후 나는 한 번도 너나 네 오빠 마르쿠스를 만나려고 노력하지 않았어. 그럴 수도 있었는데, 그러지 않았지." 그녀는 어깨를 반듯하게 펴고 쾌활한 태도를 취했다. "그건 그렇고, 네가 죽는다고 누가 그러더냐? 너는 아기를 낳은 지 두 달이나 지났다. 죽으려면 벌써 죽었겠지."

"아기를 낳아서 죽는 게 아니에요." 리비아가 말했다. "저는 저주를 받았어요. '악마의 눈'을 봤다고요."

코르넬리아 스키피오니스는 깜짝 놀라서 딸을 뚫어져라 쳐다보았다. "악마의 눈? 오, 리비아 드루사, 그건 헛소리야! 그런 건 세상에 없어."

"아니요, 있어요."

"얘야, 그런 건 없다! 그리고 누가 너를 그렇게 싫어하겠니? 네 전남편?"

"아뇨, 그는 내 생각을 전혀 하지 않아요."

"그럼 누구냐?"

하지만 리비아는 몸을 떨며 대답하지 않으려 했다.

"어서 말하거라!" 어머니가 명령했다. 그야말로 뼛속까지 스키피오

가문의 말투였다.

"세르빌리아요." 대답은 속삭임에 가까웠다.

"세르빌리아?" 코르넬리아 스키피오니스는 이맛살을 찌푸린 채 그게 누구인지 생각했다. "전남편과 살 때 낳은 딸 말이니?"

"네."

"알겠다." 그녀는 리비아의 손을 토닥거렸다. "딸아, 그것은 너의 상상일 뿐이라는 말로 너를 모욕하지는 않으마. 하지만 너는 그런 기분을 떨쳐버려야 해. 그애한테 만족감을 주지 말거라."

그때 그녀의 위로 누군가의 그림자가 드리웠다. 코르넬리아 스키피오니스는 돌아서서 문간에 있는 키 큰 빨강머리 남자를 보고 미소를 지었다. "자네는 마르쿠스 포르키우스겠군." 그녀는 일어나며 말했다. "나는 자네의 장모네. 방금 리비아 드루사와 기쁘게 재회했다네. 지금부터 이 아일 돌봐주게나. 나는 이애 오빠를 찾으러 가야겠네."

그녀는 주랑으로 나가서 사방을 둘러보다가 분수 옆에 앉아 있는 장남을 발견했다.

"마르쿠스 리비우스!" 그녀는 그에게 다가가서 날카롭게 말했다. "네 누이는 자기가 저주를 받았다고 믿는다는 걸 알고 있니?"

드루수스는 충격을 받은 표정이었다. "말도 안 됩니다!"

"사실이야! 세르빌리아라는 딸아이의 저주라더구나."

그는 입술을 앙다물었다. "그렇군요."

"놀라지 않는구나, 아들아."

"그럼요. 위험한 아이예요. 그애가 집안에 있다는 건 스핑크스를 데리고 있는 거나 마찬가집니다. 생각할 줄 아는 괴물 말이죠."

"리비아 드루사가 저주를 받았다는 믿음 때문에 죽을 수도 있는 거니?"

드루수스는 단호하게 고개를 저었다. "엄마." 자기도 모르게 그의 입에서 이 말이 튀어나왔다. "리비아 드루사는 출산하면서 입은 상처 때문에 죽어가고 있는 거예요. 의사들이 그렇게 말했고, 저는 그들을 믿습니다. 상처가 낫지 않고 악화되고 있기 때문이에요. 누이의 방에서 냄새가 나지 않던가요?"

"물론 네 말이 맞다. 하지만 그애가 자기한테 저주가 내렸다고 믿는다는 사실은 변하지 않아."

"세르빌리아를 데려오죠." 드루수스가 자리에서 일어나며 말했다.

"솔직히 그 아일 보고 싶구나." 이렇게 말한 다음 코르넬리아 스키피오는 편한 자세로 앉아 기다렸다. 그녀의 마음속은 드루수스의 입에서 튀어나온 '엄마'라는 말로 가득찼다.

작구나. 가무잡잡해. 신비롭게 예쁘군. 오묘하고. 하지만 불과 힘의 기운으로 꽉 차 있어. 소녀를 보며 할머니는 마개로 막은 분기공 위에 지어놓은 집을 떠올렸다. 언젠가 덧문들이 터지고 지붕이 날아가는 날 이 아인 만천하에 본색을 드러낼 것이다. 펄펄 끓는 독약과 뜨거운 폭발물 덩어리. 대관절 무엇이 이 아일 이토록 불행하게 만들었을까?

"세르빌리아, 이분은 코르넬리아 스키피오니스, 네 외할머니시다." 드루수스가 조카의 어깨를 꽉 잡은 채로 말했다.

세르빌리아는 코웃음을 칠 뿐 말이 없었다.

"방금 네 어머니를 만났단다." 코르넬리아 스키피오니스는 상냥하게 말했다. "네 어머니는 너한테서 저주를 받았다고 믿는다는 걸 알고 있니?"

"그래요? 잘됐네요." 세르빌리아가 말했다. "제가 저주한 게 맞아요."

"아, 그래, 고맙구나." 할머니는 이렇게 말한 뒤 눈썹 하나 까딱하지 않고 손짓을 했다. "육아실로 돌려보내라!"

드루수스는 활짝 웃으면서 돌아왔다. "대단하십니다!" 그가 앉으면서 말했다. "그앨 납작하게 누르셨어요."

"세르빌리아를 납작하게 누를 수 있는 사람은 아무도 없을 거다." 코르넬리아 스키피오니스는 말하더니 조심스럽게 덧붙였다. "남자라면 몰라도."

"그애의 아비가 이미 그렇게 했지요."

"그래……. 그자가 자식들 중 아무도 인정할 수 없다고 했다는 소문은 들었다."

"사실입니다. 그 당시에 다른 아이들은 너무 어려서 영향을 받지 않았지만 세르빌리아는 가슴이 찢어져버렸죠. 적어도 저는 그랬을 거라고 생각합니다. 모르겠어요, 엄마. 그 아인 교활할 뿐 아니라 위험해요."

"가여운 것."

"하!" 드루수스가 소리쳤다.

그때 크라티포스가 마메르쿠스 아이밀리우스 레피두스 리비아누스를 데리고 왔다.

마메르쿠스는 드루수스와 매우 닮았지만, 드루수스가 누구에게나 느끼게 하는 것 같은 힘은 없었다. 스물일곱 살인 그는 법정의 젊은 변호인으로서 아직 대단한 경력도 쌓지 못했고, 드루수스에게는 전부터 늘 예견되던 정치판에서의 창창한 앞날도 마련되어 있지 않았다. 그러나 마메르쿠스에게는 형에게는 없는 어떤 침착한 힘이 있었으며, 가련한 드루수스가 아라우시오 전투 후에 혼자서 배워야 했던 것들을 그는 진작부터 알고 있었다. 어머니와 함께 자란 덕분이었다. 어머니는 마음이 넓고 교육을 받았으며 지적 호기심이 강한, 스키피오 분가의 진정한 코르넬리아였기 때문이다.

코르넬리아 스키피오니스는 앉은 채로 움직여 마메르쿠스가 앉을 자리를 만들었다. 마메르쿠스는 드루수스가 자신을 환영하며 맞이하지 않고 탐색하듯 쳐다보기만 하자 살짝 수줍어하면서 쭈뼛거리고 있었다.

"기운 내거라, 마르쿠스 리비우스." 두 사람의 어머니가 말했다. "너희들은 친형제다. 서로 잘 지내야만 해."

"형님과 제가 친형제가 아니라고 생각한 적은 없습니다." 마메르쿠스가 말했다.

"나는 있소." 드루수스가 엄하게 말했다. "엄마, 무엇이 진실인가요? 오늘 제게 하신 말씀입니까, 아니면 옛날에 아버지께 하신 말씀입니까?"

"오늘 내가 한 말이다. 나는 네 아버지한테 한 말 덕분에 이 집에서 탈출할 수 있었다. 내 행동에 대해 변명은 하지 않으마. 어쩌면 나는 네가 생각했던 것 같은, 그보다 더한 사람이었을지도 모르겠구나. 그 이유는 다르다고 해도 말이다." 그녀는 어깨를 으쓱했다. "나는 불평하는 성격이 아니다. 나는 현재와 미래에 살지 절대로 과거 속에 살지 않아."

드루수스는 남동생에게 오른손을 내밀고 미소를 지었다. "내 집에 온 걸 환영한다, 마메르쿠스 아이밀리우스."

마메르쿠스는 형의 손을 잡고 입을 맞추었다. "마메르쿠스," 그는 떨리는 목소리로 말했다. "그냥 마메르쿠스예요. 로마에서 마메르쿠스는 저밖에 없어요. 그러니 마메르쿠스라고 부르세요."

"우리의 누이가 죽어가고 있다." 드루수스는 말한 다음 마메르쿠스의 손을 잡은 채로 자리에 앉으며 동생을 자기 옆에 앉혔다.

"아……. 죄송합니다. 몰랐어요."

"클라우디아가 네게 말해주지 않은 거냐?" 형제의 어머니가 얼굴을 찌푸리며 물었다. "너한테 전해주라고 자세히 얘기를 했건만."

"마르쿠스 리비우스와 급히 나가셨다고만 했어요."

코르넬리아 스키피오니스는 마음을 정했다. 다시 한번 탈출이 필요한 때가 온 것이다. "마르쿠스 리비우스," 그녀는 눈에 눈물이 어린 채 드루수스를 보며 말했다. "나는 지난 20년 동안 네 남동생에게 내 모든 것을 주었다." 그녀는 눈물을 참기 위해 눈을 깜빡였다. "나는 절대로 내 딸을 잘 알게 될 수 없겠지. 하지만 앞으로 너와 마르쿠스 포르키우스는 집안에 여자도 없이 여섯 아이를 키워야 한다. 네가 재혼할 계획이 있다면 몰라도."

드루수스는 세차게 고개를 흔들었다. "아니요, 엄마, 그럴 계획은 없습니다."

"그럼 혹시 네가 원한다면, 내가 여기 살면서 아이들을 돌보마."

"그렇게 해주십시오." 드루수스는 이렇게 말한 후 남동생을 향해 다시 한번 미소를 지었다. "내게 가족이 한 명 더 있다는 걸 알게 되어 기쁘구나."

카토 2세가 태어난 지 두 달이 되던 날 리비아는 죽었다. 어떻게 보면 행복한 죽음이었다. 그녀는 죽음이 임박했음을 알고 있었고, 자신의 죽음이 남은 사람들에게 덜 가혹할 수 있도록 가능한 모든 일을 하려고 힘닿는 데까지 애썼기 때문이다. 어머니의 존재는 리비아에게 엄청난 위안이었다. 그녀의 아이들은 사랑과 가족적 분위기 속에 보살핌을 받게 될 것이다. 코르넬리아 스키피오니스(그녀는 세르빌리아가 리비아의 눈에 띄는 곳에 얼씬도 못하게 했다)에게서 힘을 얻은 리비아는 자신의 죽음을 받아들이고, 더는 저주나 '악마의 눈'에 대해 생각하지 않았다. 자신보다 오래 살 운명인 사람들의 앞날이 훨씬 더 중요했다.

카토 살로니아누스를 향한 넘치는 사랑과 위로의 말들, 부탁과 바람들이 있었다. 리비아의 흐릿한 눈이 마지막으로 머문 곳은 그의 얼굴이었고, 그녀가 꼭 잡은 손도 그의 손이었으며, 그녀가 망각으로 떠내갈 때 느낀 사랑도 그의 사랑이었다. 오빠 드루수스를 위한 사랑과 격려의 말들도 있었다. 리비아가 마지막으로 보겠다고 한 아이는 카이피오 2세뿐이었다.

"네 어린 동생 카토를 부탁한다." 리비아는 이렇게 중얼거린 후, 열 때문에 뜨거운 입술로 카이피오 2세에게 입을 맞추었다.

"제 아이들을 부탁해요." 그녀는 어머니에게 말했다.

그리고 리비아는 카토에게 말했다. "페넬로페가 오디세우스보다 먼저 죽는 줄은 몰랐어요." 그것이 그녀의 마지막 말이었다.

The
Grass
Crown

제3장

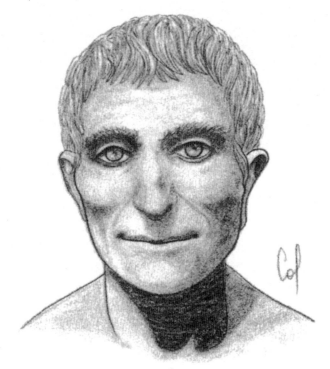

푸블리우스 루틸리우스 루푸스

법정에서의 경력이 전무하고 로마법에 관한 최소한의 지식만 갖추고 있었음에도 술라는 수도 담당 법무관 일을 즐겼다. 그는 양식 있는 사람이었고, 조언이 필요할 때 거리낌없이 부탁할 수 있는 훌륭한 조력자들이 주위에 많았으며, 직무에 적합한 사고의 소유자였기 때문이다. 술라는 특히 그가 속으로 자율이라고 생각한 것을 즐겼다. 더이상 가이우스 마리우스와 한데 묶이지 않아도 되었다! 비로소 술라는 혼자서, 개별적이고 분리된 존재로서 명성을 얻기 시작했다. 몇 안 되던 그의 피호민 수가 늘어났으며, 사람들은 어디든 아들과 함께 다니는 버릇이 있는 술라를 매력적이라고 생각했다. 술라는 아들에게 젊은 시절 법정에서의 경력과 제대로 된 사령관들과의 군복무를 비롯하여 모든 이권을 누리게 해주겠다고 맹세했다.

술라의 아들은 카이사르 가문의 외모뿐 아니라 율리우스 가문 특유의 매력까지 지녀서 쉽게 친구들을 사귀었고, 상냥하고 공정한 성격 덕분에 사귄 친구들과 오래도록 잘 지냈다. 그 친구들 중에 술라의 아들보다 다섯 달 먼저 태어난 소년이 있었다. 머리라기보다 두개골이 엄청나게 크고 깡마른 그 소년의 이름은 마르쿠스 툴리우스 키케로였다. 묘하게도 소년은 가이우스 마리우스의 고향인 아르피눔 출신이었다. 소년의 조부는 마리우스의 형제인 마르쿠스의 동서지간이었는데, 소년의 조부와 마르쿠스 둘 다 그라티디아 자매의 남편들이었다. 이 모두는 술라가 알아낸 것이 아니었다. 술라 2세가 키케로를 집으로 데려왔을 때 술라는 산더미 같은 정보에 파묻혔다. 키케로는 수다쟁이였다.

일례로, 술라는 그에게 아르피눔 출신의 소년이 로마에서 무엇을 하느냐고 물을 필요도 없었다. 물어보기도 전에 듣게 되었기 때문이다.

"제 아버지는 원로원 최고참 의원 마르쿠스 아이밀리우스 스카우루스와 친하세요." 어린 키케로는 거드름을 피우며 말했다. "조점관 퀸투스 무키우스 스카이볼라와도 친하시고요. 또 루키우스 리키니우스 크라수스 오라토르의 피호민이세요! 그래서 아버지께서는 제가 아르피눔에 있기에는 아까울 정도로 재능이 많고 똑똑하다는 사실을 아신 후 가족들을 이끌고 로마로 오셨어요. 작년에요. 저희 집은 카리나이 지구에 있는 괜찮은 주택인데, 바로 옆에 텔루스 신전이 있고요, 신전 옆은 푸블리우스 루틸리우스 루푸스의 집이에요. 저는 조점관 퀸투스 무키우스와 루키우스 크라수스 오라토르와 함께 공부하고 있는데, 루키우스 크라수스와 더 많이 공부해요. 조점관 퀸투스 무키우스는 나이가 너무 많거든요. 물론 저희 가족은 수년 전부터 로마를 방문했어요. 저는 고작 여덟 살 때 포룸 로마눔 견학을 시작했죠. 저희 가족은 시골 무지렁이가 아니에요, 루키우스 코르넬리우스! 가이우스 마리우스의 집안보다 훨씬 좋은 집안이에요!"

한껏 유쾌해진 술라는 앉아서 그 열세 살짜리가 떠들게 내버려둔 채, 불가피한 상황이 언제 일어날 것인지 속으로 궁금해하고 있었다. 그 불가피한 상황이란, 저 커다란 멜론 같은 머리통이 지나치게 가는 줄기에서 뚝하고 떨어져 땅바닥에 곤두박질친 다음 데굴데굴 굴러가면서도 말을 계속하는 것이었다. 머리통은 엄청나게 끄덕거리고 위, 아래, 양옆으로 움직이며 주인에게 분명 불편하고 위태로운 방식으로 부담을 주고 있었다.

키케로는 천진난만하게 물었다. "제가 웅변 연습을 할 때 벌써 청중이 모인다는 걸 아세요? 선생님들이 시키는 토론 중에 제가 이기지 못하는 건 없어요!"

"변호인으로 공직생활을 시작할 건가보지?" 술라가 겨우 소년의 말을 끊고 끼어들어 물었다.

"당연하죠! 하지만 위대한 아쿨레오처럼은 아니에요. 제 혈통은 집정관을 노려볼 만큼 좋으니까요! 뭐, 당연히 원로원이 제일 먼저죠. 저는 화려한 공직생활을 하게 될 거예요. 다들 그럴 거라고 했어요!" 키케로의 머리가 앞으로 휙 움직였다. "제 경험에 따르면요, 루키우스 코르넬리우스, 법정에서 유권자들과 만나는 게 저 지치고 늙은 할멈, 그러니까 군대보다 훨씬 유리해요."

술라는 홀린 듯이 소년을 쳐다보며 부드럽게 말했다. "나는 그 지치고 늙은 할머니한테 업혀서 이 자리까지 오게 되었단다, 마르쿠스 툴리우스. 예전에 법정 일을 한 적이 없음에도 불구하고 지금 수도 담당 법무관을 지내고 있지."

키케로는 이 말을 무시했다. "네, 하지만 법무관님한테는 저의 이점이 없었잖아요. 저는 마흔 살에 법무관이 될 거예요, 그것이 올바르고 적절한 거니까요."

술라는 포기했다. "그렇게 될 것 같구나, 마르쿠스 툴리우스."

"그래요, 아빠." 술라 2세는 나중에 아버지와 둘이 있을 때, 즉 '아빠'

라고 부르는 어리광을 부려도 괜찮을 때 말했다. "조금 성가신 애라는 건 알지만 왠지 그애가 싫지 않아요. 아빠는 안 그러세요?"

"내가 보기에 키케로 2세는 꼴사나워, 아들아. 하지만 호감 가는 아이라는 건 동의한다. 그애가 사람들 말처럼 정말로 웅변을 잘하니?"

"직접 듣고 판단해보세요, 아빠."

술라는 단호히 고개를 저었다. "사양하마! 난 그 건방진 아르피눔 벼락부자 꼬맹이한테 만족감을 안겨줄 생각이 없다."

"원로원 최고참 의원께서 키케로에게 아주 감탄하고 계세요!" 술라 2세는 말했다. 소년은 불쌍한 키케로 2세는 결코 알지 못할 편안하고 친밀한 자세로 아버지에게 기대어 있었다. 불쌍한 키케로 2세는 자기 아버지가 결국 로마 귀족들의 감탄을 자아낼 수 없는 시골 지주일 뿐이란 걸, 그리고 종종 가이우스 마리우스의 친척뻘 되는 자라고 무시당한다는 걸 벌써부터 진저리를 내며 깨닫고 있었으며, 그리하여 서둘러 아버지와 거리를 두고 있었다. 가이우스 마리우스와 결부되는 것은 고위 공직자의 꿈을 좇는 데 불필요한 결점임을 소년은 너무나 잘 알고 있었다.

술라는 은근한 만족감을 느끼며 아들에게 말했다. "원로원 최고참 의원께서는 요즘 할 일이 산더미 같아서 어린 마르쿠스 툴리우스 키케로한테 신경쓸 겨를이 없단다."

맞는 말이었다. 평소 스카우루스는 원로원 최고참 의원으로서 외국 사절 업무나 전쟁과 관련 없는 외교 업무를 처리했다. 솔직히 말해 로마 속주가 아닌 외국의 일을 자기 시간을 투자할 만큼 중요하게 여기는 의원들은 거의 없었으므로, 최고참 의원은 국가가 비용을 대는 국외 여행이 수반되지 않은 위원회를 구성할 때마다 지원자가 거의 없어 고역을 치렀다. 따라서 죽은 비티니아 왕의 차남인 소크라테스의 분개한 진정에 대해 원로원의 답변을 전달할 전령이 니코메디아로 떠나기까지 열 달이나 걸렸다. 소크라테스로서는 기뻐하기 힘든 답변이었는데, 세번째 니코메데스 왕의 왕권을 인정하고 소크라테스의 주장을 일축한 것이었기 때문이다.

그리고 이 문제가 해결되기 전에 스카우루스 최고참 의원은 외국의 왕위를 둘러싼 다툼을 한번 더 처리해야 했다. 카파도키아의 왕 아리오바르자네스와 모후 라오디케가 아르메니아의 왕 티그라네스와 그의 장인 폰토스의 미트리다테스 왕을 피해 로마로 온 것이다. 미트리다테스의 아들이자 폰토스의 꼭두각시 고르디오스의 손자인 소년 왕에게 질려버린 카파도키아인들은 마리우스가 마자카를 떠난 후 진정한 카파도키아인 왕을 세우려고 했다. 카파도키아인들이 선택한 시리아인은 죽어버렸는데, 고르디오스에게 독살당했다는 소문이 돌았다. 그러자 카파도키아 사람들은 계보를 샅샅이 뒤져 왕족의 피가 확실하게 흐르는 카파도키아인 귀족 아리오바르자네스를 찾아냈다. 당연히도 라오디케라고 불렸던 그의 어머니는 진짜 카파도키아인이라고 할 수 있는 마지막 아리아라테스 왕의 사촌이었다. 소년 왕 아리아라테스 에우세베스와 그의 외할아버지 고르디오스는 왕좌에서 쫓겨나 곧바로 폰토스로 달아났다. 그러나 마리우스 덕분에 로마가 자신을 주시하고 있다는 걸 알게 된 미트리다테스는 직접 나서지 않고 아르메니아의 티그라네스를 대행인으로 활용했다. 따라서 카파도키아를 침략한 것은 티그라네스였으며, 카파도키아의 새 왕도 티그라네스가 선택했다. 이번에는 폰토스의 미트리다테스의 아들이 아니었다. 폰토스와 아르메니아는 회의를 열어 카파도키아의 왕좌에 편안하게 앉을 수 있는 아이는 없겠다고 결론 내렸다. 카파도키아의 새 왕은 다름아닌 고르디오스였다.

그러나 라오디케와 아리오바르자네스는 도주하여 술라가 수도 담당 법무관이 된 해의 이른 봄 로마에 나타났다. 카파도키아의 운명은 그곳 사람들의 손에 맡겨둬야 한다고 들을 만큼 들었던 (그리고 여러 편지들에서 읽었던) 스카우루스에게 두 사람은 큰 골칫거리였다. 아르메니아의 티그라네스가 침략하게 된 배후가 미트리다테스라는 그들의 주장은 입증되지 못했지만, 스카우루스가 폰토스의 미트리다테스 왕을 옹호하는 것은 이제 껄끄러운 일이 되었다.

"직접 가서 보셔야 할 겁니다." 술라는 카파도키아 사태를 논의한 (참석자가 별로 없던) 원로원 회의가 끝난 후 스카우루스에게 말했다.

"정말 성가시구먼!" 스카우루스가 투덜거렸다. "난 지금 로마를 떠날 여유가 없네."

"그럼 다른 사람한테 시키셔야지요." 술라가 말했다.

그러나 스카우루스는 앙상한 골격을, 특히 턱을 꼿꼿이 세우고는 그 짐을 떠맡았다. "아니, 루키우스 코르넬리우스, 내가 갈 걸세."

그리하여 스카우루스는 떠났지만, 카파도키아로 가지 않고 아마세이아에 있는 미트리다테스의 왕궁을 갑작스레 방문했다. 원로원 최고참 의원 마르쿠스 아이밀리우스 스카우루스는 폰토스에서 포도주와 만찬을 즐기고 환대와 박수갈채를 받으며 한껏 즐거운 시간을 보냈다. 그는 왕의 귀빈으로서 사자와 곰을 사냥했고 흑해로 낚시를 가 다랑어와 돌고래와 힘을 겨루었다. 폭포와 협곡, 하늘 높이 솟은 산봉우리 같은 관광 명소를 탐험했고 그가 맛본 가장 맛있는 과일인 버찌를 실컷 먹었다.

스카우루스는 폰토스에 카파도키아를 통치할 야심이 없음을 확신했고, 티그라네스의 행위를 개탄하고 비난했다. 또한 폰토스 왕궁이 그리스식으로 우아하며 그리스어만 쓴다는 것을 알게 되자, 원로원 최고참 의원 마르쿠스 아이밀리우스 스카우루스는 짐을 싸서 왕의 배를 타고 로마로 돌아갔다.

"그자가 속아넘어갔군." 미트리다테스는 사촌 아르켈라오스에게 활짝 웃으며 말했다.

"지난 2년간 전하께서 보내신 편지들이 큰 도움이 된 것 같사옵니다." 아르켈라오스가 말했다. "그자에게 계속 편지를 쓰십시오, 대왕 전하! 크게 남는 장사이옵니다."

"내가 그자에게 준 황금 한 자루도 그렇지."

"여부가 있겠사옵니까!"

수도 담당 법무관 임기 초기부터 먼 히스파니아나 가까운 히스파니아의 총독 직에 눈독을 들인 술라는 원로원 최고참 의원 스카우루스와, 그리고 스카우루스를 통해 다른 원로원 지도자들과도 우호적인 관계를 구축했다. 킴브리아의 게르만족이 이탈리아 갈리아를 침략했을 때 아테시스 강 유역에서 있었던 일 때문에, 카툴루스 카이사르만은 완전한 자기편으로 만들 수 없을 거라고 술라는 생각했다. 하지만 전반적으로는 잘해냈고, 6월 초에 이르러서는 두 히스파니아 중 막대한 가욋돈을 벌기에 더 좋은 속주인 먼 히스파니아를 손에 넣었다고 생각했다.

그러나 술라를 그토록 사랑해주었던 운명의 여신은 매춘부의 탈을 쓰고 또 한번 그를 배신하는 것 같았다. 가까운 히스파니아의 티투스 디디우스는 그의 재무관에게 연말까지 통치권을 넘긴 채 개선식을 하기 위해 로마로 돌아왔다. 티투스 디디우스가 온 이틀 후에는 먼 히스파니아의 푸블리우스 리키니우스 크라수스도 개선식을 했는데, 그 역시 재무관에게 연말까지 통치권을 넘기고 왔다. 티투스 디디우스는 로마로 출발하기 전에 철두철미한 전쟁을 치러 켈트이베리아 원주민들을 철저하게 무력화했으며, 가까운 히스파니아에서 아무런 말썽이 나지 않도록 조치해두었다. 하지만 크라수스는 그런 예방조치 없이 서둘러 자신의 속주를 떠났다. 주석과 관련한 이권을 손에 넣었던 그는 자신이 익명의 농업자로 있는 몇몇 사업체들을 위해 손을 쓰고 싶었던 것이다. 그는 배를 타고 전설적인 '주석 제도' 카시테리데스로 가서 로마인다운 위풍당당한 모습으로 만나는 모든 사람들을 위압했고, 더 좋은 조건을 제시했으며, 업자들이 채굴하는 모든 주석이 지중해 연안에 더 안정적으로 운송되게 하겠다고 보장했다. 세 아들을 둔 크라수스는 먼 히스파니아에서의 재임 기간을 사재를 축적하는 데 썼고, 속주는 예속되었다고 할 수 없는 상태로 내버려두었다.

크라수스가 6월의 이두스 전날에 개선식을 한 후 장이 두 번 서기도 전에, 루시타니족이 세력을 회복하여 똘똘 뭉쳐 봉기했다는 전갈이 도착했다. 대행 총독으로 파견된 법무관 푸블리우스 코르넬리우스 스키피오 나시카는 훌륭하게 임무를 완수했고, 사람들은 그가 내년까지 그곳을 통치해야 한다고 말했다. 이는 술라에게 먼 히스파니아는 물건너갔다는 뜻이었다.

가까운 히스파니아 역시 물건너갔다. 귀국한 티투스 디디우스한테서 가까운 히스파니아의 통치권을 넘겨받은 재무관이 10월에 급히 전갈을 보내 도움을 요청했다. 바스코네스족부터 칸타브리족, 일레르게테스족까지 반란을 일으켰다는 것이었다. 수도 담당 법무관이라 자신을 보내달라고 할 수 없었던 술라가 속수무책으로 법무관 재판소에 있는 동안, 집정관 가이우스 발레리우스 플라쿠스는 서둘러 군장을 갖추고 가까운 히스파니아를 통치하러 떠났다.

이제 어디가 남았나? 마케도니아? 그곳은 전직 집정관이 자주 가는 속주로 법무관에게 주어지는 경우는 아주 드문데, 그마저도 지난해 수도 담당 법무관을 지낸 신진 세력 가이우스 센티우스에게 돌아갔다. 센티우스는 파견 즉시 자신의 명석함을 증명했고, 따라서 그가 자기 못지않게 유능한 보좌관 퀸투스 브루티우스 수라와 함께 착수한 전쟁 중에는 교체될 가능성이 낮았다. 아시아? 술라는 아시아 속주가 이미 루키우스 발레리우스 플라쿠스에게 돌아가기로 되어 있음을 알고 있었다. 아프리카? 요즘 아프리카는 별 볼 일 없는 벽지였다. 시칠리아? 별 볼 일 없는 벽지. 코르시카와 사르디니아? 역시 별 볼 일 없는 벽지였다.

술라는 돈이 절박하게 필요했지만, 로마의 법정에 갇혀 수지맞는 총독 직으로 가는 길이 차례차례 막히는 것을 손놓고 바라볼 수밖에 없었다. 집정관 출마 시기는 2년밖에 남지 않았는데, 술라의 동료 법무관들은 푸블리우스 스키피오 나시카, 그리고 입지를 잘 다져 벌써부터 내년 아시아 속주 총독 자리를 확보해놓은 루키우스 플라쿠스였다. 두 사람 모두 뇌물을 두둑하게 쓸 돈이 있었다. 또 한 명의 법무관 푸블리우스 루틸리우스 루푸스(Publius Rutilius Lupus. 가이우스 마리우스의 친구인 푸블리우스 루틸리우스 루푸스Publius Rutilius Rufus와는 다른 인물—옮긴이)는 그들보다 더 부자였다. 술라는 외국에서 돈을 벌지 않으면 자신에게 승산이 없으리라는 걸 알고 있었다.

술라가 미치지 않도록, 앞날을 영영 망쳐놓을 어리석은 짓을 저지르지 않도록 해주는 건 아들과 함께하는 시간뿐이었다. 술라는 메트로비오스와 같은 도시에 있었지만, 메트로비오스를 만나고 싶다는 강한 충동을 술라 2세 덕분에 가까스로 억누를 수 있었다. 임기가 끝날 때쯤되자 로마에서 수도 담당 법무관 술라의 얼굴을 모르는 사람이 없었다. 더군다나 술라는 아주 잘생긴 남자였다. 그는 자식들 때문에 자기 집을 밀회 장소로 쓸 수 없었으며, 그렇다고 메트로비오스가 살고 있는 카이킬리우스 언덕의 아파트로 갈 수도 없었다. 안녕, 메트로비오스.

설상가상으로 아우렐리아마저 만날 수 없었다. 그해 여름 가이우스 율리우스 카이사르가 마침내 집으로 돌아오면서 불쌍한 아우렐리아의 자유는 갑작스럽게 끝이 났다. 일전에 그녀의 집을 방문한 술라는 뻣뻣한 숙녀에게 뻣뻣하게 환영을 받았으며, 다시는 오지 말아달라고 정중한 부탁을 받았다. 정확히 무엇이 문제인지 듣지는 못했지만 술라는 사정을 쉽게 짐작할 수 있었다. 가이우스 카이사르는 11월에 법무관 선거에 나갈 예정이었고 그의 뒤에서는 마리우스가 여전히 상당한 힘을 실어주고 있었다. 설사 수부라 지구에서 산다고 해도 카이사르의 아내는 로마에서 가장 주목받는 여자들 중 한 명이 될 터였다. 마리우스 가족의 휴가 말미에 술라가 의도치 않게 일으킨 소동에 대해 그에게 말해준 사람은 아무도 없었지만, 섹스투스 카이사르의 아내 클라우디아는 귀국한 아우렐리아의 남편을 위한 환영 파티에서 흥을 돋우려고 그 소동에 대해 가이우스 카이사르에게 말해주었다. 다들 재미있는 이야기라며 웃어넘겼지만 가이우스 카이사르는 웃을 수 없었다.

술라 2세를 주신 모든 신들에게 감사를! 오직 술라 2세만이 위안이되었다. 좌절에 좌절을 거듭한 술라는 원래대로라면 파국적인 방식으로 폭발했겠지만, 아들 덕분에 마법처럼 마음을 달래어 잠들 수 있었다. 세상의 모든 금과 은을 준다 해도, 사랑하는 아들의 눈에 타락한 자신을 비출 수는 없었다.

그리하여 그해 막바지에 술라는 자신의 기회가 사라지는 것을 지켜 보았고, 메트로비오스와 아우렐리아의 부재를 견뎠으며, 키케로 2세의 허세 가득한 수다를 참을성 있게 들었고, 날이 갈수록 자신의 아들을 더 사랑하게 되었다. 술라는 (같은 신분의 어느 누구에게도 발설할 생각조차 하지 않았던) 계모가 죽기 전 자신의 구체적인 인생 이야기를 이 놀랍도록 사려 깊고 관대한 소년에게 거리낌없이 들려주었고, 소년은 그 이야기에 귀를 기울였다. 그 이야기는 술라 2세가 절대로 알 수 없을 한 사람과 그 인생을 그려냈기 때문이었다. 술라가 아들에게 드러내지 않은 그의 유일한 측면은, 오직 달을 보며 울부짖는 모습만이 어울리는 벌거벗고 발톱이 날카로운 괴물이었다. 그 괴물은 영원히 사라졌다고 술라는 속으로 말했다.

11월 말 원로원이 속주를 배분했을 때 모든 것은 술라가 예상한 대로였다. 가이우스 센티우스는 마케도니아 통치권을 연장받았고 가이우스 발레리우스 플라쿠스는 가까운 히스파니아, 푸블리우스 스키피오 나시카는 먼 히스파니아를 할당받았으며, 아시아 속주는 루키우스 발레리우스 플라쿠스에게 돌아갔다. 술라는 아프리카나 시칠리아, 사르디니아 중 선택하라는 제안을 받았지만 정중하게 거절했다. 벽지로 내몰리는 것보다는 아예 총독이 되지 않는 것이 나았다. 앞으로 2년 뒤 집정관 선거 때 유권자들은 후보가 법무관급 총독으로 어디에 갔었는지 확인할 텐데 아프리카나 시칠리아, 사르디니아, 코르시카 같은 대답은 전혀 인상적이지 않을 것이었다.

바로 그때 운명의 여신이 분장을 벗고 술라에 대한 지극한 사랑의 광휘 속에 모습을 드러냈다. 12월에 크게 당황한 비티니아의 니코메데스 왕으로부터 편지가 왔다. 미트리다테스가 모든 소아시아, 특히 비티니아에 대해 야심을 품고 있다는 내용이었다. 이와 거의 동시에 타르소스에서도 미트리다테스가 대군을 이끌고 카파도키아를 침략했으며, 킬리키아와 시리아까지 집어삼키기 전에는 멈추지 않을 거라는 전갈이 당도했다. 원로원 최고참 의원 스카우루스는 놀라움을 표하며 킬리키아로 총독을 보내야 한다고 주장했다. 로마에는 남은 병력이 없지만 총독에게 자금을 충분히 딸려보낼 것이며 필요하다면 현지 병력을 모집해야 한다고도 했다. 스카우루스는 실리적인 로마인이었다. 미트리다테스는 이 사실을 몰랐던 것이다. 미트리다테스는 수많은 편지와 황금 한 자루면 스카우루스를 쉽게 자기 뜻대로 움직일 수 있다고 생각했지만, 스카우루스는 로마에 이 정도로 심각한 위험이 닥치면 편지쯤이야 불태워버릴 수 있는 사람이었다. 킬리키아는 취약하면서도 중요한 곳이었다. 평상시에 총독을 파견하는 곳은 아니었지만, 로마는 킬리키아를 자기네 것으로 여기고 있었다.

"루키우스 코르넬리우스 술라를 킬리키아로 보내시오." 조언을 부탁받은 가이우스 마리우스가 말했다. "궁지에 몰렸을 때 비상한 능력을 발휘하는 사람이오. 그는 군인들을 훈련시키고 군장을 갖추게 하고 잘 통솔할 수 있소. 이 상황을 타개할 적임자는 루키우스 코르넬리우스요."

"아빠가 총독이 되었다!" 술라는 벨로나 신전에서 열린 원로원 회의를 마치고 집으로 돌아와 아들에게 말했다.

"정말요? 어디로 가세요?" 술라 2세가 한껏 들떠서 물었다.

"킬리키아. 폰토스의 미트리다테스 왕을 저지하러 간단다."

"와, 아빠, 정말 멋져요!" 그러나 소년은 곧 그것이 이별을 뜻한다는 걸 깨달았다. 슬픔과 고통이 눈에 언뜻 스쳤지만, 소년은 울음 섞인 숨을 얼른 들이쉬고 지극한 존경과 신뢰를 담은 눈으로 아버지를 바라보았다. 술라가 항상 너무나 감동하게 되는, 또한 그것에 부끄럽지 않게 살기가 너무 어렵다고 생각하게 되는 눈빛이었다. "물론 아버지가 보고 싶겠지만, 너무 기뻐요, 아버지." 저런. 아이가 어른이 되기 시작했다. 술라를 아빠가 아니라 아버지라고 부른 것이다.

술라는 꾹 참은 눈물로 반짝이는 서늘한 옅은 색 눈에, 아들의 눈에 어린 것과 똑같은 존중과 신뢰를 담아 소년을 바라보았다. 그러고는 사랑으로 충만한 미소를 지었다. "이런! 보고 싶다느니 어쩌니 하는 게 무슨 말이냐? 설마 내가 너를 두고 간다고 생각하는 건 아니겠지? 너도 나와 함께 가는 거다."

아이는 다시 한번 울음 섞인 숨을 들이쉬었다. 이번에는 순전히 기뻐서였다. 술라 2세는 활짝 웃었다. "아빠! 정말이세요?"

"그럼, 정말이지. 너와 함께 갈 수 없다면 아빠도 가지 않을 거야. 너도 같이 가는 거다."

두 사람은 1월 초에 동쪽으로 떠났다. 계절이 바뀌고 있었지만 아직까지는 가을 같은 날씨라 뱃길로 갈 수 있었다. 술라는 소규모 릭토르 단과(집정관급 임페리움에 따라 열두 명이었다) 서기들, 필경사들, 공공노예들, 그리고 한껏 들뜬 그의 아들을 대동했으며, 카파도키아의 아리오바르자네스 왕과 모후 라오디케도 함께였다. 원로원 최고참 의원 스카우루스 덕분에 활동자금은 넉넉했고, 마리우스와의 긴 대화 덕분에 마음의 준비도 잘되어 있었다.

술라 일행은 타렌툼에서 그리스의 파트라이로 건너가 해로로 코린토스로 간 다음, 육로로 아테네의 피레아스로 가서 로도스로 가는 배를 탔다. 로도스에서 타르소스로 갈 때 술라는 배를 빌려야 했는데, 겨울이 가까워지면서 정기선 운항이 멈추었기 때문이었다. 그리하여 1월 말에 일행이 무사히 타르소스에 도착할 때까지 배 위에서 본 거라고는 항구와 조선소 몇 개와 바다밖에 없었다.

타르소스는 3년 반 전에 마리우스가 방문한 이후로 변한 것이 없었다. 킬리키아도 마찬가지였다. 사람들은 여전히 잊힌 채 우울하게 생활하고 있었다. 타르소스와 킬리키아는 정식 총독의 부임을 환영했고, 얼마 지나지 않아 술라의 주위는 도움을 주려는 사람들로 넘쳐났다. 대다수는 군인의 후한 봉급을 기대하는 사람들이었다.

그러나 술라는 누구를 찾아야 하는지 알고 있었다. 그 사람은 새로 온 로마 총독의 비위를 맞추는 것보다 본업인 타르소스 민병대 지휘에 전념하는 것이 더 중요하다고 생각했다. 그의 이름은 모르시모스로, 마리우스가 술라에게 추천한 사람이었다.

"지금부터 민병대 지휘는 그만두시오." 술라는 총독의 부름을 받고 온 모르시모스에게 상냥한 목소리로 말했다. "봄이 되어 내륙으로 들어가는 길이 열리기 전에 나와 함께 훌륭한 4개 보조군단을 모집하여 군장을 갖추고 훈련시킬 현지인이 필요하오. 가이우스 마리우스가 당신이 적임자라고 했소. 당신도 그렇다고 생각하시오?"

"그렇다고 생각합니다." 모르시모스는 즉시 대답했다.

"이곳은 날씨가 좋군." 술라는 쾌활하게 말했다. "우리는 겨우내 병사들을 훈련시킬 수 있을 거요. 단, 유능한 인재들과 그들에게 줄 군장을 충분히 확보한다면 말이오. 미트리다테스의 군대 못지않게 잘 준비되어야 하오. 가능하겠소?"

"물론입니다." 모르시모스가 대답했다. "모집 인원보다 수천 명 더 많은 신병들이 앞다투어 모여들 것입니다. 군대는 젊은 사람들에게 좋은 일터인데, 이곳에는 군대라고 할 만한 게 없었습니다. 그것도 아주 오랫동안요! 만약 카파도키아에 내분이나 폰토스와 아르메니아의 간섭이 지금보다 덜했다면 그들은 분명 우리를 침략했을 겁니다. 다행히 그동안 시리아마저도 정국이 불안정했지요. 현재 우리가 무사한 것은, 순전히 운이 좋아서입니다."

"행운." 술라는 꾸밈없는 웃음을 지으며 팔로 아들의 어깨를 감싸안고 말했다. "행운은 나를 편애한다오, 모르시모스. 언젠가 나는 내 별칭을 펠릭스라고 할 거요." 술라는 아들을 품에 안았다. "하지만 설사 겨울 해라고 해도, 해가 한번 더 지기 전에 해야 하는 아주 중요한 일이 있소."

타르소스의 그리스인은 의아한 표정을 지었다. "제가 도와드릴 수 있는 일입니까, 루키우스 코르넬리우스?"

"아마도. 열흘 동안 망가지지 않을 챙 넓은 모자를 살 곳을 알려주시오." 술라가 말했다.

"아버지, 혹시 제 모자를 사시려는 거라면 필요 없어요." 아버지와 함께 장터로 걸어가던 술라 2세가 말했다. "모자라뇨! 모자는 지푸라기를 빼는 늙은 농사꾼이나 쓰는 거잖아요."

"나도 쓰는걸." 술라가 웃음을 지으며 말했다.

"아빠가요?"

"아들아, 아빠는 군대에 있을 때 챙 넓은 모자를 썼단다. 오래전 누미디아의 유구르타 왕과 싸우러 아프리카에 처음 갔을 때 가이우스 마리우스께서 그렇게 하라고 충고해주셨어. 모자를 쓰고, 야유하는 소리에는 신경쓰지 말라고 하셨지. 피부가 하얘서 심하게 타는 아빠는 그분의 충고를 받아들였단다. 사실, 누미디아에서 명성을 쌓고 나니 내 모자가 유명세를 타더구나."

"로마에서는 한 번도 모자를 쓰지 않으셨잖아요." 아들이 말했다.

"로마에서는 되도록 햇볕을 피해 다녔다. 작년에 아빠의 재판소에 차양을 설치한 것도 그래서란다."

침묵이 내려앉았다. 두 사람이 걷고 있던 좁은 골목은 어느 순간 불규칙한 형태의 너른 광장으로 이어졌다. 광장에는 수많은 나무들이 그늘을 드리우고 다양한 노점들이 들어차 있었다.

"아버지?" 작은 목소리가 물었다.

술라는 고개를 돌렸고, 자신과 아들의 키 차이가 거의 나지 않는다는 사실에 놀랐다. 카이사르의 피가 우세했다. 술라 2세는 키가 큰 남자가 될 것이다.

"왜 그러니, 아들아?"

"저도 모자를 사주시면 안 될까요?"

킬리키아에 로마 총독이 부임하여 부지런히 현지 병력을 모집하고 훈련시키는 중이라는 소식을 듣고, 미트리다테스 왕은 자신의 첩자이자 카파도키아의 새 왕인 고르디오스를 어이없다는 듯 쳐다보았다.

"이 루키우스 코르넬리우스 술라라는 자는 누구요?" 왕이 물었다.

"지난해 로마의 고위 정무관으로, 과거 아프리카에서 유구르타 왕과 싸운 가이우스 마리우스, 이탈리아 갈리아에서 게르만족과 싸운 퀸투스 루타티우스 카툴루스 카이사르, 히스파니아에서 현지 야만인들과 싸운 티투스 디디우스 같은 유명한 로마 장군들의 보좌관이었다는 것 외에는 우리 쪽에 알려진 바가 전혀 없사옵니다, 대왕 전하." 고르디오스는 가이우스 마리우스를 제외한 이름들은 그다지, 또는 전혀 중요하지 않다는 듯한 투로 말했다.

미트리다테스에게도 그들은 그다지, 또는 전혀 중요하지 않았지만, 폰토스의 왕은 자신이 지리와 역사에 배움이 부족하다는 사실을 또 한 번 아쉬워했다. 왕의 한계를 보완하는 일은 아르켈라오스의 몫이었다.

"루키우스 코르넬리우스 술라는 가이우스 마리우스와는 다르옵니다." 아르켈라오스는 조심스럽게 말했다. "하나 그는 경력이 만만치 않으니, 이름을 들어본 적 없다는 이유만으로 이자를 과소평가해서는 아니될 것이옵니다. 그는 로마 원로원에 들어간 후 전장에서 군대를 지휘한 적은 없는 듯하오나 오랫동안 로마군에 몸담아왔사옵니다."

"그자의 이름이 코르넬리우스라면," 왕은 가슴을 앞으로 내밀면서 말했다. "스키피오 가문 출신인 건가? 이 '술라'라는 건 뭔가?"

"스키피오 가문은 아니옵니다, 전능하신 전하." 아르켈라오스가 말했다. "하나 그자는 로마인들이 하찮게 여기는 신진 세력이 아니라 파트리키인 코르넬리우스 혈통입니다. 그는…… 어려운 사람이라고들 하옵니다."

"어렵다?"

아르켈라오스는 침을 삼켰다. 그는 알고 있는 것을 모두 말했고 술라가 왜 어려운 사람인지는 전혀 알지 못했다. 그래서 그는 추측을 했다. "협상하기 쉬운 사람이 아니라는 뜻이옵니다, 대왕 전하. 남의 사정은 전혀 봐주려고 하지 않는 자 말이옵니다."

그들은 시노페의 왕궁에 있었다. 시노페는 왕이 특히 겨울철에 가장 좋아하는 도시였다. 지난 몇 년은 꽤 평화로웠다. 죽임을 당한 조신이나 친척도 없었고, 고르디오스의 딸 니사는 왕후로서 잘 처신하여 티그라네스의 개입 이후 아버지를 카파도키아의 왕좌까지 밀어올렸으며, 왕의 아들들은 자라났고, 흑해 동북쪽에 위치한 폰토스의 영토는 번성하고 있었다.

그러나 마리우스에 대한 기억이 희미해지면서 폰토스의 왕은 또다시 흑해 남서쪽을 넘보고 있었다. 카파도키아에서 티그라네스를 이용한 왕의 술책은 성공했고, 스카우루스가 왔다 갔지만 고르디오스는 여전히 그곳의 왕으로 남았다. 로마가 스카우루스를 보내서 얻은 거라고는 아르메니아군이 카파도키아에서 철수한 것뿐이었는데, 그것은 원래부터 미트리다테스가 하려고 했던 일이었다. 비티니아는 마침내 그의 손아귀에 들어올 것처럼 보였다. 1년 전 우는소리를 하며 폰토스에 망명 요청을 했던 소크라테스는 이제 완전히 미트리다테스의 부하처럼 변하여, 왕은 전면 공격까지 가지 않고도 탈없이 비티니아의 왕좌에 앉을 수 있을지도 모른다고 생각했다. 왕의 원래 계획은 봄에 전면 공격을 감행하고 빠르게 서쪽으로 진군해 니코메데스 3세의 허를 찌르는 것이었다.

미트리다테스는 고르디오스가 전한 소식을 듣고 주춤했다. 근방에 로마 총독이 하나도 아닌 둘씩이나 있는 상황에서 과감하게 비티니아를 흡수하거나 소크라테스를 비티니아의 왕좌에 앉히려고 한다면? 로마의 4개 군단이 킬리키아에 있다! 로마는 제대로 된 4개 군단만 있으면 무찌르지 못하는 적이 없다고 들었다. 비록 로마인 병사가 아닌 킬리키아인들로 구성한 보조군이지만 킬리키아 사람들은 호전적이고 자긍심이 강하다. 그렇지 않았다면 시리아는 자국 사정이 나쁘든 말든 벌써 킬리키아를 집어삼켰을 것이다. 네 개 군단의 실제 전투원 수는 2만 명 정도, 폰토스에서 동원할 수 있는 병력은 20만 명이다. 숫자상으로는 폰토스가 훨씬 우세하다. 하지만…… 하지만…… 하지만…… 이 루키우스 코르넬리우스 술라라는 자는 누구인가? 가이우스 센티우스나 그의 보좌관 퀸투스 브루티우스 수라에 대해서도 알려진 바가 없었지만, 이들은 서쪽의 일리리쿰부터 동쪽의 헬레스폰트 해협에 이르기까지 마케도니아 국경에서 맹위를 떨치며 켈트인과 트라키아인들을 공포에 떨게 만든 파괴적인 전쟁을 수행하고 있었다. 이제는 아무도 로마인들이 다누비우스 강 유역에서 물러날 거라고 확신하지 못했다. 이 것이 미트리다테스가 걱정하는 부분이었다. 그는 흑해의 서부 연안에 서 다누비우스 강 유역으로 이동할 계획이었기 때문이다. 그곳에 도착 하여 로마군과 맞닥뜨리는 건 달갑지 않았다.

루키우스 코르넬리우스 술라는 누구인가? 센티우스와 역량이 비슷 한 로마인 장군? 어째서 게르만족을 물리친 마리우스나 카툴루스 카이 사르가 아닌 이자를 보내 킬리키아를 지키게 한 것인가? 마리우스는 무장도 하지 않고 카파도키아에 혼자 나타나서는 로마로 돌아가서도 폰토스의 행보를 주시할 것임을 암시하는 말을 했다. 그런데 어째서 마 리우스가 킬리키아에 오지 않은 것인가? 어째서 술라가 온 것인가? 로 마는 늘 훌륭한 장군들을 배출하는 것처럼 보인다. 술라는 마리우스보 다 더 훌륭한 자인가? 폰토스에는 대군이 있지만 훌륭한 장군은 없다. 흑해 북단에서 야만인들을 아주 잘 상대한 아르켈라오스는 더 위협적 인 적을 맞아 자신의 운을 시험해보고 싶어서 몸이 근질근질한 상태 다. 하지만 아르켈라오스는 나의 사촌이자 왕족의 피가 흐르고 있는 잠재적인 경쟁자다. 동생 네오프톨레모스와 사촌 레오니포스도 마찬 가지다. 게다가 아들들에 대해 마음을 놓을 수 있는 왕이 어디에 있는 가? 그들의 어미들은 권력에 굶주려 있다. 그녀들은 모두 잠재적인 적 이다. 자신의 의지로 아비의 왕관을 탐내는 나이가 되면 아들들도 마찬 가지다.

내게 타고난 전투 지휘 능력이 있다면 얼마나 좋을까! 미트리다테스 왕은 갈색 얼룩이 있는 청포도빛 눈으로 주위 남자들의 얼굴을 무심한 듯 훑어보며 생각했다. 그러나 그 점에 있어서 그는 조상 헤라클레스로 부터 전해 내려온 영웅적인 능력을 물려받지 못했다. 아니, 잘못된 생각인가? 생각해보니 헤라클레스는 장군이 아니었다! 헤라클레스는 혼자서 싸웠다. 사자와 곰, 왕위 찬탈자, 신과 여신, 지하의 개, 온갖 종류의 괴물들과. 미트리다테스 자신이라 해도 환영할 만한 적들과. 헤라클레스의 시대에는 장군이라는 것이 없었다. 전사 집단이 다른 전사 집단을 만나, 어디든 몰고 다니는 것 같은 이륜전차에서 내려 맞붙어 싸우던 시대였다. 그런 것이 미트리다테스 왕이 치를 수 있는 전쟁이었다! 하지만 그런 시절은 이륜전차와 마찬가지로 영원히 끝나버렸다. 지금은 군대의 시대다. 반신반인인 장군들은 전장의 높은 곳에서 앉거나 서서 가리키고, 명령을 내리고, 생각에 잠겨 손거스러미를 야금야금 물어뜯으면서 낮은 곳의 모든 움직임을 속속들이, 바쁘게 지켜본다. 장군들은 어느 전선이 약해지거나 밀리기 직전인지, 적이 어디를 집중 공격할지 본능적으로 아는 것 같았다. 또한 장군들은 측면, 기동연습, 포위공격, 포술, 구원대 편대, 배치, 사졸을 이미 태어날 때부터 이해하고 있었다. 미트리다테스로서는 할 수도 없고 좋아하지도 않으며 흥미도 재능도 없는 일들이었다.

그가 무심한 듯 주위를 둘러보는 동안, 사람들은 모두 풀밭 속의 쥐를 주시하는 매보다 더 골똘하게 왕을 쳐다보았다. 그들의 기분은 매가 아닌 쥐의 기분이었지만. 왕은 (군사 회의중이었으므로) 사자 가죽과 도금한 사슬로 만든 매우 부드럽고 유연한 쇠사슬 갑옷을 입고 수많은 진주와 루비가 박힌 순금 의자에 앉아 있었다. 모두의 심장에 두려움을 박아넣는 눈부신 모습. 아무도 왕과 맞서지 않았다. 아무도 왕과 어떻게 어울려야 하는지 몰랐다. 완벽한 지배자, 비겁자와 영웅이 복잡하게 뒤섞인 존재, 허풍선이이자 아첨꾼, 구원자이자 파괴자. 로마에서라면 모두가 그를 믿지 않고 비웃었을 것이다. 하지만 이곳 시노페에서는 모두가 그를 믿었고 그를 비웃지 않았다.

마침내 왕은 말했다. "루키우스 코르넬리우스 술라라는 자가 누구든 간에, 로마인들은 수비대도 없이 그를 낯선 곳으로 보내어 낯선 군인들을 모집하도록 했다. 따라서 나는 루키우스 코르넬리우스 술라가 만만치 않은 적이라고 생각할 수밖에 없다." 그는 고르디오스를 쳐다보았다. "가을에 내가 카파도키아 왕국에 병사들을 몇이나 보냈소?"

"5만 명이옵니다, 대왕 전하." 고르디오스가 대답했다.

"초봄에 5만 명을 더 데리고 내가 직접 에우세베이아 마자카로 갈 것이다. 네오프톨레모스가 장군으로서 나와 함께 간다. 아르켈라오스는 별도로 5만 명을 이끌고 갈라티아로 가서, 로마인들이 양쪽에서 폰토스를 침략하려 할 때를 대비해 서쪽 국경을 수비한다. 왕비는 아마세이아에서 통치할 것이나, 왕비가 올바로 처신하도록 왕자들을 이곳 시노페에 인질로 둘 것이다. 왕비가 조금이라도 반역적인 일을 도모한다면 왕자들을 즉시 모두 처형한다." 미트리다테스가 말했다.

"제 여식은 꿈에도 그런 일을 하지 않사옵니다!" 고르디오스가 혼비백산하여 소리쳤다. 그는 왕의 후궁들이 반역을 날조하여 진상이 밝혀지기도 전에 손자들이 죽임을 당하지 않을까 걱정이 되었던 것이다.

"왕비가 그런 일을 할 거라고 생각하지는 않소." 왕이 말했다. "그저 만약을 위해 요즘 늘 취하는 조치일 뿐이오. 나는 나라 밖으로 떠날 때 모든 아내들이 바르게 처신할 수 있도록 자식들을 각기 다른 도시로 데려가 볼모로 삼소. 여자란 이상한 동물이니까." 왕은 생각에 잠겨 말을 이었다. "언제나 자기보다 자식들을 더 소중히 여기거든."

"그러지 않는 여자는 조심하시는 게 좋을 겁니다." 뚱뚱하고 히죽거리는 사람이 빈약하고 히죽거리는 목소리로 말했다.

"조심하고 있소, 소크라테스, 그리하고 있어." 미트리다테스가 웃음을 지으며 대답했다. 미트리다테스는 비티니아에서 온 이 혐오스러운 손님을 좋아하게 되었는데, 자기 형제 중에 이자만큼 혐오스러운 놈이 있었다면 오십대 후반까지 살아남지 못했으리라는 사실을 상기하며 자부심을 느낄 수 있기 때문이었다. 혐오스럽든 말든 형제들 중에 스무 살까지 살아남은 이가 없다는 사실은 굳이 떠올리려고 하지도 않았다. 유약한 비티니아 놈들. 로마와 로마의 보호가 없었다면 비티니아는 애저녁에 폰토스가 삼켜버렸을 텐데. 로마, 로마, 로마! 결국은 늘 로마로 귀결되는군. 로마가 지중해 반대쪽 끝에서 10년 정도 대대적인 전쟁을 벌일 가능성은 정녕 없는 것인가? 그렇게 되면, 로마가 다시 동쪽으로 눈을 돌릴 여력이 생겼을 때는 이미 대권을 장악한 폰토스 때문에 어쩔 수 없이 서쪽에만 관심을 두게 될 텐데. 마치 지는 태양처럼.

"고르디오스, 루키우스 코르넬리우스 술라가 킬리키아에서 무슨 일을 벌이는지 지켜보시오. 아주 세세한 것까지 내게 계속 알려야 하오! 아무것도 놓쳐서는 안 돼, 알겠소?"

고르디오스가 몸을 떨었다. "명심하겠사옵니다, 전능하신 전하."

"좋아!" 왕은 하품을 했다. "배가 고프군. 다들 식사나 하러 가지." 그러나 고르디오스가 다른 사람들을 따라 식당으로 가려 하자 왕은 갑자기 걸음을 멈추고 매섭게 말했다. "당신은 아니야! 당장 마자카로 돌아가시오. 카파도키아에 왕이 있다는 걸 보여줘야 하니까."

미트리다테스로서는 유감스럽게도, 봄 날씨는 술라의 편이었다. '킬리키아 관문' 고개는 미트리다테스가 젤라 외곽의 진지에서 아르가이오스 산기슭까지 추가 병력 5만 명을 이동시키며 통과해야 했던 세 개의 잇단 고개들보다 낮았고 눈도 덜 쌓여 있었다. 고르디오스는 미트리다테스 왕이 산악지대라는 장벽을 넘을 수 있겠다고 판단하기 전에 이미 시노페로 전갈을 보내 술라와 군대가 움직이고 있다고 알린 터였다. 그래서 왕은 젤라에서 출발할 때 술라가 카파도키아에 도착하여 군인들을 마자카에서 남쪽으로 400스타디온, 카파도키아의 코마나에서 서쪽으로 400스타디온쯤 떨어진 진지로 들여보냈으며 일의 진행에 만족하는 것 같다는 또 한번의 전갈을 받고 안도했다.

그럼에도 불구하고 왕은 병사들을 재촉하여 그 위험한 구역을 통과했다. 사람과 짐승의 고난에는 개의치 않았다. 왕의 군관들은 뒤처지는 자들을 채찍으로 몰아대고 가망 없는 자들을 장홧발로 길 바깥으로 차버릴 준비가 되어 있었다. 아르메니아의 아르탁사타에 있는 왕의 사위 티그라네스에게, 로마인들이 킬리키아에 수비대를 배치했으며 로마인 총독이 카파도키아에서 돌아다니고 있다고 경고하기 위해 전령들이 이미 동쪽으로 떠난 뒤였다. 크게 놀란 티그라네스는, 파르티아의 종주들에게 이 사실을 알리고 티그리스 강변의 셀레우케이아에서 지령을 받기 전까지는 꼼짝도 하지 않는 것이 최선이라고 판단했다. 미트리다테스는 도움을 청한 적이 없었지만, 일찍부터 자신의 역량을 파악하고 있었던 티그라네스는 과연 자신이 로마에 맞서고 싶은지—미트리다테스는 어쨌든지 간에—확신할 수 없었다.

폰토스의 왕은 할리스 강에 당도하여 도강한 후, 데리고 온 부하들 5만 명을 이미 마자카에 주둔중이던 5만 명과 함께 야영시켰다. 그를 찾아온 고르디오스가 유난을 떨며 기이한 소식을 전했다.

"그 로마인은 지금 길을 내느라 바쁩니다!"

왕은 그 자리에 얼어붙었다. "길?"

"킬리키아 관문 고개에 말이옵니다, 대왕 전하."

"하지만 거기엔 이미 길이 있는데."

"네, 그렇사옵니다!"

"그런데 무슨 길을 또 낸단 말이오?"

"모르겠사옵니다!"

조그만 입을 둘러싼 불룩한 붉은 입술이 더 작게 오므라들었다가 바깥으로 말려나왔고, 다시 안으로 말려들어갔다. 이럴 때 미트리다테스는, 본인은 몰랐지만(혹은 누군가 그에게 말해줄 용기가 있었다면 알았겠지만, 아무도 그러지 못했다) 물고기를 똑 닮아 있었다. 왕은 한동안 계속 그러고 있다가 어깨를 으쓱했다. "로마인들은 길 내는 걸 좋아하지." 왕은 당혹스러운 듯한 어조로 말했다. "시간을 때우려는가보군." 왕의 표정이 험악해졌다. "어쨌거나 그자는 나보다 이곳에 훨씬 빨리 도착했으니까."

"그 길 말이옵니다만, 대왕 전하," 네오프톨레모스가 조심스럽게 말했다.

"말해보시오."

"소신이 생각하기에 루키우스 코르넬리우스 술라라는 자는 그 길을 보수하는 중일지도 모르겠사옵니다. 길 상태가 좋을수록 군대를 더 신속하게 이동시킬 수 있기 때문입니다. 로마인들이 좋은 길을 내는 건 이 때문이옵니다."

"하지만 그자는 원래 있던 길로 이미 행군하지 않았소. 어째서 이미 지나간 길을 새로 내는 거지?" 미트리다테스가 외쳤다. 그는 도저히 이해가 안 되었다. 병사들은 쓰고 버리면 그만인데다, 어떤 길이든 있기만 하면 채찍을 써서 병사들을 이동시킬 수 있다. 왜 구태여 그 길을 동네 산책길처럼 편하게 만들려는 거지?

"어쩌면," 네오프톨레모스가 참을성 있게 말했다. "그 로마인은 기존의 길을 지나간 후 다음에 다시 그곳을 지나갈 때를 대비하여 길을 보수하는 것일 수도 있사옵니다."

이 말은 통했다. 왕은 눈을 부릅떴다. "그렇다면 그자는 놀라게 될 거요! 나는 그자와 킬리키아인 용병들을 카파도키아에서 몰아낸 후 그자의 새 길을 굳이 힘들여 망가뜨리지도 않을 거니까. 그냥 산을 허물어서 길을 덮어버릴 것이야!"

"참으로 훌륭하시옵니다, 대왕 전하." 고르디오스가 알랑거렸다.

왕은 경멸조로 투덜거리면서 말이 있는 곳으로 가서 무릎을 꿇고 엎드린 노예의 등을 밟고 올라 안장에 앉았다. 그러고는 누가 따라올 준비가 되었는지 보지도 않고 말의 옆구리를 차서 전속력으로 달렸다. 고르디오스는 자기 말의 안장에 기어올라가 우는소리를 내며 왕의 뒤를 쫓았고, 남겨진 네오프톨레모스는 두 사람이 멀어지는 모습을 쳐다보았다.

왕의 머릿속에 생소한 사고방식을 주입하는 건 정말 어렵군, 하고 네오프톨레모스는 생각했다. 왕은 길 문제를 제대로 이해한 걸까? 어째서 모르는 거지? 나는 아는데! 우린 둘 다 폰토스인이고 외국에서 공부한 적이 없다. 우리의 성장과정은 혈통만큼이나 비슷하다. 아니, 사실 그는 나보다 더 다양한 장소에 가보았다. 그런데도 그는 내가 단번에 이해한 몇 가지 것들의 중요성을 전혀 이해하지 못하고 있다. 생각이 다르기 때문이겠지. 사고방식이 다른 거다. 어쩌면 완전한 독재자가 된 사람은 어떤 식으로든 사고방식이 변하는 걸까? 그는, 나의 사촌 미트리다테스는 바보가 아니다. 그런 그가 저토록 로마인들을 이해하지 못한다니 유감이다. 그는 완강하게 부인하겠지만, 사실 그는 로마인들을 이해하는 일에 관심조차 없다. 로마인들에 대한 왕의 판단은 대부분 그의 기이했던 아시아 속주 탐험에 근거하고 있지만, 그것은 그가 생각하는 만큼 대단한 경험이 아니다. 우리 나머지 사람들이 아는 것을 왕도 알게 하려면 어떻게 해야 하는 걸까?

미트리다테스 왕은 에우세베이아 마자카에 있는 푸른 궁전에서 오래 머물지 않았다. 그곳에 도착한 다음날 그는 10만 대군을 이끌고 술라가 있는 곳으로 향했다. 여기서는 길에 대해 걱정할 필요가 없었다! 이따금씩 올라가야 하는 언덕과 석회화된 솟은 바위가 들어차 우회해야 하는 기이한 협곡이 나왔지만, 행군하기에 어렵지 않은 길이었다. 그들은 낮 동안 160스타디온을 갔고, 미트리다테스는 행군 거리에 만족했다. 그는 자기 눈으로 직접 보지 않는 한, 길이 나 있지 않은 똑같은 구역을 로마 군대는 전력을 다하지 않고도 그 두 배 이상 행군할 수 있다는 사실을 믿지 못했을 것이다.

그러나 술라는 움직이지 않았다. 술라는 드넓은 평지 한복판에 있는 진지를 물샐 틈 없이 요새화하며 시간을 보내고 있었다. 카파도키아에는 숲이 별로 없어서 킬리키아 관문 고개에서 목재를 실어날라야 했다. 그리하여 지평선을 넘어온 미트리다테스는 드넓은 둑 위의 32평방스타디온이 넘는 공간을 둘러싼 완벽한 사각형 구조물을 보게 되었다. 그곳은 높이가 약 3미터인 끝이 뾰족한 말뚝 울타리로 에워싸여 있었고 울타리 벽 바깥에는 참호 세 개가 있었는데, 제일 바깥쪽 참호는 폭이 약 6미터에 물이 채워져 있었고, 가운데 참호는 폭이 약 4.5미터에 끝이 뾰족한 말뚝들이 세워져 있었으며, 제일 안쪽 참호는 폭이 약 6미터에 물이 채워져 있었다. 정찰대가 알아온 바에 따르면 참호를 건너가는 통로는 총 네 개인데, 각 통로는 네 개의 대문으로 이어졌다. 대문들은 사각형 진지의 네 변 중간에 있었다.

미트리다테스는 난생처음으로 로마식 진지를 보았다. 그는 입을 떡 벌리고 싶었지만 보는 눈이 너무 많아 그럴 수가 없었다. 그는 그것을 빼앗을 수 있다고 확신했지만, 엄청난 대가를 치러야 할 터였다. 그래서 자신의 대군은 진을 치게 해놓고 술라의 요새를 가까이에서 살펴보러 혼자서 말을 타고 갔다.

"전하, 로마인들이 전령을 보내왔사옵니다." 왕의 군관 하나가 술라의 감탄스러운 요새 한쪽을 따라 천천히 말을 타고 있던 왕에게 와서 말했다.

"뭐라고 하더냐?" 미트리다테스가 물었다. 그는 진지의 말뚝 울타리 벽과, 그 벽을 따라 매우 좁은 간격으로 설치된 망루들을 보며 얼굴을 찌푸리고 있었다.

"총독 루키우스 코르넬리우스 술라가 회담을 요청했사옵니다."

"응하겠다. 시간과 장소는?"

"로마 진지의 정문과 연결된 통로이옵니다. 오른쪽에 있는 저 통로이옵니다, 대왕 전하. 로마 전령은 회담에 전하와 총독만 참석한다고 했사옵니다."

"언제?"

"지금이옵니다, 대왕 전하."

왕은 말을 차서 오른쪽으로 갔다. 그는 루키우스 코르넬리우스 술라를 어서 만나고 싶었으며, 전혀 겁나지 않았다. 지금까지 로마인들에 대해 들은 이야기들로 짐작건대 로마인들은 정전중에 무장하지 않고 회합 장소로 가는 사람에게 창을 던져 쓰러뜨리는 기만적인 행동은 하지 않을 것 같았다. 그래서 미트리다테스는 회담 장소인 통로에 도착한 후 별생각 없이 말에서 내려왔다가 멈칫하면서 자신의 우둔함에 성이 났다. 가이우스 마리우스에게 당한 짓을 다른 로마인에게 또 당할 수는 없다. 감히 나를 내려다보다니! 왕은 다시 말 위로 기어올라갔다. 내가 루키우스 코르넬리우스 술라를 내려다볼 것이다! 하지만 왕의 말은 양쪽에 있는 무시무시한 참호들을 보더니 눈을 허옇게 굴리면서 통로로 들어서지 않으려고 했다. 왕은 잠시 동안 말과 씨름하다가 이러다가는 체면이 더 구겨지겠다고 판단했다. 왕은 다시 말에서 내린 다음 혼자서 통로 가운데로 걸었다. 끝이 뾰족한 말뚝들이 그야말로 꽉 찬 참호는 이빨로 가득찬 벌린 입 같았다.

　문이 열리고, 한 남자가 미끄러지듯 문을 돌아서 나와 왕을 향해 걸어왔다. 왕은 키가 훤칠한 자신과 달리 꽤 작은 사내를 보고 흡족했다. 하지만 사내의 체격은 균형이 아주 잘 잡혀 있었다. 그 로마인은 몸통에 맞춘 수수한 강철 판갑을 착용하고 가죽끈들로 만든 프테루게스라고 하는 이중 킬트와 진홍색 튜닉을 입었으며 진홍색 망토를 등뒤에 흩날리고 있었다. 머리에는 아무것도 쓰지 않아 붉은빛 도는 금발이 햇빛에 반짝거리며 미풍에 흔들렸다. 미트리다테스는 그 머리카락에서 눈을 뗄 수가 없었다. 그런 색의 머리카락은 단 한 번도, 켈트계 갈라티아인들 중에서도 본 적이 없었다. 사내의 얼음 같은 흰 피부도 마찬가지였다. 그 피부는 로마인의 무릎 바로 위까지 내려오는 옷단과 인상적인 근육질 장딴지의 중간까지 올라온 장식 없는 튼튼한 장화 사이에, 그의 두 팔에, 목과 얼굴에 드러나 있었다. 얼음같이 희군! 티끌만큼의 색깔도 없어!

술라는 자신의 얼굴을 왕이 볼 수 있을 만큼 다가갔고, 왕은 술라의 눈을 볼 수 있을 만큼 다가갔다. 왕은 말 그대로 몸을 떨었다. 아폴론! 로마인으로 변장한 아폴론이다! 사내의 얼굴은 너무나 강렬하고 신과 같으며 엄청난 위엄이 서려 있었다. 선웃음을 치는 매끈한 얼굴의 그리스 조각상이 아니었다. 신이 창조되고 오랜 시간이 흐른 뒤의 모습이 꼭 그럴 것 같았다. 힘이 넘치는 한창때의 신인(神人). 로마인. 로마인!

술라는 자신만만하게 회합 장소로 나왔다. 마리우스에게서 폰토스 왕을 만났던 때의 이야기를 자세하게 들었기 때문이었다. 당시 술라와 마리우스는 폰토스 왕의 역량을 판단했다. 술라는 자신의 외모 때문에 왕이 동요할 거라는 예상은 하지 못했으며 왕이 동요하는 이유도 정확히 알 수 없었다. 정확한 이유는 중요하지 않았다. 술라는 그저 이 예상 밖의 이점을 활용하기로 마음먹었다.

"카파도키아에는 무슨 일이오, 미트리다테스 왕?" 술라가 물었다.

"카파도키아는 내 것이오." 왕은 말했지만, 이 로마인 아폴론을 보기 전에 내려고 했던 으르렁대는 목소리가 아니라 작고 유약한 목소리가 나왔다. 왕은 그런 자신이 싫었다.

"카파도키아는 카파도키아인들의 것이오."

"카파도키아인은 폰토스인과 동족이오."

"어찌 그렇소, 그들에게는 폰토스인들이 그러하듯 그들만의 수백 년 왕조가 있는데?"

"그들의 왕은 카파도키아인이 아니라 외국인이오."

"어떤?"

"시리아의 셀레우코스 왕조 말이오."

술라는 어깨를 으쓱했다. "그렇다면 이상한 일이오, 미트리다테스 왕. 내 뒤의 진지 안에 있는 카파도키아 왕은 전혀 시리아의 셀레우코스 같지가 않으니 말이오. 당신 같지도 않고! 그의 혈통은 시리아나 셀레우코스, 다른 어떤 것과도 관련이 없소. 아리오바르자네스 왕은 카파도키아인이고 그의 백성들이 직접, 당신 아들인 아리아라테스 에우세베스 대신 추대한 왕이오."

미트리다테스는 움찔했다. 고르디오스는 마리우스가 아리아라테스 에우세베스의 아버지가 누군지 알아냈다고 말해준 적이 없었다. 따라서 미트리다테스는 술라의 말이 예지력에서 나온 초자연적인 것처럼 느껴졌다. 눈앞의 사내가 로마인 아폴론이라는 또하나의 증거였다.

"아리아라테스 에우세베스 왕은 아르메니아인들이 침략했을 때 죽었소." 미트리다테스는 여전히 작고 유약한 목소리로 말했다. "지금 카파도키아에는 카파도키아인 왕이 있소. 그의 이름은 고르디오스요. 나는 그의 왕위를 지켜주러 이곳에 온 것이오."

"고르디오스는 당신 사람이오, 미트리다테스 왕. 그는 폰토스 왕후의 아버지로, 왕의 장인에 그쳐야 할 사람이지." 술라는 차분하게 말했다. "고르디오스는 카파도키아인들이 선택한 왕이 아니오. 당신의 사위 티그라네스를 이용하여 당신이 앉힌 왕이지. 정통성 있는 왕은 아리오바르자네스요."

이것도 알고 있군! 이 루키우스 코르넬리우스 술라라는 자는 아폴론이 아니라면 대체 누구인가? "아리오바르자네스는 왕위 사칭자요!"

"로마 원로원과 인민은 그렇게 생각하지 않소." 술라는 자신의 이점을 최대한으로 활용하며 말했다. "나는 로마 원로원과 인민을 대신하여 아리오바르자네스 왕을 복권시키고 폰토스와 아르메니아를 카파도키아 땅에서 내보내러 이곳에 왔소."

"로마가 관여할 일이 아니오!" 화가 나기 시작한 왕이 용기를 내어 소리쳤다.

"로마는 세상의 모든 일에 관여하오." 술라는 대꾸한 다음 적당한 때를 기다렸다가 일갈했다. "당신 나라로 돌아가시오, 미트리다테스 왕."

"카파도키아도 폰토스처럼 나의 나라요!"

"아니, 그렇지 않소. 폰토스로 돌아가시오."

"당신의 저 한심한 소군으로 나를 돌려보내겠다고?" 화가 날 대로 난 왕이 비웃었다. "내 뒤를 보시오, 루키우스 코르넬리우스 술라! 10만 대군이오!"

"야만인 10만 명이오." 술라가 조소하며 말했다. "내가 전부 먹어치울 수 있는."

"싸울 것이오! 경고하는데, 싸울 것이오!"

술라는 몸을 돌려 걸어가버리려고 하다가 돌아서서 말했다. "하, 허세 부리지 말고 당신 나라로 돌아가시오!" 술라는 정문 앞까지 가서 뒤로 돌아 더 큰 목소리로 말했다. "당신 나라로 돌아가시오, 미트리다테스 왕. 여드레 후 나는 에우세베이아 마자카로 진군해 아리오바르자네스 왕을 복권시킬 것이오. 내게 맞선다면 당신의 군대를 섬멸하고 당신을 죽이겠소. 10만 대군이 아니라 20만 대군이라 해도 나를 막을 순 없소."

"당신의 군대는 로마군도 아니잖소!" 왕이 소리를 질렀다.

술라는 섬뜩한 웃음을 지었다. "로마군과 다름없소." 술라가 말했다. "로마인이 군장을 갖추게 하고 훈련을 시켰소. 내 병사들은 로마인처럼 싸울 거요, 내 이것만큼은 장담하지. 당신네 나라로 가시오!"

자신의 막사로 성큼성큼 들어온 왕은 어찌나 성이 나 있던지 아무도, 네오프톨레모스조차 감히 왕에게 말을 걸지 못했다. 왕은 곧장 막사 뒤쪽에 있는 사실로 가서 자주색 망토를 머리에 뒤집어쓰고 왕좌에 앉았다. 아니, 술라는 아폴론이 아니다! 그는 그저 로마인일 뿐이다. 하지만 아폴론처럼 보일 수 있는 로마인이란 도대체 어떤 족속인가? 혹은, 가이우스 마리우스처럼 기골이 장대하고 당당하여 힘과 권위를 절대로 의심할 수 없는 로마인들은? 미트리다테스는 아시아 속주에서 로마인들을 보았고, 심지어 멀리서긴 했지만 총독도 본 적이 있었다. 그들은 오만했지만 평범해 보였다. 그러나 왕이 직접 대면한 로마인은 가이우스 마리우스와 루키우스 코르넬리우스 술라뿐이었다. 어떤 로마인이 진짜 로마인인가? 왕의 상식은 아시아 속주의 로마인이라고 대답했고 왕의 본능은 마리우스와 술라라고 대답했다. 어쨌거나 미트리다테스는 헤라클레스와 페르시아의 다리우스의 피를 물려받은 위대한 왕이었다. 따라서 그에게 대적하는 자들 역시 위대할 수밖에 없었다.

어째서 나는 군대를 직접 지휘할 수 없는가? 어째서 나는 그 기술을 이해하지 못하는가? 어째서 나는 그 일을 사촌인 아르켈라오스나 네오프톨레모스 같은 자들에게 맡겨야만 하는가? 몇몇 아들은 가능성이 보였다. 그러나 그들에겐 야심 가득한 어미들이 있다. 내가 의지하고 확신할 수 있는 것은 무엇인가? 어떻게 해야 위대한 로마인들을, 수십만 대군을 무찌르는 자들을 상대할 수 있는가?

분노는 결국 눈물로 변했다. 왕은 절망이 체념으로 바뀔 때까지 무력하게 울었다. 그것은 천성적으로 그에게 낯선 감정이었다. 그는 위대한 로마인들을 이길 수 없다는 것을 받아들여야만 했다. 따라서 그의 야망은 실현될 수 없을 것이다. 신들이 폰토스를 향해 미소를 지으며 카파도키아보다 로마와 훨씬 더 가까운 곳에서 위대한 로마인들에게 할 일을 주지 않는 한. 만일 평범한 로마인들만 폰토스로 파견되는 날이 온다면 미트리다테스는 움직일 것이다. 그때까지 카파도키아와 비티니아, 마케도니아는 기다려야만 한다. 왕은 자주색 망토를 벗어던지고 일어섰다.

고르디오스와 네오프톨레모스는 막사의 외실에서 기다리고 있었다. 두 사람은 왕이 그의 사실로 이어지는 곳에 나타나자 의자에서 벌떡 일어났다.

"철군시켜라." 미트리다테스는 퉁명스럽게 말했다. "폰토스로 돌아간다. 그 로마인이 아리오바르자네스를 다시 카파도키아 왕좌에 앉히게 내버려둬! 나는 젊다. 내게는 시간이 있어. 나는 기다렸다가 로마가 다른 곳에 정신을 파는 때에 서쪽으로 진군할 것이다."

"하지만 저는 어떡합니까?" 고르디오스가 울부짖었다.

왕은 집게손가락을 물고 고르디오스를 뚫어지게 쳐다보았다. "진즉에 그대를 제거했어야 했소, 장인." 왕은 말한 다음 턱을 치켜올리고 소리쳤다. "친위대! 안으로!"

친위병들이 쏟아져 들어왔다.

"이자를 데려가서 죽여라." 왕은 몸을 움츠린 고르디오스를 향해 손을 흔들며 말한 다음, 얼굴이 하얗게 질려서 떨고 있는 네오프톨레모스 쪽을 바라보았다. "뭘 꾸물대고 있느냐? 철군시켜라! 당장!"

"흐음!" 술라는 아들에게 말했다. "그자가 철수하는구나."

부자는 정문 옆 망루에 서서 미트리다테스 진영의 북쪽을 보고 있었다.

술라 2세는 한편으로 아쉽기도 했지만 기쁜 마음이 더 컸다. "이렇게 되는 편이 낫죠, 아버지?"

"지금 단계에서는 그런 것 같구나."

"우리는 그를 이기지 못했을 거예요, 그렇죠?"

"당연히 우리가 이겼을 거다!" 술라가 호쾌하게 대답했다. "질 거라고 생각했다면 전장에 내 아들을 데리고 왔겠느냐? 그자가 짐을 싸서 떠나는 이유는 오직 하나, 우리가 이길 거라는 걸 알기 때문이다. 미트리다테스는 오지의 촌뜨기 같은 구석이 있긴 하지만, 군사적 우세와 우월한 자를—설사 처음 마주쳤다 해도—알아보는 눈은 있나보다. 사실 그자가 그동안 아주 고립되어 있었다는 게 우리한테는 행운이지. 이곳 동방 군주들의 유일한 본보기는 로마의 군사 기준으로 볼 때 대책 없이 구식인 알렉산드로스 대왕뿐이니."

"폰토스의 왕은 어땠어요?" 아들이 호기심 어린 표정으로 물었다.

"어땠냐고?" 술라는 대답하기 전에 잠시 생각했다. "말로 표현하기 어렵구나! 자신에 대해 별로 확신이 없는 것이 분명했고, 그래서 다루기 쉬운 자였다. 포룸 로마눔에서 시선을 끌 외모는 아니지만 그건 그자가 외국인이기 때문이지. 여느 독재자들—육아실의 버릇없는 애들도 포함해서—과 마찬가지로 자기 마음대로 하는 데 익숙하다. 그자를 한마디로 정의해야 한다면, 촌놈이라고 하겠다. 하지만 그는 그가 내려다보는 모든 것들의 왕이자 위험한 사람이며 학습 능력이 범상치 않아. 그가 유구르타처럼 어린 나이에 로마와 로마인들을 경험하지도, 한니발처럼 노련하지도 못한 것이 다행이지. 그는 가이우스 마리우스, 그리고 나를 만나기 전까지 자기 자신한테 만족했을 테지만 오늘의 그는 그렇지 않다. 그러나 미트리다테스는 이대로 가만히 있지 않을 게야! 그는 우리를 이길 방도를 찾기 시작할 것이다. 그는 자존심이 매우 세다. 자만심도 매우 강하고. 그는 로마에 대항하여 자신의 패기를 시험할 때까지 멈추지 않을 거다. 하지만 이길 거라는 확신이 들기 전에는 그런 위험을 감수하지 않을 거야. 오늘 그에게는 확신이 없었다. 그의 입장에서는 철군이 현명한 결정이다, 아들아! 내가 그와 그의 군대를 산산조각 내버렸을 테니까."

술라 2세는 매혹당한 눈으로 아버지를 쳐다보았다. 소년은 아버지의 확신에, 자신이 옳다는 아버지의 믿음에 놀랐다. "저렇게 많은데요?"

"숫자는 아무런 의미도 없단다, 아들아." 술라는 돌아서서 망루를 떠나며 말했다. "내가 그자의 측면을 공격할 수 있는 방법은 적어도 열 가지가 넘는다. 그는 군사의 수가 중요하다고 생각하지만 아직 진짜 답에는 이르지 못했어. 자신이 가진 것을 하나의 단위로 활용하는 것 말이다. 만일 그가 싸우기로 결심하고 내가 병사들을 진지 밖으로 보내 맞서 싸우게 하여 그에게 만족감을 준다면, 그는 무턱대고 돌격 명령을 내릴 것이야. 그의 모든 병사들은 다 같이 우리에게 달려들 테고. 그렇게 되면 너무나 상대하기 쉽지! 그가 내 진지를 차지하는 건 불가능해! 하지만 그자는 위험하다. 왜 그런지 아느냐, 아들아?"

"아뇨." 아무 생각도 떠오르지 않았던 아들이 대답했다.

"그가 자기 나라로 돌아가기로 결정했기 때문이다. 그는 자기 나라로 가서 생각하고 또 생각한 뒤 결국은 자기가 어떻게 해야 했는지 알아내게 될 거야. 5년이다, 애야! 내 생각에 5년 뒤 로마는 미트리다테스 왕 때문에 골머리를 앓게 될 거야."

망루 밑에서 술라 부자를 만난 모르시모스는 조금 전의 술라 2세와 매우 비슷한, 기뻐하면서도 아쉬워하는 표정이었다. "이제 어떻게 합니까, 루키우스 코르넬리우스?" 모르시모스가 물었다.

"내가 미트리다테스한테 말한 그대로네. 여드레 후 우리는 마자카로 행군하고 아리오바르자네스를 다시 왕좌에 앉힐 거야. 미트리다테스에 대해서는 당분간 걱정하지 않아도 돼. 그자는 앞으로 몇 년간은 카파도키아에 돌아오지 않을 것이네, 내 볼일은 아직 끝나지 않았거든."

"아직 끝나지 않았다고요?"

"그자와 관련해 볼일이 남았다는 뜻이네. 우리는 타르소스로 돌아가지 않을 거야." 술라가 심술궂은 미소를 띠며 말했다.

모르시모스는 숨을 헐떡였다. "폰토스로 행군하려는 건 아니시지요!"

술라는 웃었다. "아니야! 난 군대를 이끌고 티그라네스에게 갈 거라네."

"티그라네스? 아르메니아의 티그라네스 말씀입니까?"

"그러하네."

"하지만 어째서입니까, 루키우스 코르넬리우스?"

두 쌍의 눈이 대답을 기다리며 술라의 얼굴을 주시하고 있었다. 그러나 아들도 보좌관도 그의 대답을 짐작조차 하지 못했다.

"난 에우프라테스 강을 한 번도 본 적이 없거든." 술라가 꿈꾸는 듯한 표정으로 말했다.

두 청중 가운데 누구도 예상하지 못한 대답이었다. 그러나 아버지를 잘 아는 술라 2세는 킥킥거리기 시작했고, 모르시모스는 머리를 긁적이며 자리를 떴다.

물론 술라에게는 영감이 있었다. 카파도키아에는 아무런 문제도 없을 거라는 것만큼은 확실했다. 미트리다테스는 당분간 폰토스에 머무를 터였다. 그러나 그는 약간의 저지책이 더 필요했다. 게다가 술라의 입장에서 보자면, 아직 전투도 없었고 황금이나 보물을 얻을 기회도 얻지 못했다. 술라가 생각하기에 카파도키아 왕국은 그에게 뭔가를 희사할 만큼 부유하지도 않았다. 에우세베이아 마자카에 한때 있었을지도 모르는 재물은 미트리다테스의 궤짝 안으로 들어가버린 지 오래였다. 술라가 폰토스의 왕을 제대로 봤다면 말이다. 그리고 술라는 그를 잘못 봤다고 생각하지 않았다.

술라가 받은 명령은 분명했다. 미트리다테스와 티그라네스를 카파도키아에서 몰아내고 아리오바르자네스를 왕좌에 앉힌 다음 킬리키아 국경에서 더이상 문제가 일어나지 않게 할 것. 집정관급 임페리움이 있다 해도 일개 법무관에 불과한 술라에게는 복종하는 것 외에 선택의 여지가 거의 없었다. 하지만…… 티그라네스는 코빼기도 내밀지 않았다. 티그라네스는 이번에 폰토스의 왕과 함께 카파도키아에 오지 않았다. 이는 티그라네스가 여전히 아르메니아의 산악 요새에서, 로마인을 한 번도 만난 적 없이 로마의 뜻에 무지하고 로마의 위협을 받지 않은 채로 지내고 있다는 뜻이었다.

유일한 전령이 미트리다테스라면, 로마의 뜻이 티그라네스에게 정확하게 전달될 거라고 믿기 힘들다. 그렇다면 티그라네스를 직접 찾아가서 로마의 명령을 전달하는 것이 킬리키아 총독의 마땅한 의무이지 않은가? 그리고 누가 알겠는가? 어쩌면 아르메니아로 가는 도중에 황금 한 자루가 발치에 떨어질지. 술라는 황금 자루가 절실히 필요했다. 총독 개인을 위한 황금 자루에 로마 국고에 들어갈 또 한 자루의 황금이 딸려오는 한, 총독이 그런 사의를 받아들이는 것은 부적절하다고 간주되지 않았다. 부당취득이나 반역, 뇌물수수 혐의는 국고에 아무것도 들어가지 않았거나 (마니우스 아퀼리우스의 부친이 그랬듯) 총독이 국가의 것을 팔아 수익금을 자기 돈주머니에 넣었을 때만 받는 것이었다. 프리기아의 경우처럼.

여드레 동안의 대기 기간 마지막날, 술라는 4개 군단을 자신이 건설한 요새 진지 밖으로 진군시키고 요새는 고원에 그대로 내버려두었다. 언젠가 쓸모가 있을지도 모르기 때문이었다. 술라는 미트리다테스가 카파도키아로 돌아온다 해도 그 요새를 허물 생각을 하기 힘들 거라고 보았다. 술라는 아들과 군대와 함께 마자카로 가 왕궁 접견실에서 아리오바르자네스의 즉위식을 지켜보았다. 왕의 모친과 술라의 아들은 환하게 웃고 있었다. 카파도키아인들이 기뻐하는 것은 분명했다. 그들은 집밖으로 나와 그들의 왕에게 환호했다.

"왕이여, 즉시 군대를 모집하여 훈련시키는 편이 현명할 것이오." 술라는 떠날 채비를 하면서 말했다. "로마가 항상 개입할 수 있는 상황이진 않을 것이니 말이오."

왕은 그렇게 하겠다고 열성적으로 약속했지만 술라는 탐탁지가 않았다. 우선 카파도키아에는 돈이 거의 없는데다 카파도키아인들은 천성적으로 호전적이지 않았다. 로마인 농부는 훌륭한 군인이 될 수 있지만 카파도키아의 양치기는 그렇지 않았다. 어쨌거나 충고는 건네졌고 귀에 들어갔다. 술라는 자신이 할 수 있는 일이 거기까지임을 알고 있었다.

술라의 정찰병들이 알려온 바에 의하면 미트리다테스는 거대하고 붉은 할리스 강을 건너 젤라로 가는 폰토스의 고갯길들 가운데 첫번째 고개를 이미 빠져나가는 중이었다. 물론 어떤 정찰병도 미트리다테스가 아르메니아의 티그라네스에게 전갈을 보냈는지 여부는 술라에게 알려주지 못했다. 사실 그것을 꼭 알아내야 하는 건 아니었다. 미트리다테스는 자신의 체면을 깎아내리는 이야기는 전달하지 않을 것이다. 진실은 티그라네스가 직접 술라와 만났을 때에만 드러날 터였다.

그리하여 마자카를 출발한 술라는 그의 정돈된 소규모 군대를 정동향으로 이끌었다. 카파도키아의 넘실거리는 고원을 가로질렀고 멜리테네에서 토미사로 건너가 에우프라테스 강으로 향했다. 계절은 이제 완연한 봄으로 접어들어, 술라는 아라라트 산을 둘러싼 길들을 제외하고 모든 고갯길들을 지나갈 수 있다는 보고를 받았다. 또한 술라가 아라라트 산을 둘러가기를 바란다면 그 고갯길들 역시 술라가 그곳에 도착할 때쯤에는 지나갈 수 있을 거라고 했다. 술라는 고개를 끄덕였을 뿐 아들과 모르시모스에게조차 아무 말도 하지 않았다. 술라는 그저 에우프라테스 강까지 가는 일에만 집중할 뿐 정확하게 어디로 갈 것인지는 아직 생각하지 않고 있었다.

마자카와 달란다 사이에는 안티타우로스 산맥이 놓여 있었는데, 상상했던 것만큼 통과하기가 어렵지는 않았다. 봉우리들은 높았지만 고갯길 자체는 상당히 낮은데다 눈이나 산사태의 위험도 없었기 때문이다. 그후 술라 일행은 색이 선명한 바위 골짜기들을 잇달아 통과했다. 그곳의 평탄부에서는 강물이 하얗게 부서지며 흐르고, 농부들은 짧은 생장기를 틈타 비옥한 충적층을 경작했다. 이들은 고대로부터의 부족으로, 대부분 세월이 흐르면서 고립되어 군대에 징집된 적도, 자기네 땅에서 떨어진 적도 없었다. 술라는 예의바르게 진군했고 보급품으로 필요한 것은 무엇이든 값을 치르고 구입했으며 경작지를 건드리지 않도록 부하들을 한 줄로 걷게 했다. 매복 공격을 하기에 매우 적합한 시골이었지만 술라의 정찰병들은 극도로 기민했으며, 술라도 티그라네스가 군대를 편성하여 에우프라테스 강의 이쪽에 숨어서 기다리고 있 다는 예감은 들지 않았다.

멜리테네는 특색 없는 지역으로, 도시라고는 크기를 막론하고 전혀 없었지만 시골은 평탄하고 풍요로웠다. 주위를 둘러싼 산들 사이에 드 넓게 펼쳐진 에우프라테스 평원의 일부였다. 이곳 주민들은 앞서 지난 곳들보다 수적으로는 더 많지만 더 세련되었다고 하기는 어려웠고, 행 군중인 군대를 보는 데 익숙하지 않은 것이 분명했다. 알렉산드로스 대 왕조차 그의 길고 복잡한 방랑길에 멜리테네는 지나가지 않았다. 술라 는 티그라네스 역시 카파도키아로 가는 길에 이곳을 지나가지 않았음 을 알게 되었다. 티그라네스는 술라의 현재 위치보다 아르탁사타에서 더 곧은 선을 그리는, 에우프라테스 강의 원류를 따라가는 북쪽 경로를 선호했다.

그리고 마침내 절벽 같은 강둑에 갇힌 그 장대한 강이 나타났다. 로 다누스 강의 하류만큼 폭이 넓지는 않았지만 훨씬 더 빠르게 흐르는 강이었다. 술라는 생각에 잠긴 채, 질주하는 물줄기를 보면서 그 인상 적인 우윳빛 청록색에 감탄했다. 그는 한 팔로 아들을 꼭 감싸고 있었 다. 날이 갈수록 더 사랑하게 되는 아들이자 그지없이 완벽한 동행인이 었다!

"건너갈 수 있겠소?" 술라는 모르시모스에게 물었다.

그러나 그 타르소스의 킬리키아인은 술라보다 현명하지 못했으므로 미심쩍은 듯이 고개를 저을 수밖에 없었다. "몇 달 더 지나서 눈이 다 녹은 후라면 아마 가능하겠지요. 눈이 다 녹기는 한다면 말입니다. 루 키우스 코르넬리우스. 현지 주민들 말로는 에우프라테스 강은 깊이가 폭을 능가한다고 하는데, 이 강이 세상에서 가장 장대하다고 하는 건 분명 그 때문일 겁니다."

"이 강을 가로지르는 다리는 없소?" 술라가 성마르게 물었다.

"이곳 최상류에는 없습니다. 여기에 다리를 놓으려면 이쪽 세계의 그 어떤 기술보다도 우수한 건축 기술이 필요합니다. 알렉산드로스 대왕이 이 강에 다리를 놓았다고 하지만, 지금보다 따뜻한 철이었고 훨씬 하류 쪽에 놓은 것입니다."

"로마인들이 필요하군."

"그렇습니다."

술라는 한숨을 쉬고 어깨를 으쓱했다. "흠, 지금 내게는 공병대도 없고 시간도 없네. 눈 때문에 고갯길들이 막혀서 우회로가 사라지기 전에 어디든 목적지에 도착해야만 해. 내 생각에는 시리아 북부와 아마노스 산맥을 통해 돌아가야 할 것 같지만."

"목적지가 어딘데요, 아버지? 장대한 에우프라테스 강은 이제 보셨잖아요." 술라 2세가 미소를 지으며 물었다.

"아빠는 아직 에우프라테스 강을 실컷 보지 못했단다! 그래서 우리는 남쪽으로, 안전한 도하 지점을 발견할 때까지 강둑을 따라 진군할 거다." 술라가 대답했다.

사모사타에서도 여전히 강 물살은 너무 빨랐지만 현지인들이 바지선 같은 배들을 내놓았다. 배들을 살펴본 술라는 사양했다.

"계속 남쪽으로 간다." 술라는 말했다.

다음 여울은 시리아 국경 너머 제우그마에 있다고 했다.

"그리포스가 죽고 키지케노스가 단독으로 통치하는 지금 시리아는 얼마나 안정되었소?" 술라는 그리스어를 할 줄 아는 현지인에게 물었다.

"모르겠습니다, 나리."

그런데 군대가 짐을 꾸리고 이동할 준비를 마쳤을 때 그 위대한 강이 차분해졌다. 술라는 마음을 정했다.

"이때를 틈타 여기서 배로 강을 건넌다." 그는 말했다.

일단 강을 건너자 술라는 안심했지만, 병사들의 두려움이 더 커졌다는 사실은 유념하고 있었다. 마치 그들은 은유적인 의미의 스틱스 강을 건너와서 지하세계의 땅을 방랑하는 것 같았다. 술라는 군관들을 소집하여 병사들이 즐겁게 지낼 수 있게 할 방법을 설명했다. 술라 2세도 군관들과 함께 들었다.

"아직 귀국할 때가 되지 않았다." 술라는 말했다. "따라서 다들 자리를 잡고 편안하게 지내야 한다. 수백 킬로미터 근방에는 우리보다 강력한 군대가 없는 듯하다. 사실 그런 군대는 어디에도 없을 것이다. 병사들에게 그들의 지휘관이 루키우스 코르넬리우스 술라이며, 그는 티그라네스나 파르티아의 수레나보다 훨씬 더 위대한 장군이고, 우리는 에우프라테스 강 동쪽에 최초로 도착한 로마 군대이며, 이 사실 자체만으로도 보호책이 된다고 말해주도록."

여름이 다가오자 술라는 시리아와 메소포타미아의 평원으로 내려가는 방법은 배제했다. 그곳의 열기와 단조로움은 미지의 것에 대한 도전 정신보다도 군인들의 사기 저하를 재촉할 터였다. 그리하여 술라는 사모사타에서 다시 동쪽으로, 티그리스 강 유역의 아미다로 향했다. 그곳은 북쪽으로는 아르메니아, 남동쪽으로는 파르티아 왕국과 접한 국경 지역이지만 수비대와 군부대는 전무했다. 술라의 군대는 붉게 물든 양귀비 들판을 가로지르며 식량이 있는지 주의깊게 살펴보았다. 가끔씩 경작지가 나오기는 했지만 주민들의 창고에는 판매할 곡물이 거의 없는 것 같았기 때문이었다.

근방에는 작은 왕국들이 있었다. 소페네, 고르디에네, 오스로에네, 콤마게네 왕국은 모두 눈 덮인 거대한 봉우리들에 에워싸여 있었지만 산들 사이를 통과할 필요는 없었기에 가는 길은 험하지 않았다. 티그리스 강가의 검은 벽으로 둘러싸인 도시 아미다에서 술라는 콤마게네 왕과 오스로에네 왕을 만났다. 왕들은 이 기이하고 평화적인 로마군이 자기네 땅에 당도했다는 소식을 듣고 술라를 만나러 온 것이었다.

술라는 그들의 이름을 발음할 수가 없었다. 마침 두 왕 모두 자신의 이름을 미화하기 위한 그리스식 별칭을 갖고 있었기에 콤마게네는 에피파네스, 오스로에네는 필로로마이오스라고 불렀다.

"명예로운 로마인이여, 당신은 지금 아르메니아에 있소." 콤마게네가 매우 심각한 목소리로 말했다. "강대한 티그라네스 왕은 당신이 침략했다고 생각할 것이오."

"게다가 그는 멀지 않은 곳에 있소." 오스로에네가 똑같이 심각한 목소리로 말했다.

술라는 두려워하는 것이 아니라 경계하는 기색이었다. "멀지 않은 곳?" 그는 적극적으로 물었다. "어디요?"

"티그라네스 왕은 아르메니아 남부에 새 수도를 세우고 싶어하는데, 장소도 이미 결정했소." 오스로에네가 말했다. "그는 그 도시를 티그라노케르타라고 부를 계획이오."

"그게 어디요?"

"아미다에서 동쪽으로 가다가 북쪽으로 조금 올라가면 나오는 곳이오, 여기서 500스타디온(100킬로미터—옮긴이) 정도 될 거요. 설마 그곳으로 가려는 건 아니겠지요?" 콤마게네가 말했다.

"안 될 게 뭐 있소?" 술라가 물었다. "나는 아무도 죽이지 않았고 사원을 약탈하거나 식량을 훔치지도 않았소. 나는 티그라네스 왕과 대화하기 위해 평화적으로 왔소. 사실 당신들한테 부탁이 있는데, 티그라노케르타에 있는 티그라네스 왕에게 전갈을 보내 내가 평화적으로 만나러 간다고 전해주시오!"

전갈이 보내졌고, 티그라네스는 술라가 접근하고 있는 건 이미 살 알고 있지만 그의 행군을 저지하기를 무척 망설이고 있다는 사실이 밝혀졌다. 로마가 에우프라테스 강 동쪽에 무슨 일로? 티그라네스는 물론 평화적인 의도라는 말을 믿지 않았지만, 술라의 군대 규모로 보건대 로마가 전면적으로 침략하려는 것은 아닌 듯했다. 중요한 것은 왕 자신이 공격에 나설 것인지 여부였다. 미트리다테스처럼 티그라네스 역시 로마라는 이름을 매우 두려워했다. 따라서 그는 저쪽에서 먼저 공격하지 않는 한 자신도 공격하지 않기로 결심했다. 일단 그는 군대를 이끌고 이 로마인, 루키우스 코르넬리우스 술라를 만나러 갈 것이었다.

물론 티그라네스는 미트리다테스의 얘기를 전해 들었다. 미트리다테스의 방어적이고 부루퉁한 편지에는 고르디오스가 죽었고 카파도키아가 다시 한번 로마의 꼭두각시인 아리오바르자네스 왕의 손아귀에 들어갔다고 쓰여 있었다. 로마 군대가 킬리키아에서 올라오고 있으며, 군 지휘관(이름은 적혀 있지 않았다)은 미트리다테스에게 자기 나라로 돌아가라고 경고했다고도 쓰여 있었다. 폰토스의 왕은 카파도키아 토벌을 완수한 다음 킬리키아를 침략한다는 자신의 계획을 당분간 단념하는 것이 현명하다고 판단했다고 썼다. 따라서 그는 티그라네스에게 서쪽의 시리아로 진군하는 계획을 버리고 킬리키아 페디아의 비옥한 충적평야로 장인인 자신을 만나러 오라고 종용했다.

두 왕 모두 그 로마인 지휘관 루키우스 코르넬리우스 술라가 카파도키아에서의 임무를 완수한 다음 타르소스로 돌아가지 않고 다른 어딘가로 갈 거라고는 꿈에도, 한순간도 생각한 적이 없었다. 따라서 티그라네스가 그의 첩자들에게서 들은―술라가 도하 지점을 찾아 에우프라테스 강을 따라 행군하고 있다는―이야기를 믿게 된 즈음에는, 시노페에 있는 미트리다테스에게 전갈을 보내봤자 술라가 아르메니아의 문턱을 넘기 전에 미트리다테스가 받아볼 가망이 없었다. 그래서 티그라네스는 술라의 출현 소식을 티그리스 강변의 셀레우케이아에 있는 파르티아 종주들에게 알렸다. 이 전언들의 여정은 길었으나 어렵지는 않았다.

아르메니아의 왕은 새 도읍지에서 서쪽으로 몇 킬로미터 떨어진 티그리스 강변에서 술라를 만났다. 서쪽 강변에 도착한 술라의 눈에 동쪽 강변에 있는 티그라네스의 야영지가 들어왔다. 에우프라테스 강과 비교하면 티그리스 강은 시내였다. 깊이도 얕고 물살도 느렸으며 물은 갈색이었고 강폭은 에우프라테스의 절반쯤 되는 듯했다. 안티타우로스 산맥의 반대쪽에서 발원한 이 강은 지류 수가 에우프라테스 강의 10분의 1도 되지 않았고, 눈 녹은 물이나 마르지 않는 샘들도 마찬가지로 적었다. 남쪽으로 1천500킬로미터가량 내려간 바빌론과 크테시폰과 티그리스 강변의 셀레우케이아 근방에서, 에우프라테스 강과 티그리스 강은 불과 60킬로미터 간격을 두고 흘렀다. 그래서 에우프라테스

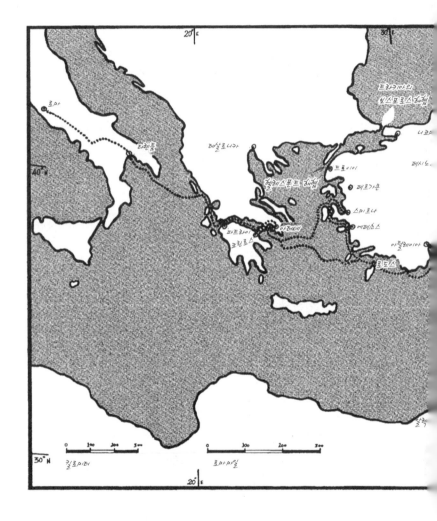

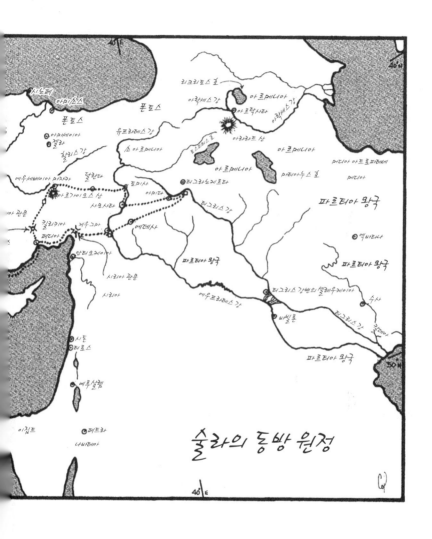

술라의 동방 원정

강에서 티그리스 강을 연결하는 운하를 파서 티그리스 강이 안티타우시아 만으로 흘러가도록 했다.

누가 누구에게 갈 것인가? 술라는 심술궂게 웃으며 생각했다. 그는 삼엄하게 요새화한 야영지로 병사들을 들여보낸 다음 서쪽 강변에 앉아 누가 먼저 양보하여 강을 건너올지 지켜보았다. 티그라네스가 먼저 강을 건넜는데, 공격성이나 두려움 때문이 아닌 호기심 때문이었다. 술라가 정체를 드러내지 않은 채로 며칠이 지나자 왕은 더 기다릴 수가 없었다. 왕족의 바지선이 나타났다. 황금색이며 바닥이 평평하고 노가 아니라 삿대로 미는 배였다. 금실 술이 가장자리에 달린 금색과 자주색 차양이 햇볕을 가리고 있었다. 차양 아래의 단상 위에는 왕의 작은 옥좌가 있었다. 황금과 상아, 보석을 아낌없이 써서 만든 화려한 옥좌였다.

왕은 서쪽 강변에 있는 사람들의 눈이 아플 만큼 번쩍거리는 황금빛 사륜전차를 타고 목조 제방으로 내려왔다. 전차에 탄 왕의 뒤에는 노예 한 명이 서서 보석 박힌 황금빛 파라솔을 왕의 머리 위로 들고 있었다.

"저자는 이제 그걸 어떻게 지키려나?" 술라는 방패들로 만든 벽 뒤의 은신처에서 아들에게 물었다.

"뭘 말인가요, 아버지?"

"위엄!" 술라가 외치고는 싱긋 웃었다. "저자가 목조 선창에 내려서서 발에 흙을 묻힐 것 같지는 않은데, 저들은 왕을 위해 양탄자 한 장 깔아놓지 않았어."

수수께끼는 곧 풀렸다. 갈색 피부의 노예 두 명이 작은 바퀴가 달린 왕의 전차에 올라서더니 파라솔을 든 노예를 옆으로 밀쳤다. 그런 다음 서로의 팔을 끼고 기다렸다. 두 사람의 팔 위에 조심스럽게 고귀한 둔부를 내려놓은 왕은 바지선으로 옮겨지더니 사뿐히 왕좌에 내려졌다.

그 맥없는 배가 맥없는 강을 건너가는 동안 왕은 서쪽 강변의 사람들이 보이지 않는 듯이 미동도 하지 않고 앉아 있었다. 이쪽에는 제방이 없었으므로, 바지선이 흙 둔덕에 부딪치자 그간의 전 과정이 반복되었다. 노예들이 왕을 들어올려 한쪽에 내려놓는 동안 왕좌는 높고 평평한 바위 위로 옮겨졌고, 왕의 파라솔을 든 노예는 바위에 기어올라가 왕좌에 그늘을 드리웠다. 그런 다음에야 왕은, 노예들이 애면글면한 끝에, 그의 휴식처로 옮겨졌다.

"오, 제법이군!" 술라가 소리쳤다.

"제법이라고요?" 적극적인 학생인 술라 2세가 물었다.

"저자가 나의 허를 찔렀다, 아들아! 이제 내가 어디에 앉든, 심지어 서 있어도, 저자는 나를 내려다볼 거다."

"아버지는 어떻게 하실 건가요?"

이제 높은 곳에 다다른 왕의 눈에도 보이지 않게 잘 숨어 있던 술라는 손가락으로 딱 소리를 내어 몸종을 불렀다. "이것 좀 벗겨라." 술라는 판갑의 끈들과 씨름하며 퉁명스럽게 말했다.

군장을 제거한 술라는 안에 입는 가죽옷도 벗었다. 진홍색 튜닉을 벗고 성글게 짠 귀리색 튜닉으로 갈아입었다. 허리끈을 묶고 농부처럼 회갈색 망토를 어깨에 두른 후 챙 넓은 밀짚모자를 썼다.

"햇볕에 나갈 때는 동굴이 되거라." 술라는 싱긋 웃으며 아들에게 말했다.

그리하여, 경호대 사이에서 나와 왕좌에 동상처럼 앉아 있는 티그라네스에게 걸어온 술라는 천한 현지인처럼 보였다. 술라가 중요한 인물이라고는 상상도 못한 왕은 얼굴을 찌푸리고 술라의 군대 쪽을 계속 응시했다.

"반갑소, 티그라네스 왕, 나는 루키우스 코르넬리우스 술라요." 왕좌가 놓인 바위 밑에 도착한 술라가 그리스어로 말했다. 왕의 파라솔이 햇볕을 가려줘서, 술라는 모자를 휙 벗고 위쪽을 올려다보며 옅은 색 눈을 크게 뜰 수 있었다.

왕은 입을 떡 벌렸다. 처음에는 술라의 머리카락을 보고, 그다음엔 그의 눈을 보고서였다. 갈색 눈동자에만 익숙했고 자기 왕비의 노란 눈동자가 독특하다고 생각하는 왕에게 술라의 눈은 무시무시했다. 세상이 끝나는 날 하늘에 뜬 조각구름 같았다.

"이 군대가 당신의 것이오, 로마인?" 티그라네스가 물었다.

"그렇소."

"이 군대가 내 영토에 무슨 볼일이 있소?"

"당신을 만나기 위해 이동중이었소, 티그라네스 왕."

"이제 나를 만났으니, 그다음은?"

"아무 볼일 없소!" 술라는 유쾌하게 말했다. 술라의 눈썹이 치켜올라갔고 무시무시한 두 눈이 춤을 추었다. "나는 당신을 만나러 왔소, 티그라네스 왕. 그리고 당신을 만났소. 명령에 따라 당신에게 전달해야 하는 내용을 전하고 나면 회군하여 타르소스로 돌아갈 것이오."

"내게 전해야 하는 내용이 무엇이오, 로마인?"

"로마 원로원과 인민은 당신이 당신의 영역을 벗어나지 않기를 바라오. 아르메니아는 현재 로마의 근심거리가 아니지만 만약 당신이 카파도키아나 시리아, 킬리키아로 진출하면 로마는 노할 것이오. 로마는 강대하오. 지중해를 둘러싼 모든 땅의 지배자이자 아르메니아보다 훨씬 더 위대한 주인이오. 로마 군대는 패배를 모르는 대군이오. 그러니 왕이여, 당신의 영역을 벗어나지 마시오."

"나는 지금 나의 영역 안에 있소." 직설적인 말을 듣고 당황한 왕이 지적했다. "불법으로 침입한 건 로마요."

"그저 내가 받은 명령을 수행하기 위해서였소, 왕이여. 난 사자일 뿐이오." 술라는 위축되지 않고 말했다. "당신한테 내 말이 잘 전달되었으리라 믿소."

"허!" 왕은 이렇게 내뱉으며 한 손을 들어올렸다. 건장한 노예들이 팔을 끼고 앞으로 나오자 왕은 그 위에 앉아 아까처럼 다시 한번 바지선 위의 왕좌로 옮겨졌다. 왕은 술라에게 등을 보이고 있었다. 삿대로 미는 배가 불어난 강을 건너는 동안 티그라네스는 꿈쩍도 하지 않았다.

"저런, 저런!" 술라는 즐거운 듯 두 손을 맞비비며 아들에게 말했다. "동방의 왕들이란 참 이상하구나, 아들아. 하나같이 협잡꾼들이라니까. 어찌나 으스대는지, 물집처럼 불쾌한 자들이야." 그는 주위를 둘러보며 외쳤다. "모르시모스!"

"여기 있습니다, 루키우스 코르넬리우스."

"떠날 채비를 하게. 고향으로 돌아갈 거네."

"어느 길로 가십니까?"

"제우그마로. 시리아의 키지케노스는 지금 저기 강을 건너가는 교만한 쓰레기 더미보다 더 큰 말썽을 일으킬 것 같지 않네. 저들은 모두 로마를 두려워하는 걸 싫어하면서도 로마를 두려워하지. 그게 나를 즐겁게 한다네." 술라는 코웃음을 쳤다. "저자가 나를 올려다봐야 하게 만들 걸 그랬어."

술라가 남서쪽의 제우그마로 향한 것은 그것이 킬리키아 페디아로 가는 더 가까운 (그리고 산이 더 적은) 경로여서만은 아니었다. 식량은 얼마 남지 않았는데 고원의 곡식은 아직 여물지 않았던 것이다. 메소포타미아 강 상류의 저지대에서는 여문 곡식을 살 수 있을지도 몰랐다. 카파도키아를 떠날 때부터 먹어온 과일과 채소에 물릴 대로 물린 병사들은 빵 생각이 간절했다. 이런 연유로 술라 일행은 시리아 평원의 열기를 견뎌내야만 했다.

물론 아미다 남쪽의 험준한 바위산에서 오스로에네의 평원으로 내려온 후 술라는 수확한 곡식을, 따라서 다량의 빵을 발견했다. 에데사에서 술라는 필로로마이오스 왕, 즉 오스로에네를 방문했다. 그는 무척 기뻐했고 이 기묘한 로마인이 원하는 것은 다 주려고 했으며 상당히 놀라운 소식도 전해주었다.

"루키우스 코르넬리우스, 유감스럽게도 티그라네스 왕이 군대를 모아 당신을 뒤쫓고 있다고 하오."

"알고 있소." 술라가 침착하게 말했다.

"그자는 당신을 공격할 것이오! 나도 공격하고 말이오!"

"왕이여, 군대는 지금처럼 해산 상태로 놔두고 백성들을 피신시키시오. 그자가 신경쓰는 건 나요. 내가 정말로 타르소스로 돌아간다는 확신이 서면 티그라네스도 곧바로 티그라노케르타로 돌아갈 것이오."

술라의 차분한 자신감은 오스로에네 왕을 안심시켰고, 왕은 술라에게 다량의 밀과 술라가 구경도 못할 거라고 체념했던, 금화가 든 커다란 자루를 선물하여 술라의 행군에 박차를 가했다. 금화에는 오스로에네가 아니라 티그라네스의 얼굴이 찍혀 있었다.

티그라네스는 술라를 추적하여 제우그마의 에우프라테스 강변까지 오기는 했으나, 술라가 가던 길을 멈추고 전투태세를 갖추지 않을 만큼 멀리 떨어져서 뒤따라왔다. 그리하여 왕의 추적은 공격이 아니라 만약의 사태를 위한 것임이 분명해졌다. 그러나 제우그마에서 병사들과 함게 강을 (사모사타에서보다 훨씬 쉽게) 건넌 술라는 고관 50명의 방문을 받았다. 그들은 로마인이라면 누구나 낯설어할 차림을 하고 있었다. 머리에는 진주와 금 구슬이 박힌 높고 둥근 작은 모자를 썼고, 목을 죄는 나선형 금테 목걸이가 가슴까지 내려와 있었으며, 금실로 수를 놓은 외투에, 역시 금실로 수를 놓은 길고 뻣뻣한 치마는 금색 신발까지 내려와 있었다.

그들이 파르티아 왕이 보낸 사절임을 알게 되었을 때 술라는 놀라지 않았다. 옷에까지 쓸 만큼 금이 남아도는 사람들은 파르티아인들밖에 없었기 때문이다. 흥분되는군! 에우프라테스 강 동쪽으로의 이 갑작스러운 무허가 여행에 대해서도 해명할 수 있겠어. 아르메니아의 티그라네스가 파르티아 왕국의 지배를 받는다는 것은 술라도 알고 있었다. 어쩌면 파르티아인들을 설득하여 티그라네스에게 재갈을 물리고 그가 미트리다테스의 감언에 넘어가지 않도록 할 수 있을지도 모른다.

술라는 이번에는 티그라네스를―또한 파르티아인들도―올려다보지 않을 작정이었다.

"모레, 우리 쪽 사람들이 안내하는 에우프라테스 강가의 모처에서 그리스어를 하는 파르티아인들과 티그라네스 왕을 만날 것이다." 술라는 모르시모스에게 말했다. 앞서 술라는 요령껏 자신의 모습은 보여주지 않으면서 사절들을 살펴보았다. 미트리다테스와 티그라네스 모두 그의 외모를 보고 놀랐고 겁에 질렸다는 점이 머릿속을 떠나지 않았기에, 술라는 이번에도 파르티아인들의 눈앞에 갑자기 나타나기로 마음먹은 것이다.

타고난 배우인 술라는 자신의 무대를 아주 작은 부분까지 꼼꼼하게 공들여 준비했다. 우선 제우그마의 제우스 신전에서 빌린 광을 낸 흰 대리석 판들로 거대하고 높은 단상을 설치했다. 그 위에 고관 의자 하나만 놓을 수 있는 크기의 단상을 하나 더 설치했다. 이 작은 단상은 큰 단상보다 족히 30센티미터는 높았으며 제우스 신상의 대좌에서 잠시 빌린 멋진 자주색 대리석으로 장식했다. 도시 전역에서 강탈한 그리폰(그리스 신화에서 독수리의 머리와 날개, 사자의 몸뚱이를 한 괴물—옮긴이)과 사자, 스핑크스와 독수리 모양의 팔걸이와 등받이가 달린 고상한 대리석 의자들은 큰 단상 위에 놓였다. 여섯 개는 한쪽에 놓고, 날개 달린 사자 두 마리가 등받이를 이룬 화려한 의자 한 개는 티그라네스를 위해 다른 쪽에 따로 놓았다. 자주색 대리석으로 만든 작은 단상 위에는 가늘고 홀쑥한, 밑에 있는 의자들에 비해 수수해 보이는 술라의 상아 대좌를 놓았다. 그리고 이 구조물 전체 위에 원래는 제우스 신상 뒤쪽의 성역을 구분하던 금색과 자주색 태피스트리로 차양을 쳤다.

약속된 날 동이 튼 직후 술라의 부하들은 파르티아 사절단 가운데 여섯 명을 단상 위로 데려가서 한쪽에 놓인 의자 여섯 개에 앉혔다. 나머지 사절들은 땅바닥에 적당한 그늘과 의자를 마련해둔 곳에 있게 했다. 티그라네스는 물론 자주색 단상 위로 올라가고 싶어했지만, 의자 여섯 개로 이루어진 반원의 반대쪽에 있는 그의 왕좌에 단호하고도 정중하게 앉혀졌다. 파르티아인들은 티그라네스를 쳐다보았고, 티그라네스는 파르티아인들을 쳐다보았으며, 그들 모두는 자주색 단상을 올려다보았다.

모두들 자리에 앉고 나자 루키우스 코르넬리우스 술라가 나타났다. 그는 자주색 단을 댄 토가 프라이텍스타를 입고 공식 지휘봉인 수수한 상아 관장(官杖)을 들고 있었다. 관장의 한쪽 끝은 손바닥 안에, 30센티미터 길이의 막대는 팔뚝 위에, 반대쪽 끝은 팔꿈치 안쪽에 닿아 있었다. 햇볕이 내리쬐는 곳을 지나쳐 온 뒤에도 술라의 머리카락은 눈부시게 빛났다. 그는 좌우 어디로도 고개를 돌리지 않고 계단으로 단상에 올라간 후 다시 한번 계단을 올라 상아 대좌로 갔다. 꼬챙이처럼 꼿꼿하게 척추를 세우고, 한 발은 앞으로 내밀고 다른 발은 뒤에 둔 고전적인 자세로 앉았다. 그야말로 로마인 중의 로마인이었다.

외국인들은 (특히 티그라네스는) 기분이 좋지 않았지만 어쩔 도리가 없었다. 그들은 지금 앉아 있는 자리에 극도로 정중하고 교묘하게 앉혀졌기에, 이제 와서 술라의 대관 의자와 같은 높이에 앉겠다고 고집부리는 건 그들의 위엄을 높이는 데 도움이 되지 않을 것이기 때문이었다.

"친애하는 파르티아 왕의 대리인 여러분, 그리고 티그라네스 왕, 이번 회담에 오신 것을 환영하오." 술라가 가장 높은 곳에서 말했다. 자신의 기묘한 옅은 색 눈 때문에 그들이 동요하는 것을 보고 술라는 신이 났다.

"이것은 당신의 회담이 아니오, 로마인!" 티그라네스가 매섭게 말했다. "내가 나의 종주들을 모셔온 것이오!"

"왕이여, 미안하지만 이것은 내 회담이오." 술라는 웃음을 지으며 말했다. "여러분은 나의 초대를 받고 내가 있는 곳으로 왔으니까 말이오." 그런 다음 티그라네스가 대꾸할 시간을 주지 않고 파르티아인들 쪽을 살짝 돌아보더니 긴 송곳니들이 잘 드러나게 최대한 야성적으로 웃어 보였다. "파르티아의 귀족 여러분 중에 누가 대표자요?"

예상대로 첫번째 의자에 앉은 노인이 당당하게 고개를 끄덕였다. "나요, 루키우스 코르넬리우스 술라. 내 이름은 오로바조스, 티그리스 강변의 셀레우케이아의 태수요. 나는 왕 중의 왕이신 파르티아의 미트리다테스의 명령만 따르오. 왕께서는 시간과 거리상의 문제로 오늘 이곳에 오시지 못한 것을 유감스러워하고 계시오."

"왕은 엑바타나의 여름 궁전에 있지 않소?" 술라가 물었다.

오로바조스는 눈을 껌뻑였다. "아주 잘 알고 있구려, 루키우스 코르넬리우스 술라. 로마가 우리의 행방에 그렇게 밝은 줄은 몰랐소."

"루키우스 코르넬리우스라고 부르면 되오, 오로바조스 경." 술라가 말했다. 그는 척추를 꼿꼿하게 세운 채 몸을 앞으로 약간 기울였다. 그가 앉은 자세는 중요한 청중을 이끄는 로마인에게 힘을 실어주는, 우아함과 힘의 완벽한 조화였다. "우리는 오늘 이곳에서 역사를 만들 것이오, 오로바조스 경. 파르티아 왕국의 사절단이 로마의 시절과 만난 것은 오늘이 처음이오. 만남의 장소가 두 세계의 경계인 강이라는 점도 뜻깊소."

"실로 그러하오, 루키우스 코르넬리우스 경."

"'경'은 빼고 그냥 루키우스 코르넬리우스라고 하시오." 술라가 말했다. "로마에는 경도 없고 왕도 없소."

"우리도 그렇다고 들었소만, 우리로서는 이상하게 느껴지오. 그렇다면 당신들은 진정 그리스의 방식을 따르는 것인데, 정부를 이끄는 왕도 없이 어떻게 로마는 그토록 위대해졌소? 그리스인들의 경우는 이해할 수 있소. 지고왕(至高王)이 없었던 그들은 그리 위대했던 적이 없었소. 그들은 수많은 소국으로 나뉘어 자기들끼리 전쟁을 했소. 반면 로마는 지고왕이 있는 것처럼 움직이오. 당신들은 왕도 없이 어떻게 그리 강력할 수 있는 것이오, 루키우스 코르넬리우스?"

"로마가 우리의 왕이오, 오로바조스 경. 로마를 여성형 명사로 쓰기는 하지만 말이오. 그리스인들은 하나의 이상을 섬겼다오. 당신들은 한 사람, 왕을 섬기고. 하지만 우리 로마인들은 로마를, 오직 로마만 섬긴다오. 우리는 한 인간 앞에 무릎을 꿇지 않소, 오로바조스 경. 또한 이상이라는 추상관념 앞에 무릎을 꿇지도 않소. 로마가 우리의 신이자 우리의 왕, 우리의 생명 그 자체요. 로마인 개개인은 자신의 명성을 쌓고 동료 로마인들이 자신을 우러러보게 하기 위해 애쓰지만 길게 보면 그것은 모두 로마를, 그리고 로마의 위대함을 드높이기 위한 것이오. 우리는 터전을 숭배하오, 오로바조스 경. 사람도 이상도 숭배하지 않소. 사람은 왔다가 가기 마련이고 이 세상에서 순식간에 사라지오. 이상은 온갖 철학의 바람이 불 때마다 바뀌고 흔들리오. 하지만 터전은 그 땅에 사는 자들이 가꾸고 위대함을 더하는 한 영원할 수 있소. 나, 루키우스 코르넬리우스 술라는 위대한 로마인이오. 그러나 내 삶의 끝에 가서 보면 내가 한 모든 일은 나의 터전, 즉 로마의 힘과 위엄을 확대하는 데 쓰였을 것이오. 내가 오늘 이곳에 있는 것은 나를 위해서도, 다른 어떤 사람을 위해서도 아니오. 내가 오늘 이곳에 있는 것은 나의 터전 로마를 위해서요! 우리가 조약을 체결하게 된다면, 그것은 로마에서 가장 오래된 신전인 유피테르 페레트리우스 신전에 영원히 보관될 것이오. 조약은 나의 재산이 아니고 내 이름도 적혀 있지 않소. 그것은 로마의 힘에 관한 증언이오."

술라는 유창하게 말했다. 그의 그리스어는 고전적이고 아름다웠으며 그 자리에 있는 파르티아인들이나 티그라네스의 그리스어보다 탁월했다. 청중은 매혹되어, 그들로서는 완전히 생경한 개념을 이해하려고 애쓰며 귀기울이고 있었다. 사람보다 위대한 터전? 사람의 정신적 산물보다 위대한 터전?

"하지만 루키우스 코르넬리우스," 오로바조스가 말했다. "터전은 그저 사물의 집합에 지나지 않소! 예컨대 도시는 건물들의 집합이고 성역은 신전들의 집합이며 시골은 나무와 바위와 들판의 집합이오. 터전이 어떻게 그런 감정과 고귀함을 유발할 수 있소? 로마는 위대한 도시라고 알고 있는데, 당신들은 건물들의 집합을 보고 당신들이 하는 모든 일을 그 건물들을 위해서 한다는 말이오?"

술라는 상아 관장을 내밀었다. "이것이 로마요, 오로바조스 경." 술라는 관장 뒤에 있는 자신의 눈처럼 흰 근육질 팔뚝을 건드렸다. "이것이 로마요, 오로바조스 경." 그는 주름잡힌 토가자락을 젖혀 구부러진 X자로 조각된 의자 다리를 노출시켰다. "이것이 로마요, 오로바조스 경." 그는 토가 자락이 얹힌 왼팔을 뻗어 양모로 만든 그 옷을 손가락으로 집었다. "이것이 로마요, 오로바조스 경." 그러고는 잠시 말을 멈추고 높은 곳에 있는 자신을 올려다보는 모든 눈들을 응시하다가 이렇게 말했다. "내가 로마요, 오로바조스 경. 자신을 로마인이라고 칭하는 사람 모두가 로마요. 로마의 화려한 역사는 천 년 전으로 거슬러올라가오. 당시 아이네아스라는 트로이인 망명자가 라티움 해변에 발을 들여놓았고, 그가 세운 일족이 662년 전 로마라는 터전을 세운 것이오. 잠시 동안 로마는 왕들의 지배를 받았지만, 사람이 그를 낳은 터전보다 위대할 수 있다는 개념을 로마인들이 거부하기 전까지만 그랬소. 어떤 사람도 자신을 낳은 터전보다 자신이 더 위대하다고 생각해서는 안 되오. 로마보다 더 위대한 로마인은 없소. 로마는 위대한 사람들을 낳는 터전이오. 하지만 그들의 존재와 그들이 하는 일은 로마의 영광을 위한 것이오. 계속해서 이어지는 로마의 화려한 역사에 그들이 각자 기여하는 것이오. 오로바조스 경, 로마인들이 로마를 자기 자신보다, 자식보다, 명성과 업적보다 소중히 여기는 한 로마는 지속될 것이오." 술라는 한

번 더 말을 멈추고 숨을 길게 들이마셨다. "로마인들이 우상이나 어떤 사람보다 로마를 소중히 여기는 한."

"하지만 왕은 당신이 말한 모든 것의 현현이오, 루키우스 코르넬리우스." 오로바조스가 반박했다.

"왕은 그럴 수 없소." 술라가 말했다. "왕은 자신을 가장 먼저 생각하오. 왕은 자기가 다른 사람들보다 신들과 더 가깝다고 믿소. 자기가 신이라고 믿는 왕들도 있고. 왕들은 모두 자기 자신을 가장 우선시하오, 오로바조스 경. 왕은 나라를 자신을 위한 연료로 쓰지만 로마는 로마인들을 로마를 위한 연료로 쓴다오."

오로바조스는 양손을 들어올리며 항복을 뜻하는 몸짓을 했다. "나는 당신의 말을 이해할 수 없소, 루키우스 코르넬리우스."

"그럼 우리가 오늘 이곳에 모인 이유로 넘어가십시다, 오로바조스 경. 오늘은 역사적인 날이오. 나는 로마를 대신하여 다음과 같이 제안하오. 에우프라테스 강 동쪽은 전적으로 당신들의 소관으로, 파르티아 왕의 소관으로 두되, 에우프라테스 강 서쪽은 로마의 소관으로, 로마의 이름으로 움직이는 사람들의 소관으로 합시다."

오로바조스는 하얗게 세어가는 깃털 같은 눈썹을 추어올렸다. "루키우스 코르넬리우스, 당신 말은 로마가 에우프라테스 강 서쪽의 영토를 모두 지배하겠다는 뜻이오? 시리아와 폰토스, 카파도키아와 콤마게네를 비롯한 여러 왕들을 축출하겠다는 뜻이오?"

"천만의 말씀이오, 오로바조스 경. 그보다는 로마가 에우프라테스 강 서쪽을 안정시키고 어느 왕이 다른 왕을 희생시켜 영토를 확장하는 것을 방지하며, 국경들에 변동이 없게 하겠다는 것이오. 예컨대, 경은 내가 왜 오늘 이곳에 있는지 정확하게 알고 있소?"

"정확하게는 모르오, 루키우스 코르넬리우스. 우리의 종속왕인 아르메니아의 티그라네스로부터 당신이 군대를 이끌고 이동중이라는 말을 들었소. 당신의 군대가 공격 행위를 하지 않는 이유에 관해서는 아직 티그라네스 왕에게서 듣지 못했소. 당신은 에우프라테스 강 동쪽으로 한참이나 들어갔다가 이제 다시 서쪽으로 이동중인 것 같소. 무슨 일로 이곳에 온 것이오? 어째서 군대를 이끌고 아르메니아에 들어간 것이오? 또한 그러면서 공격 행위는 왜 하지 않은 것이오?"

술라는 고개를 돌려 티그라네스를 내려다보았다. 디아데마 위의 양쪽을 꼭짓점이 여덟 개인 별과 독수리 두 마리가 만든 초승달로 장식한 왕관의 톱니 모양 가두리 안쪽이 휑한 걸로 보아 왕은 머리가 벗어지고 있는 듯했다. 지금 자신이 앉아 있는 아래쪽 자리를 싫어하는 기색이 역력한 티그라네스는 성이 난 듯 턱을 치켜들고 술라를 노려보았다.

"이런, 왕이여, 당신 주인한테 말하지 않은 것이오?" 술라가 물었다. 대답을 듣지 못한 술라는 다시 오로바조스와 그리스어를 하는 다른 파르티아인들을 쳐다보았다. "로마는 매우 걱정하고 있소, 오로바조스 경. 지중해 동쪽 끝의 일부 왕들이 더 위대해지고 싶어서 다른 왕들을 말살할 수 있다고 말이오. 로마는 소아시아의 현상황에 만족하고 있소. 하나 폰토스의 미트리다테스 왕은 카파도키아 왕국, 그리고 아나톨리아의 다른 지역에 대해서도 흑심을 품고 있소. 킬리키아도 여기에 포함되오. 킬리키아는 자발적으로 로마에게 주도권을 넘겼소. 시리아의 왕은 현재 킬리키아를 돌볼 여력이 없기 때문이오. 그러나 당신들의 종속왕, 여기 있는 티그라네스는 미트리다테스를 지지하오. 그리고 얼마 전에 실제로 카파도키아를 침공했소."

"그 일은 나도 어느 정도 들었소." 오로바조스가 뻣뻣하게 말했다.

"파르티아의 왕과 태수들의 감시망을 피해 가는 일은 거의 없을 거라고 생각하오, 오로바조스 경! 하지만 티그라네스는 폰토스 왕 대신 궂은일을 한 후 아르메니아로 돌아갔고 그 이후로는 에우프라테스 강 서쪽을 돌아다니지 않았소." 술라는 목을 가다듬었다. "폰토스의 왕을 카파도키아에서 또 한번 축출하는 것이 나의 우울한 임무였소. 나는 로마 원로원과 인민에게서 받은 이 책무를 올해 초에 이행했소. 그러나 나는 티그라네스 왕에게 직접 가서 얘기를 해야만 나의 임무가 완벽하게 끝나는 거라고 생각했소. 그래서 에우세베이아 마자카를 떠나 티그라네스 왕을 만나러 간 것이오."

"군대와 함께 말이오, 루키우스 코르넬리우스?" 오로바조스가 물었다.

끝이 뾰족한 술라의 눈썹이 올라갔다. "물론이오! 이곳은 내가 잘 아는 지역이 아니오, 오로바조스 경. 그래서 군대를 데려갔소―순전히 만약을 위해! 여러분도 알고 있다고 확신하오만, 나와 내 군대는 지극히 점잖게 처신했소. 급습도, 침략도, 약탈도 하지 않았고 심지어 밭의 작물도 밟지 않았소. 필요한 것이 있으면 값을 치르고 샀소. 앞으로도 그렇게 할 것이오. 여러분은 나의 군대를 규모가 아주 큰 호위대로 생각해야 하오. 나는 중요한 사람이오, 오로바조스 경! 로마 정부에서 나의 경력은 아직 정점에 이르지 않았소. 나는 훨씬 더 높은 곳까지 올라갈 거요. 따라서 나는―그리고 로마는!―루키우스 코르넬리우스 술라를 보호해야 하오."

오로바조스는 술라에게 멈춰달라는 몸짓을 했다. "잠깐, 루키우스 코르넬리우스. 나는 이곳에 칼데아인 한 명을 데리고 왔소. 나보폴라사르라는 자인데, 바빌론 출신이 아니라 에우프라테스 삼각주와 안티타우시아 만이 만나는 진짜 칼데아 출신으로 나의 예언자이자 점성술사요. 그의 형제는 파르티아의 미트리다테스 왕을 모시오. 우리는—오늘 이 자리에 있는 티그리스 강변의 셀레우키아 사람들 모두—그의 말을 믿소. 그자가 당신의 손금과 얼굴을 볼 수 있게 해주시겠소? 당신 말대로 당신이 진정 위대한 사람인지 우리가 자체적으로 알아보고 싶소."

술라는 무심한 표정으로 어깨를 으쓱했다. "나는 아무렇지 않소, 오로바조스 경. 부하더러 당신들이 흡족할 때까지 내 손금과 얼굴을 뜯어보라고 하시오! 그자가 여기 있소? 지금 하기를 원하오? 아니면 내가 다른 장소로 가야 하오?"

"거기 그대로 계시오, 루키우스 코르넬리우스. 나보폴라사르가 당신한테 갈 것이오." 오로바조스는 손가락을 퉁기고, 땅 위의 의자에 앉아 있는 몇 안 되는 파르티아인 입회인들을 향해 뭐라고 말했다.

입회인 무리에서 다른 이들과 똑같이 진주가 박힌 작고 둥그런 모자를 쓰고 나선형 목걸이를 하고 금색 옷을 입은 사람이 걸어 나왔다. 두 손을 소매에 집어넣은 채 단상 계단까지 걸어와서 재빨리 계단을 뛰어 오르더니, 술라가 앉은 단상과 큰 단상을 잇는 계단의 중간쯤에서 멈춰 섰다. 그는 한 손을 앞으로 뻗어 술라가 내민 오른손을 잡아채고 한참 동안 손금을 하나하나 살펴본 후 손을 놓고 술라의 얼굴을 응시했다. 그런 뒤 작게 절을 하고는 뒷걸음질로 계단을 내려갔고, 단상을 가로질러 오로바조스에게 간 후에야 술라에게 등을 보였다.

보고를 하는 데 시간이 좀 걸렸다. 오로바조스와 나머지 사람들은 무표정한 얼굴로 진지하게 듣고 있었다. 보고를 끝낸 나보폴라사르는 다시 술라를 향해 서더니 술라가 있는 쪽으로 땅에 엎드려 절을 한 후 술라에게 정수리만 보이면서 단상을 내려갔다. 지극한 경의의 표시였다.

술라의 가슴은 쿵쿵 뛰었다. 나보폴라사르가 의견을 말하는 동안 세차게 뛰기 시작한 심장은, 그 칼데아인 예언자가 벌레처럼 기어서 단상을 내려가 땅에 앉은 사람들 가운데에 있는 자기 자리로 돌아갈 때 기쁨으로 다시 쿵쿵거렸다. 예언자가 뭐라고 했는지는 모르지만, 자신이 위대한 사람이라는 술라의 말이 사실이라고 한 것은 분명했다. 나보폴라사르는 자기네 왕에게 하듯이 술라에게 절을 했던 것이다.

"루키우스 코르넬리우스, 나보폴라사르는 당신이 세상에서 가장 위대한 사람이라고, 당신이 살아 있는 동안 당신과 대적할 수 있는 사람은 인더스 강에서 머나먼 서쪽의 대양에 걸쳐 아무도 없다고 하오. 우리는 그의 말을 믿소. 그는 그렇게 말함으로써, 자신의 목이 잘릴 위험을 감수하면서까지, 우리의 미트리다테스 왕보다도 당신이 위에 있음을 암시했기 때문이오." 오로바조스가 지금까지와 다른 어조로 말했다.

술라는 이제 티그라네스까지 경외감에 찬 눈으로 자신을 쳐다본다는 걸 알아차렸다.

"우리의 회담을 재개해도 되겠소?" 술라는 자세와 표정, 어조를 그대로 유지하며 물었다.

"그리하시오, 루키우스 코르넬리우스."

"좋소. 내가 어디까지 말했는지 생각해보니, 군대에 대해서는 해명했으나 티그라네스 왕에게 무슨 말을 하러 갔었는지는 말하지 않았소. 짧게 말하면, 나는 그에게 에우프라테스 강에서 그가 원래 속한 쪽에만 있으라고 지시하고 폰토스의 왕인 그의 장인이 야망을 실현하는 걸 돕지 말라고 경고했소. 그 야망이 카파도키아와 관련이 있든, 킬리키아나 비티니아와 관련이 있든 말이오. 그렇게 말한 다음 나는 돌아가는 중이었소."

"루키우스 코르넬리우스, 당신은 폰토스의 왕이 아나톨리아보다 더 원대한 야심을 품고 있다고 생각하오?"

"내가 생각하기에 그의 야심은 전 세계를 향하고 있소, 오로바조스 경! 그자는 이미 히파니스 강의 올비아에서 파시스 강의 콜키스에 이르는 흑해 동부의 완벽한 주인이오. 수많은 족장들을 학살하여 갈라티아를 손에 넣었고, 카파도키아의 왕을 적어도 한 명 이상 살해했소. 나는 여기 있는 티그라네스 왕의 카파도키아 침략 배후에 그자가 있다고 확신하오. 그리고 오늘 회담의 요지를 하나 더 말하자면,"—술라는 몸을 앞으로 내밀었다. 그의 기이한 옅은 색 눈이 번쩍였다—"폰토스는 로마보다 파르티아 왕국과 훨씬 더 가깝소. 따라서 나는 폰토스의 왕에게 영토 확장 야심이 있다면 파르티아의 왕은 국경을 주시해야 하며, 종속왕인 아르메니아의 티그라네스에게서도 눈을 떼서는 안 된다고 생각하오." 술라는 송곳니들을 감추고 매력적인 웃음을 지었다. "내 할 말은 이게 다요, 오로바조스 경."

"잘 말씀하셨소, 루키우스 코르넬리우스." 오로바조스가 말했다. "조약을 체결하십시다. 에우프라테스 강의 서쪽은 로마의 소관으로, 에우프라테스 강 동쪽은 파르티아 왕의 소관으로 하오."

"아르메니아가 더는 강의 서쪽을 침략하는 일이 없다는 뜻이오?"

"그렇소." 오로바조스는 분노와 실망감에 휩싸인 티그라네스를 노려보며 말했다.

이제야—파르티아 사절단이 한 줄로 단상에서 내려가고 티그라네스가 흰 대리석 바닥만 쳐다보며 그 뒤를 따르는 것을 지켜보면서 술라는 생각했다―이제야 시리아의 점술가 마르타가 가이우스 마리우스에게 집정관을 일곱 번 지내고 로마 제3의 건국자로 불릴 거라고 예언했을 때 그의 기분이 어땠을지 알겠군. 하지만 가이우스 마리우스는 아직 살아 있다! 그런데 내가 세상에서 가장 위대한 사람이라니! 인도에서 대서양까지 온 세상에서!

이후로도 술라는 주위 사람들에게 자신의 환희를 전혀 드러내지 않았다. 술라의 아들은 멀리서 회담을 지켜보게 허락받았지만 눈으로 본 것만 알았을 뿐, 멀리 있었기에 말소리는 전혀 듣지 못했다. 사실 술라의 부하들 중에서 말소리가 들리는 거리에 있었던 사람은 아무도 없었다. 술라가 보고한 것은 조약에 관한 내용뿐이었다.

조약문은 오로바조스가 술라의 단상이 있던 자리에 세우기로 한 높은 석조 기념비에 새겨질 예정이었다. 술라의 단상은 해체되었고 귀한 재료들은 원래 있던 곳으로 돌아갔다. 석조 기념비는 4면의 오벨리스크였으며 조약 내용은 라틴어와 그리스어, 파르티아어와 메디아어로 각 면에 새겨졌다. 조약문은 술라가 로마로, 오로바조스가 티그리스 강변의 셀레우케이아로 가져갈 수 있도록 페르가몬 양피지에 2부 작성되었다. 오로바조스는 파르티아의 미트리다테스 왕이 크게 기뻐할 거라고 생각했다.

티그라네스는 종주들의 허락을 받자마자 매맞은 똥개처럼 슬그머니 빠져나가 도로 측량중인 자신의 새 도읍 티그라노케르타로 돌아갔다. 그는 곧바로 폰토스의 미트리다테스에게 편지를 써야 했지만 한동안 그러지 못했다. 티그리스 강변의 셀레우케이아 궁정에 있는 벗이 전해준 소식을 듣고 일말의 내밀한 만족감이나마 느낀 후에야 그는 편지를 쓸 수 있었다.

존귀하고 강대하신 장인어른, 이 로마인, 루키우스 코르넬리우스 술라를 조심하십시오. 제우그마의 에우프라테스 강가에서 그자는 저의 종주, 파르티아의 미트리다테스 왕의 대리인인 티그리스 강변의 셀레우케이아 태수 오로바조스와 우호 조약을 체결했습니다.

친애하는 폰토스의 왕이시여, 그들은 저를 옴짝달싹 못하게 만들었습니다. 그들의 조약에 따르면 저는 에우프라테스 강 동쪽에만 있어야 하는데, 저로서는 감히 이를 어길 수가 없습니다. 전하와 동명의 그 무자비한 늙은 폭군이 파르티아의 왕좌에 앉아 있는 한은 말입니다. 저는 세 왕국의 세곡 70개를 넘겨주고서야 놀아올 수 있었습니다. 조약을 어기면 70개를 더 넘겨줘야 합니다.

그러나 우리는 절망해선 안 됩니다. 전하의 말씀대로 우리는 아직 젊고 인내할 시간이 있습니다. 로마와 파르티아 왕국의 이번 조약을 기점으로 저는 마음을 정했습니다. 저는 아르메니아의 영토를 넓힐 것입니다. 전하께서는 직접 지정하셨던 곳들, 즉 카파도키아와 파플라고니아, 아시아 속주, 킬리키아, 비티니아, 마케도니아를 바라보십시오. 저는 남쪽을, 시리아와 아라비아, 이집트를 바라보겠습니다. 물론 파르티아 왕국을 포함해서요. 파르티아의 늙은 미트리다테스는 얼마 못 가 죽을 겁니다. 그러면 왕위 계승을 둘러싼 전쟁이 벌어질 듯합니다. 그 왕은 저를 방치하듯 왕자들도 방치하고 있으며, 특별히 총애하는 아들도 없이 왕자들을 죽음의 위협으로 고문합니다. 때로는 심지어 나머지 아들들이 펄쩍 뛰는 꼴을 보려고 한 명을 죽이기도 하지요. 그리하여 지금까지 그의 어떤 아들도 형제들 가운데 우위를 점한 적이 없는데, 이대로 늙은 왕이 죽으면 상황이 험악해

집니다. 영예롭고 존귀하신 장인어른, 이것만큼은 제가 맹세하겠습니다. 파르티아의 왕자들이 내전을 벌이면 저는 그 기회를 틈타 시리아와 아라비아, 이집트, 메소포타미아로 전진할 것입니다. 그때까지는 티그라노케르타를 건설하는 일에 매진할 생각입니다.

오로바조스와 루키우스 코르넬리우스 술라의 회담과 관련하여 전하께 알려드려야 할 사실이 하나 더 있습니다. 오로바조스는 나보폴라사르라는 칼데아인 예언자에게 그 로마인의 손금과 얼굴을 살펴보게 했습니다. 파르티아의 미트리다테스의 전속 예언자를 형제로 둔 이 나보폴라사르라는 자의 능력에 관해서는 그간 확실히 알게 되었습니다. 위대하고 현명하신 장인어른, 그 칼데아인은 단 한 번도 틀린 적이 없는 진짜 예언자입니다. 나보폴라사르는 루키우스 코르넬리우스 술라의 손과 얼굴을 보고 난 후 땅바닥에 납작 엎드려서, 오직 왕 중의 왕에게만 보이는 겸손한 태도로 그 로마인에게 예를 다했습니다. 그런 다음 오로바조스에게 루키우스 코르넬리우스 술라가 세상에서 가장 위대한 사람이라고 말했습니다! 인더스 강에서 대서양까지 온 세상에서, 라고 그는 말했습니다. 그래서 저는 무척 두려웠습니다. 오로바조스도 마찬가지였지요. 충분히 그럴 만했습니다. 티그리스 강변의 셀레우케이아로 돌아간 오로바조스 일행은 파르티아 왕이 그곳에 있다는 걸 알게 되었고, 오로바조스는 곧바로 왕에게 그간의 일을 보고했습니다. 보고에는 그 로마인이 말해준 전하와 저의 활동에 관한 구체적인 이야기가 포함되어 있었습니다. 또한 전하께서 파르티아 왕국을 정복하려 할지도 모른다는 그 로마인의 경고도 포함되어 있었습니다. 미트리다테스 왕은 귀를 기울였고, 이제 감시자들이 사방에서 저를 주시하고 있습니다. 하지만 왕은 자기보다 그 로마인이 더 위대하다고 했다는 이유로 오로바조스와 나보폴라사르를 처형했습니다. 제 기운을 북돋워준 유일한 소식이었지요. 하지만 왕은 조약을 준수하기로 했고, 그러한 취지의 서신을 로마로 보냈습니다. 그 늙은이는 루키우스 코르넬리우스 술라를 직접 보지 못해서 유감스러워하는 것 같습니다. 늙은이가 그 로마인을 직접 봤다면 사형 집행인을 불렀을 텐데 말이지요. 그가 엑바타나에 있었다는 게 안타까울 뿐입니다.

친애하고 존경하는 장인어른, 오직 미래만이 우리의 운명을 보여줄 수 있겠지요. 루키우스 코르넬리우스 술라는 이제 동쪽으로 오지 않을지도, 그의 위대함은 서쪽을 향한 것일지도 모릅니다. 그리하여 언젠가 왕 중의 왕이라는 호칭은 저의 것이 될지도 모릅니다. 전하께서는 아무 의미도 없는 호칭이라는 걸 알고 있습니다. 하지만 엑바타나와 수시아, 티그리스 강변의 셀레우케이아 궁정에서 자란 사람에게 그것은 모든 것을 의미합니다.

저의 소중한 아내이자 전하의 따님은 아주 잘 지내고 있습니다. 우리의 자식들도 잘 지내고 있고요. 전하의 계획이 잘 진행되고 있다고 말씀드릴 수가 없어서 유감입니다. 현재로서는 어쩔 도리가 없습니다.

단상 위의 회담이 있은 지 열흘 뒤 루키우스 코르넬리우스 술라는 조약문 사본을 받았고 위대한 우윳빛의 푸른 강가에 세운 기념비의 제막식에 초대받았다. 술라는 토가 프라이텍스타를 입고 제막식에 갔다. 태양이 얼굴 피부를 사정없이 공격할 거라는 사실은 애써 무시했다. 이번만은 모자를 쓰지 않을 작정이었다. 술라가 할 수 있는 일은 피부에 기름을 바르고 햇볕 아래 보내는 몇 시간 동안 너무 심한 화상을 입지 않기를 바라는 것뿐이었다.

아니나다를까 술라는 심한 화상을 입었고, 교훈을 얻은 술라의 아들은 자기도 늘 모자를 쓰겠다고 맹세했다. 술라의 고통은 끔찍했다. 물집이 생기고 껍질이 벗겨졌으며, 다시 물집이 생기고 껍질이 벗겨졌다. 회복중인 피부에서 고약한 진물이 줄줄 흘러나왔으며, 간지럽고 고름이 생겼다. 그러나 술라와 그의 소규모 군대가 40여 일 후 타르소스에 도착했을 때 술라의 피부는 마침내 회복되기 시작했고 가려움이 가셨다. 모르시모스는 피라모스 강가의 시장에서 향이 달콤한 크림을 발견했다. 술라가 그것을 바르자마자 피부의 고통이 멈췄고, 자부심 강한 술라로서는 기쁘게도 흉터 하나 없이 말끔히 나을 수 있었다.

술라는 나보폴라사르의 예언과 마찬가지로 황금 자루들에 대해서도 아무한테도, 심지어 아들한테도 말하지 않았다. 오스로에네 왕이 준 황금 한 자루 외에도 다섯 자루가 더 생겼는데, 파르티아인 오로바조스가 선물한 것이었다. 오로바조스가 준 금화에는 파르티아의 두번째 미트리다테스 왕의 옆모습이 찍혀 있었다. 왕은 목이 짧은 노인으로, 코는 물고기를 낚을 수 있을 것처럼 생겼고 세심하게 말아놓은 머리칼에 콧수염 끝이 뾰족했으며, 머리에는 사절들이 썼던 것과 같은 챙 없고 작고 둥근 모자를 쓰고 있었다. 다만 왕의 모자에는 디아데마의 리본이 뽐내듯이 달려 있었고 귓집과 목 덮개도 있었다.

술라는 타르소스에서 금화들을 확실한 로마의 데나리우스로 바꾸었는데, 놀랍게도 재산이 천만 데나리우스—즉 4천만 세스테르티우스—나 불었음을 깨달았다. 재산이 곱절도 넘게 불어난 것이다! 물론 그가 로마 동전이 든 자루 여러 개를 타르소스의 은행에서 끌고 나간 것은 아니다. 은행 간 송금을 이용하고 작은 페르가몬 양피지 두루마리 하나를 토가 자락에 넣었을 뿐이다.

그해도 어느덧 시간이 훌쩍 지나 완연한 가을이었다. 귀국을 고려할 때가 왔다. 술라는 임무를 마쳤다―그것도 훌륭하게. 술라의 군자금을 댔던 로마 국고위원회도 불평하지 않을 터였다. 황금 열 자루가 더 있었기 때문이다. 두 자루는 아르메니아의 티그라네스가, 다섯 자루는 파르티아의 왕이, 한 자루는 콤마게네의 왕이, 두 자루는 다름아닌 폰토스의 왕이 준 것이었다. 이는 술라가 군인들의 봉급과 모르시모스의 후한 포상금을 지불하고도 황금의 3분의 2 이상을 활동 자금에 보탤 수 있다는 뜻이었다. 술라의 활동 자금은 출정했을 때보다 훨씬 늘어나 있었다. 참으로 멋진 한 해였다! 로마에서 술라의 명성은 높아질 것이고 술라에게는 이제 집정관 직에 출마할 돈이 있었다.

여행 가방이 꾸려지고 빌린 배가 키드노스 강에 닻을 내리고 있을 무렵, 술라는 푸블리우스 루틸리우스 루푸스의 편지를 받았다. 9월에 쓴 편지였다.

이 편지가 제때 도착하기를 바라네, 루키우스 코르넬리우스. 그리고 자네의 지난 일 년이 나의 일 년보다 좋았기를 바라네. 자세한 이야기는 조금 있다가 하겠네.

멀리 있는 사람한테 편지로 로마 소식을 전하는 일은 정말 즐겁다네. 이 일을 얼마나 그리워하게 될지! 나한테는 누가 편지를 보내주겠나? 자세한 이야기는 조금 있다가 하겠네.

4월에 새 감찰관들이 선출되었네. 최고신관 나이우스 도미티우스 아헤노바르부스와 루키우스 리키니우스 크라수스 오라토르, 어울리지 않아 보이는 한 쌍이지. 화를 잘 내는 자와 한결같은 자, 하데스와 제우스, 간명한 자와 다변가, 하르피이아(그리스 신화에서 여자의 머리와 새의 몸을 한 괴물—옮긴이)와 무사(musa, 뮤즈—옮긴이). 온 로마가 세상에서 제일 불완전한 이 2인조에 딱 들어맞는 표현을 찾으려 애쓰고 있다네. 물론 크라수스 오라토르와 나의 친애하는 퀸투스 무키우스 스카이볼라의 2인조가 탄생해야 마땅했지만, 그렇게 되지 않았네. 스카이볼라가 출마를 하지 않았거든. 너무 바쁘다나. 너무 두려운 거겠지! 전임 감찰관들이 야기한 야단법석, 그리고 그 끝을 장식한 리키니우스·무키우스법 이후로 스카이볼라는 그 일에서 벗어나게 되어 다행이라고 생각했을 거네.

물론 리키니우스·무키우스법 특별위원회는 이제 없다네. 올해 초 가이우스 마리우스와 나는 특별위원회를 해산시키는 데 성공했어. 법정이 수입을 초과하는 재정 부담을 야기한다는 근거를 댔지. 다행히 다들 동의했네. 개정안은 원로원과 민회 둘 다 별 탈 없이 통과했어. 하지만 그 흉터는 좀처럼 없어지지 않고 있네, 루키우스 코르넬리우스. 그야말로 끔찍한 방식으로 말이네. 특히 악독했던 재판관들 가운데 두 명, 나이우스 스키피오 나시카와 카툴루스 카이사르의 농장들과 빌라들이 잿더미가 되었다네. 다른 재판관들의 경우 농작물이 훼손되고, 포도밭이 파헤쳐지고, 수조에 독이 풀렸어. 요즘 시골에서 유행하는 새로운 야간 스포츠가 있는데, 로마 시민을 찾아서 반죽음이 되도록 두들겨 패는 거라네. 물론 로마인들에게 개별적으로 일어난 이 모든 재앙들이 리키니우스·무키우스법과 관련이 있다고 인정하는 사람은 아무도 없다네. 심지어 카툴루스 카이사르조차도!

그 혐오스러운 젊은이, 퀸투스 세르빌리우스 카이피오는 폰토스의 미트리다테스 왕한테 막대한 뇌물을 받았다는 혐의로 원로원 최고참 의원 스카우루스를 부당취득죄 법정에 고발할 만큼 뻔뻔했다네. 그래서 어떤 일이 벌어졌는지는 상상할 수 있겠지. 스카우루스는 법정이 열리는 포룸 로마눔 낮은 구역에 나타났지만 혐의를 해명하러 온 게 아니었네! 스카우루스는 곧바로 카이피오한테 가더니 그자의 왼쪽 뺨에 이어 오른쪽 뺨까지 철썩철썩 후려갈겼네! 왜 그런진 모르겠네만, 맹세컨대 그럴 때 스카우루스는 키가 두 뼘쯤 커진다네. 그는 카이피오보다 훨씬 커 보였어. 사실 두 사람은 키가 비슷한데 말이야.

"어디 감히!" 스카우루스는 고함을 꽥 질렀네. "어디 감히, 이 더럽고 한심한 버러지가! 이 웃기지도 않는 고소를 당장 철회하지 않으면 세상에 태어난 걸 후회하게 될 거다! 황금에 사족을 못 쓰기로 유명한 세르빌리우스 카이피오 가문의 자손 따위가 감히 나를, 원로원 최고참 의원 마르쿠스 아이밀리우스 스카우루스를 황금을 받았다고 고발해? 오줌을 갈겨줄 테다, 카이피오!"

그러더니 스카우루스는 그를 호위하는 커다란 환호와 갈채, 휘파람은 들은 척도 않고 포룸 로마눔을 가로질러 가버렸다네. 양쪽 뺨에 스카우루스의 손자국이 남은 카이피오는, 배심원 선정을 위해 출석해 있던 기사들과 눈이 마주치지 않으려고 애쓰고 있었지. 하지만 스카우루스가 그런 소동을 피운 후라고 해도 카이피오는 자신의 주장을 입증할 확실한 증거를 내놓을 수도 있었네. 그렇다고 해도 배심원단은 스카우루스에게 무죄를 선고할 테지만.

"고소를 취하하겠소." 카이피오는 이렇게 말하고는 서둘러 집으로 가버렸네.

마르쿠스 아이밀리우스 스카우루스를 고소하는 사람은 누구라도 그렇게 망하는 거라네. 그는 추종을 불허하는 흥행사이자 허세가, 강경보수파의 왕자이니 말이야! 솔직히 말해 나는 기분이 좋았다네. 카이피오가 얼마나 오랫동안 마르쿠스 리비우스 드루수스의 인생을 비참하게 만들었는지, 이제 포룸 로마눔에서 그 사실을 모르는 사람이 없다네. 카이피오는 내 처조카딸이 카토 살로니아누스와 불륜을 저지른 게 발각됐을 때 드루수스가 자기편을 들어주기를 바랐던 것 같네만, 일이 그렇게 되지 않자 아주 악랄하게 대응했던 거라네. 카이피오는 아직도 그놈의 반지 타령을 하고 다닌다네!

편지지가 아까울 만큼 천박한 카이피오 이야기는 이만하면 된 것 같네. 호민관 나이우스 파피리우스 카르보 덕분에 로마의 서판에 유용한 법이 하나 더 새겨졌다네. 그의 가문은 조상들이 파트리키 지위를 버리기로 결정한 이래 운이라곤 지지리도 없는 집안이지! 지난 세대에 두 명이 자살하더니, 이제는 젊은 파피리우스들이 말썽을 일으키고 싶어 몸이 근질근질한가보이. 여하튼 카르보는 몇 달 전에―그러니까 초봄이었군. 시간은 어찌나 빨리 달아나는지!―평민회에서 집회를 소집했네. 크라수스 오라토르와 최고신관 아헤노바르부스가 감찰관 선거에 출마하겠다고 선언한 직후였네. 카르보는 사투르니누스의 곡물법을 개정해 평민회에서 통과시키려고 했어. 하지만 그날 회의는 완전히 아수라장이 되었지. 전직 검투사 두세 명이 죽고 원로원 의원 몇 명이 폭행을 당한데다 폭동이 일어나 회의가 중단되었다네. 크라수스 오라토르는 선거 운동을 하다가 그 난리통에 휩쓸리면서 토가가 더러워지는 바람에 화가 머리끝까지 났네. 크라수스 오라토르는 그길로 회의 질서를 유지하는 책임은 전적으로 그 회의를 소집한 정무관에게 있다는 취지의 원로원 결의를 공포했다네. 이 결의는 아주 훌륭한 법안이라는 찬사를 받았고 트리부스회에서 통과되었어. 만일 카르보가 소집한 회의가 크라수스 오라토르의 새 법이 시행된 이후에 열렸다면 카르보는 폭력사태에 책임을 지고 막대한 벌금을 내야 했을 거네.

이제 가장 재미난 소식으로 넘어가겠네.

지금 로마에는 감찰관이 없다네!

푸블리우스 루틸리우스, 대체 무슨 일이 있었던 겁니까? 자네가 외치는 소리가 들리는구먼. 지금부터 얘기해줌세. 처음에 우린 두 감찰관들이 극명히 다른 성격에도 불구하고 어떻게든 그럭저럭 잘 지낼 거라고 생각했다네. 두 사람은 도급을 주고, 원로원 의원들과 기사들의 서류를 숙독하고, 그런 다음 나무랄 데 없는 일부 선생들을 제외한 모든 수사학 선생들을 로마에서 추방하기로 결의했네. 감찰관들의 분노는 주로 라틴어 수사학 선생들을 향한 것이었네만 그리스어로 가르치는 선생들한테도 불똥이 튀었지. 어떤 선생들을 말하는 건지는 자네도 알겠지, 루키우스 코르넬리우스. 그들은 하루에 몇 세스테르티우스만 내면 찢어지게 가난하나 사회적 성공을 꿈꾸는 3, 4계급 시민의 아들을 변호인으로 만들어주겠다고 장담하지. 그렇게 해서 변호인이 된 사람들은 포룸 로마눔을 쉴새없이 누비면서, 아둔하면서도 툭하면 소송을 거는 시민들을 먹잇감으로 삼는다네. 공식적인 사법 절차는 라틴어로 진행되니 선생들 대다수는 굳이 그리스어로 가르치지 않는다네. 그리고 (모두가 인정하듯!) 이 소위 수사학 선생이라는 자들은 법과 변호인들을 타락시키고 세상 물정 모르는 가난한 사람들을 먹잇감으로 삼으며, 그 사람들의 몇 푼 안 되는 돈을 강탈하고 포룸 로마눔의 명예를 실추시킨다네. 이런 선생들이 모두 완전히 쫓겨난 거지! 그들은 크라수스 오라토르와 최고신관 아헤노바르부스에게 저주를 퍼부었지만 달라지는 건 없었어. 그들 모두 쫓겨났다네. 적절한 고객들을 상대하는 명망 높은 수사학 선생들만 계속 로마에서 지내는 걸 허락 받았다네.

괜찮은 업적 같았네. 다들 두 감찰관을 칭송했고, 그 일로 두 사람 사이가 더 좋아질 거라고 생각했지. 하지만 감찰관들은 싸우기 시작했네. 그놈의 말다툼! 그것도 공공장소에서! 최고조에 이르면 무례한 말들이 험악하게 오가는 그들의 말다툼을 적어도 로마인들 중 절반은 들었을 거라네. 그 절반의 로마인들은(거리낌없이 인정하네만, 나도 개중 하나라네!) 감찰관들의 말싸움을 들으려고 감찰관 본부 근처에서 어슬렁거리는 취미가 생겼지 뭔가.

자네는 요즘 크라수스 오라토르가 어류 양식에 빠져 있는 걸 아는지 모르겠구먼. 요즘 어류 양식은 원로원 계급에 어울리는 사업으로 간주되고 있다네. 크라수스 오라토르는 시골 땅에 커다란 연못을 여러 개 파서 민물 뱀장어와 농어, 잉어 따위를 키운 다음 온갖 대규모 집정관급 축제일을 앞두고, 예컨대 진설관단 같은 데 팔아서 돈을 긁어모으고 있지. 루키우스 세르기우스 오라타가 바이아이의 호수에서 굴을 양식하기 시작했을 때 우리는 앞으로 무슨 일이 벌어질지 몰랐지! 굴이나 뱀장어나 거기서 거기지 않나, 친애하는 루키우스 코르넬리우스!

아, 이런 맛깔나게 로마다운 소동을 내가 얼마나 그리워할지! 하나 자세한 이야기는 조금 있다가 하겠네. 크라수스 오라토르와 어류 양식 이야기로 돌아가지. 시골에 있는 그의 양어장들은 순수하게 상업적인 목적을 위한 거라네. 하지만 크라수스 오라토르답게도 그는 자신의 물고기들을 사랑하게 되었다네. 그래서 로마에 있는 자택 주랑정원의 연못을 넓혀서 이국적이고 값비싼 물고기들을 풀어놓았지. 크라수스 오라토르가 연못가에 앉아 손가락으로 물을 튀기면 물고기들은 빵 부스러기나 작은 새우 등 온갖 별식을 먹기 위해 수면 위로 몰려든다네. 특히 어떤 잉어, 몸집이 크고 잘 관리한 백랍 색깔에 물고기치고 꽤 귀여운 얼굴을 한 잉어 한 마리는 길이 잘 들어서 그가 정원에 들어서자마자 요란스럽게 물가로 오곤 했다는군. 이러니 크라수스 오라토르가 그 잉어를 살수록 더 좋아하게 된 것도 이해할 만해. 나는 진심으로 그렇게 생각한다네.

여하튼 그 잉어가 죽었을 때 크라수스 오라토르는 크게 상심했네. 장이 섰다가 쉬는 한 주기가 다 지나도록 아무도 그를 본 사람이 없었다네. 그의 집을 찾아간 사람들도 그가 비탄에 빠져 있다는 말만 듣고 돌아서야 했지. 마침내 칩거를 끝낸 크라수스 오라토르는 침울한 얼굴로 포룸 로마눔의 감찰관 본부에 있는 자신의 동료, 즉 최고신관 옆으로 복귀했다네. 덧붙이자면, 두 사람은 전 인구를 대상으로 한 시급한 신규 인구조사를 실시하기 위해 마르스 평원으로 감찰관 본부를 옮길 참이었네.

"하!" 크라수스 오라토르가 나타나자 최고신관 아헤노바르부스는 말했다네. "어찌 토가 풀라를 입지 않았소, 루키우스 리키니우스? 상복을 정식으로 갖춰 입지 않았다니 놀랍구려! 당신은 물고기를 화장시킨데다 배우한테 밀랍으로 만든 물고기 가면을 쓰고 베누스 리비티나 신전까지 헤엄치는 시늉을 하게 시켰다고 들었소만! 그 물고기가면을 놓을 장식장까지 만들어서 앞으로 리키니우스 크라수스 가문의 장례식마다 가족의 일원으로서 행진시킬 거라고도 들었소!"

크라수스 오라토르는 당당하게 가슴을 펴고(리키니우스 크라수스 집안사람들이 다들 그렇듯이 그도 덩치가 대단하지!) 경멸에 찬 표정으로 동료 감찰관을 쳐다보았네.

"사실이오, 나이우스 도미티우스." 그는 도도하게 말했네. "나는 죽은 내 물고기를 위해 울었소. 즉, 나는 당신보다 훨씬 나은 사람이란 뜻이오! 당신은 부인이 세 명이나 죽는 동안 눈물 한 방울도 흘리지 않았으니!"

루키우스 리키니우스 크라수스 오라토르와 최고신관 나이우스 도미티우스 아헤노바르부스의 감찰관 업무는 그것으로 끝났다네, 루키우스 코르넬리우스.

애석하게도, 앞으로 4년 동안 제대로 된 인구조사는 못 하지 싶네. 아무도 감찰관을 새로 뽑을 생각을 하지 않고 있거든.

이제 나쁜 소식으로 넘어가겠네. 나는 내일 추방지인 스미르나로 떠나네. 그래, 자네가 놀라는 모습이 보이는구먼! 가장 무해하고 정직한 사람, 푸블리우스 루틸리우스 루푸스가 추방령을 받았다고요? 사실이라네. 퀸투스 무키우스 스카이볼라와 내가 아시아 속주에서 한 훌륭한 일을 절대로 잊지 않은 로마인들이 있었네. 더는 체납 세금 대신 진귀한 예술품들을 압수할 수 없게 된 섹스투스 페르퀴티에누스 같은 자들 말이네. 거기다 난 마르쿠스 리비우스 드루수스의 고모부인지라 그 끔찍한 퀸투스 세르빌리우스 카이피오의 원한을 샀지. 그리고 그 인간 덕분에, 아직도 집정관이 되려고 애쓰는 루키우스 마르키우스 필리푸스 같은 인간 배설물의 원한까지 샀네. 물론 힘있는 스카이볼라를 건드리려는 자는 아무도 없다네. 그래서 놈들은 나를 건드리기로 한 거지. 그리고 실제로 그렇게 했네. 놈들은 부당취득죄 법정에서 뻔뻔스럽게도 조작한 증거를 들이대며 내가—이 내가!—아시아 속주의 불쌍한 주민들한테서 돈을 뜯어냈다고 주장했네. 기소인은 아피키우스였는데, 자기가 필리푸스의 피호민이라고 자랑하고 다니는 인간이지. 아, 많은 사람들이 분노하며 내 변호인이 되어주겠다고 했다네. 스카이볼라를 위시하여 크라수스 오라토르, 안토니우스 오라토르, 심지어 아흔두 살의 조점관 스카이볼라까지 그랬어. 그들이 포룸 로마눔으로 끌고 다니는 그 소름 끼치게 조숙한 아이마저 나를 변호하겠다고 나섰지—아르피눔 출신의 마르쿠스 툴리우스 키케로 말이네.

하지만, 루키우스 코르넬리우스, 나는 아무것도 소용없으리라는 걸 알았다네. 배심원들은 내게 유죄 선고를 하는 조건으로 거금을 받았네(톨로사의 황금일까?). 그래서 나는 모든 호의를 거절하고 스스로 나를 변호하기로 했네. 나는 우아하고 위엄 있게 스스로를 칭찬했다네. 차분하게 했어. 나의 유일한 조력자는 사랑하는 내 조카 가이우스 아우렐리우스 코타였네. 마르쿠스 코타의 세 아들 중 장남이자 내 귀여운 아우렐리아의 이부형제 말이네. 아우렐리아의 이복형제이자 리키니우스 · 무키우스법이 시행된 해에 법무관을 지낸 루키우스 코타는 뻔뻔스럽게도 기소인측을 도왔다네! 이 일로 루키우스의 삼촌인 마르쿠스 코타는 더이상 그와 말을 섞지 않는다네. 아우렐리아도 마찬가지고.

말했듯이, 결과는 예상대로였네. 나는 유죄 선고를 받아 시민권을 박탈당하고 로마에서 800킬로미터 밖으로 추방당하게 되었네. 하지만 재산을 몰수당하지는 않았네. 그쪽으로 조금이라도 수작을 부렸다가는 린치를 당할 거란 걸 놈들도 알았던 듯하네. 내가 법정에서 마지막으로 한 말은, 유죄를 선고받은 원인이 된 주민들이 사는 곳으로 추방해달라는 거였네. 아시아 속주의, 구체적으로 말해 스미르나의 주민들 말이네.

나는 다시는 고향으로 돌아가지 않을 걸세, 루키우스 코르넬리우스. 분노나 상처받은 자존심 때문에 하는 말이 아니야. 그토록 명백한 부정에 동의한 도시와 시민들을 다시는 보고 싶지 않기 때문이라네. 로마인 가운데 4분의 3은 이 명백한 부정 때문에 울부짖고 있지만, 그 부정의 희생양인 내가 로마 시민권을 박탈당하고 추방되어야 한다는 사실은 변하지 않는다네. 나는 내가 받은 징벌을 무효로 하고 시민권을 되찾기 위해 원로원에 줄기차게 탄원서를 보내어 위신을 떨어뜨리거나 놈들에게 만족감을 주지 않을 걸세. 나는 내가 진정한 로마인임을 증명할 거야. 로마의 충직한 개답게, 합법적으로 열린 로마 법정의 구형 앞에 순종적으로 엎드릴 걸세.

나는 이미 스미르나의 행정장관한테서 편지를 받았다네. 그는 푸블리우스 루틸리우스 루푸스라는 이름의 새 주민이 오게 된 데에 크게 기뻐하는 것 같더군. 스미르나 사람들은 내가 도착하는 날 내게 경의를 표하는 축제를 열어줄 모양이야. 자기들을 야금야금 약탈했다는 사람이 온다는데 이런 식으로 반응하다니, 참 이상한 사람들 아닌가!

나를 너무 불쌍히 여기지 말게, 루키우스 코르넬리우스. 나는 융숭한 대접을 받을 것 같네. 심지어 스미르나에서는 내게 아주 후한 연금과 저택, 괜찮은 하인들까지 주겠다고 제의했다네. 로마에는 우리

가문의 골칫거리가 될 루틸리우스들이 충분히 많이 남아 있어. 루틸리우스 루푸스 집안사람인 내 아들과 조카들, 사촌들 말이네. 하지만 나는 그리스식 클라미스를 입고 그리스식 슬리퍼를 신을 것이네. 이제 나는 토가를 입을 자격이 없으니 말이야. 지중해의 동쪽 끝에 있는 친구들 중에 나를 보러 스미르나에 오지 않을 친구는 아무도 없을 걸세! 추방당한 사람의 작은 위안거리지.

나는 진지하게 집필 활동을 시작하기로 결심했네. 군수나 전술, 전략에 관한 개론은 이제 쓰지 않을 거야. 나는 전기 작가가 될 거라네. 똥돼지 메텔루스 누미디쿠스의 전기부터 시작할 생각이네. 새끼 똥돼지가 임니를 갈 만한 흥미진진한 소재도 일부 포함해서 말이지. 그런 다음 카툴루스 카이사르로 넘어가서 게르만족이 트리덴툼 부근을 배회할 때 아테시스 강에서 발생한 반역적인 사건들을 언급할 걸세. 아, 얼마나 재미있을지! 그러니 꼭 나를 보러 와주게, 루키우스 코르넬리우스! 오직 자네만이 줄 수 있는 정보가 필요하다네!

술라는 루푸스를 각별하게 좋아했던 적이 한 번도 없었지만, 그 두툼한 두루마리를 내려놓는 그의 눈에는 눈물이 가득 고여 있었다. 술라는 속으로 맹세했다. 언젠가, 세상에서 가장 위대한 사람인 내가 로마의 일인자로 입지를 굳히면 카이피오와 필리푸스 같은 자들을 벌할 것이다. 그 커다란 두꺼비 같은 기사놈, 섹스투스 페르퀴티에누스도.

그러나 술라 2세와 모르시모스가 들어왔을 때 술라는 눈가가 말라 있었고 차분했다.

"준비됐네." 술라는 모르시모스에게 말했다. "이따가, 선장한테 스미르나에 먼저 들르라고 일러야 한다고 나한테 말해주겠나? 거기 사는 오랜 벗을 만나서 로마 소식을 계속 전해주겠다고 약속해야 하거든."

〈2권에 계속〉

감찰관 censor 로마 정무관 중 최고위직이었지만 임페리움이 없으므로 릭토르단의 호위를 받지 않았다. 막대한 권위(아욱토리타스)와 존엄(디그니타스)을 갖춘 전직 집정관들만 입후보할 수 있었다. 감찰관으로 선출된다는 것은 로마 최고의 권력자들 중 하나가 되고 정치 경력을 완벽하게 인정받는다는 의미였다. 백인조회를 통해 두 명이 동시에 선출되었고, 임기는 5년이었지만 활동은 대부분 당선 후 18개월 동안만 했다. 감찰관의 임기는 특별한 희생제의인 수오베타우릴리아와 함께 시작되었다. 감찰관들은 원로원과 기사계급 및 국가가 제공하는 말을 타는 고위 기사 1천800명의 자격을 감독하고 관리했으며 로마를 비롯하여 이탈리아 및 속주 전역의 로마 시민들에 대한 총인구조사를 수행했고 자산 조사와 세금 징수부터 각종 공공사업에 이르는 국가 발주 계약도 관장했다.

개선식 triumph 전쟁에서 승리한 로마 장군이 얻은 최고의 영예. 승전 장군이 개선식을 하려면 먼저 휘하 병사들에게 임페라토르로 인정받은 뒤 원로원에 개선식을 승인해달라고 청원해야 했다. 개선식을 승인할 권한은 원로원에만 있었으며 드물긴 했지만 부당하게 거부당하는 경우도 있었다. 대단히 웅장한 가두행진은 엄격하게 정해진 경로를 따랐다. 출발지는 마르스 평원의 빌라 푸블리카였고 종착지는 카피톨리누스 언덕의 유피테르 옵티무스 막시무스 신전 계단 밑이었다. 개선장군과 릭토르단이 신전으로 들어가 유피테르에게 월계관을 바친 후 개선 연회가 열렸다.

계급 classes 재산이나 지속적 수입이 있는 로마 시민을 다섯 경제 집단으로 나눈 것. 1계급이 가장 부유했고 5계급이 가장 가난했다. 최하층민(capite censi)은 다섯 계급에 속하지 않았고 따라서 백인조회에서 투표할 수 없었다. 사실 4계급, 5계급은 물론 3계급도 백인조회에서 투표하는 일이 드물었다.

관직의 사다리(쿠르수스 호노룸) cursus honorum 직역하면 '명예의 길'이라는 뜻. 집정관이 되려는 사람은 특정 단계들을 거쳐야 했다. 우선 원로원에 들어가야 했다(마리우스와 술라 시대에 원로원 의원은 감찰관들이 지명하거나 호민관으로 선출되어야 했으며, 재무관이 된다고 해서 자동적으로 원로원 의원이 될 수는 없었다). 그리고 원로원 입회 전후에 재무관을 역임해야 했다. 원로원에 들어간 후 최소 9년이 지나면 법무관으로 선출되어야 했다. 법무관을 역임한 후 2년이 지나면 마침내 집정관 직에 입후보할 수 있었다. 원로원 의원, 재무관, 법무관, 집정관이라는 네 단계가 바로 관직의 사다리였다.

군단 legio 독자적으로 전쟁을 수행할 수 있는 로마 군대의 최소 단위. 각 군단은 전쟁에 필요한 인력, 장비, 시설을 완전히 갖추고 있었다. 총력을 갖춘 군단의 전체 군인 수는 6천 명 정도로 그중 5천 명 정도가 전투병, 나머지는 비전투원이었다. 각 군단에는 작은 기병대가 포함되어 있었고 포와 군수품이 지급되었다. 내부 조직을 보면 각 군단에 10개 보병대대가 있고, 각 대대마다 6개 백인대가 있었다. 각 군단에 배치된 백인대장 60여 명이 군관 역할을 했다.

군무관 tribune of the soldiers 매년 트리부스회는 25~29세 청년 스물네 명을 군무관으로 선출했다. 군무관은 트리부스회에서 선출되었기 때문에 진정한 의미의 정무관이었다. 집정관의 네 개 군단에 여섯 명씩 배치되어 전반적인 지휘관 역할을 했다. 전장에서 집정관의 군단이 네 개 이상일 경우에는 준비된 군단이 아무리 많더라도 모든 군단에 군무관이 고루 배치되었다.

권위(아욱토리타스) auctoritas 로마 특유의 개념으로, 타인을 능가하는 탁월함, 정치권력, 지도력, 공적·사적 영역에서의 존재감, 무엇보다 공적 또는 개인적 명성을 활용해 사회에 영향을 발휘하는 능력을 모두 아우른다.

기사(에퀴테스) equites 왕정 시대에 로마 최고의 시민들로 특별 기병대를 임명하면서 만들어졌다. 당시 이탈리아에서 훌륭한 품종의 말은 귀하고 비쌌기 때문에, 18개 백인대를 구성하는 기사 1천800명에게는 공마가 한 필씩 지급되었다. 기원전 2세기 즈음부터는 기병대를 국가 차원에서 관리하지 않았고, 기사계급은 군대와 별 관련이 없는 사회·경제 집단으로 바뀌었다. 포룸 로마눔의 특별 심사장에서 열리는 인구조사에서 40만 세스테르티우스 이상의 재산이나 수입을 감찰관에게 증명하면 기사로 인정받아 자동으로 1계급이 되었다.

노나이 Nonae 한 달에서 특별히 취급되는 세 날(칼렌다이, 노나이, 이두스라는 고정된 지점들을 기준으로 하여 거꾸로 날짜를 표현했다) 중 두번째. 긴 달에는(3월, 5월, 7월, 10월) 7일이었고 다른 달에는 5일이었다. 유노 여신에게 바쳐진 날이었다.

라티움 Latium 이탈리아 반도에서 로마가 위치한 지역. 북쪽 경계는 티베리스 강이었고 남쪽은 키르케이 항구에서 내륙 쪽으로 뻗어 있었으며, 동쪽으로는 산세가 험준한 사비니족과 마르시족의 땅에 맞닿아 있었다. 로마가 볼스키족과 아이퀴족 정복을 마친 기원전 300년경에 온전한 로마 영토가 되었다.

라티움 시민권 Latin Rights 최하등급인 이탈리아 동맹시 주민들의 비시민권자 지위와 최상등급인 로마 시민권 사이의 중간 단계 시민권. 라티움 시민권자는 로마 시민권자처럼 다양한 특권을 누렸지만 참정권이 없어 로마에서 열리는 선거에 투표권이 없었다. 기원전 125년의 프레겔라이 폭동 이후, 어느 호민관이 라티움 시민권이 부여된 지역의 정무관과 그 직계 후손들에게 영구히 로마 시민권을 부여하는 법을 통과시켰지만 이 법은 일반 주민들에게는 혜택이 없었다.

릭토르 lictor 고등 정무관이 공식 업무를 보러 다닐 때 격식을 갖추어 수행하던 사람들. 파스케스를 왼쪽 어깨에 얹고 다녔다. 고관 앞에서 일렬종대로

걸으며 길을 텄고, 고관이 물리적인 제지나 매질을 필요로 할 때 동원되기도
했다.

모스 마이오룸 mos maiorum 뜻을 풀자면 기성 질서. 정부와 공공기관의 관습을
설명할 때 이용하는 말이었다. 모스 마이오룸은 로마에서 불문법이나 다름
없었다. '모스'는 '이미 굳어진 관습'을 의미했고, '마이오룸'은 이 경우 '선
조'나 '조상'을 의미했다. 다시 말해, 모스 마이오룸은 모든 일이 이전부터
처리되어 오던 방식을 뜻했고, 앞으로도 그런 식으로 처리되어야 함을 의미
했다.

민회(코미티아) comitia 로마인들이 통치, 입법, 선거와 관련된 사안을 다루기
위해 소집한 모든 회합을 통칭하는 말. 공화정 시대에는 실질적으로 백인조
회, 트리부스회, 평민회 세 종류의 민회가 있었다.

— **백인조회** Comitia Centuriata
인민 즉 파트리키와 평민 모두 참여하는 민회로, 재산 평가에 따라 계급이
구분되는 사실상 경제계급 모임이었다. 집정관, 법무관, 감찰관을 선출했고 대
반역죄 재판을 열거나 법안을 통과시킬 권한이 있었다. 본래 군사 단체였기 때
문에 백인조 단위로 모였고, 보통 마르스 평원의 가설투표소에서 열렸다.

— **트리부스회** Comitia Populi Tributa
'트리부스 인민회'라고도 한다. 35개 트리부스 단위로 모였다. 파트리키의
참여를 허용했고, 집정관이나 법무관이 소집했다. 보통 민회장에서 열렸다.
고등 조영관, 재무관, 군무관을 선출했고 법안을 제출·의결할 수 있었다.
마리우스 시대에는 재판권도 있었다.

— **평민회** Comitia Plebis Tributa 또는 Concilium Plebis
'트리부스 평민회'라고도 한다. 35개 트리부스 단위로 모였지만, 파트리키는
참여할 수 없었다. 평민회 소집 권한이 있는 정무관은 호민관뿐이었다. 보통

민회장에서 열렸다. 법(평민회 결의)을 제정하고 평민 조영관과 호민관을 선출했다. 평민회 역시 마리우스 시대에는 재판권이 있었다.

백인대장 centurion 로마 시민 군단과 보조부대 모두에 있던 정규 직업군관. 현대의 하사관과 같이 생각해서는 안 된다. 이들은 오늘날 우리의 사회적 구별을 적용받지 않는 지위를 누린 완벽한 전문가였다. 공화정 시대에는 사병이 진급을 통해 백인대장이 되었다. 백인대장 사이에도 계급이 존재했다. 가장 낮은 계급의 백인대장은 군단병 80명과 비전투원 20명으로 이루어진 백인대를 통솔했다. 마리우스가 재편한 공화정 로마군의 보병대대는 백인대 6개로 구성되었는데, 백인대장(켄투리오, centurio)들 중 가장 높은 선임 백인대장(필루스 프리오르, pilus prior)은 대대 전체를 통솔하는 동시에 소속 보병대대의 선임 백인대를 이끌었다. 하나의 군단을 구성하는 보병대대 10개를 통솔하는 선임 백인대장들 10명 사이에도 계급이 존재했다. 군단의 최고참 백인대장(프리무스 필루스primus pilus, 나중에 프리미필루스primipilus로 축약됨)은 소속 군단의 사령관(선출직 군무관이나 총사령관의 보좌관)의 명령에만 따랐다. 백인대장은 쉽게 알아볼 수 있었다. 그들은 정강이받이를 착용하고 쇠사슬 갑옷 대신 쇠미늘 갑옷을 입었으며, 투구의 깃털 장식은 앞뒤가 아닌 양옆으로 튀어나와 있었다. 또한 튼튼한 포도나무 곤봉을 들고 다녔고 훈장도 많이 달고 있었다.

법무관 praetor 로마 정무관 중 두번째로 높은 직급(감찰관 직은 특별한 경우이므로 생략). 공화정 초기에는 가장 지위가 높은 정무관 두 명을 가리켰지만, 기원전 4세기 말경 가장 높은 정무관을 지칭하는 '집정관'이라는 말이 생겼다. 이후 수십 년 동안 법무관은 매년 한 명씩 선출되었다. 이 법무관은 두 집정관이 로마 밖에서 벌어지는 전쟁을 지휘하는 동안 로마 내에서 발생하는 사건에만 관여했기 때문에 수도 담당 법무관에 가까웠다. 기원전 242년부터는 두번째 법무관, 즉 외인 담당 법무관을 뽑아 로마보다는 외국인 및 이탈리아와 관계된 업무를 맡겼다. 이후 로마가 통치해야 할 속주가 늘어나면서 법무관 임기를 마친 후 권한대행으로서가 아니라 임기중에 속주로 파견되는 법무관 직이 추가로 생겨났다.

보조군 auxiliary 로마군에 편입된 비로마 시민 군단. 마리우스와 술라 시대에 보조 보병은 대부분 이탈리아 태생이었지만 보조 기병은 갈리아, 누미디아, 트라키아 등 로마나 이탈리아보다 일상적으로 말을 많이 타는 지역 출신이 대부분이었다.

비티니아 Bithynia 아시아 쪽으로 프로폰티스 해(오늘날 터키 마르마라 해)를 끼고 동쪽으로는 파플라고니아와 갈라티아, 남쪽으로는 프리기아, 서남쪽으로는 미시아까지 뻗어 있었던 왕국. 트라키아 혈통의 왕들이 다스리는 비옥하고 부유한 왕국이었다. 폰토스와 오랫동안 적대관계였다. 프루시아스 2세 때부터 로마의 우호동맹 지위를 누렸다.

시민관(코로나 키비카) Corona Civica 로마의 군사 훈장 중 두번째로 귀한 것. 떡갈나무 잎으로 만든 시민관은 전투 내내 전우들을 구하고 물러서지 않은 군인에게 주어졌는데, 그가 구해준 군인들이 장군 앞에서 그런 일이 있었다고 정식으로 맹세해야만 받을 수 있었다.

시민권 citizenship 로마 시민권자는 (경제계급에 속할 수 있는 요건을 갖추었다면) 로마의 모든 선거에서 트리부스와 계급을 통해 투표할 수 있었다. 또한 태형을 받지 않았고 로마식 재판을 받을 권리가 있었으며 항소권이 있었다. 남성 시민은 17세 생일부터 군역 의무를 졌으며 상황에 따라 군사작전에 열 번 참여하거나 6년간 군 생활을 해야 했다. 마리우스의 군 개혁 이전에 시민이 군단에서 복무하려면 자신의 무기와 갑옷, 장비, 식량을 살 재산이 있어야 했으나(보통 전쟁이 끝난 후에야 국가로부터 수당을 지급받았고, 그 수당도 지극히 적어 생활비로도 부족했다) 개혁 이후에는 재산이 없는 최하층민도 복무할 수 있었다.

아라우시오 전투 Battle of Arausio 15년에 걸쳐 로마로 이주를 시도해오던 세 게르만 부족(킴브리족, 테우토네스족, 티구리니족·마르코만니족·케루스키족 연합)은 기원전 105년 10월 6일 로다누스 강 유역의 아라우시오 마을 외곽에서 로마군과 전투를 치렀다. 파견된 두 명의 로마 사령관 나이우스 말리우스 막시무스와 퀸투스 세르빌리우스 카이피오가 서로 전혀 협조하지 않아서, 병력이 전략적으로 형편없는 위치에 나뉘어 배치되었다. 결과는 로마 공화정 역사상 최악의 패전이었다. 이 전투로 로마군 8만 명이 죽었다.

아시아 속주 Asia Province 페르가몬의 아탈로스 3세가 유증하여 로마 속주가 된 지역. 오늘날 터키 서부 해안과 내륙에 해당하며, 북쪽으로 트로아스와 미시아에서 남쪽으로 크니도스 반도까지 이어졌다. 공화정 시대의 수도는 페르가몬이었다.

아펜니누스 산맥 Apenninus 이탈리아를 크게 세 부분, 즉 이탈리아 갈리아(북부의 포 계곡 일대), 아드리아 해 연안, 더 넓고 비옥한 서부 해안으로 나누는 산맥. 리구리아 지역의 마리티마이 알프스 산맥에서 갈라져나와 이탈리아 반도를 서에서 동으로 가로지르고 시칠리아 섬 맞은편 브루티움까지 이어져 내려간다. 최고봉 높이가 3천 미터에 이른다.

원로원 Senatus 로마인들은 로물루스가 원로원을 세웠다고 믿었지만 실은 로마 왕정 후기의 왕들이 설립한 자문기구였을 가능성이 크다. 왕정이 끝나고 공화정이 시작된 후에도 원로원은 파트리키 300명 규모로 존속되었다. 몇 년 지나지 않아 평민도 원로원 의원이 되었으나, 그들이 고위 정무관 직을 차지하기까지는 좀 더 많은 시간이 걸렸다. 넓은 자주색 세로띠가 오른쪽 어깨에 있는 튜닉은 원로원 의원들만 입을 수 있는 복장이었다. 이외에도 그들은 앞이 막힌 적갈색 가죽신을 신고 반지를 꼈다. 자주색 단을 댄 토가는 고등정무관을 지낸 의원들만 입었고, 일반 의원들은 민무늬 흰색 토가를 입었다. 원로원은 워낙 오래된 조직이었기 때문에 그 권리와 권력, 의무에 관한 법적 정의가 거의 존재하지 않았다. 원로원 의원들은 행정부에서 그들의 우위를 지키려고 항상 맹렬히 싸웠다. 공화정 중기부터 재무관에 선출되면 곧이어 원로원 의원이 되는 것이 규정이었지만, 재무관 직을 통하는 길 외에는 원로원에 들어갈 수 없도록 술라가 조치하기 전까지는 원로원 의원 지명에 관한 재량권이 감찰관에게 있었다. 아티니우스법에 따라 호민관은 당선과 동시에 원로원 의원이 되었다. 원로원 의원의 자격 요건으로 자산 조사가 행해졌지만 이는 전적으로 비공식적인 관례였다.

원로원 회의는 정식으로 개관한 장소에서만 열 수 있었다. 자체 회합장소인 원로원 의사당이 있었지만 다른 곳에서 모이는 경우도 많았다. 회의 시간은 일출부터 일몰 사이로 한정되었으며 민회에서 회의가 열리는 날에는 원로원 회의를 열 수 없었다.

원로원 회의에서 발언이 허락되는 의원들 사이에는 엄격한 위계질서가 존재했다. 평의원들은 투표권만 있고 발언은 할 수 없었다. 안건이 중요하지 않거나 만장일치인 경우 구두 노는 거수 표결로 처리할 수 있었다. 반면 공식 투표는 의원들이 자기 자리에서 나와서 가부 의견에 따라 고관석 단상 양쪽에 선 뒤 각각의 인원수를 세는 방식으로 진행되었다. 입법기관이 아닌 자문기관이었던 원로원은 결의를 통해 다양한 민회에 요구사항을 전달했다. 중대한 안건이 상정된 경우 정족수가 차야 투표를 실시할 수 있었다.

이두스 Idus 한 달 중 특별히 취급되는 세 날(칼렌다이, 노나이, 이두스라는 고정된 지점들을 기준으로 하여 거꾸로 날짜를 표현했다) 중 세번째. 긴 달에는(3월, 5월, 7월, 10월) 15일이었고 다른 달에는 13일이었다. 유피테르 옵티무스 막시무스 신을 위한 날로, 유피테르 대제관이 카피톨리누스 언덕의 아륵스에서 양을 산제물로 바쳤다.

이탈리아 동맹 Italian Allies 완전한 로마 시민권, 심지어 라티움 시민권도 없이 이탈리아 반도에 살던 사람들, 부족들, 또는 국가들('이탈리아 동맹'은 이 세 가지 모두로써 여러 가지로 묘사되었다). 군사적인 보호의 대가로, 그리고 평화로운 공존을 위해, 이탈리아 동맹은 로마군에 무장 군인들을 제공하고 그들의 유지비까지 부담해야 했다. 또한 마리우스와 술라의 시대에 이탈리아 내 일반세라는 부담을 졌으며, 많은 경우 로마 공유지 확장을 위해 영토의 일부를 내놓아야 했다. 이탈리아 동맹 중 다수는 로마에 반란을 일으키거나 한니발 등 다른 반로마 세력을 도왔다. 로마라는 멍에를 벗으려 하거나 완전한 시민권을 요구하는 움직임은 정도의 차이는 있으나 이탈리아 동맹내에 늘 존재했다. 그러나 공화정의 마지막 세기까지 로마는 이러한 불만의소리가 너무 커지기 전에 행동에 나설 만큼 충분히 민감했다. 기원전 188년 포르미아이 푼디와 아르피눔이 시민권을 얻은 이후 로마 시민권이나 심지어라티움 시민권이라도 얻은 이탈리아 동맹 공동체는 없었다. 기원전 95년의 리키니우스 · 무키우스 시민권법은 이탈리아 동맹의 불만을 노골적인 적대감으로 바꾼 마지막 결정타였고 기원전 91년 전쟁이 발발했다. 에트루리아, 움브리아, 피케눔 북부, 캄파니아 북부, 라티움, 사비니는 로마에 계속 충성했다.

마르시족, 삼니움족, 프렌타니족, 마루키니족, 포텐차 강 남쪽의 피켄테스족, 파일리그니족, 베스티니족, 히르피니족이 단결하여 전쟁을 일으켰고, 루카니족과 아풀리족, 베누시니족이 곧 합류했다.

가장 남쪽의 두 지역 브루티움과 칼라브리아는 이탈리아의 명분에 동조했지만 전쟁 행위에는 거의 가담하지 않았다. 마르시족 포파이디우스 실로와 삼니움족 가이우스 파피우스 무틸루스가 이탈리아 동맹 정부를 이끌었다. 기원전 82년 말에 술라가 독재관이 된 후에야 이탈리아 동맹 사람들은 정식으로 로마 시민이 되었다.

인민 People 엄밀히 말해서 원로원 의원을 제외한 모든 로마인을 포괄하는 용어다. 평민부터 파트리키까지, 1계급부터 최하층민까지를 모두 포함한다.

인술라 insula '섬'이라는 뜻. 로마의 아파트 건물은 대부분 모든 면이 거리나 골목, 샛길로 둘러싸여 있었기 때문에 이렇게 불리게 되었다. 로마의 인술라는 높이가 최고 30미터 정도로 매우 높았으며 대부분 내부에 채광정이 있을 정도로 컸고 채광정이 한 개 이상인 인술라도 많았다. 지금처럼 고대에도 로마는 아파트 거주자들의 도시였다.

임페리움 imperium 고등 정무관이나 정무관 권한대행에게 주어진 권한의 정도이다. 임페리움이 있다는 것은 그 사람이 해당 관직의 권한을 보유했으며, 본인의 임페리움과 처신을 규정하는 법에 따라 행동하는 한 그 권한을 부정할 수 없다는 의미였다. 임페리움은 쿠리아법에 의해 주어졌으며 원칙적으로 1년간 지속되었다. 임기가 연장된 총독의 임페리움 연장은 원로원 또는 트리부스회의 비준을 받아야 했다. 임페리움을 보유한 사람은 파스케스를 든 릭토르단을 거느렸는데, 릭토르와 파스케스 수가 많을수록 더 높은 임페리움의 보유자였다.

재무관 quaestor '관직의 사다리'에서 가장 낮은 단계. 선출직이었다. 주요 임무는 재정 업무였다. 추첨을 통해 로마 내에서 국고를 관리하거나 이탈리아에서 관세, 항구세, 임대료를 수금하거나 속주 총독의 재산을 관리하는 업무를 맡았다. 속주 총독으로 파견되는 사람은 자신이 데려갈 재무관을 지명할 수 있었다. 일반적으로 임기는 1년이었으나, 지명받은 경우 모시는 총독의 임기가 끝날 때까지 속주에 남아 임무를 수행했다. 취임일은 12월의 다섯째 날이었다.

정무관 magistrates 투표로 선출되어 행정부를 구성하는 로마 원로원과 인민의 대표자들. 재무관에서 법무관을 거쳐 집정관까지 오르는 코스를 '관직의 사다리'라 칭했다. 감찰관, 두 가지 조영관(평민 조영관, 고등 조영관), 호민관은 관직의 사다리에 직접적으로 속하지 않고 보조 역할을 하는 직책이었다. 감찰관을 제외한 모든 정무관의 임기는 1년이었다. 독재관은 특별한 경우에 해당한다.

제관 flamen 최소한 왕정 시대까지 거슬러 올라가는 로마의 가장 오래된 신관집단. 총 15명으로 그중 3명은 대제관이었다. 대제관들은 각각 유피테르, 마르스, 퀴리누스 신을 섬겼다. 이중 유피테르 대제관이 가장 지켜야 할 금기가 많아서 힘든 자리였다. 대제관 세 명은 국가의 녹을 받고 국가에서 제공하는 집에서 살았으며 원로원 의원이 되었다.

조점관 augur 점술을 보는 신관. 조점관은 점괘를 자의적으로 해석하거나 미래를 예언하는 자가 아니었다. 그보다는 집회, 전쟁, 신규 법안, 선거와 같은 국가 행사와 시국적 사안에 대한 신의 승인 여부를 확인하기 위해 특정한 사물이나 징조를 면밀하게 관찰했다. 표준 지침서에 따라 '책에 나온 대로' 점괘를 해석했으며, 토가 트라베아를 입고 리투우스라는 굽은 지팡이를 들고 다녔다.

존엄(디그니타스) dignitas 로마 특유의 개념으로, 개인의 고결함, 긍지, 가문, 말, 지성, 행동, 능력, 지식, 사람으로서의 가치의 총체였다. 공적이라기보다 사적인 입지였으나, 훌륭한 존엄은 공적인 입지를 크게 강화시켰다. 로마 귀족은 소유한 모든 자산 중 디그니타스에 대해 가장 민감했다. 디그니타스를 지키기 위해서라면 그는 전쟁에 나가거나 망명길에 오르고, 자살을 하고, 아내나 아들을 죽일 수도 있었다.

집정관 consul 임페리움을 지닌 로마의 최고위 정무관. 관직의 사다리의 최정상으로 여겨졌다. 매년 백인조회에서 임기 1년인 집정관 두 명을 선출했다. 둘 중 먼저 백인조들의 표를 필요 수만큼 얻은 수석 집정관은 1월에, 차석 집정관은 2월에 하는 식으로 교대로 파스케스(해당 항목 참조)를 보유했다. 집정관 취임일은 새해 첫날인 1월 1일이었다. 두 집정관 모두 릭토르 열두 명의 호위를 받았지만 각 달에 파스케스를 보유한 집정관의 릭토르들만 파스케스를 어깨에 지고 집정관이 가는 곳마다 따라다녔다. 공화정 말기에는 파트리키와 평민 모두 집정관이 될 수 있었지만 두 집정관 모두가 파트리키여서는 안 되었다. 집정관의 적정 연령은 원로원 의원이 되는 30세보다 열두 살 많은 42세였지만 기원전 81년 술라가 파트리키 의원들에게 평민보다 2년 먼저(즉 40세에) 집정관 선거에 출마할 수 있는 특권을 줬다는 유력한 증거가 존재한다. 집정관의 제약 없는 임페리움은 로마는 물론 이탈리아 전역과 모든 속주에서 유효했으며 속주 총독의 임페리움보다 우선했다. 집정관은 모든 군대를 지휘할 수 있었다.

참모군관 tribunus militum 사령관의 참모진 중 선출직 군무관이 아니면서 계급이 보좌관보다 낮고 수습군관보다 높은 이들. 사령관이 집정관일 때는 그를 위한 참모 업무를 맡아 했고, 집정관이 아닐 경우 직접 군단을 지휘할 수도 있었다. 기병대의 지휘관 역할도 수행했다.

최고신관 Pontifex Maximus 국가 종교의 수장으로, 신관 중에서 가장 지위가 높다. 로마 공화정 초기에 처음 만들어진 지위로 보이며, 타인의 감정을 자극하지 않으면서 장애물을 피해가는 데 능숙했던 로마인의 특징을 잘 보여준다. 애초에는 로마의 왕에게 주어지는 직위인 제사장이 가장 높은 신관 역할을 맡고 있었다. 원로원을 통해 로마를 통치하게 된 새로운 지배자들은 제사장을 폐지하여 민심을 건드리는 대신 더 높은 신관 직을 만들어냈는데 그것이 바로 최고신관이있다. 최고신관은 나른 구성원늘의 동의가 아니라 선거로 선출되었다는 점에서 정치인과 비슷했다. 초기에는 파트리키만 최고신관이 될 수 있었으나 공화정 중기에 이르러서는 평민에게도 허락되었다. 대신관, 조점관, 페티알레스 신관, 베스타 신녀를 비롯한 모든 신관들을 관리하고 감독했다.

코그노멘 cognomen 이름(프라이노멘) 및 씨족명(노멘)이 같은 사람들과의 차별화를 위해 로마 남성이 붙였던 세번째 이름. 폼페이우스의 코그노멘인 마그누스처럼 개인이 직접 정할 수도 있었고, 율리우스 가문의 카이사르 분가처럼 집안 대대로 유지하는 코그노멘도 있었다. 일부 가문에서는 하나 이상의 코그노멘이 필요하게 되었다. 코그노멘은 튀어나온 귀, 평발, 곱사등, 부은 다리 같은 신체 특징을 묘사하거나 위대한 업적을 기리는 경우가 많았으며, 최고의 코그노멘은 극히 풍자적이거나 매우 익살맞았다.

토가 toga 완전한 로마 시민권 보유자만 입을 수 있었던 의복. 가벼운 모직으로 만들어졌으며 매우 특이한 형태였다. 옷의 길이에 해당하는 쪽은 착용자의 키에 맞춰 주름을 잡고, 그보다 훨씬 긴 너비에 해당하는 쪽으로 몸을 둘러싼다. 기원전 1세기 공화정 시대의 토가는 매우 컸다.

— **토가 칸디다** toga candida 수일간 햇빛에 표백시킨 뒤 곱게 간 백악가루를 꼼꼼히 발라서 특별히 희게 만든 토가. 공직 후보자로 등록하는 사람이 입었으며(영어 단어 'candidate[입후보자]'의 어원이다.) 후보자가 로마 시내에 유세를 다닐 때나 선거 당일 투표장에 갈 때도 입었다.

— **토가 프라이텍스타** toga praetexta 자주색 단을 댄 고등 정무관용 토가. 전현직 고등 정무관과 남녀 어린이가 입었다.

톨로사의 황금 Gold of Tolosa 기원전 278년에서 여러 해가 지난 어느 날, 한 무리의 볼카이 텍토사게스족은 마케도니아에서 아퀴타니아의 톨로사(오늘날의 툴루즈) 근처의 고향으로 돌아왔을 것이다. 그들은 여러 신전을 약탈하여 전리품을 가지고 왔는데, 약탈품을 녹여서 톨로사의 여러 신전의 경내 곳곳에 있던 인공 호수에 보관했다. 금은 그대로 물 밑에 놔두었고, 은으로는 거대한 맷돌을 만들어 연못 밑에 두었다가 정기적으로 끌어올려 밀을 갈았다. 기원전 106년 로마의 집정관 퀸투스 세르빌리우스 카이피오는 당시 톨로사 근처에서 머물던, 이주 중인 게르만족과 전쟁을 하라는 명령을 받았다. 카이피오가 그곳에 도착했을 때 게르만족은 자신들을 받아주었던 볼카이 텍토사게스족과 다투고 떠나버린 뒤였다. 집정관 카이피오는 전투는 하지 못했지만 톨로사의 신성한 호수들 속에 있던 엄청난 양의 금과 은을 발견했다. 은은 맷돌을 포함하여 1만 탈렌툼(250 영국톤), 금은 1만 5천 탈렌툼(370 영국톤)에 달했다. 은은 나르보 항으로 이송 후 배편으로 로마에 보냈다. 은을 이송하는데 쓴 짐마차들은 톨로사로 되돌아가서 금을 실었고, 이 짐마차 수송대는 520여 명으로 구성된 로마군의 호위를 받았다. 수송대는 카르카소 요새 부근에서 강도의 습격을 받았다. 호위 군인들은 전멸했고 짐마차들과 황금은 사라져버린 후 다시는 발견되지 않았다.

사건 당시 집정관 카이피오는 의심받지 않았지만, 1년 후 아라우시오 전투에서의 행위 때문에 비난받은 후부터 그가 그 짐마차 수송대를 습격한 배후이며 톨로사의 황금을 자기 명의로 스미르나에 보관하고 있다는 소문이 돌기 시작했다. 집정관 카이피오는 그 강도 사건으로 재판을 받지는 않았지만 군대를 잃은 일로 재판을 받고 추방당했다. 그는 추방지로 스미르나를 선택했고 그곳에서 기원전 100년에 죽었다. 톨로사의 황금 이야기는 고대의 여러 자료에 나오지만 집정관 카이피오가 그것을 훔쳤다고 단언하는 자료는 없다. 그러나 그가 훔쳤다고 보는 것이 타당해 보인다. 그의 뒤를 이은 세르빌리우스 카이피오 집안사람들은 마지막 후손인 브루투스까지 엄청나게 부유했기 때문이다. 또한 대부분의 로마인이 집정관 카이피오가 로마 국고의 황금보다도 많은 톨로사의 황금 실종의 배후라고 생각했다는 것 역시 거의 분명하다.

투니카(튜닉) tunica 그리스와 로마를 포함해 고대 지중해 연안지역의 기본 의복. 로마인의 튜닉은 몸통이 직사각형이었고 허리선을 살려주는 다트가 없어 헐렁하고 맵시가 없었으며, 어깨와 팔꿈지에서 무릎까지 넣는 형태였다. 허리에 가죽띠를 두르거나 끈으로 졸라맸으며, 항상 앞쪽을 길게 입어서 뒤판이 7.5cm 정도 짧았다. 기사의 튜닉은 오른쪽 어깨에 좁은 자주색 띠가 있었고 원로원 의원의 튜닉은 넓은 자주색 띠가 있었다. 옷감으로는 모직이 주로 사용되었다.

트리부스 tribus 공화정이 시작될 무렵 로마인에게 트리부스는 자신이 속한 종족 집단 분류가 아니라 국가에만 유용한 정치 집단 분류로 인식되었다. 로마에는 모두 35개 트리부스가 있었는데 31개는 지방 트리부스였고 단 4개만 수도 트리부스였다. 유서 깊은 16개 트리부스는 다양한 파트리키 씨족의 이름을 지니고 있었다. 이는 해당 트리부스에 속하는 시민들이 그 파트리키 씨족의 구성원이거나 그 씨족의 소유지에 살았던 사람임을 의미했다. 공화정 초기와 중기 동안 로마가 이탈리아 반도에서 영토를 늘려감에 따라 새로운 시민들을 수용하기 위해 여러 트리부스가 추가되었다. 각 트리부스의 모든 구성원에게는 트리부스회에서 투표할 권리가 있었지만, 한 트리부스 전체가 한 표를 행사하는 방식이었기 때문에 이 표 자체는 큰 의미가 없었다.

티베리스 강 Tiberis 로마 시내를 가로지르는 강. 아레티움 너머 아펜니누스 산맥 고지대에서 시작하여 오스티아에서 티레니아 해로 흘러 들어갔다. 로마 는 티베리스 강의 북동쪽 제방 위에 자리했다. 위쪽으로 나르니아까지 배가 다닐 수 있다고 전해졌지만, 실제로는 급류가 심해서 상류로 배를 타고 가기 는 어려웠다. 범람이 잦아 특히 로마에서 홍수로 큰 피해가 발생하기도 했다.

파스케스 fasces 자작나무 가지들을 의식에 따라 붉은 가죽끈을 X자로 엇갈리 게 하여 묶은 것. 원래 에트루리아 왕들의 상징이었으나 신생 로마의 관습으 로 전해졌고 공화정 시대부터 제정 시대까지 로마의 공적 생활에 쭉 존재했 다. 릭토르단은 파스케스를 들고 고위 정무관(혹은 집정관 및 법무관 권한대 행) 앞에서 걸으며 해당 정무관에게 임페리움이 있음을 알렸다. 신성경계선 안에서는 나뭇가지들만 묶은 파스케스를 들어 고위 정무관에게 태형을 가할 권한만 있음을 알렸으며, 신성경계선 밖에서는 나뭇가지들 속에 도끼를 넣 어 고위 정무관에게 사형을 내릴 권한도 있음을 알렸다. 신성경계선 안에서 파스케스에 도끼를 넣을 수 있는 사람은 독재관뿐이었다. 파스케스 수는 임 페리움의 정도를 의미했다. 독재관은 24개(술라 이전에는 12개), 집정관과 집정관 권한대행은 12개, 법무관과 법무관 권한대행은 6개, 조영관은 2개를 보유했다.

파트리키 patricii 로마 구귀족. 왕정이 수립되기 이전부터 유명했던 시민들로 계속 이 칭호를 유지했다. 초반에는 집정관을 배출해 신귀족으로 부상한 평 민들에게도 허락되지 않는 명성과 특권을 누렸다. 하지만 공화정이 발전하 고 평민의 부와 권력이 커지자 특권이 점점 약화되었고, 마리우스 시대에는 파트리키 가문이 평민 출신의 신귀족 가문보다 오히려 가난해지기도 했다. 제사장과 유피테르 대제관 같은 일부 신관 직, 섭정관과 최고참 의원 같은 일부 원로원 의원 직은 파트리키에게만 허용되었다.

평민 plebs 파트리키가 아닌 모든 로마 시민. 공화정 초기에는 평민에게 신관 직, 고위 정무관 직, 원로원 의원 직조차 허락되지 않았다. 하지만 얼마 지나 지 않아서 파트리키에게만 허락되던 직위들을 평민들이 하나씩 차지하기 시

작했다. 마리우스 시대에는 정치적으로 그리 중요하지 않은 몇 가지 직책만
이 파트리키 고유의 영역으로 남아 있었다.

포룸 로마눔 Forum Romanum 로마의 공적 생활 중심지였던 이 기다란 공터는
주위의 건물들과 마찬가지로 대부분 정치·법·업무·종교 활동에 쓰였다.
주변보다 지대가 낮아서 비교적 습하고 춥고 해가 들지 않았지만 공적 활동
이 매우 활발하게 이루어졌다. 포룸 로마눔의 절반 정도를 차지하는 낮은 구
역에서 늘 법과 정치 업무가 진행 중이었다는 설명들로 볼 때, 이곳은 항상
노점과 매대, 손수레로 북적이지는 않았을 것이다. 포룸 로마눔의 에스퀼리
누스 언덕 쪽 구역에 일련의 건물들로 구분된 매우 큰 시장이 두 개 있었는
데, 이곳에 대부분의 매대와 노점이 있었을 것이다.

폰토스 Pontus 흑해 남동쪽 끝에 위치했던 거대한 왕국. 서쪽으로는 파플라고
니아의 시노페, 남쪽으로는 콜키스의 압사로스까지 이어져 있었다. 내륙으
로는 폰토스 동쪽에 아르메니아 마그나, 남동쪽에 아르메니아 파르바가 있
었다. 정남쪽에는 카파도키아가 있었고, 그 서쪽으로는 갈라티아가 있었다.
폰토스는 산이 많고 원시적 아름다움을 지닌 나라였으며, 비옥한 해안지역
에는 시노페, 아미소스, 트라페주스 등 그리스인 거류지가 많았다. 해안선과
나란한 방향으로 우뚝 솟은 산맥 세 개로 내륙이 분리되어 있었기 때문에 고
대에는 진정한 의미의 단일국가가 아니었다.

풀잎관(코로나 그라미네아) Corona Graminea(obsidionalis) 로마 최고의 군사 훈장.
전장의 풀로 만들어(전투가 곡식밭에서 일어날 경우 곡식으로 만드는 경우
도 있었다) '현장에서' 주어지는 이 관을 받은 사람은 불후의 명성을 얻게 되
었다. 공화정 시대에 풀잎관을 받은 사람은 극히 적었기 때문이다. 개인의
노력으로 군단이나 군대 전체를 구한 사람에게 주어졌다. 퀸투스 세르토리
우스와 술라 모두 풀잎관을 받았다.

피호민 cliens 보호자(파트로누스, patronus)에게 입회를 약속한 자유인이나 해방노예를 뜻한다. 꼭 로마 시민일 필요는 없었다. 가장 엄숙하고 도덕적인 구속력 있는 방식을 통해, 보호자의 이익을 도모하고 그의 지시에 따를 것을 약속하는 대신 여러 가지 원조(일반적으로 돈이나 직위, 법률적인 도움)를 받았다. 해방노예는 자동으로 전 주인의 피호민이 되었고, 이러한 관계는 의무를 면제받는 날까지 지속되었다(그러나 그런 경우는 거의 없었다). 피호민인 동시에 보호자인 사람도 있었다. 이러한 경우 그는 최종 보호자가 아니었으며 그의 피호민은 그의 보호자의 피호민이기도 했다. 공화정 시대에는 피호민과 보호자의 관계에 관한 공식적인 법이 없었다. 필요가 없었기 때문이다. 어느 쪽이건 이 중요한 관계에서 불명예스럽게 처신하면 사회적인 성공은 기대할 수 없었다. 외국의 피호민과 보호자 관계를 다스리는 법도 있었다. 다시 말해 개인만이 아니라 도시나 국가 전체도 피호민이 될 수 있었다.

호민관 tribune of the plebs 공화정이 수립되고 오래지 않아 평민과 파트리키 귀족의 갈등이 극에 달했을 때 생긴 관직. 평민들로 구성된 트리부스 기구인 평민회에서 선출된 호민관은 평민계급 구성원들의 생명과 재산을 수호하고 정무관(당시에는 파트리키)의 손아귀로부터 그들을 구하겠다는 선서를 했다. 호민관은 트리부스회에서 선출되지 않았기 때문에 로마의 불문헌법 하에서 실질적 권한이 없었으며 군무관이나 재무관, 고등 조영관, 법무관, 집정관, 감찰관과 같은 종류의 정무관이 아니었다. 호민관은 평민들의 정무관이었고, 이들의 직무 권한은 자신들이 선출한 관리의 신성불가침성을 지켜주겠다는 평민계급의 서약에서 비롯되었다. 호민관에게는 임페리움이 없었고 부여된 직권은 첫번째 마일 표석 내에서만 행사할 수 있었다. 기원전 450년경에는 호민관이 총 열 명 있었다.

호민관의 진정한 권력은 국가의 거의 모든 조치에 거부권을 행사할 수 있는 권리에서 나왔다. 따라서 호민관의 역할은 새로운 제도의 도입보다 의사진행 방해로 나타나는 경우가 많았다. 마리우스와 술라 시대에 이들은 파트리키만이 아니라 원로원에 있어서도 눈엣가시 같은 존재였다.

풀잎관 1

마스터스 오브 로마 2

1판 1쇄 2015년 11월 20일
1판 6쇄 2022년 6월 3일

지은이 콜린 매컬로 | 옮긴이 강선재 신봉아 이은주 홍정인

편집 신정민 신소희 | 디자인 고은이 이주영 | 마케팅 김선진 배희주
저작권 박지영 이영은 김하림 | 브랜딩 함유지 함근아 김희숙 정승민
모니터링 서승일 이희연 전혜진
제작 강신은 김동욱 임현식 | 제작처 한영문화사

펴낸곳 (주)교유당 | 펴낸이 신정민
출판등록 2019년 5월 24일 제406-2019-000052호

주소 10881 경기도 파주시 회동길 210
문의전화 031) 955-8891(마케팅) | 031) 955-3583(편집) | 031) 955-8855(팩스)
전자우편 gyoyudang@munhak.com

인스타그램 @gyoyu_books | 트위터 @gyoyu_books | 페이스북 @gyoyubooks

ISBN 978-89-546-3834-0 04840
      978-89-546-3833-3 04840 (세트)